出入高下穷烟霏

复旦内外的师长

陈尚君 —— 著

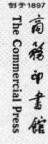

商务印书馆（上海）有限公司　出品
The Commercial Press (Shanghai) Co.Ltd

陈尚君

现为复旦大学中国古代文学研究中心主任、任重书院院长、中国唐代文学学会会长。师从朱东润先生,专治唐代文学与文献。著作有《全唐诗补编》《全唐文补编》《旧五代史新辑会证》《唐代文学丛考》《贞石诠唐》《唐诗求是》等。

自　序

本书用为题目的这句诗，出自唐韩愈《山石》，写他黄昏投寺到次日登程告辞的经历，唐宋时极负盛名。金元好问批评秦观云："拈出退之《山石》句，始知渠是女郎诗。"即认为这样的诗方可称作丈夫诗。清人方世举《韩昌黎诗编年笺注》更依据韩愈《洛北惠林寺题名》，知此诗所写为贞元十七年（801）七月二十二日事，同行有友人李景兴、侯喜、尉迟汾，所投寺即惠林寺。不妨先将全诗抄录于下：

山石荦确行径微，黄昏到寺蝙蝠飞。升堂坐阶新雨足，芭蕉叶大支子肥。僧言古壁佛画好，以火来照所见稀。铺床拂席置羹饭，疏粝亦足饱我饥。夜深静卧百虫绝，清月出岭光入扉。天明独去无道路，出入高下穷烟霏。山红涧碧纷烂漫，时见松枥皆十围。当流赤足蹋涧石，水声激激风吹衣。人生如此自可乐，岂必局束为人鞿。嗟哉吾党二三子，安得至老不更归。

前八句写黄昏到寺，寺景如画，寺僧殷勤接待，引导观看佛画，且为整理床席，安排晚餐，虽不丰盛，已足温饱。下二句写夜宿感受，安静而有月光入室，契合住寺之氛围。再后六句写清晨离开之感受，烟雾弥漫，变化倏忽，道路曲折高下，景观烂漫红绿，幻变无穷，山中远离尘嚣，作者感受在此生活的随率惬意。最后四句引发议论，美好如此，正是人生最好乐园，何必重回俗世，为事务所局束呢？

韩愈因此一夜经历而感慨人生，我也乐意摘其一句以概述自己的学术经历。就此句诗言，"出入"是偏正结构，这时是"出"，其实也就是昨天"入"的山径。山路时往高处行，时向低处绕，曲折多变，坎坷不平。早晨离开时，雾气笼罩，"无道路"是说道路看不清楚。烟霏是在流动变化的，刘学锴先生《唐诗选注评鉴》释此句七字"极浓缩精炼，显示出诗人一会儿往高处攀登，一会儿往下行走，一会儿走出烟雾，一会儿又隐入烟雾的情景，一'穷'字写尽诗人'高下出入'于'烟霏'的淋漓兴会"。韩愈的感受，其实也是每个生活在现世的人必然会有的感受。出生无法选择，求学求职求偶是可以选择的，但谁又能保证你的每一次选择就正确呢？烟雾弥漫的现世，你能看清的永远只是眼前一瞬。学术可能是更复杂的人生，任何人初入此途，都会感觉眼前无路，坎坷艰难。当然会有朋友，会有同学，会有老师，会有亲人，谁能引领你走出迷途呢？读禅宗灯录，可以看到很多高僧都曾有遍参山林、未得机缘的经历，后来之得契法会，言下大悟，是经久不歇遍访名师后的偶然遭际，是"出入高下穷烟霏"后的最终收获。借此句诗，我愿略述自己的学术经过与感慨，更为自己曾亲炙名师，并在读书与交往中得与前贤今哲欣会请教，感到庆慰。

我现在任教于复旦大学，专业是古代文学，特别致力方向是唐一代文史研究与基本文献建设。我家先人没有涉足文史研究领域者，我本人的求学经历也颇多坎坷，何以走上这条道路，自己也不能完全说清楚。首次踏进这所大学，是1966年秋大流动时期，此前仅读初中一年级，知道有大学，并不知道大学如何分科，如何教学，还有人专门从事学术研究。此后融入广阔天地，知道有《唐诗三百首》时已经快二十岁了。同一个单位有来自南通中学的不少高中生，经常说到他们的老师严迪昌与古典诗词，因此跟着读到《中国文学史》与《苏东坡集》，还有各种中外名著，不少是残本。严先生后来以治清词名家，认识他已经在2000年以后，谈及往事，颇多感慨。

务农八年，繁剧劳作之余居然也读过一些书。当我在1977年初获推荐入学，最大的愉悦是以前仅闻其名而难以得见的书，居然图书馆里都有。课程很浅，我则抓紧时间充分读书，全无条理，全无目的，兴之所至，浑囵吞象，似懂非懂，一往无前。那一届学生在入学前就确定毕业去向，我的去向是文化部。那年秋天，担任陈允吉老师开设的历代作品选课的课代表，陈老师很认真，周三晚必到学生宿舍辅导。我则全程陪同，更多时间是两人海阔天高地聊古今各路学问，凡读书有疑问处，都向他请教，收获巨大。他也得知我稍具基础，兴趣广泛。那年岁末高考恢复，次年春开始招收研究生，提倡不拘一格，发现人才。我对自己从来没有信心，班上同学怂恿鼓励我可以一试，陈老师找到王运熙先生给以推荐。那时专业课程还没恢复，从报名到考试，仅有两个月准备时间。当听说仅招一人，报名者已超过九十人，信心完全受挫。路遇陈老师，他认为我的实际水平不逊于以前的大学生，可以有信心。他的判断坚定了我的信心，居然就考取了，这样有机会走上专业道路。

研究生方向是唐宋文学，导师朱东润先生那年八十三岁，精神健旺，隔周上一次课，下午三点到五点，地点在他家二楼书房。一学年课，分别讲唐代与宋代文学，讲作者，也带着读诗文。朱先生主张讲中国文学必须知道外国文学，讲现代文学必须知道古代文学，也讲读懂作品必须知道作者为何要这样写，这样写与前代有什么不同，有什么寄意，有什么技法。其间，先生会不断询问你们如何看，说研究学术一定要有自己的体会，不要人云亦云。先生在《诗经》《楚辞》《史记》及传记文学、批评史方面的讲解，都曾说到，不作为重点。那时虽然尽量找先生已出版的著作来阅读，学力相距太远，常让先生失望。我也在努力，第一学年所交作业，平生第一次独立写成有自己见解的文章，所涉又是无数人研究过的杜甫人生的关键点，先生读后有肯定，也指正瑕疵。这是先生的一般立场，觉得师生之间的过度表扬都不合适。有几句过誉的评价，我还是许多年以后方听说。做学位论文时提交的作业，先生阅后评价是，这样从基本文献的梳理开始做，三年是不够的。毕业鉴定中，对我学术水平的评价，也仅说善于在复杂文献中发现问题，作出判断。最近十多年多次有机缘整理先生遗著，方明白当年听课许多都没听懂，先生随意说到的许多话题，早年都曾有很深入的研究。整理遗稿是一次重新温课，收获远超当年。

那时负责研究生基础课的是教研室主任王运熙先生。从为人与为学风格来说，王先生与朱先生差别很大。他个性随和，讲话平和，讲课内容也如涓涓细流，平实道来。对初学尚未入门来说，最为合适。讲中国史或思想史，他只是罗列重要的著作、重要的学者，指出治学关键点之所在。讲目录学为治学初阶，说明基本原则后，重点介绍《汉志》《隋志》《四库全书总目》三部书。对近代学术流派，则讲西学东渐中各流派之差异，而将自己定位为释古派。对学生之提问，无论深浅，都作理性充分的回答。对有见解的作业，也乐于主动推荐发表，我几次得到这一待遇。起步阶段得王先生之指点，是我的幸运。

作以上说明，试图解释我的步入学术，偶然性很大，后来虽然有专业训练，最初则有很长的自学时期。自学的好处是有动力，无所畏惧，缺点是漫无归摄，缺乏系统。留校工作后，似乎有所改变，也没有完全改变。复旦的学术氛围，时时提醒我必须追求做一流而合格的学问，什么叫一流而合格，只能自己理解。今人喜欢以发表刊物、同行评议、学术获奖，及至国际认可来评定高低，四十年前似乎全部不讲。现在回想，大约以一流学者认可最为重要，我对自己定位，则希望多做前人未做，或虽做而未能做好的工作。要达到此点，则需要对前人工作有充分了解。那时读书真很勤奋，整天泡在图书馆，什么书都读。古人说"一事不知，儒者之耻"，现在说那怎么可能啊，可那时真信。从古人原著阅读中发现问题，总应属于自己的收获吧，可钱大昕《廿二史考异》自序说虽然自己所得，若有前人说过，也一概删去，也应该成为原则。现代学术的特点是学科分工，壁垒分明，可我从开始涉学，就遍涉四部，复旦的氛围也能容忍，那就坚持吧。

读研阶段，就对历代学术有浓厚兴趣，对近代兼治文史的一流学者的著作，也多择要阅读，体会治学方法。就我独立完成的重大选题来说，还是以唐诗辑佚为起点。最初感觉，唐宋以来治唐诗而有成就之学者，何啻千百，基本工作前人早已做尽，不留余地。见到《全唐诗外编》出版，结合已经见到的文本，发现仍有很大疏失，方发愿重加辑录。我考察历代总集编纂之得失，受启发最大的是逯钦立、唐圭璋、隋树森各家，《全宋词》以后才知道王仲闻工作的意义。我将得自余嘉锡的目录学方法，得自陈垣的史源学立场，加上前述各家总集编纂之成就，转用到唐诗的考证与辑佚。《全唐诗》号称钦定，久有定评，补一二首容易，要通补一代，谈何容易！

上述工作展开前后，国内唐诗研究风气也在发生明显变化。与主流研究圈的接触，在1986年以后，但从1978年以后刊出论著，已经明显感到文史融通立场下，追求唐诗人生平与唐诗写作本事的工作，全面有效地展开，陈寅恪、岑仲勉治唐史的方法，在唐文学研究中得到明确落实。我的工作从两方面展开，一是清算前代，对《全唐诗》近五万首诗来源，以及前人辑佚之得失，作逐一的追究，较早的发表有《〈全唐诗〉误收诗考》和《读〈全唐诗〉补遗六种札记》，希望看到前人疏失引起自己辑佚之警惕；二是广检群书，充分辑佚，从前人之随遇而辑，变为循目录、有计划的辑佚。两方面的所得都远超想象，当然问题也所在多有，特别是古籍检索数码化普及后，早年工作的得失被无限放大。因为还在持续坚持地做相关工作，当然比别人看得都更为清楚。

随朱先生读书时，先生再三说好的学生要敢于超过老师，不想超过老师的学生绝不会是好学生。我知道这是老师的鼓励与激将，饱含期待。我也深知如我之早年失学，晚方入门，随流而进，不遭淘汰，已属万幸，何敢作过多幻想。循常格既很难有所创造，何妨扩大堂庑，挤占前人疏忽之领域。于唐诗如此，此后作唐文补遗亦复如此。稍后作《旧五代史新辑会证》，则继续陈垣未完成之工作，牢笼群书，细分文献，以求恢复一代史籍之真貌。超越文学，坚守史学，自感有特殊所得，亦足珍惜。

随时间推移,年事渐增,方悟如我之一辈,虽出身稍晚,恰遇天地翻覆之大时代:一则社会稳定,国家升平,有四十年得以从容学术,前辈难奢望也。二则对外开放,海禁大通,得以从容海外,见不同气象之研究;广涉异域,沟通别种之文化。眼界大开,新说纷呈,学术更多元也。三则科技日新,观念日新,从写作手段到文献检索,从善本公开到信息及时,无论做何路学问,都是千载难逢的机缘。我个人之工作也经历几段不同之变化。初期如前述,在本校而安静求学,得指点而稍悟学理。其后则广交海内外学术同道,向不同领域前辈多方请教,更难得的是多次在海外访学与任教,学术兴趣也有显著变化。

收入本集中之文章,为历年因各种不同原因而写就,略分四辑。前三辑收前贤,末辑收今哲。从清末走来诸位,唐文治先生于我为师祖,本师少年时受他照拂,感恩终身,故冠于前。次为复旦前辈诸师,尤于本师朱东润先生的学术介绍与论述为详,包括整理遗著之说明,生殁纪念之撰文,公私原因之约稿,及回想往事之感触,其间偶有重复,识者谅之。三为复旦以外之师长,涉及众多不同之领域,部分认识,大多仅在著作中领会治学方法与学术风采。必须说明的是,本人向来无意于从事所谓学术史的研究,也不在意于自己所做工作之预流与否,坚持认为研究前人学术,何如自己开拓学术径路,学术取径可以有大有小,但能言之成理,发前人所未言,就应得到尊重。曾与王水照老师谈到本专业各高校学风之差别,感佩他校名师卓立,后辈相沿,学术相承,易成流派,而本校则各成面貌,取向多元,如我大约是比较极端的个案。是否恰当,向无把握,略述感受,希与圈内圈外朋友分享,更期望听取赐教。

商务印书馆学术顾问贺圣遂先生积极支持结集本书,上海分馆总编辑鲍静静女士热忱支持,责任编辑齐凤楠、张冬煜女史做了大量艰难卓越的搜集与校订工作,谨在此一并致以衷心感谢!

陈尚君

2021年4月6日于复旦大学光华楼

目　录

自　序　/ 1

夫子何为者　栖栖一代中
　　——纪念唐文治先生诞辰 150 周年　/ 3
唐文治谈古文作法　/ 18
想到唐文治先生　/ 22
章太炎先生：晚年坚守国家民族大义　/ 23
章太炎先生的最后五年　/ 25
最后的雅集　不朽的完人
　　——张元济先生的朋友圈和人生志业　/ 29

师友琅琊馆学记　/ 37
朱东润先生的治学方法
　　——以《梅尧臣传》为例　/ 55
朱东润先生 1939 年的学术转型　/ 66
探索中国传叙文学发展道路的珍贵记录
　　——《中国传叙文学之变迁》《八代传叙文学述论》导言　/ 78

朱东润先生研治中国文学批评史的历程

  ——以先生自存讲义为中心 / 99

述朱东润师文存的整理 / 118

修补战火烧残的学术 / 123

《中国文学批评史大纲》（校补本）整理说明 / 126

《朱东润文存》：一位特立独行者的学术和文学 / 130

《大纲》校补本的新内容 / 137

《元好问传》新本整理后记 / 141

元好问的大节 / 144

朱东润师《八代传叙文学述论》自序附记 / 148

朱东润师《楚辞探故》未刊稿两篇附记 / 152

朱东润师《后西征赋》述要 / 154

刘季高先生《斗室诗集》整理说明 / 170

学问是天下最老实的事情

  ——哀悼王运熙老师 / 172

金针得度后的举一反三 / 179

复旦大学中文系"十老"得名的由来 / 184

随李庆甲先生办会 / 186

《蛾术薪传》编后记 / 190

余嘉锡先生《四库提要辨证》弁言 / 195

唐史双子星中稍显晦黯的那一颗

  ——纪念岑仲勉先生诞辰130周年 / 204

岑仲勉先生《元和姓纂四校记》的成就和整理本 / 218

陈寅恪先生唐史研究中的石刻文献利用 / 223

述陈寅恪先生批读《韩翰林集评注》 / 231

《陈寅恪文集》与近四十年学术转型 / 236

瞿蜕园解读刘禹锡的人际维度
　　——瞿蜕园《刘禹锡集笺证》评述 / 242

张煦侯及其《通鉴学》 / 264

冯振与无锡国专 / 273

逯钦立先生《先秦汉魏晋南北朝诗》的成书过程和学术成就 / 277

逆境中成就大事业
　　——读《全宋词审稿笔记》以纪念王仲闻先生逝世四十周年 / 290

杜甫研究的里程碑著作
　　——萧涤非先生主编《杜甫全集校注》初读记 / 303

钱锺书先生批评拙辑《全唐诗续拾》的启示 / 310

方志彤先生《诗品作者考》阅后的一些感受 / 319

严耕望先生唐史文献研究方法发微 / 323

柴德赓先生《新五代史》点校本是前期工作的记录 / 336

范祥雍先生：校勘学的目标是追求还原古籍的可靠文本 / 340

回忆孙望先生 / 343

想到程千帆先生 / 347

施蛰存先生给我的一封信 / 351

回忆我与杨承祖先生的交往点滴 / 355

吴熊和先生：亲切温和的词学大家 / 361

花开花落皆安命　但开风气不为师
　　——悼念傅璇琮先生 / 364

唐代文史研究的典范著作

　　——评傅璇琮先生《唐翰林学士传论》两种　　　　/　374

傅璇琮先生著作获思勉奖点评　　　　　　　　　　　/　394

陶敏先生：将一生献给唐代文学研究　　　　　　　　/　397

陶敏先生《中国古典文献学教程》附记　　　　　　　/　404

陶敏先生的遗著　　　　　　　　　　　　　　　　　/　406

赵昌平先生的唐诗研究

　　——《赵昌平文存》序　　　　　　　　　　　　/　410

我知杨镰　　　　　　　　　　　　　　　　　　　　/　418

摸清明代文学的家底　　　　　　　　　　　　　　　/　423

亲身经历唐诗研究的黄金时期　　　　　　　　　　　/　429

学术承传的意义

　　——祝贺王水照先生八十大寿　　　　　　　　　/　440

气象恢宏的文话总汇

　　——读王水照先生编《历代文话》有感　　　　　/　444

重读《古小说简目》　　　　　　　　　　　　　　　/　448

刘学锴先生的温庭筠研究　　　　　　　　　　　　　/　452

读陈允吉师新著《追怀故老》　　　　　　　　　　　/　456

讲清杜甫离开草堂的缘由　　　　　　　　　　　　　/　461

初读《林继中文集》　　　　　　　　　　　　　　　/　465

他山攻玉　各拥玲珑

　　——《日本唐代文学研究十家》的学术示范意义　/　469

夫子何为者　栖栖一代中

——纪念唐文治先生诞辰150周年

他是中国近代两所著名大学的不祧之祖。一所是上海交通大学，曾是中国最著名的工科大学，近几十年建一流综合性大学，稳定保持全国前五，他在建校初期担任校长达十四年之久，为奠定这所大学的学科格局和发展前景殚尽心力。2014年在他去世60周年之际，学校在新校区中心广场为他建立铜像，以表敬意。另一所是无锡国学专科学校，是我国第一所以弘传国学为办学宗旨的学校，培养了无数大师级的学者，为传统经史子集之学的传续做出了不可磨灭的贡献。从该校始建到结束，他始终是校长。虽然近年热谈国学，但这所学校始终没有恢复起来，只有在旧址所建茹经堂保留少许旧迹。他几乎可以说是传统旧学最后的古文家和理学家，为探寻孔孟学说的本旨努力终身，他的学生都称他夫子或老夫子，当年曾有海外人士建议孔庙应以他陪祀，那时他还健朗着。他是前清高官，本可以安享晚年，但始终为办学忧心焦虑，孜孜矻矻。到抗战军兴，他虽年过七旬，双目皆盲，但仍带领全校师生内迁，漂泊道路，饥寒交逼，仍弦歌不辍。"夫子何为者？栖栖一代中。"唐玄宗写孔子的这两句诗，可以说是他一生的写照。

他是唐文治，字颖侯，号蔚芝，室号茹经堂，晚称茹经老人。他于同治四年（1865）旧历十月十六日生于太仓州，今年恰好是他诞辰150周年。我的老师朱东润先生是他光绪、宣统之间曾授课的小学生，曾得到他的古文阅读和写作的指导，也在学业困顿之际得到他无私的资助。在我读研究生期间和毕业工作以后，朱先生曾许多次谈到唐先生对自己一生的影响。我当然完全没有能力理解唐先生，但因为这一机缘，觉得应该就自己所知，写一些文字以为纪念。

唐先生于我为师祖，下文为行文方便，直呼其名，识者谅之。

一

今人喜欢将古人一生分几个阶段来叙述，就唐文治来说，可以很清晰地分为四个阶段，即从出生到二十八岁进士登第，为求学应试期；从二十八岁到四十二岁为居京为官期；其后十四年，为主政交大期（校名确定在他去职后）；五十六岁后为主持无锡国专时期，其间双目皆盲，仍著述不辍，直到九十高龄辞世。

太仓于明清两代文教鼎盛，唐文治自幼即习举业，尤服膺本地先哲陆桴亭（名世仪）之学说。十五岁应童试，十八岁中举，二十岁进南菁书院治经，后四应礼部试，二十八岁成进士。其早期经历如此，学术兴趣也皆在宋明理学，制艺古文。如果天下升平，波澜不惊，他或许会沿着这条道路走下去，为名臣，为儒师，经纶世务，究研坟典。然而他却身处三千年未有的剧变时代。就在他登第后两年，甲午海战大败，危及津沽，他有"设有不测，吾当投缳以报国"的准备。越两年戊戌变法，他虽因官低而未及祸，却目睹恩师翁同龢被开缺回籍，诸多师友遭受波及。庚子国变期间，他为总理衙门章京，兼户部纂修官，因而得以接触对外交涉之核心机密，深切知道外交之屈辱与国事之颓唐。此后直到八国联军入侵，他都亲历，看到慈禧太后之依违颠顶，权臣之构陷误国，而他的直接主官总理衙门大臣许景澄公忠体国则惨遭斩首。其后与各国议和的谈判，他作为户部侍郎那桐的助手，及那桐任出访日本国专使时的随员，同赴日本，代那桐作《奉使日本记》，看到"日本立国，大抵兄英师德"，"壹意整理海陆军及工商事宜，骎骎乎日臻富强","厂肆林立,轨道四达"(引文见《茹经先生自定年谱》),大大开拓了眼界。其间他曾发奋学习俄文,因为用眼过度,埋下病根。到光绪二十八年(1902),他以三等参赞的身份随固山贝子载振赴英贺英王乔治三世加冕,因英王得病,加冕礼再三延期,英方尽展本国之所有以为款待,此后又曾游历比、法、美、日等国,接触层级高,参访时间长,得以充分了解英国与西方现代文明之各方面所长。其间他代载振所撰考察游记《英轺日记》,不仅是近代考察西方社会最重要的记录,也以大量细节具体记录他对西方制度和现代建设之认识。如云欧洲全境为国数十,皆曾有猜忌仇怨,而今则"如历法也,学堂也,兵制也,轮船也,铁路也,银行也,商务也,邮政也,皆其同焉者也",这些善政中,"历法纪年始于罗马,学堂程课、铁路置轨始于英吉利,汽船行海、舟师出征始于美利坚,银行规制始于荷兰,航海通商始于葡萄牙,邮递印票始于法兰西",可以说创始于不同国度,但"一国为之倡,而各国相继效法,精益求精","群相推演,万国同风","无有彼此畛域之界,更无有猜忌仇怨之情"。即中国要想进步,必须学习西方的现代文明,绝无他途。从度量衡制到国会政治,从医院设施到学校规模,无所不及。甚至乘火车出行,在燃气机车的轰鸣中,他都在思考:"西人于火车轨道既测地平,更取直线,每过山阻则穿山通道,以砖石环其上,如桥形,其开时工本虽大,而行车直捷,惜时省煤,积久计之,所省甚巨。其行事通盘筹划,以羡补不足,大率类此。"其设计之周到,施工之讲究,看似投入巨大,其实长久获益。对学校之考察更仔细,记录全英有大学六十七所,中小学三万多所,教师十四万人,大学生三万多人,中小学生五百五十五万人,全年官学费英金九百七十三万镑,还详尽记录各类公益学校和技工学校之情况。他参观英京大藏书楼,看到楼中书架累长达三十二英里,皮藏各国古今图书达三百多万种,其中东方书籍分中、日两大部,中国古籍虽不尽备,但已有十之七八。他看到法国新定学校章程,不准男女教会人员担任教席,感慨"法人以宗教立国,然近时重学轻教如此"。而他记载比利时国王虽年已七十,仍步行答礼,带着参观其起居书房,"共楼五大楹,图书满架",问及中国学术,"研求精细,君主而不脱书生气"。见到日本明治天皇,"威仪整肃,语言不多而均中窾要,洵英主也"。这些都引起他对中国去弊图强之道的思考。归撰《英轺日记序》,认为"繄惟中国,力谋自强,方今官守其度,士劝其学,工农商师讲于野,兵技巧家兴于军,百废举兴,作事谋始,日积而月累,固将月异而岁不同",即如能举国以西方为师,发奋图强,积以岁月,中国仍可以有强大的希望。他所历举现代社会建设之诸要务,特别称许保存本国文明与实施大学教育之举措。阅读这些记录,可以说他在南洋公学期间之施为,此时已在思考,后之一切努力,皆着眼于此,无愧为具有世界眼光、立足于为国家培养建设人才之教育家。

出访归国后,唐文治于次年补和会司员外郎,寻补庶务司郎中,再进商部右丞,再晋左丞,一年四改官,重要原因是得到商部尚书载振的信任和赏识。到光绪三十二年(1906)授商部左侍郎,在工部归并后为农工商部,仍为左侍郎,一度署理尚书,达到他任官的巅峰。在这三四年间,他"始终是商部的主要主政者,实为商部领导层之核心"(王奎《清末商部研究》,人民出版社,2008年)。其间他有许多重要的建树,一是建议设立商会,先设总商会于北京、上海两地,再在汉口等处逐次推广,目的在求"通商情,保商利",加强商人间的联络与信任。这是中国有商会之始。二是编订《商律》,以"保护商民,体恤商艰"为原则,确定商业行为的准则与国家对商人利益的保护,主张施行相对自由宽松的经济政策,保障商人利益,促进贸易发展,为我国有商法之始。三是建议逐步推行金本位制,改变银本位制造成的国家受损局面。四是制定商办铁路政策,吸引侨商财力筑路,在他去职后路政归邮传部,认为有利可图而将路权收归国有,激起保路风潮,为清亡之前奏。唐晚年言及,仍感慨不已。五是鼓励商人、工匠积极参加世界博览会,由朝廷给以扶持鼓励(参朱恺《从〈英轺日记〉看唐文治"旧邦维新"观》,刊《四库文丛》第一卷,上海交通大学出版社,2013年)。尽管当时国步维艰,百废难举,局部的建设难以改变国势之急坠,但唐文治在力所能及的范围内尽了自己的努力,是值得肯定的。

二

国内四家交通大学，上海和西安原本是一家，前身是1896年盛宣怀奏请建立的南洋公学，到1907年唐文治出任该校监督（校长）时，该校的正式名称是邮传部上海高等实业学堂，稍早些时的校名是商部上海高等实业学堂，也即是唐主部政时的下属学校。唐出主校政，则因一系列意外事件使然。在他以前，学校已经成立十年，监督换了十人，大多挂名而并不到校视事。是年年初，唐因母亲去世而守丧，当时官场仍维持守孝三年的习惯，即在双亲去世时要离职二十七个月以尽哀，当时的变通则其间可在官办学校、实业任职。农工商部尚书载振因部务繁剧，以唐为左右臂，建议他去职数月后即复职，是为夺情，唐已应允。不料其间发生杨翠喜案，新授黑龙江巡抚段芝贵以重金买名伶杨翠喜贿赂载振以求官，事被媒体揭发，载振引咎辞职，唐也免了夺情复职。因觉得上海离太仓较近，方便照看老父，乃同意出掌校政。

唐文治主校十四年的成就，是交通大学校史研究的重要内容，已有无数论说加以归纳总结。我是局外人，无从置喙，归纳前人之所见，可举百度百科"交通大学"内容来说，唐文治"连续掌校十四年，他将学校改办成工科，先后设立了铁路专业、电机专业和铁路管理科，聘请了一批高质量的中外籍教师。在结合中国实际基础上，从学制、系科设置、课程设置、教材、教学环节、体育运动等方面，全面地引进国外的先进经验，直接采用美国哈佛大学、麻省理工学院等著名大学教科书，使交通部上海工业专门学校成为中国南方乃至中国高等工科院校的楷模，形成了近代工业大学的格局"。我无从复核这一叙述的准确性，就此来说，在一百多年前能以如此世界眼光来办学，无疑超越了一个时代，如果要找原因，是他访问英、美等国时积累的认识，清醒看到中国与世界的差距，需要在实践中努力加以改变。

他一到校即认定"办理学务以筹款为第一要义"，首先咨文邮传部落实常年经费，即"轮电两局岁捐银十万两"，同时充分利用熟悉朝廷财政和曾在官场的人脉优势，为学校多方筹措经费，如建议从京奉、京汉两路余利下为学校增拨经费；建议为江、浙、闽、粤四省每年培养学生四十人，各省酌拨经费支持学校；将学校许多积年旧账理清，如汉阳铁厂老股盘活等。他曾任户部北档房总办，为全国财赋总汇之区，知道朝廷哪些门路可弄到钱，加上又曾主管商部，人脉广泛，恰可为学校所资用。

经费充裕，得以设立一系列学科，唐文治到校次年即新设电机、邮政两专科，又设国文科，并逐渐完善专科、中学和小学的系列，形成从小学到大学的完整序列。又出重金聘请西人教员，并逐次将本校学生送出留洋，逐渐增加留洋归国者到校任教。在得知美国庚款将每年提供一百位华人学生留美机会后，唐文治在学校立即公布消息，并往上疏通，争取名额。经过选拔考试，首批赴美学生四十七人，上海实业学堂有十四人，占三分之一弱，可见他鼓励学生走出去的努力。

唐文治出主实业学堂是因为居丧服忧，三年期满，他即申请起复归朝，这应是循例的安排，但被以学校亟须整顿"商留"，原因不明。次年即为辛亥，10月10日武昌首义，11月3日，上海光复。6日，唐文治宣布实业学堂更名为中国南洋大学堂，要求"本校师生员工要以坚定毅力维护新中国"。同日，带领全校教职员和学生在学堂运动场剪辫。11日，列名通电要求清廷逊位。13日，致书沪军都督府就扩充军队和筹募军饷提出建议。同时，撰《中国改革建设政体论》提出建议。可以说，唐当时身份虽然还是体制内官员，但在第一时间内参加了推翻清廷的行动，对此，他的老师王祖畬、沈曾植对他深致不满，作为儒家道德的捍卫者，他们的立场是一致的，但在大革命洪流中，唐的选择是为国家谋前途，不为一姓守江山。他在晚年自述："人才不用，国运尽矣，欲保全皇室，不得不出于此。""俄国革命，俄王尼可来不从，为国人枪毙。孤臣耿耿之心，当可白于天下后世矣。"唐在清廷为官，得到那桐、载振等满大臣提携，他也曾多次得到慈禧单独召见垂询，晚年自撰年谱，仍感

· 8 ·

念恩礼,慈禧去世后他在上海道署"哭临三日",自述"感念恩遇,曷胜痛悼",但也感叹"恩礼如此,使臣工仆仆亟拜,曷若信用臣言,改良政治为愈乎!"英、比、日诸国君臣同心,改良政治,谋求富强是他曾见到的,而现实经历总使他失望。"民为重,社稷次之,君为轻",这是孟子的古训,唐文治实践了这一主张。

民国肇建,官办的学校需要得到新的支持,他在袁政府成立次月就赴京筹措经费,确定了归属交通部的定位,改易校名,然后多方奔走,寻求支持。虽然当时请他出任工商总长的呼声很高,但他认定唯教育为国本,继续在学校任职,在时代剧变中保持了学校的发展。1917年他在学校成立二十周年纪念会上说道:"最难堪者,改革之际,经济困迫,彼时今日不知明日,本月不知下月,本学期不知下学期,诸生相对凄惶,至今思之犹堪坠泪。""鄙人接办此校以来,中央议裁小学者三次,议裁中学者二次,议归并土木科者二次,议裁电机科者一次。每当议裁议并之时,鄙人之心摇摇如悬旌,每念及诸生被裁后未知往何处读书,各父兄家属更不知若何忧虑。对于诸生未便宣布,而笔舌力争之余,亦几经下泪,故今日对于诸君子不觉喜极而悲。幸赖大部(指交通部)始终维护,并赖社会诸君子及旧同学互相辅助,尤赖有盛杏荪先生从前积有基本金,稍可支持,卒能转危为安。"这些应都是实情,许多交涉也都有原始文件记录。盛杏荪即盛宣怀,不仅是南洋公学建校的奏请人,且因学校建立之初,即由他主持的招商、电报两局"捐集解济",将商户捐款悉数投入公学,为学校准备了充裕的基本金。以往仅取利息,在民初艰困时动用本金,得以渡过难关。唐文治说上面一席话时,盛已去世。在今存盛档中,有大量两人通信,绝大部分是唐主校政期间致盛函,虽大多属于琐事,但可以看到两人君子相交、互携奉公的风范。其中涉及较多的,一是学校经费之筹措和兑现,二是彼此各有人事之请托,三是为学校发展向盛谋求支持。如1911年1月16日信告徐家汇学生宿舍因招生数量增加而住宿紧张,因发现对面民居是盛家产业而请盛出让,改建为宿舍；同年2月24日又看中"尊府丝厂及余屋基地"请售归本校；1914年6月两函则因盛介绍其侄孙入学，唐告必须如期来校报名考试，再考后知其英文太差，不宜入中学，只能先入小学；对盛推荐的西医人选，则以"校中经费万分支绌"为由婉拒；甚至学堂师生一百二十人旅行赴苏州，唐请借宿盛府留园，盛则为安排到阊门外陈列所。从清末到民国，有大量奏章和信函记录他为谋求学校发展所做之努力。

陈平原教授著《中国大学十讲》，特别将无锡国专列为一章，对唐文治以古文家、经学家之身份主持工科大学校政之称职胜任颇有质疑，也属常情。从目前看到的文献，唐似乎很清晰地划切学校发展定位与个人学术专长的关系。学校为国家位育人才，而国家最需要的是具备现代科学知识和专业技能的高端人才，他虽然掌控学校的各项资源，但并没有借以建立自己的学术基地。可以说白天处理校务，入民国后相信经常是西装革履；晚上勤于著述，治经作文，吟诵不辍，在主校政期间主要著作有《十三经读本》等数百万言。有没有利用学校资源施展个人所长呢？不是完全没有，但也实在微不足道。他到任实业学堂之次年，即设国文科，自任特班教员，专任职位另仅一人。现在能见实业学堂之课程，铁路、电机二科有古文释义一门，航海有人伦道德、中国文学、外国语三门，估计因航海专业毕业后要出行列国，人文素养要求更高一些。其余皆专业课，颇合今日素质教育之规定。此外，他还在附属中学开国学课，兼任教员。至于附属小学，虽不任教席，但也倾注精力。朱东润师在自传中回忆1909年秋，唐先生在校内开国文大会，亲自命题，大学和中学合办，小学单独办。一个星期天写两篇作文，其一为《关设而不征论》，朱师作文写到理想时代设关以检验，但绝不横征暴敛，专制君主必不如此，自述写得很流畅。小学老师认为优秀者选定十人，再交唐老师审定，朱师得到第一名，在校礼堂颁奖，发了四元奖金，用这笔钱买了一套《经史百家杂抄》。我读研时，朱师说到往事，还曾从书架上取出这套书给我们欣赏。小学毕业后，朱师因家境欠佳，拟中辍学业，唐先生让儿子庆诒给他写信，让他尽管来上学。及到校见面，拍着自己口袋说："学费在我这里，你不必担心。"朱师说唐老师还有一招，每星期天在大礼堂召集部分学生讲授古文，亲自从大学、中学每班选两名，讲授唐宋古文。讲授办法也很特别，从来不解释字句，只是先慷慨激昂或低回婉转地读几遍，然后让学生共同朗诵。高兴时则拉张凳子坐学生边上，拍着学生肩膀说："老弟，我们一道读啊！"朱师说在这一期间，他从唐老师那里领会到古文的喷薄之美与情韵之美。唐文治之热衷授课，当然存有传续学术之意，也可能更多是技痒，或者说借此以自遣兴，毕竟他是此方面出类拔萃的人物。

五四运动发生，激荡到上海，唐文治多次电请北洋当局"谅其爱国热忱，勿加苛责"，但也深忧学运造成教学不靖，加上他目疾加剧，两年间六度请辞，全校学生投票表决，五度挽留。1920年10月，"知其确有不得已之苦衷"，方允去职。唐文治虽辞校职，但终其一生都心念交大，未曾或忘。古稀以后，虽双目全盲，仍多年坚持每周到交大讲演一次，以道德文章勖勉诸生，可见拳拳之诚。而交大在三四十年代所建礼堂，分别命名为文治堂、新文治堂，悬他所拟联："人生惟以廉节重，世界全靠骨气撑。"孤岛时期为避免陷逆，曾拟改国立为私立，并拟文治大学之校名，皆学校感念其贡献之巨大。

三

唐文治坚辞南洋大学校职，更深层的原因当然是无锡乡绅施肇曾等出资创办国学专修馆，延请唐出任馆长。而唐退职后思讲学家居，一展平生之志，即在南洋的一切努力都是为国家造就人才，而他更坚信自己有责任保存学术，将自己平生所学发扬光大。在《国学专修学校十五周年纪念刊序》中，他说："横览东西洋诸国，靡不自爱其文化，且力谋以己之文化，扩而充之，深入于他国之人心。而吾国人于本国之文化，孔孟之道德礼仪，修己治人之大原，转略而不讲，或且推去而任人以挽之。悲乎哉！文化侵略，瞬若疾风，岂仅武力哉！吾为此惧，深恐抱残守阙，终就湮沦。"东西洋诸国之举措，他在《英轺日记》中有详尽记录，惊叹诸国不遗余力保存本国文明学术之时，不能不对"打倒孔家店""《文选》妖孽，桐城谬种"之类过激提法引起警惕，武力摧残和文化侵略都是他所亲历的现实，不加挽救，本国文化势必湮沦灭亡。他感到自己不可推卸的历史责任。他大声疾呼："欲拯民命，先救人心；欲救人心，先明正学。"他没有与新文化人物作任何针锋相对的论战，而是以办学实践作为"正人心、救民命之事业"，为延传学术做最踏实的工作。

无锡国专最初是按传统书院规制建立，"专以造就国学人才为惟一宗旨"，不讲学历，导师仅二三人，学生集体住宿，学校提供伙食书籍，并根据成绩给以膏火（奖学金）。第一年招生题目就有《为生民立命为万世开太平论》，可见胸襟抱负。唐文治亲自制定《无锡国学专修馆学规》，一为躬行，"务以砥砺品诣、躬行实践为宗旨"；二为孝弟，倡导为学始于家门内之行为；三为辨义，要学生明晓公私义利，"以清勤耐苦四字"挽救颓风；四曰经学，倡礼义廉耻，实事求是；五为理学，以穷理为事业与学问；六为文学，要求通四部之学，知古文蹊径；七为政治学，参西学欲建立中国治国方略；八为主静，针对热心爱国，重拾宋儒治心之法；九为维持人道，认为国家、人心之亡，皆"先亡于无是非"，有是非方能正人心；十曰挽救世风，认为"吾辈务宜独立不挠，力挽颓习，秉壁立万仞之概，不为风气所转移，乃能转移风气，有以觉世而救民"。这是国专成立之纲领，即不仅要传承旧学，而且以砥砺名节、挽救世风为责任，要求学生努力践行。今人或认为此篇学规具有"修道立教"的意味，也不为过。其后学馆受限于经费筹措、教育部门备案、学生就业和课程规范等多方面压力，再三改易校名，修改章程，调整课程，一度办学宗旨从弘传国学改为替政府机关培养文书人才，基本方向则始终没有大的变化。到三十年代，校园扩展，师资充沛，生员渐增，曾达到全盛局面。靠乡绅及董事会筹款毕竟不是长久之计，欲政府拨款则必须迁就教育部的教学规范，而国专之办学目标毕竟与一般高校有很大不同。再说"文武衣冠异昔时"，国府定都南京后，政府主官与唐文治这样的前清耆宿之间再无任何瓜葛。大约1937年前，政府每月补助两千元（相当国立大学十位教师的薪水），但至战时物价腾涌，增拨很有限。今人曾从第二历史档案馆查到国专经费之专档，学校请求增拨经费之呈文，多数得到的是"碍难照准"的批复。1946年抗战胜利，曾有改建"国立国学院"的倡议，所得也仅"所请也无庸议"的批示。唐文治曾叙述一路办学的感受，是"飘摇风雨，拮据卒瘏"，"忧虑无时可释"。在这样的境遇下，与国专师生坚持办学，弦歌讲诵，实在不易。

　　论学之余，唐文治始终关注国家的命运。1931年东北沦陷，他手书题词："世界龙战，我惧沦亡。卧薪尝胆，每饭不忘。"悬于国专食堂，勉励学生雪耻图强。1937年抗战军兴，上海、无锡、南京先后沦陷，平生以道德风义律己论学的唐文治，此时当然不能坐以降敌。他于是年10月7日宣布迁校广西，与国专师生走常州、镇江、芜湖、九江到汉口，复南行往湘桂，一路仍坚持为学生授课。这虽是当时全中国皆在上演的悲壮一幕，但对唐文治来说，则年已七十三，且双目皆盲，道途之艰辛可以想见。岁末在株洲，师生四散，仅得数人相随，天雨泥滑，疲惫至极，他于旷野中命学生席地而坐，朗诵《小雅·何草不黄》："匪兕匪虎，率彼旷野。哀我征夫，朝夕不暇。"声泪俱下，诸生为之动容。这样坚持了半年多，因他年老而水土不服，乃在桂林将校务交割给冯振，取道香港回上海。在上海孤岛复校六年，他始终坚持不向敌伪当局注册，保持了应有的气节。

　　1949年后唐文治受到礼遇，担任上海文史馆馆员。陈毅市长曾邀宴聚，他因病无法出席，只能让王蘧常代去。他的儿媳、著名社会教育家俞庆棠则出任教育部社会教育司司长。但他提倡的国学实在距离现实的要求太远了。上海档案馆存高等教育处对国专沪校的审查意见，认为唐文治"年老体弱，校长不过是挂名而已，但有些事情还要顾问，思想顽固"，"该校学生人数甚少而且落后，教学内容与方式都是非常封建"，校务"主要操纵在王蘧常一人手中"，不批准续办。先是沪校并入无锡。国专更名后，于1950年5月并入苏南文化教育学院，后复并入江苏师范学院（今苏州大学）。

无锡国专从成立到撤并，在极其艰难的环境中维持凡二十九年半，毕业学生曾有一千七八百人的说法，今人陆阳著《无锡国专》（凤凰出版社，2011年）据逐届毕业生详尽统计，所知总人数应超过八百人，曾修读肄业者可能有近千人之多。在民国教育史上，这当然不是一个大数字，但如果看其历年毕业学生有唐兰、王蘧常、蒋天枢、吴其昌、钱仲联、王绍曾、魏建猷、江辛眉、汤志钧、杨廷福、许威汉、曹道衡、范敬宜、冯其庸等一流学者，曾肄业者则可以举到吴则虞、周振甫、姚奠中、吴孟复、马茂元、鲍正鹄、苏莹辉、陈旭麓等，可以说成才率很高。最重要的是为传统学术培养了传人。

唐文治于1954年4月9日辞世，时虚岁九十。他晚年的心境是孤寂的。

四

唐文治是一位曾周游世界、了解西方社会的学人，是一位知晓世界商业经济运作的实干型官员，一位立志为国家长远发展培养现代化人才的大学校长和坚定的教育家，一位坚守传统学术的儒学大师，一位写作并弘传文言古文的大文学家。他的一切作为都秉持坚定的信仰和开阔的眼光，绝不随波逐流，更不屑与世浮沉。他在交通大学的建树，功铭竹帛，毫无争议，但在"五四"次年以提倡国学为职志，当时似乎有些逆历史潮流而动，现在看来，无疑具有先知先觉的意义。他在学术上的成就和建树似乎也还没有得到应有的认识。新出的《中华民国史》没有为他立传,《辞海》到1979年版也没有收他,朱东润师曾专为此提出报告仍被否定。近年国学大热,提到他的仍然很少。

其实唐文治一生强学,著述不辍,存世专著有数十种之多,后结集为《茹经堂全书》,单篇文章则结集为《茹经堂文集》前后六编,他的全部遗著还有待整理,学术建树也有待研究。仅就大端来说,大约一为经学,二为理学,三为古文。

他治经学,希图剥除汉宋学者烦琐考据与率意发挥之迷障,追寻孔孟学术之本真。所著重要者如《十三经读本》,以汉魏古注为主,删繁就简,希望揭示儒学经典之真貌,提供世人简明之读本。所著《论语大义》二十卷、《孟子大义》七卷、《洪范大义》三卷以及《尚书大义》《诗经大义》等书,则发挥孔孟学术之初旨,结合当时中国实际阐发其淑世价值。他治理学,远绍紫阳(朱熹),近袭桴亭(陆世仪),尤重人格之养成与道德之淳蓄,所著有《性理学大义》十四卷、《紫阳学术发微》十二卷、《阳明学术发微》七卷等。从这些论著中,可以看到他希望追寻孔孟朱王学术思想之真髓,揭示可以在民国社会条件下适合发扬光大的内容。用现在的话说,是剔除旧道德中过时落后的内容,如君臣大义、男尊女卑、包办婚姻等,重新建立社会转型以后的人际关系和道德原则。1912年撰《人格》五篇,分别论述子弟、学生、师友、社会、从政诸方面之人格规范。如《学生格》分立诚、有恒、有耻、尚志、爱敬、尊师、公德、勤、俭、游息诸章,引先儒古训,对学生人格形成提出规范和期待。数年后又应约作《军人格》,再扩充为《军箴》四卷,专以胜残去杀,唤起军人爱国爱民之心为宗旨。

中国学术史大体可以追溯到春秋文化下移、私家讲学兴起,秦汉以后则形成汉学和宋学的不同取径。汉学严守师说,重视典籍文本的释读,数度转化为乾嘉考据之学,进入二十世纪,则比较容易地转型为分科明确、探究窄而深的各项专门之学。若清华国学院,若中研院史语所，皆源出乾嘉，得与西学融合转型成现当代学术之主流。宋学好谈义理，更多地关注天地万物形成的道理，关注学人的道德修养和个人对国家社会的责任。宋学的主要贡献，是改变了宋以后历代士人的精神追求和人格高度。唐文治论学渊源有自，坚定有守，而且密切结合国事安危提出见解。他的论学大多发挥孔孟朱王之旧说，特别强调现代化国家建设绝不能割断本国的固有文化，传统学术不仅是本国文化的根本，对于建立新文化、新道德也具有不可替代的意义。将近一百年后再来读他当年对世道人心的焦灼和忧虑，特别有意义。

唐文治长于古文，远接唐宋八家，近续桐城（方苞、姚鼐）、湘乡（曾国藩），尤重文章之气势声韵。朱东润师曾云："昔唐先生论文，言喷薄之美，情韵之美，虽不敢自负，亦不敢忘先生之教。"唐的完整论述见其1920年撰《国文大义》，凡分十二节，从气、情、才、理、繁简、奇正变化、声、色、味、神以及戒律等项展开论述。而核心的内容，则是要学生作文"必须辨阴阳刚柔性质之异"。所见渊源于曾国藩述姚鼐之论："文章之道，分阳刚之美，阴柔之美。大抵阳刚者气势浩瀚，阴柔者韵味深美，浩瀚者喷薄而出之，深美者吞吐而出之。"（《曾文正公日记》）二者之分与其浩瀚深美，则不经诵读，无从体会。夏承焘在1940年兼职国专授课，曾多次听唐读古文，《天风阁学词日记》载："唐蔚芝先生读《出师表》，能令人下泪。念中国文学不但诗歌有音乐性，古文品格尤高，其音乐性尤微妙。"可谓知音。1948年，他的学生发起为他灌制唱片，由大中华唱片厂制作，凡十五张，中英文对照，时称"唐调"，一时大卖。虽耄龄八十四岁，"年已衰迈，声亦疲苶，实不能尽其所长"（朱东润师《遗远集叙录》）。广陵遗响不绝，足以令人追想。我记得1981年做学位论文谈欧阳修散文的成就，受朱师讲授和陈柱《中国散文史》的指示，分析《五代史伶官传序》的音节构成，程千帆先生著《两宋文学史》特予揭出，今知源头还在唐文治先生。

去年湖南岳麓书院国学奖颁奖典礼上，我曾接受采访，谈到唐文治先生清末"得缘考察列国,特别注意到现代西方国家繁荣的根本,一是保存本国文化,二是重视教育。在五四运动的第二年,他毅然开办无锡国学专修学校,坚持了三十年。在唐先生看来,国学可以传续文明,国学可以弘扬学术,国学可以砥砺士节,国学可以重建道德"。这就是他去世已经六十年,仍然值得纪念的原因。

刊《文汇学人》2015年11月20日

(本文参酌陆阳《唐文治年谱》《无锡国专》,刘桂秋《无锡国专编年事辑》,王桐荪、胡邦彦、冯俊森等选注《唐文治文选》等著写成,谨志谢。)

唐文治谈古文作法

2018年1月底到上海交通大学出版社开会，获赠《唐文治国学演讲录》，喜出望外。早就听闻有《唐蔚芝先生演讲录》六集，遗憾无缘见到，现在经仔细整理，书前更有虞万里教授长达四万字的导读，以《尊孔读经与治心救国》为题，阐发全书之奥旨，有便理解唐先生这段长达四年连续演讲之寄意所在。

抗战初起，唐文治（号蔚芝）先生率无锡国专南迁，年迈目盲，中道归沪。时交大困在孤岛，艰难生存，谋改私立，与敌周旋。校长黎照寰设特别讲座，敦约唐先生回校为学生做讲座。国难方殷，唐先生向以砥砺士节教导学生，此时更感责无旁贷，乃以74岁高龄，双目失明之病躯，承允开讲。讲座设立的名义是讲授传记、游记、书札及四书，而先生日记中表达则"以救民命为宗旨"。当时交大已在日人监视下，唐先生取经史讲解的方式，借古喻今，如讲《吴越春秋》，倡在强邻入寇时尝胆复国，激励青年学生的护国之心。《演讲录》内容极其丰博，我这里仅介绍谈古文作法的部分。

朱东润师曾说少年时随唐先生上古文课，反复诵读，不讲内容，因此得悟古文喷薄之美与情韵之美。估计是因授课对象不同，少年应熟读吟诵，大学生则应告以文章作法。《演讲录》总共134讲，文学类有51讲，大多情况下是选取一篇古文，唐先生先吟诵一过，再讲文章大意与具体作法。唐先生之古文源出桐城（方苞、姚鼐）、湘乡（曾国藩），早年曾问学于曾门高足吴汝纶，本师王紫翔也曾告以为文当"涵濡于四子、六经之书，研求于《史》《汉》诸子百家之言"。他在《演讲录》讲古文第一讲《读文法纲要》中，即以曾国藩"作文八字诀"，即雄、直、怪、丽、茹、远、洁、适八字为中心，特别强调"文章音节，应古时乐律，有抑扬、吞吐、抗坠、敛侈之妙"，而究其奥妙，则用"阴阳刚柔"足以概括。他进一步解释，则认为"文章之妙在神、气、情三字"，用十六字诀说三者关系："气生于情，情宣于气，气合于神，神传于情。"对于初学者，这些很难领会，他认为要先学"运气炼气"，最直接的办法是反复诵读文章，最初口中吟哦而心难体会，逐渐能体会古文段落顿挫之后，必有一提一推，细加体会，能理解其中之起承转合之法，体会古文之"纵横奔放，高远浑灏"。他特别重视诵读，原因即在于此。在具体文章讲解中，有更详尽之论列。

欧阳修《苏氏文集序》写于亡友苏舜钦逝后四年，最为后世古文家推重。唐先生讲解此文，揭出四点，中心是"总论作诗文集序法"，认为"仅作赞美之词，品斯下矣"，认可者有四点：一、于人心、世变、时局确有关系；二、交情诚挚，发于至性，足以感人；三、提要钩玄，表其人之微，摘抉全集之精奥；四、引他人作陪衬，或在题外凭空发议，结处到题。他认为第四点已落下乘，欧序则并用前二法，"叙世变则抑扬反复，叙交情则悲壮淋漓"，感人而以意胜。至具体技巧，则揭示填句法与感叹停顿法。他认为欧文所以丰神独绝，"大都盘旋作势，不肯数语说尽"。就《苏序》言，在"至其文章则不能少毁而掩蔽之也"下，本可直接"公其可无恨"作结，却填入"凡人之情，忽近而贵远，子美屈于今世犹若此，其伸于后世宜如何也"一段，更觉透迤有致，唱叹有味。

至于感叹停顿，唐先生特别指出韩愈《送李愿归盘谷序》"大丈夫遇知于天子""大丈夫不遇于时者"数句，即用此法，《苏序》首段用"公其可无恨"作结，二段用"此其可以叹息流涕"三句作结，三段用

"独子美为于举世不为之时"四句，最后用"而子美独不幸死矣，岂非其命也，悲夫"深沉感叹，各段盘旋作势，作顿处皆凄婉神伤，动人之至，推为少阴文之第一篇。

上述少阴文指阴柔情韵之文，相对的太阳文则指阳刚雄伟之文。《演讲录》选了贾谊《过秦论》和韩愈《原道》为代表。《过秦论》讨论秦二世而亡的历史教训，分三篇，分别讲始皇、二世与子婴，原文太长，《演讲录》仅讲上篇，提出四法：一为翕纯皦绎法，就是条理始终贯穿晓畅，如"八音齐奏，络绎不绝"。二曰抑扬擒纵法，讲始皇之功业，扬之甚高，纵之愈远，引出始皇殁后之遽衰，乃有千钧之力。唐先生说："文章家开阖变化，驰骋纵横，终不外此。"三为用虚字作线索及偶句迭句法。唐先生认为："魏晋以后文，多用偶句而文体衰；唐宋以后文，多用单行而文气弱"，都不如汉初文之纯任自然。四为全篇起法结法，唐先生举了许多例子，说《过秦论》此章从直叙开始，几经转接，最后以"身死人手，为天下笑者，何也？仁义不施而攻守之势异也"作结，评曰："如千山万壑赴荆门，江汉朝宗于海，又如万骑奔腾，悬崖勒马，可谓雄奇已极。"非深于文者难以道此。《原道》追溯儒家学术之本旨，高张攘斥佛老之宗帜，是韩集第一篇大文字。唐先生要指出的是，此篇有"子书之精深，无子书之沉闷"，韩愈如何将其写得"纵横驰骤，出奇无穷"，所列段落法、线索法、设喻佐证穿插法及迭句对句法，都从细节分析着眼，恕不能一一介绍。

文章作法有理论，更多要靠实践，要在广泛深密地阅读历代古文中体会技巧，要在大量写作经验中领会手段。唐先生《演讲录》中有许多经验谈，值得今人仔细体会。他中年后双目皆盲，仅凭早年记诵，坚持授课30年，所有内容熟记于心胸。这种旧学积累，足让今人讶异。唯其如此，得具卓见。

唐先生生活在剧变的时代，个人难以拧违时代。在"五四"后，他坚守国学，传授古文，有少数追随者，无法成为主流，可以理解。百年倏忽，现在回看，更感他当年坚持之难能可贵。文言、白话皆为祖国语言文化组成部分，何必互为敌对、你死我活？古文讲文气，讲情韵，重辞章，重吟诵，又有何不好？古文在今日之再生，似比诗词更艰难，我觉得试作者不妨从文白相间中起步。我近年之作文，以白话为主，常穿插古文句法，文言构辞，虽无师承与家法，偶然也会觉得别有兴味。

　　王水照先生近年努力提倡文章学研究，第四届文章学研讨会4月14日将在复旦大学举办。谨述此以为祝贺。

刊《文汇读书周报》2018年4月9日

想到唐文治先生

此时，我想到了我的老师的老师，太仓唐蔚芝先生，即唐文治先生，他在光绪末曾任农工商部署理尚书，得缘考察列国，特别注意到现代西方国家繁荣的根本，一是保存本国文化，二是重视教育。在五四运动的第二年，他毅然开办无锡国学专修学校，坚持了三十年。在唐先生看来，国学可以传续文明，国学可以弘扬学术，国学可以砥砺士节，国学可以重建道德。近百年后我们重新出发，相信还不晚。

（2014年9月29日在岳麓书院首届全球华人国学大奖颁奖典礼上的获奖感言，据记忆写出。）

章太炎先生：晚年坚守国家民族大义

关于章太炎先生晚年的思想，鲁迅先生的那篇文章《关于太炎先生二三事》影响很大。而我看了新出的《章太炎全集》以后，倒是有了许多别样的感受。从新文学的立场上来讲，从不断革命的立场上来讲，太炎先生和鲁迅先生的看法在晚年是有点不同的。我看了章太炎先生许多晚年的文章，感觉到在国家民族大义方面的立场。包括1932年上海淞沪停战以后，他写了关于"一·二八"事件过程的叙述，秉持了他一贯的立场；包括他为段祺瑞等许多北洋旧人或者为国民党牺牲的其他人物写的碑志之中，我也能感觉到他是坚持他一贯立场的，他的立场完全是基于国家民族大义，而不是为个人。由此可见，章先生晚年并未和他在早年时的思想有隔绝和改变。

新整理出版的《章太炎全集》，是上海人民出版社在原来多年的基础上进行了很多文本加工，推出的新成果，既秉持了对原来作者的尊重，又坚持了学术主张，难能可贵。我认真看了朱维铮先生的《訄书》《检论》三种的整理情况，可以感受到二十世纪八十年代的整理水平已经达到了一个非常高的学术高度。这三种都曾经先后有过影印文本，而且都有多次的印本，太炎先生本人在期间曾经有多次改动，稿本还存在当时的北京图书馆。因此，这三个本子的整理难度是相当大的，而朱维铮先生在前言当中所表达的尊重各种文本的差异，同时在整理之中尽量把太炎先生在《丛书》到《简论》的改动过程中所做的大量的细节改动，详尽地整理出来，体现了很高的学术水准。

  文人或学者的全集的编纂，实际上是从宋人开始的。宋人其实已经碰到一个问题，即作者本人不要收入的内容，可能到子孙辈时还是要把它印出来。比如欧阳修的文集，《居士集》和《居士外集》就是这样的关系。而现在看来，我觉得编全集最重要的是保存一代的文献，或者一个人的完整的文献，全集的编纂实际上是为后人研究提供各种各样使用的方便。我自己因为做全唐诗文，觉得无论从一代的文献或者从一个人的文献来讲，必然会牵扯到大量处于是和非之间的问题，比如文体的判断、作者的判断、时代的判断等。我自己的感觉是，有一部分内容，可能不完全是本人的手迹、手自删定的文本，那么可能就会存在一些争议。这种情况，不妨作为一个全编的外编或另编的方式加以保存。总之，我觉得全集的编纂应该尽可能都收录。但是，全集的编纂是个相对的过程，这只能是一个从编者或出版社的角度，努力求全的过程。

  （本文为2014年6月9日在浙江余杭章太炎先生诞辰145周年暨《章太炎全集》首发研讨会上的发言记录稿，刊《文汇报》2014年8月4日。）

章太炎先生的最后五年

2014年6月,在浙江余杭召开《章太炎全集》首批八册出版座谈会,我曾参加,当时估计全集最后完成,似乎至少还要五到十年,无论文献之搜辑、整理、鉴别、出版,难度都非常高。真没想到仅仅三年后,全集已经圆满且保证学术质量地出版问世,在此应该对所涉各方,包括章先生后人之鼎力支持,整理者之殚精竭虑,出版社之投入把关,以及余杭地方政府之竭诚资助,表达充分的敬意。

因为我不治近代学术与近代史,对章先生最出色当行的经子小学也所知甚少,仅能就粗浅之阅读谈些看法。

在三年前的出版座谈会上,我主要谈《太炎文录续编》中文章所看到他贯穿始终在国家民族大义方面的立场。包括1932年上海淞沪停战以后,他写了关于"一·二八"事件过程的叙述,对十九路军抗日业绩的赞颂,包括他为段祺瑞等许多北洋旧人所撰寿序或者为国民革命牺牲的其他人物写的碑志之中,能感觉到他是坚持一贯立场,完全是基于国家民族大义,不是为个人。他的生命最后五年和他早年思想,并未有任何隔绝和改变。

在最近出版的《太炎文录后编》《书信集》以及哀挽集中,有更多的新资料,揭示他晚年积极入世,参与民族生存斗争的所作所为,许多内容至今读来,均足令人动容。

热河抗战发生后,他多次驰书国民军总司令冯玉祥,认为"今日可与敌人一决雌雄者,唯兄一人",并乐于见到冯与张学良之接洽,告诫在民族危机之时不要过多考虑个人荣辱进退:"但求立功救国,何论名位高卑乎!"他还为冯具体出主意,认为冯"所据察哈尔地方,本七国、秦汉间云中定襄旧郡,与郭汾阳倡议朔方何异",即指出热、察一带是可以兴王,可以成为民族复兴的主要基地的。在热河战事结束后,他更建议冯重视培养人才,为长期抗战做充分准备。他致信宋哲元,赞其所部虽军备未充,"而能挺进肉搏,一战杀敌万人,岂独甲午以来所未有,即远溯鸦片战争至今,曷尝睹此"。尤其关注河北特别是北京一带军事、文化之动态,对北京大学可能南迁,对伪主溥仪可能南据旧京,对北京可能成为首度沦陷之地,他给冯长信,不无忧虑地指出"嚣嚣群氓固已望敌之入矣",愿当汉奸者大有人在。他警告冯不要如蒙恬、岳飞那样自弃武装,束手受戮,而应以一年为期,"捐猜疑,除苛政,明赏罚",达成"兵练械精",迎接更大的战事。虽然抗战全面爆发在太炎先生身后一年多,但他早在近两年前就已经看到中日间必有一战的大势,亦部分了解"中枢亦渐有经画"。

众所周知,由于历史原因,太炎先生与孙中山、蒋介石一系陈见甚深,来往不多,但在民族危机暴风雨将来临之际,他也无心计较以往的恩怨嫌隙。东北事变后,他在与人通信中,谴责"有此总司令、此副司令,欲奉、吉之不失,不能也",还提起日相币原"口称孙总理本愿放弃东三省"之旧事。对国民党内各派系之纷争,他能不计个人关系之疏近,谴责粤方挑动内斗为卖国贼,为创意卖国。他说:"吾之于人,心无适莫,平日恶蒋殊胜,及外患猝起,则谓蒋之视粤,情罪犹有轻重,惜乎阎、冯不得闻吾言也。"即在最大几个军事集团中,他不顾以往鄙蒋最甚的个人义气,认为蒋之绝不肯履行弃东三省,为抗战长远规划的立场,远胜张、冯、阎、粤诸人。他在1932年初与熊希龄、马相伯等联名给国民政府诸要员通电,认为"国为四万万人民公器,国民党标榜党治,决非自甘亡国",要求"捐除一切,立集首都,负起国防责任,联合全民总动员,收复失地,以延国命"。十九路军抗日战起,他更与诸名贤致电林森、蒋介石、汪精卫，主张实行全民总动员，支持沪上抗战，认为"当国者不力为后援，与共生死，而反以柔媚之术，与强敌为好言，岂徒自毁长城，亦悖乎国民心理矣"，要不然"众怒愤盈，无所宣泄，义旗所指，将在何人"，不免激起民变。

为中国抗日寻求国际援助，他也做了很大努力。1933年2月，他与马相伯联名在《申报》发表两件《告世界人民书》，严正指出东三省称满洲，绝非正称，其地从汉唐以来就是中国领土，绝非藩属，而东北人口，汉人有三千万，满人不过百余万，严厉谴责炮制"满洲国"之有悖历史，有违国际公例。他给参与国联满洲调查团的著名外交家顾维钧去信，列举历史上因出使"或囚或杀"的洪皓、左懋第为榜样，希望顾慷慨成行，借此揭露日本拼凑"满洲国"、分裂中国的阴谋。他说："足下此行，为日人所忌，其极不过一死耳。牺牲一生，而可以彰日人之暴行，启国联之义愤，为利于中国者正大，岂徒口舌折冲所可同比耶！"虽然鼓励顾要不惜一死以求真相，有些责人过甚，但此责人也正是太炎先生所愿自任者，知他虽自感身体已甚衰竭，但报国之情全未稍减。

北平"一二·九"学生爱国运动爆发后，北平当局拘捕了一些学生。章致信北平行辕主任宋哲元，认为"学生请愿，事出公诚，纵有加入共党者，但问今之主张何如，何论其平素"，请宋保持清名，释放学生。上海学生也组织请愿团北上声援，当局竭力阻挠，甚至诬以共党之名。章先生在《申报》发表公开谈话，"对学生爱国运动，深表同情"，要求政府"善为处理，不应贸然加以共党头衔，武力制止"。对租界日军因在马其昶子马根质书堆中发现抗日救国会宣传员徽章而将其逮捕，他不惜屈尊给日军野村司令去信，要求立即将其释放，"以全读书种子"。对于奔赴热河抗日前线的爱国学生，他不仅亲自资助，更给有力者写信，要求给以后援。

当然，章太炎在历史上，与北洋旧人及国民党反动派关系深厚，在三十年代也为这些人物写了许多文章，但从大端来说，都能把持大节，坚持原则。段祺瑞在河北危机加剧之际，响应蒋之召唤，迅捷南下，章对他的人生选择多有赞誉。他为吴佩孚起草《申讨伪满洲国电》，谴责溥仪"受日人唆使"成立伪满,"警报传来,不胜发指",代吴表示"方今于四海横流,国亡无日,佩孚以退处之身,不能默尔"。他为孙传芳写墓志,也特别认为他服膺黎元洪语"沦于异族,不如屈于同胞",对他之知大义给以肯定。他写陈炯明墓志,特别说到他败后,居香港,"倭破关东,君如天津觇国。倭人或说君与同谋。君言返我东三省,我即与汝通好,非是无可语者"。

还可以提及两件书信。一是致张季鸾书,强调"中国今后应永远保存之国粹,即是史书,以民族主义所托在是"。二是《书信集》最后一篇与蒋介石书,直可视为他对国事之最后遗言。他告蒋,日人对津沽不断增兵,虽还只是武力胁迫,但危机日剧,他建议蒋与冯、阎携手合作,力守河北、山西,绝不能轻言退让,直言黄河之无法固守。对于晋北之共产党,他虽认为"欲北据河套,与苏俄通声气",所见有偏见,但也看到"其对于日军,必不肯俯首驯伏明甚",至少可以民军视之,亦具国共合作抗日之雏见。

章太炎去世时,鲁迅在上海,但没有参加悼念公祭,连挽联也未送,似乎有些失礼。但在他生命的最后十天,则连续写了《关于太炎先生二三事》《因太炎先生而想起的二三事》,深情回忆了众多往事,赞颂"战斗的文章,乃是先生一生中最大、最持久的业绩",但也批评乃师晚年之"身衣学术的华衮,粹然成为儒宗","既离民众,渐入颓唐","用自己所手造的和别人所帮造的墙,和时代隔绝了"。看来,师徒二人的最后十多年,真是非常隔膜,全无所知了。

因为《章太炎全集》的出版,我们可以读到更立体的一代大师在生命的最后几年,一直保持早年的血性,一直坚守民族爱国主义的立场。

以上所谈,希望可以给章先生遗嘱"若外族入主,务须洁身"作一注脚。

2017年9月4日

(2017年9月10日,在上海人民出版社与北京师范大学人文宗教高等研究院主办《章太炎全集》出版研讨会上的发言,刊《文汇学人》2017年11月3日。)

最后的雅集　　不朽的完人

——张元济先生的朋友圈和人生志业

2017年10月是近代文化巨子张元济先生（1867—1959）诞辰150周年，商务印书馆隆重影印1956年由商务同人发起征集、各界文化名流参与的庆寿诗文书画，用陈叔通、叶恭绰题签《张菊生先生九十生日纪念册》为书名，以大本六开绸面线装三册出版。

元济先生字菊生，可说是近代难得的完人。为示尊重，本文后称菊老或寿翁。《纪念册》卷首有商务印书馆同人祝寿词《敬祝菊生先生九十大庆》，具名者为俞澄寰、丁榕、徐善祥、陈懋解、郁厚培、韦傅卿、俞明时、史久芸、沈季湘、张雄飞、丁英桂十一人，都是长期在商务任职的高中层人员，也显示本次征集活动的非官方色彩。尽管在卷端有照片，寿翁亲题："余祖孙三人展阅陈毅市长、柯庆施书记所赠白石老人画。"又以中央统战部部长李维汉、上海市副市长盛丕华、高等教育出版社贺词列前，但尽量不张扬官方表彰，是编者理解寿翁淡泊为人之合适安排。张树年主编《张元济年谱》载，是年10月30日，市委第一书记柯庆施以下领导到张府为寿翁祝寿并宴请，但《纪念册》并无反映，足见低调。

虽然低调，以私人名义参与祝寿的新旧文化名人还真不少，其中在中央政府担任重要职务的有高等教育部部长马叙伦、副部长周建人，文化部部长沈雁冰、副部长胡愈之，最高人民法院院长沈钧儒，教育部副部长叶圣陶，政务院副总理黄炎培，中国科学院院长郭沫若，全国人大常委会副委员长陈叔通、常委邵力子等，可谓集一时之盛。但若更仔细地阅读，还可以发现，祝寿的人群中包括了清末以来的不同人群。

菊老在光绪十五年（1889）二十三岁时在杭州参加乡试，同年金兆蕃虽已故去，但金二子问源、问洙各有献词。问源撰寿序，谓"年丈与先父为清光绪己丑乡试同举，少为文字之交，道义相勖，垂六十有余年，老而弥笃"，引其父语称菊老之成就"不胜安石苍生之感"。问洙作七律，有"共闻今日尊黄绮，尚忆当年锢俊厨"句，无限沧桑之感。

菊老是光绪十八年（1892）进士，初以贡生第四十名中试，复以二甲第二十四名中进士。在这一榜中有吴士鉴、蔡元培、叶德辉、唐文治、沈宝琛等文化名人，唯有菊老在释褐六十五年间仍巍然独存，真如鲁灵光殿尚存吉光。寿词中有唐文治子唐庆诒所撰七绝四首，其二云："曾与先君共砚田，平生交谊如金坚。关怀枉觅三年艾，几度丁宁卧榻前。"后两句述"老伯大人"对自己的关怀，前两句说张、唐二人既为同年进士，自清末起均居上海，分执教育、出版两界之牛耳近五十年，在文化观念上都倡导东西并蓄，在守护文化上更有坚定的立场，一生交契如金，更属难得佳话。

与寿翁同辈人物，时仍有健存者，可以读到清末署四川成绵道周善培、户部主事余节高，光绪甲辰科榜眼商衍鎏、进士邢端，清末举人冒广生、沈钧儒等，都是与菊老共同经历清末二十年剧变的旧友。菊老自壬辰登第，在官六年，据他1950年自填简历述官守有："光绪十八年壬辰官翰林院，改刑部主事，充总理各国事务衙门章京，戊戌政变革职。"清人仕宦，以初授翰林院庶吉士者最为显途，殆属朝廷重点培养之人才。菊老后复参与对外交涉，接受西学，眼界大开，菊老是徐致靖向光绪推荐变法五人之一。他屡上条陈，亟言变法。变法失败，偶得保全，但得到"革职永不叙用"的处分。许多寿词讲到菊老的这段经历，说他是戊戌党人碑之最后幸存者，若鲁灵光殿巍然独存，都是对他这段经历的感喟。

菊老曾自述在西太后复垂帘后，他怕缇骑临门，惊动母亲，因而每天仍进署，早到晚退，半月后方得处分。母亲告他："儿啊，有子万事足，无官一身轻。"他捧母手而泣，由此开始人生新的历程。戊戌次年，他入南洋公学为译书院院长，又创办特班，培养了李叔同、邵力子、谢无量等人。接触西学更多。1902年初，他应商务印书馆创办人夏瑞芳之邀，加入商务，先在编译所。清季曾有机会重返官场，他也拒绝了。至1916年主政商务，直到1959年离世，在商务凡五十七年。

菊老在商务，从开启民智、扶助教育做起，大规模地组织编写具有现代意识、科学结构的教科书，从儿童教育入手，由简入繁，循序渐进，如《最新初等小学国文教材》发行量达全国五分之四，再续编从童蒙到大学的全套教科书。再就是积极提倡科学文化，努力介绍西学，编译西方学术名著和欧美小说，出版新式辞书《辞源》，出版大批普及性的学术刊物，皆做得有声有色，风起云涌。

曾有人认为，"五四"新文化运动的重镇有二，一是《新青年》杂志，二是商务印书馆，可以说恰如其分。许多新文学关键人物都曾有在商务任职的经历，即缘于此。从《纪念册》可以读到，沈雁冰1916年曾任职于商务英文部，周建人1921年任职《东方杂志》部，胡愈之1914年入馆为实习生，陈叔通1915年入馆主持总务处，章锡琛1912年后先后编辑《东方杂志》《妇女杂志》，叶圣陶1923年入国文部，蒋维乔1902年入国文部编教科书，郑振铎1921年入馆先编《儿童杂志》后编《小说月刊》，瞿宣颖1921年供职于编译所交通科，顾颉刚1922年任史地部编辑，顾廷龙1939年主持合众图书馆。这些文化名人各自人生道路和成就领域不同，商务的经历都是他们人生经历中重要的一节。就得人之盛来说，商务绝不逊色于那时的任何一所大学。

另一方面，菊老以更多的精力积极守护文化，遵循传统，做了大量具体而微的工作，标志著作则为《四部丛刊》的印行与百衲本《二十四史》之编刊。他的目标，是将最重要古籍的最佳善本，用最近真开朗的开本影印出来，让读书人有所依归。他的设想得到了近代江南最著名藏书家的支持。在《纪念册》中可看到嘉业堂主人刘承幹、铁琴铜剑楼主人瞿凤起等人的贺词，他们当年都曾给以无私的支持。菊老当年的工作，有乾嘉正学的继承光大，绝非书商的随机取利。

对于菊老古籍校勘成就，著名古典文献学家、当时任教于复旦大学的王欣夫献诗六首，评价最见公议，录前四首于此。其一："早岁声名满九州，晚来几见海横流。沧江一卧称天隐，手勘奇书已汗牛。"称寿翁历经世变，名满天下，而高隐闹市，唯以校勘古书遣日，手勘奇书之富，并世唯傅沅叔可以齐名，张、傅讨论古籍书信数百，早经刊布，久誉学林。其二："仪征校记罗诸本，经籍跋文详简庄。何似留真百衲史，长悬学海两奇芒。"自注："先生景印《二十四史》，校记稿盈数尺，实可媲美阮氏《十三经校勘记》。而《校史随笔》一编，择精语详，胜于仲鱼跋文。经史两巨著，如泰华之并峙，诚不朽盛业也。"认为阮元校刊十三经足以代表清人校经之最高成就，菊老校勘并勘布百衲本《二十四史》，足可代表民初以来校史的最高水平，足与阮书并悬不朽。菊老校勘记手稿，商务近二十年已经全部印出，皆其手写亲定，逐字定夺，一笔不苟。其三："行格异同避讳字，由来此外鉴裁稀。若非朱子台州劲，谁识梓人表蒋辉。"自注："自来鉴别宋刻书，未有详及刻工姓名者，先生实创为之，所编《涵芬楼烬余书录》《宝礼堂宋本书录》，均详著之，大有助于考订之资。"因菊老所编两种善本书录，特别表彰他对宋版书刻工姓名之重视，认为指示可靠之内证。其四："乡邦文献尊槜李，家世收藏溯涉园。宁止衣冠梦中拜，千秋学术有渊源。"自注："先生搜罗乡邦文献及先世旧藏甚富，编为《海盐张氏涉园藏书目录》，可以嘉兴艺文志视之。"此表彰菊老整理乡邦及家族文献之成就。菊老为浙江海盐人，始祖推为宋理学家张九成，元张雨以文学显，明初迁海盐闻琴里，入清而文名更盛，九世皆有著作传世，至菊老而得名满寰区。菊老在商务取得经济积累后，更利用丰厚的财力，广泛搜辑南北散出的善本，开书馆自建书库的先声。其后陆续印《国学基本丛书》《丛书集成初编》《续古逸丛书》等大型丛书，虽定位不同，但保存文化、普及学术之目标则始终不变。

所有寿词中,文学书法皆可臻绝者,为王蘧常所作五十韵献寿长诗,章草恭书,叙菊老一生成就与家世交谊。王与菊老为嘉兴大同乡,其父且与菊老皆为甲申(1884)乡试同年,后流落到沪,承菊老照拂,后代唐文治主政无锡国专,更为二老友谊之证人。长诗中最重要的内容,一是述其父王甲荣对菊老的评价,认为如剑在匣,"寒芒虽深韬,犹能一闪烁",并述及菊老所受母教:"贾陆非所喜,母教在止足。曾拜太夫人,深语移晷刻。他日话惊弦,回首尚哽咽。"说曾见张母之印象,菊老受母教而知止足,晚年述及母恩,尚为之鸣咽。又说汪伪时期二老连手守护学校独立:"追日暮倒行,郊移及太学。丈又奋然起,陈欧事可怵。联名唐夫子,一书拨鸩毒。终得如所愿,亲见乾坤斡。"二老虽皆困守孤岛,但始终不降志,不附逆,珍惜名节,照顾孤弱,在力所能及间做了大量努力。

庆寿人群中,以两批人物为最多,一是中央及上海文史馆馆员。菊老长期担任上海文史馆馆长,备受爱戴,各馆员中自多书画名家,诗文耆旧,故所作各怀妙艺,各臻佳境。另一部分是商务同人,大多与菊老共事数十年,早蒙煦育,各尽职守,他们既是菊老平生事业的参与者,更能从各自具体的接触,细节的感受,写出寿翁人格之伟大。这里仅录两位普通职员的回忆。张屏翰就职于商务成都分馆,朱景张任总务处分庄科科长,他们一起回忆了四件小事。一是清末上班,早晚乘马车,如远出晚归则多乘电车,问何不乘马车,菊老答"恐马力过于疲劳,有伤马体",真蔼然仁者之言。二是曾亲到码头迎候梁启超,人问梁为后辈,可不必亲迎,菊老答"我为商务印书馆多得几部好书稿,为中国文化多出几部好书",并非斤斤于师叔之尊。三云曾同登峨眉,午后至中峰寺即返,同人诧异远道而来,何遽归返,菊老答"我们要留有余地,何必登峰造极"。四云曾孤身到乌尤寺看老友,拒绝陪从,多年后方知他与老友游寺,多行跪拜,恐同人惊诧,故拒绝同行,以见他笃于友道,坚守分际。

《纪念册》最后，是寿翁亲书答词："余九十初度，远道朋辈各以文字相贶，深感盛意，谨口占一绝，聊表谢忱：正叹年华逐逝波，颁来美意故人多。愧无佳句还相答，聊作琼瑶远拜嘉。"末句出韵，估计因方音而然。

人生百年，生日仅是区隔的一瞬，汉晋尚不甚看重。唐玄宗立千秋节，渐次普及，至南宋而祝寿风大行，清季民初尤盛，传留有大量颂寿集，亦足觇一时风气，存盛德世情。菊老九十庆寿，虽由商务同人发起，事实上并未有聚集，但参与者人数之多，层级之高，代表性之广，真可视为传统文人的最后一次雅集。其后风波迭起，老成凋零，这样的雅集再也不可能有了。《纪念册》之印行，所以尤觉珍贵在此。

刊《文汇读书周报》2017年10月16日

师友琅琊馆学记

本师朱东润先生平生敬慕东汉邴曼容不趋竞、不迎合之为人，因唐杜牧《长安杂题长句六首》之四有"九原可作吾谁与？师友琅琊邴曼容"句，乃题泰兴所居为师友琅琊馆，中年客居沪上后称师友琅琊行馆。今述其平生学迹，因以为篇题。

朱东润先生生平述略

朱先生本名世溱，中年后以字行，江苏泰兴人。1896年12月6日出生。时家道已中落，少年时父亲去世。十二岁时因偶然原因入邮传部上海实业学校附属小学读书，适古文家唐文治任学校监督（校长），因得悟古文作法，体会古文之喷薄之美与情韵之美。十七岁时读完中学二年级，即因故退学。民国初肇，曾助吴稚晖办《公论报》，旋因吴指引赴英国留学，入伦敦西南学院，课余从事翻译以助学费。二十岁前已出版译著《骠骑父子》《波兰遗恨录》《踏雪东征录》等。1916年归国，到广西梧州省立第二中学任教三年，再至南通师范学校任教十年，皆讲授英文。1929年入武汉大学，初授英文，自1931年起讲授中国文学批评史，始改任中文系教授。抗战军起，西行万里至四川乐山。1942年，改至中央大学国文系任教。1947年夏受派系牵累去职，其间曾辗转多地任教。

1951年受聘至上海沪江大学，次年院系调整并入复旦大学中文系。此后在复旦任教三十六年，1957年至1981年曾任中文系主任（"文革"间靠边）。1988年2月10日因病逝世，得年九十二岁。

朱东润先生身处中国近代社会和学术大变动时期，对传统学术有较好的感悟与积累，对欧美文学特别是英国文学有很深切的认识和体悟，加上天资颖悟，一生勤奋，在学术上取得举世公认的成就。举其大端，则可以提到他是中国文学批评史学科的奠基者之一，他是中国现代传记文学的开山者，他治学兼摄文史，横跨各代，特别强调力透纸背的翻陈出新，以及士为天下任的强烈淑世情怀。他为中国现代学术史留下了极其珍贵的学术遗产。

中国文学批评史学的奠基者

中国古代有优秀的文学批评的传统，至南朝时已经出现《文心雕龙》和《诗品》这样伟大的著作，宋代以后诗话、词话、文话勃兴，清人在四部分类中专设"诗文评"一类收存有关著作。传统文学批评关注文学写作的具体批评，宋以后如诗话类著作更关注诗歌写作真相和技巧之讨论，虽各有所得，无论在著作方式、批评对象和论述系统方面，都自成特色，与西方学术有很大不同。他在1932年夏完成《中国文学批评史讲义》初稿，约十五万字，写到明末钱谦益。1933年完成第二稿，增写清代二十多章，并对全书做了大幅度调整。1937年完成第三稿，改动幅度更大。虽然因为抗战爆发，学校西迁，其间第三稿下半部遗失，到1943年正式出版时，前半部是第三稿，后半部是第二稿，改名《中国文学批评史大纲》。《大纲》用文言写作，但表达的是具有西方学术眼光的文学批评立场，也是中国第一部从上古写到近代的批评史专著。

在朱先生以前，陈钟凡著《中国文学批评史》，1927年由中华书局出版，仅七万字，分十二章，前三章讨论文学义界与文学批评，后九章按时代排列，仅能粗具大概。朱先生认为该书虽"大体略具"，但"仓卒成书，罅漏时有"，就繁略、简择、分类三端提出批评，认为一是详于唐以前而忽略宋代以后，二以杜甫为例指其堆砌材料而缺乏鉴别，三则指其在各代批评中喜区分文体而罗列批评。朱先生认为"大率近人分类虽视古益精，而文学批评一语之成立，翻待至与西洋文学接触而后"。特别列举英国学者高斯在《英文百科全书》中将批评定义为"判定文学上或艺术上美的对象之性质及价值之艺术"，并借此阐明文学批评之性质、对象与分类，批评与文学盛衰之关系，以及文学批评文献之取资。

从1931年至1937年，朱先生在武汉大学《文哲季刊》发表系列批评史论文，侧重在宋以后批评家论述之总结，后结集为《中国文学批评论集》，1940年由开明书店出版。此组论文见其专题研究之深入，有许多独到之论说，如认为司空图、严羽、王士禛三人皆脱离现实，司空论诗真谛在"思与境偕"，严倡妙悟，不过袭江西遗论，王则承严论更"汪洋无崖畔"；认为方回、钱谦益人品无取，才识各具，方论诗宗旨在格高、字响、句活，钱论诗"精悍之气见于眉宇"；认为桐城派以阴阳刚柔之说论古文始于姚鼐而成于曾国藩，对其太阳、少阳、太阴、少阴四象说论列尤详。在此基础上写定之第三稿，在文献增补、论述精当和探讨深入等方面，都有很大提升。

在《大纲》自序中，特别提到在他完成初稿到正式出版期间，郭绍虞、罗根泽陆续出版《中国文学批评史》，相关论著亦多。"在和诸位先生的著作显然相同的地方，我不曾作有心的抄袭；在和诸位先生的著作显然不同的地方，我也不曾作故意的违反。讨论一切事物的时候，有一般的局势，有各殊的立场。因为局势相同，所以结论类似，同时也因为立场不一，所以对于万事万物看出种种不同的形态。"他特别说到己著的三大特点。一是"章目里只见到无数的个人，没有指出这是怎样的一个时代，或者这是怎样的一个宗派"。就全书虽始终关注批评家所处的时代，也说及其与某宗某派之关系，但"认为伟大的批评家不一定属于任何的时代和宗派。他们受时代的支配，同时他们也超越时代"，"他们的抱负往往是指导宗派而不受宗派的指导"。二是"对于每个批评家，常把论诗论文的主张放在一篇以内"加以讨论,目的是让读者看到"整个的批评家,而不是每个批评家的多方面的组合"。三是特别"注重近代的批评家",明清两代文学批评的论述占了全书一半以上的篇幅,展现了"远略近详"的特点。

章培恒先生曾评价《大纲》"实是我国最早提供严格意义上的中国文学批评史的较完整架构、对我国的文学批评的发展过程作出富于新意的探讨和概括的著作"。其贡献在于"第一次用新的文学观念较系统地考察了我国从先秦到清末的文学批评发展过程,尽可能地挖掘了在这过程中在不同程度上体现了文学本质特征的观点和主张,描述了它们的演进历程,也适当地交代了与它们相矛盾的文学批评及其变迁"(《大纲》导言,上海古籍出版社,2004年)。

文史研究领域的开拓与收获

三十年代中期开始,朱先生转入古诗和古史研究,所著后结集为《读诗四论》(晚年再版时更名《诗三百篇探故》)和《史记考索》两书。前者包含《国风出于民间论质疑》《论大小雅说臆》《古诗说摭遗》《诗心论发凡》四篇,所谈皆为《诗经》的核心问题,其中《国风出于民间论质疑》一文,对于《国风》出自民间的旧说大胆质疑,从作品本身入手加以详细辩证,广引博征,考察诗人的地位与身份,证明《国风》百六十篇中至少有半数以上为统治阶级人物的作品。通过对习见材料的重新解读,得出颠覆性结论,堪称典范之作。另认为雅即夏,据以判断大小雅及其正变的寓意,从批评史的立场阐发古诗说的意义,也曾广受赞誉。

《史记考索》撰于1940年上半年,因拟开设《史记》课程,乃从基本文献梳理着手,有许多独到创见。自序称:"属海内云扰,乡邑沦陷,遂肆意著述,藉遣殷忧。历时六月,得十八篇,凡论史例者四篇,史实者三篇,史注者四篇,辑佚者三篇;其他四篇,解因他起义,无待标置，附诸卷末。"该书1948年由开明书店出版，久已享誉学林，是二十世纪《史记》研究的代表著作之一。如项羽到乌江而不肯赴江东，史书称羞见江东父老，以后学者大多不离此意。而先生则提出，当时江东已为刘邦所有，项羽已无路可走。依据是《史记·高祖功臣侯者年表》，江东子弟有十人封侯，功劳是以江东归汉。先生强调读书一定要注意做仔细的时间和空间的排比，要注意利用别人忽略的文献。历代研治《史记》者甚多，但在《表》上花工夫的人则不多，真正能融会贯通者更少。近期发现先生稍后撰写的《〈史记〉及史家底传叙》（刊《复旦学报》2015年第2期）一文，谈到正史的范围，讲到史传与传叙文学的联系与区隔，《史记》互见体例之运用及其局限，特别讨论到《管晏列传》《魏公子传》《魏其武安侯传》以及项羽、刘邦本纪之人物叙写。此文是学术鼎盛时期所撰，笔力健旺，议论风发，分析细致，识透纸背，处处显示融贯东西、参悟古今的气象格局，是一篇难得的大文字。

四十年代末，先生还曾撰《汉书考索》《后汉书考索》，对二书也有许多独到的发明。如前后《汉书》写更始帝刘玄，大都视其为暗弱平庸的傀儡人物。先生逐月排列了更始时期的政局变动和应对策略及人事布局，指出更始称帝前以豪侠称，称帝后一系列举措可见其具有掌控全局的杰出才干，其失败有很大偶然性。对于光武帝刘秀，则指出其才干的平常，其成功决定于他的忍让，善于用人和寻觅机会。而对于范晔《后汉书》虽后出，但独能取代八家后汉史而得名世，先生也从该书特别表彰清流人士对国事之重视，强调国家在危亡动荡之际，士人应该承担的拯世济民之责任。先生读书细密，富于自信，强调力透纸背，目光如炬，常常能以单刀直入的态度，抓住问题的关节点，加以细致的考订，发前人所未发。

1950年秋到1951年初，朱先生研究《楚辞》，成文四篇，分别是《楚歌及楚辞》《离骚的作者》《淮南王安及其作品》《离骚以外的屈赋》，总名《楚辞探故》。他不赞同《楚辞》为屈原、宋玉所作的一般说法，根据汉高诱《淮南子注》和荀悦《汉纪》的记载，认为《离骚》是淮南王刘安的作品。朱师认为《离骚》所述人物，除丰隆、宓妃这些幻想人物外，都是中原民族的人物，没有任何楚国的先王先公，如出屈原之手，不能不说是意外。但其中大量提到南方地名和草木，似乎提示作者是一位认识中原文化而不甚了解楚文化，但是对于南方情事相当熟悉的人物。既然汉代关于《离骚》作者有两种不同记载，就有从不同立场探讨的必要。刘安是具备写作可能的。经老友叶圣陶交《光明日报》副刊刊出后，引致学界哗然。郭沫若正领衔着力宣传世界文化名人屈原，因此郭与杨树达、沈知方连续在同一副刊发表五篇文章加以反驳。朱先生当年采取了不应战的态度，但还是写了补充两文，主旨在于考述刘氏得氏迟至春秋后期，可以上溯到颛顼，与"帝高阳之苗裔兮"并无违格。另一篇讨论贾谊是否曾为长沙王太傅，认为当时中央王朝对于异姓王朝的任何官员没有任命权，《史记·贾生传》错讹很多，难以尽当信史来看待。虽然此后六十多年楚辞研究成就空前，出土文献的发现和研究改变了秦汉史研究的基本格局，朱先生当年的讨论仍具启示意义。如阜阳夏侯灶墓据传出土《楚辞》残简，而其地恰为淮南王封地。朱先生所见得自对史籍的反复研读和体悟，绝非率尔之见。

中年以后，朱先生在文史领域仍有许多重要建树。一是主持编选注释高校统编教材《中国历代文学作品选》，对于近半个世纪中国古代文学的教学工作影响深远，至今为止依然是最广泛通行的中文专业基本教材。二是在七十年代前期主持《旧唐书》《旧五代史》点校，从目前所存校点长编来看，文本校勘和校勘记撰写方面都严格遵循规范，达到了很高成就。三是在古籍校注和学术普及方面做了大量实际工作。他为写《梅尧臣传》，整理梅尧臣文集，为全部梅氏作品编年校注。在学术普及方面，则有《左传选》《陆游诗选》《梅尧臣诗选》等著作。

转向传记文学研究和写作

从1939年开始，朱先生的个人学术研究重心转向传叙文学研究与创作，其直接触机是当时教育部颁文要求各大学开设传记文学课程，许多教授以唐宋八大家碑传类古文来应责，朱先生认为这完全判断错误了。他从早年留学时，就对英国文学，特别是其传记文学抱有浓厚兴趣，此时决定作筚路蓝缕之探索。

在一般人看来，从《史记》《汉书》开始，中国古代史传似乎有着悠久的传统，但在致力的方向上，与西方的认识有着根本的不同。先生用西方传记文学的眼光来审视，看到了秦汉的史传、六朝的别传僧传、唐宋的碑状、明清的年谱，以及梁启超的几部评传，各有成就，但也颇多遗憾。史传的目标是写史写事，碑状过于刻板虚假，年谱不免具体而琐碎，梁启超的评传把一个人的事功分割成几块来叙述，不免有"大卸八块"的遗憾。先生认为传叙文学的使命是要写出活泼生动的人性，要以确凿可信的文献为依凭，尽可能真实地反映传主的生命历程。中国古代曾经有过传叙文学的辉煌，但唐宋以后没有能够得到继续，对于过去的成就，应该加以发掘和阐述。"知道了过去的中国文学，便会看出当来的中国传叙文学。"他想到的是："世界是整个的，文学是整个的。中国的小说和戏剧，受到新的激荡，正在一步步地和世界文学接近"，诗歌"还在大海中挣扎，一边是新体诗底不断地演进，一边有人眷恋已往的陈迹。只有中国的传叙文学，好像还没有多大的进展"。他坚持认为"传叙文学底使命是人性真相底流露"（以上均见《八代传叙文学述论》绪言），决心为此作彻底的探究。

先生的努力从阅读西方理论开始。当时唯一能够找到的理论著作是法国莫洛亚的《传叙文学综论》，他从图书馆借出，用一个月时间连读带译，掌握了这部理论："西洋文学里，一位重要的传主，可能有十万字乃至一二百万字的传记，除了他的一生以外，还得把他的时代，他的精神面貌，乃至他的亲友仇敌全部交出，烘托出这样的人物。"（《朱东润自传》第256页，东方出版中心，1999年）他结合早年对英国文学的阅读，特别推尊鲍斯维尔的《约翰逊博士传》和斯特拉哲的《维多利亚女王传》，几年后对英国古典和近代传叙的做派有一简略说明："一部大传，往往从数十万言到百余万言。关于每一项目的记载，常要经过多种文卷的考订。这种精力，真是使人大吃一惊。这种风气，在英国传叙文学里一直保持到维多利亚时代。一切记载，更加翔实而确切，而证明的文卷，亦更加繁重而艰辛，于是引起二十世纪初年之'近代传叙文学'。这一派底作风，总想活泼而深刻，同时极力摆脱政见的桎梏。其实仍是一步步脚踏实地，没有蹈空的语句。"（《八代传叙文学述论》绪言）

他的工作从两方面展开。一方面是研究中国历代传叙文学的历史，另一方面是探索中国传叙文学的创作。前者在四十年代前中期曾先后发表《〈大慈恩寺三藏法师传〉述论》（刊《文史杂志》创刊号，1941年4月）、《关于传叙文学的几个名辞》（刊《星期评论》1941年3月）、《传叙文学与史传之别》（刊《星期评论》1941年7月）、《中国传叙文学的过去与将来》（刊《学林月刊》第8期，1941年6月）等论文；后者则有1943年完成《张居正大传》，成为中国现代传记文学的经典著作。

在先生生前未发表的遗稿中，有两部已经写定完成或接近完成的著作。一部题端为《传叙文学述论》，包含十五篇文稿，扉页题记："此书上下二册，述于一九三九，次年毕事。初名《传叙文学之变迁》，后撷为《八代传叙文学述论》，未付刊。扉页已失，姑粘此纸，以志始末。东润，一九七六年一月。"为先生从事传叙文学研究最初成文的结集。另一部是《八代传叙文学述论》，自序写于1941年5月，全书分十二章，经我整理2006年由复旦大学出版社出版。2015年5月复旦大学建校110周年，编辑出版《复旦百年经典文库》，以二书合刊出版，为避书名重复，前书出版时以《中国传叙文学之变迁》为书名。

《中国传叙文学之变迁》十五篇文稿，仅四篇增改后于四十年代发表，《法显行传》《高僧传》等三四篇与《八代传叙文学述论》相关内容相近，其他大多未刊。书中确可看到拓荒时的粗糙和不成熟，如《〈三国志注〉引用的传叙》《〈世说新语注〉引用的传叙》两节，据诸书辑录数据加以论列，但二书数据有较多交叉，所引佚书的时代则各有先后。对《续高僧传》的研究，肯定其"和慧皎原著有相等价值"，并揭示此书对慧皎书的批评和补充，其所依据的文献来源，所撰在世人物生传的体例特殊，并看到该书对禅宗不满、与玄奘就译经的分歧以及所见周齐隋唐佛道二教递盛的事实。虽然都具卓见，但就传叙文学立场说，显然还没能完全展开。

但书稿中确有几篇难得的大文章。前述论《史记》与史家传叙一文即见本书。关于《晏子春秋》的考察，是针对《四库提要》认为该书是家传"权舆"的说法，认为"这里看不到传主生卒年月，看不到他的世系，看不到他的心理发展。所有的止是若干片断的堆积"。这是有关传叙起源的大问题。《唐代文人传叙》一篇，特别表出陆羽《陆文学自传》自述曾为优伶，陆龟蒙《甫里子传》自述曾"躬负畚锸"，因坦白而令人钦服。对韩愈所论文人不作传的偏见，也给以严肃的澄清。其中缺题一文长达两万多字，从前后文看，似乎为意外的写作，因为读唐初道宣《续高僧传》，体悟此书对隋代政治及人物的叙写，显然没有受到唐初史臣贬抑隋政的看法影响，真实展示隋代二帝之真实为人及其与佛教之关系。如讲隋文、隋炀父子："假如我们要把隋文和隋炀对比，显然地他们属于两个不同的范畴。文帝阴狠，炀帝阔大；文帝鄙啬，炀帝豪纵；文帝是校计升斗的田舍翁，炀帝是席丰履厚的世家子。要在中国史上找一个和炀帝相比的人物，我们只可推举汉武帝：他们同样是词华横溢的天才，雄才大略的君主。不过炀帝的结局，遇到意外的不幸，成为历史的惨剧，再加以唐代史家全无同情的叙述，和《迷楼记》这些向壁虚造的故事，于是炀帝更写成童昏，留为千秋的炯戒。这不能不算是历史上的冤狱。"这样评说，无论当时或现在，似乎都有些惊世骇俗。对楚汉争战之最后胜负，朱先生认为"倘使把当时双方战略和天下大势搁开不说"，项羽因为世代将家，"对于部下的赏赉，是比较地慎重，换言之，就是慎重名器"，"而刘邦止是一个无赖，他手下的大多是时代的渣滓，这正是陈平说的'士之顽钝嗜利无耻者'。渣滓当然有渣滓的道理，在这一大群的顽钝无耻之徒，他们没有宗旨，没有信义，所看到的止是高官厚禄，玉帛子女。恰恰刘邦看清楚这一点，所以他成功了。他的成功的因素，就是不惜名器"。写于1940年的这段话，是对刘胜项败的判读，也说清了历史上的许多事情，值得玩味。

更难能可贵的是，该稿撰写于抗战最艰苦的时期，虽在研究历史，但处处透露出时代气息。如说汉初以来，北方诸郡"没有一处不受到匈奴的屠戮"，汉武帝"决定采用贾生的策略，实现文帝的决心"，"其后一切的战略，都由武帝独断，恰恰遇着卫青、霍去病承意顺命，如臂使指，当然攻无不克，一直等到匈奴北徙，幕南无王庭之后，中华民族才得到喘息的机会。以后再由元帝收拾局面，但是这个民族生存的大功，还是在武帝手内奠定的"。讨论的是汉国势的安危和底定，但渗透了眼前的殷忧。在讨论朱熹《张魏公行状》时，特别引录《行状》原文："公（指张浚）素念国家艰危以来，措置首尾失当，若欲致中兴，必自关陕始，又恐虏或先入陕陷蜀，则东南不复能自保，遂慷慨请行。"并说明建炎间张浚的计划是"自任关陕，由韩世忠镇淮东，吕颐浩、张俊、刘光世扈驾入秦"。在建炎四年（1130）金人南下，张浚被迫出兵牵制，导致富平大败。先生认为行状对此写得太轻了，"其实自此以后，关陕一带完全沦陷，幸亏吴玠、吴璘保守和尚原、大散关，阻遏金人入蜀之计，但是从此东窥中原，几于绝望，不能不由张浚负责"。1939年东南多已沦陷，国民政府入川，军事形势与南宋之重心在东南不同，而维持大局，控守关陕、湖湘之大势则同。先生借对南宋初年军事布局之认识，提出国势安危之关键所在。讨论全祖望碑状成就时，特别写到清初东南抗清之艰苦卓绝："当鲁王盘踞舟山的时期，宁波、余姚一带山寨林立，作为海中的声援，山寨没有陷落以前，清兵不敢下海，正和最近抗战中的中条山游击战一样，在民族战争中发生最大的牵制力量。"又说："在山寨底挣扎当中，浙江世家子弟几乎全参加了。"特别表彰"钱肃乐是一个孤忠耿耿的大臣，张煌言便是一个百折不回的斗士"。在这些地方，说的是清初，又何尝不是当时全民抗战的现实呢？

《八代传叙文学述论》作为一部特殊形式的文学史著作，先生特别说明有关文献取得之不易，是从各种类书、古注中辑录四百多种魏晋别传、杂传为主干，依靠史传、僧传、碑志为基础，加以系统论撰而成。他认为被《四库提要》称为传记之祖的《晏子春秋》只是"寒伧的祖宗"，《史记》《汉书》的目的是叙史，而不是写人，被史家称道的互见之法，在人物传记中无法看到其一生的真相。他认为传叙文学产生的时代在东汉，自觉的时代在魏晋。他认为："汉魏六朝的时代是不定的，动荡的，社会上充满了壮盛的气息，没有一定的类型，一定的标格，一切的人都是自由地发展。"这样就出现"许多不入格的人物：帝王不像帝王，文臣不像文臣，乃至儿子不像儿子，女人不像女人"，有个性的人物当然是传叙记录的好标本，"传叙家所看到的，到处都是真性的流露"。到唐宋以后，情况变了，思想、艺术和为人都"成为定格"，"常常使人感到平凡和委琐"（均见该书自序）。此外，他对中古僧传评价也很高。他认为《法显行传》是一部"人性底叙述。我们看到悲欢离合，看到生死无常，看到法显底慨然生悲，看到印度诸僧底相顾骇叹"。他举法显在天竺看到商人供奉的白绢扇而凄然下泪，认为这位高僧"和我们一样地有知觉有感情的人物"。他特别赞赏慧皎《高僧传》各传篇幅扩大，可做完密的叙述，且"富于人性的描写"。以庐山慧远为例，认为处处写出其弘法的坚定和人格的伟大，并加评议："慧远庄严博伟，虽一时枭杰刘裕、桓玄之徒，敢于窥窃神器，而不敢犯及远公。罗什屈身僭伪，而慧远树沙门不敬王者之论。从人格方面讲，慧远与鸠摩罗什简直无从比拟，这是中国人的光荣，也是晋宋以后佛法大兴的根源。"

后半生集中精力从事传记文学写作

先生探索中国传叙文学的创作，在反复斟酌后，选定明代隆庆、万历间的权相张居正，一位在生前身后都有争议，但朱先生认为他是在错综复杂的政治纠葛中为民族生存和发展做出重要努力的人物，在抗战最困难的时期，写出这样的人物，是具有激励士气意义的。

在实际写作展开后，朱先生始感到开拓之不易，即明代的文献虽然很多，但各有立场和避忌，要把复杂政治斗争中交叉多元、错综难解的人际关系及其在权力角逐中的各种不同人物的真面目、多性情，以及由此造成人物命运的变化展现出来，确实不容易。朱先生从西方传记文学的做法中得到启发，即首先广泛而全面地搜辑此一时期的重要文献，在仔细阅读后做极其繁复的推敲和取舍，剔去伪饰，追寻真相。朱先生认为史传、碑志、实录、文集、年谱，乃至西方学者重视的自叙、回忆录、日记、书简，都有各自的局限。优秀的传叙家应善于分析和驾驭各类文献，努力追寻事实的真相，"把一切伪造无稽的故事删除，把一切真凭实据的故事收进"。学者不仅要有贯通文献的学力，同时应有辨析人事、体悟情委的悟性和胆识。先生的著作就每每显示出此种敏锐和识见。在《张居正大传》一书中，朱先生从明初以来的权力变迁、制度设置和国势隆替的叙述中展开，在张居正的家世、仕途以及取得权力的曲折过程中写活人物，其中最精彩的部分无疑是他与万历皇帝以及权阉冯保的复杂关系的剖析和描述，写出张一心奉公，为国家发展忍辱负重，推出一系列有利国势强盛的举措，为明王朝延续了生存的机会。在这些人物身上较多地投入了朱先生本人的人生态度，他也经常谈到士人在国家民族危亡之际应该承担的责任。他在《张居正大传》最后写道：

> 整个中国，不是一家一姓底事。任何人追溯到自己底祖先的时候，总会发见许多可歌可泣的事实；有的显焕一些，也许有的黯淡一些。但是当我们想到自己底祖先，曾经为自由而奋斗，为发展而努力，乃至为生存而流血，我们对于过去，固然是看到无穷的光辉，对于将来，也必然抱着更大的期待。前进呵，每一个中华民族底儿女！

这段写在抗战最困难时期的话，无疑具有激励士气、砥砺名节的作用，也体现了朱先生写作传记为先人总结荣光，为今人树立典范的用心。《张居正大传》的成就，为中国现代传记文学开拓了新的道路。

在《张居正大传》以后，朱先生又写出《王阳明大传》，可惜书成于鼎革前夕，无法及时出版，后来在迁徙中遗失，留下永久的遗憾。

五十年代的学术氛围在于主导思想强势，个人研究难以展开，加上教务繁重，朱先生治学有过一段低谷，直到1959年完成《陆游传》《陆游研究》《陆游诗选》，方重有起色。前一年"大跃进"，所有人都报宏大而不准备实施的题目，只有朱先生是很认真的，他提出完成陆游三书一百万字，向国庆十周年献礼，在一年多时间里全力以赴，如期完成了《陆游传》《陆游研究》和《陆游诗选》。他晚年提及此事，仍颇多感慨。因陆游《剑南诗稿》本身是按照写作前后编次，可以清晰地看到他一生诗歌写作的变化。在一些重大关节上，朱先生仍然做了极其有意义的发挥，如陆游最初依仿江西派写诗，诗风逐渐走向成熟的过程；南郑从军对他诗歌成熟的关键意义；他在南郑参与军事活动的实际意义以及最终失败原因的分析；他晚年与韩侂胄和解并出山用事的真相与评价，凡此皆颇多发明。此外对许多作品的解说也很有新意。如《清商怨》词有"梦破南楼，绿云堆一枕"句，向来认为述男女私情。朱先生根据词"葭萌驿作"自题，认为作于南郑从军之归途，表达的是对金作战方略失败的失望，是一首有寄托的词作。

写完《陆游传》，他准备转入北宋，写苏东坡的传记，并为此做了长达两年的阅读和准备，但最终放弃了，他自己解释是个性与东坡相去太远，无法深入体会东坡的思想和行事。因为这一段经历，他最终选择改写有宋诗开山之祖之称的梅尧臣。有关《梅尧臣传》写作的叙述，详见本文最后一节，在此从略。

《杜甫叙论》写成于"文革"后期。朱先生认为冯至《杜甫传》写得不错，因另拟题。萧涤非《杜甫研究》以杜甫为人民诗人，郭沫若

《李白与杜甫》则认为杜甫出身地主，嗜酒终生，朱先生都不赞成。他认为杜甫虽出身世族，享有特权，但随着时代变化和地位下移，他与人民的关系是在不断变化的。先生特别表彰杜甫在人生困顿期间始终坚持诗歌的写作，认为华州和夔州时期是杜诗创作的两个高峰时期。他尤其称赞杜甫《八哀诗》以宏大的篇幅写出自己心仪的八位人物一生的事功和遭际，认为是用诗歌写人物传记的典范。当然，书中也自多时代的感慨与批判，会心的读者当不难读出。

《陈子龙及其时代》是朱先生晚年著作中最重要的一部，成书在八十年代初，当时我方随读研究生，看到他阅读文献及写作的过程。当时他思考较多的问题是，北宋末金人南侵，汉人南渡后还维持了一个半世纪的半壁江山，为什么南明就守不住。他的结论是，明后期朝廷固然已经腐朽之极，至南方士人如东林、复社诸人，也已经腐败至甚，因而到国家危急之时，已经没有人才出来支撑危局。他认为陈子龙是这一时期的杰出人物，在明末的腐败风气中，陈有随波逐流的一面，也有认真思考、努力行动的另一面。在甲申惊天动地的变局中，陈子龙完成了从文士到斗士的转变，为民族战争克尽努力，最后以一死成就一生之名节。全稿用较大篇幅讨论明末一系列重大事件的真相，提出在辽东战局、西北西南平叛，以及北京陷落前后的诸多失误及应该采取的方略。书稿原名《陈子龙传》，出版社考虑到名实相符，建议改名，朱先生虽接受了建议，但私下谈话间也每多遗憾，认为传记是可以这样写的。此书与稍早出版的陈寅恪《柳如是别传》所述为同一时代，不少内容可以比读参照。

《元好问传》是朱先生撰写的最后一部传记，确定选题时已经将近九十岁。朱先生最初认为元氏在金元之际名节有守，值得肯定，但在充分阅读相关文献后，感到其人品可议处不少。其间曾与我谈到具体的想法，年纪大了，再换选题已不可能；元本来就是鲜卑后裔，不必完全用汉文化的立场加以评价；前此所选传主都是公忠为国、认真用世者，最后有些变化也好。正编写成不久,就因病入院,未及为此书作序即辞世,真正做到写作到最后一息。

还应该提到朱先生在"文革"时期写成的两部传记。一部是《李方舟传》,是为"文革"间被迫害致死的夫人邹莲舫女士所写传记。朱先生认为,传记既可以写在历史上有重大贡献的伟大人物的生命历程,也可以记录平凡人物的人生道路。他与夫人是按照旧式婚姻结合,婚前未见面,婚后感情笃好。朱先生回顾走来路,更感到夫人在乱世中操持家务的坚强伟大,因而饱含感情地写下这部特殊传记。因为写于特殊时期,全书人物皆用别名,内容也仅写到"文革"前,书中的寄意读者当不难体会。自传《八十年》大体写于"文革"末期,篇幅约四十万字,回首自己一生道路,紧密结合时代变化和人生遭际,留下一生思想和学术的珍贵记录。如其中有关武汉大学三四十年代的记录,谈校史者认为可与台湾学者齐邦媛名著《巨流河》齐价。

朱东润先生的治学方法

朱先生1946年为其子君道中学毕业题词"用最艰苦的方法追求学识,从最坚决的方向认识人生"(泰兴市朱东润纪念馆存手迹)也可视为他一生的自勉格言,他的治学即体现了这一精神。从最基本的文献考订做起,学术研究中付出常人难以想象的艰辛努力,在复杂的文献解读中融入对生活的透辟体悟,在历史的发展进程中去解释一个又一个杰出人物的生命历程,为中国文学研究开拓出一条新的道路。

如果要具体说明,则可以《梅尧臣传》的写作为例。

《梅尧臣传》写于1963年,历时204日脱稿。实际开始研究的时间要早两年,着手后碰到的最大问题是要弄清楚梅的生平,依据当然一是碑传,二是他的文集。碑传有梅好友欧阳修所写《梅圣俞墓志铭》和《梅圣俞诗集序》,但仔细阅读,朱先生发现二文称梅"为人仁厚乐易,未尝忤于物",又说他"有所骂讥笑谑"皆"用以为欢而不怨怼",就不符合事实。梅对当时地位高的人批评很激烈,欧阳修如此评价,只能理解为出于料理后事时为家属请恤的考虑。元代张师曾曾编《宛陵都官公年谱》,所据资料有限,仅略备梗概。要弄清楚梅尧臣一生的经历,并对其作品寓意做出知人论世的评价,只能依靠充分研究他的诗集。

梅尧臣的诗集《宛陵集》六十卷,宋刻仅存残本三十卷,明刻本两种倒是完整的,但编次与宋刻不同。这两部文集编次混乱,既不编年,也不分类。近人夏敬观选《梅尧臣诗导言》中,曾指出此集前五十九卷分为两个部分,各为起讫。他的意见给朱先生以启发,在全集中寻找有明确的系年的两类线索,一是作者原诗题上标明年代的,二是编辑者在一些卷前标明时期者,后者有十多卷,大端可信,但细节颇有出入。仅有这些线索,要为全集编年,朱先生觉得如同捉跳蚤,东跳西掷,不知从何入手,何况诗人即兴咏诗,有时并无本事可言,即便辛苦求证,也难以全部落实。他在对梅集反复阅读后,发现其大体虽显得混乱,但每个小段落还保存着作者或了解者所编定的痕迹,只要弄清全书的安排规律,再理清偶然错乱的特殊情况,就如同揭树皮一样,可以一块一块地理清楚。为此他提出六条办法为梅集编年,理出了全集的基本线索,并为全集作注。

花费以上功夫还不够,他还通读了与梅尧臣同时代各家文集,利用各种编年或纪传体史书,逐年逐月理清梅尧臣生活时代发生了哪些大事,梅是如何对此表达己见的,就此综合斟酌,深入讨究,因而提出许多发前人未及的看法。比如欧阳修对范仲淹的态度,前人都知景祐三年(1036)范被贬时,欧为范声援而坐贬,但在范起复后,请欧去做他的掌书记,遭欧拒绝。前人对此解释多不着边际,朱先生从欧给梅的书信看到直率的表述,否定了朋党避嫌或奉亲不远行的说法,表达了对范以掌书记见召的不满。朱先生认为:"从这里我们可以看到范仲淹对于同患难的欧阳修,还不能作出恰如其分的估计,以致欧阳修也不愿前往,这就难免在朋友之间发生裂痕了。"在这里，朱先生不仅指示了对于文献解读应该注意先后早晚，更提示应该注意其写作的对象、场合以及特定的微妙关系，揆以世事人情，才能获得准确的理解，而不必完全拘泥于书面的表述。再如庆历新政期间范仲淹与欧、梅以及苏舜钦、吕公著等关系的叙述，可以说是《梅尧臣传》中最为精彩的部分。现代学者研究庆历新政，一般都认为由范仲淹领导，并根据范的"条陈十事"来分析新政的主张，根据《岳阳楼记》来分析新政失败后范的气度胸襟，这些当然都是不错的。朱先生在详密分析文献后，提出了一系列新的见解。一是欧阳修为主的庆历四谏官对新政形成的作用。四谏官任用在范仲淹还朝前半年，范还朝初任枢密副使，主军事而非主政事。朱先生特别指出欧阳修上疏请参知政事王举正与范的职务互换，相当尖锐，在人事布局上直接促成了新政的实行。二是范的十事提出后，改革派内部的不同意见。朱先生特别分析了苏舜钦《上范公参政书》，认为新政表面上看奋发有为，百废待兴，实际上手忙脚乱，一事无成，而苏在新政关键时期提出的意见，并没有引起范的重视，从而决定了新政的失败。三是范在新政将败之时，主动请求到西边主管对西夏战事。对此，朱先生引用吕夷简的议论，指出范的失误；又引用梅尧臣在范仲淹去世前后的一系列诗歌，指出范在新政失败前后，对于朋友没有尽到关心和帮助的责任；引用梅在范去世后的悼诗，看到梅范两人关系逐渐疏远的经过。朱先生的解释是，在主张改革的这批人之中，韩琦和范仲淹是行政官气味较重的人物，在考虑如何做好事情的同时，先考虑自身的安全；而梅尧臣、欧阳修则书生气味较重，只是按照书上的准则提出要求，成败利钝在所不计。其中范、梅二人更显得极端而偏激，导致了不可调和的矛盾。四是欧阳修为范仲淹作神道碑，一定要写到范与政敌吕夷简的和好与相见，引起范仲淹家人的极大不满。为此，朱先生特别引用由吕家保存而为南宋吕祖谦收入《宋文鉴》的范仲淹《上吕相公书》，证明欧阳修所云的可靠。朱先生认为范仲淹在庆历新政失败后，妥当地寻得下台的地步，而新政诸人则多受到严厉的处分，因此在梅尧臣的《谕乌》《灵乌后赋》等作品中，指出范仲淹用人的不当和教子的无方，对他的失败不仅不同情，甚或认为是应得的惩罚。以上见解，不仅是广泛并深入处理文献后的收获，更多地体现出朱先生力透纸背的史识和丰厚的人生体悟。

2015年10月7日于复旦大学光华楼

刊《上海文化》2015年第10期

朱东润先生的治学方法

——以《梅尧臣传》为例

先师朱东润先生学贯中西，兼通古今，其建树涉及众多方面，学术界早有定评。我于1978年到1981年间虽曾从学唐宋文学，并因此而走上学术道路，但于先师的学问至今难以尽窥其涯岸，更难以体会其治学的真髓及门径。仅因当时做有关欧阳修的学位论文，得以仔细地研读过梅尧臣三书，遇有疑问，又得以经常请教，因此于先生治学的追求和方法，得以稍闻一二。谨此写出，希望对学者了解先生的学术成就有所帮助。

朱先生的梅尧臣三书，即《梅尧臣传》《梅尧臣集编年校注》和《梅尧臣诗选》写成于二十世纪六十年代前期。三部书中，《梅尧臣集编年校注》是为《梅尧臣传》的写作所做资料准备工作，《梅尧臣诗选》则是梅诗的中型选本，因而三书的中心是《梅尧臣传》。《梅尧臣传》是朱先生所作传记的第四部（前三部是《张居正大传》《王阳明大传》和《陆游传》，其中《王阳明大传》未出版，手稿已遗失），是他一系列传记文学写作中，篇幅和影响都不算最大的一部。为写作这篇传记，他所付出的努力则非常巨大，在此传中努力追求的目标则与他一生致力的目标完全一致。

朱先生1916年自英国留学归来后，先后在广西二中、南通师范和武汉大学教授英语。1931年接受闻一多先生安排始转向中国文学的教学和研究。三十年代先后完成《中国文学批评史大纲》、《读诗四论》(后改题《诗三百篇探故》)和《史记考索》,在古代文学和古史研究方面取得了突出的成绩,但他并不满足。他感到应该为中国文学的研究走出一条新的道路,在反复比较后,他选择了传记文学,或者说选择了用英国传记文学的路数来从事中国传记文学的写作,并以此作为一生致力的主要目标。他的这一努力开始于四十年代初,最初的工作从两方面展开,一是系统总结中国古代传记文学的历史和特点,二是尝试采用英国传记文学的作法,写作中国的传记文学。后者于1943年完成了《张居正大传》,出版后引起轰动,被誉为中国现代传记文学的开山之作;前者则写成研究汉魏六朝传记文学的专著《八代传叙文学述论》,他在多篇自叙中对此书非常自信,但又始终深藏行箧而没有出版。此书今年有望出版,笔者得缘先期通读,体会到他对中国古代传记的基本看法。

稍通文史的人们都知道,中国古代传记极其发达,不仅二十四史中有无数人物传记,隋唐以下的书志中都有传记一类,收录极其丰富。但朱先生用西方传记文学的眼光来审视,虽然看到了秦汉的史传、六朝的别传僧传、唐宋的碑状、明清的年谱,以及梁启超的几部评传,都各有成就,但也颇多遗憾。《史记》的传记当然是很优秀的,但限于史书的体例,目标是写史写事,只能略存传主一生的梗概,互见的史例也使传记缺乏人物完整的记录。他对魏晋六朝的别传和唐代的僧传评价很高,只是可惜前者大多已经亡佚了。他认为唐宋的传记以碑志行状为主,虽然产生过韩愈《张中丞传后叙》、朱熹《张浚行状》那样的优秀之作,但总体来说成就不高,绝大部分都只是对死者抽象的歌颂,过于刻板虚假,缺乏生动的人物描写。对于当时流行且得到学界很高评价的梁启超《王荆公评传》《李鸿章评传》一类作品,他也有不同看法。他认为这些传记虽然对传主生平和一生事功有详细的叙述,但多是分类评述,看不出传主一生的生命历程和感情变化。他甚至认为,评传的写法,把传主各方面的成就分开叙述,如同把人物"大卸八块",支离破碎,实在不足取。在中国传统的传记文学中看不到值得师仿发展的方向,他只能放眼世界，从留学期间特别喜爱的英国传记文学中汲取营养，寻觅方向。他认为英国一些优秀的传记，如《约翰逊博士传》《维多利亚女王传》等，生动活泼地写出在纷繁复杂的历史背景下个人的生命发展历程，以人为中心，以人物的情感发展、人际交往、事功成就和命运变化为叙述主线，不允许虚构杜撰，但又要具体而生动的文学性描写，给读者传达出活生生的历史人物。而就文学家的传记来说，还应该借此而对其文学道路和作品寓意有具体的揭示。朱先生认为，这样的努力，可以为中国文学的研究开拓出一条新的道路，他并为此付出了后半生的全部努力。朱先生晚年曾说，自己身后只要被人称为"传记文学家朱东润"，也就很满足了。

朱先生的《陆游传》完成于"大跃进"时期。当时流行放卫星，大家都报宏大而不准备实施的题目，只有朱先生是认真的，他提出完成陆游三书一百万字，向国庆十周年献礼，在一年多时间里全力以赴，如期完成了《陆游传》《陆游研究》和《陆游诗选》。他晚年提及此事，仍颇多感慨。此后，他准备转入北宋，写苏东坡的传记，并为此做了长达两年的阅读和准备，但最终放弃了，他自己解释是个性与东坡相去太远，无法深入体会东坡的思想和行事。因为这一段经历，他最终选择改写有宋诗开山之祖之称的梅尧臣。

《朱东润自传》记《梅尧臣传》的写作始于1963年4月1日，到同年10月23日脱稿，历时204日。实际开始研究的时间还要早一些。梅尧臣官位不显，虽然宋末刘克庄《后村诗话》做过"本朝诗惟宛陵为开山祖师"的激评，但历代的研究并不多。要弄清楚梅的生平，依据当然一是碑传，二是他的文集。最直接的记录，似当以梅最好的朋友欧阳修所写的《梅圣俞墓志铭》和《梅圣俞诗集序》为最重要。但仔细阅读，朱先生发现这两篇东西都有问题。《梅圣俞墓志铭》称梅"为人仁厚乐易，未尝忤于物"，又说他"有所骂讥笑谑"皆"用以为欢而不怨怼"，就不符合事实。梅对当时地位高的人批评很激烈，欧阳修如此评价，只能理解为出于料理后事时为家属请恤的考虑。元代张师曾曾编《宛陵都官公年谱》，虽然参酌了欧阳修的文集，并且用力于为梅尧臣辩诬，但张氏所据资料有限，又未能承继南宋年谱详考谱主一生行事的善例，仅略备梗概，梅一生许多重要的事迹都没有记录，要据以为梅诗编年，显然不可能。弄清楚梅尧臣一生的经历为人以及他的作品寓意，并做出知人论世的评价，只能依靠充分研究他的诗集。

  梅尧臣的诗集《宛陵集》六十卷，宋刻仅存三十卷残本，明刻本两种倒是完整的，但编次与宋刻不同。这两部文集编次混乱，既不编年，也不分类。近人夏敬观在其所选《梅尧臣诗导言》中，曾指出除了第六十卷是文赋外，其余五十九卷分为两个部分，各为起讫。夏氏看到了线索，但没有再追索下去，他的意见给朱先生以启发。

  首先，朱先生在全集中寻找有明确的系年记录，得到两类线索，一是作者原诗题上标明年代的，二是编辑者在一些卷前标明时期者，后者有十多卷，大端可信，但细节颇有出入。仅有这些线索，要为全集编年，按照习惯，只能对每篇作品进行本事的考证，求得创作的先后顺序。朱先生觉得这样如同捉跳蚤，看到全部跳蚤东跳西掷，不知从何入手，何况诗人即兴咏诗，有时并无本事可言，即便辛苦求证，也难以全部落实。他在对梅集反复阅读后，发现其大体虽显得混乱，但每个小段落还保存着作者或了解者所编定的痕迹，只要弄清全书的安排规律，再理清偶然错乱的特殊情况，就如同揭树皮一样，可以一块一块地理清楚。而成段确定写作年代的依据，则是要在若干点的年代确定中得到更有力的证据。为此，朱先生提出六条办法：一、作者在诗里提到自己年龄的，作为此年作品；二、诗题或诗里提到年月的，作为这年作品；三、提到那年闰月的，作为这年作品；四、咏叹哪年国家大事的，作为这年的作品；五、咏叹哪年人事动态的，作为这年的作品；六、和人哪年作品的，作为这年的作品。此外，我在读其《梅尧臣集编年校注》时，还注意到以确定行踪定某地之诗、考察作者交往关系始末、参据他人编年诗中线索、以诗中已知事项相对推定年代等多种证明办法。在确定若干点后，再将点和点连接成线，只要线不断，且没有违例的作品出现，就可以将一个时期的作品确定下来。同时，他提出绝对肯定和相对肯定的区别，对一些编次中插花的作品做了仔细的甄别后，他理出了全集的基本线索，看到了全集编年的两条不同的内在线索，他解释形成这一状况的原因是梅尧臣作品在庆历六年（1046）曾经编辑过一次，到他去世后再编时，部分保存了前集的顺序，但又有所窜乱，以致形成后来流行文集的面貌。为此，朱先生在《梅尧臣集编年校注》正文以前，特意写了四篇文章，其中最重要也是他晚年仍很感得意的是《如何进行编年》一篇。朱先生晚年曾与我谈到，他为梅尧臣诗编年，虽然也采用了传统文献考据的方法，但如果仅用逐篇考证的方法，不可能达到全书的编年。他更多地是受到西方学术影响，采取了先定点，由点连成线，从若干块面上决定后，逐次推衍，从而完成全集的编次。朱先生说，如果有人愿意花气力再加以仔细的考证，肯定可以做许多细节的补充，个别编录的出入也有一些，但大的原则和方法，他确信是可以成立的。他还谈到，此文写成后，总感到虽然反复申述，读者要完全理解，总还有困难，为此反复考虑了三天，总算设计了一张《宛陵文集》分卷编年表，以横格表示写作年代，竖格代表各卷卷次，然后画出各卷所写年代的轨迹，使读者得以一目了然。

完成梅尧臣诗的编年，可以使各诗的写作背景和缘起，得到准确的理解。比如《伤白鸡》一首，夏敬观以为是有感于张尧佐因侄女张妃事而申讽诫之作。朱先生则考定此诗收在《宛陵文集》第一卷，作于天圣九年（1031），是梅尧臣在西京的作品，当时张妃仅有八岁，进宫是其后多年的事情。夏氏显然误解了诗意。

朱先生对梅尧臣集的编年考证，不仅理清了梅尧臣一生诗歌创作的过程，为其传记的写作奠定了扎实的基础，也为唐宋人文集的编年校订树立了一个良好的典范。就笔者所知宋人别集而出自当时所编者，有几种不同的体例。一是分阶段结集者，如杨万里《诚斋诗集》；二是虽不标示年代，但文集大体保存写作次第，如《东坡集》《剑南诗稿》等；三是虽分古今体，但两体之下大致仍存写作之次第，如王禹偁《小畜集》、苏舜钦《苏学士集》、欧阳修《居士集》、司马光《温国文正公集》等，只是各集细节方面颇有出入，大约作者存稿本有写作次第，编次时稍有窜乱所致；四是虽编次已乱，但仍保留若干块面的写作次第，除梅尧臣集外，还可以提出王安石的《临川集》，居然是分体后而大致保存了写作时间自后往前的颠倒了的次序，可能是编辑者薛昂分体编诗时没能体会作者的原意所致。当然还有其他的类型。学者若能体会朱先生编年的基本原则而加以灵活运用，当可有许多收获。

朱先生做任何选题，都坚持从最基本的文献阅读、辑录、考证、编年等工作开始，这一治学态度贯穿了他的一生。最近看到他的手稿《八代传叙文学述论》，在自序中他自述文献辑录工作云："汉魏六朝传叙文学……除了几部有名的著作以外，其余都是断片，一切散漫在那里。但是即使要看这些断片，还得首先花费许多披沙拣金的功夫。严可均底《全两汉三国六朝文》，总算是一种帮助，但是严可均所辑存的，不过百分之五，其余还需要开发。就是几部有名的著作，有单行本可见者，其中亦多真赝夹杂，仍需一番辩订考证的工作。不过中国传叙文学惟有汉魏六朝写得最好，忽略了这个阶段，对于全部传叙文学，更加不易理解。所以我决定对于这个时期的传叙文学，尽我底力量。工作是相当地繁重，工具又是那样地缺乏，有时连最普通的书籍都不易获得。但是既经决定动手，便顾不得困难。最后总算在单行的著作以外，从断简残篇中给我搜获了四百余种的著作：有时只是一句两句，有时竟是万字以上的大篇。由搜获到钞集，由钞集到考订，一切都是一手一足之烈，没有人帮助，也找不到人帮助。"为了此书的写作，亲自动手辑录了四百多种汉魏六朝杂传，以此为依据展开论述。在该书的附录中，仅选录了十多种。朱先生晚年，曾与我谈到某前辈诗话辑录方法体例的不尽妥当，当时不太理解，因为没有见到他的辑佚书成绩。现在见到这十多种辑本，可以了解他对辑录规范的掌握，绝不逊于清代的辑佚名家。

完成梅尧臣文集的编年，只是写作《梅尧臣传》准备的一部分工作，当然是最重要的工作。更进一步的则是要通读北宋的基本史籍及梅尧臣同时人的文集，以期弄清梅尧臣生活的时代发生了哪些重要事件，这些事件对他的生活和创作产生了哪些影响，他对这些事件又持何种态度，同时代的与他曾有交往的人们各有怎样的禀赋和追求，与他的恩怨亲疏关系如何。这些，都是朱先生在撰写《梅尧臣传》以前必须要完全弄清楚的。从几本著作来看，他为此几乎阅读了包括《续资治通鉴长编》《宋史》《名臣言行录》《东都事略》等北宋基本史籍，阅读了北宋与梅尧臣同时代的几十家文集，其中如欧阳修、范仲淹、苏舜钦等与梅尧臣关系最密切的十多家文集还曾做过认真的系年编排，以梳理彼此的交往始末和交谊变化。以上情况是我阅读《梅尧臣传》时体会而得，没有亲见。但朱先生写《陈子龙及其时代》时，我因经常到他书房上课请教，看到他当时正在阅读《国榷》《小腆纪年》《明经世文编》等明末清初典籍。当时他已经年逾八旬，在酷暑中仍坚持通读古籍，执着的精神很令我感动。

朱先生之治学，追求广参群籍，融会贯通，但并非逐一交代文献考证和处理过程。他写作传记，则以文学笔法将人物经历命运生动写出。凡所述及，都有史实为依凭，并都参以己见，史识深邃，见解独到。他选取为传主的历史人物，大多是积极用世，不计个人得失而报效国家和社会者，只有晚年完成的元好问稍有些特殊。他依据历来对其大节的评价，选取元为传主，但在阅读研究到一定程度后，发现元的为人大节是有缺憾的，只是当时朱先生已经数次病危，没有精力另外选人。他曾为此谈到，元是鲜卑人的后裔，要求可以从宽，晚年选人有些变化，也很好。

写作政治上积极进取的人物为传主，写作中必然要涉及传主所处时代的重大政治事件，有必要叙述传主在这些政治事件中的作为和立场。《梅尧臣传》的写作中，重点就放在梅对于宋王朝与西夏的战争、统治阶级内部的三次重大政治斗争的态度。梅尧臣虽然没有参加对于西夏的直接作战，但在战争阴云下，他研究并注释《孙子》，时刻关心边境的战事，写了大量关心国事的诗歌。所谓三次重大政治事件，指景祐年间范仲淹等因言事而被贬官、庆历新政期间的政治斗争和皇祐初年唐介弹劾文彦博的事件。前两件，历史记载很多，多有定评，唯梅尧臣支持新政而对新政领袖范仲淹的为人行事多有批评，为朱先生特别关注，下文另述。在此仅略述文彦博事件。传世有题为梅尧臣所著的《碧云騢》一书，对宋人较有清誉的名臣范仲淹、文彦博二人颇多讥评，其述文彦博入参政事始末云："文彦博相，因张贵妃也。贵妃父尧封，尝为文彦博父泊门客，贵妃认尧封为伯父，又欲士大夫为助，于是诱进彦博。彦博知成都，贵妃以近上元，令织异色锦。彦博遂令工人织金线灯笼，载莲花中为锦纹，又为秋千，以备寒食。贵妃始衣之，上惊曰：'何处有此锦？'妃曰：'昨令成都文彦博织来，以尝与妾父有旧。然妾安能使之，盖彦博奉陛下耳。'上色怡，自尔属意彦博。彦博自成都归，不久参知政事。"对此，宋人多认为是魏泰的伪作，并极力为梅尧臣回护。朱先生详细梳理史实，并对梅尧臣诗集做出详尽编年后，采信这一纪事的可靠，并在《梅尧臣传》中叙述了文彦博一系列因缘后宫的行为，指出在北宋士大夫的公议中，必然引起有正义感人士的反感。朱先生特别揭出梅尧臣对于皇祐三年唐介弹劾文彦博而被贬官英州别驾后，写出五百四十字的长诗声援唐介，谴责文彦博的行为。朱先生虽然对于《碧云騢》的真伪没有加以论证，但基本看法是明确的。梅尧臣在一系列政治事件中表达了耿介而不趋附的立场，这是朱先生特别推崇的品格。

　　朱先生在他的一系列传记中，特别注意历史人物交错复杂的人事关系，并通过重大事件的处置来评价传记人物的能力和个性。他在《张居正大传》中叙述张居正与万历皇帝间极其复杂的君臣关系，已经成为中国现代传记文学的经典纪事。他在《陈子龙及其时代》中对明末一系列军政大事处置的得当与否的分析，也极其精彩。在《梅尧臣传》中，特别可以提出的是对范仲淹与梅尧臣、欧阳修关系的讨论。范仲淹无疑是北宋改革派的领袖，其为人风范在历史上有定评。欧、梅在政治上是范的追随者。在景祐间范仲淹因言事而被贬谪后，身为馆阁校勘而不负言责的欧阳修仗义执言，因而被贬夷陵，梅尧臣有一系列诗歌对此表示声援。共同的政治目标，相近的道德追求，似乎可以奠定三人间一生的友谊，似乎如此，又似乎并不如此。不协调的最初信号是范仲淹起复后主管陕西军事，念及欧阳修的奥援和文才，推荐他任自己的掌书记，但欧阳修拒绝了。欧阳修不去的原因，有三种说法，一是吴充在欧阳修行状中所述：

> 时天下久无事，一旦西陲用兵，士之负材能者，皆欲因时有所施设，而范公望临一时，好贤下士，故士之乐从者众。公独叹曰："吾初论范公事，岂以为己利哉，同其退不同其进可也。"卒辞焉。

吴充的依据源出欧阳修家人提供的资料。朱先生认为到陕西是为国作战，不是为范仲淹个人，因而问题不在于此。二是欧阳修《答陕西安抚使范龙图辞辟命书》中所说："幕府苟不乏人，则军书奏记，一末事耳，有不待修而堪者矣。由此始敢以奉亲为辞。况今世人所谓四六者，非修所好。少为进士时，不免作之，自及第，遂弃不复作。……今废已久，惧无好辞以辱嘉命。"说因久不作四六而不应辞，当然是托词。三是欧阳修与梅尧臣书简中所述："安抚见辟不行，非惟奉亲避嫌而已，从军常事，何害奉亲？朋党盖当时俗见指，吾徒宁有党耶？直以见召掌笺奏，遂不去矣。"显然，与关系密切的梅尧臣的叙述比较直率，否定了朋党避嫌或奉亲不远行的说法，表达了对范以掌书记见召的不满。朱先生认为："从这里我们可以看到范仲淹对于同患难的欧阳修，还不能作出恰如其分的估计，以致欧阳修也不愿前往，这就难免在朋友之间发生裂痕了。"在这里，朱先生不仅指示了对于文献解读应该注意先后早晚，更提示应该注意其写作的对象、场合以及特定的微妙关系，揆以世事人情，才能获得准确的理解，而不必完全拘泥于书面的表述。

关于庆历新政期间范仲淹与欧、梅以及苏舜钦、吕公著等关系的叙述，可以说是《梅尧臣传》中最为精彩的部分。现代学者研究庆历新政，一般都认为由范仲淹领导，并根据范的"条陈十事"来分析新政的主张，根据《岳阳楼记》来分析新政失败后范的气度胸襟，这些当然都是不错的。朱先生在详密分析文献后，提出了一系列新的见解。一是欧阳修为主的庆历四谏官对新政形成的作用。四谏官任用在范仲淹还朝前半年，范还朝初任枢密副使，主军事而非主政事。朱先生特别指出欧阳修上疏请参知政事王举正与范的职务互换，相当尖锐，在人事布局上直接促成了新政的实行。二是范的十事提出后，改革派内部的不同意见。朱先生特别分析了苏舜钦《上范公参政书》，认为新政表面上看奋发有为，百废待兴，实际上手忙脚乱，一事无成，而苏在新政关键时期提出的意见，并没有引起范的重视，从而决定了新政的失败。三是范在新政将败之时，主动请求到西边主管对西夏战事。对此，朱先生引用吕夷简的议论，指出范的失误；又引用梅尧臣在范仲淹去世前后的一系列诗歌，指出范在新政失败前后，对于朋友没有尽到关心和帮助的责任；引用梅在范去世后的悼诗，看到梅、范两人关系逐渐疏远的经过。朱先生的解释是，在主张改革的这批人之中，韩琦和范仲淹是行政官气味较重的人物，在考虑如何做好事情的同时，先考虑自身的安全；而梅尧臣、欧阳修则书生气味较重，只是按照书上的准则提出要求，成败利钝在所不计。其中范、梅二人更显得极端而偏激，导致了不可调和的矛盾。四是欧阳修为范仲淹作神道碑，一定要写到范与政敌吕夷简的和好与相见，引起范仲淹家人的极大不满。为此，朱先生特别引用由吕家保存而为南宋吕祖谦收入《宋文鉴》的范仲淹《上吕相公书》，证明欧阳修所云的可靠。朱先生认为范仲淹在庆历新政失败后，妥当地寻得下台的地步，而新政诸人则多受到严厉的处分，因此在梅尧臣的《谕乌》《灵乌后赋》等作品中，指出范仲淹用人的不当和教子的无方，对他的失败不仅不同情，甚或认为是应得的惩罚。

  对朱先生不太熟悉的读者每凡读朱先生的著作，都感到他不循旧规，喜立新说，且常常对于新说的依据并不做很具体的文献交代。与朱先生接触多了，就知道他的新说大多是勤奋而深入地阅读群籍，并始终坚持用自己的眼光读书，融通史实，具体分析，加上他敏锐的史识和体悟，一点一点积累而得。举些具体的例子来说。项羽到乌江而不肯赴江东，史书上说是羞见江东父老，后来的诗人常别出新解，但大多不离此意。而朱先生则提出，当时江东已经为刘邦所有，项羽已经无路可走。他的依据，是《史记·高祖功臣侯者年表》，江东子弟有十人封侯，功劳是以江东归汉。朱先生曾特别和我谈到，读书一定要注意作仔细的时间和空间的排比，一定要注意利用别人忽略的文献。读《史记》的人很多，但认真读表的人却不多，真正读懂的人就更少了。又如前后《汉书》对于更始帝刘玄的描写，都认为他是个暗弱平庸的君主。朱先生四十年代末写《后汉书考索》时，逐月排列了更始时期的政局变动和应对策略及人事布局，指出更始称帝前以豪侠称，称帝后的一系列举措可见其具有掌控全局的杰出才干，其失败有很大的偶然性。对于光武帝刘秀，则指出其才干的平常，他的成功则决定于他的忍让、用人和善于利用机会。这些议论，看似随意，实得自对史籍的反复研读和体悟，绝非率尔之见。

朱先生1946年为其子君道中学毕业题词"用最艰苦的方法追求学识，从最坚决的方向认识人生"（2005年12月4日泰兴市朱东润纪念馆开馆陈列《先生之风山高水长——朱东润先生生平事迹介绍》收录手迹）也可以视为其一生的自勉格言，他的治学即体现了这一精神。从最基本的文献考订做起，学术研究中付出了常人难以想象的艰辛努力，在复杂的文献解读中融入对生活的透辟体悟，在历史的发展进程中去解释一个又一个杰出人物的生命历程，为中国文学研究开拓出一条新的道路。

2006年5月6日

（收入《朱东润先生诞辰110周年纪念论文集》，上海古籍出版社，2006年11月。《文汇读书周报》2006年12月15日所刊有删节。）

朱东润先生1939年的学术转型

1939年，朱东润先生四十三岁。年初经过艰难曲折的旅行，到达内迁四川乐山的武汉大学任教。虽然院系人事有些小的冲突，相比较全国热血烈火的抗战，乐山大体平静，弦歌不辍。夏间日机轰炸，乐山亦有学生蒙难。朱先生上半年继续讲授文学批评史，暑假随同事往游峨眉、青城，下半年初拟开六朝文，改而安排讲授他课。

平静中有可说的事实。请从两年前说起。

艰难入川和《后西征赋》的写作

全国抗战的爆发，显然不在朱先生预料之内。他在1937年初，因为居家狭窄，子女众多，准备在泰兴老家动工造房，春间采购物料，5月动工，至8月还未完成，武汉大学开学已近，只能将事务交代给夫人邹莲舫女士，赶回武汉。此后战火遍及江东，先生忧国忧家，待到学期课程一结束，马上取道香港、上海回到泰兴。所幸当时日军在江北仅在靖江有驻军，泰兴还未波及。到家有诗："乱山烽火照征途，岭海归来万里遥。忽喜重生对故剑，漫擎双泪数群雏。无人坐使悲横术，有子还须字破胡。多少伤心无限恨，敢云吾亦爱吾庐。"(《到家》)是与杜甫《北征》《羌村》同样的感受。

武汉大学停课没有消息，先生在泰兴度过1938年的大部分时间，到11月，上海转来电报，告武汉大学已经内迁四川乐山，正式上课，"大家都在后方为这即将来临的大时代而努力"，要求在次年1月15日前赶到。先生稍有犹豫，但在夫人"家庭的一切有我呢"的鼓励下，决心西行。12月2日到上海，13日乘船往香港，17日抵达，办理经越签证，23日搭广元轮往海防，27日抵达，28日到河内，仅停两日，其间曾参观玉山寺。30日入云南，有《入河口》诗："钟声渐密柝声多，刁斗森严澈夜过。竹树葱茏迎晓日，稻田高下入红河。当关津吏迎征客，回首故园泣逝波。为谢越南须慎重，顾瞻周道奈君何。"31日到昆明。就在他经停河内的两天，汪精卫发表"艳电"，为全国所关注。"为谢"两句，似乎表达了殷忧。

1939年1月8日，先生到达重庆，因为车票紧张，停五日。感觉到新都的气氛是权贵张扬，高官得势，党派纷争，好为空谈，感到很失望。其间曾访问老师吴稚晖、旧友王世杰，所谈也没有头绪。报到日期迫近，只能改乘飞机，在13日到校。到校后方知道，校长估计不可能按时到达，恰好成为解聘的理由，不料居然提前到了。

离开武汉很匆忙，先生刚完成《中国文学批评史大纲》三稿的修订，交到印刷厂里，上半部排出校样，带在身边，下半部留在厂里，从此下落不明。课还得开，只好将上半部和1933年旧本的下半部合在一起，在乐山印出，以便授课。1944年此书公开出版，就是乐山的面貌。这是战争留给学术的印记。

文学院院长陈通伯（西滢）要求朱先生下半年开设新课六朝文选读。先生觉得六朝的散文和骈文，自己都曾熟读，而且能规仿写作，唯有最具代表性的大赋，只是读过，没有写作的体会。没有写过大赋，要做讲授，就很难传达大赋的成就。自己艰难西行的经历，不正可以成为大赋的题材吗？于是仿西晋潘岳《西征赋》，历述自泰兴至乐山西行沿途之所见所感，成《后西征赋》五千余言，伤痛时事，纵论得失，感慨苍茫，意境雄浑，为近代以来罕见之闳篇。赋从抗战爆发写起："惟民国之肇建，粤二十有六载，夷则奏于清秋，杀机发于宇内。于时封豕长蛇，砺牙磨喙，俯窥幽燕，右击恒代，驰驱沧博，割裂海岱；将欲收河朔为外藩，檠长城与紫塞。"写出淞沪抗战之壮烈："盖南翔十万之众，咸与敌而拼命；然后雕题凿齿之徒，始额首而称庆。江东子弟，化为国殇，邦家殄瘁，人之云亡。"也写到上海沦陷初期的光怪陆离："亦有长袖之贾，驵侩之亚；值国运之中圮，方窥利而相诧；马克驴布之比率，英镑佛郎之声价；彼握算而操筹，恒兀兀以终夜；倾神州之膏脂，博赢余于转嫁；邦国犹有常刑，固应绳其不赦！"写到经停香港，听闻广州沦陷的情况："则有五羊故都，南方重镇；带甲十万，结交豪俊。马其诺之防线，兴登堡之战阵；凭虎门之天险，据白云之雄峻。暨敌人之来攻，曾不闻其血刃；乃无贵而无贱，一朝化为灰烬。"是对余汉谋大言而疏于战守的批评。对于沿途所经之山川名胜，风土人情，也都有很具体的描述，这里录香港的两节："循海而西，实为香港；斯英伦之前卫，乃吾国之旧壤。坚尼地之喧阗，域多利之宏敞；上环下环之殷，东澳西澳之广；据海陆之交通，与星州而争长。""于是矗立云表，太平之峰；浴日映月，吸露餐风；俯窥沧海，横揽鸿蒙；贯千丈之铁索，亘歔吸而相通；登兹岭而北望，托遥思于归鸿，盈余襟兮掩涕，长太息兮安穷？"先生认为其中最重要的部分，是在重庆所见所闻的感慨，以及从重庆乘飞机到乐山一段的描摹，自传中有所节引，此处从略。现在我们在大学也讲授古代文学，诗词文赋都说得头头是道，能写诗词的不多，偶写古文也很难把握分寸。民国间的教师因为要讲授汉晋大赋而尝试写作大赋，真是可贵的追求。此赋当年刊在《宇宙风》第100期，知者不多，上海古籍出版社即将出版《朱东润文存》，据先生自己校订本收入，可以让更多读者了解。

要为中国文学摸索出一条新的道路

1932年，朱先生从外文系转入中文系，讲授中国文学批评史，讲义经过两次增订，相对成熟，出版后公认是此学科三部奠基著作之一。同时，他在武汉大学《文哲季刊》上连续发表十多篇有关文学批评和《诗经》研究的专题论文，稍后结集为《中国文学批评论集》和《读诗四论》出版，广受好评。然而他始终不感到满足，总想为中国古代文学研究开拓一条新的道路。那时正是他一生学术精力最鼎盛的时期，加上他早年师从唐文治，对历代文章有深刻体悟，留学英国，更对欧洲特别是英国文学有深切认识。二十岁以前，他就用文言翻译过几十万字西文小说（均为中华、商务于民国四、五年出版），后来教授英文超过十五年。相比一般研究中国文学的学者，他对欧洲文学有很深的了解；相比研治外国文学的教授，他对中国文学造诣独到。在对中国文学做出全面观照后，他更多地考虑中国文学无论研究还是写作，都应该有大的突破，他希望从西方文学中找寻新的道路。

朱先生这年在乐山，先住府街安居旅馆，乐山被轰炸后，移住半壁街，再迁竹公溪，与叶圣陶对溪而居。他曾写到当时生活之艰苦："住的是半间幽暗的斗室，下午四时以后便要焚膏继晷。偶然一阵暴雨，在北墙打开一个窟窿，光通一线，如获至宝，但是逢着寒风料峭、阴雨飞溅的时候，只得以围巾覆臂，对着昏昏欲睡的灯光，执笔疾书。"（《八代传叙文学述论》自序）然而这样的环境和繁忙的授课之余，他想到的是："世界是整个的，文学是整个的。中国的小说和戏剧，受到新的激荡，正在一步步地和世界文学接近"，诗歌"还在大海中挣扎，一边是新体诗底不断地演进，一边有人眷恋已往的陈迹。只有中国的传叙文学，好像还没有多大的进展"。他坚持认为"传叙文学底使命是人性真相底流露"（均见前书绪言），决心为此做彻底的探究。他这一年的选择，坚持到生命的最后一息。

先生的努力从阅读西方理论开始。当时唯一能够找到的理论著作是法国莫洛亚的《传叙文学综论》，他从图书馆借出，用一个月时间连读带译，掌握了这部理论："西洋文学里，一位重要的传主，可能有十万字乃至一二百万字的传记，除了他的一生以外，还得把他的时代，他的精神面貌，乃至他的亲友仇敌全部交出，烘托出这样的人物。"（《朱东润自传》）他结合早年对英国文学的阅读，特别推尊鲍斯维尔的《约翰逊博士传》和斯特拉哲的《维多利亚女王传》,几年后对英国古典和近代传叙的做派有一简略说明:"一部大传,往往从数十万言到百余万言。关于每一项目的记载,常要经过多种文卷的考订。这种精力,真是使人大吃一惊。这种风气,在英国传叙文学里一直保持到维多利亚时代。一切记载,更加翔实而确切,而证明的文卷,亦更加繁重而艰辛,于是引起二十世纪初年之'近代传叙文学'。这一派底作风,总想活泼而深刻,同时极力摆脱政见的桎梏。其实仍是一步步脚踏实地,没有蹈空的语句。"(《八代传叙文学述论·绪言》)

他的工作从两方面展开。一方面是研究中国历代传叙文学的历史,在四十年代前中期曾先后发表《〈大慈恩寺三藏法师传〉述论》(刊《文史杂志》创刊号,1941年4月)、《关于传叙文学的几个名辞》(刊《星期评论》1941年3月)、《传叙文学与史传之别》(刊《星期评论》1941年7月)、《中国传叙文学的过去与将来》(刊《学林月刊》第8期,1941年6月)等论文十多篇;另一方面是探索中国传叙文学的创作,反复斟酌后,选定明代隆庆、万历间的权相张居正,一位在生前身后都有争议,但朱先生认为是在错综复杂的政治纠葛中为民族生存和发展做出重要努力的人物。在抗战最困难的时期,写出这样的人物,是具有激励士气意义的。1943年完成《张居正大传》,成为中国现代传记文学的经典著作。

当年的两部手稿记录开拓的足迹

朱先生在自传中说到当年的著作有《中国传叙文学之变迁》和《八代传叙文学述论》,因为"自己对于这部叙述很不满意",因此一直没有出版。我在最近十年间,先后在先生家人处借到这两部手稿,后者在2006年整理后由复旦大学出版社出版,作为先生诞辰110周年的纪念;前者近期整理中,准备2015年复旦大学校庆110周年时,作为《复旦文史名家丛书》中的一种出版。

《八代传叙文学述论》自序写于1941年5月,全书分十二章,仅第二章《传叙文学底名称和流派》和第八章《划时代的自序》的部分内容，四十年代曾以另题发表。作为一部特殊形式的文学史著作，朱先生特别说明有关文献取得之不易，是从各种类书、古注中辑录四百多种魏晋别传、杂传为主干，依靠史传、僧传、碑志为基础，加以系统论撰而成。他认为被《四库提要》称为传记之祖的《晏子春秋》只是"寒伧的祖宗"，《史记》《汉书》的目的是叙史，而不是写人，被史家称道的互见之法，在人物传记中无法看到其一生的真相。他认为传叙文学产生的时代在东汉，自觉的时代在魏晋。他认为："汉魏六朝的时代是不定的，动荡的，社会上充满了壮盛的气息，没有一定的类型，一定的标格，一切的人都是自由地发展。"这样就出现"许多不入格的人物：帝王不像帝王，文臣不像文臣，乃至儿子不像儿子，女人不像女人"，有个性的人物当然是传叙记录的好标本，"传叙家所看到的，到处都是真性的流露"。到唐宋以后，情况变了，思想、艺术和为人都"成为定格"，"常常使人感到平凡和委琐"（均见该书自序）。此外，他对中古僧传评价也很高。他认为《法显行传》是一部"人性底叙述。我们看到悲欢离合，看到生死无常，看到法显底慨然生悲，看到印度诸僧底相顾骇叹"。他举法显在天竺看到商人供奉的白绢扇而凄然下泪，认为这位高僧"和我们一样地有知觉有感情的人物"。他特别赞赏慧皎《高僧传》各传篇幅扩大，可做完密的叙述，且"富于人性的描写"。以庐山慧远为例，认为处处写出其弘法的坚定和人格的伟大，并加评议："慧远庄严博伟，虽一时枭杰刘裕、桓玄之徒，敢于窥窃神器，而不敢犯及远公。罗什屈身僭伪，而慧远树沙门不敬王者之论。从人格方面讲，慧远与鸠摩罗什简直无从比拟，这是中国人的光荣，也是晋宋以后佛法大兴的根源。"有关全书内容，我曾撰文《传叙文学：人性真相的叙述》（刊《文汇报》2006年12月5日）介绍，在此从略。

近得稿本二册，题端为《传叙文学述论》，扉页题记："此书上下二册，述于一九三九，次年毕事。初名《传叙文学之变迁》，后撅为《八代传叙文学述论》，未付刊。扉页已失，姑粘此纸，以志始末。东润，一九七六年一月。"为先生从事传叙文学研究最初成文的结集。全稿包含十五篇文稿：一、《晏子春秋》；二、《〈史记〉及史家底传叙》；三、《〈三国志注〉引用的传叙》；四、《〈世说新语注〉引用的传叙》；五、《法显行传》；六、《高僧传》；七、《续高僧传》；八、缺题文；九、《〈大慈恩寺三藏法师传〉述论》；十、《唐代文人传叙》；十一、《宋代的三篇行状》；十二、《宋代的年谱》；十三、《全祖望〈鲒埼亭集〉碑铭传状》；十四、《传叙文学与人格》；十五、《传叙文学底真实性》。其中五、九、十四、十五凡四篇，增写后曾在四十年代发表，《高僧传》一篇增改后列为《八代传叙文学述论》第十一章《〈高僧传〉底完成》，其他各篇均未发表。其中缺题一文长达两万多字，从前后文看，似乎为意外的写作，因为读唐初道宣《续高僧传》，体悟此书对隋代政治及人物的叙写，显然没有受到唐初史臣贬抑隋政的看法影响，真实展示隋代二帝之真实为人及其与佛教之关系。近日整理，代拟题《〈续高僧传〉所见隋代佛教与政治》。先生在1940年因准备开设《史记》课程，研读六月，撰成《史记考索》一书，得文十八篇，以文献考订为主，没有人物传记与全书评骘之专论。《〈史记〉及史家底传叙》一稿篇幅也超过两万，重点谈正史范围及史传与传叙文学的联系与区隔，对《史记》互见体例之运用及其局限的讨论，笔力健旺，议论风发，是其学术鼎盛时期难得的大文字。《宋代的三篇行状》讨论韩愈非史官不得作传说提出后，对宋以后文人不作传的消极影响，特别表彰苏轼《司马温公行状》、朱熹《张魏公行状》，以及黄榦《朱子行状》达到的成就。

在这部著作里，确实看到最初拓荒的粗糙和不成熟。比如《〈三国志注〉引用的传叙》《〈世说新语注〉引用的传叙》两节，是据诸书辑录传叙资料时的最初文献分析，就保存各类别传家谱较多的二书分别加以论列。但二书资料有较多交叉，裴注《三国》虽然早于刘注《世说》，但所引佚书的时代则各有先后。稍晚作《八代传叙文学述论》时，就不采取这一方式，而是采取东汉至东晋各时期传叙成就分别论列的方式。对《续高僧传》的研究，肯定其"和慧皎原著有相等价值"，并揭示此书对慧皎书的批评和补充，其所依据的文献来源，所撰在世人物生传的体例特殊，并看到该书对禅宗不满、与玄奘就译经的分歧，以及所见周齐隋唐佛道二教递盛的事实。虽然都具卓见，但就传叙文学立场说，显然还没能完全展开。

但书稿中确有几篇难得的大文章。首先关于《晏子春秋》的考察，是针对《四库提要》认为该书是家传"权舆"的说法，认为"这里看不到传主生卒年月，看不到他的世系，看不到他的心理发展。所有的止是若干片断的堆积"。这是有关传叙起源的大问题。《唐代文人传叙》一篇，特别表出陆羽《陆文学自传》述曾为优伶，陆龟蒙《甫里子传》述曾"躬负畚锸"，因坦白而令人信服。对韩愈所论文人不作传的偏见，也给以严肃的澄清。对韩柳文"写人情处有极细密处"给以肯定，对韩碑大量谀墓的记述也给以明白的揭发。

在上述论列中，朱先生有许多特立独行的卓见，显示他读史的锐利眼光。如讲隋文、隋炀父子："假如我们要把隋文和隋炀对比，显然地他们属于两个不同的范畴。文帝阴狠，炀帝阔大；文帝鄙啬，炀帝豪纵；文帝是校计升斗的田舍翁，炀帝是席丰履厚的世家子。要在中国史上找一个和炀帝相比的人物，我们只可推举汉武帝：他们同样是词华横溢的天才，雄才大略的君主。不过炀帝的结局，遇到意外的不幸，成为历史的惨剧，再加以唐代史家全无同情的叙述，和《迷楼记》这些向壁虚造的故事，于是炀帝更写成童昏，留为千秋的炯戒。这不能不算是历史上的冤狱。"这样评说，无论当时或现在，似乎都有些惊世骇俗。其实炀帝"南平吴会，北却匈奴"是《隋书》已有的评价，开凿大运河今人也已有共识。朱先生还特别关注到"隋文父子虽然同是隆兴佛法，但是隋文是崇拜佛法，而隋炀正经是领导佛法了"。他看到隋文帝因侥幸获得政权，因而更加迷信祥瑞，迷狂佛徒，度僧、建塔、送舍利，乃至自称弟子，但仅限于经像报应。而炀帝与智者大师的交往，则礼敬设会，悲类受嘱，生死如一，对天台宗的弘传关系极大。又举炀帝之接纳胡僧、组织译经、清理度僧、设置经藏，以及向日韩传播佛教等诸端，以见其为政之阔大不苛细。对楚汉争战之最后胜负,朱先生认为"倘使把当时双方战略和天下大势搁开不说",项羽因为世代将家,"对于部下的赏赉,是比较地慎重,换言之,就是慎重名器"。"而刘邦止是一个无赖,他手下的大多是时代的渣滓,这正是陈平说的'士之顽钝嗜利无耻者'。渣滓当然有渣滓的道理,在这一大群的顽钝无耻之徒,他们没有宗旨,没有信义,所看到的止是高官厚禄,玉帛子女。恰恰刘邦看清楚这一点,所以他成功了。他的成功的因素,就是不惜名器。"写于1940年的这段话,是对刘胜项败的判读,也说清了历史上的许多事情,值得玩味。

1939年是抗战最艰苦的时期,汪精卫集团公开投日,欧洲战场战火刚起,日军席卷中国东部和东南亚。朱先生虽然避居乐山,但始终关注战争情势,他这时期论著中也时常见到激昂的抗敌情绪。他说汉初以来北方诸郡"没有一处不受到匈奴的屠戮","最后武帝才决定采用贾生的策略,实现文帝的决心"。"其后一切的战略,都由武帝独断,恰恰遇着卫青、霍去病承意顺命,如臂使指,当然攻无不克,一直等到匈奴北徙,幕南无王庭之后,中华民族才得到喘息的机会。以后再由元帝收拾局面,但是这个民族生存的大功,还是在武帝手内奠定的。"这里说的当然是汉与匈奴的关系,讨论的完全是汉代国势的安危和底定,但能说其间没有眼前的殷忧吗?在讨论到朱熹《张魏公行状》时,特别引录《行状》原文:"公(指张浚)素念国家艰危以来,措置首尾失当,若欲致中兴,必自关陕始,又恐虏或先入陕陷蜀,则东南不复能自保,遂慷慨请行。"并说明建炎间张浚的计划是"自任关陕,由韩世忠镇淮东,吕颐浩、张俊、刘光世扈驾入秦"。但在建炎四年(1130)金人南下,张浚被迫出兵牵制,导致富平大败。朱先生认为《行状》对此写得太轻了,"其实自此以后,关陕一带完全沦陷,幸亏吴玠、吴璘保守和尚原、大散关,阻遏金人入蜀之计,但是从此东窥中原,几于绝望,不能不由张浚负责"。1939年东南多已沦陷,国民政府入川,军事形势与南宋之重心在东南不同,而维持大局,控守关陕、湖湘之大势则同。在这里,先生借对南宋初年军事布局之认识,提出国势安危之关键所在。在讨论全祖望碑状成就时,先生特别写到清初东南抗清之艰苦卓绝:"当鲁王盘踞舟山的时期,宁波、余姚一带山寨林立,作为海中的声援,山寨没有陷落以前,清兵不敢下海,正和最近抗战中的中条山游击战一样,在民族战争中发生最大的牵制力量。"又说:"在山寨底挣扎当中,浙江世家子弟几乎全参加了。"特别表彰"钱肃乐是一个孤忠耿耿的大臣,张煌言便是一个百折不回的斗士"。在这些地方,说的是清初,又何尝不是当时全民抗战的现实呢?

民国学术:课题是自己读书读出来的

"徒观斧凿痕,不瞩治水航。想当施手时,巨刃摩天扬。垠崖划崩豁,乾坤摆雷硠。"韩愈致敬李杜的诗句,我想借用来表达对朱先生当年研究的敬意。作为他的学生,我的看法不免有所偏失,但在整理他的遗著过程中,我希望能够体会他当年的生活和工作状况,希望理解和体会他的追求和建树,因此不能不为他当年的致力方向和学术成绩感到惊骇。

三十年代的武汉大学,是当时中国最好的大学之一。我去年见到朱先生当年开设文学批评史而编写的四版讲义,都是大字铅排线装本,即便避地乐山期间仍然如此。每版讲义都有朱先生详密的批补。学校印讲义,教师授课,都显得极其庄重。朱先生1939年的工作重心在授课,所作研究也围绕课程展开。当年没有立项,也没有考核,教授而能有专著,已经是很好的成绩,但朱先生显然不满足于此。在极其艰苦的条件下,他不满足已有的成绩,努力开拓学术的新域,从最基本的文献工作做起,对传叙文学的历史做两千多年上下贯通的考察,这种气魄,"真是使人大吃一惊"。他的工作是文史贯通的,特别强调史德与史识,比如写《张居正大传》,他要梳理明初以来政事举措之得失,要揭示张的家世渊源与人事纠葛,要在详密的事件脉络和人事冲突中揭示张的政治建树、成功与失败的根源。虽然最后完成的是三十万字的传记，但所作文献阅读当在千万字以上，所作文件考订如写出来也可有几百万字之多。按照英国近世传叙的做法，这些虽然没有写出，但细节却一点也没有简省，这是认真阅读朱先生传记创作的每一位读者都能体会到的。

朱先生心气很高，是对己严格而待人宽厚的学者。2006年我将《八代传叙文学述论》整理出版，送给海峡两岸的学人，都认为足以代表四十年代古代文学研究的最高水平，但他生前始终没有交付出版。这部《传叙文学述论》也是如此。其中《史记》是他用力极深的典籍，如隋代佛教与政治、朱熹出处与文学、全祖望对清初节烈的表彰，则他并无其他论著述及，但凡议论所及，都有特别的见解。即便这些论著当年写出后一直秘藏书箧，在相隔四分之三个世纪后问世，仍然保持新锐而前沿的创见。今人多喜议论民国学术之长短，我认为在朱先生身上，可以见到当时学术可以如此多元，完全遵循个人之兴趣，读书治学是求道阅世，发表与否并不重要，考核、量化更谈不上。

朱先生由于师承、学历和人事的原因，在民国学界是一位孤独的探索者。他在晚年写的一段文字说道："当时国立大学中文系还存在着形形式式的怪论。中文系的教师经常有三派人把持着。一、黄门，这是黄侃门弟子的一派，通称'黄门侍郎'。二、胡适派，这是胡适门弟子的一派，奉胡适为'胡圣人'。三、先师派，这是王国维弟子的一派，因王国维已死，因此口必称'先师静安先生'。此外重庆中央大学有胡小石一派，以抨击非该校出身之教师为主；四川大学有向楚一派，以禁止学生使用钢笔为主。吸毒者有之，挟妓者有之，赌博者有之，至于作唱和诗、作诗钟，则为庸中佼佼者。"（1970年撰《遗远集叙录》）所述情况的真实性当然有待核实，但可肯定他与这几派都没有渊源。相对靠近一些的是唐文治主持的无锡国专，但他从唐受学为宣统间事，到国专任教则为四十年代末。可以认为，他的读书治学不受时风的影响，从苦读中参悟，在融通中得解，自成气象和格局。

从1939年转治传叙文学，朱先生为此奋斗了近五十年，直到去世前两个月为最后一部著作《元好问传》写下最后一个句点。虽然他曾在1981年参加国务院首次学位工作会议时，建议设立传记文学的博士点，但他倡导的以英国传记文学为参照的传记写作之后继无人，也是不容回避的事实。我仅略有所知，为才识所限，似乎没有能力继承这项工作。写下我的认识，也希望朱先生的工作有更多的人发扬光大。

2014年11月16日

刊《文汇学人》2014年12月5日

探索中国传叙文学发展道路的珍贵记录

——《中国传叙文学之变迁》《八代传叙文学述论》导言

收入本书的两本著作，是我的老师朱东润先生抗战间随武汉大学避地四川乐山期间所著，也是先生中年转治传叙文学（现在一般习称传记文学）最初的著作。二书在先生生前都没有出版，但都已经先生亲自编订定稿或接近定稿。其中《八代传叙文学述论》一稿，于2006年由复旦大学出版社出版。《中国传叙文学之变迁》则为首度整理出版。

一

朱东润先生（1896—1988），名世溱，以字行，江苏泰兴人。早年先后就读于泰兴蒙学堂、襟江小学。后入上海南洋公学附属小学，得从唐文治先生习古文辞。1913年末得吴稚晖先生推荐到英国留学三年。归国后任教于广西第二中学（在梧州）、南通师范学校，1929年入武汉大学，其间皆教授英语。1932年始讲授中国文学批评史，乃转入中文系。1942年移讲席于重庆柏溪之中央大学，1947年后曾辗转任教于无锡国专、齐鲁大学、沪江大学。1952年院系调整，转入复旦大学任教。1957年后曾长期担任中文系主任。

朱先生学术启蒙于清末，对传统诗文诵读写作得到良好的培养，年十七就学英伦，更对西方学术和英国文学有很深切的了解。在专力从事中国文史研究以前，曾有十五年时间从事英国语言文学的讲授，这使他的研究格局和气象与民国期间一般中文系教授有很大不同。对先生一生影响很大的两位老师，都抱有强烈的淑世精神。先生曾说到从唐先生那里体会到古诗文的喷薄之美和情韵之美。唐先生曾为交通大学文治堂题联："人生惟以廉节重，世界全靠骨气撑。"在朱先生身上也始终保持这种传统士人的精神气度。吴稚晖在近现代史上当然是有争议的人物，但朱先生从学时，适当他民初从事革命宣传之际，吴对传统学术和中外文化的认识，以及对学术和政治的敏锐，也在很大程度上改变了朱先生的学术和人生选择。

朱先生今存最早的学术文字，似乎可以举到1913年末在英国编译《欧西报业举要》，自序首云："近数年来，吾国报章为数较多，或者不察，目为进步，西人闻之，亦相引证，以为真进步矣。实则所谓进步云者，不过指其数目上之关系，于本体之果进步与否，尚为疑问。吾人对之宜加针砭，不宜妄称道也。"这一年他十七岁。该稿从次年3月始，在《申报》曾连载数十日。其间因要自筹学费和生活费用，曾大量翻译欧洲文学著作，今知有《骠骑父子》《波兰遗恨录》《踏雪东征传》等。但他最早发表的学术论文，当为《新月月刊》第2卷第9期（1929年10月）所刊《诗人吴均》，最早具有独立开创意义的学术领域，则为中国文学批评史。

先生曾自述，因当时武汉大学中文系守旧气氛浓厚，文学院院长闻一多教授建议他开设中国文学批评史课程。他用一年时间，至1932年写出讲义初稿，截止到明末钱谦益，援据英国学者高斯在《英文百科全书》对批评之定义为"判定文学上或艺术上美的对象之性质及价值之艺术"，借此阐明文学批评之性质、对象与分类，批评与文学盛衰之关系，以及文学批评文献之取资。这部讲义经1933年、1937年两次增改，已经渐趋成熟，但却因遭遇战火的意外，遗失了定稿的下半部。1944年由开明书店出版《中国文学批评史大纲》，是1937年本前半部和1933年本后半部的拼合本。虽然其间已经有多部文学批评史著作出版，但这部《大纲》是第一部从上古到近代的通史，批评文献的发掘和理论思路的阐发都有独到之处，学界公认该书为该学科三部奠基著作之一。整个三十年代，先生发表了文学批评的系列论文，后结集为《中国文学批评论集》（开明书店，1947年），又研治《诗经》，多发前人所未言，后结集为《读诗四论》（商务印书馆，1940年）。1940年初因授课需要，又撰成《史记考索》（开明书店，1948年）一书。成就之丰硕，当时已堪称难得，但先生并不感到满足。《读诗四论》定稿时，有诗云："弹指蔽泰华，冥心沦九有。小夫窃高名，君子慎所守。肯以金石姿，下羡蜉蝣寿！乾坤会重光，相期在不朽。"人生短暂，学术常新，应该不断追求新的开拓、新的创造。在对中国文学做出全面观照后，他更多地考虑中国文学无论研究还是写作，都应该有大的突破，他希望从西方文学中找寻新的道路。

　　在乐山艰苦的环境和繁忙的授课之余，先生想到的是："世界是整个的，文学是整个的。中国的小说和戏剧，受到新的激荡，正在一步步地和世界文学接近"，诗歌"还在大海中挣扎，一边是新体诗底不断地演进，一边有人眷恋已往的陈迹。只有中国的传叙文学，好像还没有多大的进展"。他坚持认为"传叙文学底使命是人性真相底流露"（均见《八代传叙文学述论》绪言），决心为此做彻底的探究。

　　先生的努力从阅读西方理论开始。当时唯一能够找到的理论著作是法国莫洛亚的《传叙文学综论》，他从图书馆借出，用一个月时间连读带译，掌握了这部理论："西洋文学里，一位重要的传主，可能有十万字乃至一二百万字的传记，除了他的一生以外，还得把他的时代，他的精神面貌，乃至他的亲友仇敌全部交出，烘托出这样的人物。"（《朱东润自传》）他结合早年对英国文学的阅读，特别推尊鲍斯维尔的《约翰逊博士传》和斯特拉哲的《维多利亚女王传》，对英国古典和近代传叙的做派有一简略说明："一部大传，往往从数十万言到百余万言。关于每一项目的记载，常要经过多种文卷的考订。这种精力，真是使人大吃一惊。这种风气，在英国传叙文学里一直保持到维多利亚时代。一切记载，更加翔实而确切，而证明的文卷，亦更加繁重而艰辛，于是引起二十世纪初年之'近代传叙文学'。这一派底作风，总想活泼而深刻，同时极力摆脱政见的桎梏。其实仍是一步步脚踏实地，没有蹈空的语句。"（《八代传叙文学述论》绪言）

先生的工作从两方面展开。一方面是研究中国历代传叙文学的历史，先后完成本书收入的两部著作，以及其他一些单篇论文，部分在四十年代前中期发表。另一方面是探索中国传叙文学的创作，反复斟酌后，选定明代隆庆、万历间的权相张居正，一位在生前身后都有争议，但先生认为是在错综复杂的政治纠葛中为民族生存和发展做出重要努力的人物，在抗战最困难的时期，写出这样的人物，具有激励士气的意义。1943年完成《张居正大传》，成为中国现代传记文学的经典著作。

先生从1939年开始的学术选择，坚持到生命的最后一息。

二

先生自存有稿本两册，扉页题《传叙文学述论》，有题记云："此书上下二册，述于一九三九，次年毕事。初名《传叙文学之变迁》，后撷为《八代传叙文学述论》，未付刊。扉页已失，姑粘此纸，以志始末。东润，一九七六年一月。"估计是"文革"抄没手稿退还后曾稍作整理，有几篇手稿装订时次第有错乱，所幸内容完整，未有缺失。

稿本共包含十五篇文章，目录如下：一、《晏子春秋》；二、《〈史记〉及史家底传叙》；三、《〈三国志注〉引用的传叙》；四、《〈世说新语注〉引用的传叙》；五、《法显行传》；六、《高僧传》；七、《续高僧传》；八、缺题文；九、《〈大慈恩寺三藏法师传〉述论》；十、《唐代文人传叙》；十一、《宋代的三篇行状》；十二、《宋代的年谱》；十三、《全祖望〈鲒埼亭集〉碑铭传状》；十四、《传叙文学与人格》；十五、《传叙文学底真实性》。其中缺题一篇，就《续高僧传》所涉隋代佛教与政治关系展开论述，并对隋二帝有很独到的评述。但从前一篇的结束语看，此篇似不在全稿的论述计划以内，估计是读书有所感悟临时起兴而作。

我代拟题为《〈续高僧传〉所见隋代佛教与政治》，先期交《世界宗教研究》2015年第1期发表，仍作为本书附录收入。

以上各文之完成时间，可以在文稿中找到内证。如在讨论全祖望碑状成就时，特别写到清初东南抗清之艰苦卓绝，认为"正和最近抗战中的中条山游击战一样，在民族战争中发生最大的牵制力量"。《〈史记〉及史家底传叙》说到赵将赵括的失败："正同一九四〇年世界大战，德国军队把法国第一军团以及英比联军截断在佛兰德斯一样。"都是就当时时事引发议论，后者所述为1940年6月敦刻尔克撤退前的欧陆战事。

上述各文，有几篇经增写曾在四十年代的学术期刊刊出，具体篇目是：《〈大慈恩寺三藏法师传〉述论》，刊《文史杂志》创刊号（1941年4月）；《传叙文学与人格》，刊《文史杂志》第2卷第1期（1942年1月）；《法显行传》一篇，改题为《论自传及〈法显行传〉》，刊《东方杂志》第39卷第17号（1943年）；《传叙文学的真实性》，刊《学识杂志》1947年12月号。此外，《〈三国志注〉引用的传叙》《〈世说新语注〉引用的传叙》《法显行传》《高僧传》四篇的部分内容，与《八代传叙文学述论》稍有重叠，大约就是朱先生题记所述"后撷为《八代传叙文学述论》"之意。其中《法显行传》《高僧传》两章重见约各占三分之二，而另二章则因一偏重专书论述，一侧重时代发展，举例多同而论述则各异。当然，本稿为初稿，论述未及深入者自有，《八代传叙文学述论》则为进一步研究后的系统论述，二者是递进的关系。其余各篇，此前均未曾发表。

先生曾在自传中说到"自己对于这部叙述很不满意"，因此一直没有出版。在这部著作里，确实看到最初拓荒的粗糙和不成熟。比如《〈三国志注〉引用的传叙》《〈世说新语注〉引用的传叙》两节，是据诸书辑录传叙资料时的最初文献分析，就保存各类别传家谱较多的二书分别加以论列。但二书数据有较多交叉，裴注《三国》虽然早于刘注《世说》，但所引佚书的时代则各有先后。稍晚作《八代传叙文学述论》时，就不采取这一方式，而是采取东汉至东晋各时期传叙成就分别论列的方式。对《续高僧传》的研究，肯定其"和慧皎原著有相等价值"，并揭示此书对慧皎书的批评和补充，其所依据的文献来源，所撰在世人物生传的体例特殊，并看到该书对禅宗不满、与玄奘就译经的分歧，以及所见周齐隋唐佛道二教递盛的事实。虽然都具卓见，但就传叙文学立场说，显然还没能完全展开。

但就全稿来看，先生显然是希望借助各历史时期有代表性的论著，来揭示中国传叙文学的发展脉络，最后两篇则重在阐发英国传叙文学的学术精神和文学面貌，以及具体的写作方法，对文献取资利用的原则和避忌。在论述的系统深入，以及是否就此即能完成对中国传叙文学的总结，先生的不满意带有强烈的学术自省和刻意追求。但就各具体篇章来说，则都能自成议论，多有发明，体现先生在学术鼎盛时期的独特体悟。

第一篇关于《晏子春秋》的考察，是针对《四库提要》认为该书是家传"权舆"的说法，认为"这里看不到传主生卒年月，看不到他的世系，看不到他的心理发展，所有的止是若干片断的堆积"。这是有关传叙起源的大问题。

《〈史记〉及史家底传叙》是一篇议论《史记》叙事方法和传叙写法的很难得的力作。1940年初，因安排是年秋开设《史记》课程，乃从年初研读《史记》，阅时六月。《史记考索》一书，凡论史例者四篇，史实者三篇，史注者四篇，辑佚者三篇，附录四篇。先生自序称"属海内云扰，乡邑沦陷，遂肆意著述，藉遣殷忧"。出版后久已享誉学林，是二十世纪《史记》研究的代表著作之一，但内容以文献考订为主，缺乏人物传记与全书评骘之专论。本文谈到正史的范围，讲到史传与传叙文学的联系与区隔，《史记》互见体例之运用及其局限，特别讨论到《管晏列传》《魏公子传》《魏其武安侯传》，以及项羽、刘邦本纪之人物叙写的成就和偏失，恰可弥补上述缺憾。全文笔力健旺，议论风发，分析细致，识透纸背，处处显示融贯东西、参悟古今的气象格局。如对楚汉争战最后胜负的关键，先生认为"倘使把当时双方战略和天下大势搁开不说",项羽因为世代将家,"对于部下的赏赉,是比较地慎重,换言之,就是慎重名器"。"而刘邦止是一个无赖,他手下的大多是时代的渣滓,这正是陈平说的'士之顽钝嗜利无耻者'。渣滓当然有渣滓的道理,在这一大群的顽钝无耻之徒,他们没有宗旨,没有信义,所看到的止是高官厚禄,玉帛子女。恰恰刘邦看清楚这一点,所以他成功了。他的成功的因素,就是不惜名器。"这里说清了历史上的许多事情,值得玩味。再如关于武安侯田蚡的评价,因为《魏其武安侯列传》的名声,似乎是久有定评了,先生揭出《史记·东越列传》和《平准书》的记载,指出田蚡"老成谋国"的干练。关于信陵君为人和围魏救赵的真相,也非浅学者所能及。

《〈三国志注〉引用的传叙》和《〈世说新语注〉引用的传叙》两篇,是分别论述二书所存汉魏两晋杂传类文本之文学价值。《八代传叙文学述论》在完成此一时期散佚传叙文献后有更详尽深入的分析,在此从略。

本书有五篇谈中古僧传的文学成就。就我所知,先生是持积极入世态度的学者,对佛教之空寂、轮回、蝉蜕等作为似乎并不太赞同。他研读僧传,是从人物传叙的文学成就,僧传所述出家人的人生感悟和生命体验加以分析论列。对《法显行传》,先生认为法显的自叙与玄奘的《大唐西域记》虽然都记载天竺经行的过程,但后者只是客观地叙述诸国情况,因而只是一部地志,而《法显行传》则以生命中一段旅程的记录,主观地表达了个人的感受,"是一篇人性底叙述"。如禅门公案"法显不怕黑师子,但看不得白绢扇",先生列举《高僧传》卷三所载:

> 将至天竺(略),显独留山中,烧香礼拜,翘感旧迹,如睹圣仪。至夜,有三黑师子来蹲显前,舐唇摇尾。显诵经不辍,一心念佛,师子乃低头下尾,伏显足前。显以手摩之,呪曰:"若欲相害,待我诵竟;若见试者,可便退矣。"师子良久乃去。

认为这应是《法显行传》已佚失的内容,写出法显求法之坚定执着，置生死于度外。而《行传》载："显去汉地积年，所与交接悉异域人，山川草木，举目无旧。又同行分析，或留或亡，顾影唯己，心常怀悲。忽于此玉像边见商人以晋地一白绢扇供养，不觉凄然，泪下满目。"先生评述云："我们看到悲欢离合，看到生死无常，看到法显底慨然生悲，看到印度诸僧底相顾骇叹。""一个绝域舍身，忘身求法，无常无我，应无所住而安其心的高僧，看到白绢扇而凄然下泪，这实在是不思议的奇迹。'举目无旧''顾影唯己'两句更见出他是怎样地执着现在，沾泥带絮，终于不能解脱。然而正从这几句里，我们认识法显不仅是一位高僧，而是和我们一样地有知觉有感情的人物。倘使我们认定传叙文学底目标，是人性底真相的叙述，那么在中国文学里，《法显行传》便是一部重要的著作。"誉为"划时代的自叙"。

慧皎《高僧传》，在中国佛教史上当然是空前的著作，先生特别注意到此书各传篇幅扩大，如佛图澄传4800字，鸠摩罗什传4200字，道安传3200字，慧远传4400字，因而可做完密的叙述，且"富于人性的描写"。如《晋长安鸠摩罗什传》和《晋庐山释慧远传》两篇。鸠摩罗什一生的主要事业是译经，但中间受到吕光、姚兴的威胁，以致一再破戒，常怀忍辱而无异色。而对于慧远，则处处写出其弘法的坚定和人格的伟大。先生特别举出"远神韵严肃，容止方棱，凡预瞻睹，莫不心形战栗"的几个事例，认为："慧远庄严博伟，虽一时枭杰刘裕、桓玄之徒，敢于窥窃神器，而不敢犯及远公。"引述传中沙门见慧远心悸汗流而不敢语，以及其临终不昧的一段，"六日困笃，大德耆年皆稽颡请饮豉酒，不许；又请饮米汁，不许；又请以蜜和水为浆，乃命律师令披卷寻文，得饮与不，卷未半而终"，认为其人格是"中国人的光荣，也是晋宋以后佛法大兴的根源"。

《高僧传》以后，先生特别关注道宣《续高僧传》，认为与慧皎书"有相等价值"。道宣至少历时二十一年而成书，"是一部用力至勤的著作"。指出道宣有意补录《高僧传》所缺的北方名僧，在文献采据方面用力尤深，但对立传"偏重交游，全凭主观"，以及为在世僧人立传，则持保留态度。他在道宣著作里,特别读到三个特殊的叙述,一是对于禅宗的不满,仅为达摩、慧可立传,不涉他僧,且有"四世之后,便成名相""道竟幽而且玄,故末绪竟无荣嗣"等恶评。二是在译经主张上,对于当时名盛一时的玄奘颇多批评,反对他的直译、广译,认为"布在唐文,颇居繁复",在不得不作的赞誉中,也颇多讽刺。三是对北朝、隋唐以来佛教递盛的记载。同时,也指出僧传之泄愤伪讹,《释昙始传》关于魏道武帝抑佛后"大生愧惧,遂感疠疾,崔、寇二人,次发恶病。焘以过由于彼,于是诛剪二家门族都尽",就全属捏造。这些方面的分析都极具独见,虽然稍为有些偏离了传叙文学的中心。

另缺题一篇,应属临时起兴之作。初唐史家受到官方叙事立场的影响,极力贬抑隋代的政治建树和隋炀帝之道德为人,先生意外发现,道宣编录僧史,另有取资,且绝不愿受官方史家的局限,因而得以真实保存隋二帝行事的真貌。先生据以评述隋文、隋炀父子:"假如我们要把隋文和隋炀对比,显然地他们属于两个不同的范畴。文帝阴狠,炀帝阔大;文帝鄙啬,炀帝豪纵;文帝是校计升斗的田舍翁,炀帝是席丰履厚的世家子。要在中国史上找一个和炀帝相比的人物,我们只可推举汉武帝:他们同样是词华横溢的天才,雄才大略的君主。不过炀帝的结局,遇到意外的不幸,成为历史的惨剧,再加以唐代史家全无同情的叙述,和《迷楼记》这些向壁虚造的故事,于是炀帝更写成童昏,留为千秋的炯戒。这不能不算是历史上的冤狱。"这样评说,无论当时或现在,似乎都有些惊世骇俗。其实炀帝"南平吴会,北却匈奴"是《隋书》已有的评价,开凿大运河今人也已有共识。先生特别关注到,"隋文父子虽然同是隆兴佛法,但是隋文是崇拜佛法,而隋炀正经是领导佛法了"。他看到文帝因侥幸获得政权,因而更加迷信祥瑞,迷狂佛徒,度僧、建塔、送舍利,乃至自称弟子等行为,均仅限于经像报应。而炀帝与智者大师的交往,则礼敬设会,悲类受嘱,生死如一,对天台宗的弘传关系极大。又举炀帝之接纳胡僧、组织译经、清理度僧、设置经藏,以及向日韩传播佛教等诸端,以见其为政之阔大不苟细。至于从开皇后期到仁寿间，隋文五子各自倚靠僧团，经营佛教，组织势力，谋求政治地位的作为，以及僧人依附诸王之情节，更属在在都有，先生罗列分析，各得头绪。先生对《续高僧传》的阅读，突显了他一贯强调读史应能入木三分、力透纸背的精神。我整理本文，去岁末在复旦大学历史系"重绘中古中国的时代格"国际会议上介绍后，得知孙英刚教授前此也已就《续高僧传》所见太子承乾的为人为政做了详尽的论述，在海外发表。看来会读书的学人，虽时代迥隔，感觉仍是相通的。

先生特别推重唐初玄奘门人为其师所撰《大慈恩寺三藏法师传》，认为其"布局之伟大、结构之完密，不特为中国文学中所罕见，即以第七世纪前欧西诸国之传叙文学比之，亦甚少有出其右者"。

《唐代文人传叙》一篇，中心是讨论韩愈所倡文人不作传的偏见，认为这一偏见阻遏了主流文人从事传叙写作的热情。对唐人传叙，有存世作品的全面考察，特别表出陆羽《陆文学自传》述曾为优伶，陆龟蒙《甫里叙述传》述曾"躬负畚锸"，因坦白而令人钦服。对韩柳文"写人情处有极细密处"给以肯定，对韩碑大量谀墓的记述也给以明白的揭发。

《宋代的三篇行状》一文，在遗憾宋人继续文人不作传之局促，以及古文家写碑志刻意求简的同时，特别揭出三篇行状，"比较接近传叙文学的正轨"。第一篇是苏轼的《司马温公行状》，9500字，"开了长篇文字的先河"。虽然觉得以司马光旧派领袖的地位，一生渗入当代政治组织之履历丰富，加上苏轼和他始终保持密切接触，没有按西洋写法写成数十万字的传叙有些可惜，但因为已经突破传统的局限，因而有许多精彩的记录。先生特别节录司马光劝宋仁宗早立太子，与王安石、宋神宗讨论新法的两节，后者之分析既提到司马光立论的不足，也肯定他"老成谋国的用心"。《行状》对司马光废新法的肯定，对差役法弊害不着一词，先生特别举苏辙《东坡先生墓志铭》对此不同的叙述，认为这是"前人作文的体裁"，也指示今人读书的立场。第二篇是朱熹《张魏公行状》，长达43700字，为空前的长篇，因而对"传主的生平，更进而对于传主的父母,有详尽的叙述"。先生列举了几节特别精彩的段落。一是绍兴十六年(1146)张浚欲劾秦桧而犹豫不决,其母诵其父对策词"臣宁言而死于斧钺,不忍不言而负陛下",鼓励直言。二是建炎三年(1129)平定苗刘之乱二十五天间的逐日纪事,认为是"中国传叙文学罕见的先例"。三是张浚经营关陕的卓识和富平之败的影响。先生虽然认为富平之败"从一隅讲,这是失败,从大局讲,这是成功",但也直述张浚诬杀部下之不德,和朱熹写此败结果的"太轻"。四是金主亮南侵时张浚起复后的果决有为。五是措置两淮和灵璧之败的责任,先生认为朱熹有意为张浚"规避责任",因与传主之子张栻私交甚深而不免有所隐饰。第三篇是黄榦的《朱子行状》,16000字,虽篇幅较小,但作者为朱熹女婿,又是最信任的门生,相从数十年,因而得有很亲切的观察,加上作者成文后曾长期搁置,反复修改,因此而具独到的成就。先生更看重的,则是黄榦在《行状书后》《行状成告家庙文》中对传叙作法的极有见地的理论阐述,文长不具引。

《宋代的年谱》,主要谈似乎与传叙文学有密切关联的年谱在宋代出现的原因,重点分析吕大防所撰杜甫、韩愈二谱虽有开创之功,但仅略具梗概,且缺漏讹误尤多,实在不足为训。虽然年谱一体在南宋后作者众多,似乎已成重要的传记形式,先生对此始终有所保留。

《全祖望〈鲒埼亭集〉碑铭传状》一篇,是先生较早论述明清之际史事的论文,似乎已可看到晚年写作《陈子龙及其时代》的一些先兆。在讨论全祖望碑状成就时,先生特别注意追溯鄞县全氏先世本是明代世臣,自六世祖时入仕,到他祖父一辈他山、式公、北空适当明清鼎革之际,都义无反顾地投身抗清战场,而他的师友前辈、故家遗族,都还保存历史的记忆。对明遗民之向望景慕,为先贤往哲保存文献的强烈愿望,让他立意寻访故老,追寻旧迹,考订事实,发为碑状。先生特别指出:"祖望著述的特点,就是他的直书不讳的态度。"因此对于钱肃乐、张煌言等抗清名臣的个人能力、道德欠缺都有很直率的记录,也因为如此,对钱之"孤忠耿耿",张之"百折不回",就有更令人信服的生动的记录。先生也指出，祖望著述动机当然有"故国之感"，"但却没有反抗新朝的意识"，"不含有敌视清室的意义"，这是读全氏碑状尤应理解的地方。

《传叙文学与人格》《传叙文学底真实性》，主要阐发英、法学者对于西洋传叙文学的见解，以及对建构中国传叙文学的重大理论问题的分析。《八代传叙文学述论》对此论述更详，可参下章。

本书稿因与《八代传叙文学述论》合为一册印行，为避免书名重复或致引起不必要的误解，仍采用先生题记和自传中原用的书名《中国传叙文学之变迁》。

三

《八代传叙文学述论》卷首先生自序作于民国三十一年（1942）五月，是此书写定的时间。写作契机缘于1940年秋教育部规定大学中文系可以开传记研究课，武汉大学遂请人开设以唐宋八大家古文为主的传记文学课。先生早年留学英国，对于西方传记文学有着浓厚兴趣，清楚地认识到二十四史的列传只是史传，韩柳欧苏的碑志只是速写，都不是传记。在读了一批西方传记文学理论和作品后，决心探索中国传叙文学发展的道路。

先生认为以英国为代表的西方传叙文学，篇幅宏大，除了叙述传主的一生，还应该把他的时代、他的精神面貌，以至他的亲友仇敌全部展现，写出独特而真实的人物。中国古代史传确实有着悠久的传统，但在致力的方向上，有着根本的不同。先生用西方传记文学的眼光来审视，看到了秦汉的史传、六朝的别传僧传、唐宋的碑状、明清的年谱，以及梁启超的几部评传，虽然都各有成就，但也颇多遗憾。史传的目标是写史写事，碑状年谱过于刻板虚假，梁启超的评传把一个人的事功分割成几块来叙述，不免有"大卸八块"的遗憾。先生认为传叙文学的使命是要写出活泼生动的人性，要以确凿可信的文献为依凭，尽可能真实地反映传主的生命历程。中国古代曾经有过传叙文学的辉煌,但唐宋以后没有能够得到继续,对于过去的成就,应该加以发掘和阐述。"知道了过去的中国文学,便会看出当来的中国传叙文学。"(《八代传叙文学述论》绪言)

作为一本特殊的文学史著作,本书在当时是有开拓意义的工作。为什么选取汉魏六朝呢?先生认为那一时代虽然动荡不定,但"社会上充满了壮盛的气息,没有一定的类型,一定的标格,一切的人都是自由地发展"(同前)。看上去帝王不像帝王,文臣不像文臣,儿子不像儿子,女人不像女人,但都充满独来独往的精神,不像唐宋以后人物都有一定的标格。但要叙述此一时期传叙文学发展的历史,最大的困难是现存资料似乎只有几部僧传,别传见于记载的虽有数百种之多,但大部分失传了,只有片段散在群籍之中,清代的辑佚学家很少注意及此,没有前人辑录的成绩可以援据。先生是实干型的学者,既有志于此,即从最原始文献的搜求积累开始,从汉唐之间史乘、类书、古注等古籍中爬罗剔抉,辑录出四百多种相关的作品,为本书的写作奠定了基础。可惜的是,先生辑出的传叙,仅有十四种作为本书附录得以保存。从这十多种辑本,可以了解他对辑录规范的掌握,绝不逊于清代的辑佚名家。其余部分没有留下辑本,也可能没有最后编定,但基本面貌可以从全书中得到部分的反映。先生做任何选题,都坚持从最基本的文献阅读、辑录、考证、编年等工作开始,这一治学态度贯穿了他的一生,本书更体现了这种精神。

古籍辑佚是一项辛苦的工作。其基本的原则和方法,清代学者已经确定,先生的工作只是遵循规范,涉及前人没有完成的领域。因为有了此项文献调查的准备,本书各章对于相关著作,无论存佚,都有准确而完整的描述和考订,举证极其丰备。但这些仅是本书写作的基础,本书的主要目标是考察和评判汉魏六朝传叙文学的成就和局限。

先生对于传叙文学成就的评判,既经认定传叙文学的对象是人,不同于重于纪事的史,也不同于可以虚构的小说。传叙写作的生命是真实，必须文献有征，必须真实地记录传主的生平，同时又应具备文学性。先生认为《曹瞒传》注重传主个性的描写，很仔细地记录传主的小动作，接近现代传叙文学的意味。先生对于魏晋传叙中具有独特个性人物的记叙，给以很高的赞赏。他认为皇甫谧《列女传》所记庞娥亲为父报仇的故事中，"写杀人的一节，生气勃勃，更是自古未有的文字"；认为夏侯湛《辛宪英传》叙事"风神如绘"；又特别赞赏西晋传叙中"从清言娓娓的言论里，传出传主的个性"（均见第六《几个传叙家的风格》）。

先生认为，汉魏六朝的传叙文学，经过东汉的萌芽、魏晋的长育，在东晋以后的僧传中达到了成熟。具体已详前节对《中国传叙文学之变迁》有关几篇的介绍。

然而，传叙文学的真实和生动，不同于史家叙事的真实，也不同于小说夸张虚构的有趣。先生认为，传叙"文学的形态是外表，忠实的叙述是内容"（第五《传叙文学的自觉》），内容的真伪在鉴别时，需要读者融通典籍，有所洞见。先生特别指出，有的是传主的作伪，比如公孙弘位居三公而为布被、汉高祖为项羽发丧之类，传叙家能够直指其伪，便是传叙的真实。但如果传叙家隐藏真相，故意捏造，"叙述坏事的固为谤书，叙述好事的也成秽史"（第五《传叙文学的自觉》）。《桓阶别传》叙桓阶清俭异常，在郡俸尽食酱，乃至魏文帝幸其第见诸子无裈，似乎都是美德。先生列举事实，指出桓阶是为曹操划策篡夺的参与机密的人物，又是文帝受禅时领衔劝进并临终顾命的显要，其家之奢侈，当时为众所知。《别传》所述清俭，是作者有意的作伪。同样，在讨论《孙资别传》时，先生认为孙资和刘放在魏文帝和明帝朝因亲近君主而大权在握，当明帝临终时，二人以一己之私利，引曹爽以倾燕王，复引司马懿以佐曹爽，终于演成了魏晋禅代的故事。但《别传》则称孙资在明帝顾问时仅答以"宜以圣意简择"，先生认为这是推避责任，显出作者为孙资洗刷的用意，是另一种作伪。

与故意作伪稍有不同的以下几类情况，先生也都予以揭示。如《曹瞒传》以传闻为事实，因而减损了其价值。如叙曹操因私愤而杀袁忠、桓劭，其实并不合史实。而所叙华歆破壁牵伏皇后一事，也出于杜撰。至于当时有巨大影响，后代也具很高评价的嵇康《圣贤高士传赞》，先生则认为是"极享盛名而没有价值的著作"（第五《传叙文学的自觉》）。原因在于这部书所举高士，许多都是子虚乌有的人物，甚至如刘知几所揭那样，将《庄子》和《楚辞》中托言的两个渔父，捏合成一个人。在评价庾信《丘乃敦崇传》时，先生特别指出诔墓的风气影响于北朝的传叙，形成一批没有内容、没有意义的产物，是传叙文学的不幸。在做出这些分析评价时，先生都有很具体的举证，在考证中表达了对世事人情的透彻体悟。比方前面提到的华歆一例，《后汉书》据以采信，晚出的《三国演义》中也称及，是很有名的事件。先生既指出华歆在曹丕受禅时因眷恋故主而以形色忤时，以情理不会做坏户发壁之事，又考其时华歆已不在尚书令之任，尚书令应别有其人。就考证来说，仅此已经很充分，先生则更一步指出，华歆是当时的名士，曹操特别注意招揽天下名士，以为自己收拾人望。名士身负重名，不屈身污溅，曹操也不以此相屈，否则就失去了名士的意义。这样的考述酣畅透彻，出人意表而又在情理之中，非大手笔不办。

《八代传叙文学述论》完成之时，先生已着手写作《张居正大传》，书中许多表述，可以看到当时的努力目标和遵循原则。《张居正大传》以后先生所有的传记作品，都遵循英国近世传叙文学摆脱政见而又活泼、深刻的写法，所有事实都经过极其详密的考证，做到了信而有征。如何达到信而有征呢？先生认为学者要善于利用各类文献，但同时又要注意任何文献都有其局限性，史传的局限众所周知，西方学者重视的自叙、回忆录、日记、书简、著作，以及中国的自撰年谱一类，也都有各自的局限。先生认为，优秀的传叙家应该善于分析和驾驭各类文献，努力追寻事实的真相，"把一切伪造无稽的故事删除，把一切真凭实据的故事收进"（《八代传叙文学述论》绪言）。学者不仅要有贯通文献的学力，同时应有辨析人事、体悟情委的悟性和胆识。先生的著作就每每显示出此种敏锐和识见。对先生不太熟悉的读者，读先生的著作，都感到不循旧规，喜立新说，且常常对于新说的依据并不做很具体的文献交代。与先生接触多了，就知道他的新说大多是勤奋而深入地阅读群籍，始终坚持用自己的眼光读书，融通史实，具体分析，加上敏锐的史识和体悟，一点一滴积累而得，绝非率尔之谈。

《八代传叙文学述论》写成后，先生做了认真修改定稿，亲笔题签，装订成册，珍藏行箧，并在晚年多篇回忆文章中谈到此书，颇为重视。当时的出版环境已经比较宽松，本书也没有任何违忌内容，但一直没有谋求出版，原因不甚清楚。如果硬要揣测，我以为可能一是当时对一些问题的见解后来有所变化，比如当时称传叙而不赞成称传记，五十年代后即有所改变，七十年代写的自传中提及本书，称为《八代传记文学叙论》，也似乎可以看到这一变化；二是他后来似乎更看重于传叙文学的写作，希望以传叙文学创作的实际成绩来为中国传叙文学的未来开辟道路，并坚持始终，直到去世，对于古代传叙成就的研究，可能反而看轻了。

《八代传叙文学述论》是先生四十六岁时的著作，完成于他一生学术精力最鼎盛的时期。全书举证丰富，考辨周详，议论骏爽，笔力雄劲，处处可以显见当时开疆拓土的执着奋发。虽然六十四年后方首次出版，其学术意义并没有随时间推移而有所减损。先生当时疾呼因应世界文学的趋势，建立可以无愧于世界文学之林的中国传叙文学，至今仍不失其现实意义。先生对于汉魏南北朝传叙文学作品的全面发掘，在此基础上对此一时期传叙文学成就的评骘，至今尚无学者超越先生当时已经达到的广度和深度。当然更重要的，是留下了他在学术转型过程中的系统思考，对于了解先生一生的治学道路和成就，意义十分重大。此外，还可以指出的是，先生一生治学范围极广，但以往还没有魏晋南北朝时期的专著出版，本书可以弥补这一缺憾。先生中年以后的著作，大多以叙事和议论见长，而将为此而做的文献梳理和考订工作，掩映在叙述之中。本书则将乾嘉考据之学与西学的弘通融于一编，可以见到先生另一方面的成就。

四

以上两部书稿,《中国传叙文学之变迁》完成于1940年,《八代传叙文学述论》则写成于1942年5月。这一时期,是中国抗日战争最艰苦的时期,朱先生本人虽然没有到前线去从军杀敌,但他的生活和著述是融入到那个时代里去的,他以自己的努力,为抗战时期的中国学术留下特殊的记录。

我想在此稍微叙述一下朱先生在写作二书期间的个人经历和生活状态。

全国抗战的爆发,显然不在朱先生预料之内。他在1937年初,因为居家狭窄,子女众多,准备在泰兴老家动工造房,至8月还未完成,武汉大学开学已近,只能将事务交代给夫人邹莲舫,赶回武汉。此后战火遍及江东,先生忧国忧家,待到学期课程一结束,马上取道香港、上海回到泰兴。居家近一年,到1938年11月,上海转来电报,告武汉大学已经内迁四川乐山,正式上课,"大家都在后方为这即将来临的大时代而努力",要求在次年1月15日前赶到。先生稍有犹豫,但在夫人"家庭的一切有我"的鼓励下,决心西行。从上海乘船往香港,复搭船到海防,过河内、昆明,到达重庆,又改乘飞机,在截止日前两日到校。因为要开设新课六朝文选读,先生觉得六朝的最具代表性的大赋,只是读过,没有写作的体会,乃仿西晋潘岳《西征赋》,述自泰兴至乐山西行沿途之所见所感,成《后西征赋》五千余言,伤痛时事,纵论得失,感慨苍茫,意境雄浑,为近代以来罕见之闳篇。赋从抗战爆发写起:"惟民国之肇建,粤二十有六载,夷则奏于清秋,杀机发于宇内。于时封豕长蛇,砺牙磨喙,俯窥幽燕,右击恒代,驰驱沧博,割裂海岱;将欲收河朔为外藩,鹥长城与紫塞。"写出淞沪抗战之壮烈:"盖南翔十万之众,咸与敌而拼命;然后雕题凿齿之徒,始额首而称庆。江东子弟,化为国殇,邦家殄瘁,人之云亡。"也写出一路之所见和感慨。最后说到抗战中大学教育的使命:"国学既迁,来依兹土;别珞珈之烟云,辟高幖之林莽。

（略）值风雨之飘摇，犹弦颂之不息；斯则诗书之渊泉，人伦之准式。至治待兹而裨赞，鸿文于斯而润色；将非开诚心而布公道，焕大猷而建皇极也欤？"

先生在乐山，先住府街安居旅馆，乐山被轰炸后，移住半壁街，再迁竹公溪，与叶圣陶对溪而居。他曾在《八代传叙文学述论》自序中写到当时生活之艰苦："住的是半间幽暗的斗室，下午四时以后便要焚膏继晷。偶然一阵暴雨，在北墙打开一个窟窿，光通一线，如获至宝，但是逢着寒风料峭、阴雨飞溅的时候，只得以围巾覆臂，对着昏昏欲睡的灯光，执笔疾书。"当时正处于抗战相持阶段最困难时期，先生离家万里，独处后方，于此可见他生活艰苦的状况。晚年所写自传中，叙述了二书写作的过程：

> 自己对于这部叙述（指《中国传叙文学之变迁》）很不满意，因为对于汉魏六朝的叙述太简略了。事实上没有足够的材料，叙述也就必然地简略。这样我就开始了辑佚的工作。我从《汉书注》《后汉书注》《三国志注》《文选注》以及类似的畸零琐碎的著作里搜求古代传记的残篇断简。有时只是几个字、十几个字，有时多至几万字。我利用这些材料和道家、佛家的材料写成一部《八代传记文学叙论》。记得一九四一年夏季的一天，我在吾庐里正在抄集的时候，空袭警报来了，是夏天，身上着的白衣服不宜于跑警报，只好伏在窗下。凶恶的敌人在附近轰炸以后，扬长而去。我从窗下爬起来，依旧抄录《慧远传》，作为这部作品的附录。

在稍早的一次轰炸中，来自泰兴的经济系二十五岁学生李其昌不幸遇难，先生为撰墓志铭，称"二十八年八月十九日，敌飞机袭乐山，投弹于龙神祠大学宿舍，君自外来，及门而炸弹发，遂遇难，年二十五岁"。七十年代末，我还听先生说到此事，特别讲到当时趴在石上书丹的情景。在如此艰苦的条件下，先生不满足已有的成绩，努力开拓学术的新域，从最基本的文献工作做起，对传叙文学的历史做两千多年上下贯通的考察，这种气魄，"真是使人大吃一惊"。当年没有立项，也没有考核，教授工作重心在授课，教授而能有专著，已经是很好的成绩，像先生这样倾全力于开拓学术道路的，更属难能可贵。在上述两部书稿中，可以看到他的学术视野从上古一直延续到当前，在大量具体文献考订中参悟历史真相，做出独到的评述。稍晚成书的《张居正大传》，则要梳理明初以来政事举措之得失，要揭示张的家世渊源与人事纠葛，在详密的事件脉络和人事冲突中揭示张的政治建树、成功与失败的根源。虽然最后完成的是三十万字的传记，但所作文献阅读当在千万字以上，所作文件考订如写出来也可有几百万字之多。按照英国近世传叙的做法，这些虽然没有写出，但细节却一点也没有简省，这是认真阅读朱先生传记创作的每一位读者都能体会到的。

1939年至1942年是抗战最艰苦的时期，汪精卫集团公开投日，欧洲战场战火遍地，日军席卷中国东部和东南亚后，又挑起珍珠港事件，对美国宣战，世界大战全面爆发。先生虽避居乐山，但始终关注战争情势，论著中也时常见到激昂的抗敌情绪。他说汉初以来北方诸郡"没有一处不受到匈奴的屠戮"，"最后武帝才决定采用贾生的策略，实现文帝的决心"。"其后一切的战略，都由武帝独断，恰恰遇着卫青、霍去病承意顺命，如臂使指，当然攻无不克，一直等到匈奴北徙，幕南无王庭之后，中华民族才得到喘息的机会。以后再由元帝收拾局面，但是这个民族生存的大功，还是在武帝手内奠定的。"这里说的当然是汉与匈奴的关系，讨论的完全是汉代国势的安危和底定，但能说其间没有眼前的殷忧吗？在讨论到朱熹《张魏公行状》时，特别引录《行状》原文："公（指张浚）素念国家艰危以来，措置首尾失当，若欲致中兴，必自关陕始，又恐虏或先入陕陷蜀，则东南不复能自保，遂慷慨请行。"并说明建炎间张浚的计划是"自任关陕，由韩世忠镇淮东，吕颐浩、张俊、刘光世扈驾入秦"。但在建炎四年（1130）金人南下，张浚被迫出兵牵制，导致富平大败。先生认为《行状》对此写得太轻了，"其实自此以后，关陕一带完全沦陷，幸亏吴玠、吴璘保守和尚原、大散关，阻遏金人入蜀之计，但是从此东窥中原，几于绝望，不能不由张浚负责"。1939年东南多已沦陷，国民政府入川，军事形势与南宋之重心在东南不同，而维持大局，控守关陕、湖湘之大势则同。在这里，先生借对南宋初年军事布局之认识，提出国势安危之关键所在。在讨论全祖望碑状成就时，先生特别写到清初东南抗清之艰苦卓绝："当鲁王盘踞舟山的时期，宁波、余姚一带山寨林立，作为海中的声援，山寨没有陷落以前，清兵不敢下海，正和最近抗战中的中条山游击战一样，在民族战争中发生最大的牵制力量。"又说："在山寨底挣扎当中，浙江世家子弟几乎全参加了。"特别表彰"钱肃乐是一个孤忠耿耿的大臣，张煌言便是一个百折不回的斗士"。在这些地方，说的是清初，又何尝不是当时全民抗战的现实呢？

五

两部书稿都是先生亲笔书写于对折双面有行格的毛边纸上。《中国传叙文学之变迁》凡231页，《八代传叙文学述论》凡230页，均为单页十行，每行四十余字，后者折页书缝处都手写了书名。本次出版前，均做了一些技术性处理。原稿凡引书一律不用书名号，引文的标点也与现在的规范稍有不同，付排前均做了适当加工。夹注文字，原稿采用双行夹注，本次改为单行小字注。《中国传叙文学之变迁》中所引《史记》据中华书局2013年新点校本有所校改，《续高僧传》原稿所据当为金陵刻经处所引四十卷本，也据中华书局2014年新出郭绍林校点三十一卷本校改，引书卷次也做了改动。所引全祖望《鲒埼亭集》则据上海古籍出版社2000年朱铸禹汇校本有所改订。《八代传记文学叙论》附录部分，考虑到先生当时的用书条件，此次校订时参酌了章巽《法显传校注》、汤用彤校注本《高僧传》，《陶渊明集》则校了《续古逸丛书》影宋本。其他引书凡有疑问处，也曾参校了通行善本和今人点校本。整理时尽量保存原稿的面貌，除前述细节外，一律不做增删改动，如按照当时习惯使用的"狠"(很)、"底"(的)等字,也都仍予保留。这样处理是否妥当,殊无把握,如有错误,当然由我负责。

最后,谢谢朱邦薇女士授权整理朱先生的遗著。《八代传叙文学述论》2006年初版时,承复旦大学出版社时任社长贺圣遂先生约稿,责任编辑韩结根校读,唐雯博士代为校订。这次适逢复旦大学110周年校庆,朱先生两种遗著得以合并问世,承复旦大学出版社总编孙晶编审约稿,责任编辑宋文涛、杜怡顺先生认真校订,罗剑波博士、侯体健博士、杨奇霖同学协助做过部分校录,中文系领导对整理先哲遗著给以支持,也在此一并致谢。整理中错失讹夺恐仍多有,敬望方家有以赐教。

2015年3月22日于复旦大学光华楼

(《中国传叙文学之变迁》《八代传叙文学述论》,复旦大学2015年5月出版。其中《八代传叙文学述论》一书2006年初版后记,已融入本稿,不另收。部分内容曾改写后刊于《文汇报》,题作《传叙文学:人性真相的叙述》,见前,稍有重复,谨此说明。)

朱东润先生研治中国文学批评史的历程

——以先生自存讲义为中心

朱东润先生是中国文学批评史学科奠基人之一。他的《中国文学批评史大纲》一书，1944年由开明书店出版，虽然时间略后于郭绍虞先生和罗根泽先生的著作，但郭著1934年仅出版上册，下册则迟至1947年方问世。罗著最初仅写到六朝，1943年增订后也仅至隋唐五代。可以说，朱著是最早的一部文学批评通史。而朱著出版虽晚，但从1931年授课，1932年形成首部讲义，其后数加修订，正式出版著作也并非最终的写定本，有关情况，先生本人在《大纲》自序中略有说明。对其中原委的研究，至今也仅见周兴陆教授根据上海图书馆藏先生题赠老友郑东启先生的一册讲义，所撰《从〈讲义〉到〈大纲〉》一文，有一粗略的介绍和分析。

笔者近日因受委托编纂先生文集的机缘，承朱邦薇女士信任，得以阅读先生本人保存的有关中国文学批评史的历次讲义和手稿，可以较详尽准确地梳理先生一生研究的轨迹。特撰本文，俾便学者参考了解，并纪念先生逝世25周年。

先生自存批评史讲义和手稿的基本情况

所见讲义和手稿计有以下若干种。

甲、国立武汉大学铅排线装本《中国文学批评史讲义》，署"朱世溱东润述",凡双面169页,单页13行,每行38字,总约17万字。卷首有题记,无目录,无印行年月。经鉴定为1932年讲义。

乙、国立武汉大学铅排线装本《中国文学批评史讲义》,卷首无署名,有题记和目录。《绪论》前署"朱世溱东润述"。凡双面261页,单页13行,每行38字,总约26万字。无印行年月,经鉴定为1933年讲义。

丙、国立武汉大学铅排散页《中国文学批评史讲义》,署"朱世溱东润述",凡双面122页,单页13行,每行38字,总约12万字。卷首无题记,无目录,版页末括记:"武42二十六年印。"知为1937年讲义前半部之校样。

丁、国立武汉大学铅排线装本《中国文学批评史讲义》,卷首有二十八年题记和目录,《绪论》前署"朱世溱东润述"。凡双面268页,单页13行,每行38字,总约27万字。前122页末括记:"武42二十六年印。"目录及123页后皆括记:"乐48二十七年印。"知为1939年在乐山所印讲义。

戊、蓝格毛边稿纸剪贴1933年版讲义及新增改文稿,为1937年《讲义》增订本下半部的部分残稿。

己、上海公裕信夹工业社活页夹装订手稿,无总题,但附有1960年至1961年度排课表一纸,显示为中国文学批评史课之讲义。凡毛边纸手稿双面164页,单面16行(后半为14行),每行35字,总字数约17万字。

上述讲义和手稿,时间跨度约30年,可以反映先生在中国文学批评史领域从筚路蓝缕的开拓中,不断完善修订、精益求精的治学探索。

《中国文学批评史讲义》1932年初稿

先生于1929年4月由陈西滢介绍到武汉大学任特约讲师,初授英文。因文学院院长闻一多建议,自1931年起讲授中国文学批评史课程,1932年始任中文系教授。

先生《大纲》自序云:"一九三一年,我在国立武汉大学授中国文学批评史。次年夏间,写成《中国文学批评史讲义》初稿。"这份《讲义》初稿,由武汉大学校内印刷,先生自存两册,一册有较多批语。书首有题记云:

> 中国文学批评史,现时惟有陈钟凡著一种。观其所述,大体略具,然仓卒成书,罅漏时有。略而言之,盖有数端。荀卿有言,远略近详。故刘知几曰:"史之详略不均,其为辨者久矣。"又曰:"国阻隔者,记载不详;年浅近者,撰录多备。"今陈氏所论,唐代以前殆十之七,至于宋后不过十三。然文体繁杂,溯自宋元,评论诠释,后来滋盛,概从阔略,挂漏必多。此则繁略不能悉当者一也。又尺有所短,寸有所长,震于盛名,易为所蔽。杜甫一代诗人,后来仰镜,至于评论时流,摭拾浮誉,责以名实,殊难副称。叶适《读杜诗绝句》曰:"绝疑此老性坦率,无那评文太世情。若比乃翁增上慢,诸贤那得更垂名。"而陈氏所载杜甫之论,累纸不能毕其词。此则简择不能悉当者又一也。又文学批评,论虽万殊,对象则一。对象惟何?文学而已。若割裂诗文,歧别词曲,徒见繁碎,未能尽当。有如吕本中之《童蒙训》,刘熙载之《艺概》,撰述之时,应列何等?况融斋之书,其指有歧,宁能逐节分章,概予罗列。然中土撰论,大都各有条贯,诗话词品,曲律文论,粲然具在,朗若列眉,分别陈述,亦有一节之长。此则分类不尽当而不妨置之者又一也。述兹三者,略当举隅,旨非讥诃,无事殚悉。今兹所撰,概取简要,凡陈氏所已详,或从阙略,义可互见,不待复重。至于成书,请俟他日。

可知在先生以前,仅有陈钟凡《中国文学批评史》(中华书局,1927年)一种,全书七万余字,分十二章,前三章讨论文学义界与文学批评,后九章按时代排列,仅能粗具大概。先生对此书曾有所参酌,肯定其"大体略具",也见其"仓卒成书,罅漏时有",并就繁略、简择、分类三端提出批评，一是详于唐以前而忽略宋代以后，二以杜甫为例指其堆砌材料而缺乏鉴别，三则指其在各代批评中喜区分文体而罗列批评。凡此诸端，虽属批评陈著，亦欲表达己著之努力目标，即远略近详，将以较大篇幅论述宋以后之文学批评史；重视简择，尽量选取各代最具代表性的论述加以介绍；以人为目，以时代为序，以文学为批评对象，不作文体的分别论述，以免割裂之嫌。

此《讲义》初本凡分四十六章。首章《文学批评》，首举隋唐书志至四库诗文评类之成立，认为"大率近人分类虽视古益精，而文学批评一语之成立，翻待至与西洋文学接触而后"。特别列举英国学者高斯在《英文百科全书》对批评之定义为"判定文学上或艺术上美的对象之性质及价值之艺术"，并借此阐明文学批评之性质、对象与分类，批评与文学盛衰之关系，以及文学批评文献之取资。此后以先秦、两汉、建安各为一章，六朝则列八章，隋唐七章，宋十六章，金元二章，明九章，止于钱谦益。

本稿多处可见凡陈著已详即"从缺略"的痕迹。如《先秦批评》于"诗言志"从略而详述季札观礼，于《论语》则云"思无邪"外另有兴观群怨说，《两汉批评》则云"司马迁之论《离骚》，推赜索隐，无愧于后世印象派之论者，既陈书所具录，兹略之"。

可以说，在初期授课基础上形成的《讲义》第一稿，先生初步完成了明以前中国文学批评史的建构，为这一学科的成立奠定了最初的基石。

《讲义》1933年增订本

从1931年初开始，先生在武汉大学新创办的《文哲季刊》上连续发表中国文学批评的专题论文，到1935年共先后刊出《何景明批评论述评》《述钱牧斋之文学批评》《述方回诗评》《袁枚文学批评论述评》《沧浪诗话参证》《李渔戏剧论综述》《司空图诗论综述》《王士禛诗论述略》

《古文四象论述评》等九篇，后结集为《中国文学批评论集》，1940年由开明书店出版。此组论文可以见到先生在重大文学批评专题研究方面的深入探讨。先生晚年自述"在写作中，无论我的认识是非何若，我总想交代出一个是非来，以待后人的论定"（1970年撰《遗远集叙录》，未刊，此据稿本）。诸文皆有独到之论说，如认为司空图、严羽、王士禛三人皆脱离现实，司空论诗真谛在"思与境偕"，严倡妙悟，不过袭江西遗论，王则承严论更"汪洋无崖畔"；认为方回、钱谦益人品无取，才识各具，方论诗宗旨在格高、字响、句活，钱论诗"精悍之气见于眉宇"；认为桐城派以阴阳刚柔之说论古文始于姚鼐而成于曾国藩，对其太阳、少阳、太阴、少阴四象说论列尤详。

在专题研究深入展开、批评文献充分发掘的基础上，先生对《讲义》初稿做了两次大幅度的增订。先说1933年的修订。此本《讲义》按前述版式印出，凡得七十五章，总约26万字，较初版增写二十九章，增加九万字。卷首题记：

> 二十年度授中国文学批评史。编次讲稿，上起先秦，迄于明代。次年续编至清末止，略举诸家，率以时次，或有派别相属、论题独殊者，亦间加排比，不尽以时代限也。凡七十五篇，目如次。

始授课在民国二十年度，即1931年，编次讲稿并付印则为1932年事。"次年续编"则为1933年事。其中清代部分增写二十四章，为重心所在。其他部分的增改，也有一定幅度。就章节来说，此稿将首节《文学批评》改为《绪言》，将《先秦批评》改为《古代之文学批评》，将《两汉批评》分为两章，六朝部分增加范晔、萧子显、裴子野等人，宋代则增加了张戒。从内容来说，则改变初稿与陈著交集处从简的体例，如孔子诗论补入述《关雎》和"思无邪"的论述，汉代补出司马迁，以形成完整独立的著作。

1937年增订本的完成与厄运

从1936年开始，先生对《讲义》做了较大幅度的增订，并于1937年秋付排。但就在这时，日军侵华规模扩大，全国范围的抗日战争爆发。到1938年春，武汉已经成为全国抗战的中心，武汉大学也奉命西迁到四川乐山。先生的个人命运和著述工作也卷入此一风暴之中。先生在1937年末寒假开始后，因惦念已经三个多月未通音问的家人，以及家中正在营造的居宅，即取道长沙、广州、香港、上海返回泰兴老家。在家近一年，至1938年末接武汉大学电报，乃于12月2日启程，经上海、香港、河内、昆明、重庆，至1939年1月13日抵达乐山。可以确定的是，在1937年末返家以前，《讲义》第三稿的增订工作已经接近完成，但并未全部印出。《讲义》1939年本题记云："二十五年，复删正为第三稿，次秋付印，至一百二十二页，而吾校西迁。"《大纲》自序云："一九三六年再行删正，经过一年时间，完成第三稿。一九三七年秋天开始排印。这时对外的抗日战争爆发了，烽火照遍了全国，一切的机构发生障碍，第三稿印成一半，只得搁下，其余的原稿保存在武汉。"所叙内容是一致的。此稿文本，目前可以见到三份书稿。

其一，先生自存1937年《讲义》排印本前半部分校样两份，均无题记，署"朱世溱东润述"。均仅118页，至第三十三《朱熹附道学家文论》止。版页末括记："武42二十六年印。"我推断此为先生离开武汉时随身携归，并携入蜀中者。

其二，1939年版《讲义》。其中正文前122页版页末括记："武42二十六年印。"卷首目录4页和123页后版页末均括记："乐48二十七年印。"知此本拼合两次排印本而成。其中武汉所印部分，较自存校样多4页，而第123页至第124页为《自〈诗本义〉至〈诗集传〉》章之后半，为1937年增订时新写章节。

其三，1937年增订本最后十八章之手稿。详见下节所述。

前述周兴陆教授《从〈讲义〉到〈大纲〉》一文，由于仅见1933年版《讲义》，其所作《大纲》定稿过程及与《讲义》的比较分析，主体其实是1937年版《讲义》前半部对1933年版删订增补的考察。他的看法是：一、《讲义》常引述西人理论，作中西比较；《大纲》则予以删除，并强调民族精神。二、和《讲义》相比，《大纲》立论更平妥、严谨。举钟嵘、刘勰部分论述为例。三、"有些地方还可以看出朱东润先生对问题研究的深化"。以司空图、王士禛为例。四、文献考辨更为慎重，并补充新见到的《文镜秘府论》关于八病之论述。这些都是深入研读的结论，我都赞同。

就我对1937年版《讲义》前半部与1933年版比读的结果，确认此次修订的幅度很大。先秦部分分为二章，增加了孟、荀的内容，对《三百篇》和《诗序》的论述，则融入己著《读诗四论》的心得，认为《诗序》影响后世最大者为风雅颂之说、风刺说、变风变雅说等。六朝增加了皇甫谧，唐代增加了李德裕，并增加《初唐及盛唐之诗论》，又在司空图下增加《唐人论诗杂著》部分。宋代则增加了曾巩、陆游等人，朱熹下增附《道学家文论》，另增《自〈诗本义〉至〈诗集传〉》一章，表彰宋儒治《诗》之创见。而各章节下内容，少数保持原貌，如范晔一章，多数则改动幅度很大，如刘勰、钟嵘等部分，几乎将原稿全部改写。

1937年增订本残稿之分析

对于1937年增订本全本的合璧，先生是抱有很大的期待的。《大纲》自序："承朋友们的好意，要我把这部书出版，我总是迟疑。我想待第三稿的下半部收回以后，全部付印，因此又迁延了若干时日。事实终于显然了，我的大部的书籍和手写的稿件都没有收回的希望。所以最后决定把第三稿的上半部和第二稿的下半部并合，略加校定，这便是这部《中国文学批评史大纲》的前身。"这是1944年的表述，这时抗日战争在最后决战时期，战争何时结束正未可期。1946年6月从重庆回南京途中经过武汉时，曾"顺便去武汉大学看看老朋友和寄在武汉的三只大木箱"，木箱装的是书和文稿（《朱东润自传》，第306页）。

近期查检先生遗稿，发现有一叠大蓝格毛边稿纸抄写的书稿，经鉴别应该就是先生1937年《讲义》增订本的部分残稿。残稿首有目录一纸，正反两面抄写，经核对，其前三十四节与《大纲》前三十四节全合，其后四十二章目录，应即遗失的后半部的目录，唯缺写最末《曾国藩》《陈廷焯》二目。正文则自第六十章末节"竹垞又有《寄查德尹编修书》"始，至全书之末。残稿采取以1933年本剪贴增写的方式，其中改动较多者，均就蓝格毛边稿纸上粘贴增写，若改动不多者，则仍改动于1933年本散页上。所存为蓝格毛边稿纸16页，两面书写；1933年本散页增订稿45页，每页亦各分两面。总字数约八万字。残稿上已经做有部分付排的说明。应属即将完成的增订本最后部分，但仍稍存一些仓促的痕迹。我比较倾向的判断，是先生此次修订，为逐次完成付排者。很可能在1937年末学期结束时，上半部校样已经排出，故得取到携归以阅正，第二部分已经交稿付排，故原稿未得保存。最后部分已经接近完成，尚未及付排，故得以保存。

以残稿本与1933年本《讲义》比读，可以见到如叶燮、金人瑞、李渔、方苞、姚鼐、纪昀、赵翼、章学诚、阮元、陈廷焯诸家改动较少，或仅改订误字，润饰文意。而于王士禛、吴乔、沈德潜、袁枚、刘大櫆、曾国藩诸家改动甚大，《清初论词诸家》则几乎全部重写。另新增郭麐、翁方纲、包世臣诸人的论述。

残稿本于1933年本《讲义》改动较大部分有王士禛、吴乔、刘大櫆、沈德潜、袁枚、曾国藩诸节，皆清代文论之大节所在。其中大多有较多文献之增加，于各家之批评亦多增新说。如王士禛，即增写"渔洋论诗，好言神韵，后人直揭其说，以为出于明人之言格调。今以渔洋之论明诗者列之于次，其渊源所出，盖可知也"；"渔洋之诗，时人亦有谓其祧唐而祖宋者，见施闰章《渔洋山人续集序》。实则渔洋之论，前后数变，知乎此，于渔洋之所以论唐说宋者，得其故矣"；"渔洋论诗言三昧,又言神韵。三昧二字,不可定执,神韵一语,稍落迹象。至于诠释神韵,则有清远之意,此更为粗迹矣";皆体会有得,可补前说之未及。再如《吴乔》,改动也很大,增加"修龄论唐宋明之别,以为在赋比兴之间","谓杜诗无可学之理",李杜后"能别开生面自成一家者"为韩退之、李义山诸节。《袁枚》章则增加"随园论诗言性情,与诚斋之说合,然其立论有与诚斋异者"一段。《曾国藩》一章,则增加"曾氏持论主骈散相通""姚、曾论文同主阴阳刚柔之说"等内容。《沈德潜》章于其诗教说亦有很大增补,则与先生在1934年12月《珞珈》第2卷第4期发表《诗教》一文表达的见解有关。

《清初论词诸家》,1933年本述邹祇谟、彭孙遹、刘体仁、厉鹗四家,残稿本增至八家。1933年本初述云间宋征璧(字尚木)之论,残稿本改为第一家,引其说后增按断云:"尚木此论,颇为渔洋等所不满,论词之风气一变。然渔洋等虽言南宋,未能有所宗主,去真知灼见者尚隔一层。其所自作,亦多高自期许,互相神圣,后人未能信也。"以渔洋为第二家,仍录批评云间二语,另增评南渡诸家一节。其次仍为邹祇谟、彭孙遹、刘体仁,内容不变。其六为朱彝尊,将原述朱诗文论述末一节挪至此,改写评语云:"大要浙派所宗,在于姜、张,间及中仙。竹垞同时诸人如龚翔麟之《柘西精舍词序》、李符之《红藕庄词序》,其言皆可考也。"其七为厉鹗。以郭麐为殿,则完全新写,全录如下:

郭麐,吴江人,字祥伯,号频伽,嘉庆间贡生,有《灵芬馆词话》。频伽尝作《词品》,自序云:"余少耽倚声,为之未暇工也。中年忧患交迫,廓落鲜欢,用复以此陶写,入之稍深,遂习玩百家,博涉众趣,虽曰小道,居然非粗鄙可了。因弄墨余闲,仿表圣《诗品》,为之标举风华,发明逸态。"共得《幽秀》《高超》《雄放》《委曲》《清脆》《神韵》《感慨》《奇丽》《含蓄》《逋峭》《秾艳》《名隽》十二则。其后杨夔生有《续词品》,亦频伽之亚也。《灵芬馆词话》论古来词派云:"词之为体,大略有四。风流华美,浑然天成，如美人临妆，却扇一顾，《花间》诸人是也，晏元献、欧阳永叔诸人继之。施朱傅粉，学步习容，如宫女题红，含情幽艳，秦、周、贺、晁诸人是也，柳七则靡曼近俗矣。姜、张诸子一洗华靡，独标清绮，如瘦石孤花，清笙幽磬，入其境者，疑有仙灵，闻其声者，人人自远，梦窗、竹窗，或扬或沿，皆有新隽，词之能事备矣。至东坡以横绝一代之才，凌厉一世之气，间作倚声，意若不屑，雄词高唱，别为一宗，辛、刘则粗豪太甚矣。其余么弦孤韵，时亦可喜，溯其派别，不出四者。"

新写部分另有翁方纲、包世臣等。翁方纲附王士禛后，阐发其"神韵之说，出于格调"之见解。包世臣附恽敬后，录其《与杨季子论文书》谓"斥离事与理而虚言道者之无当"，录《再与杨季子书》，"论选学与八家，尤足以通二者之藩而得其窾要"，又录其摘抄韩、吕二子题词，以见其"起诸子以救文弊"。凡此皆见先生于清代文学批评之补充。

残稿目录阮元下增焦循，复圈去。对焦循，1961年讲义有论述，可以作为此时斟酌的补充，引如下：

焦循是清中期的一位经学家，但是他对于一般文学，尤其是戏曲，有他特独的成就。所著《剧说》及《花部农谈》都收入《戏曲论著集成》。因为他是对于一般文学的发展有所认识，所以在《易作钥录》发"一代有一代之胜"的主张："夫一代有一代之所胜，舍其所胜以就其所不胜，皆寄人篱下者耳。余尝欲自楚辞以下，至明八股，撰为一集，汉则专取其赋，魏晋六朝至隋则专录其五言诗，唐则专录其律诗，宋专录其词，元专录其曲，明专录其八股，一代还其一代之所胜。"《花部农谈》是一部特出的叙述。清朝中叶，两淮盐务例备雅、花两部，以备大戏。雅部指昆山腔，这是当时的正统；花部为京腔、秦腔、弋阳腔、梆子腔、罗罗腔、二簧调统谓之乱弹。这是当时的地方戏，不能和昆腔取得同等地位的。焦循自序说："梨园共尚吴音。花部者，其曲文俚质，共称为乱弹者也，乃余独好之。盖吴音繁缛，其曲虽极谐于律，而听者使未睹其本文，无不茫然不知所谓。其《琵琶》《杀狗》《邯郸梦》《一捧雪》十数本外，多男女猥亵，如《西楼》《红梨》之类，殊无足观。花部原本于元剧，其事多忠孝节义，足以动人；其词直质，虽妇孺亦能解；其音慷慨，血气为之动荡。郭外各村于二八月间，递相演唱，农叟渔父聚以为欢，由来久矣。"焦循对于戏剧，和王骥德、李渔以作家身份加以评论者不同。但是从这篇序里，我们可以看到三点：一，重视地方戏。二，重视元剧富于社会意义的传统。三，对于男女猥亵的戏曲，有所不满。

1937年增订本缺失部分钩沉

由于战乱，先生1937年完成的第三稿增订本下半部，除前节介绍残稿部分十八章外，其他二十四章，除了出现奇迹，可能永远也找不到了。但就缺失的这部分来说，仍保存一些线索可资考索。线索一，是前述残稿首页录存的增订本目录；线索二，是先生自存手批1933本卷首目录存增订本的部分线索，部分批语也保存了增订的预想。

残稿目录第三十七章《方回》，手批本目录同，皆将1933年本第二十九章钩改至《刘辰翁》前，《大纲》复改至第三十九，在词论二章后，内容大体仍沿1933年本，但删去章末"综虚谷诗评言之"后一段，约500字。

残稿目录第三十八章《刘辰翁》，手批本目录同，此章为新补，《大纲》无。

1933年本第三十六《晁补之李清照黄升》，残稿目录作《宋人词论之先驱》，列三十九，手批本目录作《宋代论词诸家》，删黄升，补王灼，并将《沈义父张炎》合并。此为最初预想，写定时仍分两章。1939年本、《大纲》大体仍沿1933年本，但删去李清照论词下的一段评语：

"易安于南唐北宋词家，评骘殆遍，抉取利病，得其窾要，似较无咎更高一着。胡仔评之曰：'易安历评诸公歌词，皆摘其短，无一免者，此论未公，吾不凭也。其意盖自谓能擅其长，以乐府名家者。退之诗云："不知群儿愚，那用故谤伤。蚍蜉撼大树，可笑不自量。"正为此辈设也。'讥弹过甚，殆非公论。"

残稿目录第四十章《沈义父张炎》，1939年本、《大纲》大体同1933年本，但删去"伯时于四声之中揭出去声之要"一节约300字。

1933年本第三十八《王铚谢伋》，残稿目录列第四十一，手批本目录括去，《大纲》不取。殆去取曾有犹豫，《大纲》终决定不存。

残稿目录第四十二章《王若虚元好问》，较1933年本增加王若虚。1939年本、《大纲》大体同1933年本，但删去"《新轩乐府引》论东坡词"一节约350字。

以下《贯云石周德清乔吉》《高棅》二节，1939年本、《大纲》皆同1933年本，仅述时事云"元代以蒙古入主中原，北自幽燕，南及交广，同时沦陷，此自有史以来未有之巨变也"，改"中原"为"中国"，改"有史"为"有中国"，存寄意时政之慨。

1933年本第四十二《李东阳李梦阳何景明徐祯卿》，残稿目录第四十五改作《李梦阳何景明徐祯卿附李东阳》，手批本目录同，1939年本、《大纲》皆改题，并删去1933年本云东阳"重音律"一节约350字，仅存祖沧浪而重虚字的内容，寄贬抑之意。其后《杨慎》诸本无变化。而《谢榛王世贞》节，残稿目录第四十八作《谢榛李攀龙王世贞》，手批本目录同，正文在王世贞上批："应补李于鳞。《选唐诗序》（全）及其论元美及五唐诸家处。"又据《卮言》引于鳞语："诗可以怨。一有嗟叹，即有永歌，言危则性情峻洁，语深则意气激烈，使人有孤臣孽子摈弃而不容之感，遁世绝俗之悲。泥而不滓，蜕脱污浊之外者，诗也。"可略知欲补之大概。

残稿目录第四十九章《王世懋胡应麟》，手批本目录："另一章《王世懋胡应麟》。"1939年本、《大纲》皆未增加。1933年本于王世贞末引王世懋《艺圃撷余》："今世五尺之童，才扢声律，便能薄弃晚唐，自傅初盛，有称大历以下，色便赧然。然使诵其诗，果为初耶盛耶，中耶晚耶，大都取法固当上宗，论诗亦莫轻道。……予谓今之作者，但须真才实学，本性求情，且莫理论格调。""我朝越宋继唐，正以有豪杰数辈，得使事三昧耳。第恐数十年后，必有见而扫除者，则其滥觞末流为之也。"知欲补世懋诗论之大旨。

1933年本第四十五《唐顺之茅坤》、第四十六《归有光及〈弇州晚年定论〉》，手批本目录合并作《王慎中唐顺之茅坤归有光》，残稿目录同，但又将"王慎中"三字圈去。1939年本、《大纲》仍同1933年本。增订本所作调整，一是曾拟提升王慎中，将原附带述及者列首。1933年本批云："慎中有《曾南丰文集序》。"但终仍圈去。二是贬抑归有光。1933年本批语引方苞《书归震川文集后》、曾国藩《日记》批评归文之语，略存遗意。

1933年本第四十七《徐渭臧懋循沈德符》、第四十八《吕天成王骥德》，残稿目录则作第五十《徐渭臧懋循沈德符吕天成》、第五十一《王骥德附填词解》；手批本目录则前节不变，后节作《王骥德附吕天成及〈填词训〉》。凡此变化，皆执意尊王而轻吕。1939年本、《大纲》虽略存1933年本之原文，但于吕下删去论高则诚一节，评议吕论沈、汤二家语约300字，王下删去"毛以燧跋《曲律》"一节，章末谈"批评家之病"一节约460字。1933年本批语："吕略。多应另写。""应补论剧戏一段。"知于此节颇存不满。所谓《填词训》，当为《吴骚合编》卷首《曲论》之第一节，后人或另刊入《衡曲麈谭》，今人考定为张楚叔撰。先生认为此篇谈戏曲理论有创见，特予揭出，惜未见具体论述。

1933年本第四十九《袁宏道》，批云："应连三袁同论。"目录及残稿目录皆作《李贽袁宏道附袁宗道袁中道》。1939年本、《大纲》仅删1933年本引中郎"记百花洲"以下百余字，无增补。手批本引李贽《藏书纪传总目前论》《杂说论西厢记》，又云："小修之评见《游居柿录》九七八。""小修之说见《游居柿录》九八四。"略存欲补之遗痕。

1933年本第五十《钟惺谭友夏》以下八章，残稿目录改动较少，仅《侯方域魏禧》改为《侯朝宗魏禧汪琬》，即增汪琬一人。手批本目录同，手批云："侯可略。应添出汪琬之说。"正文已云魏禧等"持论往往突过朝宗"，故曾拟删其一段，后未果。手批本目录另有两处变化：一、《冯班》一节拟增贺裳、吴乔，而将1933年本中《吴乔赵执信》节删去。残稿本此节仍保留，贺裳也未补入。二、《王夫之顾炎武》改为《王夫之附顾炎武》，残稿本目录未改。另《冯班》章手批"重写"，《陈子龙吴伟业》章批"陈重写"，《毛奇龄朱锡鬯》章批"西河可略"，又批朱"增论词说"。至1939年本、《大纲》此数章删改痕迹，仅《钟惺谭友夏》章删伯敬讥压卷一节，余皆未变。

《讲义》1939年本与《大纲》

先生于1939年1月13日抵达乐山武汉大学任教，继续开设文学批评史课程。今存1939年乐山印《讲义》，前半标明为在武汉所印，基本保持1937年增订本前半的原貌。卷首增加了目次，并有一段题记：

> 民国二十一年，余授中国文学批评史，写定讲义初稿。翌年稍事订补，为第二稿。二十五年，复删正为第三稿，次秋付印，至一百二十二页，而吾校西迁。积稿留鄂，不可骤得，又书籍既散，难于掇拾，不得已仍就第二稿补印。排版为难，略有删节，校对匪易，不无舛夺，可慨也。二十八年，朱世溱识。

就本文第五节所揭经逐章核对的结果，此次《讲义》自第124页第三十五节《严羽》以后的部分，基本仍沿1933年本的原文，仅有少数的删节，未做大的改动与增补。

《讲义》改题《中国文学批评史大纲》，由开明书店出版是1944年的事，先生《自序》则作于1943年2月，说明在《讲义》初稿完成后，郭、罗二位的批评史陆续出版，"在和诸位先生的著作显然相同的地方，我不曾作有心的抄袭；在和诸位先生的著作显然不同的地方，我也不曾作故意的违反"。先生并说明己著的三方面特点，一是"这本书的章目里只见到无数的个人，没有指出这是怎样的一个时代，或者这是怎样的一个宗派"；二是"对于每个批评家，常把论诗论文的主张放在一篇以内而不给以分别的叙述"；三是"特别注重近代的批评家"。经与1939年本的篇目和部分章节核对，可以确认《大纲》就是以1939年本《讲义》交付出版的，除个别文字校订，在结构和内容上没有做大的改动。

1957年10月，《大纲》由古典文学出版社新版，先生后记云"除了对于个别的刊误，加以订正以外，不及另加修订"。经对校，除了涉及对曾国藩事功评价等几处极少数的改动外，全书没有做大的修订。

在1943年自序中，先生曾很强烈地希望在收回留在武汉大学的1937年增订本后半部后再做修订，现知至少当时先生是存有1946年从武汉取回的部分章节的，仍没有补入，不知是否与1957年下半年的政治气氛有关，也可能仅因当时系务教务忙碌而无暇增补。

至1981年上海古籍出版社再出新版，全书"基本上还保留原来的面目"。2009年武汉大学新版，则据1981年版付印。

1961年中国文学批评史授课讲义

1960年下半年到1961年上半年，先生为中文系五年级学生讲授中国文学批评史课程，今存手书较完整的讲义。全稿目录如下:《导论》。一、《孔子、孟子、荀子及其他》。二、《墨子、庄子、韩非子》。三、《扬雄、桓谭及王充》。四、《曹丕、曹植和陆机》。五、《范晔、沈约、萧子显》。六、《刘勰》。七、《钟嵘》。八、《萧统、萧纲、萧绎及颜之推》。九、《刘知几》。十、《初唐及盛唐的一些诗论》。十一、《白居易及元稹》。十二、《韩愈、柳宗元》。十三（原题一）、《司空图》。十四（原题十五）、《北宋的诗文革新》（本讲存另一稿题作《欧阳修与诗文革新》)。十五(原题十六)、《王安石和苏轼》。十六、《江西诗派的文学理论和陆游的创作主张》。十七、《严羽诗论批判》。十八、《明代的拟古主义和反拟古主义的斗争》。十九、《从神韵论到性灵论》。二十、《桐城派及阳湖派》。二十一、《清代词论的发展》。二十二、《戏曲、小说理论中的两条道路》。二十三、《早期改良主义者的文学理论:梁启超》。二十四、《近代诗歌理论批评:黄遵宪》。二十五、《王国维》。二十六、《鲁迅的早期文学思想》。

由于在特定年代为开设课程而作讲义,本稿适应了当时的政治氛围和开课需要,也还保留了讲义未最后写定的面貌。前引原稿中的章节部分错乱,估计是学期交替的痕迹。先生在后记中说明:"这里必须知道编书的必须采用一般人共同接受的看法,但是教书的却必须把自己所得到的一点认识交给学生。"正是突出"自己所得到的一点认识",本稿虽然有许多对《大纲》旧说的归纳和一般认识的叙述,但仍然保存许多先生当年独到的见解。

本次讲义第六章《刘勰》,作者稍后曾另外写成专文,拟单独发表,并在1970年左右所写类似本人学案的《遗远集叙录》一文中,将其作为学术代表作给以说明,认为"本来决定对于讲稿概不发表的,因为刘勰在中国文学批评史内占有独特的地位,近十年内对于刘勰的价值,又曾经有过意外的估计,因此抽出这一讲来,提供个人的看法"。"意外的估计"何指?先生说三十年代曾有人提出"读中国文学批评,只读一部《文心雕龙》就够了",而到五十年代后期,则有人鼓吹刘勰"是一个辩证唯物论者",因为"他在《知音》篇所说的'事义',就是事物,这是他的唯物辩证论的内在的铁证"。此一观点弥漫全国,"气焰之盛,声气之广,几乎使人没有开口的余地"。先生认为有加以澄清的必要,因此而加以检讨。先生认为刘勰在撰写《文心雕龙》前曾协助名僧僧佑编纂定林寺经藏提要《出三藏记集》十五卷,在《文心雕龙》撰述过程中在定林寺出家,改名慧地,成了道道地地的僧侣,怎么可能具有唯物主义的世界观呢?在廓清时人误区的同时,先生对刘勰文学批评的贡献重新加以分析。他认为《文心雕龙》的出现是与两晋以来形式主义文学斗争的产物，刘勰提出衡断文学的标准则是复古。复古"不是回到没有文化、没有进步意义的社会去，而是回到更朴素、更接近于自然，而不以修饰打扮为美的社会去"。先生对作为《文心雕龙》总纲的前三篇的解读，也体现这一精神。他解释《原道》的道"止是自然存在的现象"，《宗经》《征圣》是"把当代的文学和古代的文学联系起来"，"以复古为革新"。先生特别强调《文心雕龙》下编创作论和批评论的开拓意义，"体大思精"，"真是独探骊珠，目无今古"，给以高度礼赞。与《大纲》比较，先生对刘勰的认识有了新的提升。有鉴于此，我据手稿将本文整理出来，在本期学报首度发表。

另外值得注意的是，本次讲义之下限为现代，增加了《大纲》未加论列的近现代文学批评内容。对于以梁启超为代表的改良派，先生称赞他们是"比较及早有所觉悟的一群"，"抓住诗歌、小说、戏曲，为他们的政治主张服务"。他特别揭出梁对小说所起作用的四点。对夏曾佑《小说原理》，也有特别的表彰。他对王国维的分析围绕《红楼梦评论》《宋元戏曲考》《人间词话》展开，强调他的美学理论主要根据叔本华学说，认为"生活的本质是欲，有了欲就有追求，满足了这个追求就是厌倦，不能满足这个追求便是苦痛"。他就此而认为《红楼梦》是"宇宙的大著述"，具有"人类全体之性质"。先生说："唯有王国维才认识到典型的意义。"对《宋元戏曲考》则分析其自然说，《人间词话》则关注境界说，都是应有之说，先生则认为"王国维所说的自然，不是现实生活在文学中的反映，而是他所设想的天才作者的才能。因为有了这个才能，遂能写出胸中的成立和时代的情状"。对《人间词话》实境虚境之说，隔与不隔之论，先生是赞赏的，但对忧生忧死与赤子之心的评述，则有所保留："尤其可怪的王国维认为李后主俨然有释迦、基督担负人类罪恶之意，这是一般人所无从了解的。"鲁迅一章，则主要介绍《摩罗诗力说》的见解。先生认为"摩罗就是撒旦，是反抗"，"既然反抗是为了生存，因此止要有压迫存在，就必然有战争"。在当时的中国是有提出反抗和战争的必要，但鲁迅所期待的则是天才诗人的大声疾呼，先生认为鲁迅"身处风雨飘摇之中"，"混乱的现象"使他产生错觉，"把偶然的现象作为永恒的现象，使他过分重视天才而看轻群众"，不免受困于时代。

余 论

以上就目前所见朱东润先生自存批评史讲义各文本，简略回顾了从1931年开始在武汉大学授课并形成讲义，迭经增订，最后出版略有遗憾的《大纲》一书的过程，可以看到先生在此一学科建设方面开拓进取的过程。相信以上叙述对于研究现代学术史当有若干借镜的意义。就朱先生本人的学术贡献来说，我以为可以有几点提出讨论。

中国传统诗文之学在被现代大学教育容纳以后，有一逐渐转变的过程，即从传统辞章之学向现代观念之文学的转变。文学批评史学科之成立，虽然可以溯源到孔子诗说或宋元以降的诗文评著作，但其著作之学术理念则是渊源自西方的文学研究史，而其研究对象则以传统诗文批评为主体。故凡批评史之研究学者，必须具备此两方面之条件，方能胜任而有成就。先生早年于传统四部之学浸润颇深，留学英国的经历让他对欧洲特别是英国的文学观念有深刻之认识，在从事批评史研究前曾担任英文教师逾十五年，因此具备了担纲此一学科奠基的能力。

我国最早的一部文学批评史，是1927年陈钟凡所著，但很单薄，还不成熟。1934年先后出版方孝岳《中国文学批评》（世界书局）、郭绍虞《中国文学批评史》上册（商务印书馆）、罗根泽《中国文学批评史》第一册（人文书店），显示当时在此一学科研究的成绩。罗著仅述至南北朝，郭著亦仅至唐代，虽各具体系，但都还没有完成。朱先生的著作则初成于1932年，在1933年、1937年分别做了重大的修订，虽然正式出版迟至1944年，是第一部写到清末的文学批评通史。就本文之考察，这一文本在1937年其实已经写定，在朱先生则始终感到作为讲义的不成熟，希望完成多次修订后再正式出版。尽管由于战争的原因，1937年的写定本并没有完整保存下来，也因为希望全稿写定而推迟了出版，但其独立的学术意义则是无可怀疑的。特别是略远详近的编纂原则，以及以批评家个人为单元的分析立场，特别是对宋以后文学批评文献的首次全面钩稽，是朱著最鲜明的成就和特色。

朱先生的文学批评史研究，除了前述各项外，我认为最重要的特点，是始终坚持知人论世的原则，始终坚持文学创作与文学批评相结合的原则，对于文学批评文献则始终坚持由表及里、独特创造的选择，因此而显示著作的特达精神。比方杜甫诗文中确实有许多评论时贤诗文的议论，先生认为不是把这些议论全部堆砌出来就尽了写史的责任，而要知道这些评价缘何而写，是否恰当，因此而做出选择。他引叶适《读杜诗绝句》"绝疑此老性坦率，无那评文太世情。若比乃翁增上慢，诸贤那得更垂名"，是很有趣的例子。杜甫祖父杜审言傲睨同时文人，有"久压公等"之自负。杜甫则于同时诗文，常不免过誉，所谓"世情"，即随顺时俗而做过誉评说，先生认为"评论时流，摭拾浮誉，责以名实，殊难副称"，不能完全采信。这一立场，贯穿在他对历代批评家的甄选和评论中，读者当可细心体悟。

朱先生是一位治学极其勤勉，在诸多领域有突出成就的学者。他研治中国文学批评史，主要是在三十年代前中期，且结合教学而形成著作，在他自存讲义的每一稿中，都保存有大量的眉批和夹注，可以看到他不断发掘文献、修订旧说、补充新见的记录，这些记录又分别为下一次修订所采据。对于重要文学批评家，则有系列论文做深入探讨。这一工作一直持续到六十年代，除了当时的讲义，还有《〈沧浪诗话〉探故》等论文写出，并有《中国文学批评论集续集》编纂的设想。

2013年8月15日于复旦大学光华楼

刊《复旦学报》2013年第6期

述朱东润师文存的整理

朱东润先生于1988年2月10日去世,至今已经二十六年,为先生编次文集的设想很早就已经提出,可惜一直未能落实。去年4月,与先生孙女朱邦薇、吴格夫妇到泰兴为先生扫墓,在先生墓前我们铭告要尽快完成这一工作,并很快得到上海古籍出版社高克勤社长、复旦大学中文系主任陈引驰教授的积极支持,确定了基本原则和体例,并委托我负责具体的编纂事宜。朱邦薇女士提供了先生已刊未刊论著的文本和手稿,我也就自己的搜辑所得稍有补充。因公私多故,迁延到近日方得大致编定。

朱东润先生一生勤于著述,生前已出版论著逾二十种,内容涉及中国历代文学、历史、文化的诸多方面。中年后肄力于传叙文学的研究和写作,成就为海内外学界所瞩目。他的个人存稿最早的有宣统年间在上海南洋公学附属小学的一套考卷,今知最早出版的著作有早年在英国留学期间的翻译小说《波兰遗恨录》《积雪东征录》等。虽然在抗战初期因任教的武汉大学西迁乐山,以及"文革"期间书籍文稿曾被查抄,所幸除《中国文学批评史讲义》第三次定稿本下半部和四十年代后期所著《王阳明大传》手稿遗失外,一生论著大多得以完整保存。先生遗稿中有《遗远集叙录》一种,取《楚辞》"搴汀洲兮杜若,将以遗兮远者"意,总结自己到七十五岁为止的学术道路,并逐一点评除授课讲义外的所有论著。这份手稿大约撰写于1970年,是在"文革"特殊时期所写,当时虽然还看不到公开出版的希望，但先生相信未来会得到珍惜。据朱邦薇女士见告，先生"文革"初被籍没的书稿，后来得到通知可以发还，那天是很高兴地用扁担挑着所有书稿回到家中。就目前看到先生存稿分析，大约就在此后不久，先生将存稿做了全面整理编次，并就已刊未刊各稿的基本内容和学术价值，写成这篇《遗远集叙录》。

根据与高克勤社长商定的意见，先生的专著将另刊为《朱东润学术著作集》，此次《文存》则收录单篇散见论著为主。我根据先生的存稿情况，参考先生自编《中国文学论集》和《遗远集叙录》，谨将《文存》分为六编；以《遗远集叙录》作为代自序列于全编之首。各部分之编录情况，谨说明如次。

第一编《中国文学批评论集》。开明书店1940年出版时，收入1931年至1935年间在武汉大学《文哲季刊》所刊论文九篇。1983年作为上编收入《中国文学论集》。虽然在《遗远集叙录》中曾有编录《中国文学批评论集之二》的设想，但因在《中国文学论集》已经有所改变，本次仅增附《论刘勰》和《〈沧浪诗话〉探故》两篇。

第二编《中国文学论集》。以1983年《中国文学论集》下编为主，增加发表稍晚的《杜诗的两个高峰》《宋话本研究》《〈水浒〉人名考》《〈徐霞客游记〉的文学价值》四篇。

第三编《传叙文学论集》。先生特别重视这部分文稿，存稿中有四十年代原刊论文的剪贴本装订一册、请人全抄本一册，以及晚年自写全本一份，包括十二篇论文，截止于六十年代初《漫谈传记文学》。本次保存了原编次，并增加八十年代发表的四篇有关文章。

第四编《楚辞探故》。先生从1950年秋到1951年1月研究《楚辞》，成文四篇，叶圣陶先生见到后，交给《光明日报》副刊在1951年3月至5月间陆续刊出，引致学术界哗然。由郭沫若领衔在同一副刊发表五篇文章加以反驳。先生采取了不应战的态度，认为"是客观形势使知识分子采取了必须采取的态度"（《朱东润自传》，第351页）。但当时还是补写两文，均不取反驳论战的态度。先生当年曾告我，已经将自己的论文和批判的五篇文章编集，因郭去世而罢。本次首度完整收录先生的六篇论文，并附录稍后所写学术普及文章一篇。

第五编《文学杂论及其他》。这部分先生的自定稿，包括十二篇文章，含四十年代所写文学散论六篇、时政杂谈三篇和现代诗文书评二篇，以1959年所写《现实主义是在什么时代成熟的》为殿。本次编录时增加早年译序二篇、《中国文学批评史讲义》初印本题记、论诗教及读《诗》方法二篇、八十年代所作书评一篇、书序五篇，以及晚年谈书法的文章三篇等。先生从二十一岁开始习书，从篆书开始，再隶书，再行草，卓然名家，但谈书法论文公开发表者不多。本次从先生未刊文稿（主要是七八十年代为书法讲座准备的讲义）中整理出三篇，希望能保存先生的一些见解。

第六编《师友琅琊馆杂著》。先生在《遗远集叙录》中称为《杂诗文》，"共分四部分：一、诗。二、词。三、文言文。四、现代文"。在自定文本中采取本编所题。诗词得见三份手稿。一份为三十年代自写本，上册自存，下册存江苏泰兴故居，收诗止于1933年。二为诗词合抄本，止于1951年所作《老去》，对早期诗作做了严格的去取和部分的改写。其三为诗词分抄本，诗的部分在前本基础上，增诗十八首，止于1961年西北之行期间所作诗，应是六十年代前中期写定。先生曾与我谈唐诗，认为只有一半是值得流传后世的，他对自己作品当也持如此态度。为保留先生本人的遴选去取，同时又尽可能保存今所得见的先生全部诗作，谨以上述第三本增加《九十》一首，编为《师友琅琊馆诗存》；以第一本保存的其他诗，和本次编录时从各种途径得到的诗什，编为《师友琅琊馆诗缉》。其他三编，均依先生自己编定者，仅现代文部分据手稿增加了《我从泰兴来》《我在泰兴求学》和《我的写作生活》三篇。

最后，我还想就先生所存遗稿情况稍作说明。先生去世后，已经依据遗稿整理出版了《李方舟传》、《元好问传》、《朱东润自传》（原题《八十年》）、《汉书考索》、《后汉书考索》、《八代传叙文学述论》等专著。目前未经整理的遗稿尚有1939年所著《传叙文学述论》以及一些讲义，包括三十年代在武汉大学授课的《中国文学批评史讲义》四种，1961年在复旦大学授课的《中国文学批评史讲义》，五十年代讲授文学史、宋元文学的讲义，以及八十年代给研究生授课的传记文学讲义。就先生本人的态度来说，他认为讲义"必须采用一般人共同接受的看法，但是教书的却必须把自己所得到的一点认识交给学生"。因此一般并不主张公开发表讲义。这些讲义当然是先生教学实践和学术研究的记录，是否有必要整理则尚有待评估。此外，先生早年的翻译小说，包括商务印书馆出版的《骠骑父子》和中华书局出版的《波兰遗恨录》《积雪东征录》等，也有待另外辑校。

因为本次较完整地清理先生遗稿，对已经出版整理的著作也会做一些新的补充。一是《中国文学批评史大纲》，目前通行本是以1937年增订本的上半部和1933年讲义的下半部拼合而成，是战争在学术著作中留下的惨痛痕迹。在先生遗稿中已经发现1937年增订本下半部最后十八章的手稿（详见《复旦学报》2013年第6期拙文《朱东润先生研治中国文学批评史的历程——以先生自存讲义为中心》），今后拟考虑出新的增订本。另《汉书考索》1996年整理时，没有发现先生别存的《班彪〈汉书〉》《越民族底灭亡》二文，也容今后补入。《元好问传》为先生最后遗稿，亦拟重新整理，对已刊本颇有增益。

1986年在先生生病入院康复后，我曾询问先生可有以往文稿整理需要我尽力的，当时年轻不懂事，大约说到要抓紧时间的话，先生答："那也不需要等很长时间了。"我才明白自己的失言。今天有机会整理先生的遗著，略尽学生的责任，在我是莫大的光荣。重新通读先生的学术见解，当年听闻先生的授课感到困惑而没有完全理解的内容，得以有了许多新的认识，更感受到先生人格和学问的博大。

以上所述《文存》编次的安排和调整，是否妥当，殊无把握，希望听取对先生有更多了解的诸师友的教言。《文存》所收各文，一概根据先生手稿或发表之文本编录，除少数标点的改动、引文复核校改，以及抄写校排时的明显讹误改正外，一律保持原稿的内容。极个别原稿不尽能理解但又无从校改者，只能仍存原貌。高克勤社长亲自担任本书责编，刘赛先生为此付出许多辛勤劳动，也在此表示感谢。本人为学识所限，加上为各种琐事困扰，投入精力不足，整理中的错误偏失恐在所不免，也希望方家给以指点。

刊《文汇读书周报》2014年11月28日

（本文为《朱东润文存》整理后记，收入《朱东润文存》，上海古籍出版社，2014年11月。）

修补战火烧残的学术

又到七月七，七十九年前卢沟桥的枪声改变了四万万中国人的命运，数十所大学内迁写下中国教育史的奇迹。今人每谈西南联大，谈李庄的同济和史语所，都不胜唏嘘，由衷感佩。还可以指出战时的学术与出版，今人读《全宋词》，几乎都忽略了其初版地点是焚城前的长沙。我在这里再补充一个小故事。

业师朱东润先生早年留学英国，归国后也以教授英文为主。1931年，应武汉大学文学院院长闻一多之请，开设中国文学批评史课程，发现仅有的一种著作是陈钟凡所著，篇幅仅七万言，叙述重古轻近，评价也颇失衡，乃决意自编讲义。讲义开宗明义即要解决文学批评之原委、宗旨与分类，乃兼采中西先哲之说，既赞同英人高斯"对于文学或美术之创作，分析其特点及性质，公之于世，而其自身复成为一种独立之文学"的说法，又追溯自曹丕《典论·论文》至清贤《四库提要》"远则究于天人之际，近则穷于言行之郛"的高论，梳理历代文献，务成一家之言。1932年在校内印出《中国文学批评史讲义》第一稿，分四十六章，至钱谦益止。次年出第二版，写至清季，前稿也有较多增订。此著观念深受西方文学影响，内容则全面梳理三千年批评文献以成编。

1936年后一年多，朱先生倾注全力，改写第三版，期成定本，到1937年秋冬间大致写定，上半部排出校样，下半部部分交厂排印，最后部分也完成而暂存行箧，这时战火已遍及大半个中国，先生完成这学期课程，匆忙返乡不久，武汉沦陷，武汉大学西迁四川乐山。先生于次年冬接到学校通知，带上完整的第二版讲义和第三版前半部校样，西行万里，抵达新校。有赋述西行见闻感慨，末云："值风雨之飘摇，犹弦颂之不息；斯则诗书之渊泉，人伦之准式，至治待兹而裨赞，鸿文于斯而润色。"

这时郭绍虞、罗根泽的批评史陆续出版，虽皆未完成，但有新的格局，友人敦促朱先生尽快整理出版，但先生的困难则是，自己满意的第三次修订本，后半部留在武汉，且历经战火，无法期望还能收回。再三犹豫，最后采纳老友叶圣陶的建议，将第三版的前半部和第二版的后半部拼合，改定为《中国文学批评史大纲》，1944年由重庆开明书店出版。章培恒先生评此著，一是"中国文学批评史框架的奠定"，二是"新颖文学观念的贯彻"。至于以文言行文，则与武汉大学旧学风气有关，能为旧派接受，也示新学者之旧学根底。

1946年从重庆东归途中，先生在武汉停留三日，取回寄存的三箱书稿，估计其间有1937年修订稿的最后十八章，但当年交厂的部分，则已杳如黄鹤，再难追踪。十八章残稿，先生一直保存着，其后辗转多校，生计不定，再加山河鼎革，风气遽变，也无意再作重写。《大纲》1957年、1984年之版，皆维持旧貌，改动甚微。

前两年编次先师遗文为《朱东润文存》，又适值抗战胜利七十周年，总想此书第三稿讲义下半部或还有存在天壤间之可能，多次托友人查询武汉大学档案，终告不存。虽遗憾，也终于能下决心就现存文本做局部的修复。经年余努力，大致完成。今年是朱师诞辰120周年，准备以此书新版以及最后一部著作《元好问传》的出版，以为纪念。

新版《大纲》正编以1944年版为依据，最后十八章则据先生自存1937年修订本原稿。原稿内容皆为清代文学批评，于王士禛、吴乔、刘大櫆、沈德潜、袁枚、曾国藩诸家论述改动较大。《清初论词诸家》，原本述四家，残稿本增至八家。另新增郭麐、翁方纲、包世臣诸人的论述。《大纲》定稿时删弃之原讲义内容，凡具有学术参考价值者，皆节录加注于相关内容之下。遗失的修订文稿，则据先生自存四种讲义中的自批，稍作辑录，希望保存遗说。至于先生历次讲义留下数量巨大的批注，内容一是补充文献，二是纠正愆失，三是提示讲授中的细节，还来不及整理，只能留待以后。

这样整理，是否合适，我是一点把握也没有。先期披述，期待读者有以赐教，更希望得到意外的线索。

刊《文汇读书周报》2016年7月11日

《中国文学批评史大纲》(校补本)整理说明

朱东润先生著《中国文学批评史大纲》1944年出版于重庆开明书店,虽然此前已经有郭绍虞先生《中国文学批评史》和罗根泽先生《中国文学批评史》的出版,但都仅涉及唐以前的部分,完整地勾勒出从上古到清季文学批评史的专著,朱书是第一部。今人多将郭、朱、罗三家视为中国文学批评史学科的奠基学者。朱先生早年有良好的旧学训练,又留学英国,系统介绍西方的文学观念与研究方法,曾长期教授英语与英国文学,专治文学批评史,有独到的观察与建树。该书特点,正如朱先生自序所言,一是全部以个人立目,尽量规避做时代或宗派的叙述;二是对于每个批评家,常把论诗论文的主张放在一起讨论,避免割裂;三是特别注重近代的批评家,即明清两代的文学批评,几占全书之半。章培恒先生曾总结本书的成就,一是"中国文学批评史框架的奠定",二是"新颖文学观念的贯彻"。

朱先生早年任教于梧州广西第二中学和南通师范学校,均授英文。1929年移教席至武汉大学,初仍授英文,因文学院院长闻一多教授之建议,从1931年始授中国文学批评史,至次年完成讲义初稿,凡四十六章,止于明季钱谦益。1933年续写完成,凡七十五章,除续写钱谦益以后二十四章,以前部分另新写五章,其他部分也多有改动。以上二稿均有武汉大学校内铅排线装本,先生自存本且多有详密批校,可以看到授课当时的准备细节，也可以见到在阅读思考中不断增订的痕迹。这一时期，先生在武汉大学《文哲季刊》上连续发表文学批评史专题研究论文九篇，后结集为《中国文学批评论集》（开明书店，1944年）。在此基础上，先生从1936年到1937年间，对前此讲义做了大幅度增补修改，准备正式出版，但抗战的全面爆发，改变了他的原有计划。从先生自传和今见文本分析，他的定稿工作在1937年末已经全部完成，其中前半部即至第三十三《朱熹附道学家文论》止，已经排出校样，先生自存两份，估计是该年末归泰兴时携归；下半部，先生《大纲》自传云留在武汉，但他在抗战后取归存寄书稿，且保存至今者，只有最后十八章，即从第六十章末段到书末，中间二十五章之写定本已经无从寻觅。先生于1939年1月到西迁乐山的武汉大学任教，该年所引讲义即将1937年本之前半和1933年本之后半拼合，略作修订，以应教学之需。1943年往中央大学任教后，感到留滞武汉的手稿已经"没有收回的希望"，乃以乐山本为基础付印。战争造成学术之残缺，于此可见。

　　先生1937年写定本，一是重新调整了全书的篇目，二是于前此讲义做了较大幅度增删。周兴陆教授曾将全稿前半部的讲义和《大纲》做了比读，揭示其改动幅度之大。后半部目前仅存最后十八章手稿，为先生据1933年讲义原本剪贴，新增改写部分则全为手定。目前分析，大约先生在1937年末离开武汉时，将下半部较早完成的部分已经送往印刷厂排印，最后完成的部分则仍留行箧，寄存武汉。九年后再到武汉，交厂的部分已经无从踪迹，而偶存的部分则因生活动荡（其后他曾频繁转换学校），再加上鼎革后的风气变化，不免意兴阑珊，再无重新补罅的兴趣。

　　目前要了解先生1937年修订本全貌，特别是已经残缺的下半部全貌，仅有两个线索。一是先生自存1933年讲义卷首目录有较多批改的记录，大约主要是1937年定稿前陆续修订的思虑之记录；二是前述最后十八章前有两页章节目录，应该是修订期间逐渐写定。

　　从先生《大纲》自序中，可以看到他对1937年增订写成稿之珍惜，当年因战争没能收回手稿，只能把"第三稿的上半部和第二稿的下半部并合"后出版，留下长久的遗憾。《大纲》1944年问世，在五十年代和八十年代两度再版，始终没有做大的修改，但先生一直保存三十年代在武汉大学的授课讲义，以及最后十八章的改定稿。

2014年在编订出版《朱东润文存》的同时，我多次托武汉大学的朋友调查校史档案，希望当年交稿付排的讲义第三稿下半卷或可有特殊的机缘得到保存，务使全书终成全璧，也为次年的民族战争胜利纪念留一特殊记录。但友人寄示存档目录，并没有这样的机缘。

但我仍然希望就目前能够见到的文本，尽最大可能反映朱先生当年最后定稿的面貌，也希望将目前能够见到在先生保存的四份讲义中涉及学术增删的部分，给以适当的揭示和保存。我特别想强调的是，即便《大纲》出版时，"一切的形式和内容，无疑的都流露了讲义的气息"，而历次讲义中这些特征当然更加显著。但我在很仔细地对读了先生各本讲义后发现，全书要旨尽管有所微调，对引证文献也有新增（如涉及声律论初取疑伪书《二南密旨》，后改较早而可靠的《文镜秘府论》），涉及时代、文风、作家、批评家的评价，也都有一些变化。前期讲义的叙述可能有些不精密处，但也包含许多坦率而真诚的论述。最后定稿中因以批评史为主，对讲义中涉及时代风气、文学论述、作家人品以及中外比较的内容有较多的删除，其中有许多论述极其精彩。而现代学术史的研究中，尤其重视一部学术著作成书过程中的文本变化。我偶得机缘见到这些文本，家属也授权可以做充分的展示，虽然知道这样未必完全符合朱先生本人的意愿，仍愿意以月余之辛劳，完成这一份工作。

述本次整理体例如下。

全书以《大纲》1944年初本为依据（我自藏工作本为开明书店民国三十六年三月第三版），最后十八章则据先生自存1937年修订本原稿。

《大纲》定稿时删弃之原讲义内容，凡具有学术参考价值者，皆节录加注于相关内容之下。凡前二次讲义皆有之内容，以1932年本为主。1937年定稿已失去部分，涉及章节调整和内容增删部分，在历次讲义批语中有线索可寻者，也都有所记录，存于书末附录二。

整理所据参校订补的依据为先生自存历次讲义和修订稿本，具体文本详附录四之拙文。

《大纲》及讲义叙述或引证文献之笔误，或因当年所见文本未能尽善而有出入者，均曾做过技术处理，全书标点和书名号也多有调整，均未一一说明。若有误失，责任在我。

先生历次讲义，在后来之教学准备和授课实践中，留下数量巨大的批注，内容一是补充文献，二是纠正愆失，三是提示讲授中的细节。本次仅采据极少数涉及纠误和篇章调整的内容，其他皆不涉及，只能留待异日。

书末增加几个附录，一是《〈大纲〉与历次讲义章节异同表》，以见成书过程中章节之调整；二是《历次讲义删存》，包括三次讲义的题记和删改幅度较大的部分及《大纲》删弃的部分；三是讲义中保存的三次授课试题，可见开课考绩的实施情况；四是2013年拙撰根据先生自存讲义分析研治批评史历程的论文。

谢谢朱邦薇女士信任并授权我完成上述工作，也谢谢上海古籍出版社长期以来对出版朱先生遗著的坚定支持。整理误失处，敬请方家赐教。

受业陈尚君2016年6月15日于复旦大学光华楼
收入《中国文学批评史大纲》（校补本），
上海古籍出版社，2016年11月

《朱东润文存》：一位特立独行者的学术和文学

"近数年来，吾国报章为数较多，或者不察，目为进步，西人闻之，亦相引证，以为真进步矣。实则所谓进步云者，不过指其数目上之关系，于本体之果进步与否，尚为疑问。吾人对之宜加针砭，不宜妄称道也。"这是1913年末，17岁泰兴少年朱东润在伦敦编译《欧西报业举要》自序开头的一节。自次年3月始，《申报》曾连载数十日。

"宪宗七年九月，他（元好问）从东平准备回秀容，九月四日卒于忻州获鹿寓舍。千古诗人，经历宋（虽然他自己并不这样称呼）、金、蒙古三个时代，终于在寓所里结束了他的生命。由于元结的遗胤，汉人始终把他当作汉人，然而他是金人。假使他给耶律楚材的信得到满意的结果，也可能是蒙古人。"（据原稿，东方出版中心《朱东润传记作品全集》本，有删节）这是1987年11月，91岁的复旦大学中文系朱东润教授所著《元好问传》的结语。

以上跨度相隔75年的两段文字，是朱先生漫长学术生涯的两端记录。先生1896年12月6日出生在江苏泰兴，求学经历只有南洋公学小学到中学二年级。后来到英国伦敦私立西南学院留学，归国后从教，较重要的经历有：1919年起在南通师范，1929年起在武汉大学，1942年到1947年在中央大学，1952年到1988年2月10日去世一直任教于复旦大学，1957年到1981年任中文系主任（"文革"靠边）。一生重要学术著作有《读诗四论》《中国文学批评史大纲》《史记考索》等；中年起立志专治传记文学，著有《张居正大传》《陆游传》《梅尧臣传》《陈子龙及其时代》等。单篇学术论文，早年有开明书店1947年出版《中国文学批评论集》，收录在武汉大学《文哲季刊》发表论文九篇。1983年，中华书局出版《中国文学论集》，以前书为上编，下编收历年论文十四篇。

将朱先生平生学术论著汇编出版，奉呈学界，留存后世，是我一直的愿望。一年多前得到先生孙女朱邦薇女士的授权，得到上海古籍出版社和复旦大学中文系的支持，这一工作终得进行。今年2月交稿，本月末可出书，多年夙愿得了，甚感欣慰。

有关《文存》的技术处理，我已经在《整理后记》中做了说明，稍做增订会另在《文汇读书周报》发表，在此不详述。我想在此略述编次该集的一些随想和《文存》各部分之内容，特别是首次结集的论文，首次发表的各体诗文之情况。

朱先生有良好的生活习惯，于存稿也曾多次整理，《文存》主要根据他本人的意见，增加最后十多年发表文章、部分散见文稿和早年发表而未加结集的文字，编录而成。分为六编，都有先生自己的题签。用为代前言的《遗远集叙录》，长达近五万字，为1970年左右所写总结一生学术论著的文章，用《楚辞》"搴汀洲兮杜若，将以遗兮远者"意，评点自己除讲义以外的专著、论文，凡分三十二节，说明写作过程和主要收获，偶亦自论短长，商榷前贤，是很难得的学术自述，与自传可互参。虽然仅到75岁以前，仍可当一生学案来读。本次为首度发表，用冠全书，最为合适。

第一编《中国文学批评论集》，1947年本包含研究司空图、严羽、方回、何景明、钱谦益、王士禛、李渔、袁枚、曾国藩的九篇论文，与《中国文学批评史大纲》互为表里，一见批评家研究之深入，一显批评史发展的脉络。本次增加《论刘勰》《〈沧浪诗话〉探故》两篇。前者为1960年在复旦授课讲义之一章，先生认为当时鼓吹刘勰"是一个辩证唯物论者"，所论弥漫全国，"气焰之盛，声气之广，几乎使人没有开口的余地",因而有必要加以澄清。他认为刘是佛教徒,不可能有唯物思想,但特别赞许他以复古为口号,"是回到更朴素、更接近于自然,而不以修饰打扮为美的社会去"。

第二编《中国文学论集》,在原中华本下编基础上,增加八十年代后陆续撰写和发表的论文四篇。其中特别可以提到的,一是《〈公羊〉探故》,是先生不多的经学论文之一。他在《公羊传》中读出的主题是"团结诸夏,抵抗异族",认为在周秦诸儒的眼光里,"诸夏和夷狄的分别不是血统而是文化",是儒家理想主义者写定的书籍,立说别具只眼。二是《〈水浒〉人名考》,1954年作,1996年方在《中华文史论丛》首度发表。本文与余嘉锡《宋江三十六人考实》为互不相谋、分别完成的同主题论文,朱先生的中心立说是借历史上与梁山108人姓名相同、相似者的真实事迹,揭示《水浒》成书过程中反抗异民族压迫的立场。欢喜谈学术史的朋友,不妨将二文互读,比较二家论述之得失。三是《读桂之华轩诗集》,分析族叔朱铭盘的经历和诗文。铭盘曾长期在吴长庆军幕任职,卒于甲午前一年,先生从他的诗文中读出吴与袁世凯的关系,朱铭盘对袁跋扈的斥责,以及北洋水师在中日战前之腐败,是很有兴味的文字。

第三编《传叙文学论集》,先生原编包括四十年代发表论文十一篇和1961年一篇。此次补入1947年发表在《学识杂志》上的《传叙文学底真实性》,以及八十年代发表的四文。先生从1939年转治传叙文学,将其作为一生之志业,因此对此组论文看得很重要,既保存早年发表时的一套剪报,又曾请人抄写一份,另存一份手写清本,可能为六七十年代自写。此组论文对于西方传记文学理论之中国化,有很深入的探讨,对涉及的一些重大问题,如传叙文学的名称界定、与史传之区别、如何在传叙中写出人性真相、如何处理真实与文学写作之关系,等等,论列都颇详尽。其中有关中国古代传叙作品之研究,他认为以《法显行传》和《大慈恩寺三藏法师传》成就最高。对自己尝试传叙文学写作的甘苦,也有很坦率的叙述。有关《张居正大传》成书始末的叙述,有四十年代二篇和八十年代二篇，可以看到前后见解之变化。先生早年反对用传记，因为易与经传注解的本义混淆，倡导用传叙，60岁以后见大势所趋，遂不再坚持。评张孝若《南通张季直先生传记》的书评，是很有趣的一篇大文字。张謇在南通主政后期，朱先生恰在南通师范任教，所听所闻，了解至深。他肯定张值得写作，认为作者为传主之子，掌握第一手文献，可以写得很精彩，但却因为着手匆忙，来不及清理文献，又有意扬善隐恶，因而无法达到很高成就。朱先生举了两个例子。辛亥武昌首义，张赶到南京建议两江总督张人骏发兵援助两湖，认为不如此不能剿灭兵变。虽未得采纳，但日记做了记载。计不得行，逾月即通电主张共和，翻了个大筋斗。再就是与有夫之妇沈寿之私情。在张孝若的笔下，其父对沈的关心都是为了艺术，而朱先生当年在南通，亲知张謇对此绝不隐瞒，甚至就怕别人不了解他对沈的痴情，处处张扬。先生觉得恋爱占有人生的一半，传记不加叙述，难称成功。

第四编《楚辞探故》，凡六篇，附短札一。前四篇1951年发表在《光明日报·文学遗产》副刊，引致学界哗然，当时郭沫若领衔正宣传屈原为世界文化名人，因此与杨树达、沈知方在同一副刊发五文以反驳。朱先生不赞同《楚辞》为屈原、宋玉所作的一般说法，根据汉高诱《淮南子叙》和荀悦《汉纪》的记载，认为《离骚》是淮南王刘安的作品。他认为《离骚》所述人物，除丰隆、宓妃这些幻想人物外，都是中原民族的人物，没有任何楚国的先王先公，如出屈原之手，不能不说是意外。但其中大量提到南方地名和草木，似乎提示作者是一位"认识中原文化而不甚了解楚文化，但是对于南方情事，相当熟悉的人物"。考虑到牵涉太大，争执必多，本来不准备立即发表。老友叶圣陶见到后，率尔拿出发表。当年郭担任政务院副总理、科学院院长，朱先生认为不便回应，但仍补充二文《"帝高阳之苗裔兮"疏证》和《〈史记·贾生传〉疏证》，坚持自己的立场。前文考述刘氏得氏迟至春秋后期，可以上溯到颛顼，与高阳苗裔并不扞格；后文讨论贾谊是否曾为长沙王太傅，认为当时中央王朝对于异姓王朝官员，没有任命权。二文不久前刚在《经学文献研究集刊》发表，而六文汇为一编，则为首次。虽然近三十年有《楚辞》见于阜阳双古堆汉墓的传闻，但阜阳地域恰在淮南国境，也是有趣的巧合，相信会引起一些新的关注。

第五编《文学杂论及其他》，先生自编含十二篇文章，十一篇写于四十年代，包括文学散论六篇、时政杂谈三篇和现代诗文书评二篇，本次增入带有学术意味的文章十五篇。其中有早年文学翻译序二篇，晚年为他书作序五篇，都各有兴味。先生自著各书序，则没有收录，因会另外印行。其中为在武汉大学图书馆任职的老友马君玿抗战期间新诗集《北望集》作书评，是先生谈论新诗的仅有文章。如《列女操》写佛堂里的女居士不甘受敌人侮辱，投井自杀。先生摘出诗中"是寒潭里的白莲，是晓天的光，是月夜的清风，吹拂着阵阵香"，"佛堂，人间的净土，妙相庄严，极乐彼岸的鲜花，飘落于蒲团"，称赞其"写得他那样的庄严"，"没有一点点张脉偾兴的笔调"，"叙述一个沉静幽郁的死"，因而具有史诗的意义。为林东海《诗法举隅》所作序，认为"情之所至即诗之所至，诗而至此，不可与言法，亦不宜于言法"，全文不足五百字，将这个道理说透了。为乔大壮书画集作序仅三百多字，先说两人同事时"觌面时皆罄折"之客气，再说同被解职时"掀髯高谈"之豪兴，末述大壮自尽清流后自己"俯仰徘徊不能自已"之悲痛，是至情至哀的文字。再如与早故的女儿秀若（文称湛若）通信谈文学定义，从文学不是国学、不是文字学、不是文法学、不是文饰诸点展开辨析，结论认为"文学是运用最有效力的字句，传达正确思想的一种艺术"，写出对有才华女儿的期待。先生工篆、隶、行、楷各书体，笔力苍劲，为世所知。有关书法的三篇短文，是从七八十年代几次讲座的准备文稿中整理，希望借此保存一些书论。

第六编《师友琅琊馆杂著》，虽分为五部分，其实仅含诗、词、文言文、现代文四类。先生曾说唐诗仅一半值得传世，对自己诗作也持如此态度，中年后曾做认真删刈，有较多改定。如《从军十四首》，删为十二首，且每诗删去四句，是自定诗集很特殊的个案。而所删弃的诗稿，始于1917年，因为很偶然的原因得以保存。我再三斟酌，觉得还是分别收录为好，虽有违先生初意，但也是先生经历、交往、心情的珍贵记录。如《三十杂感》写而立年之心境，《少梦今岁当死除夕既届慨然有作》对了解他青年时期奋发有为的内在心理，都很珍贵。先生诗歌在他生前都未发表，故不为诗界所知，至前年方在本系编《诗铎》创刊号部分发表。骆玉明教授已另文评述，此不赘。词仅存十阕，皆作于抗战间。先生曾解读陆游《清商怨·葭萌驿作》"梦破南楼，绿云堆一枕"之政治寄托，己作也当如此。

朱先生之文言文，受教于唐文治先生，自述"昔唐先生论文，言喷薄之美，情韵之美，虽不敢自负，亦不敢忘先生之教"。少年之时已经有娴熟之掌握。去年刘永翔教授见示先生1915年译托翁《骠骑父子》、1916年译述《波兰遗恨录》《积雪东征录》，皆文言翻译之长篇小说，笔法类似林琴南，时年未及二十，正见他早年的训练。保存不足十篇，但有可称道者。其中《后西征赋》叙1938年岁杪涉险入川之所见所感，逾五千言，为近代以来罕遘之大赋。其中叙从重庆飞机往乐山一节，先生自评"古人所未发"："于是翱翔徘徊，从容天半；驾飞机而西行，望万象之弥漫；初敛翼而低昂，忽奋迅而泮涣；摩埃墢于九霄，摘星斗于天汉；山蜂涌而群飞，川倒流而相乱；过泸叙而一窥，曾不知其畔岸。"墓志二篇，一为早年同学周序千，抗战间为十七军军医处长，遇敌惨死，先生称其"临危授命，踊跃奋厉，乃至于此"，铭云："君承君职在活人，活人之职杀君身，一死报国同苦辛。""昔人抉眼着吴门，越人沼吴双眼存，灭敌告君慰君魂。"用伍子胥旧事而颂其壮烈殉国。李其昌墓志写日机轰炸乐山时死难的泰兴学生，先生曾告我撰文书丹都由他一手承担，并说直接在石上写字之辛苦，不知此块记载日君暴行的石刻，今后能见天日否。

现代文十四篇，以三十年代在《武汉日报》所刊诸文为主。比较有意义的，一是对早年生活的回忆，如《我在泰兴求学》写光绪末年泰兴设新学堂的情况，《我的母校》写南洋公学附属小学宣统年间的教学与日常生活；二是在储安平主编《观察》上发表的《我从泰兴来》，写内战初期回乡之见闻，观察细致，"文革"间曾作为批判的罪证，本系一些年长的老师还记得文中"乖乖肉格家去吧"之土语，写乡下老太婆替新四军呼喊伪军回家。

《文存》内容述竟，有些感慨。朱先生发蒙于清季，留学于民初，兼摄新旧，融通东西，天资卓荦，勤奋过人，打通文史，纵横古今，特立独行，不甘平庸，建树涉及诸多方面，议论所及，皆能发前人所未言。他中年有诗："平生低首司勋句，师友琅邪邴曼容。"（《杂诗十二首》之一）心仪西汉邴曼容，自名书斋师友琅琊馆，养志自修，不趋竞，不随流，凡所论著，亦多藏箧笥，不以发表为意。虽时隔几十年，所论所涉，其光芒仍不减退。这种治学的格局、气象，在今日更具特殊意义，足令后学反省三思。

《文存》付印后，又有一些新的所获，如莫励锋寄来朱先生对其博士论文的评语，中华书局见到建局七十年贺诗。也有失之眉睫者，如泰兴故居存为三兄世潆所撰墓碑。也有因一时没把握而未收者，如《陆机年表》未找到续篇。相信先生遗著存于天壤间而我未知者尚多，敬希鸿博赐告。

2014年11月18日

《大纲》校补本的新内容

《文汇读书周报》今年7月11日,发表拙文《修补战火烧残的学术》,介绍朱东润师之名著《中国文学批评史大纲》在抗战特殊时期在重庆出版,定稿的后半因战事失落在武汉,只能以定稿之前半与1933年本《讲义》之后半拼合成书。定稿的后半有18章战后取得,另25章则已失去。今年适为朱先生诞辰120周年,乃根据先生自存1932年、1933年、1937年、1939年四次讲义,以及定稿残稿,重新整理为《大纲》校补本。恰值抗战纪念日,故先期介绍。刊出后,编辑转告读者意见,希望了解更多的细节,也希望知道校补本有哪些新内容,我乐意在此再作些介绍。

朱先生讲授文学批评史,是接受时任武汉大学文学院院长闻一多教授建议,1931年始授课,次年校内印出第一版讲义,题记讲到当时唯一的专书,即陈钟凡《中国文学批评史》,肯定其"大体略具",但也批评其繁略、简择、分类不能尽当,行文时,则陈书已有者不妨暂缺,全稿写到明末钱谦益止。1933年讲义即不考虑与陈书之交涉,将清一代二十多节全部写出,对前次讲义也有很大改写。1936年至1937年,又用一年多时间再度增改写定,无论文献的补充或是论述的准确,因有多年的教学实践,又有系列专题论文的发表,较前二稿有很大提高,增删亦多。定稿虽缺了25章,在前次讲义的批校中仍有痕迹可寻。我特别感到,一部现代学术名著的诞生,其前期必有充分的学术准备和反复推敲,恰好先生四次讲义的印本都有所保留,讲义各本都有先生讲授时留下批注,加上残存18章定稿残页,可以整理出新本。新本除最后18章改用定稿之正文外,对可以看到的历次修改痕迹,也尽可能地予以保留,对已佚定稿也做了钩稽考索。此书曾是上海古籍出版社前身古典文学出版社1956年成立后出版的第一批著作,上周古籍社举办六十周年庆典,《大纲》此时出新版,也是难得的纪念。

《大纲》有几章在讲义基础上几乎全部重写,我也将初稿保存。如首章为全书之总纲,初提英人高斯《英文百科全书》《文学评论之原理》之说,认为文学批评是"判定文学上或美术上的对象之性质及价值之艺术"。《大纲》则更多强调民族文学特色,认为"主持风会、发踪指使之人物","折衷群言、论列得失之论师"及"参伍错综、辨析疑难之作家"所发之议论,"皆所谓文学批评也",取径更宽,也更符合论述之实际。先秦批评,讲义最初仅一章,从季札观诗谈起,《大纲》分列二章,将季札删去,评价更精当完整,旧稿仍存,见修进之迹。

1937年定稿残本,这次是首度完整发表,修改幅度很大。其中新写部分有翁方纲、郭麐、包世臣等章。今人多称翁之诗论为肌理派,先生似乎是首次将翁拉入批评史研究对象的学者,仅附于王士禛后,认为"谓神韵之说,出于格调","言诗主肌理,自谓欲以救神韵之虚",足成一家说。包世臣最有名的著作是论书画的《艺舟双楫》,先生则举其论文诸篇,赞誉其"斥离事与理而虚言道者之无当","通八家之藩而得其窾要"。此外,增补内容较多的部分,论诗则王士禛、吴乔、沈德潜、袁枚各章增补较多,如沈下增加讨论温柔敦厚为诗教一节,袁枚增写论性情一节,都很重要;论文则刘大櫆、曾国藩二章有较多增改,章学诚部分增加一节。刘下增气盛、音节二段,曾下增改尤多,如云:"姚、曾论文,同主阴阳刚柔之说。惜抱所得,于阴柔尤深。"曾"所得者于阳刚为近,故屡言好雄奇瑰玮之文,而所以求之于行气、造句、选字、分段落者,言之尤累累"。应是早年得闻唐文治先生授古文时所特别看重的见解。

新本保存了几本讲义中当年删弃或改写较多部分的内容。整章删去者有《王铚谢伋》一节，主要谈宋人的四六批评。四六指宋代的骈文，主要用于官方文件和人际应酬，古文占据主流后，渐为文学史所忽略，但其体式其实有许多变化，也有不少名篇。从朱先生遗稿看，是否在《大纲》保留此章，颇多犹豫。现在附存此节，足可参考。另外讲义曾以"苏辙张耒及惠洪"为一章，定稿时将苏辙、张耒二人附在苏轼后，将惠洪部分删去。近年学者关心宋代禅僧诗作及其诗论，先生特别注意到惠洪论诗"主明理"，所提"妙观逸想一语，别具会心"，"其言至可玩味"，都具特见。此外，各章节多少不等地删掉一些有关文学风会与文人为人之议论，估计是为保存文学批评的主线，将枝蔓内容削除。所删部分，也有许多独到的认识与评论。如评价元初方回之为人："其生值首鼠两端之时代，其人为自相矛盾之人物。故当蒙古南侵，开城降虏，而抗志古昔，自比渊明。流连杭郡，耽情声色，而伪附道学，动称文公。"颇鄙夷其为人，但又肯定他"论诗盖一极精微之人，持论往往细者入于无间"，并揭发其论诗诸多矛盾之说，甚具眼光。述元明南北曲演进大势，则云："北曲盛行，始于金元，至明初而南曲复盛，是后二者争为雄长，而南曲之迈进，迄非北曲所能比拟。至于中叶以后，昆曲完成，而南曲独擅一时矣。元人杂剧率以四折为主，南曲演进有至数十折者，此其繁简不同也。元剧之中，方言俚语，往往迭出，迄于明人，虽一面推为行家，重其作品，而方言之势已渐衰，迄不能振，绮语文言，代之而兴，甚至宾白全用对偶，此则文质不同者又一也。论者或仅就文体一方，判别时代，而慨然于剧曲之渐漓，此言非也。文学作品，惟戏曲所受时代之影响为最大，诗文之作，虽不获见于当时，尚可取信于后世，故作者尝有以自负，不易为时代所左右。独戏曲之与观众，其关系至切，无表演即无戏曲，凡不能取悦于观众者，其作品即无有流传，故观于元明剧曲之变迁，而元明两代观众之情状，略可知矣。"对皎然《诗式》之评价，则云："《诗式》文章宗旨一条，论谢灵运之诗得学佛之助，于诗家境界，颇有见地。其他之论，虽称述祖烈不无过誉，然熟读谢诗，自抒己见，过而存之可也。"对曹植文论之批评，亦颇一针见血："或谓子建《与杨德祖书》，备述当时作者，茫无定评，此或语本泛泛，意非评论，遽加讥弹，宁能尽当。然植之论文，确有笼统之病。……此种春荣清风，高山浮云，秋蓬春葩，洋洋皜皜之辞，托义若甚高，案之于实，不得其命意所在。后来文家撰述，多用此例，徒见辞采，无裨论断，皆曹植为之厉阶也。"也非通人不能有此认识。前后删改，当然有研究斟酌中见解的变化，也有评价分寸的把握，因其中皆不涉旧说之谬误，附而存之，足供今人参详。

在自存讲义中，还夹着当年授课时的几份考试题，我也接受出版社的建议，移作附录，藉见当年授课之实况，录一题于下："萧子显云：'若无新变，不能代雄。'此文章贵新之说也。元好问云：'苏门果有忠臣在，肯放坡诗百态新。'若有不满于新者，何也？能折衷于其间耶？李德裕论文章，'譬诸日月，虽终古常见而光景常新'，果有是耶？所谓常新者又何指，试抒所见。"

2016年11月9日

刊《文汇读书周报》2016年11月28日

《元好问传》新本整理后记

《元好问传》是业师朱东润先生的最后一部著作,大约经始于1984年或1985年,完稿于1987年10月或11月。我记得该年12月初,先生指导的传记文学博士李祥年论文答辩,先生在此前十多天已经放下手边工作,做答辩之相关准备。其间曾见告,元好问已经写完,还差一篇前言,可以等到稍空再写。但论文答辩结束不久,病情就开始变化,于12月17日入长海医院治疗,次年2月10日辞世。可以说,本稿是先生漫长学术生涯的绝笔之著。

记得在1986年左右,曾与先生有过关于此稿的长谈。先生说到,自己根据以往的一般认识,选择元好问作为写作的传主,但在很充分地阅读了元好问的文集和同时史料后,对于元氏在金亡前后的从政为人,获得一些新的认识,并不完全如前人所述为金源文宗,大节凛然,而是奔走南北,节义有亏。先生前此所写传记的人物,包括张居正、王守仁、陆游、梅尧臣、杜甫、陈子龙等,都是忠烬谋国、大节明朗的人物,他在传记中希望表彰他们的功名事业,激励民族正气。元好问与他们显然有所不同。先生当时说,自己已经九十岁,没有精力更换传主,重新开始阅读文献。元好问的先世出自鲜卑,虽然已经高度汉化,也可不必完全站在汉民族正统的立场上来对他提出要求。前此写了许多人物,最后的一位有些变化,也还是好事。

完成的全稿大约十万字,不仅写出元好问的一生,更写出从靖康之变到崖山覆亡之间一百五十年间重大关键史事,以及在辽、金、夏、蒙古环伺恶斗中,金、宋王朝的最后失败,中华民族经历了史上最惨烈的苦难。在这样的时代,元好问有过追求,有过坚持,也有过妥协和经营,有过委屈和痛苦,以自己的诗歌完成史诗的记录。先生不回避元好问在为崔立撰碑、投书耶律楚材、依附严实、谀颂张柔等行为之可圈可议,更以同情立场对身处乱世之诗人无从主导命运有所理解,对元氏文学成就有充分揭示。"庾信文章老更成",先生这部写成于九十一岁高龄的著作,是他一生开拓进取的最后总结。先生九十咏怀诗云:"经行带索有遗篇,九十衰翁剧可怜。我与荣公同一瞬,尚思为国献残年。"这种精神值得我们永远记取。

本书文稿全部由先生亲笔书写于毛边纸上,字体比早年手稿稍大,仍苍劲有力,并在他生前亲自装订成册。另存若干另页,可能为初稿,但也可能曾部分改写。但毕竟时已年过九十,手迹苍迈中也有手颤而难以把控的痕迹,全稿也偶有前后重复、语意回环的内容,这些都增加了本稿整理的难度。

本稿首次整理出版,由朱先生早年在无锡国专时期的学生,后来任教于南通师范学校的王翌群先生承担,由东方出版中心作为《朱东润传记作品全集》之一出版。可能因为看到的手稿不完整,或者还有尽量整合避免内容复沓的考虑,这次整理时于原稿多有删节。比如有关元好问早年经历,特别是写作《雁丘辞》的部分,即告阙如。这些都受制于当时的整理和出版条件,朱先生这部绝笔得以较早与读者见面,王先生为老师所做努力,值得给以充分的肯定。

这次是本传的第二次整理本,所有内容均全部依据原稿整理,内容有重复的部分,除个别完全相同者略有删节外,最大限度地保留了原稿的内容。原稿另页的部分,凡传中未及的部分,已经尽量插入相关部分，同样内容而有两稿者，则尽量取较详的部分。最后定稿，较上次整理本约增加一万五千字。这样整理是否恰当，殊无把握，敬请读者谅察。

受业陈尚君2016年6月15日于复旦大学光华楼

收入《元好问传》，上海古籍出版社，2016年11月

元好问的大节

"问世间情为何物，直教人生死相许。"琼瑶小说中流传最广的名句，其实出自金元间大文学家元好问笔下，仅"人"字为琼瑶所加，并将上句"人间"改"世间"，以适合现代人理解。这首词习称《雁丘辞》，词牌《摸鱼儿》，有序云："乙丑赴试并州，道逢捕雁者云：'今日获一雁，杀之矣。其脱网者悲鸣不能去，竟自投于地而死。'予因买得之，葬之汾水之上，累石为识，号曰雁丘。时同行者多为赋诗，予亦有《雁丘辞》。"这一年是金章宗泰和五年（1205），元好问十六岁，在往太原应试的路上，遇到猎户杀一雁，另一雁虽已逃脱，仍悲鸣不肯离开，竟投地自杀。雁之重情，感动了这位天才少年，乃买下双雁，郑重礼葬，作词颂之，一时和者甚多，今仍可见他的友人李仁卿和作，有"雁双双正飞汾水，回头生死殊路。天长地久相思债，何似眼前俱去"之句。

然而元好问不幸处在天崩地坏的动荡年代，蒙古铁骑消灭金王朝的战争延续十多年，中原民众遭屠戮流离，生死惨痛，超过了任何一个时代。元好问写下大量丧乱诗，叙述自己的经历，写下一个时代的痛苦。他在内乡、镇平任上，写《岐阳三首》，咏蒙古攻陷凤翔战事。朱东润先生说："好问诸诗，以七律为最高，七律诸诗，又以《岐阳三首》为最高。在这三首之中，充满了情感。悲愤、惋惜、怀念、怅恨，各种各样的情绪，而又音调铿锵，居全集之首，真是自有七律以来，不可多得的杰作。"这时还身处战事以外。次年入京为官，亲历蒙古进入汴京后的掳掠与屠杀，有《癸巳五月三日北渡三首》："道旁僵卧满累囚，过去辎车似水流。红粉哭随回鹘马，为谁一步一回头。""随营木佛贱于柴，大乐编钟满市排。虏掠几何君莫问，大船浑载汴京来。""白骨纵横似乱麻，几年桑梓变龙沙。只知河朔生灵尽，破屋疏烟却数家。"《续小娘歌十首》，录二首："竹溪梅坞静无尘，二月江南烟雨春。伤心此日河平路，千里荆榛不见人。""太平婚嫁不离乡，楚楚儿郎小小娘。三百年来涵养出，却将沙漠换牛羊。"写出蒙古军将汴京城中宝物车运船载而北，中原千里荆榛，白骨纵横，三百年涵养的文明，就如同这些"楚楚儿郎小小娘"一样，驱赶到沙漠换取牛羊。时代之惨烈，超过了曹操笔下的汉末，杜甫亲见的安史之乱，以及韩偓所经历的唐末战火。元好问记录下时代的惨酷，成就自己的不朽。

朱东润先生一生从事传记文学写作，用英国传记文学手法，揭示中国历史上不朽人物的生命历程和作品寄寓，开拓文学研究的新路。将近九十岁时，选定元好问为最后一部传记的传主。详尽阅读元好问的所有著作，阅读元氏同时代的作品以及史书后，在九十一周岁前夕，完成写作。先生九十岁有诗咏怀："经行带索有遗篇，九十衰翁剧可怜。我与荣公同一瞬，尚思为国献残年。"这种精神值得永远记取。

记得1986年左右，与先生曾有过长谈。先生说根据以往的一般认识，选择元好问，很充分地阅读了元的文集和同时史料后，对元氏在金亡前后的从政为人，获得一些新的认识，并不全如前人所述为金源文宗，大节凛然，而是奔走南北，节义有亏。师前此所写传记人物，包括张居正、王守仁、陆游、梅尧臣、杜甫、陈子龙等，都是忠烈谋国、大节明朗的人物，先生作传记表彰他们的功名事业，激励民族正气。元好问与他们显然有所不同。先生说，九十岁年纪，没有精力更换传主，重新阅读文献。元好问先世出自鲜卑，虽高度汉化，正也不必以汉民族正统立场对他提出要求。前此写了许多人物，最后一位有些变化，也还是好事。

这里说到的大节,是宋明以来士人反复强调的人生选择,所谓忠于国,恤于民,孝于亲,信于友,皆是。大则为三纲五常,小则为仁义礼智信,即文天祥《正气歌》始终萦绕于中怀而不能轻忘者。先生对元好问的批评,集矢于他一生中的三件大事。

一是为崔立树功德碑。蒙古围金都汴京势急,金哀宗出奔,西面元帅崔立杀诸权臣,向蒙古投降,群小附和,请为崔建功德碑。先请王若虚,若虚自分必死,仍拒绝。后找来有文名的太学生刘祁,写成初稿,再请元好问大幅修改润饰,方得定稿。此后崔立败亡,元对此讳莫如深,坚决否认,但刘祁晚年著《归潜志》,详记草碑始末。先生说:"从刘祁和遗山两篇作品相比,他们之间是有相当的距离。但是刘祁并不讳言自己也参与其事,遗山则竭力洗刷,正因遗山亟于洗刷,愈觉刘祁的可信。从另一方面言之,遗山有《东平行台严公神道碑》《东平行台严公祠堂碑》《顺天万户张公第二碑》,能为严实、张柔作碑,当然也不难于为崔立作碑,因为从大义讲,三人的为蒙古前驱,其实是没有什么差别的。"

二是蒙古包围汴京之际,元好问上书蒙古宰相耶律楚材,歌颂其可当古之名相,并罗列"南中大夫士归河朔者"数十人,建议楚材"求百执事之人,随左右而取之,衣冠礼乐,纪纲文章,尽在于是",向敌酋推荐今后可用人才。先生说,元好问"斋戒沐浴,献书敌人的头子,歌颂他的萧曹丙魏、房杜姚宋之功。不但他自己如此做了,还要拉上一大批人,希望敌人主盟吾道,乐得贤才而教育之。在读到这篇对于中书相公阁下的作品以后,只感觉得是在发昏,莫非我是在头脑发昏,竟把《续小娘歌》和给中书相公阁下的献书作为一个作者的作品?莫非是有两个元好问,一个是同情人民,把吃苦受罪的人民认定是自己的血亲骨肉,一个是厚颜无耻,把满手血腥的敌人当作自己的再生父母?假若这就是文学,那么文学还有什么可以提出的价值呢?"

三是金亡以后,今人都赞赏元好问为保存金源文献做了可贵努力,先生则发现元在编管聊城后,依附割据者严实而得到照顾。先生特别注意到，在13世纪前半期蒙古、女真及南宋的角逐中，山东出现四位强者，即杨安、李全、严实、张柔。前二人败亡后，严、张坐大，反复无常，残虐是逞，但元好问极力为二人唱赞歌。对《东平行台严公祠堂碑铭》，朱先生认为："好问对于严实的歌颂，是作出最大努力的，但是要从民族立场上看，是不无遗憾的。"又说："他对于严实、张柔这批朝秦暮楚，终于为蒙古屠戮中原人民的将士，周旋往来，尽情歌颂，已经是难于理解，及至《洛阳》这首诗，欲就天公问翻覆，那就更无从索解。假如天也发问，遗山的反复，居心何在，那又怎样作答呢？"又说："及至蒙古南来，不但对耶律楚材卑躬屈膝，即对于严实、张柔亦复歌颂备至。文人之为世所轻，正文人之所以自取，不能不令人为之三叹。"这些都是很严厉的批评。

人非圣贤，孰能无过，生当乱世，存活为难。先生反对以今人之立场来评说古人，但对古人之失德，也认为无避隐之必要。这是他写作传记的基本立场，且得以贯彻始终。

朱先生著《元好问传》，与他前撰各传一样，将元好问生前身后各百年间之大时代写出，并将元之一生行迹与文学建树写出，对他的委屈附从也不做掩饰，是当代人物传记中的佳作。此书1999年曾有整理本，由东方出版中心收入《朱东润传记作品全集》出版，稍有删节。本次由我整理，全部依据原稿，另找到一些未经装订的散稿，新增逾万字，由上海古籍出版社赶在朱先生诞辰120周年前夕出版，以为纪念。

2016年11月8日

刊《文汇读书周报》2016年12月5日

朱东润师《八代传叙文学述论》自序附记

今年是先师朱东润先生（1896—1992）诞辰110周年。承其家人同意，先生遗作《八代传叙文学述论》年内将由复旦大学出版社出版，部分章节将由刚复刊的《中华文史论丛》刊出。兹先借《文汇报·笔会》刊登自序，以飨世之喜欢先生文字者。

先生早年留学英国，1929年进入武汉大学。抗战军兴，武大内迁四川乐山，先生在故乡泰兴接获学校通知后，因无力携家渡越漫长险途，立即辞别妻儿，绕道河内、昆明，赴校莅职。时为1939年1月，他43岁，正是其学术生命的鼎盛时期。在此以前，他已经完成了《中国文学批评史大纲》《读诗四论》《史记考索》《中国文学批评论集》等一系列专著，在多个领域取得了引人瞩目的成绩，但他并不满足于此。客居多暇，在整理出版旧著的同时，他更多地关注今后的学术发展方向。晚年他曾谈到当时的选择对其一生定位的意义。他说，古代文学的研究，按照老的办法，确实还有许多工作可以做，但一直如此总不是办法。中国文学研究应该寻求新的方向，开拓新的道路，这个工作总要有人来做，自己就义不容辞地承担了起来。这个方向，就是传记文学的写作，是他早年留学英国时期特别感兴趣，并准备应用于中国文学研究。乐山期间，他的工作从两方面展开，一是系统总结中国古代传记文学的历史和特点，二是尝试采用英国传记文学的作法，写作中国的传记文学。后者有1943年完成的《张居正大传》，出版后引起轰动，被誉为中国现代传记文学的开山之作；1945年完成《王阳明大传》，可惜原稿遗失，先生晚年仍颇感遗憾。前者就是这部《八代传叙文学述论》。

稍通文史的人们都知道，中国古代传记极其发达，不仅二十四史中有无数人物传记，隋唐以下的书志中都有传记一类，收录极其丰富。但朱先生用西方传记文学的眼光来审视，看到了秦汉的史传、六朝的别传僧传、唐宋的碑状、明清的年谱，以及梁启超的几部评传，虽然也都各有成就，但也颇多遗憾。他认为传记主要应该以人为中心，应该生动活泼地写出在纷繁复杂的历史背景下个人的生命发展历程，而史传的目标是写史写事，碑状年谱过于刻板虚假。梁启超的评传是有开拓意义的，但把一个人的事功分割成几块来叙述，不免有"大卸八块"的遗憾。先生认为，汉魏六朝的别传、僧传的成就最高，因此有本书的写作。

六朝僧传还有不少孑存，别传见于记载的虽有数百种之多，存世者则很少，但在史注、类书中则颇多摘录，可惜清代的辑佚学家很少注意及此。先生是实干型的学者，他既有志于此，即从最原始文献的搜求积累开始，终于从古籍的断简残篇中辑录出四百多种相关的著作。从先生的叙述中，我们既可以想见到他的努力，也可以领会到他的愉悦。

自序的后半部分，记录了处于抗战相持阶段最困难时期，仍然坚持学术理想的学者的感情世界和奋斗状态，是非常难得的真实写照。对此，先生晚年在其自传中有更详尽的叙述。离家万里，七个孩子都由夫人独自抚养，所幸邮路还通，可以定期汇款养家，通信虽困难，还能不断知道故乡的消息，他的思乡念家之情无法遣抑。引到杜甫《自京赴奉先咏怀》诗中的几句，沉痛至极。当时归家的路是有的，但他绝不考虑。他晚年说，国难时期，自己既不想死，也不愿降，而朋友已经下水，自己只有远走一个办法。蜀中生活的艰难，并没有动摇他坚持学术研究的信念。自序中对此叙述已经很具体，先生自传中则有更生动的描述。先生写作时经常遭遇日机轰炸，常是空袭过后接着再写。一位泰兴学生就没有如此幸运，惨死于轰炸，墓志由先生亲自撰写书丹。而晚间写作只能借助油灯，先生在油灯上架个竹架，上安小茶壶。"油灯的火力小，有时居然把茶壶里的水烧开了，夜深人静的时候，喝上一口热茶，读书和工作浑身是劲。"（《朱东润自传》第十一章）先生以耕田的牛自喻，虽然步履滞涩，但始终坚持前进。自序中引到1940年的一首诗，坚信国家剥久必复，自己没有放弃对国家的责任，一切的努力自有其值得肯定的价值。

先生在自序中对自己的馆、斋名的寓意，做了清晰表述。邴曼容名丹，是西汉末年琅琊人，事迹仅见《汉书·龚胜传》及《儒林传》，称其学《易》于鲁伯，"养志自修，为官不肯过六百石，辄自免去"。六百石大约是汉代县令的年俸。在举世趋竞时，能如此养志自砺，确很难得。杜牧两句诗的意思是，如果可以起前贤于地下，自己愿意以邴曼容为师友，极致敬意。先生于抗战前夕置宅于泰兴，即命名为师友琅琊馆，后客居沪上，则称师友琅琊行馆。馆名寓意，可用他生平中一段特殊经历为注脚。先生在1913年前后，曾为民国元老吴稚晖办报的助理，1927年又曾由吴推荐担任南京政府政治会议秘书，进入高层政治圈后很快发现了这只是"一批没有脊骨的政治贩子"（《朱东润自传》第六章）的游戏，80天后就主动退出了。抗战入川经过重庆时，先生曾礼节性地拜访吴稚晖，但完全无意仕途。室名晚令斋，似乎不见于他的其他著作，包括自传。晚令是魏晋间的口语，现代学者或解释为晚成，或解读为迟滞于时俗，但从《世说注》引《王述别传》所云："述少贞独退静，人未尝知，故有晚令之言。"令为时誉，晚令即养志自修、不急于为世所知之意。

先生于此书完成后不久，改任中央大学教席。至1946年，方回到泰兴与妻儿团聚，距离辞家入川已经整整七年半。他所挂念的存在武汉的手稿，历劫幸存，战后得以取回。但原定的元杂剧四论，现仅存《元杂剧及其时代》与《说衙内》二文，大约没有再做下去。

150

去岁到泰兴参观朱先生故居,看到他1946年为其子中学毕业的一段题词:"用最艰苦的方法追求学识,从最坚决的方向认识人生。"可以说是先生一生为人为学的写照。这篇自序,也正体现了这种精神。

2016年3月31日,及门陈尚君附记

原题《朱东润先生的一篇遗文》,刊《文汇报·笔会》2006年5月19日

朱东润师《楚辞探故》未刊稿两篇附记

以上二文（指《"帝高阳之苗裔兮"疏证》《〈史记·贾生传〉疏证》），为朱东润师二十世纪五十年代初所撰《楚辞探故》系列论文之第五篇和第六篇，约撰写于1951年下半年。据朱师自传记载，他从1950年秋到1951年1月研究《楚辞》，成文四篇，分别是《楚歌及楚辞》《离骚的作者》《淮南王安及其作品》《离骚以外的屈赋》，总名《楚辞探故》。朱师不赞同《楚辞》为屈原、宋玉所作的一般说法，根据汉高诱《淮南子叙》和荀悦《汉纪》的记载，认为《离骚》是淮南王刘安的作品。朱师认为《离骚》所述人物，除丰隆、宓妃这些幻想人物外，都是中原民族的人物，没有任何楚国的先王先公，如出屈原之手，不能不说是意外。但其中大量提到南方地名和草木，似乎提示作者是一位"认识中原文化而不甚了解楚文化，但是对于南方情事，相当熟悉的人物"（引文见《朱东润自传》第347页，东方出版中心，1999年）。朱师认为在汉代，关于《离骚》作者既然有两种不同的记载，就有从不同立场探讨的必要。高诱《淮南子叙》："初，安为辩达善属文，皇帝为从父，数上书召见，孝文皇帝甚重之，诏使为《离骚赋》。自旦受诏，日早食已上，爱而秘之。天下方术之士，多往归焉。"荀悦《汉纪·孝武皇帝三》也有记载。朱师认为刘安可能写作的时间，应该是在武帝建元二年（前139）十月，而非文帝时。考虑到牵涉太大，争执必多，本来不准备立即发表。老友叶圣陶见到后，交给《光明日报·文学遗产》副刊，在

1951年3月至5月间陆续刊出,引致学术界哗然。当时由政务院副总理、科学院院长郭沫若领衔正在着力宣传世界文化名人屈原,因此郭与杨树达、沈知方连续在同一副刊发表五篇文章加以反驳。朱师当年采取了不应战的态度,认为"是客观形势使知识分子采取了必须采取的态度"(同前,第351页)。但当时朱师还是写了补充的两文,均不取反驳论战的态度,仍就上述讨论的关键问题表述自己的立场。此两文的基本见解,朱师在七十年代后期所作自传中曾略述要义,主旨在于考述刘氏得氏迟至春秋后期,可以上溯到颛顼,因此对"帝高阳之苗裔兮"一句,可以有不同的结论。后一篇则讨论贾谊是否曾为长沙王太傅,认为当时中央王朝对于异姓王朝的任何官员,是没有任命权的,而《史记·贾生传》错讹很多,难以尽当信史来看待。1978年10月,我开始跟随朱师读研,首次授课,师即讲到当年的争论,说当年郭代表政府,他只代表自己,个人怎么能和政府对抗呢?但既属学术讨论,总该让人说话,因此又另外写了两篇文章,与已刊发的四篇,和郭等批判的五篇,一并编了个集子,是希望有机会出版。但郭已经去世,那也就算了吧!由于这一原因,二文至今没有公开发表。我最近受朱邦薇女士和上海古籍出版社所托,整理朱师文集,清理遗稿,检出朱师当年所编文稿,二文皆手自写定,可以整理。适虞万里教授主持《传统中国研究学刊》约稿,即请张恒怡同学代为输入,由我再作校订。《史记》原文参校了2013年中华书局出版的新点校本,书名号则为我所加,标点有个别调整,其余均一遵原稿。特别需要说明的是,从1951年至今已经六十二年,《楚辞》研究已经取得空前的成就,秦汉出土文献的发现和研究已经完全改变了秦汉文史研究的基本格局,以朱师对学术的执着和通达,一定会认真审视当年的见解,或坚持,或调整,作为后学的我们虽无以揣测,但可以有所理解。因此,本次发表朱师的两篇遗稿,仅为完整记录当年的研究见解,无意延续当年的争论。文稿整理中之讹误,当然由我负责。

2013年12月17日,及门陈尚君谨记

刊《经学文献研究集刊》十二辑

朱东润师《后西征赋》述要

朱东润师此赋作于1939年，原刊《宇宙风》百期纪念号，此据师自存原刊校订本录出，标点有少数调整。

1937年7月日本侵华战争全面爆发，全国抗战也迅速展开，时师方任教于国立武汉大学，讲授中国文学批评史课程。因惦念带着六七个孩子留在老家的师母邹莲舫，以及在此前一年动工当时还没建成的新宅，遂于此年12月末冒险从武汉沿粤汉线南下，取道香港、上海返回泰兴。居乡近一年，接武汉大学发来电报，知学校已经迁往四川乐山，希望在1939年1月15日前到校报到，履职授课。师虽感西行困难重重，但感觉国家危殆如此，个人有为国贡献之义务，师母亦坚定支持，并愿承担家中的全部责任。师晚年曾见告，当时江浙、上海已经被日本占领，朋友亦有下水者，自己绝不愿降，也不愿死，唯有西行到大后方去。乃于1938年12月2日自泰兴启程，13日乘船离开上海，经香港、海防、昆明、贵州、重庆，于1939年1月13日到达乐山。是年适在校讲授六朝文，觉得六朝文的重点是赋，要讲授赋必须自己有写作的体会，乃仿晋潘岳《西征赋》，历述自泰兴至乐山西行沿途之所见所感，成此《后西征赋》。全篇五千余言，伤痛时事，纵论得失，感慨苍茫，意境雄浑，为近代以来罕见之闳篇。谨略为区分章节，撮述要旨，以便诵读。

惟民国之肇建，粤二十有六载，夷则奏于清秋，杀机发于宇内。于时封豕长蛇，砺牙磨喙，俯窥幽燕，右击恒代，驰驱沧博，割裂海岱；将欲收河朔为外藩，隳长城与紫塞。于是长策石画之士，戍卫伐曹之谟，铜山崩而洛钟应，邯郸围而信陵趋。报国则博士寄以一障之重，请缨则三屦满于四达之衢；跨越江汉，襟带荆吴，长驱百万，奋臂一呼；方欲翦寇雠而后朝食，岂特幽冀可复，而辽沈是图也乎？

［述要］首节述抗战初起。自1931年沈阳事变后，日军在侵占东北后，不断蚕食攻取，势力已迫近幽燕恒代，即今河北、山西、内蒙古一带。1937年7月7日卢沟桥事变，揭开中国抗日战争序幕。全国民心振奋，支持抗战，务期收复失地，驱逐倭虏。

讵知天步多艰，时方丑正；秋深为厉，南风不竞。搏虎卧黑之雄，没石饮羽之劲；气郁悒而难舒，势咆勃而犹盛。盖南翔十万之众，咸与敌而拼命；然后雕题凿齿之徒，始额首而称庆。江东子弟，化为国殇，邦家殄瘁，人之云亡。一战而下嘉定，再战而陷太仓；蹠姑苏与毗陵，搏丹徒及丹阳；左顾则倾仁和，右眺则夺真扬；鼓再衰而三竭，懔寇氛之莫当！

［述要］此述抗战初期形势，日军全面侵华，国军发动淞沪战役，激战七十多日，悲壮伟烈，终至失败。日军进而占据苏南，寇氛一时嚣张难当。

观乎南都之初建也，矗牙排空，飞甍接云，日月蔽亏，纭纭纷纷，五方之市，万人之勤；连郊引圻，通于无垠。委而去之，不可复闻。嗟宫室与苑囿，及麋鹿而为群，沧海枯而鱼虾烂，泰山颓而弱草靡；乞怜者同于壁上之蜗，苟活者鉴于身中之指。或有别井背

· 155 ·

乡，弃妻抛子，流离道路，毕命转徙；将欲指黄泉而一息，誓白水以同死；岂敢复望悠远之山川，茏葱之桑梓也欤？

［述要］此述南京沦陷以后，民众转死沟壑的悲苦情形。

余时方托足汉皋，寄命鄂渚，炯炯双眸，东望延伫，怅气夺而心灰，忽神伤而色沮；梦一夕而九迁，魂惝恍其无所；忘感情之利欲，与切肌之寒暑；独不寐以终宵，耿寂寥而无侣。然后冒死趋险，星击电驰；驱驾镠铁之轨，落帆江海之湄；忽扁舟而北渡，感余心之西悲；问前路于征夫，诵天地之无私；惊房帐之烽火，望汉家之旌旗；足趑趄于替井，心荡漾而犹疑。

［述要］1937年下半年，师在武汉任教，苏南战火遍地，故乡泰兴距苏南不远，已经三个多月与家人不通音问，因此时刻关注战争形势，担忧家人安危。在课务结束后，立即冒险返乡。当时对于能否回到泰兴全无把握，只希望到上海后可以设法得到一些消息。

奔命于西来之庵，假息于季家之市；卜消息于道路，探存没于伯姊；幸一家之获全，又恐流言之不足恃。彼长亭与短亭，复十里与五里，以咫尺为天壤，磬万虑于寸晷。然后剥啄有叩关之声，我征有聿至之喜。值世乱之飘荡，知生还之几曾；观松菊之无恙，方举室而欢腾。大男小女，雏发鬖鬖，感离伤别，歔欷不胜；萧条短树，错落寒塍，抚泉誓石，结臆铭膺。昔平子《归田》之赋，原熙滋荣；《金楼》自序之文，霞间得语。何则？寓形宇内者难为怀，游心物外者易为处；况复假息于尘埃之中，托命于山川之阻；亦惟有追大欢于稚子，遣长愁于秋黍；幸卒岁以悠游，及芳时之我与者矣！一亩两亩之宅，十行八行之柳；晔晔后园之菘，濯濯小圃之韭；种芋菽麦之阿，养鱼兼葭之右；媷草则呼儿成群，课耕则与仆为耦;岂独邺侯架上之书,梁鸿闺中之妇,刚经柔史,可师可友也哉!

[述要] 此节述回到泰兴与家人团聚的情形。赋中用了陶渊明《归去来辞》和杜甫《羌村》《北征》等诗赋中的故实,叙述经乱得以与家人相会的心情。后半叙迁入新居的情形。师于1936年夏购入泰兴城南文明桥北块数亩地,建筑新宅,历时一年,及到家已接近完成。此宅于二十世纪八十年代捐赠泰兴地方,初为泰兴县图书馆,后增缮为故居纪念馆。

于是背夏涉秋,白露为霜;北风怒号,庆集延长。塞向墐户,开轩延阳;步玉墀以啸傲,方夷犹以相羊;忘怀天地之大,寄迹泉石之乡,愧印绶之见招,自西蜀之岩疆。夫大厦之将坏,非一木所能支;然栋折而榱崩,则独全又安之?盖智者知朕,方与物而诡随;达人安命,虽履险而何辞。是以或出或处,或安或危;或以龚生为天,或与王尊相期。为身为国,于心有忡;割慈忍爱,结怨填胸。彼婴婗之季迈,与弱龄之叔同,宁宵然而居长,譬佩觿之颛蒙;念鹓鸥之姣好,与鸾凤之仪容,解律则垂手可观,簪花则自小便工。昔鸤鸠之七子,惟一仪之是从,虽付托之得所,余实为之忧恫!亦有共命之鸟,比翼之禽,粲兮烂兮,角枕锦衾;念离则酸风入目,缄愁则结轖凝心;听骊歌之一唱,忽敛怨以沉吟;万里游子之道,一家健妇之任;值时事之多艰,良余心之所钦。至如陈仲避戴,吕安注吏;彼二子之高踪,犹伤仁而怨义。或以天伦自重,或以窹生为累;盖人情之所至难,圣人之所不议。怅山川之遥深,怨觌面而相次;念春晖以搥心,望北堂而挥泪。

[述要] 1938年,师居泰兴将近一年,是多年在外工作期间,难得与家人团聚的时候。当时全国抗战战事方殷,泰兴则因偏处江北,没有

受到大的波及。日军仅占据靖江，以作为江阴炮台的保障。到11月间，接到从上海转来的电报，告知武汉大学已经迁到四川乐山，即将正式上课，要求1939年1月15日前赶到。此节师述离家西行决定之际的犹豫与斗争，为家为国之两难。虽然为国西行的选择义不容辞，但师母以一柔弱女子，毅然承担家庭之全部责任，尤为师所感铭。"万里游子之道，一家健妇之任；值时事之多艰，良余心之所钦。"师母"文革"间受迫害自尽，师撰《李方舟传》，记述一位平凡女子不平凡的一生，为"文革"间潜在写作之不朽名著。另朱师孙女朱邦薇见告，"彼婴婗之季迈"以下，"讲到我的两个叔父和我的父亲，季迈为君迈，叔同为君道，仲宁为我父亲君遂。鸩、鸥、鸾、凤是我的四个姑母的小名"，"春晖、北堂当指我的曾祖母和伯祖"。朱师少年丧父，离别泰兴时母亲已经八十三岁高龄，体弱多病，然家国多故，只能毅然远行。师在蜀数年，时时挂念家中亲人。1944年9月25日师母生日，附信有《寄内》："六载驱驰寄道边，平生常愧买山钱。移家泛宅终何用，却寇避兵亦枉然。入梦云峦愁绝倒，无情天地泪双悬。遥怜此日持杯满，极目何由到汝前？"又《七载》："七载辛酸万里愁，空将涕泪洒西州。讵知地老天荒外，又见征鸿社燕秋。劫后亲朋悲马齾，眼前家国付蒲头。埋生欲逐东流水，睡起呼儿理宿笯。"

  呜呼！别方不定，别理千名；有别必怨，有怨必盈；昔人之赋，言之精矣！乃饬仆御，乃裹糇粮，乃约朋旅，乃整行装；出澄江之郊坰，宿霞霪之旧乡；观寇贼之残迹，惕抚手而彷徨。骥渚百里之初涨，新港一夕之风樯；吹涝弄翩之碕岸，江鸥水豚之堂皇。

  ［述要］此述将离泰兴与家人分别时的伤感。师母认为战争一二年即可结束，师则以为很可能要有十年八年的分别。事实是从1938年12月2日离家，到1946年夏东还，历时七年半。

伟哉江乎！导源乎昆仑之墟，磅礴乎荆湖之会；群山之所奔赴，众壑之所襟带；日月出没于东西，阴阳蔽亏乎晻蔼；据五湖之上游，廓九州岛而为大；昔晋宋之南渡，割斯流为要害；繫万里之灵川，系吾族之否泰。方其越金陵、跨曲江而东也，荡涤柴墟之故址，回皇扬子之新州；错落有天星之险，崎岖有盂城之幽。惊涛灌日，急浪吞舟，汪洋洸瀁，飅飖飀飀；斯滔天之巨浸，与沧海而为俦。

［述要］此节述从泰兴乘船往上海之江行见闻和感慨。

聿余昕夕兮东迈，曾不可兮少留。朝余发乎紫琅之阿，夕余至乎黄歇之浦，俯惊波之长流，独抗怀而希古。昔西夷之东侵，将大启于吾土；伟陈公之英爽，驱万千之貔虎；沉横海之艨艟，欣余勇之可贾；鄙牛生之庸驽，忍失机而丧伍；以屏帅而督师，率吾属而为虏。及蔡公之为将也，箕据则骂坐，瞋目则语难；举偏师而障东流，策驽马而临断岸；值群丑之来侵，独奋起而拒扞；虽不克聚而歼旃，亦足以折其大半。及弹尽而援绝，始退师于江畔；八十余日之孤勋，振天声于大汉。

［述要］此述到达上海，特别表彰当年陈化成守吴淞炮台，以及蒋光鼐、蔡廷锴率十九路军抗战之伟业。

观沪渎之一隅，实东南之渊薮；江海之所会归，人才于焉枢纽；据中原之膏腴，绾欧亚之玄牡；当天地之反复，将闭关以自守。乃若托葵足于殊方，悬蝼命于虎口；虽一息之幸存，亦君子之所丑。都人士女，郁郁芬芬，靓装殊服，竟体氤氲；古刺之水，巴黎之薰，翩翩起舞，三五为群；临春冰而犹踊，履虎尾而含欣。语曰："国家将亡，必有妖孽。"彼哉彼哉，曾何足云。亦有长袖之贾，驵侩之亚；值国运之中圮，方窥利而相诧；马克驴布之比率，英镑佛郎之声价；彼握算而操筹，恒兀兀以终夜；倾神州之膏脂，博赢余于转嫁。邦国犹有常刑，固应绳其不赦！至若鬼蜮之余腥，麟貀之遗孽；称王请吏，则有吴曦；献地乞降，则有刘岊；鼠依社而社倾，蠹生木而木啮，政府大道之高标，太极织文之橥揭。彼独非夫人之子，顿纲维而自绝；抑天褫其魄魂，不复齿于圆颅方趾之列耶！

[述要] 此节述上海在日占初期光怪陆离之景象。大道指日本在上海组织之大道政府，所悬为太极旗。师在1942年离开乐山武汉大学到重庆柏溪中央大学之际作《再会吧，乐山！》（刊《宇宙风》1942年第139期）追述："十二月二日动身，四日到沪。由四川拍来的电报，固然由上海邮局转出，但是拍电报到四川，便非到上海不可。电报去了，回电当然不是三五日以内的事，我便在上海候着。十二日，复电来了，仍是催促入川。""匆促之间，写好家信，托人带回，自己就在十三日搭广东轮南下。"

余乃望乎海若之溦，踦乎阳侯之波；观洪涟之垒甗，与巨涛之陂陁；长鲸植鳍而触天，神鳌摇足而倾河，腾灵蠵而泣潜蛟，舞虬龙而斗鼋鼍。乃神州之委输，赤县之旋涡；东西三万余里，际天地而为罗。飘风扬帆，一夕而南。通灵适变，海负地涵；混茫浩渺，荡涤淡澹；连山踏波而腾踊，众壑吞渊而谺谽。朝潮夕汐，崩崖倾岚；斯宇宙之大观，不可得而毕谈！

[述要] 此述从上海到香港航程中的海上所见。

维舟于韩江之滨，系缆于潮汕之曲，繄南海之奥区，故家给而人足。昔韩公之南迁，涉惊泷而见辱；以匹夫而为师，乃化民而成俗；摩拟《鹦鹉》之赋，恻怆《鳄鱼》之告。美哉贤人之遗风，百世仰其芳躅。过临海之通衢，心怵焉而有惕；见庐舍之萧条，杂断垣与颓壁；盖公之精诚，可以感穹苍，而不足动强敌；可以驱异类，而不足御锋镝。是以列肆广场，炎炎焱焱；户千里万，化为瓦砾。

［述要］从上海到香港中间短暂停留汕头，师云当地刚遭敌人轰炸，登岸仅见到一片瓦砾。其地唐属潮州，为韩愈曾任刺史之处。

循海而西，实为香港；斯英伦之前卫，乃吾国之旧壤。坚尼地之喧阗，域多利之宏敞；上环下环之殷，东澳西澳之广；据海陆之交通，与星州而争长。尔其绾毂天南，不可得而佛仿。九龙据其西北，方濯足于海澜；或奋鳞而翘首，亦夭矫而郁盘；内有竹园锦田，外则深圳宝安。重港积深而极险，群山巑岏而相攒。昔鸦片之余爂，割斯土以交欢，举鹑首而赐秦，余于兹而永叹！

［述要］此述到达香港，停留时间很短，旋即购票往越南海防。《再会吧，乐山！》："十七日抵香港。经过请领护照的手续，二十三日搭广元轮前往海防。计算新年的时候，可到昆明，作诗一首。《入川》：'朔方建国绍先天，粗粝腐儒亦屡迁。江北全家劳旧梦，云南万里入新年。遥峰此日看金马，虚幌何时对玉婵。不恤征衣飘尘土，嘉州只在夕阳边。'"在香港停留六日。

于是矗立云表，太平之峰；浴日映月，吸露餐风；俯窥沧海，横揽鸿蒙；贯千丈之铁索，亘歔吸而相通；登兹岭而北望，托遥思于归鸿；盈余襟兮掩涕，长太息兮安穷！则有五羊故都，南方重镇；带甲十万，结交豪俊。马其诺之防线，兴登堡之战阵；凭虎门之天险，据白云之雄峻。暨敌人之来攻，曾不闻其血刃；乃无贵而无贱，一朝化为灰烬。阻风广州之湾，维孤身而一览；原平远而逶迤，海从容而澄澹；越西营之迢递，游余目分赤嵌。坚壁则野无遗粟，教士则伐鼓坎坎；强敌窥伺于海外，犹徘徊而未敢。信贤者之为政，故卓然而难撼。

［述要］此述在香港登太平山顶，北望广州。当时余汉谋守广州，曾自诩为马其诺防线、兴登堡战阵，但一触即溃，时已为日军占领。1941年末师在乐山闻日本进占香港，有《闻香港被围》："瑶岛孤悬碧玉盘，天南犹着汉衣冠。蛟宫直上金银气，鳌背双飞日月丸。百载废兴应有此，一时惆怅转无端。谁怜蛮触挥戈地，剩得衰翁袖手看。"

其南则有五指之山，琼崖之岛：獠峒黎窟，槟榔椰桲；乡号八蚕，田宜三稻；象耕鸟耘，山深水好；撤桑土于未雨，幸绸缪之能早；嗟沧海之遗珠，怆余怀之懆懆。

［述要］此节述海南，仅因舟过琼州海峡而述此。《再会吧，乐山!》："二十五日，船过广州湾，看到海船上挂着蒲帆，感觉兴趣，又作诗一首。《蒲帆》：'十丈蒲帆拄到天，云山岌嶪任高搴。惊风鸥鹭群三五，击水鲲鹏路万千。上道酸辛多远客，辞家箫鼓又明年。夜深欲唤鱼龙起，为寄相思若个边。'"

尔乃鲸浪骏奔，鹢首高骧；跨越千里，至于海防。文身黑齿之境，户北日南之邦；《禹贡》扬州之徼，西京交阯之疆。伤丁年之去国，对丙夜而怀乡；发搔搔而易短，路漫漫而愈长。异哉安南之为国也，乃汉唐之故封，中原之旧土；及建号而称藩，犹依恋于共主；代身金人之入贡，上国天使之镇抚。南来草木，皆识黄公；再登祓席，独劳张辅。信可以外事中朝，内抚八部；百官播其声歌，万姓于焉安堵矣！然而诗书非御侮之方，礼乐无制胜之用；强敌已据其堂藩，诸生犹勤于弦颂。号窃公侯以自娱，年纪保大而垂统；

彼东法都护之全权，合交趾支那而兼综。念冽彼下泉之诗，听原田每每之诵；访河内之遗民，恒一过而腹痛。

［述要］此述越南之历史文化。在河内曾短暂停留，参观玉山寺。《再会吧，乐山！》："二十七日抵海防，二十八日乘火车赴河内。"师存诗有《河内》："日南户北费车船，回首乡关路八千。一路蕉花红似锦，两行桄树绿于烟。我来独上玉山寺，曾拂新题保大年。徼外兴亡谁管得，遗民何日问苍天？"

滇越铁道，远入南疆；坡陀起伏，屈曲蜿蜒；高高下下，尽为蔗田；蕉花红似锦，桄树绿于烟。彼老街之荒落，作重镇于雄边；鸣刁斗于碉堡，传柝声于霜天。其地则有红河千里，跨越外内；横长虹之百丈，扼山川之两塞；别异国之风波，感津吏之意态，客重洋而一归，闻足音而犹爱；涕泪流于胸臆，劳思发于感慨；故知去国之可悲，结念之有在。

［述要］次述乘滇越铁路，自河内、老街前往昆明之沿途所见。《再会吧，乐山！》："三十日入云南境，三十一日至昆明。"师存诗有《入河口》："钟声渐密柝声多，刁斗森严澈夜过。竹树葱茏迎晓日，稻田高下入红河。当关津吏迎征客，回首故园泣逝波。为谢越南须慎重，顾瞻周道奈君何。"

自越入滇，一千余里；坡谷嶙峋于中天，重岗嶕崒而特起。鏖山堙谷，方车两轨，横通旁达，忽远而迩。亦有凿岭挺峦，探幽入里，为大隧者一百七十有余，始至昆明之鄙。昔在句町且兰，牂柯夜郎，唐蒙开边而奉使，庄蹻割地而称王。白蛮乌蛮之土境，东爨西爨之故乡，罗凤自绝于天宝，善政建号于后唐；伟友德之虎略，慕西平之鹰扬，布雄威于边隅，化荆棘为康庄。经五华之故宫，泣永历之遗躅；昔胡虏之南迁，独奋发乎岭曲；福鲁唐韩之遗踪，黔滇粤桂之局促；教战则驱象成阵，治书则待漏刻烛。爰卷甲而疾趋，将掩取乎湘蜀；天意眷其北顾，怅国命之不属。吊天波于南荒，乃奋庸于帝载，惜大勋之未集，嗟孤臣之心瘁。伤南夷之不终，感定国之慷慨；缅高皇之威灵，历十世而犹在。丑三桂之反复，因尧犬而尧吠；不再传而灭宗，天意弃其瑕秽。

［述要］此述云南之形胜与历史。师存诗有《入云南》："曙光才动晓烟收，踏遍交州又益州。六诏山川归一统，三迤人物亦千秋。云笼远岫真奇崛，水咽寒溪欲倒流。试问新亭谁得似？频挥麈尾固金瓯。"

曲靖既北，平彝斯宇；蛮夷大长之流风，牂牁都督之故府。昔先零之西征，有老成之规矩；伟李恢之请行，步充国之故武；嶷奋威而有济，忠宽宏而能抚。诸葛武侯之为政，斯先后与御侮。驱余车而东逝，经乎滇黔之交；岭郁兀而高耸，江屈曲而沉坳；四十三盘之险峻，两山夹道之豁嶅。或入地而为溪，或攀云而为巢；壮关率之勇武，临殊方而建旄；美朱侯之遗迹，贯铁索而为桥。

［述要］师于1938年12月31日到达昆明，在堆栈略事休息，去汽车站购票，后几日已售罄，唯次日尚有余票，遂于1939年元旦乘西南公路汽车北行，在昆明未曾浏览。此节述滇、黔间车行之景色。

东过清镇，遂至贵筑；昔则户杂夷獠，今则地绾川陆。西连昆明，北通巴蜀；南控河池，东接岳麓；乃五方之繁会，作重镇乎心腹。伤疲民之征役，复何念之能淑。边徼荒陬之境，鹑衣菜色之氓；家无一金之蓄，地无三尺之平。重云积于山谷，复多雨而少晴。垒巨石以为壁，剖层岩而承甍；侏儒支离之状，蓬蒿藜藿之羹；蹙天地之局蹐，实大困乎苍生！

［述要］此节述贵州情形。《再会吧，乐山！》："四日宿贵阳。"

　　吊阳明于龙场，念斯民之先达；彼蠖曲以待时，试铅刀于一割；过遵义而偃蹇，望楼山而气夺。尔其峭崿巃嵷，巉嶒巀嶭；栖巨狖与苍猿，耸长松与翠栝；轨辙交于中天，咳唾落于木末。经兹岭而上下，嗟涉顿于天梯；冻雨忽其飘洒，行旅过而憯凄；访桐梓之故迹，历松坎之旧蹊；綦江漱石而潺湲，橘树蔽山而高低。纵目乎三江之会，税驾乎海棠之溪；望新都之燀灿，若天半之云霓。

［述要］此述自贵阳北行情形。当时贵阳已是雨雪纷纷，因车票紧张，只能乘装汽油的车走。车经娄山关，山路路滑难行，差一点滑到山谷。经遵义、松坎、綦江，到达重庆。《再会吧，乐山！》："六日换车，八日至重庆。"

　　美哉城乎！巴子于斯建国，李斯之所经营；右大江而左涪万，故奇险而崇闳；真武缙云之高标，佛图阳关之峥嵘；太平储奇之旁达，都邮苍坪之精英。别有地称曾崖，寺名上清：建崇号于国府，卜一战于横庚。昔寇氛之逼南都也，乃率众而西迁；譬黄鹄之高举，览天地之方圆；心游乎八表，机发乎九天，将远跖而高掌，故一览而得全。驱庸蜀羌髳之众，用微庐彭濮之贤；方谋新而舍旧，物有爱而必捐。夫临危则侧席求才，图治则发愤自励；彼往哲之成规，非所望于当世。若乃金张许史之擅权，音凤恭显之得势；丰亨豫大之专佞，心腹肾肠之便嬖；持论则宇宙未宏，挟隙则秋毫匪细。临大江而长叹，吾属其将安济？

［述要］此节先述重庆之历史及名胜，在国民政府宣布重庆为陪都以后，成为全国抗战之中心，应该追求的责任和目标。师于1939年1月8日到达重庆海棠溪，过江住大梁子宾馆，停五日。感觉到新都的气氛是

权贵张扬,高官得势,党派纷争,好为空谈,感到很失望。

亦有椎埋发邱之雄,吹箫屠狗之丑;报睚眦于偶语,伺消息于杯酒;以杀戮为耕作,或叹息于畎亩;繄掩目而捕雀,咸结舌而箝口;譬九四之自王,聚二五而成偶;黄雀之伺螳螂,祸于何而不有?赴邦家之急难,扬祖宗之威灵;光国则责在匹士,苟免则邦有常经。然而用君之意,齐之以刑,衣不蔽骭之壮,年及中男之丁;若无罪而就死地,宣王为之涕零;生何恩而杀何辜,李华所不忍听!

[述要]此节续写重庆见闻。当时陪都建立未久,多依靠地方势力与帮会人员维持地方,采取盯梢、告密等手段,虽然当时还未如以后之剧烈,但已颇见端倪。中男是未及成年的少年,见杜甫《新安吏》。当时拉壮丁成为普遍状况。

若夫燕喜之俦,鸿渐之族,退食自公,天锡百禄;蒙茸狐裘,厌饫粱肉;论事则自具肺肠,御冬则我有旨畜;人嚚嚚而难知,理翳翳而愈伏;天道之不敢言,孰剥极而能复。别有院号参政,职在风义;过天阍而叩关,谒纳言而投刺;方欲陈民生之多艰,邦家之憔悴,不无献纳之言,宁有出位之思?彼方褎如充耳,我则愧而入地;始知夏虫之不能语冰,肉食之未可与议。

[述要]此节述到参政院访问秘书长王世杰的情形。师说当时参政院虽不是民意机构,但总是表达民意的渠道。王世杰虽为旧友,但谈话难以投机,更感到失望。

蓺平生之瓣香,窃致敬于南丰;经术许郑之流亚,音韵江段之异同;安那其之学说,柯伯坚之词锋,言政于百世之后,既发聩而振聋，彼滑稽以玩世，异阿谀而取容；孟子之论柳惠，亦既和而不恭。

[述要] 此节述在重庆见到吴稚晖的感慨。师早年曾为吴民初办报之助理，并承吴介绍到英国留学，瓣香南丰指此。师到重庆曾访吴，吴所告对日战争之看法及蒋汪分途之原因，让师颇感遗憾。

于是翱翔徘徊，从容天半；驾飞机而西行，望万象之弥漫；初敛翼而低昂，忽奋迅而泮涣；摩埃壒于九霄，摘星斗于天汉；山峰涌而群飞，川倒流而相乱；过泸叙而一窥，曾不知其畔岸。峰回路转，云树纠缊；岁暮而沙渚尽寒，水落而乱洲竞出。其上则有离堆之天险，三江之浡潏；巨浪演衍而蜿蛇，蒙沫吞吐而横溢，凌云左峙而幽深，二峨右抱而屼崒；回吾轸于西州，挹征尘而若失。

[述要] 此节述从重庆乘飞机到乐山的经历。因当时从重庆到乐山的汽车票难买，乃乘民航公司的水上飞机，于1月13日抵达。《再会吧，乐山！》："那时重庆到乐山有渝嘉线飞机，因此购十一日飞机票前往。十一日警报，十二日大雾，十三日飞机开航，下午一时到达乐山。从泰兴到乐山的旅途至此结束。"师晚年作《遗远集叙录》自评此节："叙飞机之行，自谓古人所未发。演进既急，事物愈繁，古人之所未见，自当有古人所未发之作。"

郡号嘉定，县名乐山，冰酾江而凿壁，蒙辟道而开关；子云草《玄》之勤，舍人注《雅》之闲；赵昱斩蛟而入水，文振跃马而驱蛮；卫公之提重兵，杨展之号殷顽：斯皆彰诸史册，考之班班者矣！若夫游览之萃，人文之薮；斯有皇华台之冈峦，嘉乐阁之陵阜；心怡于乌尤之寺，梦游于龙泓之口；或夸方响之洞，或美东岩之酒。林壑十寻，则有白崖之三洞，程公之户牖；金身百丈，则有海通之精进，韦相之左右。其产则有红岩之铜，玉屏之铁，大渡河之金沙，流华溪之盐穴；荔枝之隽永，海棠之芳烈。白蜡之虫，栖于女贞之树；墨鳞之鱼，出以清明之节；绸有苏稽之美，纸有嘉乐之洁。凡民生之所须，不可得而尽列。

［述要］此节述乐山之历史文化与山川名胜。

国学既迁，来依兹土；别珞珈之烟云，辟高幖之林莽；上有万景之楼，下为丁东之宇；讲经于圣人之居，论学于文章之府；书卷陈于高台，精舍辟于两庑。钟鼓之声，发于内廷；从者之屦，集于外户。国子司业之伦，四门博士之职；传道设教，授业解惑；值风雨之飘摇，犹弦颂之不息；斯则诗书之渊泉，人伦之准式。至治待兹而禅赞，鸿文于斯而润色；将非开诚心而布公道，焕大猷而建皇极也欤？

［述要］此节述武汉大学迁址乐山以后的教学状况，特别强调教育对于国家今后建设发展之重要意义。

余以不才，待命扫除；时迁岁往，日居月诸；沍寒发于林樾，重阴结于绮疏；滴空阶之长夜，流春膏于新渠；观山川之霢霂，余将化而为鱼；是以遣怀而作赋，庶几有感于起予。夫天地之道多端，生人之事不一；或以多难而兴，或以逸豫而失；少康之众一旅，文种之教七术；内君子而外小人，致中和而履元吉；民怀来苏之望，鬼瞰高明之室；论治道而经邦，是所冀于暇日。

［述要］末节述作赋之缘起，感慨时事殷忧，事在人为，治国经邦，寄望未来。

附记：近因整理朱师遗著，检出此篇大赋，嘱门人王庆卫、管华君代为输入，张金耀博士与我再复校一过。朱师孙女朱邦薇、吴格伉俪也有所指正。适香港中文大学中文系于建系五十周年之际，以"今古齐观：中国文学的古典与现代"为主旨举办学术会议，此赋虽体属汉魏旧格，内容则可纳入现代文学，其中一节且述经留香港之所见所感，似恰与会议主题契合。乃据师晚年自传《八十年》（出版时改题《朱东润自传》）及其他记录，略述师此赋之写作始末及章节大旨，以便学者诵读。尚拟请友人详做笺证，则有待于异日。今适当师西行首途后之七十五年，诵读数过，想见师当年别离妻子、慷慨西行之壮举，犹感情怀激昂，意气风发。师常告文学当写真情实感，认为杜甫《北征》《羌村》非身经战乱而难以深切体会，此赋于此得之。唯用典甚多，体会难以准确，若有误失，幸方家赐正。

及门陈尚君谨述于2013年12月27日

香港中文大学2016年5月"今古齐观"学术讨论会论文，

刊《中国文学研究》2016年下半年号

刘季高先生《斗室诗集》整理说明

刘季高先生的诗作，生前曾出版《斗室诗集》(《斗室文史杂著》附录，上海古籍出版社，2000年)，凡收诗227首、词23阕，稍存先后，但前后错互也颇多。据其家人提供资料，他在24岁时曾编有《大梁刘季高诗选》，但没有保存下来。刘先生逝世后，他的家人整理他的遗稿，找到两个笔记本，其一题为"壬申、癸酉、甲戌诗钞"，知为先生1992年到1994年间的作品；另一册题为"乙亥、丙子、丁丑、戊寅诗稿"，应该是他1995年到1998年间所写。另有数页稿纸装订成册，题作"听樵轩集古近体诗二十二首"，大约写于八十年代中期。另抄诗的散页若干纸。除少数写定外，多数均是草稿，有些诗或有五六稿。部分诗作，作者在诗句旁加有圈点，以示改定。先生长女刘孟荪女士根据这些手稿，先后两次录出《斗室诗集》未收的作品185首，交我整理。我根据手稿作了逐一的复核校订，并据手稿和其他途径新增50多首，删去重复、抄录前人作品以及未及成篇者20多则，共写定诗歌443首、词25阕。收入《斗室诗集》的个别作品，也根据手稿作了增补。我根据《斗室诗集》和先生手稿提供的信息，大致将全部作品分为六卷，第一卷为1949年以前作，第二卷为1950年到1976年作，第三卷为1977年到1989年作，第四卷为1990年到1993年作，第五卷为1994年到2002年作，不能确定写作时间的则归末卷。以上编次的根据一部分较确切，一部分则是根据《斗室诗集》和先生同时所抄诗词的先后推定，不尽准确，仅能略存先后，错误自不可避免，也希望熟悉先生的师友给予指正。陈尚君2008年9月29日。

收入《刘季高文存》，上海古籍出版社，2009年5月

学问是天下最老实的事情

——哀悼王运熙老师

看冬奥会开幕式睡晚了，电话长响也懒得动，再响，知有急事，惊起，是杨明兄："王老师今天凌晨去世了，估计是最后一口痰噎住了。"震惊，伤痛，曾给我许多提携和宽容的王运熙老师，就这样永久告别了人世，告别了他所眷恋的家人、学生和学问。两个月前，我陪徐正英到医院探望，看到因为车祸引发感染住院已经两年半的老师身体渐有恢复，师母已在考虑是否回家休养。看到我们来，老师露出笑意，我给他看iPad里陈允吉先生讲复旦往事的视频，他轻轻念出了名字，给他看朱老的照片，他响亮地说："有一点陌生。"此前很长时间已经不能发声，听到真相信终于可以好起来。这是我听到的最后一句话。

最初听到王先生的名字，是读《天问天对注》，当时我还是农场知青。几年后进复旦读书，并以工农兵学员刚升二年级的身份报考研究生，是陈允吉老师邀王先生一起推荐，当时完全不认识。直到快要考试了，才偶然在系里楼梯口见到。研究生面试，王先生是主考，顾易生老师副考，王水照老师刚到复旦不久，负责叫号和记录。大约问了十几分钟，主要询问读书情况，涉及面很广很细，我如实作答。记得当时问中国哲学史读过什么书，我告读过任继愈的三册，第四册没找到，王先生告，第四册还没有出版。因为王先生的推荐和审核，通过考试，我破格录取首届研究生。后来知道，王先生对学生所求之事，认可而能办的都积极支持，以致后来的系主任有"他怎么又答应了"的烦言。

进入研究生学习，我的导师是朱东润先生，王先生因为担任古典文学教研室主任，负责研究生基础课，主要讲中国古代史、思想史和文献学三门课。第一学年，他每周一下午到我们所住十号楼329室上课。这一届是束景南、杨明、周建国、黄宝华、马美信和我六人一室，四张上下铺，中间两张桌子，学生坐桌边记录，王先生有时坐桌横上座，有时就坐旁边角上，不计较，每次打开一练习本就开讲，态度亲切而随和，内容简切而明快。记得当时古代史要求读《史记》《汉书》《通鉴》，以及《晋书》或《南史》，特别说明读史既要知道历史发展的梗概，是古代文学写作的背景，更应知道史书上的许多人物与故事，成为后人写作的典故，说唐人特别喜欢用汉、晋的典故。思想史则要求读《论语》《孟子》《老子》《庄子》。文献学则主要讲目录、版本、校勘，记得目录讲了三次，即《汉书·艺文志》《隋书·经籍志》《四库全书总目》各一次，讲的方法是先读序，再讲各部类的区分，特别说到目录所反映的历代典籍总貌和存亡，以及对文献鉴别的价值。讲《四库提要》，先生特别说到自己早年治学，虽有老师指点，但真正的学术指引者还是提要，不仅从中了解各路学术的梗概和每部古籍的价值，更从中体会折衷诸说、立论务求中肯的治学态度。那段时间，朱先生也定期给我们上课，格局宏大，议论透彻，充满怀疑精神，引导我们用自己的眼光审视一切，以我当时的水平，还不能完全理解。王先生所讲亲切明白，由浅入深，更具引领初学者步入学术的意义。九十年代，王先生曾为《古典文学知识》写过一组与青年朋友谈治学的文章，我近年一直向学生推荐，是根据自己的体会。我后来做唐代文献考证，近年一直指导古典文献学博士，其实就学业来说，仅这时期听过王先生几节课。我后来告诉先生，他教授得法，我也算能举一反三，他很欣慰。

那时我初涉学术，且因中学、大学都仅上过一年，从没发过文章，如何完成学位论文，心虚得很。朱先生庄严，不敢问，问王先生，先生很坦率，说他也不知道。过些时，我见《南京师范大学学报》发表孙望先生《全唐诗补逸》的摘录，硬查《佩文韵府》，发现一些重收误收，写成几千字，给王先生看。先生看后告，这样的文章已经可以发表了，但应该先征求孙先生的意见，替我寄去。孙回信工楷写了几页纸，逐条答复，王先生告，孙先生既然接受了，就不要发表了。这增加了我的信心，于是又先后写成《李白崔令钦交游发隐》《温庭筠早年事迹考辨》等文，先生主动替我转给《复旦学报》和《中华文史论丛》发表，并告学位论文能写成这样也就可以了。当时是研二上，王先生的鼓励让卑微的我觉得自己还行，于是有决心做新的开拓。我曾问王先生，学者应该如何发现研究课题，先生答作家应该在生活中创作，学者应该在读书中发现问题，在分析文献中得到结论。这些话，对我启发很大。在等待学位论文答辩的半年间，我一直将群籍中所见唐诗与《全唐诗》做比读并记录，王先生问我要研究什么，我说自己也不清楚，王先生说："还是要有一个研究的重心。"我后来可以有一些发现，以此为起点。

后来知道，王先生是上海郊区金山人，中小学都没读，跟随中学教师的父亲在家课读。孤岛时期进复旦在上海租界赫德路的补习部学习，1947年毕业留校任教，那年他二十一岁。此前他曾热衷新小说的写作，发了不少，近年也想编入文集，但一时没找到而作罢。他自述那一阶段因为离家不远，天天泡在合众图书馆读书。当时请教陈子展先生，陈先生建议可以研究六朝杂体诗或游戏文学。他从离合诗以及乐府民歌中的谐音双关现象开始，进而关注六朝乐府民歌的作者、本事、时代、地域、制度等问题。1949年，他在当时代表国内古典文学研究最高水平的《国文月刊》连续发表《乐府〈前溪歌〉杂考》《离合诗考》《论六朝清商曲中之和送声》，引起学术界广泛的关注。他在五十年代出版《六朝乐府与民歌》《乐府诗论丛》，成就可与前辈余冠英、萧涤非相颉颃。近年首都师大吴相洲教授成立乐府学会，主办《乐府学》，闲谈中说到王先生汉魏乐府达到的学术高度，至今国内外还没能超越。五十年代中期，王先生转治唐代文学与李白研究，曾主编《李白研究》与《李白诗选》，并连续发表了大量学术论文，成为当时国内文史学界年轻学者的代表人物,据说曾与治近世汉语词汇的许政扬有"北许南王"之称。从六十年代中期开始,以参与刘大杰先生主编高校统编教材《中国文学批评史》为起点,转治批评史。从八十年代初开始,他与顾易生先生共同主编《中国文学批评通史》七卷本,历时十五年方得完成,代表了当代中国文学批评史学的最高水平。其中魏晋、隋唐部分,主要由王先生本人执笔。晚年因为受限于眼疾,不能广泛读书,王先生就以熟悉的专书为重点。他几乎将《文心雕龙》全部背诵下来,因此就该书写了大量论文,深入探讨其精义要旨。

王先生曾给我们介绍近代以来的学术流派,将自己的学术定位为释古派,即努力解释古代文学中的各种特殊现象和作品,特别关注历代有争议的文学现象,努力做出合理解释。他所撰《锺嵘〈诗品〉陶诗源出应璩解》《释〈河岳英灵集〉论盛唐诗歌》等论文,就是这方面的典范之作。他的论文绝不炫奇务博,皆踏实平允,务求文献可靠,结论可信。举几个例子。孔稚圭《北山移文》,今人多说其主题是讽刺假名士周颙抗尘走俗的丑态,他撰《孔稚圭的〈北山移文〉》一文,认为史传记载孔与周二人生活道路接近,交友相同,都富有风趣,不致反唇相讥,"只是文人故弄笔墨、发挥风趣、对朋友开开玩笑、谑而不虐的文章"。与今人喜欢拔高古人不同,这样的结论经得起推敲。再如《文心雕龙》,学术圈多认为是中国古代文学理论的集大成著作,说得天花乱坠,王先生写《〈文心雕龙〉是怎样一部书》,认为该书"原来宗旨是指导写作,是一部文章作法,但由于它广泛评论了作家作品,系统研究了不少文学理论问题,总结其经验以指导写作,因此具有很强的理论性,成为我国古代文论中的空前巨著"。如此平和就将问题说透了。再如唐诗的分体,明清以下的通行看法是分为古近体,再具体则分为乐府、五古、七古、五律、七律、五绝、七绝等体,众口一词,似乎不容置辩。王先生撰《唐人的诗体分类》一文,就唐人全部诗歌的阅读积累,认为当分为一古诗,具体又可分为古风、古调、格诗之不同;二齐梁体,指具有近体诗特征而平仄不调的作品;三歌行,包括七言、杂言和所谓新乐府；四律诗及今体诗，除五七言律绝外，还包括省试诗、长律等；五为乐府，包括古题、新题和乐府新曲等。此文似乎只是客观平实地叙述唐代诗歌的客观现象，其实非全部占有唐诗文本不可，非大气力且有平和心境者不办。王先生三十岁那年在《光明日报·文学遗产》副刊发表《试论唐传奇与古文运动的关系》一文，因为正面与陈寅恪先生商榷，当年在本系曾有一些争议，从现在来看，应该说王先生的结论是更为可信一些。

王先生认为学术是公器，所见不同可以发表，但应该出语平和，充分讲理。我曾在一文中与某前辈商榷，用了一句"《旧唐书》本纪宣宗以后不可尽信是治唐史者之常识"，受到王先生当面的批评，认为出语太重。他对前辈不盲从，对后学也平等对待。1994年我与汪涌豪合作撰文提出《二十四诗品》不是司空图所作的说法，当时知道王先生亲自执笔批评史中司空图部分，且已完稿，虽然我们的看法是清理明末以来的旧说，但仍很担心别人以为有针对老师的企图。王先生认真看后，立即撰文回应，认为证据"相当翔实，其中有两条证据我感到特别有力"，"一条是指出苏轼没有提及《二十四诗品》"，"苏轼是说司空图摘引了他自己的两句一韵的二十四个例子"，"把一品称为一韵，是绝不可能的"；另一条证据是许学夷"对司空图十分推崇，他不可能把司空图的著作斥为卑浅"。他还说明自己撰文论证司空图所作的证据，"不是很硬"，"因此，我现在也倾向于《二十四诗品》非司空图所作的说法。今后，如果其他同志提不出强有力的反证，我准备放弃《二十四诗品》为司空图所作的传统说法"。同时，也对该书明代所出的说法有所保留。我每谈及此，总感慨这是一位纯粹学者的气度胸襟。在王先生身上，我始终感受到学术的庄严和真诚，体会到学术是天下最老实的事情，来不得半点的虚伪和作假，也不应有任何的矫情与夸张。

王先生为人平和，但议论评价常直言不隐，没有厉色，仍令人敬畏。我曾听他谈到对两位著名学者的评价，认为一位还在走向成熟的过程中，一位对文本的理解还没有完全解决，都很尖锐。他谈到年轻人兴趣广泛,也常告诫应有所专心,不要做"三脚猫"。不同人对他会有不同感受,我与他交谈没有畏惧感,玉明兄就不同。遇到顾先生,我们感觉正好相反。八九十年代,王先生参加学术会议很积极,旅游也不落下,我记得至少曾陪侍他乘车到过扬州、南京、厦门、贵阳,得以有机会无拘束地交谈,记下一些趣事。1998年在贵州苗寨观光,有与苗女结婚的游艺节目,王先生也在门孔里向内张望,并很有兴味地招呼别人来看某某结婚。1990年在南京开会,南京大学图书馆办了本校前辈学术成果展,不小心把王先生与本校顾易生、徐鹏合作署名"王易鹏"的《古代诗歌选》四册,当成南大王易的著作。我看到后,不怀好意地指给王先生看:"哪能把你的书放在这里?"王先生不假思索地回答:"是不是里面插图是他们画的?"当然是很正面认真的理解,但仔细想来,则回味无穷,可入《世说》。去年文集首发,骆玉明忍俊不禁地要讲一段子:某次见王先生出行,有一女生搀着,骆迎上去:"王先生,你这样,我要告诉师母的。"回答:"师母在后头。"1985年,王先生六十初度,我与许多弟子带了一盒蛋糕到王先生家为他庆生,谁发起想不起来了。先生问:"你们谁提出来的?"我们一起说:"杨明。""杨明不会的,他很老实的。"骆玉明径回:"那就是说我们都不老实?"大家都很开心。往事如昨,更感伤怀!

王先生身体瘦弱单薄,八十年代初感觉内脏下垂,有人建议多喝啤酒多吃肉可以胖起来,他努力实践,但成效不显著。他早年用功过度,晚年阅读不便,始终只听电视而不看。但身体器官并没有大的毛病,因此直到八十五岁高龄始终没有住过医院。本系有老师形容他看着如同一阵风就能吹倒,但几十年就是不倒,真是奇迹。也说他研究《文心雕龙》喜谈风骨,如他这样真是风清骨峻,得其精神。1994年,在《中国文学批评通史》即将完成之际,学校落实老教师退休制度,在他一生学术巅峰时退休,他平静地接受,没有情绪,继续完成全书的定稿出版。他的退休生活平和宁静,没有波澜,继续学术,继续生活。陈允吉老师曾说,王先生内心平和,消耗少,生活规律,一定可以活得很长。很遗憾，2011年5月17日晚的一场意外车祸改变了一切。

我曾劝王先生退休后可以写回忆录，总结自己的学术道路，先生认为自己一生主要在书斋中度过，没有经历大的波澜，没有多少可写。2008年，上海社联授予先生学术贡献奖（相当于终身成就奖），是对他一生学术的最好肯定。2005年，曹旭发起，为先生出版了八十诞辰纪念文集，同门诸弟子在新亚饭店办两桌酒席为先生庆贺。席间王先生致辞很自谦，禁不起我们一起论证先生是当之无愧的学术大师。其实我们都知道，学生的评价是不能算数的，王先生已经用他一生勤勉、锐意进取留下的五卷本文集和七卷本《中国文学批评通史》，在中国当代学术史上，占据了自己应有的位置。

王老师走好，你的学术精神将会鼓励我们继续老实前行！

原载《东方早报》2014年2月9日，略有删节

金针得度后的举一反三

月初王运熙老师去世，我在得讯伤恸的当天下午，就撰文《学问是天下最老实的事情》（刊《东方早报》2月9日）悼念，特别回忆1978年刚进入研究生学习期间，王老师给我们讲基础课，其中一部分讲文献学，目录讲了三次，即《汉书·艺文志》《隋书·经籍志》《四库全书总目》各一次，讲的方法是先读序，再讲各部类的区分，尤其说到目录所反映历代典籍总貌和存亡，以及对文献鉴别的价值。对我来说，这是以前所不知道的。我后来做唐代文献考证，特别是唐代诗文的辑佚，主要受到这几节课的影响。几年前我曾有机会向王老师表示感谢，认为他教授得法，金针度人，我也算能举一反三，学有所悟，王老师听后很感欣慰。有同学读后问我能不能讲得再具体一些，适《中国社会科学报》记者约我谈治学心得，正好可以做些发挥。

古典文献学的本格学问可以分为目录、版本、校勘三部分，目录是古籍分类的簿录之学，版本是版刻辨识的鉴别之学，校勘是文本求是的改订之学。也有学者主张增加典藏学，则是古籍收藏流通之学。学习文献学的目的和用途，大约以古籍收藏、稗贩、鉴别、整理诸端为主。这是说本格的文献学。但同时文献学又是所有文史之学的基础，即无论你研究古代任何一门学问，比如宗教、民族、科技、文学、艺术、社会、文化等，只要接触古籍，你就要知道其文本来源，真伪完残，哪个版本最好，前人做过哪些研究。不掌握文献学，学问根基不牢靠，研究容易有偏失。我想，这也是当年对我们古代文学专业研究生开设文献学课的原因。现在各高校，开设已经很普遍。

我那时关注的重心是唐诗，对清编《全唐诗》很崇拜，真认为如清人说的所有唐诗几乎全部搜罗无遗了，那毕竟是皇帝领衔的书，够权威。那时也知道日本河世宁有补遗，国内也有几位名家做了补遗，不会再有开拓的空间了。学位论文先选南宋，再弃而做北宋，因此翻了许多书。到1981年末《全唐诗外编》出版，才发现我在宋人书如《会稽掇英总集》《庐山记》等书中见到的成批唐诗，居然从未有人关注，这才引起我深究的兴趣。当我着手之初，当然主要还在唐诗相关典籍中转悠，有所得，但很微少，毕竟是前人无数次开垦的园地。很快我就开始考察清编《全唐诗》和前人补遗的已用书目，虽然数量庞大，基本是以唐诗基本文献为主，有一定的局限性。在王老师讲授文献学时，特别指出四部群书的分类原则与各部类图书的内容旨趣和学术价值。我进一步思考，如果将唐诗搜辑的范围放宽到四部群书，那会是怎样的结果呢？说干就干，广检群书当然很辛苦，好在那时年轻，经历过农场知青最艰苦的劳作，这点苦算什么！好在那时复旦图书馆的教师阅览室和学生阅览室的基本典籍大批开放，特藏古籍除善本外，也可以每次几十册地借到宿舍阅读。由于将唐诗搜寻的范围拓展到全部唐宋以后典籍中，我方发现古代一般士人读书面其实很窄，学者又有各自的治学范围，说某人研究唐诗，一般来说他不会去系统地阅读宋史类的图书。但现代学术要求全面占有文献，我那时也很迷信前人所谓"一事不知，儒者之耻"的古训。既然知道目录书可以指示全部古籍的梗概和构成，我就有必要依循它的指示披阅所有可能保存唐诗文本的古书。读到一定的量，我方憬悟其实前人并没有做过类似的工作，我下决心做了，方法也还科学，实际的收获远远超过最初的估计。比方佛藏，似乎明清两代也流传有绪，但再仔细追究，清代即便一流学者也对此接触很少。明末费力搜寻唐诗的胡震亨编《唐音统签》时倒是收了不少，无奈康熙帝从教化立场考虑，一纸圣旨宣布偈颂章咒都不算诗歌，于是弘法的《证道歌》《甄珠吟》都不收，连王梵志也关了禁闭。八十年代初虽开放不久，但日本的《大正藏》和《续藏经》复旦已经购进，我得以充分地利用。仅此一项，所得唐诗即近千首。我国台湾影印的《中华方志丛书》刚出，复旦因为史地所的缘故，高价进了一套，也让我在台湾解严以前感受两岸学术交流的愉快。

我那时对王老师领着阅读《隋书·经籍志》序时，对于历代典籍聚散过程的说明印象特别深刻，以后又读到陈登原的《历代典籍聚散考》和余嘉锡《目录学发微》，更加深了认识。辑佚学的目的是通过辑录他书转引的已失传古书片段，以求部分恢复亡失古书的面貌，通过目录以辑佚亡书，是最有效的途径。我那时仅听朱东润先生说《宋诗话辑佚》做得不好，并不知道先生曾辑过汉魏杂传数百种，因而没有就此请益。王老师所讲则是他做乐府文献辑录考证的体会。我的办法是以唐宋书目为依据，以求了解唐一代诗歌文本全面的盛况。这是第一个书目。二是《全唐诗》以降学者辑录唐诗之已用书目。三是利用《四库全书总目》和《中国丛书综录》，全面掌握历代典籍之保存情况。唐人文集而宋人曾见到者，应该有更多引用和摘录的机会。从《全唐诗》编成以后二百七十年，因为公私图书的散出，《大典》辑佚的展开，海外佚籍之舶归，出土文献之丰富，敦煌遗书之发表，我意外地发现虽然生在古人后，但可以利用现代图书馆看到的文献数量，远远超过明清之际奔波一生的胡震亨和因盐商发财而坐拥书城的季振宜，至少不逊康熙内府藏书之富。我从各种目录对比中寻觅线索，在古今典籍聚散中确定辑佚之重点，以最蠢笨的办法逐册逐篇地对阅群书，因此而有超迈前贤的发现。我逐渐发现，古籍文献的散失，大体也如陨石坠落大地一样，虽然原书失传了，但其碎片则在大范围中散落群书。只要方法正确，搜寻仔细，总能有新的发现。虽然那时我只是一位早年失学而在二十岁以后读到《唐诗三百首》的学子，既无家学承传，也无独藏秘籍，在短短三年多时间内，新辑唐诗四千多首，大约相当清编《全唐诗》的十分之一，是前人唐诗辑佚总和的两倍。简直如同做梦一样。

在古书阅读达到较大数量后，我开始比较多地关注同一书不同版本的差异和优劣，体会古人所谓读书必先校书、读书必讲版本、读书应区分文献的完残真伪、读书应讲究史源、读书应了解史料之信值等古训的意义，不再如一般初学者那样，凡拿到手里的都是菜，而是处处留心挑拣选择。这里可以展开来说的内容太多了，我只举两个小的例子。陈舜俞与苏东坡同时，他的《庐山记》在四库里收了个三卷本，似乎也存留了宋代的古书。但近代罗振玉在《吉石庵丛书》里影印过日本高山寺藏古抄本，一比读方知清传本只是此书前两卷拆成了三卷，而日藏本后三卷包含数量丰富的晋唐人题咏庐山的诗作。这个抄本卷四录诗的部分有些残损，从抄本派生的《大正藏》本和《殷礼在斯堂丛书》本都是如此。以后日本学者给我复印了内阁文库藏完整无缺的宋刻本，不仅可以改动抄本的误文，另有几首唐诗可补。在这方面，最近六十年国内大量高水平的古籍整理，提供了许多珍贵的善本会校后的文本。去年末在上海文史馆开会纪念古籍整理专家范祥雍先生，见到中华书局退休编辑谢方先生，想到他整理古书中的一个例子。《全唐诗》卷八〇八收法宣《咏赐玄奘衲袈裟》诗，出自《大慈恩寺三藏法师传》卷七，是说贞观二十二年（648）太宗赐玄奘袈裟后二僧诗咏之事。此书多数文本都有"二十一年，驾幸洛阳宫"一段接述诗事，据以拟题似乎并不错。谢氏根据宋本，校订"二十一年"应作"往十一年"，是说太宗赠送玄奘的袈裟，十多年前给法宣等人看过，二僧想要而太宗不给。因此二僧所作诗只是咏袈裟，根本与玄奘无关，可能玄奘归唐时法宣已经去世了。因为一个字的校订，让一首诗的诗意得到确解，很是珍贵。以上所述几则古训，也成为我现在读书治学的原则。坚持有讲求有原则地读书，我能有许多特别的收获，大如《二十四诗品》辨伪，小如某诗人行迹的细节，在在都有。

在学术道路上，优秀老师的关键指引极其珍贵，真如荒漠甘泉，黑夜明灯。但学问说到底又纯粹是个人的积累、探索与发现。老师的指示是他的心得，未必适合每一个学生。当学生在研究新课题、探究新问题时，又会遇到许多新的麻烦，那就要看各自的才分、毅力与悟性了。《论语》说："举一隅而示之，不以三隅反，则吾不复。"岳飞说用兵："运用之妙，存乎一心。"如是而已。

2014年2月26日于复旦大学光华楼

原载《中国社会科学报》2014年7月25日，发表时略有删节

复旦大学中文系"十老"得名的由来

中国历史上齐名的例子,如"七贤""四杰"之类,"香山九老""前后七子"之类,虽然学者有许多考证,但得名之最初情形,大多已经无法追踪了。笔者因为偶然的缘故,了解复旦大学中文系"十老"齐名形成的真实过程,觉得不仅可以为中文系系史增加一则珍闻,或者也能为古代文人齐名的研究提供一点佐证。

中文系"十老",按照年龄为序,是陈望道、郭绍虞、朱东润、陈子展、张世禄、吴文祺、赵景深、蒋天枢、王欣夫、刘大杰十位著名教授。他们在复旦中文系任教的时间都达几十年之久,在各自的领域都取得了杰出的成就,为中文系的学科建设做出了不可取代的贡献。不过,"十老"并不是他们生前就有的称呼,而是在他们身后才有的提法。具体来说,大约是1994年下半年才提出来的,其时距离"十老"中最后去世的吴文祺教授去世,已经两年多了。

就我所知,1994年6月,朱立元教授接任中文系主任后,希望在中文系做一些继承传统、教育后进的工作。只是一时没有好的创意。大约是该年6月或7月,中文系召开赵景深教授去世十周年座谈会,中午在校工会旁边的食堂用工作午餐。每人一份,接近现在的快餐那样,随兴边吃边聊。记得我那一桌还有系主任朱立元教授、系副主任吴立昌副教授和古籍所章培恒教授,可能还有其他人,不记得了。最初的话题由我提出。我谈到不久前到南京开会，顺便到南京大学中文系座谈，看到他们在中文系接待室中，悬挂着胡小石、汪辟疆、陈中凡、方光焘、陈白尘等五人的照片，觉得是很好的做法，体现了一个系的历史和传统，可以教育学生，激励来者。当时我曾将这一做法称为祖堂，并认为复旦中文系五六十年代的师资肯定强于南京大学，可以列出十位地位相当的前辈。这一说法引起同席诸位教授的兴趣，朱立元教授并认为可以在系里悬挂照片，以表尊崇。于是同席各位就开始议论名单。因为只考虑故世者，就从当时往前推，逐一列数各位前辈的成就。议论到的名单比现在的十位要多得多，但比较各自成就，觉得有几位不太够。由于是在此时所议，故而以1977年到1992年去世的前辈为主。最后确定的王欣夫先生是由我提出，因为当时我刚看过他的《文献学讲义》和《藏书纪事诗补注》，对其考证博学有很深刻的印象。对此各位都赞同，于是就大体确定下来。吃完饭，朱立元教授即请当时负责系研究生和科研工作的吴立昌副主任与各位前辈的家属联系，收集照片，尽快张贴出来。这一工作进行了一两个月。

照片放大后，由于中文系没有合适的地方可以放置，于是只能张贴于面对电梯口的会议室玻璃窗里。1999年中文系资料室装修后，才移入系资料室。近几年又增加了蒋孔阳先生、胡裕树先生和贾植芳先生的遗像。

十多年来，"十老"作为中文系发展历史和学术传统的象征，他们的道德文章和学术建树，成为中文系师生的楷模，产生了巨大影响，以至于本系学生直升研究生时，有教授以此命题来询问学生对他们的了解。但"十老"的形成原因，一般教师并不了解，因述所知，以存掌故。如有不当，也请同时诸公赐教。

原载《新民晚报》2009年9月1日

随李庆甲先生办会

李庆甲先生（1933—1985）逝世已经三十三年，一直想写些文字，又不知从何写起。从师承来说，他是我的导师朱东润先生六十年代初的在职研究生，于我为师兄；我读研时，他是分管学生工作的总支副书记，虽然没听过他的课，确属师生。我留系工作，与他在同一教研室，同事了三四年。那几年他辞掉党务，专心学术，出了几种古籍整理的专著，据说仅《词综》一书就得到七千元稿费，那时可是天文数字。好几次，他都向我表示，如果生活有什么困难，包括借钱，都尽可告他，他一定帮忙，令我很感动。与他接触较多，则是1984年11月协助他处理中日学者《文心雕龙》学术讨论会会务，前后有三四个月时间。

《文心雕龙》是南朝齐梁间伟大学者刘勰的著作，以五十篇来讨论文学的分类、写作、批评及主导思想，用骈文写成，体系博大精深，为我国文学批评史上的空前著作，当然也引起中日学者共同的兴趣。复旦大学是国内文学批评史学科公认的重镇，该学科三位奠基学者，两位在复旦，即郭绍虞先生与朱东润先生。后起的刘大杰先生与王运熙先生也有卓越建树。此次会议的发起过程我不甚清楚，能看到的是由王元化先生与王运熙先生领衔召集，由章培恒先生负责约请日本学者，由李庆甲先生负责具体会务组织。元化先生那年刚从市委宣传部部长退下来，资源丰沛。会议安排在当时刚建成不久的龙柏饭店举办，那时星级酒店的住宿远非一般大学教师可想象，没有有力者的支持，很难办到。章培恒先生于1978年至1979年任教神户大学，他的学识为日本汉文学界广泛称道，人脉丰富。与他同年的庆甲先生出道稍晚，专治《文心雕龙》，由他操劳会务，各方都信任。我那时刚完成1984届本科生的分配，稍得余裕，庆甲先生约我负责会间的文件秘书事务，接待会务则由那时还是他研究生的汪涌豪负责。

庆甲先生是做事极其仔细认真的人，凡事都想得复杂，交代仔细，有时甚至觉得让我做半个小时的事情，他反复交代了两个小时，我只要按照他的思路做就可以，根本不需要我费心思。现在回忆，甚至想不出有我任何遇到困难不知如何办，或会间出现重大失误的过失。我能够记住的，是庆甲先生每天做什么事情都会告诉我。比方准备给中日学者的礼物，由上海古籍出版社影印上海图书馆藏《文心雕龙》最好版本元至正刊本，前言由庆甲先生执笔，出版时署元化先生名，元化先生后来为庆甲先生遗著《文心拾隅集》写序时也说到，我当时就知道了；中日学者如何住宿（日本学者一人一室，中国学者二人一室），如何接站，如何安排会议程序，都让他费尽心力；会议期间有三次宴请，两公一私，规格都是四桌，每次都有十多人无法受邀，庆甲先生又不希望冷落任何一位客人，他告我曾连续用几个晚上安排就餐名单，仍觉摆不平；因为中日学者地位崇高，会议论文都用中日两种文字印出，也很费周章。

这次会议，在中日双方都有大批地位和年资很高的学者参加。手边有1985年第2期《中华文史论丛》所刊日本学者十人的名单，他们是九州大学目加田诚、武库川女子大学小尾郊一、神户大学伊藤正文、立正大学户田浩晓、广岛大学古田敬一、九州大学冈村繁、东京大学竹田晃、爱知县立大学坂田新、四国女子大学安东谅、京都大学兴膳宏。其中目加田教授任团长，年已八十，其次小尾教授年七十二，其他各位大多年过六十，最年轻的兴膳宏教授年四十八。那时中日学界交往很少，日本学者更礼数森严，不易接近。给我印象最深的是，每次离开住处赴会场，日本学者都在电梯入口前排起方阵，最年长的目加田和小尾居前，后面九人三三方阵，人隔一米，整齐行动。这种阵势，以前没见过，以后也没见。

海外华人学者仅请了香港饶宗颐先生一人。那时两岸还未开禁，交流更谈不上。会间，我有幸陪饶先生往宛平南路看望王蘧常先生。两位前辈见面后，反复拱手作揖，互道契阔。后来方知道，二位曾是无锡国专时的同事，至少有三十五年未见了。

大陆学者有三十多位，记得有苏州大学钱仲联、四川大学杨明照、华东师大徐中玉、安徽师大祖保泉、西北师大郭晋稀、山东大学牟世金、南京师大吴调公等，也极一时之选。我因负责会议文秘，听完会议的全过程，领略各位名家的风采，也感受大家与乡愿治学取径之不同。比如刚讨论宋人为何不看重《文心雕龙》时，有某翁起而反驳：宋人许多类书都有引用，哪能说不重视？众人哑然，换其他话题了。我仅管会务，谨守分际，很少找人请教，特殊的是某公首次认识，主动与我谈了两个多小时，留下一生恩怨。

会间组织中日学者参观复旦大学，一些学者还专程看望朱东润先生。复旦诸先生协同办会，总体组织得很好。元化先生还安排参访青浦淀山湖。唯有一件小事，有些让我意外。

章培恒先生个人宴请中日学者，即将开始，还不见庆甲先生来，他遂与我一起到住处邀请。庆甲先生在内洗澡，我告知原委，他在内大声说："他又没有请我，我怎么去啊？"章先生掉头就走。我事后问过章先生，告曾当面邀请，因为同事加朋友，因而没写请柬，引起意外。庆甲先生病重后，章先生主持系职称晋升，涉及庆甲先生部分，全力维持，看来他们事后有过沟通。从此我深悟，人际讲究礼数之必要。

庆甲先生早年任系团总支书记，在轰轰烈烈中当然相信一切，有对老师失敬处。乱后主动向朱先生道歉，得到原谅。辞去系务后，他觉以往损失太多，全力学术，四五年间出版了《楚辞补注》与《词综》两书，完成《瀛奎律髓汇评》的整理（身后出版），又发表了研究《文心雕龙》一系列有重大影响的论文。办会加搬家装修的持续劳累，使他病倒，很快查出是癌症，去世仅五十二岁。他病重期间，我曾多次听朱先生回忆往事，说到庆甲刚到复旦时，是一个很朴素单纯的农村孩子，居然很快要死了，真的非常难过。庆甲先生弥留之际，我因任校文史学科组秘书，旁听了庆甲先生是否晋升教授的全程讨论。朱先生说："庆甲做的《刘勰卒年考》，意义很大，这个问题不解决，我们的文学史就没有办法写了。"爱惜之情，溢于言表。稍前陪运熙先生去扬州，说到庆甲先生的学问："他正在走向成熟的过程中。"庆甲先生逝世后，运熙先生为他整理遗稿《文心识隅集》，由元化先生作序，上海古籍出版社1989年出版，仅不厚的一册。

刊《文汇读书周报》2018年10月8日

《蛾术薪传》编后记

去年是复旦大学中文学科建立一百周年,系主政者觉得总结百年来的学科成就,是最好的纪念,因此有系列中文学科建设丛书编纂的构想。本书是其中古典文献学研究专卷。书名包括两层含义。"蛾术"一词,语出《礼记·学记》:"蛾子时术之。"元儒陈澔解释是:"蛾子,虫之微者,亦时时述学衔土之事而成大垤。"借此比喻学者因积学而渐臻大道。可以指勤学,也可以指不轻弃局部细微之积累,日渐月增,得成大器。清人王鸣盛的读书札记《蛾术编》,即用此意。本系治古籍文献学之前辈王欣夫先生,继承乾嘉正学重版本、严考据之传统,以备收善本、校勘群籍为职志,所著《文献学讲义》《藏书纪事诗补注》等著,久已享誉学林。他的书斋名"蛾术轩",所著遗稿后整理为《蛾术轩箧存善本书录》及《题跋真迹》出版。收入本书之作者,有的是王先生的同事,有的是他的学生,但多数与他本人并没有学术上的师承。因为王先生的长期坚持,他与许多前辈学者的共同倡导,本系从成立之初,就以"整理旧文学,创造新文学"为办系宗旨,以新旧治学方法的兼容并蓄为特色,从读书而做札记,经文献考辨而积累学术心得,传统始终没有中断。我从学也晚,入学时王先生归道山已逾十年,但读书应选择版本,书不经手校不可轻从,学术应从做读书札记开始,无论做哪路研究，都应以踏实的文献阅读为基础，这些基本治学原则，是我开始学术摸索时就已耳熟能详的。此后能有一些创获，应与当年入门稍正有关。

本书凡收文四十一篇，作者三十九人，其中十六人已经辞世，在世作者之任职单位包括本校中文系、语文所、古籍所、图书馆等。出土文献与古文字研究中心也有学者做类似之研究，因已另成单元，相关论文没有收入本书。

读者不难发现，收在本书内的文章，上自上古，下及晚近，旁及四部，不弃域外稗俗，所有作者皆依凭各自之学术兴趣，浩浩汩汩地表达所见。其间没有中西学术之区隔，也没有文、史、哲之分野，唯一坚守之原则，为言必有据，言从己出，言能成说，言期存远。这正是复旦中文学科百年来始终保持学术活力、长盛不衰的根本原因。

我没有能力概括所有各家治学的特点，也不拟逐篇介绍各文的成就，只是希望借以上之介绍，传达从传统学术到现代学术，经历了百年的时代剧变，乾嘉考据，民初大师，欧风美雨，革命开放，学术在夹缝中生存，学者在真知与良心间徘徊，何去何从，任何人都曾认真思考。我不否认本系前辈与同人也都走过许多弯路，但从总的精神上来说，则尚能保存学术薪火，将独立踏实的学风坚持至今。本书所收作者，年龄最长者出生于十九世纪最后十年，经历了从科举教育到现代学校的转型；最年轻的作者还不到四十岁，是学位教育制度恢复和普及后成长的一代。大约估计，就学术年轮来说，经历了四五代人。从各家师承与治学兴趣来说，或偏于版本流传，或寻求训诂真义，或因典籍考察历代治乱，或因细节探索风俗移易，或质疑文献而勇创新说，或叙录典坟而能提纲挈领，或从域外介绍中土失传之要籍，或据甲骨审视上古巫蛊之行事，硬要区分流派，大约划切十多家也很难统摄，如果要概括基本追求，则必为谨守传统，尊重实学，开拓视野，倡导多元，不愿墨守，更不愿盲从。就文献考据之学来说是如此，就本系百年历程来说，又何尝不是如此呢！

本书之编成，承复旦大学中文系、语文所、古籍所、图书馆相关同人之大力支持，夏婧博士承担主要编务，商务印书馆先后责任编辑倪文君、阎海文认真校订，亦均在此致谢！

2018年11月14日

收入《蛾术薪传》，商务印书馆，2019年2月

余嘉锡先生《四库提要辨证》弁言

《四库提要辨证》是一部订正清代官修的《四库全书总目》讹误的学术专著，是现代著名古文献学家、目录学家余嘉锡先生的学术代表作，也是中国现代学术史上最有影响的著作之一。余嘉锡先生于1948年当选为中央研究院院士，主要就是因为这部著作的巨大成就。

余嘉锡（1884—1955），字季豫，是湖南常德人。其父嵩庆于光绪初年进士及第，做过七品的商邱县令，官至湖北候补知府，深通经史。在父亲教诲下，余先生幼年起就广泛阅览了大量经史典籍，加上勤于记诵，悟解超拔，青年时就有志于撰述。十八岁中乡试举人，得到作有《新元史》的史学家柯劭忞赏识，被选为吏部文选司主事。辛亥以后回乡，在常德师范学堂任教。二十年代因湖南战乱，先避地长沙，1927年经柯劭忞介绍北上北京，授馆于《清史稿》主编赵尔巽家，课读赵氏子弟的同时，也辅佐审读《清史稿》初稿。1928年后，在北京大学等学校任讲师，讲授目录学。1931年，担任辅仁大学校长的著名史学家陈垣先生聘其为辅仁大学教授、中文系主任。其后在辅仁任教达十八年之久，1942年起又曾任文学院院长。在辅仁期间，曾先后开设目录学、秦汉史、古书校读法、《世说新语》研究、《汉书·艺文志》理董、经学通论、骈体文讲读等课程，内容涉及经学、史学、文学和文献学等诸多领域，足见其涉猎范围之广。1949年以后，任中国科学院语言研究所专门委员。1952年因脑溢血瘫痪，1955年除夕夜猝死，享年七十二岁。余先生一生著述不辍，已出版的著作除本书外，尚有《目录学发微》《古书通例》《余嘉锡论学杂著》《〈世说新语〉笺疏》等（余先生生平经历主要依据《中国文化》第13期所刊周祖谟、余淑宜《余嘉锡先生学行忆往》）。

　　余先生生活在中国近现代学术思想发生巨大变革的时代。他虽幼承家学，早习举业，一生治学的主要格局也是继承乾嘉文献考据学的传统，他平生服膺前人以目录学为治学之钥的说法，重视目录学的研究，重视掌握目录以求博通群籍，一生读书涉猎极广，自称"史、子两部，宋以前书未见者少；元明以后，亦颇涉猎"（见《四库提要辨证序录》。后文引其自述不注出处者，皆见此篇）。他的读书，不以孤本僻书以炫世，自号书室名"读已见书斋"，自购书也以明清精刻本为主，不以宋元刻本为奇。但他对传世典籍阅读之广博，钻研之深契，分析之细微，考辨之切当，都是超迈前人的。他的研究方法，从形式来说，是非常传统的，即从读书校书开始，在读书中发现问题，先将所见批注于书中，积累渐多，再将批注录出，写成读书札记，再经推敲充实，形成论著。从《余嘉锡论学杂著》所收论文可以看到，他的学术视野和研究方法，与传统旧学已有很大的不同。这里仅举他的几篇论文为例。《宋江三十六人考实》《杨家将故事考信录》等文，将传统经史考据的方法用于通俗小说的研究。《杨家将演义》虽多虚构故事，但并非全无事实依凭。余先生从宋元史籍、地志、笔记、文集中广稽史料，指出孰为史实，孰出虚拟，并进一步推论其在民间广泛流传的文化背景，揭示了因其弘扬民族正气而得广传民间的原因。在抗战后期的沦陷区有这样的论文写出，尤足见作者感时愤世的情怀。《宋江三十六人考实》则将《水浒传》前身《宣和遗事》所述宋江等三十六人横行河朔的故事，追迹文献，弄清了《水浒传》主要人物的历史原型，并从文本、制度、地理、民俗等多方面，还宋江起义以历史真实。另《寒食散考》，研究魏晋人服食寒石散的独特行为，从魏晋史籍和小说中，指出这一风习的种种表现，又充分利用道教典籍和中日古医籍，揭示所服药物的成分，服食后的发病原因和病状,将息节度的方法和引致百病、导致痼疾的结果,结论是服食的危害远胜于鸦片。不难看出,他的研究极富现代学术意识,已非传统意义的考据之学所能牢笼。又因其探讨的深入和结论的精辟,他的许多看法至今仍为学界广泛称道。

当然,余先生最重要的著作,还是《四库提要辨证》。要介绍这部著作,必须先从《四库提要》说起。

从汉代开始,中央图书机关在广泛征求图书后,都将重要的著作整理校订,以成定本,同时撰写提要,说明其作者、成书始末、学术价值和流布校订过程,以供学者参考利用。汉代刘向《别录》虽仅存留八篇完整的叙录,但这一提要叙录的作法,为后人树立了良好的典范。后其子刘歆编《七略》,唐代元行冲、毋煚编《开元四部录》,宋王尧臣等编《崇文总目》,都为每一种入录图书撰写了提要。这几种书志虽以各自独特的方式得以存其书名目录,但提要都已失去,是学术史上很大的损失。清代乾隆年间学者朱筠提出编纂《四库全书》时,即提议"每一书上,必校其得失,撮举大旨,叙于本书卷首"(《笥河文集》卷一《谨陈管见开馆校书札子》)。这一主张是卓有见地的,得到乾隆帝和修书学士的赞同,在著名学者纪昀主持下,得到翁方纲、戴震、周永年、邵晋涵、姚鼐、余集等人的鼎力协作,终有所成。提要的编撰方法,一般先由负责某书校订辑录的纂修官拟出初稿,再由总纂官交上述诸位学有专长的学者进行考证、修改、润饰,成为分纂稿,现翁方纲、邵晋涵、姚鼐等人执笔的分纂稿还各保存了一部分。总纂官再对分纂稿做出增删改写,形成定稿。由于编入《四库全书》的古籍多达三千四百多种,加上存目六千多种,需写提要的书籍有近万种之多,且每一种书都牵涉到极其复杂的学术问题,参与提要编写的学者对许多问题的看法也有很多分歧,纪昀与各位馆臣为提要的编写可以说是殚精竭虑,反复修改,现在可以看到四库各阁的提要有很多不同,各书前的提要与以后汇编成专书的《四库全书总目》差异更大,就是多次改写而留下的痕迹。可以说,这部凝聚着乾隆年间一批最优秀学者二十多年心血的大书,对清中叶以前基本古籍做了全面清理和估价，对中国传统学术做了系统深入的总结，在学术史上的地位和影响空前启后。

但从另外一方面来看，提要的撰写，相比于文本的写定来说，有更为艰难的地方。文本写定，只要得到善本，汇聚不同的文本，按规范操作，较易于见功。但提要的撰写，作者事迹要备征史传钩稽线索才能弄清楚，成书过程和文本流传的叙述则要广引书志、详核文本同异方得理出端末，而涉及对一部书的学术评价，则要反复研读全书，引据前人对此书的评述，然后折衷群言，分析利病，作出允洽的评议。然而近万篇的提要，且成于众手，加上政治环境的制约，成书期程的限制，加上书馆中严厉的考课复检和奖惩措施，虽有众多硕学的参与，要臻于善美，确是很不容易的事。余先生对提要多有讹误的原因，也有很客观的评述，认为"《四库》所收，浩如烟海，自多未见之书。而纂修诸公，绌于时日，往往读未终篇，拈得一义，便率尔操觚"，以致"纰缪之处，难可胜言"。在比对了各家的分纂稿和定稿后，他对总纂官纪昀的工作，也有很具体得当的评价。他认为纪氏以一人之力而承担全书的定稿责任，经其手后，不少提要稿都"考据益臻详赡，文体亦复畅达"，但所承责任太多，也不免"恃其博洽，往往奋笔直书，而其谬误乃益多"，也有定稿反不如分纂稿的。

余先生自述对《四库提要》的研读，始于1900年他十七岁时得到这部书以后，"日夜读之不厌"，有所疑即引书考证，有所发见即写于书端。经过三十多年，所得渐多，始于1931年决定写成专书，最初有七百多篇，四十年代曾取史、子两部二百多篇付印，此后又经多次修改增写，又得二百六十多篇。直到1954年10月，也就是他去世前三个月，才最后写定四百九十篇，并撰写序言。这本书的撰写，先后历时五十五年，可以说是倾注了他一生的全部心力。

《四库提要辨证》全书四百九十篇（此用余先生本人之说，今本实数为四百八十九篇），其中经部六十一篇、史部一百八篇、子部二百十七篇、集部一百三篇。可以说他关注的重点，是在史、子二部，与清人的偏重经学、小学有所不同。从所涉时代来看，包括了从上古到清代的各个时期，但以宋人著作为最多，达二百三十种，接近全书的一半。凡此均可看出作者在博通中有所专擅的方面。

《四库提要辨证》所涉博大精深，对近五百种书中的各种复杂难解的问题，做出了精当科学的解析。所涉如一书作者之归属、成书之始末、内容之分合、流传之完残、传本之真伪等，都有很具体的指正和发明。应该说，《四库提要》中带有明确的倾向性的偏失是很明显的，如以汉学正统之立场贬抑宋学，对西学一知半解地轻率讥评等，批评较为容易，余先生对此虽所见十分明切，但因议论可因所见不同而发挥，毋庸逐一讨论或批评，故一般较少计较。他所指出的，大多是《提要》的硬伤。在此仅举《蒙求》为例，以见一斑。《蒙求》是中国古代著名的蒙书，明清间流传较广的是宋徐子光的注本，其作者则署作李瀚。余先生的考辨长达近万言，所考主要是三个问题，一是此书的作者及其事迹，二是此书注的作者，三是书中用典的出处。《四库提要》据《资暇集》有"宗人瀚作《蒙求》"的记载，从《五代史·桑维翰传》中找到后晋翰林学士李瀚浮薄的记载，就断此书为"晋李瀚撰"。其实《提要》的作者读书稍为仔细一些，就会发现错误的所在，即唐文宗时李匡文的著作《资暇集》中已经提到了《蒙求》，且称作者为李翰，其作者怎么可能是一百多年后的后晋人呢？再者后晋的这位也不是李瀚，而是李澣，因其先仕后晋而后仕辽，故在《辽史》中有其传。这些问题都并不复杂。清末因此书日本传本的舶归，此书卷首有天宝五载（746）李良的《荐蒙求表》和李华的序，作者为盛唐人李翰，森立之《经籍访古志》、杨守敬《日本访书志》据此驳《提要》之失，而没有见到日本刊本的黄廷鉴《第六弦溪文钞》、周中孚《郑堂读书记》也广引典籍以纠订《提要》之误。余先生对此书前人已有的考证成绩，逐一援引，并稍作评骘，如谓杨氏称引二李表、序，仍称作者爵里未详，却忽视了表、序中对爵里均已叙及，谓黄氏所考有得，但忽略了两《唐书》都有李翰传，称道周氏"特为精密"。在此，余先生对前人的研究可说是不掩其善，不护其短，其本人的发见则另述。他据明刻本顾起伦《蒙求标注》，指出明人已知作者为唐人李翰；又据金元好问《十七史蒙求序》，知宋、元刊本原有二李序、表，足与日刊本印证；而于李翰生平出处，则广引唐代典籍以为发明。相比于前人的研究来说，他的考辨是最为精当的。其次是《蒙求集注》的注者，又涉及集注者徐子光的生活时代，徐子光与徐贤是否同一人，徐注的八卷本和三卷本的关系，以及徐注所称旧注出自何处等。余先生对此仅用不足千字，即做了允当的诠解。他的重要发现则是，徐注《蒙求》所称之旧注，与日本刊本的原注，其实都是出于《蒙求》作者李翰本人的手笔，他的依据一是二李序、表的记载，称"每行注两句，人名外，传中有别事可记，亦比附之"（李华序），"注下转相敷演，约万余事"（李良荐表），都很明确。他又引宋人《鸡肋编》和《学林》的记录，知宋人已知为李翰自注，但徐子光对此已不甚明了了。杨守敬已有见于此，余先生则进一步予以证定了。考订《蒙求注》为李翰自作，对利用此书以做古籍辑佚，极其重要。如三十年代印《丛书集成初编》，《蒙求》有自注的《佚存丛书》本和徐注的《学津讨原》本，只因徐注文繁而不取前本；而近年印《续修四库全书》，却选用了虽珍贵但残缺的应县木塔藏辽白文本，不取自注本，也未称允当。倒是日本学者编《本邦残存典籍辑佚资料集成》，利用自注本辑出了大量古籍佚文，很具识见。最后是《蒙求》用典的出处，《提要》对此有一大段似是而非的考论，杨守敬已做了详细的辩驳，很见识力，《辨证》全引之，以为"尚有未尽"，再就毛宝、韩寿二事做出解析，更见妥帖。就此一篇来说，可以说《提要》原文的十之七八已被驳倒，经此辨证，《蒙求》及其自注的价值才得到充分的证明，意义是非常重要的。余先生的治学原则也于此有所展示：一是凡研究之问题，前人已有论列者，务予援据；二是对《提要》和前人所述，平心分析，务求其是；三是凡考辨所及，皆循本溯源，知其端委变化，凡提出己说，则尽量追求博证、确证，证据不足，不妨仍予存疑。

还可以举一些非常具体的考订。如对作者姓名的确定，虽属小事，但要求得确凿的结论，也必须要有坚强的佐证。如宋代史书《东都事略》的作者，《四库提要》作王偁，依据是此书明刻本的署衔。在余先生以前，清末陆心源在《仪顾堂题跋》中已经据所见此书宋椠本和明覆本以为应作王称，钱绮又据影钞宋本提出应作王称，并认为其字季平与名"称"合，余先生又揭出五松斋仿程舍人本的署名，以及《郡斋读书附志》《玉海》《分类夷坚志》的书证，又举出陈垣先生举出的《学海类编》本《西夏事略》和宋蜀刻《二百家名贤文粹》的题名。这些多方面的书证集中起来，王称是而王偁误，可说是完全证定而不可移易了。再如清人从《永乐大典》和《说郛》中辑出宋末笔记《爱日斋丛钞》，《说郛》题作者姓叶而失名，《四库提要》遂以为书目不著录而作者名无考。余先生指出清初人黄虞稷《千顷堂书目》著录此书为十卷，且列作者为叶寘，弄清了此书的作者和卷次。又进而从南宋《鹤山大全集》《平斋文集》《后村题跋》《吹剑录》等书中勾寻其生平事迹，为今人利用此书指示了可靠方向。类似的情况还有元代《测圆海镜》的作者应为李治而不作李冶，也有很充分的证明，所举作者兄弟数人名皆从水，尤为铁证。像这类例子在全书中很多，就不多举了。

余先生是当之无愧的大师级学者。他能够写出《四库提要辨证》这样的力作，盖因其读书深入得法，研究方法科学，加上一生勤奋向学，博闻慎思，所获自然迈越前修，为世公认。前文已经指出，他的读书研究方法从外在方式来说，是继承朴学传统，以具体文献和事实的考据为主的。但如做深入探求，可以发现他的读书与前人已有极大的不同。一是掌握目录以求全面把握文献，对存世典籍有全局在胸的理解。认为目录学可以"辨章学术，考镜源流"，虽是清人章学诚所提出，清代理解及此的学者也颇有其人，但要真正做到，则非常不容易。余先生在其另一部经典之著《目录学发微》中，特别将目录学的功用归纳为六点，即"以目录著录之有无断书之真伪""用目录书考古书篇目之分合""以目录书著录之部次定古书之性质""因目录访求阙佚""以目录考亡佚之书""以目录书所载姓名卷数考古书之真伪"（《目录学发微》卷一《目录学之意义及其功用》），可以说是他精通目录以治学的心得之谈。在他的研究中，可以看到他对每一具体问题的所涉文献，有全面的了解，对每一种用书的源流变化，都有很精致的理解，据此而展开考辨，无不举证充分，逻辑严密，令人信服，即得力于此。他的《古书通例》所论虽以汉魏以前古籍为主，但他提出读古书应"案著录""明体例""论编次""辨附益"的原则，也可以说是他读一切古籍的原则。他特别推崇三国董遇"读书百遍而义自见"（《三国志·魏志·王朗传》注）和北齐颜之推"观天下书未遍，不得妄下雌黄"（《颜氏家训·勉学篇》）的读书箴言，认为"百遍纵或未能，三覆必不可少"。他自述读书研究的情况："每读一书，未尝不小心以甄其辞意，平情以察其是非，至于搜集证据，推勘事实，虽细如牛毛，密若秋荼，所不敢忽，必权衡审慎，而后笔之于书。"这种小心谨慎、实事求是的态度，体现在全书的每一处论述中。从细节说，凡所引书，一律援据原书原文，不据他书转引。《四库提要》在这方面就有欠缺，如经部诸书提要，看起来旁征博引，头头是道，但仔细复核，不难发现多是据朱彝尊《经义考》转引的，以致许多结论并不准确可靠。余先生将其所引文字、所涉文献、所及问题，穷源溯委，反复斟酌辨析，以求明了真相。他能取得如此巨大的学术成绩，原因即在于此。

最后还想提出本书中所见作者的学术气度和良好学风。余先生认为自晚清以降，对《四库提要》的态度，"信之者奉为三尺法，毁之者又颇过当"，他都不赞同。他认为该书"叙作者之爵里，详典籍之源流"，"剖析条流，斟酌今古，辨章学术，高抱群言"，"自《别录》以来，才有此书"，给以极高的评价。他的工作得到学术界很普遍的好评，但他在将自己和清人的工作比较后，用射鸟为譬喻："纪氏控弦引满，下云中之飞鸟，余则树之鹄而后放矢耳。易地以处，纪氏必优于作《辨证》，而余之不能为《提要》，决也。"这种虚怀若谷的学者气度，也是余先生一生谦逊为学的自然流露。联想到近年学术批评中常见的现象，捧场者一味吹嘘，动辄就说某书有几大优点，棒杀者发现前人的一点错误，就像打落水狗一样地全盘否定，都不是学者应有的行为。余先生半世纪以前所说的这些话，很有针砭时弊的意义。

本书于1937年7月印行史部和子部未完稿十二卷。作者生前编定全书为二十四卷，1958年10月由科学出版社出版。中华书局于1980年5月据以标点重排后出版，至今也已二十多年。云南人民出版社这次重印，是本书的第四个印本，内容则仍完全保留作者自定本的面貌。

2004年2月24日

（收入《四库提要辨证》，云南人民出版社，2004年；又刊浸会大学中文系编《人文中国》第十辑，上海古籍出版社，2005年。）

唐史双子星中稍显晦黯的那一颗

——纪念岑仲勉先生诞辰130周年

在近百年唐史研究史上，唯一能与陈寅恪先生齐肩并论的只有岑仲勉先生，在圈内几成定论，在圈外则冷热相差很大。虽然十多年前中华书局曾出版十六卷本的《岑仲勉著作集》，但对其成就的认识似乎又一直不是很高，读过几本的，初步印象都认为所论太过于琐碎，根本不足以与陈寅恪相提并论。过激的，甚至认为他最多只能算一个唐代文史资料员。我曾很认真地读过岑氏几乎所有能找到的论著，心追力仿，写过几篇几乎与岑氏同题的论文，体会他的治学方法，领会他研治唐史的总体格局与学术建树，有一些独到的体会。今年是岑氏诞辰130周年，也是他辞世55周年，他当年任教的广州中山大学历史系将召开纪念研讨会，我愿趁此机缘，将一些认识写出，纪念这位难得的史学大家。

自学成才、大器晚成的史学家

岑仲勉名铭恕，中年后以字行。1886年8月25日生于广东顺德。其家据说是商人家庭，祖辈都开米店。其父孝辕公为前清举人，他出生仅三岁就去世了。其父关心海防和新学，留心经世之学，岑氏自云志学之年曾得见其父批读的杜佑《通典》。其伯父简庵公曾师事粤中名儒陈澧，其二兄于光绪末在翰署任职。虽然到现在为止，因岑氏本人自述尚未公开,仅从他本人偶然叙述中披露一二,其门人也有简单叙述,详细情况还不太清晰,大体可以认为是富裕商家走向文化与仕宦的道路,两者并不违格。

岑仲勉就学以后的最初十年,接受的是传统科举教育,但风气遽变,科举废除,他的兴趣也转向史地、掌故、政典之学。十八岁入两广大学堂,习经史之学,对汉学之考据与宋学之义理皆有兴趣。虽也动过出洋的念头,终因经费难以筹措,弃而入北京高等专门税务学校,转学税务理财之学。在当时,文史之学唯大富贵之人方能玩转,博学如王国维,名声中天之时,为其酷爱文辞之学的二子,选定一学海关,一学邮政,即知此二途方能裕家存活。岑氏毕业后任职于上海江海关,月薪二百五十元,收入很高。此后转任广三铁路局局长,从1920年起任广州圣心中学教务主任,达十五年之久,初任课为微积分与解析几何。其间对生物分类学有了浓厚兴趣,尝试用西方分类学做中国植物名实考订,并撰植物分类学书稿五十多万言。当然更大的兴趣还在文史,主办校刊《圣心》,几乎只发他个人的论文,重点则在西北史地与唐史研究。因为此一机缘,他与史学大家陈垣建立通信,研究水平也为陈垣所激赏。陈垣向傅斯年推荐他到当时文史研究的最高机构中央研究院历史语言研究所专力从事学术研究,但他一直犹豫。1934年起任上海暨南大学秘书兼文书,1936年转任潼关禁烟会计专员。直到1937年方下决心放弃俗务,入史语所任职。

以上列举岑氏的早年经历,一是要说明其先人虽有一定的家学根底,但层次并不高,估计其父读过一些经世之书,其伯父知读经与碑帖之学,皆不足以名家,他的文史之学几乎完全靠阅读摸索而得。自学者最大的优势是兴趣浓厚,体悟深切,涉学无界域,无权威,无定见,缺点是不免绕弯路,出疵瑕。就起点言,岑氏与陈寅恪不可同日而语。二是他对西方自然科学和现代社会、经济的涉猎与理解,远较一般专攻文史者为系统。北京高等专门税务学校乃1908年清廷为培养本国税务人员而建,主要请洋人任教,修业四年,设统计、海关、银行、商业四科,对外文要求很高。岑氏早年研究植物分类,并曾教授微积分与解析几何,对西方自然科学曾有系统认识。西方生物分类的基础是全球生物物种调查,其分类方法主要是形态分类,核心是复杂的层级分类和细微差异的观察记录,以这种态度研治唐代文献,当然与乾嘉以来一般的治学方法有了根本区别。三是在五十一岁转入专业治学以前,岑氏长期担任实务,在圣心中学和暨南大学的两段经历,主要职务仍属行政方面。即便有机会转入研究所,他仍难下决心,很可能主要原因还在于家累,在于经济压力。五十一岁后的二十年,他的著述总数超过一千万字,也实在很惊人。说大器晚成,恰如其分。

抗战迁徙岁月中建立学术丰碑

1937年以前,岑仲勉仅出版一种专著,即《佛游天竺记考释》,1934年上海商务印书馆出版,主要解读法显行记中的地名问题。此书引起同样关注西域南海问题的陈垣的关注。岑寄出自己的已刊各文,并请陈为《圣心》题签,来往遂密。此时他所著《隋书州郡牧守编年表》《李德裕〈会昌伐叛集〉编证》等书也陆续完成,未能刊布,但许多论文在国内重要学术刊物如《金陵学报》《东方杂志》《史学专刊》《辅仁学志》发表,声誉日隆,陈垣向傅斯年推荐他到史语所工作,得到积极安排。

1937年7月5日,岑氏到史语所报到,过两天抗战就全面爆发了。其后战火遍及江南,乃随所迁徙长沙,次年初迁昆明,1941年迁重庆南溪板栗㘭,1943年迁宜宾李庄。虽然不断迁徙,但凭借史语所的丰富藏书,岑氏全力以赴,迎来个人学术生涯的巅峰。虽然他仍坚持纯学术而不关涉时事,但今日读他当年的著作题记,如《唐集质疑序》"1937年记于长沙",《唐人行第录序》"1938年入滇,维时研究所图书在途,供读者只随身零本",《跋唐摭言》"时民国二十七年十二月,云南起义后四日,顺德岑仲勉跋于昆明",《论〈白氏长庆集〉源流并评东洋本白集》"顺德岑仲勉记于昆明龙头村,时1939年6月月半",《〈白氏长庆集〉伪文》"1939年11月,草成于昆明龙泉镇",《〈文苑英华辨证〉校白氏诗文》附按"1941年3月,识于四川之南溪",《从〈文苑英华〉中书翰林制诏两门所收白氏文论白集》"1942年7月下旬,仲勉识于板栗隘张氏新房",《唐唐临〈冥报记〉之复原》"1945年1月19日,南溪李庄",如此转徙无定所,仍坚持做最纯粹的学术,这种治学精神,以及在国难中史语所为保证同人学术研究之努力,真值得今人三思。

  岑仲勉一生最重要的成就是《元和姓纂四校记》,他在抗战转徙之间的所有工作,其实都是为此项工作而做文献搜录工作时的意外收获。《元和姓纂》十卷,为唐人林宝元和七年(812)所著,缘起是某次某官授爵,误属郡望,宰相王涯认为应有记录魏晋以来世家谱系与当代官阀望贯的专书,以便参考。林宝受命,广参群籍,以三月之力编成此书。内容其实包含两部分,一部分为依据从《世本》《风俗通》《潜夫论》《姓苑》《英贤谱》等书构筑的所有姓氏之得姓来源与房支递传,另一部分则是北魏以来至中唐为止三四百年间皇室到重要官员的实际占籍与家族谱系。由于唐以前的谱牒类著作几乎全部失传,该书成为记载汉唐间士族谱系的唯一专书。如果举不太合适的譬喻来说明,汉唐士族社会的总体构成,如同参天的大榕树,无数枝杈如同各大小家族,大支分小支,最后到无穷榕叶,就如同那个社会曾生存的无数个人。正史一般仅记载当时最重要人物的活动,至于这个社会是如何构成,各姓各房间又是什么关系,正史无传但曾生存于那个社会的次一等人物又处于什么位置,《元和姓纂》可以说是研究汉唐士族社会总体构成与所有支脉的唯一专书。宋以后社会转型,这本由近两万人名堆砌的书之不受重视,自可理解。原书明以后不传,清人从《永乐大典》中辑出,仍编为十卷,馆臣略有校订,是为一校;嘉庆间孙星衍、洪莹重加校补,是为二校;罗振玉作《元和姓纂校勘记》二卷,是为三校;岑校称《四校记》,原因在此。岑校采用穷尽文献的治学方法,致力于该书的芟误、拾遗、正本、伐伪,程功之巨,发明之丰,校订之曲折,征事之详密,堪称其一生著述中的扛鼎之作,也是中国近代古籍整理工作中可与陈垣校《元典章》并列的典范著作。在缺乏系统的古籍检索手段的情况下,岑氏从数千种古籍中采录《姓纂》所记近两万名历代人物(唐人占绝大多数)的事迹,逐一考次订异,并据以纠订前人辑校本的各类错误。《四校记》的意义已远远超越对一部书的校正,其揭示的大量汉唐人物线索为这一时期的文史研究提供了丰富的矿藏,称其为人事工具书也不为过。虽因此书刊布于沧桑巨变的前夕,传本不多,加上五十年代后学术风气的变化,没有得到其应有的学术重视,另此书采用传统的校书不录全书的体例,仅于出校处录文,读者如不核对《姓纂》原书,则不尽能体会其真旨,也限制了一般学者对此书的利用。中华书局委托孙望、郁贤皓、陶敏整理该书,将《姓纂》原书与《四校记》拼合,1994年出版,并编有索引。从署名来说,岑氏一生最重要的著作,与林宝及三位整理者一并列出,稍有些吃亏,但其学术意义仍无法遮掩。

这期间岑仲勉完成大量论文与专著,中心是围绕《姓纂》校订工作展开,更大的规划则是对唐代史事站在现代学术立场上的重新认识。为求《姓纂》两万人名之取舍斟酌,他几乎翻检全部存世与唐五代史交涉的典籍,几乎所涉每一种书都发现各种文本脱误、事实讹晦、传闻不实、真伪混杂的情况。读《全唐诗》,目的是遴取人名记录,很快发现该书小传多误阙、录诗多讹脱之类大量问题,月余检遍,随手所札乃成《读〈全唐诗〉札记》一书。《全唐文》成书于嘉庆间,文献取资与作者小传皆较《全唐诗》为优,在他如炬目光下,仍发现众多误漏,乃成《续劳格〈读全唐文札记〉》,所得倍于劳氏。读唐人文集,则成《唐集质疑》。对白居易、李德裕等重要文集,则反复推敲寻研,皆有多篇长文加以研索。读唐人诗文,深感时俗喜以行第称呼,历经千年,多难得确解,乃排比文献,取舍归纳,为多数人落实了本尊身份。他特别重视对唐人缙绅名录之考订。对前人有专著者,如《登科记考》《唐方镇年表》等皆有所补订。翰林学士在中晚唐政治史上的地位众所周知,但存世仅有丁居晦《重修承旨学士壁记》初备梗概,唐末僖、昭、哀三朝则尽付阙如。岑撰《翰林学士壁记注补》和《补唐代翰林两记》，使一代制度及学士出入始末得大体昭明。唐六部尚书下之各司郎官，多属清要官，传世有右司郎官题名石柱，清人赵钺、劳格撰《唐尚书省郎官石柱题名考》，考索每人事迹。岑氏反复斟酌原石及拓本，发现清人所据有误录、缺录，更严重的是石刻拼接有误，乃更精加校订，成《郎官石柱题名新考订》及《新著录》二种，尽力还原真相。《姓纂》清辑所载姓名多讹夺，要求其是，务必广征石刻。岑氏对宋代以来的石刻专书做了系统梳理，发现前人考订方法存在众多偏失，乃成《金石证史》《贞石证史》《续贞石证史》等系列札记，逐种考订，阐释义例，追求真相，足为石刻研究之典范。对正史、《通鉴》、《唐六典》、《唐会要》等基本典籍，用力更勤，如《通鉴隋唐纪比事质疑》摘出司马光疏失达数百则之多。以上论著，所涉问题之广，考订之细，征引之富，审夺之慎，发明之多，不仅并世无二，前后亦难见出其右者。在抗战及稍后的多期《史语所集刊》上，岑氏几乎每期都以三五篇以上论文同期刊发，著述之勤，亦皆可见。

今人阅读岑著，惊其赅博之余，也常会有所疑问，研治唐史，基本典籍已经可以解决大部分问题，用得着这样不避琐细地加以寻索吗？我想，传统史学重褒贬，讲义例和笔法，忠奸既分，颂德斥恶即可，不必计较细节和真相。但现代史学的任务则首先要穷尽文献，究明真相，再加以分析评判，务求准确可靠，以岑氏治学之严苛，阅读所及，都能发现前人之不足及究明之办法，因此留下大量具体的读书记录。看似琐碎，其实取向大端是明确的。或者换句话说，他早年学经济，习数理，特别是研究植物学，所学是西方一套科学精密的治学办法。转治史学，都用科学的态度审读群籍，不断发现旧籍之不餍所期。在生物分类中，由大的门类到具体属种的科学分类，任何细节的差异对判读物种归属都应加以考虑，以此方法治唐史，岑氏对所有一手文献不加区别地加以审夺，去伪存真，恰好他又精力过人，效率惊人，因此有如此多的涉猎。

《隋唐史》所见岑氏治隋唐史整体构想

　　以上所有岑氏的研究几乎都是具体入微的，表达他对唐史系统认识的著作只有《隋唐史》。该书正式出版在1957年，其初稿《隋唐史讲义》完成则在1950年。我比较怀疑最初动手的触机是1948年脱离史语所，到中山大学任教，教学需要教材，方陆续编成。时当鼎革之际，应该经过几度改写，也不知最初的手稿有无保存，讲义虽存也不易得见，这里仅能就公开出版者加以讨论。

　　该书卷首有岑氏《编撰简言》，说明全书用浅近文言，一是求与中古文言史料之便于对接，二是引导专攻白话的中学生进入大学后养成阅读文言的习惯。特别强调断代史教学应与通史不同，应向各专门化途径转进，凡涉问题，必先胪列众说，"可解决者加以断论，未可解决者暂行存疑"，为学生今后研究打下基础。这一点很重要，他在该书中对古人与今人之见解都有充分的讨论，因陈寅恪学说在当时影响巨大，故讨论亦多，此下节再说。

　　岑著凡隋十九节，唐六十八节，对隋唐史的几乎所有重大问题，从国际大势到朝代兴亡，从民族冲突到制度变革，从军事冲突到政事纷争，从佛经翻译到文体迁变，无不有所涉及，这在当时的通史和断代史中都是少见的。他在隋史部分用四节述突厥史，特别讲到突厥因丝绢贸易而与东突厥发生联系，力辩铁勒非民族而只是史籍误译所致，都接受了欧美学者的新见。特别讲到隋代三大工程，即大兴城之兴建与通济、永济渠开凿之意义，也与一般只讲大运河有所不同。在唐史部分，他的所长在制度、氏族、经济、人事，各方面都有很充分的发挥。比如田制，他用《北魏均田之缘起及其制度》《唐之均田》《庄田》《俸料、公廨本钱及职田等》四节做充分讨论。即便一般史家很少讨论到的文学问题，也有《佛徒撰译之文艺价值》《文字由骈俪变为散体》《西方乐曲影响于开元声律及体裁》《盛唐、中唐、晚唐之诗人》加以论列。在唐史最后部分，更罗列地方区域及社会组织、手工业及物产、市虚及商务、交通、黄河、水利、学术与小说、历法与天文、乐舞及百戏、服饰等内容，可见其视野之广备与独到，部分已经触及九十年代新史学论述的核心内容。在这些所有方面，岑氏既不循历代正史之定说，与海内外时贤之见亦多有商榷，显示了他的独到见地。

具体可举二例。唐三十四节为《西方宗教之输入》，分别介绍祆教、景教、摩尼教在唐代传入之始末，这并非其治学所长，但援引陈垣、向达、沙畹、方豪、张星烺、冯承钧诸家之说，清晰叙述了三教之教义及入唐传教之始末，虽然认为《墨子》中的炎人国即祆教未必能成立，但在课堂上的这些讲授对学生无疑多有启示。五十八节《市虛及商务》，涉及唐前后期商业活动之不同，从长安东西市之繁荣，讲到各地因墟成市之发展，续讲对外四大商港比景（今在越南）、广州、泉州、扬州之盛况，复讨论陆路商务、南海商务及西域商路之变化，最后介绍海外输入物品之丰富。这些介绍，无不援据丰博，启迪思路，虽非皆发明，但准确周详，足可信据。

不过，《隋唐史》是教材性质的专著，它必须向学生提供各方面清晰的知识，岑氏折衷百家言，成一家说，与独立的学术专著稍有不同，加上岑著此书毕竟与五十年代的主流史学相去甚远，得到一些前辈的认可，未必适合新时代的要求。能刊布已属大幸，授课成就能有多少，真很难说。几十年后再读，他所讲到的很多都成为显学，当然他的所见也为新说所超越。

岑、陈二氏史学分歧及治学方法之比较

陈寅恪的史学成就早有定评，无须讨论，需要讨论的是岑氏的成就。

岑仲勉年长于陈氏五岁，成名则要晚得多。1937年他到史语所任职，傅斯年在寄出聘书的同时，即告他研究计划须与历史组主任陈寅恪商定。岑赴所前两度信告陈垣以联络陈寅恪，均未果。他到所时，陈寅

恪适因父丧在北平，至次年方在昆明见面。《唐人行第录序》云："一九三八年入滇，……八九月间在昆明青云街靛花巷初与寅恪兄会面，渠询余近况，余以拟辑《唐人行第录》对。"不知是否谈及其他话题。此后陈脱离史语所，岑则随所十一年，至1948年返粤任中山大学教授。巧合的是，院校调整时，陈也随岭南大学并入中山大学，唐史双雄遂同在一系。据蔡鸿生回忆，两人间私下来往不多，但能互为礼敬。岑著《隋唐史讲义》篇幅多达六十万言，系统表达他对隋唐史几乎所有重大问题的看法，其中包含大量与陈氏商榷讨论的意见。据项念东的比读，对陈氏学术观点的批评多达七十八处，除少数几则为补充陈说或引陈说以为佐证外，绝大多数为对陈说的批驳，包括关中本位政策、李唐先世出赵郡李氏、太宗压制中原甲姓、府兵兵农合一、牛李党争所分阶级及始于元和、唐制承北齐、唐小说与古文运动之关系、唐将相文武分途说，等等，几乎涉及陈氏大多主要学术建树。该书1957年由高等教育出版社出版，陈氏虽失明而不良于阅读，但他友生众多，对此应有所知闻，并未做任何回应，也从未对岑氏有任何批评。

就岑氏之立场，凡学术问题自应以精密的文献与周圆的考虑予以立说，重要的结论尤应有多方面的考虑与审视。他曾撰文批评李嘉言《贾岛诗注》与《贾岛年谱》，李氏回应颇有一些激烈言辞，岑奉复云："总言之，学术经讨论而愈明，留昆明时李君虽未谋面，固曾一度通讯，然僚友中如董作宾、向达、马元材、杨宪益诸先生，拙亦屡有讨论之作，则因我的看法，讨论与友谊，应截然划分为两事也。"他订补吴廷燮《唐方镇年表》时，认为"其声誉愈高，愈易得人之信受，辨正之旨，非抑彼以自高，亦期学术日臻于完满而已"。他与陈寅恪的学术讨论，也应属此一性质，仅属于君子之争。在五十年代学术风气下，岑著仅就问题加以讨论，绝不引向政治问题，始终保持书生本色。但就他人特别是陈氏及门与追随者来说，未必愿意这样看。前辈史家金毓黻初读此书，认为岑走陈一路学术，"于极细微处亦一丝不苟"，"偏于专而短于通"，仔细再读，方发现岑"旁征博引，证明陈氏之不尽确当，可见其善于读书",但更欣赏陈之"从大处着眼",认为岑"所引诸证亦能穷原竟委,为陈氏注意所未及",缺点是"不能贯通前后"(均见《静晤室日记》),均属中肯之言。海峡对岸的傅乐成看到岑著,感到骇异,极力反驳,有些感情用事。到目前来说,以项念东《20世纪诗学考据学之研究——以岑仲勉、陈寅恪为中心》之讨论最为客观深入。

以下仅就牛李党争问题略作讨论。

牛李党争是中晚唐之际的大事,因大中后政局为牛党把持,晚唐史家多右牛而黜李,到司马光仍如此。陈寅恪向推崇《通鉴》之有识,多赞同其所见。岑则依据李德裕文集与史实比读,再加上对两造人物仕历与论政之反复比证,右李而斥牛,对李会昌间之建树及谋国公忠,多有揭示。因此力主李党无党,进而对陈说有关两党涉及不同的阶级、李党重门第而牛党重科举、两党分别代表旧门世族与新兴阶级提出商榷,进而涉及两党相关人员之立场,以及党争初起之原因。这些意见之讨论均涉及复杂之考证与具体之人事,岑之所言虽不能皆是,但确多发人深省之意见。就我近年感受,当时依违在两党间之人物,人数众多,如元稹、李绅近李,刘禹锡与李交厚,与牛党诸人亦唱和不断,白居易则广泛交结,却又远远躲开,白敏中为李所引,但在武、宣之际打击李又不择手段。牛僧孺元和三年(808)制策,陈推测针对德裕父李吉甫,此策近年在宋人编《唐策》中找到,并没有相应内容。李本人为门荫出身,对进士之浮华有所批评,但他南贬时,"八百孤寒齐下泪,一时回首望崖州"之民意,也足见李之主持公道,大中后牛党把控科场,丑行多有,更为世周知。本来阶级与操守就很难画等号,岑引《新唐书》作者宋祁说,认为牛李之李指李宗闵,则牛李为一党,并引晚唐北宋诸家说认为李德裕无党。《隋唐史》这一节的篇幅多达两万言,他贬斥牛党目的、手段"只是把握朝政,以个人及极少数之利益为第一位而不顾国家、人民,性质属于黑暗社会",他力辩李德裕不结私党,赞同《云溪友议》认为他"削祸乱之阶,辟孤寒之路,好奇而不奢,好学而不倦,勋业素高,瑕疵不顾,是以结怨侯门,取尤群彦"之说,对沈曾植之牛李以科第分,"牛党重科举、李党重门第"之说,以及陈寅恪以个人行为来界定旧族或新兴,皆致不满,排列陈氏认定的核心人物二十多人中大多为旧族出身,二李党人物则各占其半,证明沈、陈之说不能成立。他对司马光、陈寅恪都赞同牛僧孺放弃维州及将吐蕃降人交还吐蕃的说法尤致强烈的不满,考辨议论都非常详尽。当然,岑有时也因意气用事而有失冷静,如李德裕已出为女冠之配刘致柔,究竟为妻为妾,大约还是陈说为是,刘的身份是妾而非妻,但她所生子李烨已立为嗣子,丧事又有李烨操办,因此而与一般之妾志有所不同。岑对此段史实的研究,用力极度邃密,故能在讨论中占尽上风。后来傅璇琮撰《李德裕年谱》,为岑说提供了更坚强的支持。

具体说到陈、岑二家治史方法之不同,可以借缪钺谈唐宋诗之语为例,陈是登高远望,意气浩然,岑是曲径寻幽,得其精能。比如言农获,陈见万顷良田,禾稼盈丰,风雨调顺,灾害不兴,猜其致隆因由,断其秋获必盛,每多卓见,足启后学;岑则开沟通壑,勤耕细作,去草灭害,日日辛劳,至秋获已毕,粮谷入库,称量完成,方细说所得,总结始末,虽然琐碎,但精确无比。譬如绘画,陈所作为写意画,大笔挥洒,意境全出,文章生动,韵在象外,启人意志,观者如云;岑所作为超现实之工笔画,画树则每片绿叶之叶脉皆精准无讹,画山则山石飞走无不毕肖其真,读者骇其博,未必赞其艺。无论怎么说,百年来的唐史研究,总体水平高于其他时代,两位大师从不同立场的分析和探讨,互为竞争也互为补充的研究,是其中的关键。那么二人的共同点何在呢?我认为都是从基本文献出发,突破唐到北宋史家对唐史的基本叙述,用现代学术立场重新建构一代史学。

唐史学家引领唐代文学风气的转变

1949年以后,岑仲勉治学勤奋如故。对于新的主流学说,他也试图加以尝试,故在《隋唐史》中附列一节以《试用辩证法解说隋史之一节》为题,所讲则为北朝及隋之对突厥馈赠引发东罗马与波斯间的争斗;另列《西方乐曲影响于开元声律及体裁:从〈实践论〉看诗词与音乐之分合》,也有些贴标签之生硬。在社会分期讨论兴起之际,他撰写了《西周社会制度问题》参与讨论。1953年根治黄河方案推出,他以二年之力写出六十万言《黄河变迁史》,提供决策参考。他努力适应并服务于新社会,方式则与那时的一般曲学阿世者有很大不同,基本治学方法与致力方向并没有大的改变。在五六十年代,纯学术著作之出版并不算太景气的情况下,他先后出版《黄河变迁史》(人民出版社,1957年)、《隋唐史》(高等教育出版社,1957年)、《府兵制度研究》(上海人民出版社,1957年)、《西周社会制度问题》(同前,1958年)、《墨子城守各篇简注》(中华书局,1958年)、《突厥集史》(同前)、《西突厥史料补阙及考证》(同前)、《隋书求是》(商务印书馆,1958年)、《两周文史论丛》(同前)、《唐史余渖》(中华书局上海编辑所,1960年)、《唐人行第录》(同前,1962年)、《中外史地考证》(中华书局,1962年)、《通鉴隋唐纪比事质疑》(中华书局,1964年),达十三种之多,其中许多是他早年的著作。此外《金石论丛》《郎官石柱题名新考订》《〈汉书·西域传〉地里校释》等几种也基本定稿,到"文革"后出版。可以说,他生命的最后十来年,在忙碌而兴奋中度过,尽管这时他的健康状况已经大不如前,"双手颤抖,写字东歪西倒,但他却毅力过人,老来弥笃,著述不辍"(陈达超《岑仲勉先生传略》)。

在学界,岑氏基本是一位独行者。在前辈与同辈中,似乎只有陈垣始终关心有加。他指导或曾授课的学生中,陈达超坚持多年,陆续完成他遗著的刊布,较有成就的有姜伯勤与蔡鸿生,但治学路径已经有很大不同。

最近四十年中,岑氏最大的拥趸群体,则来自唐代文学领域。或者可以说,岑氏的治学方法影响了最近几十年唐代文学风气的转变。

较早地可以说到瞿蜕园、朱金城之分别或合作笺注李白、刘禹锡、白居易诗,瞿家与陈寅恪父子两代世交,瞿氏注刘诗特别关注贞元、会昌间之政局动向及在刘诗中的反映,注意揭示刘与各方政治人物来往交际中所存留的复杂痕迹,其对人、事、时、地及诗文寓意的揭示,兼得陈、岑二氏之长。朱金城注白居易诗,特别关注白氏一生交际中的人际变化,他的三篇《〈白氏长庆集〉人名考》长文,将白居易诗中不同称谓人物的具体所属逐一指明,从而揭示人际交往中白诗的具体指向,最得岑氏治学之精神。《中国大百科全书》中将《登科记考》《唐两京城坊考》等列入文学卷,也出于他的手笔。

傅璇琮受法国社会学派影响研治唐诗,特别关注唐代诗人生平与创作研究如何走出传说的记录,而追溯诸人真实的人生轨迹,关键是据《姓纂》、石刻、缙绅职官录等可以准确定时、定地、定家世实际的记录,纠正笔记、诗话乃至《唐才子传》一类传闻记录的偏失,揭示诗人的人生真貌与创作原委,从而给唐诗以新的解说。傅主持所编《唐五代人物传记资料综合索引》,将以往很少为人关注的包括史传、全唐诗文、僧录、画谱以及包括《姓纂》在内的各种谱录做出精密的索引,以便学人充分利用。又著《李德裕年谱》光大岑说。晚年继岑氏而作《唐翰林学士传论》二种,将两百多位学士在政治、文学方面的建树做了更彻底的清理。

整理《姓纂》及岑氏《四校记》的郁贤皓、陶敏,对岑氏治学也深有体会。郁之成名作《李白丛考》,循岑氏治学理路,广征当时还很难见到的石刻文献,对李白初入长安之人际交往、李白诗中崔侍御为崔成甫而非崔宗之、李白供奉翰林非出吴筠推荐等重大问题,做出精密考订。其后更感到唐诗中大量出现的王使君、李太守之类交往难得确解,确定这些人名的具体人物对考订唐诗作年的极其重要,乃发愤编纂《唐刺史考》,将岑氏《隋书州郡牧守编年表》的工作扩展到有唐一代。陶敏在笺注刘禹锡集中深感唐诗人名考订对诗歌作年、本事及文本校订之重要,在整理《姓纂》中对一代人事有极其精准的掌握,在完成《〈全唐诗〉人名考》前后两版及《〈全唐诗〉作者小传订正》等著中,主要依靠文本解读寻觅内证解决唐诗及诗人研究中许多重大问题,晚年并据岑著且补充新见文献，写定《姓纂》新本。

我本人在八十年代初开始做唐诗辑佚，此前曾查阅了岑氏大量著作，体会基本方法，曾将《姓纂》通抄一过，比对岑校细读，从而认识唐一代人事的基本格局。此后为唐诗文考订补遗，作《〈全唐诗〉误收诗考》《再续劳格〈读全唐文札记〉》《〈登科记考〉订补》《唐翰林学士文献拾零》及石刻研究的系列论文，都依傍岑著而有所发明，并学会从文献流传过程中揭示真伪，追溯真相。

以上所述包括本人在内研治唐代文学诸家治学所受岑氏之影响，当然不包括当代研究唐文学的全部，但一位历史学家之治学如此密集地为文学研究者所追随，确实很特殊。如果一定要加以解释，我认为传统史学的关注重心在上层政治史，而岑氏著作几乎涉及唐代所有与文史相关的典籍，指示这些典籍存在的问题及校订办法，更揭示了以《姓纂》与郎官柱为代表的中层官员及文人群体的存在状况。多数诗人虽然偶尔也涉足上层，但更多时间则行走基层，交往中低层级的官员，岑著的文献考订和治学追求，无疑提供了解读这些诗人及其作品的可靠途径。一些文学学者因此而涉足史学领域且乐此不疲，也就可以理解了。

项念东博士寄示其所著《20世纪诗学考据学之研究——以岑仲勉、陈寅恪为中心》（安徽教育出版社，2014年）及未刊稿本《岑仲勉先生学术年谱简编》，本文均曾充分参考，援据不能逐一注出，谨此说明并致谢。

2016年10月27日

刊《文汇学人》2016年11月18日

岑仲勉先生《元和姓纂四校记》的成就和整理本

《姓纂》原本不传。清人从《永乐大典》中辑出，仍编为十卷，馆臣略有校订，是为一校；嘉庆间孙星衍、洪莹重加校补，据《通志·氏族略》《秘籍新书》《姓氏急就章》等书补录了一些遗文，数量并不太多，是为二校；罗振玉作《元和姓纂校勘记》二卷，是为三校；岑仲勉先生当抗战兵火之间，蛰居西南，写成逾百万字的《元和姓纂四校记》（简称《四校记》），1948年列入《中央研究院历史语言研究所专刊》刊行。《四校记》成书于岑先生学术研究的鼎盛时期，采用穷尽文献的治学方法，致力于该书的芟误、拾遗、正本、伐伪，程功之巨，发明之丰，校订之曲折，征事之详密，堪称其一生著述中的扛鼎之作，也是中国近代古籍整理工作中可与陈垣先生校《元典章》并列的典范之作。在缺乏系统的古籍检索手段的情况下，岑氏从数千种古籍中采录《姓纂》所记近两万名历代人物（唐人占绝大多数）的事迹，逐一考次订异，并据以纠订前人辑校本的各类错误。《四校记》的意义已远远超越对一部书的校正，其揭示的大量汉唐人物线索为这一时期的文史研究提供了丰富的矿藏，称其为人事工具书也不为过。只是此书刊布于沧桑巨变的前夕，传本不多，加上五十年代后学术风气的变化，没有得到其应有的学术重视。同时，此书采用传统的校书不录全书的体例，仅于出校处录文，读者如不复对《姓纂》原书，则不尽能体会其真旨，这也限制了一般学者对此书的利用。现整理本将《姓纂》和岑氏《四校记》合刊，确有便于学者的引用。

《姓纂》的两位整理者，为全书的整理校点所做的工作，可举出以下几项：

一、《姓纂》原文，以光绪六年（1880）金陵书局翻刻嘉庆七年（1802）洪氏刊本为底本，是该书的最好版本，并全校了文渊阁和文澜阁两种《四库》本，纠正了清人传抄刊录过程中的一些失误。全书悉依洪本顺序及体例，将前人及岑补逸文补于相应韵部下，均属审慎的处理。《四校记》只有一本，无别本可校。

二、整理本采用新式标点。原文脱讹错简甚多，整理时一般不做增删调整。岑氏已考定的错简予以移正，但均做必要的说明。遇有脱、讹、衍、倒难以标点者，仍存原文，以便对读。《四校记》原标点与通行标点出入较多，也做了重新处理。

三、为使条理清楚，将《四校记》原文分条置于《姓纂》原文之下，每姓下又以姓望分段，遇有显望而叙述内容较详者，又分为若干段。同时，各卷下按各姓氏分段分别编号，对一段下的岑氏校语则按西文字母顺编号。这些处理，都方便编索引，方便读者检索，整理者在此是费了不少精力的。

四、整理者于《姓纂》原文所涉史实，曾做进一步的考察，于《四校记》的大量引书，也尽可能地复检原书，以定是非。由于下了这样的认真功夫，在岑校内外，整理者又有不少新的发现，分别写于各卷末的《整理记》中。据我所作粗略的统计，《整理记》录异考订有近七百条之多。两位整理者曾另撰《〈元和姓纂四校记〉斠正》一文（刊《文教资料》1989年第5期），指出《四校记》未能尽善处有"讹文未校""校而未考""脱文未补""脱文未补又误改本文""脱文误补""错简冒文未正""衍文未校""引文失考""引文出处不确""误甲为乙""误一人为二人""误二人为一人""句读失误""重要资料失引"等十四项。不花大气力逐一地比读文献，是无法发现这些问题的。大致所涉问题，以唐前文献为多，当因岑氏专功唐史，于其他方面不免稍显单弱。

五、全书编有很好的姓氏和人名索引，学者要检索利用十分方便。

《姓纂》作为唐代最具系统和权威的缙绅录，提供的唐代人事线索是他书无法替代的，但因其曲折的流传过程，传本的错误百出和复杂难校，在唐人典籍中也是很少见的，幸亏有岑氏《四校记》撰作，梳清了书中的大多数错讹，充分揭示了此书的价值，现在又有了郁、陶二位的新整理本，学者可以更放心便捷地加以使用了。

《姓纂》清辑本问世已两个多世纪，岑氏《四校记》刊布也已五十多年，新出文献为数极其巨大，仅就新出碑志来说，近二十年较大宗的发表的影印本即有《北京图书馆藏历代石刻拓本汇编》（中州古籍出版社，1989年）、《隋唐五代墓志汇编》（天津古籍书店，1991年）、《洛阳出土历代墓志辑绳》（中国社会科学出版社，1991年）、《昭陵碑石》（三秦出版社，1993年）、《新中国出土墓志（河南分册）》（文物出版社，1994年）、《洛阳新获墓志》（文物出版社，1996年）等，据石刻录文的则有周绍良等编《唐代墓志汇编》（上海古籍出版社，1992年）、吴钢主编《全唐文补遗》（三秦出版社，1994—2000年）七册等，可资订补《姓纂》和岑氏《四校记》材料极其丰富。郁、陶二位在整理中为体例所限，仅利用了很少的一部分，未能承岑氏体例而续做五校的工作，只能留待以后了。此外，《姓纂》原文，整理也以保持清辑本原貌为原则，这无疑是明智而恰当的选择，本人深表赞赏。但如不从全书的规范整理考虑，着眼于《姓纂》的进一步研究来说，我想提出下面的一些看法。

首先，应以《永乐大典》残本校清辑本，以见清人改动之迹。中华书局影印《永乐大典》残本约存八百卷，约当全书百分之四弱，其中直接引录《姓纂》四十多条，所引其他姓氏书间接引用的还有二十多条。清人辑本多由馆臣签出，由钞胥录出，复由馆臣编次写定。钞胥水平不高，又几经转写，故多失原本面貌。《姓纂》清辑本与《大典》复核，不难发现以下传误：

甲、姓名录误。《大典》卷八○二四柏成，清辑本作伯成，同卷考成，清辑本作老城。至于人名录误处，如乌承玭之玭右半误作比，辅狼误作辅很，均应为钞胥误录。

乙、文字改动。《姓纂》凡遇称本朝处，皆用"皇"字，如《大典》卷二〇三五三席姓下："玄孙君懿，皇侍御史。"其例较多，清辑本皆改为"唐"字。另避讳亦多有改字，至有改错处，如袁宏反错成袁弘之类。《大典》卷二〇三〇九乙姓："子姓。殷汤字天乙，支孙以王父字为氏。"清辑本前句作"殷王帝乙"，不知是否别有所据。

丙、脱文。同上席姓："又席法友，与裴叔业自南归后魏，拜并州。"清辑本脱"友"字，罗振玉引《魏书》本传订补。"冀"姓"今晋州冀氏"下，《大典》卷一四三八五有"是也"二字。

丁、整句失录。《大典》卷二〇四二五稷姓末，有"又汉御史大夫稷不疑封寒封侯"一句，清辑本未录。上述各项岑氏已多作校订，但未知《大典》本不误。

其次，《姓纂》逸文尚多可补辑。《姓纂》在收入《四库》后，各家校订时均有所补辑，而以岑仲勉先生所得最为丰富。郁、陶二位此次整理时重在汇录前人工作，未做进一步补辑。余嘉锡先生在《四库提要辨证》中称曾于1920年作《元和姓纂校补》，凡得四百五十多条逸文，只是此书始终未见刊出，书稿是否尚存天壤间，亦不得而知。余氏作此时，岑氏尚未开始校林书，余氏晚年得见岑书，称"其所引书与余同，唯未引《遥华韵》耳，然岑氏意在校雠，非为辑逸耳"。《遥华韵》指元洪景修纂《新编古今姓氏遥华韵》九十八卷。可以相信余氏所得，大半已为岑氏补出，但就余氏的用书和所得条数来看，至少尚有近二百条为岑氏未取。笔者近年亦颇留心于此，所得在岑氏以外，已有五百余则，当另整理发表。在此仅录"戎"姓一则："戎，齐人戎夷之后，盖戎子驹支直胤。汉功臣有柳丘侯戎赐；宣帝戎婕妤生中山哀王竟。扶风：虔州刺史戎昱，岐州人。"（《名贤氏族言行类稿》卷二）

再次，编次问题。林宝在《元和姓纂序》中所述："自皇族之外，各依四声韵类集，各韵之内，则以大姓为首焉。"从这段话中我们可以知道——

一、《元和姓纂》原书应以李唐皇族的谱系为首卷，以尊皇室，不以四声韵为次第。

二、其余各姓，各以四声韵部分类编次。

三、各韵之下，不以韵书收字的前后为序，而是区分大姓和一般姓氏，先列大姓，次列其余各姓。

现据此来检核清辑本和此次整理本，可以发现，清辑本首录李氏先世至"生唐高祖李渊"一段，甚是，岑氏补出非宗室的李氏逸文两则，应另列入上声六止韵；清辑本在各韵之下，不尽以韵书收字的先后为序，大致照顾到先列大姓的原则，可见辑者用心的仔细，只是这些先后排列并没有什么特别的证据。据笔者所知，《姓纂》原书单字姓的次第，在南宋人章定所纂《名贤氏族言行类稿》中，尚有较完整的保存，当另撰文揭出之。章氏此书收入《四库》，只是未引起辑录林书的馆臣的充分重视。《元和姓纂》中复姓的排列依据，是据前一字还是后一字，岑仲勉先生曾有所讨论，清辑本均以复姓前一字为序，《永乐大典》则以后一字收录，似还可做进一步的探究。

原载《唐研究》第七辑，北京大学出版社，2001年

陈寅恪先生唐史研究中的石刻文献利用

陈寅恪先生作《王静安先生遗书序》，归纳王国维的治学方法有三："一曰取地下之实物与纸上之遗文互相释证"；"二曰取异族之故书与吾国之旧籍互相补证"；"三曰取外来之观念，与固有之材料互相参证"。他本人的学术研究，何尝不是如此。在他一生治学成就最高的唐代文史方面，"地下之实物"最重要的有两部分，一是敦煌文献，二是石刻文献。陈先生认为"敦煌学者，今日世界学术之新潮流也"，平生也"勉作敦煌学之预流"（均见《陈垣敦煌劫馀录序》）。他在敦煌学方面的成就，学者论述已多。但就石刻文献研究来说，他似乎涉足较少，几乎没有研究碑刻的论文。然而，只要细心寻绎他的著作，即不难发现，他对石刻文献的掌握和利用，涉猎极广，搜求尤勤，在石刻解读和证史方面，都有杰出的成就。

唐代石刻研究，始于宋代，清代成为显学。石刻的最大价值是保存了唐时文献的原始面貌，多可补订史乘的缺失。清代学者治金石成就突出，但其弊端，正如岑仲勉先生所云，一为过信石刻，凡石刻与史乘有异同处，概曰"自当以碑为正"，二为偏责史实，不明史例，但见石刻有史传不见者，即视为"史之失载"（见《贞石证史》）。陈寅恪先生对石刻与史传关系的论述，更为精当：

> 自昔长于金石之学者，必为深研经史之人，非通经无以释金

文,非治史无以证石刻。群经诸史,乃古史资料多数之所汇集。金文石刻则其少数脱离之片段,未有了解多数汇集之资料,而能考释少数脱离之片段不误者。(《杨树达积微居小学金石论丛续稿序》)

这段话虽就杨树达之著作引发议论,实意在针砭清以降考治金石而忽视经史者。寅恪先生为学生开列治唐史的必备书目,首列两《唐书》和《资治通鉴》,次列《全唐文》和《全唐诗》、宋四大书中的《册府元龟》《太平广记》《文苑英华》,再列存一代制度的《通典》《唐六典》《开元礼》《唐律疏议》《唐大诏令集》,而以敦煌材料、碑刻材料和佛教材料殿末(参石泉、李涵《听寅恪师唐史课笔记一则》,杨联陞《陈寅恪先生隋唐史第一讲笔记》,均收入《追忆陈寅恪》),正足体现其治史应先重"多数汇集之资料",次及"少数脱离之片段"的态度。他曾将传世文献归为旧材料,将中古史部分如石刻、敦煌文书、日本藏器之类视为新材料,进而说明运用新旧材料的方法:

必须对旧材料很熟悉,才能利用新材料。因为新材料是零星发现的,是片断的。旧材料熟,才能把新材料安置于适当的地位。正像一幅已残破的古画,必须知道这幅画的大致轮廓,才能将其一山一树置于适当地位,以复旧观。(《陈寅恪先生编年事辑》1935年谱)

这一态度,贯穿于他研究唐代文史的各种著作之中。虽不作专门考释石刻的文字,但如重要石刻有助于恢复"残破的古画"中一山一树面貌者,他都充分利用,决不轻忽。他在《旧唐书·李德裕传》中一段批语,记录他获读李德裕家族墓志后的快意心情:"唐自武宗后史料缺略,故此传末所言多误。近日洛阳李氏诸墓志出土,千年承讹之事,一旦发明,诚可快也!"借此亦可见他对石刻文献的重视程度。

寅恪先生治史的视野和方法,均较清儒有极大的转变和进步,但就治学的基本规范,如读书务求善本、务经手校、立说先作札记之类,则仍步武乾嘉，决不苟且。从他现存的部分读书札记，如两《唐书》札记、《唐人小说》批语来看，他将新出石刻可与史传、说部参证者，曾做过大量札记，并录下两者的同异。如在《旧唐书·李邕传》下，记录可资比较而当时新出的李邕祖孙墓志；在《新唐书》李戡、赵矜、韩仲卿等事迹下，注明宋祁所据的碑志材料；在突厥、回纥诸传中，记下西域新出的相关碑志。这些札记，少部分后来在他的著作中有所引申发挥，大多则仅见诸札记，可见他读书以储材备用，积累极其丰厚。

寅恪先生对石刻类著作，阅读极广。从有关著作的征引来看，从宋代欧、赵二录起，到清代的《金石萃编》《八琼室金石补正》《来斋（排印本误作未斋）金石刻考略》等书，乃至民国间罗振玉的《石交录》《辽居稿》《冢墓遗文》、岑仲勉的《续贞石证史》等，皆曾广泛征及。重要石刻的征引，多曾求取善拓，各校众本。如引河北隆平（今作隆尧）《光业寺碑》，既取史语所藏拓，复取同治《畿辅通志》予以参校补阙，引李德裕家室墓志，亦录自原拓；为证明《柳氏传》中天宝十二载（753）知贡举者礼部侍郎"杨度"为"阳浚"之误，他在广征《新唐书》《唐语林》《李义山文集》《唐才子传》等书后，复取颜真卿《元结墓碑》为证，仅此碑即先检《金石萃编》《八琼室金石补正》之考录，最后请刘节查北平图书馆藏善拓颜书此碑，始得定谳，并驳正徐松校作"杨浚"之误（详《中国古籍研究》创刊号刊《"唐人小说"批注》）。

寅恪先生据石刻文献以治唐史，最突出的收获，有以下几个方面。

四裔民族史的研究

近代以来，中外学者重视中亚民族史、交通史的研究，发现了一批重要的民族文字碑刻，并进行了广泛的研究。寅恪先生十分重视这批碑刻的价值，他告诫门人："《和林金石录》有突厥《阙特勤碑》《九姓回纥可汗纪功碑》。沈曾植著《蒙古考古图说志》，有《暾欲谷碑》。西藏有《唐蕃会盟碑》。许多碑文都是用藏文、回纥等文写的，如无专门的语言学造诣，不小心很易出错，用此类史料必须十分谨慎。……做考据须有专门修善，不可任意为之。"（见石泉、李涵《听寅恪师唐史课笔记一则》）他对中亚各种古文字的娴熟精深的把握，使他有条件准确阅读并充分利用这些极其珍贵的文献。其门人蓝文征曾回忆说：

> 俄人在外蒙发掘到三个突厥碑文，学者纷纷研究，但均莫衷一是，不懂不通，陈先生之翻译解释，各国学者毫无异辞，同声叹服。唐德宗与吐番之唐蕃会盟碑，许多学者，如法国之沙畹、伯希和等人均无法解决，陈先生之翻译也使国际学者满意。（见陈哲三《陈寅恪先生轶事及其著作》，刊台湾《传记文学》第16卷第3期）

突厥三碑指《阙特勤碑》《暾欲谷碑》和《毗伽可汗碑》，寅恪先生在校读两《唐书》时，多次提及三碑，并略有诠说。他对三碑所作的翻译解释，未见文本刊布，但其1945年有诗题作《余昔寓北平清华园尝取唐代突厥回纥土蕃石刻补正史事今闻时议感赋一首》，知当时确有此项工作，可惜未传。有关三碑仅见的几则批语中，仍不乏精彩的论述，如释桃花石（Toigus）即唐家，并指出《旧唐书·回纥传》中四处出现"唐家"一词，为当时俗语，《新唐书》因此而删去。这一结论，是在广泛求证后得出的。

寅恪先生在德游学时即有志研治藏学，被称为其"一生治学的纲要"（汪荣祖《陈寅恪评传》第三章）的《与妹书》已充分表述志向。他对拉萨保存的长庆《唐蕃会盟碑》极为重视，曾据艺风堂藏拓详加校订，所撰《吐蕃彝泰赞普名号年代考》，考出彝泰和可黎可足的藏文对音，所据主要即为此碑。在说明吐蕃、日本称唐为汉，建中清水盟文之唐蕃边界，《冯燕传》中的刘元鼎事迹时，还曾多次引及此碑。

李唐祖籍及氏族之研究

寅恪先生撰《唐代政治史述论稿》，以及《李唐氏族之推测》等三文,力揭李唐冒称陇西望族,实为赵郡李氏破落户,且与胡族数代通婚,先世与鲜卑大野部关系密切,为其唐史研究最重要之创说之一。其中有关李唐出赵郡李氏之推断,因得引征隆平《光业寺碑》而得定案。此碑为开元十三年(725)象城尉杨晋撰,叙赵州象城县僧民为玄宗八代祖宣皇帝(即李熙,唐高祖李渊的四代祖)、七代祖光皇帝(即李天锡,李渊的曾祖)陵园修福田而重饰光业寺事。此碑流布极少(今人杨殿珣编《石刻题跋索引》即未见此碑),传拓又残破漫漶严重,仅当地有善拓流传,部分方志有节钞。寅恪先生据史语所藏拓及《畿辅通志》,摘出下列数语:"皇祖瀛州刺史宣简公谨追上尊号,谥宣皇帝。皇祖妣夫人张氏谨追上尊号,谥宣庄皇后。皇祖懿王谨追上尊号,谥光皇帝。皇祖妣妃贾氏谨追上尊号,谥光懿皇后。(中略)词曰:维王桑梓,本际城池。"提供了李唐源出赵郡的铁证。汪荣祖教授《陈寅恪评传》在分析岑仲勉对陈说的反驳时,认为岑氏于陈说所举二大"实物证据",即赵州昭、庆二陵及《光业寺碑》未能提出反证,因而无法动摇陈说,所见较确。在此还可稍作补充的是,近年《文物》杂志据当地善拓及方志所引,发表了此碑全文,对读寅恪先生的著作,不难发现他虽曾援据旧拓及方志,但读出的全碑文字可能并不太多。全碑长达近三千字,寅恪先生前引文字为仪凤间追上尊号文中文字。碑述贞观、麟德间,曾派使臣巡陵,总章间置寺赐额,仪凤间追上尊号,同年又敕二陵以建昌、延光为名,至开元间重修,则纯属民间行为,刺史略表关心而已。这些内容,寅恪先生如全文读到,是不会忽略的。

唐代政治史研究

寅恪先生对初唐政治史中许多问题提出独到而又深微的见解,其中最有影响的是关陇集团与山东豪杰的关系、玄武门之变成功的原因、李武韦杨婚姻集团等。他曾多次引用《庾子山集》所收碑志和近世出土唐初石刻,证明关陇士人、山东豪杰与鲜卑胡姓的关系。他谈玄武门之变,最重视敦煌所出李义府所撰《常何墓碑》,从碑文中知常何本为隐太子旧部,故太子委以重寄而不疑。太宗得以成功,常何等人的倒戈是要害,并进而指出唐初政治斗争中控扼宫城北门之重要性。对于婚姻在初唐政治中作用的研究史料,他特别告诫门人:"女系母统对后代的影响,无论在遗传因素上或政治上均极重要。即使无直接之关系,间接之影响亦不小,应加注意。墓志铭很重要,即使是妇女的或非名人的,亦可作为史料参考。"(同前引石泉、李涵文)他在《唐代政治史述论稿》中分析李唐先世数代之婚姻状况,即从遗传因素上揭示其血统长期"与胡夷混杂"的事实。《记唐代之李武韦杨婚姻集团》,则揭出婚姻纽带所形成的初唐政治中轴的变化。这两部分研究中虽没有广泛征引石刻,但近世以来所出石刻中,有关李唐皇室及外戚婚姻状况的记载极其丰富,许多他应曾寓目,故能给门人指出深入研究的文献依凭。

他对中晚唐政治创说也极丰富,其中有关牛李党争的研究,依据石刻而得出许多可靠的结论。牛李之争以牛党胜出而告终,存世的史乘、笔记大多右牛而抑李,党争之间双方的诗文、奏议、碑志就显得特别珍贵。就牛党文献来说,寅恪先生十分重视存于《唐文粹》中的李珏撰《牛僧孺神道碑》、杜牧《樊川文集》中的《牛僧孺墓志》。李德裕先世、家室及贬死经过的研究,则充分利用了民国间洛阳所出的李氏家族六方墓志,即李德裕为妾刘氏所撰《唐茅山燕洞宫大洞炼师刘氏墓志铭》(附第四男烨记),为妾徐氏撰《滑州瑶台观女真徐氏墓志》,德裕子李烨为妻撰《大唐赵郡李烨亡妻荥阳郑氏墓志》,李尚夷为德裕侄从质之女撰《唐故赵郡李氏女墓志》,李庄为德裕孙女李悬黎撰《唐故赵郡李氏女慕志》。以这些墓志与存世典籍相参证,弄清了德裕的婚姻、子嗣情况,纠补了文献记载中的错误和缺失,确知李德裕于大中三年十二月十日(时公元已入850年)卒于崖州,其子李烨至大中六年(852)夏始获准护柩北归,葬于洛阳。这些都是有关牛李党争的重要史实,解析清楚对了解会昌、大中间的政局变化极为重要;李商隐一些与此有关的《无题诗》,如"万里风波一叶舟"一首,也因此而获得确解。

唐代文学研究

寅恪先生重视诗史互证，不管以史释诗或是以诗证史，都有众多的新解。他利用碑刻资料治文学，很重视对作家先世的研究。比如他据《白氏长庆集》中所存白居易父祖及外族碑志事状，证明白居易实为北齐白建之后，指出其"先世本由淄青李氏胡化藩镇之部属归向中朝"，其家风"与当日现行之礼制及法典极相违戾"（《元白诗笺证稿》附论甲《白乐天之先祖及后嗣》）。又如对李白家世之责疑，亦充分利用《李太白集》所附碑志传序。唐小说之研究，如释《虬髯客传》中李靖事迹，引许敬宗撰《李靖碑》为证，指出太宗与李靖君臣遇合的真相及小说之虚构，又广引文献，证明剑客之虬髯，实因太宗虬髯而窜易所致。再如《莺莺传》所涉本事，既引白居易为元稹母郑氏所作《唐河南元府君夫人荥阳郑氏墓志铭》，又引韩愈为元稹妻韦丛所撰《监察御史元君妻京兆韦氏夫人墓志铭》，证明元氏母、妻皆出士族。元稹极重姻族的显赫，进而揭出莺莺所出必非高门，元稹弃崔而取韦，实循世俗而重视门第的高下。对于唐代碑志文之信值，他多处指出其普遍因谀墓而不免溢美，引用应有所鉴别。在释白居易《新乐府》中《青石》一篇时，他取《秦中吟》中《立碑》一篇以为参证，指出二篇"皆讥刺时人之滥立石碣，与文士之虚为谀词者也。但《立碑》全以讥刺此种弊俗为言，而《青石》更取激发忠烈为主旨，则又是此二篇不同之点"，不仅点出白氏二诗的要旨，还指出唐代碑志的通病。接着，他进而比较韩愈与白居易对碑志的不同态度，"碑志之文自古至今多是虚美之词，不独乐天当时为然。韩昌黎志在《春秋》，欲作唐一经，诛奸佞于既死，发潜德之幽光，而其撰《韩弘碑》，则殊非实录。此篇标举段、颜之忠业，以劝人臣之事君，若昌黎之曲为养寇自重之藩镇讳者，视之宁无愧乎？"表彰白居易志在移风匡俗，贬斥韩愈循时媚恶，是阅读和理解二家文集和唐代碑志的读者应予充分关注的。

陈寅恪先生为学博大精深，融贯东西，视野开阔，取资闳博。石刻文献的利用和研究仅是他唐史研究中所涉文献的极小一部分。他重视石刻的价值,但也看到碑刻不免虚美的通病,在利用中有谨慎的取舍和独到的审视。他不满于清代金石家治金石而忽视经史的习尚,强调石刻的价值在于可补史乘之缺失,利用石刻可在治史中得到更可靠的佐征,在总体与局部的把握上,所见极为高远。

毋庸讳言,陈寅恪先生不是专治金石的金石学家,清代已出土的石刻研究专著,间或有未经寓目者,个别与他的论题直接有关的石刻未及利用。这里试举一例。1939年作《刘蜕遗文中年月及其不祀祖问题》一文,据刘蜕传世遗文,推定其生于长庆元年(821),排出其生平年表,为遗文作了系年,并对《北梦琐言》《唐摭言》等笔记中所述其不祭祖问题寻求解答,疑其族所出实非华夏族类。清代在陕西长安县曾出刘蜕为其母撰《先妣姚夫人权葬石表》一方,光绪间毛凤枝《关中金石文字存逸考》卷四全录之,今人编《唐代墓志汇编》亦收入。此文于姚氏家世和刘蜕早孤、从学、登第及大中间仕历记述较详,叙营葬祭祀事,尤为虔诚:"今者助教于太学,校理于集贤,又蹙于寒饥,故仪卫不周,衣底俭薄,欲终大事,所未成也。且蜕犹未羁也,令故穿土周棺,丘封四尺,同于葬口。至于饰棺以䌷,器用不就,表其权焉。庶先公之祀,若不即灭,委质负担,得有积资,当广坟杵,以衍其阡,克从祔礼,虽其刺奢,不敢避也。……孤蜕不获即死,岁时躬奉常事。"笔记所述传闻,看来大可怀疑。可惜寅恪先生未能见到这方墓石。

原载《中山大学学报》第40卷,2000年第1期

述陈寅恪先生批读《韩翰林集评注》

本书是史学大师陈寅恪先生读唐代韩偓诗的读书札记，写在民国十一年（1922）印本《韩翰林集评注》上。

韩偓（842—约923），字致尧（一作致光），小字冬郎，京兆万年（今陕西西安）人。十岁能诗，姨父李商隐称其"雏凤清于老凤声"（《韩冬郎即席为诗相送一座皆惊》）。早年风流自命，有《香奁集》，词致婉丽，多涉艳情。及龙纪登第，入仕已近五十，始风骨凛然，大节为世所称。昭宗光化三年（900）六月，宰相王溥荐为翰林学士，尝与崔胤等人定策诛宦官刘季述。次年即天复元年（901）冬，从昭宗避居凤翔，以功拜兵部侍郎、翰林学士承旨，参与机密，为昭宗所倚重，屡欲任其为相而不就。三年（903）初，昭宗归京，权归朱全忠。偓为全忠所恶，乃累贬濮州司马。次年，全忠胁迫昭宗迁都洛阳，寻杀昭宗而立哀帝，偓闻乃弃官南下，经今河南、湖北、湖南、江西等地，晚居福建。梁末帝贞明六年（920）前后逝世于泉州南安，年约八十二。偓南行后曾回忆在翰林院数年经历，撰《金銮密记》三卷，曾为司马光修《资治通鉴》所取资，为研究唐末政治之重要记录。书不传，残文有抽辑本收入《中华野史》。偓在翰院期间及南行期间，写下大量诗歌，感愤时事，慨叹身世，激昂慷慨，语意沉痛，后世论诗者许为杜甫以后最具诗史意义之作品。

韩偓诗存世版本较复杂，常见者以汲古阁刊《韩内翰别集》附《香奁集》为较善。《韩内翰别集》前半始于"入内庭后诗"，其次则循序收南奔道途诸诗，后半则多存入院前诗歌，盖所源出文本，据其自定文本而后半有所窜乱也。《香奁集》则存其自序，称其"以绮丽得意"。诸诗大体作于"庚辰辛巳之际，己丑庚子之间"，即咸通、乾符之间（860—880）。后季振宜《全唐诗稿本》、清编《全唐诗》皆据该本校录，而习见之《四部丛刊初编》影印旧钞《玉山樵人集》（内附《香奁集》），则既经分体，又多刊落原注，难称善本。

陈寅恪先生所读此本，首题"吴挚甫先生评注《韩翰林集》"，署"水竹村人题"，为武强贺氏刊印。首有冀州赵衡《韩翰林集叙》，末附壬戌秋七月吴闿生记，称"先大夫读翰林诗，考论其出处本末甚详"。按吴汝纶（1840—1903）字挚甫，清末安徽桐城人，为桐城派后期最负盛名之作者。他在同治四年（1865）举进士后，曾先后入曾国藩、李鸿章幕府，担任直隶深州、冀州知州。辞官后任保定莲池书院山长。光绪二十八年（1902）曾被荐为京师大学堂总教习，但他则提出先赴日本考察，次年归国即病卒。水竹村人为民国北洋时期曾任总统的徐世昌。作跋者吴闿生（1878—1949）为吴汝纶子，壬戌为1922年，其时吴汝纶虽已去世近二十年，而吴闿生则获任教育部次长、国务院参议，颇为荣显，故得整理先人遗著以刊行。吴氏父子于清末至民初以文学、教育著称，著作尤丰，享一时清名。然本书虽闿生称其父于韩集"考论其出处本末甚详"，然就全书翻检，除韩诗原注，及源自《全唐诗》之异闻校记外，吴氏所作解评，全书所见仅不足五十则，较有价值的部分是对部分诗歌写作背景和诗歌主旨的说明，尤其关于韩偓在院及出院后感慨时政的部分诗作的说明。然所引亦多常见文献，解诗亦仅略有少数语意之解释，间杂讲说古文之口气，如《赠渔者》"五六所谓六字常语一字难者也"之类。偶有显误者，如释《中秋寄杨学士》云："杨学士当是杨凝式，此唐未亡时作。"似完全未考虑二人时代之不相值。盖此书大约本为吴汝纶之读书随札，吴闿生存先人手泽而刊行之，虽略作补充（《苑中》下存阎生案一则），终不免仍显单薄。然此书印行时，方吴氏古文风行之时，吴闿生复在政治、文学两界资源充沛，故以大号宋体字铅排线装印行，字大悦目，天头留白充分，诚可为不择善本而喜研习披读古籍者所喜爱。

陈寅恪先生批读本书时间不详，估计在1922年至1940年间，即此书印行至其患眼疾以前。所批内容极其丰富，如关于韩偓生卒年之考释、关于《八月六日作四首》之用典及寓意、关于《香奁集》之真伪诸则，批语均逾千字，考订极其详尽。所引诸家之说及己之所见，也有较明显之区隔。

在卷首赵衡《韩翰林集叙》书眉页边，寅恪先生广征有关韩偓生平记录和研究之文献，一是引缪荃孙《韩翰林诗谱略》、震钧《韩承旨年谱》有关韩偓生卒年讨论的意见，分析生年由于对李商隐诗歌解读的差异，因而有生于会昌二年（842）和四年（844）之间不同的论证。二是引《十国春秋》卷九十五《韩偓传》以及《南唐近事》关于偓子韩寅亮之事迹，复引《五代诗话》所载与韩偓生平有关诸轶事和评论，时加案商榷。凡此皆为研究韩偓与其诗歌所必知，故寅恪先生备引而不避烦。与生平有关的另一个有趣话题是，韩偓的字，史籍有致尧、致光的记载，《四库总目提要》遽定为致尧，认为致光"以字形相近误也"。寅恪先生在《香奁集》署衔上加批语，引《新唐书》本传兄仪字羽光的记录，认为"则偓之字致光，亦与其兄仪之字羽光相类，其作致光未必便是以字形相近致误"，又引吴融诗称"韩致光侍郎"，及吴光荣《唐才子传考异》引《永乐大典》本作致光作辅证，以订四库馆臣轻言之失。

有关《香奁集》到底是不是韩偓所作的讨论，自北宋沈括在《梦溪笔谈》中提出和凝所作的说法后，历代聚讼纷纭，至清末则以震钧撰《香奁集发微》讨论最详。寅恪先生较详尽地钞录了震钧的考订意见，又钞录缪荃孙撰年谱中所举孙棨《北里志序》中关于咸通、乾符间士人经游狭斜风气的记载，另又补充黄滔《答陈磻隐论诗书》关于时风的叙述、方回《瀛奎律髓》录该集六诗归韩偓的事实，又引吴融《和韩致光

述陈寅恪先生批读《韩翰林集评注》

· 233 ·

侍郎无题三首》等与韩唱和之作的佐证。虽然没有做明确的结论，但今人有关此一问题讨论的材料，他在这里都举到了。

对吴汝纶讲评之讨论，有的表示赞同。如《六月十七日召对自辰及申方归本院》，吴注："是时崔胤为相，欲尽诛宦官，昭宗独召韩公问计，公请择数人置之于法，抚谕其余，使咸自安。此诗召对是其事也。"陈先生批："天复元年六月辛亥朔，是月十七日为丁卯。《通鉴》，天复元年六月丁卯，上独问偓云云，即是其事也。挚甫先生说甚确。"交代了吴说的依据，并从日期干支上提供确证。也有不赞同者。如《访同年虞部李郎中》自注："天复四年二月，在湖南。"吴注："天复四年即天祐元年，蜀王建以天祐为朱全忠所改，故只称天复年号，韩公殆与建同恉。"陈先生批："寅恪案：天复四年闰四月乙巳改元天祐，韩公此诗既作于天复四年二月在湖南时，故无论如何不得署天祐年号也。挚甫先生说未谛。"也有认为诸说可两通者。如《病中初闻复官二首》，吴注认为"此昭帝被弑后作"，陈批："缪谱谓详诗意为昭宗未弑前作，然'属车何在'之句，亦可依吴解。"

《八月六日作四首》，吴氏已经有所解释，认为是壬申即乾化二年（912）八月六日梁太祖朱全忠暴死消息传到闽中后，韩偓感事而作。对此，寅恪先生的讨论极其详细繁密，在该页之天头、地脚和行间密不透风似的批了大量意见，一是广引唐前典籍，说明该组诗所引典故的文本来源与具体寓意；二是具体阐释诗句的内涵所指；三是讨论组诗的成诗过程，如认为第二首"此诗诚为昭宗被弑后所作，盖有今字也，然四首之中，第二首为追咏矣，但追咏不能用今字"。

吴注未及的诗歌，寅恪先生也有许多解读。有解释诗旨者。如《梦中作》批："'再新''佑旧'一联，希望唐室复兴之意极显，宜《梦中作》为题也。"而《寄禅师》一篇中"万物尽遭风鼓动，唯应禅室静无风"二句，寅恪先生云："《续高僧传》十九《菩提达磨传》，四行第二随缘行云：'违顺风静，冥顺于法也。'敦煌本《楞伽师资记》作'喜风不动，冥顺于道'。"揭示此二句诗之禅学源头。也或解释诗中地名，分别引《嘉庆一统志》说明净兴寺、太平谷、道林寺及渌口的地望所在，对诗意理解也有裨益。

寅恪先生批语中还有许多胜义，在此不能一一枚举。

陈寅恪先生生活在中国学术从传统走向现代的转型时期。他出生在诗书簪缨世家，从小受到良好的传统学术滋养。在西方的游学经历大大开阔了他的学术视野，使他可以在传统学术的氛围中做具有现代学术眼光的开拓进取。这是一般学者在阅读他的论著时的印象。在本质上，他又是一位非常传统的学者，即将经史小学作为治学初阶，以校书批书作为日常读书积累，从大量写作读书笔记开始学术研究，这些最传统的治学方法，在他身上其实一直坚持了几十年。这些读书批书的记录，可能最初并没有出版的考虑，仅仅是在读书中将与该书有关的文献加以摘录引存，遇有疑义者引诸家说以解纷析难，有独到体悟者也兴会记录。就我所知，陈寅恪先生似乎并没有研究韩偓的专文留存，但就本书来说，他则将有关韩偓的几大纷争，在博引文献基础上基本梳理清楚了。我相信，类似的读书笔记他曾有数量极其巨大的积累，现在我们能够看到的可能只是其中很少的一部分。酌一蠡而可知大海之广阔，在这本小书中也可看到一位伟大学者的跋涉足迹。

2013年7月6日于复旦大学光华楼

（原载《古典文学知识》2015年第1期。本文为应北京某出版社约稿拟影印该书稿本而写，后因出版未获授权而中辍。）

《陈寅恪文集》与近四十年学术转型

在《陈寅恪文集》出版四十周年之际，上海古籍出版社再版这套书，最初的动议是纪念这套书，也纪念陈寅恪、蒋天枢两位先生。《陈寅恪文集》的出版，当年是学术界的大事，现在回看，可以说带动了中国近四十年文史研究的转型。

知道陈寅恪先生，大概是在1972、1973年。最初是看郭沫若《李白与杜甫》，对陈寅恪先生提出的李太白氏族问题之推测，郭沫若引李白的《上云乐》诗来加以否定，后来更听到郭沫若说他"大跃进"的计划，是准备用十五年时间，在学问上超过陈寅恪。当时真不知道陈寅恪是何方神圣。

《陈寅恪文集》当年是陆续出版的，最早一册是《元白诗笺证稿》，1978年4月出版，那时还没有用文集的名义，仅是再版。那时我还在读本科，准备考研究生，立即就买了。1978年到1981年，文集陆续出版，成为读文史的师生普遍阅读的著作，影响非常广泛。《柳如是别传》刚刚出版，同学束景南看得很仔细，有一段他看得非常之兴奋，是讲到陈子龙和宋征舆争柳如是，宋急到跳河。我研究生毕业典礼上，朱东润先生还提到他读《柳如是别传》的感觉。

蒋天枢先生，我和他的直接接触应该说不多，也不熟，我知道他，他不知道我。蒋先生1988年送医院的时候，邵毅平和我一起去的。我记得到华东医院临走要上车的时候，章培恒先生拿出一大叠十块钱的人民币，抽了好几张给我们，说是给蒋先生送过去。我印象里好像是有点凉的时候，大概是春天。

虽然我和蒋先生接触不多，但有很特别的因缘，我们当时宿舍住六人，每天都在的是我和束景南，天天在宿舍里留守，其他的都是上海人，可以回家。所以，我跟朱先生读书，束景南跟蒋先生读书，有关的情况每天反反复复谈。邵毅平入学第一天，蒋先生问道："'读书必先识字'，是谁说的？"当天晚上我就知道了。当时，我自己的学问有很多欠缺，很愿意听各方面的教导。通过束景南，我理解了蒋先生的学术，也了解了蒋先生治学的方法。辗转得自蒋先生的，就是凡是读书要先校书，校书自己要备书，有好的版本，自己手上的书反反复复地校。

我在复旦读书受影响比较深的，开始是陈允吉老师，读研以后是朱老和王运熙先生。王先生给我们讲专业基础和文献学两门课，文献学中版本校勘的部分，请徐鹏先生讲过一次还是两次，真的没有很好的训练。从束景南那里听到蒋先生所讲的种种方法，我是乐于接受的，也是多少年以来坚守的工作。我虽与蒋先生没有很深的接触，在学业上又曾深受其影响与启发。我特别愿意讲的是陈寅恪先生文集的出版，对于最近四十年中国文史之学转型所起的作用，对唐代文学研究来说，特别重要。唐诗研究，现在学者特别强调陈寅恪先生治学的核心是诗史互证。更直接地说，陈寅恪先生的诗史互证，大概是与他的家学以及他早年的读书习惯分不开的。

近年来，陈寅恪先生的读书批点本陆陆续续地出版。关于批点本，我坦率地说，水平高下不一，有的非常普通，有的一两句里边会特别奇警。前几年，北京某出版社给我寄了复印的陈寅恪先生批的吴汝纶注韩偓诗。开本很大，印得也漂亮，吴汝纶儿子入民国以后，做了教育部还是司法部的高官，所以把吴汝纶校的韩偓的诗印得很好看，天头地脚很宽，字也很大。陈寅恪先生批得非常详密，很多内容实际上是抄震钧撰的《韩承旨年谱》，引了大量的史书，多数是常见的。有几首诗的解读有特别的见解，我当时敷衍成文。后来那个出版社说没有得到家属的授权，书就没有出。

大概是二十年以前，1999年参加广州开的纪念陈寅恪先生去世三十周年的会，我还写过一篇《陈寅恪先生唐史研究中的石刻文献利用》，发在《中山大学学报》2000年第1期上。陈寅恪先生早年的学术准备，我相信一点，他读过、批校过的书数量极其巨大，加批有的多一点，有的少一点。我刚才说水平高下不一，原因就在于，在他早年读书过程中，对于一个文集的各种细节曾经详细地加以追究，这类工作的数量，现在存下来的只不过是泰山一毫芒，是很少很少的一部分。从这很少的部分，可以推知他的读书准备特别充分。比方说，在《陈子昂集》的批校中只有几句话，但是有一句特别突出。《感遇》其八（"如何嵩公辈，诛谏误时人"），陈寅恪这里批说是针对《大云经疏》说的，陈子昂的诗里出现一个词叫"嵩公"。别人都是从《神仙传》里找出处，陈寅恪在这里读出来，"嵩公"是指北周的卫元嵩，《大唐创业起居注》里讲到唐代建国谶言，有一段是卫元嵩的谶言，敦煌遗书中有卫元嵩的一组六字预言诗。而且，《大云经疏》是武后篡夺大唐江山时造舆论的文字，捏造了大量的伪谶，其中就有托名卫元嵩的谶言。陈寅恪这句话读出来的意思，在后来他的各种著作都没有用到过，我没有看到他再说过，但是这句里边他读懂了这一点，对于理解陈子昂对武周政治某些阴暗面的看法，非常重要。

陈寅恪讲元稹和白居易的佛教修养，引到元稹给白居易的信里的一句话，讲他读到《法句经》，还有《心王头陀经》。以前都没有解释这是什么书。敦煌遗书出来以后，陈寅恪特别说明两部经的水平是极差的，是层次很低的民间传的伪经。由此得出结论，这两位的佛学素养都不高。

所以，在文史互证的层面上，二十世纪前五十年国内的唐诗研究，如果要列举代表性的学者，就有闻一多——闻一多的几篇文章都写得很漂亮，纯粹从文学感受的立场上来说的。前些年，陶敏先生曾经写过文章，现代唐代文学研究的众多法门，在闻一多那里都开始了，可惜没有再继续展开来做下去。另外一位是浦江清。我觉得他最好的论文是《花蕊夫人宫词考证》，对历史悬案做了彻底的追究。最近因为看到北京出版社的"大家小书"出了浦江清的《中国古典诗歌讲稿》，讲得很中肯，各个方面都独特而深邃，可惜未尽其才。

陈寅恪先生诗史互证部分的代表作是《元白诗笺证稿》和《金明馆丛稿》两编中与唐诗有关的系列论文，《唐代政治史述论稿》中也有好几个部分涉及。他善于在常见文献中读出一般人读不到的问题。《唐代政治史述论稿》里引韩愈名篇《送董邵南序》，看到唐代中后期的文人在中央朝廷之失意，进而到河北去寻求出身，实际上是一个时代的两种不同政权之对立，士人做出了不同选择。

在他的一系列研究中，很多个案研究和传统的文史考据有不同，不同的地方在于谈到的问题、看问题的立场，都非常特别而新警。对问题之探究，传统考据最大的问题就在于，无论是归纳式的还是演绎式的，一个问题从提出到解决，证据举一端或者是转一两次就有结论了。陈寅恪的考证最特别的地方，很多问题之追究是打三四个不同的弯，是反复地推究史料以后得出新的结论。比如关于李德裕之去世和归葬的年月，李德裕的《会昌一品集》的外集中有所谓悼念韦执谊的文章，而且称韦执谊为"仆射"。陈寅恪的考证证明了，韦执谊在顺宗时候最高的官到什么位置，韦执谊称仆射是他儿子官高以后的追赠，他儿子韦绚要能够为他的父亲来追赠仆射的话，必须到咸通年间。这样的考证，他不是停留在一个文献的表面上，而是在问题提出以后，一层一层地剥开，多层地加以推究，得出可信的结论。这样的方法，包括全面地占有材料，读懂诗文本身的内在意思，以及破除传统的定说与一般正史或者常见史料的局限，努力追求事情的真相。陈寅恪对李商隐的一首《无题》（"万里风波一叶舟"）诗，也是通过这样反复地推究得出结论的。

对于元白诗的笺证，以前很多人传为笑话，陈寅恪怎么会去探究杨贵妃入宫时是不是处女？好像看起来很无聊，这一个案其实包含了一个最基本的概念——传说和历史真相之间的距离。当然除了陈寅恪,陈垣也做过同样的题目。这个题目实际上是指出唐人笔记以及《杨贵妃外传》所谈的传说,不尽可靠,用唐代最可靠的直接的材料,比方《唐大诏令集》所载诏敕,来追究历史的真相到底如何。这样一种廓清,对于问题的提出是很重要的。

《元白诗笺证稿》里有大量很精彩的部分,比方说元稹和白居易诗歌成就的差别。陈寅恪的说法其实非常简单,白居易的新乐府之所以写得好,是因为一诗一主旨,一首诗只讲一个题目、一个宗旨;而元稹思维缠夹不清,一首诗里,常常讲两三个、三四个不同的主旨,所以白居易的诗更具感染力。

他在讲到元白的私生活层面,探究下去真的有意思。他在读书中,探讨了元稹的文集以及元稹原集的面貌和流传的文集之间的差距,以及元稹的那些艳情诗讲到的事情真相到底如何。这当然是一个老话题,陈寅恪的论述特别关注元集不收而当时风行的艳情诗和风情诗。他认为《才调集》所保留的这一大批诗,本来应该是元稹文集的一部分。他在元稹这些诗里读出,元稹和崔莺莺来往之初,抱着我们现在讲的不健康的心理。他更进一步地在元稹的诗里,就是我们现在看到的最感动人的那一批悼亡诗,读出元稹内心所想和口头表述之间的巨大落差。他指出元稹的第一个妻子韦丛,即韦夏卿的女儿,她的家世以及韦丛本人的素养和能力,他认为韦丛有家室背景,但并没有太多的才华,那些诗叙说贫贱夫妻日常生活,反而给人感动的力量。他进一步读出,元稹的诗里边是这样写,但实际的行为中,在韦丛去世不久,就马上纳妾安氏。再婚的夫人叫裴淑,陈寅恪读出裴淑的文学能力和艺术修养比前面一任要好得多。这样解读作品,呈现了大量的新意。

在阐释白居易的新乐府的时候,陈寅恪强调不仅要解读诗里的意思,更要联系史实,把白居易写这些诗到底要讲什么,涉及什么,内中的隐情给讲出来。比方说,我们读得最多的《卖炭翁》,陈寅恪读出白居易的诗里所包含的实际上是宦官宫市、卖炭翁以及朝廷中的政局变化，以及内官所起的作用。这样的例子非常之多。

我觉得，最近四十年唐代文学的研究，其中包含的问题就在于到底文学研究和历史研究是不是要切割？陈寅恪把文学看作一个特定的历史环境中的文学活动，从中见到从皇帝到官员各种交往的过程中所包含的内容，就是史书会忽略的历史的某一个场景中的特定真相，这是非常重要的。所以，在最近的几十年中，当然不仅仅是陈寅恪先生一个人的影响，还有岑仲勉先生，说明所有存世的唐代文献都有传讹，所有的文学或者相关的材料都是可以作为史料利用的。傅璇琮的研究在法国社会学派的影响下，看各个层次的文人活动，以及在某些片段的可信之中，去重构这些诗人的生平状况。进一步说，全面地考订作品，阐发新史料的价值，以及最近几年比较多的唐人别集之笺证，这些工作有各种不同的学者和学派的思想的影响，也有方法的继承。可以说，陈寅恪先生的方法和治学的影响是最为巨大的。我在前年年底写过一篇文章，认为最近四十年国内的唐代文学研究达到了很高的水平，特别是在八十年代，我甚至用了"唐诗研究的黄金时期"的说法。唐代文史研究中陈寅恪先生、岑仲勉先生等前辈所达到的高峰，使得后继学者必须到了这个层面上才有继续展开研究工作的可能。

（此文据2020年1月4日在纪念《陈寅恪文集》出版四十周年暨纪念版发布会上的发言整理成稿，经本人审读润色。初刊于2020年9月28日澎湃新闻，后收入《中华文史论丛》编辑部编《陈寅恪新论》，上海古籍出版社，2020年12月。）

瞿蜕园解读刘禹锡的人际维度

——瞿蜕园《刘禹锡集笺证》评述

瞿蜕园先生去世于1973年，遗稿有《刘禹锡集笺证》，定稿稍残，整理者据其初稿补足，由上海古籍出版社1989年出版。我第一时间购置了该书，原书没有自序，仅有简单的整理说明，因此没有特别地阅读，对其成就也一直缺乏深入的理解。2001年为傅璇琮、蒋寅主编《中国古代文学通论·隋唐五代卷》（辽宁人民出版社，2005年）撰写《隋唐五代文学的基本文献》一篇，介绍此书"为刘集第一个全注本，着重于名物典章和史实人事的诠证，引征丰富，精要不烦，颇具功力"，只是浮泛的肯定。近年因全面校订唐诗，方得缘仔细阅读此书，很惊讶于此书达到的成就。虽然书出已经二十六年，仍感到有必要介绍此书之成就，以及瞿氏独到的治学方法。

瞿蜕园的人生经历与《刘禹锡集笺证》之成书

瞿之生平，复旦大学2012年田吉博士学位论文《瞿宣颖年谱》有详尽考订。述其大略，则可概括如下：瞿宣颖（1894—1973），初字锐之，后改兑之，晚号蜕园，湖南善化人，是清末重臣瞿鸿禨幼子。一生涉足政、学两界，往来南北各地，交游和治学的兴趣都极其广泛。更具体些说，则他出生在甲午战败那年，在他少年时期，其父瞿鸿禨历任署吏部尚书、充中日议约全权大臣，授协办大学士、军机大臣、外务部尚书，充核定官制大臣，地位接近宰相。欲引岑春煊与袁世凯相抗，反为袁所噬而出缺回乡。瞿蜕园因为父亲的缘故，得以广交天下名士，也深切体会官场之波谲云诡，瞬息万变。他在清季民初有深厚的旧学积累，但进入大学则接受的是现代教育。进入圣约翰大学是学生团体的骨干，转学复旦大学后更遭逢五四学运席卷全国，他是上海成立的全国学生联合会主席，并充满激情地亲自起草《学生联合会宣言》，引一节如下："期合全国青年学生之能力，唤起国民之爱国心，用切实方法，挽救危亡。远近各地，请即日响应，互通声援，以为全国学生自动的卫国之永久组合。自由与公理，为吾人同赴之目标，死生以之，义无返顾。"毕业要谋职养家，他只能在父亲熟悉的人事环境中谋发展，到北京政府任职，曾任国务院秘书、司法部秘书、国史编纂处处长，署印铸局局长、国务院秘书长等。国府南迁后，他以文教活动为主。1937年后留滞北京，下水担任诸多伪职，还曾短暂署理过伪北大校长，虽无大恶，毕竟不甚光彩。1949年后一直没有固定职位和生活来源，冒广生曾欲推荐他进上海文史馆而不果，只能靠为报社写稿，为出版社写书来谋生，后者较重要的有科学出版社约请整理清末王先谦遗著《新旧唐书合注》，为中华书局上海编辑所（今上海古籍出版社前身）撰写《李白集校注》（与朱金城合作）及《刘禹锡集笺证》。他努力希望适应新社会，但身份只是社会闲杂，要交代历史问题还是自己努力投递上去，1955年得到"不予追究刑事责任"的决定。1968年仍因私下议论惹祸，以七十五岁高龄获刑十年，八十岁瘐死狱中。

周劭《瞿兑之与陈寅恪》："中国学术界自王海宁（国维）、梁新会（启超）之后，够称得上'大师'的，陈、瞿两先生可谓当之无愧。但陈先生'史学大师'的称号久已著称，瞿先生则尚未有人这样称呼过，其实两位是一时瑜亮、铢两悉称的。"这一说法可以从陈三立、陈寅恪父子的文字中得到引证。陈三立1936年为瞿《丙子诗存》题词："抒情赋物，悱恻芬芳，而雅韵苍格，阶苏窥杜，无愧健者。"以为得窥杜甫、苏轼之门阑。次年陈三立去世，瞿作挽诗五首，《吴宓诗话》云："寅恪言，散原丈挽诗，以瞿兑之宣颖所作为最工，惜宓未得见。"足见评价之高。其后瞿、陈二人的交谊唱和一直维持到"文革"前夕。

从目前看到的上海古籍出版社存档，瞿蜕园在1961年12月26日致函称"《刘禹锡集校注》工作亦望酌量提出"，但版本及其他资料请提供利用便利。到1963年9月16日告该集笺校已毕，称"逐细考订，大致无遗，字数在30万以上"，请预支稿费。到1964年7月16日再告"现已接近最后阶段。除已交之部分外，增加注文及补充笺证，约计为十万字"。1965年1月11日，告"此稿阅时三年有余，几经修订，合计全稿约五十二万言"，前交稿外又"钩考群书，补撰《刘禹锡集传》一卷、《刘禹锡交游录》一卷、《永贞至开成时政记》一卷"，请求结清稿酬。同年11月8日寄去最后修改稿，总计约六十万字。巧合的是，恰是在这前后一二天，姚文元批判《海瑞罢官》之文发表，"文革"爆发，瞿不幸遭劫，这部书稿因已交出版社而得以保存。

陈寅恪《元白诗笺证稿》出版后，瞿蜕园特作长庆体诗《陈六兄寅恪自广州寄诗见怀杂述答之》相赠，诗末云："料君养目垂帘坐，听我翻诗转轴成。格律香山元不似，或应偷得句中声。"自注："君近著《元白诗笺证》，持论精绝，故拟其格以博一笑。"在笺校刘集时，他还通过吴宓，"有二三诗史上问题请于寅恪"（《吴宓日记续编》1964年5月13日）。陈寅恪同年作《赠瞿兑之四首》有云："三世交亲并幸存，海天愁思各销魂。开元全盛谁还忆？便忆贞元满泪痕。"表达关切思念，以及借开元、贞元历史研究寄寓家世、时代沧桑之感的共同志趣。

《刘禹锡集笺证》之学术追求

一定程度上可以认为，《刘禹锡集笺证》是瞿蜕园晚年卖文为生的一部书稿，在基本交稿后，他即提出"已陆续借支部分稿酬。兹值写定成书，可否惠予结清，藉以应付个人生活所需，实深感盼"，其困顿可想而知。但同时他又说:"关于刘集之资料,仍在继续搜集研究中,今后如有所得,尚拟补入稿中,以期尽量充实。必要时仍当分批取回该稿一用,用毕即归还。"已交稿仍未必满意,希望不断充实提高,绝不因卖文谋生而应付了事。

从表层来说,《刘禹锡集笺证》是一部符合古籍整理基本规范的著作。刘集唐时凡四十卷,到北宋已缺十卷,宋敏求另采《刘白唱和集》《彭阳唱和集》《汝洛集》《名公唱和集》《吴蜀集》等书所存刘诗407篇,另得杂文22篇,编为《外集》十卷,成为后世刘集的通行文本。瞿氏以日本崇兰馆藏宋蜀刻本为底本,参校绍兴间董棻刻本以及明清几种刊本。两种宋本虽珍贵,但前者为董康1913年影印,后《四部丛刊》收入,后者则1923年徐森玉曾影印,皆易见。瞿氏复参校《文苑英华》《唐文粹》《乐府诗集》《万首唐人绝句》等书,校勘认真,这在今日一般古籍整理者都能做到。全书没有辑佚,是志不在此,因此缺收可靠文章如《文苑英华》存拟翰林制诰,存疑作品如《陋室铭》与"司空见惯"的那首诗,稍存遗憾。值得称道的是涉及文本异文时,瞿氏每能追踪经史文本加以定夺,显示熟稔旧籍的深厚功力。如《哭王仆射相公》诗首句,诸本多作"于侯一日病",瞿校以为崇兰馆本作"子侯"为是,盖用《史记·封禅书》载霍去病子子侯暴病一日死之事,切王播之暴卒。再如《再经故元九相公宅池上作》,《全唐诗》所录有句作"蛙螟衣已生",瞿认为宋本"螟"作"蠵",是用《庄子·至乐》"得水土之际,则为鼃蠵之衣",是宋本不误。又如《咏古有所寄二首》之二"遗基古南阳",一本作"南方",瞿认为咏东汉阴丽华事,必不作"南方"。《金陵五题引》"迨尔生思",朱氏结一庐本作"乃尔",瞿谓"迨尔"用班固《答宾戏》语,"乃尔"为误解。《征还京师见旧番官冯叔达》,宋蜀本作"旧曹官",瞿谓当依《文苑英华》卷二一八、《万首唐人绝句》卷五、《全唐诗》卷三六五作"番官"是,并引《唐六典》为证,知其人为刘官屯田时的掾吏。再如《元和甲午岁诏书尽征江湘逐客》首句,宋本作"云雨江湘起卧龙",似乎可通,瞿认为此处用《易·解卦》,当

· 245 ·

依朱氏结一庐本和《全唐诗》作"云雷"。再如刘禹锡为何字梦得,他认为取名是据《禹贡》"禹锡玄圭",而梦得则可能据纬书《孝经钩命诀》"命星贯昴,修纪梦接生禹"。凡此之类,非熟谙旧籍、典实、制度、地理等,难以臻此。

就全书构成来说,则主体为刘集所有诗文的校订解读,每篇下分诸栏,一为"校",乃求文本之真,操作规范,已如前述;二为"笺证",非一般之注释文义,而是各就人事、事件、地望、制度等展开讨论,部分篇章称"注",体例未及划一,亦有"注"与"笺证"兼有者,则"注"明细节,"笺证"则发挥该篇写成时间、背景及所涉寓意之讨论。各篇详略各异,详者或至数千言,可作一篇论文看。全书之末,则有四项附录,一为《刘禹锡集传》,以刘氏自撰《子刘子自传》为本,据本集钩稽事迹以成新传,总二万余言,类年谱而将传主一生大节揭出。二为《刘禹锡交游录》,凡收五十五人,总约九万言,以刘之作品解读为依凭,稽考诸人之生平出处,重点交代与刘之交往始末及恩怨情隙,仔细阅读,方知为全书最精彩之部分。三为《永贞至开成时政记》,首末三十八年(叙至刘卒),为刘禹锡一生与朝廷政治最密切的时期,似为他考查刘诗文人事交集与政治纠葛之长编大纲。四为《余录》,为治刘集之随感而各篇难以归属者。估计以上部分皆最后完成,是总结笺证心得而尤望加以发挥者。

刘禹锡存诗约八百首,存文约二百二十篇,颇为可观。因他学问浩博,为人强项,交游至广,大多为特殊原因或人际交往而作,寄意深远,解读不易。瞿蜕园早年即成长于同光余风的氛围内,于骈散文和古今各体诗皆称擅场,特别善于体会微妙的人际应酬和复杂的政治角逐中的含蓄表达,何况他的先人曾深陷政争,他本人又曾长期周旋官场,这些独特的经历和学养使他的解诗能有许多切肤凿骨的揭发。

举一首诗之解读为例。刘禹锡《代靖安佳人怨二首》有引:"靖安,丞相武公居里名也。元和十年(815)六月,公将朝,夜漏未尽三刻,骑出里门,遇盗,薨于墙下。初,公为郎,余为御史,繇是有旧故。今守于远服，贱不可以诔，又不得为歌诗声于楚挽，故代作《佳人怨》，以裨于乐府云。"诗云："宝马鸣珂踏晓尘，鱼文匕首犯车茵。适来行哭里门外，昨夜华堂歌舞人。""秉烛朝天遂不回，路人弹指望高台。墙东便是伤心地，夜夜秋萤飞去来。"诗旨在诗引（禹锡父名绪，故序皆作引）已经说明，丞相武元衡因主张平叛，为方镇遣刺客杀于上朝途中。禹锡与武有宿怨，此时恰在南赴连州的路上，得讯而作此二诗，托武姬人口气表达哀悼。前人对此诗之评论，如宋葛立方《韵语阳秋》卷三即认为"其伤之也，乃所以快之欤"，刘克庄《后村诗话续集》则比较柳宗元同时所作《古东门行》，认为二人虽皆与武有隙，柳"犹有嫉恶悯忠之意"，刘则"似伤于薄"。然则恩怨是个人间之事，武之平叛是为国家，牺牲更属壮烈，借此泄愤，更属不堪。瞿蜕园则认为刘之怨怼仅在诗引中"公为郎，余为御史，繇是有旧故"，谓二人名位本相埒也，"今守于远服，贱不可以诔"，明己之贬斥由于武也。不作挽诗而托于乐府，"虽不为快意语，亦固不许其为人矣"。这样的解读显然比宋人更为精当，更为刘诗之"微而婉"提供具体的注脚。附录柳《古东门行》，认为柳"不以元衡为力主讨淮西者"，诗意但"慨唐室之无能"，"与禹锡之制题隐约略同"。

文章即便明白者，其本事如何，也很难得到确解。如刘禹锡祭柳宗元文有"近遇国士，方申眉头"，当然是说柳在病亡之际，得到有力者之赏识，可望起用。但国士为谁呢，瞿蜕园排比元和十三、十四年之秉政者，只能举出令狐楚、李夷简二人，但柳与令狐无交往之迹，李居相短暂也未见推挽之事，因而竟难以究明。

人际维度解读一：杜佑

读其诗需知其人，知其人需明其世，知人论世尤要辨其人之识见作为及奉公或谋私。瞿蜕园对刘禹锡进入仕途后国家大势的认识是："自贞元政主姑息，唐之衰亡分裂已肇其端。德宗既卒，继事者不得不思矫其弊。王叔文辅顺宗，首折韦皋、刘辟割据之谋，移宦官典兵之权。及宪宗嗣位，杜黄裳始谋伐蜀，李吉甫继谋经画两河，吉甫殁而裴度继之。（李）德裕秉其父训，始终以富强为务，观其会昌中措施，皆叔文、黄裳、吉甫与度一脉相承之旨趣也。至于主安静，戒生事，汲汲以容身保位为务，因而忌功害能，党同伐异，则又张弘靖、韦贯之、令狐楚、钱徽、萧俛以及李逢吉、牛僧孺、李宗闵、杨嗣复诸人夙所主张者也。"（《刘禹锡交游录·李德裕》）这是一段刘禹锡从入仕到去世四十多年政局总体走向的提纲挈领的大文字，一方面是在宦官、节帅和朝臣交互影响下，经历了七位皇帝的权力更迭；另一方面是大臣与文士因为家族、科第、仕宦、婚姻、师友等原因形成各种犬牙交错的利益集团，展开此伏彼起的政争和纠缠。政治斗争的原因经常并不是因为施政方针或原则有什么不同，焦点经常只是由谁来做，通过什么途径和方式来做。这是读这段政治史所必须了解的。刘禹锡的仕宦和文学就是在此大背景下展开。请先从他早年与府主杜佑的关系说起。

杜佑是德宗朝的名臣，从贞元五年（789）起任淮南节度使，镇守扬州十五年，保证唐东南财赋之畅达。刘禹锡从贞元十五年（799）始，入其幕府为掌书记，极受信任，且私人关系也甚密切，《上杜司徒书》曾自述："小人自居门下，仅逾十年，未尝信宿而不侍坐，率性所履，固无遁逃，言行之间，足见真态。"今存刘为杜起草的表奏尚多达29篇。贞元末杜入朝为相，直到元和七年（812）去世，其间刘亦入为监察御史，并因卷入永贞党争而长期被贬。用现在的话来说，刘是杜的部属，因杜之入朝而授京职，但在刘遭遇政治挫折长期被贬过程中，杜虽高居相位但从来没有发声，这当然是很特殊的情况。

瞿蜕园钩稽文献揭示，杜佑早年从事浙西，与禹锡父刘绪为同事。当杜以善理财而得擅东南财赋时，更乐于以世善财计的故人之子为掌书记。刘禹锡自叙与杜之相得无间，正因此特殊原因。当叔文用事时，杜已入朝为同平章事，充度支、盐铁等使，禹锡以屯田员外郎判度支盐铁案，即仍为杜之助手，且充杜与叔文之间的联络人。杜佑兼山陵使，禹锡亦为其判官。瞿蜕园认为："佑与禹锡，恩谊之深应非寻常可比"，"不意此时佑忽为流言所中，使禹锡陷于王叔文、韦执谊之狱，不加营救"。换句话说，在新政期间，刘禹锡一直仍是杜佑的助手，杜佑以位高德重，在永贞内禅以后到去世的六七年间，一直居相位而未曾改移，但刘禹锡深陷党案，遭到长期贬黜的处分，杜佑对他没有任何援接，几乎一言不发。

解开二人隐情的关键是禹锡到朗州贬所后给杜佑所上长信，其中有"飞语一发，胪言四驰，萌芽始奋，枝叶俄茂，方谓语怪，终成祸梯"之语。瞿蜕园认为飞语发自何人，语为何语，皆难以究明，但绝非王、韦之狱，而应该是起于私嫌，甚至可能借王、韦之狱为报复之举。他再参以禹锡给武元衡之启有"本使有内嬖之吏"，直指逸谤始于杜佑之左右。瞿蜕园怀疑此人或即杜自淮南升为正室的嬖妾李氏，即闺门中人干预公事，认为杜本为"位重而务自全者"，"尤易入肤受之言"，以致刘禹锡虽百般解释终难获谅解。

近年由于杜佑撰李氏墓志的发现（详《文史》第100期拙文《杜佑以妾为妻之真相》），瞿氏所疑仍可再检讨，一是永贞间李氏随杜已经三十多年，禹锡既经常出入其府第，自属旧所熟悉之人；二是其人时年已逾五十，且元和二年（807）即去世，而杜佑直到六年后致仕，方驰函于刘，稍有见谅之意。虽事实仍多不明，但杜在关键时期对自己的薄情，是让刘深感失望的。瞿蜕园从刘禹锡所述杜佑一段自污的佚事中，读出刘对杜之为官仅为容身之计的鄙夷，也是一种理解。

人际维度解读二：二王八司马

今人所言永贞革新，是指顺宗即位后，他所倚信的以王叔文、王伾为首的文人集团试图改变德宗末年的慵堕朝风，改良政治的一系列举措。但因德宗逝世于贞元二十一年（805）年初，顺宗即位后当年未改元，待禅位宪宗后方改元永贞，故史称永贞内禅。王叔文等用事时并无永贞年号。顺宗退位后，他所信任诸人或被杀，或长期贬窜，史称二王八司马，刘禹锡、柳宗元皆在其内。其实二王八司马只是一个松散的文人集团，形成有一很长的过程，彼此之间也不免有许多分歧，在失败后各人之命运更有很大不同，唯刘、柳始终如一，友情不变。瞿蜕园对诸人关系有许多精彩揭示。

王叔文集团之形成，瞿蜕园所考虽承旧说，但精细过之。他指出叔文侍太子即唐顺宗逾十八年，柳宗元与叔文相交亦逾十年，禹锡因宗元而得识叔文，相识虽晚而相知甚切，故虽叔文败亡，仍在《自传》中给王以积极评价。瞿蜕园认为顺宗之立，宦官间已存异议，而其得权之方式，则因顺宗即位时已得风疾不能视事，由牛美人侍病，美人受旨于帝，复宣于亲信宦官李忠言，李授王，王与亲信文士图议后再下中书，交韦执谊施行。所恃为病入膏肓之顺宗，且又采取如此特殊之方式，虽施行之策颇有特见，一时权倾天下，内外则不免树敌太多。至其欲谋夺宦官兵权，必招致宦官群起反对。瞿蜕园云："永贞之变，肇于宦官之分党，而成于藩镇之固位。"诚为卓识。我国台湾学者王怡辰认为，在顺宗继位前，宦官中已有拥立舒王李谊之一派在。而德宗后期怠于政事，方镇节帅或至二十年未迁改者。在新皇布新之际，各有利益必须维持，王叔文等峻急行新政，不遑顾及各方实力和利益，其覆亡自是不旋踵即可逆料者。瞿蜕园的这些分析，很好地解释了何以宪宗朝之举措与顺宗朝并无大的不同，而于王、韦诸人则严谴如此，盖历来政治之是非重点不是做什么，而是由谁及采取何种次序来做。

韦执谊为叔文集团外朝宰相，地位重要，但在刘、柳文集中皆很少提到，其人面貌颇显模糊。瞿蜕园据各种点滴记载力图追踪其人之真相，知道他出身世家，进士登科，人物俊美，但其早年官微时即因缘得在德宗前论朝士之是非，二十多岁即任翰林学士而得宠任，瞿认为德宗性本猜忌，他的这些所为必然招致朝士之"妒宠播谗"，无端敛怨，为后来的永贞事变埋下祸根。再者在顺宗居位时，执谊"既为叔文引用，不敢负情，然迫于公议，时时立异"，导致与叔文渐成仇怨。特别在永贞内禅之重大分歧点上，执谊首鼠两端，直接导致叔文之败。瞿蜕园分析说："盖叔文孤寒新进，故专倚顺宗，自谓能行其志。执谊甲族进士出身，熟于官府党援之习，不肯为直情径行之举。"是从出身背景判断两人行事风格之差异。执谊不反对太子继位，但宪宗掌政后，则仍不能谅其所为，虽最晚贬出，但所至也最荒僻之地。瞿推测"刘、柳亦恶执谊之持两端而有以致叔文之败"，虽还难断言，但执谊子韦绚则长期得到刘禹锡、李德裕的如子弟般的关照，刘之"笃念故交盖未尝稍懈"，尤属可贵。韦绚记录二人所谈为《刘宾客嘉话录》和《戎幕闲谈》二书皆有较多篇幅存世，为古代较少见的私谈记录。

柳宗元为刘挚友，放在后文叙述。

二王集团其他人，王伾则刘几未提及，原因不明。韩晔为旧相韩滉族子，虽参与较深，以累叶卿相，及祸稍轻。凌准在贬后三年即去世，最为不幸，瞿蜕园认为就所见文献考察，其人绝非禄禄者，特别是在贞元末为翰林学士，与闻德宗遗诏之草定，并进而分析同时诸人皆出生南方，"南人联袂而居禁密之地，宜为当时士论所骇"，"愈足见南北地域之见亦有以召永贞之变也"。韩泰，瞿蜕园认为是八司马中最具干才之人物，最善筹划，能决阴事，故叔文派其为神策行营节度司马，是二王谋夺宦官军权的关键人物。其虽被贬，但从韩愈元和末在袁州敢举其自代，似被谤不及刘、柳为深。其与刘交谊保持到大和间身故，更属难得。程异是八司马中最早起复者，大约在元和四年（809）即因李吉甫保荐而起为扬子留后，当时给刘、柳看到重出的希望。更特别的是他在元和十三年（818）意外入相，是八司马中历官最高者，但仅半年多即卒于任。瞿蜕园分析他虽居高位，但因本属党籍，畏祸谨慎而不敢援引朋侪，大约其人之所长在输纳理财，得有力者推挽而得大用。陈谏之名不见于刘集，瞿蜕园认为其人为八司马中最少表见者。可以补充的是，他早年为刘晏属吏，著《彭城公故事》推许刘为管仲、萧何一类人物，永贞间以仓部郎中领度支，盖亦善财税者。

人际维度解读三：元和诸相

刘禹锡因永贞政败而贬朗州司马，元和十年（815）曾短暂归京，旋再出守连州。从表面看，他远离京城，闲居外郡，无所事事，其实他一直在观察人事变化，寻找机会，希望得到有力者的汲引，虽没有大的突破，但一直在努力。瞿蜕园通过大量具体作品的解读，揭示了他的种种作为，以及最终未能成功的深层原因。

权德舆于元和五年（810）至八年（813）间为相，时禹锡贬朗州，无一语相交。瞿蜕园考出权早年曾为扬子盐官，与禹锡父刘绪同官，禹锡当视其为父执。禹锡初登第，权作《送刘秀才登科后侍从赴东京觐省序》，禹锡亦有诗赠权。禹锡晚年与德舆子权璩唱和，璩诗已佚，从刘和诗分析，有念旧之意，而刘和诗仅述与璩之交集，不涉先世旧谊。瞿蜕园引《旧唐书》德舆传"循默罢相"之评价，认为他"庸谨而已"，"庸庸自保"，"非能深知禹锡"，更难为其争一头地。

李吉甫，元和前期两度入相，且其进入中枢在宪宗即位以后，与永贞党争无涉。虽然八司马被贬时有"纵逢恩赦，不在量移之限"的严厉处分，但当八司马之一的程异被李吉甫召为扬子留后时，柳宗元、刘禹锡都看到了希望，分别致书启于李吉甫，请其代为缓颊进言。瞿蜕园从文本中读出以上史实，更进一步探究为何都难以实现。他从点滴记载中读出刘早年或曾识李，李首倡讨叛，视其政治主张与王叔文等并不扞格，又从李之为人与行事作风判读，他未必不肯援手，但最后办不成，瞿的判断是"非得解于（武）元衡不可"，即要为刘、柳解套仍要当年关键人物武元衡表态。

武元衡，可能是与刘禹锡中年经历最具关系，而事实真相最不显朗的一位。瞿蜕园在《交游录》中未列其专节，但各诗文释读时则议论较多，但仍多难解处。武年长于刘十四岁，但贞元十九年（803），武为左司郎中，刘为监察御史，地位相当。次年武任御史中丞，则为刘之主官。史云德宗死后，杜佑为山陵使，武为其副即仪仗使，刘求为仪仗判官,以助王叔文等拉拢武,为武拒绝,因此挟嫌罢武为右庶子。对此瞿蜕园有所质疑,即刘于杜佑人事为亲,且山陵使地位为高,何以弃亲重而求疏轻,认为史载不足信。瞿蜕园另注意到李吉甫指点刘仍须有求于武,并亲自抄示与武唱和诗,由刘继和。刘于是再走武的门路,有《上门下武相公启》,瞿蜕园特别注意到启中有"山园事繁,孱懦力竭,本使有内壁之吏,供司有恃宠之臣",本使必指杜佑,其时已死,刘为自明,不惜揭其短以自解。刘柳诸人元和九年(814)得召至京,瞿认为非经武同意不办,但入京后二月,关系则再度恶化,以致宰相票拟新任地方,要让刘去最偏远的播州。原因何在,瞿以为难有确解,肯定其间有不可解之事发生。旧传刘此年春初游玄都观看桃花赋诗"玄都观里桃千树,尽是刘郎去后栽",为人诬其有怨愤,白于执政,因致嫌隙。瞿蜕园认为此诗本只是一般咏怀,因一时传诵,"恶之者从而加谤,谅亦事实",但真相必不如此简单。

还要说到裴度。执政既要刘禹锡去播州,母老难于行,柳宗元提议以自己的柳州对换,自是朋友相助的无奈之举。出来仗义执言者为裴度,乃至冲撞宪宗亦在所不惜,终为刘改至连州。瞿蜕园详考二人行迹,有同时在朝之经历,但不见交往之记录,若然则尤见裴度秉公处事之可贵。其后裴度入相后出征,平定淮西,建不朽之殊勋,功绩震于朝野,刘禹锡既贺其功业,亦申述旧恩,希望得到他的提携。柳宗元作《平淮西雅》等,亦怀同样目的,但都没有盼到改移。两年后柳捐馆柳州,刘丁忧去职。瞿蜕园对此分析朝中权力变化,认为裴度在中书职主军事,未必有余暇顾及人事,而与同时诸相各不相得,终于难有作为。他还分析禹锡在南方所得传闻是裴度得到宪宗的倚重,但没有可能理解裴立朝期间的阢陧不安。此类分析,诚非老于官场者不办。

瞿对文宗时裴度因迎立之功而得掌朝事,对刘的几次照拂也都有揭示。对二人退居洛阳时虽唱和频繁,鲜及时事,认为"经甘露之变,亦必相戒以多言贾祸"而致然。

最后要说李绛。他进士比禹锡早一年,贞元末任监察御史与禹锡同官,前此则先后任渭南尉,颇存交谊。元和间为宪宗信任,以直言敢谏著名,自翰林学士入相,前后多历年所。禹锡对他寄予厚望,曾上书叙及李在私下说到对自己的哀恻,但李也始终没有给以援手。晚年彼此有唱和,但似已颇生分。后李绛因兴元兵变遇害,可说以身殉国,禹锡既为祭文述哀恸之情,又为其文集作《集纪》,即序,尽到自己的责任。瞿蜕园从祭文历述二人之交际始末,读出离合始终之感喟,更从"虽翔泳势异,而不以名数革初心",读出"不足之意"。

人际维度解读四:韩柳元白

中唐文学,韩愈、柳宗元、元稹、白居易最称大家,诸人间卓然自立而可与抗衡者,亦仅禹锡一人,即称并世五家亦可。刘与四人均有极密切之交往,虽早晚、亲疏、事功及文学建树各有不同,要为中唐最可称道的文学风景。瞿蜕园对此解读至为精彩,不能不为之分疏一二。

柳宗元为禹锡一生最心会之朋友,其为人心气极高,亦最为耿介重义。瞿蜕园特别注意到柳在长期流贬中,对王叔文始终推重,未尝有异辞,并认为其《寄许京兆孟容书》称与王叔文等"共立仁义,裨教化","勤勤勉励,唯以中正信义为志,以兴尧舜孔子之道、利安元元为务",这是共同的目标和理想,但失败则在于:"加以素卑贱,暴起领事,人所不信,射利求进者填门排户,百不一得,一旦快意,更造怨,以此大罪之外,诋诃万端,旁午构扇,尽为敌仇,协心同攻,外连强暴失职者以致其事。"相信这是他外贬多年冷静思考后的总结,瞿蜕园认为"此数十语于永贞政变内幕揭发无遗",可以揭示许多隐情。至于柳于韩、刘之关系,瞿蜕园认为"韩非真知柳者","柳于韩殆亦非心服",对刘在柳去世后一系列文章中,不道其性行,评价文章亦仅借他人之言,瞿认为"盖禹锡知宗元深,决其志事必不湮没,故不为赘词,且哀之极亦不暇文也"。

韩愈与刘柳关系的解读,大约是瞿著中最精彩的文字。众所周知,韩与刘、柳在贞元后期已有深交，但因言得罪而贬阳山，于路有"同官尽才俊，偏善柳与刘。或虑语言泄，传之落冤仇。二子不宜尔，将疑断还不"的猜疑。永贞党败，韩则作《永贞行》丑诋之，今论者或谓韩与刘、柳政治立场迥异，并进而斥其人品。瞿蜕园则认为贞元末同官中，刘所最亲者即为柳、韩，待其结交王叔文、韦执谊时，则韩已南贬，因此而廓清韩之贬因得罪王之曲解。并梳理韩遇贬之缘由，一为言天旱人饥而指斥京兆尹李实，二或为言宫市，皆与永贞诸人所见相同，王叔文等无论成党与否，皆不至排韩。至永贞败后韩所作诸诗，瞿认为确有许多"无以自解"处，如比王、韦为共工、驩兜，瞿认为是因颂圣而"运用故实不无过甚"。对《永贞行》则认为一为"宦官之拥兵者张目"，二则述"求官不得者忿嫉之词"，三则将王、韦等比为董贤、侯景，有"天位未许庸夫干"，"谓王、韦将谋篡，其谁信之"。这些过分甚至诬枉之词，瞿的解读是韩既要颂圣以让"君、相见此诗必深许其忠"，又要尽量撇清关系，"汲汲以不与刘、柳同党自明"，同时也留与刘、柳今后相见之余地。对韩之诸诗，刘、柳皆未曾以为忤，也无怨韩之辞，瞿认为乃二人与韩在政治取径上虽不同调，"乃更望愈之仕途亨遂，早据要津，始有弹冠相庆之可冀"。这样解读虽似有些俗见，但可能正是元和间三人升沉各异，始终没有"损及私交"的合理解答。柳宗元殁于贬所，韩愈为其撰墓志、祭文及《罗池庙碑》，尽了朋友之责任。刘禹锡先后有祭文悼念柳、韩，都反复述及三人之交谊。在政治风潮中人生命运会有起伏荣黜，三人虽曾稍有龃龉，而最终能友道始终，诚为不易。瞿之设身处地为古人着想，不掩恶，不苛求，极具学人之识见。

　　元稹为中唐大家，无论其出身、仕历及交往，当时与后世皆有较多争议，瞿蜕园则广征文献，为其辩白。一是《旧唐书》本传云元和初元稹针对王叔文等故事，奏请东宫官宜选正人，瞿则引元稹原奏，所针对者为以沉滞僻老及疏弃斥逐之人，并非针对二王而发。二是他的进用因得宦官崔潭峻推荐之力，朝论鄙之，因此而为武儒衡于朝官聚食时侮之。瞿以为虽然元谄事潭峻为事实，不必曲护，但其时显宦而得交宦官者并非仅此特例，个人之间的交往有和有不和，任何时代都一样。崔奏进元诗，瞿认为元之新艳诗体为当时广传，"中官进以为娱"，皇帝也未必理解其中谏诤之意。他认为朝官对元之不屑，并非因缘宦官，而是出身明经，进身太速所致。并举出元和十年（815）刘、柳等被召入京，元亦被召者之一，认为事出李吉甫，不能以召永贞党人为名，故一并召及，但诸人到京而吉甫已亡，秉政者武元衡不赞成诸人起复，因而有再贬远州之处置，元亦再贬通州司马。武儒衡为元衡从父弟，有仇隙借机发挥也很正常。三是裴度对元的极度反感，瞿分析说："至于稹与度似已至不可调和之程度。盖度腾章诋稹，非有深憾不至于此。以常理而论，度在平淮西以后，被推为元老重臣，似不应有轻率忿激之章奏，殆必有交扇其间者也。"原因难以究竟。瞿的这些分析，对理解中唐政事也很重要。至于元、刘间的交往，瞿认为二人在贞元末即可能结识，对顺宗时变政的举措，元亦应可赞成。其后元之贬官，刘颇表同情，元贬江陵，与朗州不远，来往更显密切。到长庆间元稹与李绅、李德裕同在翰林，因各自友人之关系，交往更深，刘除夔州，也可能得三人之助。其后十年，刘与元稹、李德裕关系密切的程度，几近无话不谈，且多有心曲之交流与时政之感慨，可另详下节。唯元死得突然，殊为可惜。此外，元、白齐名且交谊密切数十年，但刘与元、李走近以后，元似无意牵扯白入局，也是有趣的事情。

白居易与刘禹锡同年出生，登进士第则晚了七年，但贞元、元和间文学声名鹊起，他亦勇于言事，大多泛言时政得失，偶及中贵，因不似禹锡之结党抱团，多数情况下并无大碍。至元和十年（815）因越职言事得罪宰执，贬居江州，用世之心发生根本转折。瞿蜕园追踪刘、白二人之家世渊源与早年轨迹，认为结交于弱冠应属可能。元和、长庆间二人诗名各得擅场，有文字交往之痕迹，但绝无彼此私谊可言，是甚为可怪者。白居易云二人初逢在宝历二年（826）秋，时白自苏州因病去职，刘则和州任满，不期而遇于扬州，时二人皆已五十四岁。瞿蜕园虽认为"初见""初逢"都是泛言，但也找不出二人前此同游之确证。不可思议的是，此后十六年，二人似乎一下子都认可了对方的价值，成为最好的诗友。特别是大和五年（831）元稹去世以后，与刘唱和更频繁。《淳熙秘阁续帖》载白与刘书云："微（元稹）既往矣，知音兼勍敌者，非梦（禹锡字梦得）而谁？"

瞿蜕园认为白、刘二人志趣颇有不同，禹锡始终未忘用世，而居易中年后敛尽锋芒；在人事上，居易因婚杨氏，与杨汝士兄弟亲好，而诸杨则属李宗闵、牛僧孺一党，禹锡则与李德裕为莫逆之交。虽然有这些不同，但瞿蜕园认为元、白、刘三人同为开元和新派之人物，为诗各成壁垒，居易尤能知人，能服善，特别称赏刘禹锡"雪里高山头白早，海中仙果子生迟""沉舟侧畔千帆过，病树前头万木春"二联，得其神妙。挽刘诗"杯酒英雄君与操，文章微婉我知丘"二句，"概括刘禹锡一生遭际，与二人之契合，其旨甚深"。也就是说二人唱和诗虽很少涉及时政，但"感往伤今，惊心触目，殆只相遇于无言"。二人之友谊，与刘、柳之深交，虽在不同的层面，但有特别的境界。可以说是脱尽铅华，勘破事功，在风花雪月中悟出人生的真谛，在心照不宣间彼此惺惺相惜。

人际维度解读五：牛李诸人

长庆以后，牛李党争激烈，此升彼降，势如水火，士人各有取舍，趋避为难。如白居易即因此自称朝隐，尽量规避。刘禹锡个性强烈，好恶分明，此时既与李党之李德裕、李绅、元稹等交往密切，曾编与德裕唱和诗为《吴蜀集》一卷，与牛党之牛僧孺、令狐楚交谊亦密，与令狐唱和十九年，往返七十九次，有《彭阳唱和集》三卷，此外与李逢吉、杨嗣复、杨虞卿等也有过往。怎么解释这一独特的文学现象呢？瞿蜕园各有很具体的解说。

李党的几位关键人物，如李德裕、李绅、元稹等，与刘禹锡都堪称挚友。

李德裕是晚唐最有作为，也最多争议之政治家，其一身亦关涉唐后期之诸多重大事件。瞿蜕园特别关注德裕二事，一为以门荫出身，为进士出身之清流所不喜；二是欲成就事业而不能不笼络宦官，甚至平定泽潞后追戮甘露蒙难诸人之遗族，以求欢于宦者。但引拔寒素，平定叛藩，经略边事，振刷有为，也确无他人可比。刘禹锡与他结交大约始于长庆至大和初，结识虽晚，很快就结为莫逆，颇为知遇。瞿蜕园读出李德裕初镇浙西，有《霜夜对月听小童薛阳陶吹觱篥歌》，述听乐后之沦落之感，时白居易、刘禹锡、元稹皆在东南，各和此诗，元诗已佚，白诗专就听乐铺写，不涉德裕之心事，禹锡和诗则直接德裕心境，乃至为唐末罗隐所激赏。李德裕随即作《述梦四十韵》，叙述担任翰林学士承旨，接近权力中心的感受，并及外守后的凄凉抑塞，仅寄翰林同官元稹，元稹唱和后，李再示禹锡，禹锡虽未曾入翰林，但被二人视为知己，亦步韵相和。李德裕后来将此组诗收入其本人文集。此组诗显示三人间亲密无间的友谊，且因涉及翰林院景致与制度，四十韵皆次韵，有大量自注，也在史实与文学层面上有重要价值。接着李再作《晚下北固山喜径松成阴怅然怀古偶题临江亭》长诗分寄二人应和，但三人诗仅刘诗完整保存，李、元诗皆仅存残句。仅就刘诗看，李因凭吊六朝故地而述强烈的用世之心，刘则感同身受，以"用材当构厦，知道宁窥牖？谁为青云高，鹏飞终背负"为结，对李寄托希望。那年李三十六岁，比刘年轻十五岁。其后二人唱和不绝，李改镇滑州，作《吐绶鸟词》示刘，刘和诗借鸟之遭遇喻李之屡为异党排斥。李入镇四川，游房琯故地，作诗再示刘，刘和诗有"目极想前事，神交如共游"，瞿蜕园认为刘"洞悉其心事"，即感慨李与房命运相似，难展长才。大和七年（833）李德裕入相，赋《秋声赋》以结好令狐楚，刘和此赋，瞿蜕园认为他虽不肯作衰飒语，但亦自知难有机会行其志。果然仅一年有余，李即为李训、郑注等所挤，罢相再度出镇浙西。刘禹锡方守汝州，乃出州境为其送行。李虽再度蹉跌，但因此躲过甘露之难，乃不幸中之大幸。李、刘后来的命运是大家熟悉的。瞿蜕园说：禹锡虽一直"望德裕之相汲引，不谓德裕得势于会昌初，禹锡已老病且死矣"。

李绅早年与元白因首倡新乐府诗而得名，长庆初与李德裕、元稹同为翰林学士，因声气相类，结为党援，此后其历官大起大落，皆与党争有关。他与刘禹锡年岁相同，会昌二年（842）入相，即德裕所引，若禹锡时方健朗，未始没有机会。禹锡与绅元和中相识，大和末一镇越州，一守苏州，因有唱和。瞿蜕园推测"必常有书问往来"，惜并无明证。

李逢吉登第较禹锡晚一年，但元和后期入相，与裴度为敌，长庆间再入相，则与李德裕等为敌。瞿蜕园认为禹锡周旋其间，因身不与政局，得虚与委蛇，交情不深。从唐末开始，有逢吉夺禹锡家妓之说，始则《本事诗》载之，继则《南楚新闻》演之，瞿蜕园认为二人其间仅一度相见，逢吉虽凶暴，必不至如此无礼。我赞同其说，且以为瞿考尚未尽言，当别文详辨之。

牛党另一要人杨嗣复，其父杨於陵与禹锡元和间颇多往还，故与嗣复亦有唱和。瞿蜕园认为所作"语皆谀颂，非有深意"，并进而认为"禹锡此时年老，怵于朝端南北司及党祸之烈，必亦无意于进取"，故与党争诸人"无不虚与委蛇"。是较妥当的解释。类似的情况在李珏、杨虞卿等人身上亦复如此。其中杨虞卿与白居易为姻亲，与刘也为旧识，大和间因有私人来往。比较奇特的是杨之小姬英英亡故，刘、白乃至从未谋面的姚合一起唱和哀伤，展示其时士人私生活的情景。

但牛党中令狐楚、牛僧孺二人，刘禹锡是真心相交的，情况比较特殊。

令狐楚今人多视为牛党人物，瞿蜕园从科第和宦迹分析，他因河东兵变后助严绶继任而得揄扬，与李宗闵、李逢吉、杨嗣复相交尤彰，奇特的是他之所敌皆禹锡所厚者，他与禹锡虽订交甚晚，但交谊甚笃，至死不改。瞿蜕园分析，他与刘禹锡初见并订交在元和十五年（820），时楚遭遇重大挫折，自宣歙观察使再贬衡州，与刘经历相似，故有同病相怜之感。对二人之交谊，瞿认为二人"似止于文章，而不及政事"，令狐对刘的前途虽颇关切,也曾数度相约欢聚,但并没有实质的援借。结论是:"楚之为人,小有文名,而务营党结私,所昵近多非端士,即与禹锡气类不同有明征,而私交顾始终无间。"虽感对令狐贬斥稍过,但气类不同自亦可成为笃友,人之交往本可以有多种类型。

牛僧孺于刘、白皆为后辈,元和初急切言事虽起波澜,但仕途则颇亨畅,方逾四十即入相,为牛党魁首人物。据《云溪友议》卷中《中山诲》所载,牛登第前投卷于刘,刘率性褒贬,因此有隙。直到大和、开成间得缘相见,彼此赠诗述及往事,时牛已两度入相,刘则以幕府署郎职,至此居然相隔近四十年,仍为郎官,彼此地位相差悬殊,牛赠诗有"莫嫌恃酒轻言语,曾把文章谒后尘"句,虽略憾于往节,但对先进仍存礼数,刘则以"追思往事咨嗟久"表达歉意,以"待公三入拂埃尘"请牛见谅,终能尽释前嫌。瞿蜕园对牛之为人为政皆颇多批评,但也认为待诸人退居洛阳时,皆以年高无复宦情,牛亦不忌刘、白二人,"聊为游伴,只谈风月"而已。且在唱和中,白因曾为牛座主,有恃旧之意,"刘则词句多含谀颂,自处亦极谦抑,足征其惩前车之覆,力求解释旧嫌也"。

人际维度解读六:其他诸人

永贞至会昌初三十八年,曾居相位者约四十六人,与刘有个人交往者多达二十五人,实在很可观。其他仆尚丞郎、方镇大员、文臣名士来往者更不可胜数。瞿蜕园的解读,颇关切刘禹锡与诸人之交往始末,及其人之为政大节及人品末行。略举数人如下。

王播,中唐时长期镇淮南,领盐铁,长于理财,但为政名声不佳。禹锡与他谈不上私交,但在他去世后有三篇哀挽随感之诗文。瞿蜕园认为祭文为代诸郎中作,照顾场面时偶存调侃。而挽诗则自抒己意,既以霍子侯为比,以及"歌堂忽暮哭,贺雀尽惊飞"句,见其平日声势之烜赫,以及暴卒后之门庭冷落。另认为《有感》:"死且不自觉,其余安可论?昨宵凤池客,今日雀罗门。骑吏尘未息,铭旌风已翻。平生红粉爱,惟解哭黄昏。"为感王播暴卒作,讥其"不存士行,奸邪并进",仅知留连红粉,"不务荐达士类"。

王彦威,为中唐后很少不以进士出身而致身通显者之一。瞿蜕园分析其为元和相李鄘之内姻,或因此致身通显。又分析其政治立场,为依附李宗闵一党者。禹锡既为其父撰碑,又与其有诗歌唱和,瞿蜕园认为:"禹锡于宗闵之党方得势时,不显与立异,亦不绝往还,要之胸中非不辨泾渭者。"

甘露四相中王涯年辈最长,历官亦久,与禹锡亦最为旧交。甘露之祸无辜蒙难,如白居易早已淡忘世情,所作《九年十一月二十一日感事而作》"当君白首同归日,是我青山独往时",用潘岳事,哀王涯诸人之不幸。但禹锡全无述及。瞿蜕园认为:"及涯被祸,禹锡甫到同州刺史任,于甘露事变之始末,仅能得之官报,故默无一言矣。"又说:"要之禹锡与涯相交岁久,甘露之祸,人所同愤,虽无一言,亦不能不隐为之悲也。"稍有些强作解释。

李程,宗室,贞元末任监察御史时与禹锡有过一段同事经历,二人友谊似乎一直保持始终。柳宗元亡于柳州,韩、刘各在南方,李程适为鄂岳观察使,居南北通衢,故刘托其料理柳之后事。李程成名早,历居要职,敬宗时短暂为相。刘禹锡可能有两次到他任所探访。瞿蜕园对此都有具体的解读,比较有趣的是还在韩愈诗中读出一段露骨地对李程表达不满的话:"我昔实愚蠢,不能降色辞。""公其务贳我,过亦请改事。"(《除官赴阙至江州寄鄂岳李大夫》)虽寄了诗仍绕过武昌,取道安陆归京。虽事实不明,但韩之为人木强,于此可知。

瞿蜕园也承认,有些人事解读由于文献欠缺,仍多不可解处。如刘禹锡贞元末任屯田员外郎时举柳公绰自代,这虽是贞元初确定的官场惯例,但推荐者必须对被推荐者有为人为政方面的认可,误举将遭连坐。瞿推测可能是因柳宗元的缘故,但公绰与宗元并非同一房支,而其后公绰致位显达,与禹锡并无过从。瞿蜕园认为"不可解",是合适的。

结 语

《孟子·万章》云："颂其诗，读其书，不知其人，可乎？是以论其世也，是尚友也。"知人论世遂成为后世评论文学的重要原则。唐宋以后，诗文在人际交往中发挥了越来越重要的作用，在中唐时期的风气转变越来越明显，诗文写到的内容越来越广阔，涉及的人事越来越具体，制题、加注等方面所作交代也越来越详密，而诗歌本身在语词方面的凝练、雅洁，特别是古典和今典的大量运用，要表达的意见除当事人以外，越来越不易为一般读者所理解。一个人一生要结交无数特定的人物，诗人与各种人等因家族、科第、仕宦、师友、恩怨情仇等各种原因，形成错综复杂的人际关系网。梳理人事，解读作品中渗透出来的或显或隐交际维度，是准确而深入解读作品的关键。要臻于此，则要学者对诗文不仅要读通读懂，更要读穿读透，即以娴熟的古典诗歌驾驭能力，深厚的人生阅历特别是官场体悟，体会作品表达的表层意思和深层蕴含，并广参史籍，在准确定时、定地、定人的基础上，还原历史原貌，给作品以深度阐释。瞿蜕园大约是古典诗歌最后的娴熟掌握者，加上他的家世渊源、仕宦经历，以及历尽沧桑后的人生参悟，发为学术，因而能大大超越前人的研究。他的好友陈寅恪治元白诗而得享誉学林，瞿蜕园治刘禹锡，是不是有与好友一较高下的想法呢，目前看不到具体的记录。但可以判断的是，他在六十六岁高龄，且生计窘迫，只能卖文为生的情况下，坚持数年，完成如此高水平的学术专著，实在应该令我们肃然生敬。

与瞿蜕园同时，卞孝萱著《刘禹锡年谱》，1963年出版，瞿当时曾得见。八十年代后则蒋维崧等有《刘禹锡诗集编年笺注》（山东大学出版社，1997年），陶敏、陶红雨有《刘禹锡全集编年校注》（岳麓书社，2003年），细节比瞿书肯定有所超过。瞿为当时条件所限，文本未及校，辨订未精密，不免仍有，但瞿当年达到的深度和高度，似也很难为后人超越。无愧经典，令人景仰。

瞿蜕园出身名门，熟谙文史，擅各体诗词，兼习水墨丹青。其治学博洽多通，长于治史，于秦汉史料、历代掌故、社会风俗、职官制度、方志编纂及唐诗文笺证，均造诣独到，各有专著。才情学养，为近代所罕见。其亲历近现代诸多历史事件，交游者亦皆一时贤杰。然以文人从政，不免蹉跌，回归学术，又遭逢坎坷，晚年卖文为生，不能尽展平生所学，这是他个人之不幸，也是一个时代的不幸。即便如此，他仍留下了极其丰厚的学术遗著，值得做全面系统的整理研究。

2015年11月17日于复旦大学光华楼

刊《东方早报》2016年2月21日

张煦侯及其《通鉴学》

今年是司马光诞辰一千周年，北京联合出版公司准备重印近人张煦侯先生所著《通鉴学》，嘱我写一段介绍文字。我在从学之初曾认真读过《通鉴学》，对阅读《通鉴》，启迪治学，颇有助益。那前后曾通读《通鉴·唐纪》，以后著《旧五代史新辑会证》，曾仿照司马光《通鉴》先做长编的办法，对五代史料有详尽的排比，对司马光史学更增深刻的服膺。故乐于写点文字纪念司马光，也介绍张煦侯的大著。

张煦侯之生平与学术成就

安徽师范大学出版社2018年5月出版杨柏岭编《张煦侯文史论集》，附有三篇张氏生平事略，可据以了解其生平经历。

张煦侯（1895—1968），名震南，以字行，笔名张须，书室名秋怀室、唐风庐。世出桐城，移居淮阴，至煦侯已为第七世。幼习四书五经，乡里有神童之誉。稍长则科举已废，十五岁入南京中等专业学堂预科，十八岁入江苏法政专科学校。三年卒业，归于淮阴第六师范任教，授法制经济。性不喜之，寻弃而钻研桐城古文。辗转馆于淮阴徐家，为其助理省志征访事，得以遍览群籍。年二十五执教于扬州第八中学，专授国文，历十八年之久。与范耕研、王绳之为友，研读诸子，崇尚朴学。抗战军兴，中学解散，淮阴沦陷，张氏携家避难洪泽湖滩，结草为庐，命曰唐风庐。退居六载，以气节自尚。其间据先前读书笔记，著成《通鉴学》，借表彰温公史学以明志。书自1946年由上海开明书店印行，名重学界，曾多次在中国大陆、中国香港和中国台湾重印。

抗战胜利，张氏先后执教于扬州中学、上海震旦大学、徐州江苏学院。1953年起，任教于安徽师范学院，直到1968年逝世，得年七十四岁。

张氏生当清季，经历数度鼎革，长期任教于中学与师范学院，生活地点远离中心城市，与主流文史学圈也殊多隔膜。然学有根底，兼通文史，于新旧学术尤能细心体会，自成认识。平生勤勉，颇多著述，除《通鉴学》外，已刊有《师范国文述教》《中等学校实用应用文》（皆商务印书馆，1927年）、《国史通略》（中华书局，1930年）、《通志总序笺》（商务出版社，1934年）、《王家营志》六卷（1933年铅印本）、《淮阴风土记》（1937年铅印本，台湾曾重印，见尤坚《文史名家张煦侯》[收入《秋怀室杂文》，安徽人民出版社，1980年]）。未刊者尚有《四史读记》《清政十论》《秋怀室文编》《尊疑室杂文》，诗词集数种和1950年至1968年日记十一本（据许琦《张煦侯传略》）。

最近出版的《张煦侯文史论集》，收录张氏学术论文28篇，多撰写于1949年前。较突出者有以下几篇。《研究国学之途径》，1935年至1936年发表于《国光杂志》，四万余言，分经学、史学、哲学、文学四编，表达在新学渐占主流背景下国学之价值，颇多通达之见。《郑樵著作考》，为其著《通志总序笺》一节，所列达九类五十七种，堪称大备。《万季野与明史》，1936年刊于《东方杂志》，补订梁任公说之未详，为那时的学界热点。《北音南渐论证》，1947年刊《国文月刊》，以己所居淮阴为基点，以入声在北音中的变化，谈其南渐之痕迹，篇幅不大，意义重要。《〈唐语林〉中的口语成分》，1958年撰，次年刊出，篇幅逾两万，详尽讨论唐代新词的渊源，新词的多音节倾向，重点探讨口语虚词，在那时实属难得。凡此皆可见张氏以旧学积累，涉及当代学术，尤得益于长期任教之积蓄，信笔所至，皆能不同凡响。

《通鉴学》之成书与内容

张煦侯就《通鉴学》之成书与写作缘起，在初版自序中有说明，盖以《史记》之作，太史公颇为自负，班固《汉书》，亦谓"穷人理，该万方，纬六经"，而温公书成，毫无尊异之心，其言卑谨，且陈"其间抵牾，不敢自保"。张氏认为"以不世出之巨编而拗谦若此，是岂不足以深求其故也"。同时，更有慨于后世史家"或毛举其抵牾"，而于温公"用力之勤，网罗之富，抉择之密，叙事之有条不紊"，常缺乏必要之认识，因成此通论《通鉴》之著。

张氏自述，早年因循世俗，仅看袁枢《通鉴纪事本末》和朱熹《通鉴纲目》，对温公之学缺乏认识。三十以后，买得《通鉴》本书，积十多年之阅读，方有体会，更认为自己"性刚才拙"，与温公助手刘恕性格颇同，世乱蝈螗，避地乡间更类温公之退而著书。据他自述，因避地乡间，不仅无书可查，连《通鉴》本书都没有带出来，手边仅有历年阅读《通鉴》所摘资料和阅读心得之札记。如此困顿之中，大约更便于脱离《通鉴》所涉1362年间的各种史事是非，从闳通的立场揭示《通鉴》之史例与价值。

《通鉴学》分七章，总约十一万言。各章要旨，可以根据张氏本人1948年为《图书季刊》所拟介绍来稍作说明。

第一章《编年史之回溯》。述《通鉴》前编年体史书之沿革与分野，以明司马光著书之渊源有自，并非创格。唐刘知几著《史通》，有《二体》一目，分论纪传体与编年体之不同，于编年体溯始于《春秋》。张氏则认为"《竹书纪年》、殷墟卜辞、诸侯史记，则为三代之编年史体。左丘明出，乃集大成"。《通鉴》主要是承续《左传》而成书。

第二章《通鉴编集始末》，此章述《通鉴》编纂之缘起，引温公嘉祐间之书信议论，见其早年之认识，述其受诏后所得之支持，三位助手之分工协力，全书陆续奏进至最终之完成。脉络清楚，要言不烦。

第三章《通鉴之史料及其鉴别》，本章以《通鉴考异》引书为主要依据,"探索司马氏取材之书,得三百零一种"。此一工作,南宋洪迈《容斋随笔》、高似孙《史略》都有论列,张氏当然了解,他的工作较前人有很大推进。相信他曾就全部引书做过周密统计,将其分为正史、编年、别史、杂史、霸史、传记、奏议(附别集)、地理、小说、诸子十类,各书之存佚,间亦有所述及。《考异》所见司马光鉴别史料之方法,张书区别为六类,即参取众书而取其长,即在同一史事在不同史书中之记录,必求兼备参酌,比较分析后,取记载相对可信者,或稍备之一说,此其一;两存,即一事在两书有歧互,难以做出明确判断时,不妨互存兼采,避免主观武断,此其二;两弃,遇到前述歧互情况,似皆无确定的理由,或各自有显然的传误,故一概不取,此其三;两疑而节取其要,史料有分歧,各自有疑,各有所长,故虽两疑,但仍摘存要点,足见慎重,此其四;存疑,在史事不明时,史家不要强做判断,适度存疑,把握分寸,最见掌控史笔之能力,此其五;"乃兼存或说于考异",与前各款又有所不同,许多枝末小事,如时间、地点、人物,《考异》常以繁复的篇幅给以考证,原因在此,此其六。张氏说,"宋人不以考证鸣,而司马氏在在用考证方法,又不流于猥琐,卓然成一家之言",这种实事求是的治学精神,实已开清代朴学先河。张氏此节,我以往读得最熟,不仅熟背各引书书名,且对各书引录有所索引。汉学重考据,宋学尚议论,是一般而言,宋学也有考据精密者在,其方法更沾溉于后学,此张氏论温公文献而具之特见。

第四章《通鉴史学一般》。此节揭出五端,一曰《春秋》之意,二曰《左传》之法,三曰儒家之宗旨,四曰本朝之背景,五曰著者之特见。张氏自述"秉《春秋》之意",是指"发挥名分之义"。引章炳麟说,认可温公修史不为"褒贬笔削之说",张氏既表赞同,另据温公《进通鉴表》,谓其"专取关国家盛衰,系生民休戚,善可为法,恶可为戒者",为其删削之四项标准,且贯彻全书。张氏特说明《通鉴》全书自三家分晋始,见王政之衰与七国之立,其后一大段议论,在于"发明天子之职莫大于礼,礼莫大于分,分莫大于名",为全书纲维所在,最不可滑过者。而《左传》之法，张氏列举时间本位、作者意识本位、人物附载、重要文字附载、政制附载、杂事附载诸项，兼及史事隐相衔接、诸国事平均纂述，看似平常，实非对二书透彻理解而难以臻此。

张氏自述温公守儒家宗旨，指"是非不谬于圣人"。张氏引程颐论温公之纯粹不杂，引《宋史》本传见温公"持身之慎，检己之严"，可称醇儒。复引其史论中对子臣之道、君相之职、立身行己之要的议论，见到温公对"刑赏、仁暴、义利、信诈、名实、才德、奢俭诸端"之议论，"温公辨之最严，持之最力"。张氏谓《通鉴》"寓北宋当时之背景，不独案论处而然"。案论指司马光引前代史家论断六十多则，又以"臣光曰"之议论有一百十九则，多寄当世之慨，如胡三省曾揭出"智伯才德之论，樊英名实之说，唐太宗君臣之议乐，李德裕牛僧孺争维州事"，几乎就是他对新法廷争之继续，读者较易明白。张氏更引《续通鉴》所载温公进读迩英时之议论，以明一般史事叙述皆寓时论，可谓善于读史者。

著者特见部分，张氏罗列四项，一曰不别正闰，二曰不信虚诞，三曰不书奇节，四曰不载文人。在此仅说一、四两项。正闰之说，肇萌于五德、五行之说，汉以后论述至多，因关涉政权继承之合法性，以及历史上多个政权并存时期之谁主谁次，分歧尤多。宋初对此并不重视，如《册府元龟》为诏编之书，南北朝以北为正，以南朝为闰，五代以后唐、后晋、后汉、后周为正，后梁为闰，与宋廷承续有唐与五季之正统有关。在司马光以前，欧阳修斤斤致论于正统之说，认为后梁虽属僭夺，而事实已拥有中原大部，应列为正统。司马光对此立说更属通达而有勇气，即承认曹魏承汉为正统。其说见于黄初二年刘备即位下之"臣光曰"，自称"臣愚诚不足以识前代之正闰"，而认可的原则是："苟不能使九州合为一统，皆有天子之名而无其实者也"，反对以仁暴、强弱、居地、承授来区别正闰。他认为如刘备称汉中山靖王后，本已族属疏远，与刘裕称楚元王后，李昪称吴王恪后之类真假难辨者一样，不能成为绍续汉唐正统之依据。张氏赞许温公"如斯史识，可谓空前"，且全录前述一节议论，认为："此一篇者，态度坦白，旗帜鲜明，实为有革命意味之重要文字，冬烘先生之所疑，而研究温公史学者所必读也。"后来朱熹修《通鉴纲目》，严辨正闰，对温公此论期期以为不可，即此所斥"冬烘先生"者。不纠缠正闰，温公可以不带好恶地客观叙述历代史事。至于不载文人，在温公致范梦得书中，已有说明。张书承历代之说，赞同《通鉴》以致治为撰述宗旨，故于"动人欣赏之美术文字，未尝附见"，"苟可以反映一时之民众心理"，如汉之《长安谣》，后秦之赵整歌，天宝间为杨贵妃歌，亦有所披载。张氏对此有所理解，然书末仍感慨其"文化史料之太略"，终不免文人论史家之本色立场。

  第五章《通鉴之书法》。历代修史，皆秉《春秋》褒贬及太史公实录之说，寓作者对史事与人物之态度。张氏认为《通鉴》自有其特定书法，是不能为《春秋》及史公所笼罩。前人论此者，温公曾孙伋著《通鉴释例》揭为三十六例，刘恕子羲仲也有论列，但多不为胡三省所采信。张氏所述，参酌前人而有所变通，就年、人、事三端展开分析。年是指时间，编年体史书的基本特征是以时间为序。司马光要考明1362年史事，所见文献各个时期有很大不同，如唐代以实录为基础，叙事可以详尽到每年的具体月、日，他朝未必能及此。编年的基础则是务明历代所用之历法，以明朔闰。司马光有幸得到已故律历学者刘羲叟之《长历》，存汉元帝到五代末之年历，以之为工作依凭，并节存于《通鉴目录》。张氏归纳温公的编年之法，一为隔年首事与终言之，二为岁阴岁阳纪年，三曰不同时期书岁不同，四曰天文现象不备书，五曰凡年号皆以后来者为定。与人相关者，张氏也归纳为五条。其一，帝王曾混一海内者，与其子孙皆用天子法；一时代各政权实力相敌，本非君臣，用列国法。其二，国名人名有同者，增名以示区别。其三，书人必以名，即犯宋讳亦不改；以字行者书其字，胡人后改汉姓者，从其后姓。张氏举例说如崔胤、马殷，皆直书，唯"臣光曰"称崔胤为崔昌遐，对天子言不得犯讳故。其四则人之初见者多冠其邑里，或插注世系；将卒者有谥必书，弥补了编年体不以人为本位的不足。其五为书人虽无褒贬，但有变文见意者。叙事方法也有五条，即叙事或先提其纲，后述其详；长篇叙事，多先溯由来，次及本事；书一事而他事连类而及；书一事而同时谋议莫不备载；一事初见者，述谨始之意。此章所述，看似多为细节，然旧史所讲义例谨严，多从细节考量。张氏梳理揭示，足见读史之细心得要。

第六章《通鉴之枝属与后继》，张氏述此章"所举书三十余种，各评其得失"。自述甚简，而所占篇幅甚多，盖欲建立一门学术，自当明晰其相关著作及后世影响。

本章以温公在《通鉴》同时完成之著作为"枝属"，后世接续之著作为"后继"。温公修《通鉴》前，已有《通志》八卷奏进。修《通鉴》期间，同时完成而为世所习知者，有《通鉴考异》《通鉴目录》二书。张氏网罗文献，知存者有《稽古录》二十卷、《涑水纪闻》十六卷，虽逸原编而存于《稽古录》者则有《历年图》及《百官公卿图》二书，以及《通鉴释例》，虽编在温公曾孙伋，然多存温公著书时旧说，为存者七种。亡者则有《通鉴举要历》八十卷及《通鉴节文》六十卷，亦援据文献明其内容及遗失原委。后继部分之论列，用力尤深，细分为踵纂、注释、订补、论断四目。如踵纂，又包含协助温公著书者刘恕先于《通鉴》完成之二书，宋人胡安国、龚颐正、蔡幼学接续温公相关书之著作，李焘、李心传、刘时举据《通鉴》体例述本朝史诸书，金履祥补《通鉴》前史之著，以及明清诸家循例撰宋以后各代编年之著。至袁枢改编《通鉴》，以事为中心作《通鉴纪事本末》，朱熹责温公不讲正统、不明褒贬，删节其书为《通鉴纲目》，二书又各有所枝衍。注释一派，宋有多家，仅存史炤《释文》，张氏斥为"浅陋粗疏"，而独重胡注，此自是明清以来通论，张氏于胡注得失各有叙述，态度也较客观。订补一派，张氏特别推重的，一为刘恕子羲仲著《通鉴问疑》，赞其能读父书，虽未及见温公，而与参修学士范祖禹讨论独多，范之解答，也颇得其要；二为严衍《资治通鉴补》二百九十四卷，赞为"胡身之以后仅见也"。论断一派，指借《通鉴》以讨论兴亡、褒贬人物者，代有其书，张氏对此仅述李焘、张溥、王夫之数家，点到为止，因此派与温公学术关系最远，不必深究。

第七章《通鉴之得失与编年史之改造》。张氏谓其论《通鉴》之得有三，"合《纪》《传》《表》《志》为一编，合独断考索为一编，合史学文学为一编"。失亦有三，"系年方式之过整，文化史料之太略，作者感情之或偏"。书末更提出改造编年史之建议十九则，可见其研究旧史学、建设新史学之用意。

以上略述《通鉴学》之全书宗旨与各章大义。张氏自云以四、五两章最为重要，我于三、六两章亦深致意焉，故分述如上。

《通鉴学》的学术地位

张煦侯先生成长与为学的时代，旧学未断，新学竞萌，新旧交战，也互为参取，各成气象。张氏幼习经子，学出塾师，虽进新学堂，仍眷情文史，自拓疆域。著述皆存旧学根基，参新学因子，足成一家言。《通鉴学》之内容既如前述，其成就前人讲之已多，局限亦显而易见。

《通鉴学》初版出版至今已七十三年，张煦侯逝世已逾五十年。1957年此书再版时，作者曾稍有删改，并撰《再版自序》，表达他对时代改变后认识的相对变化。但也可从中读出，所作删改所涉极其细微。

七十多年间，出版研究司马光与《资治通鉴》的著作，我所见即有几十种之多。其中最重要的一是点校本《资治通鉴》的出版，张氏应该见过，但没有留下意见。二是日本发现别本司马光文集，保存大量司马光经筵讲史的记录。三是就司马光生平、《通鉴》之成书过程、三位助手及其史学的研究，以及后世帝王、宰相、学人阅读评点《通鉴》著作之出版，乃至《通鉴》与宋元讲史话本之关联，都有很好的论列。香港黎启文曾编《通鉴胡注引佚书考》（自印本，将《考异》视同胡注），将《通鉴》引书做了逐条梳理。《通鉴》史学思想与成就之研究，成绩更多，新见迭出。七十年前的《通鉴学》，确实有些过时了。然而若放在历史过程中来看，则该书是奠定《通鉴》学的开辟著作，《通鉴》一书的大端问题，该书都提出来了。同时，该书存旧经史学之精神，有新学术的理念，对编年体源流之梳理，对《通鉴》创新与史法的揭示，对司马光经世致用思想主导下纂著《通鉴》，存史事，析名分，重纲纪，弃褒贬而明史法，叙人事而忽天变，倡一统而轻正闰，究真相而详考证，都有绵密之分疏与论列。其立场既不同于宋元理学之迂执，又不似今日学者那般以后世概念套古人作为，能在传统礼法与道德的立场上，在传统史书与文学书写的技法上，揭示《通鉴》的特见与司马光的学术勇气。就此数端言，此书自有其不可替代的学术价值和地位。

刊《文汇学人》2019年4月12日

冯振与无锡国专

无锡国专30年，一以贯之的校长是唐文治先生。谁是第二人？也绝无争议：冯振。抗战最艰苦的八年，冯振先生任国专代校长，带领南迁的国专在广西坚持办学，写下抗战教育史上难能可贵的一页。

冯振（1897—1983），字振心，广西北流人。少年游学上海，1912年入南洋中学，因得师从唐文治；写诗则师从石遗老人陈衍。20岁后回广西，任教梧州广西二中和北流中学，1923年任北流中学校长。1927年，任无锡国专教员，后兼教务主任，时年31岁。

抗战军兴，国立大学奉政府指示，纷纷内迁。国专是私立学校，迁否自可选择，但唐校长始终以维持人道、挽救世风为己任，坚守人生大节。江南相继沦陷，唐文治于1937年11月14日率全校师生避寇南迁。一路艰辛备尝，志不稍减。岁末到株洲，偶与大队失散，天雨泥滑中，朗诵《小雅·何草不黄》："匪兕匪虎，率彼旷野。哀我征夫，朝夕不暇。"声泪俱下，诸生动容。73岁老人，双目失明，水土不服，经众人劝说，同意经香港回上海，临别委冯振为代校长。

1938年2月，国专到桂林，选址市内环湖北路。年末，武汉、广州失守，桂林告急，国专乃迁北流山围。次年，迁北流萝村。也就是说，冯振将国专带回了自己家乡，借得农庄二十多间和石山盘石小学作为校舍，将自家住房全部搬空，作为师生住房。没有经费与粮食，冯振把自己家的钱和粮食全部拿出来。

冯家是北流大族，清代曾中过两名进士，是富裕乡绅。国专以往主要靠无锡实业家捐助，到了广西，情况变了，两百多人的生活与学习，靠冯振竭崛支撑，可以说是毁家办学。这几年中，他的六个孩子死了三位。其中一女死于奔波劳累，患病无医；儿子冯森从军服役，因背疮去世，卒前于枕上刺"闻鸡起舞"四字。冯振悼儿诗云："久病经年气尚雄，闻鸡壮志竟成空。翻思恢复中原日，告汝凄凉累乃翁。"感慨自己连累到儿子早逝。

冯振坚持维护优质教学，努力聘请最好师资。北流期间，所聘教师有梁漱溟、钱仲联、张世禄、饶宗颐等，还有广西通志馆馆长封祝祁讲唐诗，前中山大学历史系主任郑师许讲中国文化史，还请巨赞、吴世昌等来讲学。

梁漱溟晚年撰文回忆，他在抗战期间，首度到桂林在1941年3月，因国专迁北流而未得造访。1942年再到桂林，冯屡函相邀，终在国专开设中国文化要义和中西文化及其哲学两门课。梁不食荤腥，冯夫人每餐为他做素食，亲自送来。梁51岁生日，冯邀巨赞法师设素餐为他祝寿。梁则倾力支持，建议成立校董会，由梁出面邀请白崇禧老师李任仁和桂系大佬黄绍竑等为校董，由他们出面向社会募捐，得暂时纾缓困局。国专在广西也一直坚持招生，为广西培养国学人才。

冯振是当时有名的旧体诗人，存世有《自然室诗集》。国专南迁后，留下大量诗作，记录艰困办学的实况和感受，堪称诗史。始发无锡作诗："铁鸟盘空瞰不休，相机逃命夜难留。一家八口成孤注，三日兼程局小舟。乘暮车驰如脱兔，夺途军退类奔牛。常州戚墅惊心骨，伫待招魂到润州。"时在南京失守前一月。《武昌登黄鹤楼》："黯黯东南倾半壁，茫茫西北是神州。浪淘人物今何处？早起英雄孙仲谋。"所谓世乱而思英雄拯世。1944年，日寇困兽犹斗，乘长沙战局之变化攻陷桂林，冯振带国专师生再度奔走道途，避居蒙山。有《蒙山开课示诸生》云："播迁忽已七年余，又向蒙山强托居。危难久更心转壮，苦甘可公意先舒。力如未尽休安命，事尚能为早读书。竖起脊梁坚定志，澄清大业早登车。"真是越挫越坚，与诸生互相激励。"事尚能为早读书"值得记取。在蒙山文尔村，钟文典一家接待国专师生食宿，冯振作《避寇蒙山寄居文尔村钟府仲纯文暨文海文会诸昆季殷勤接待慰藉备至感谢不足赋此以谢》："蓬飘念我无根蒂，慰藉殷勤比弟兄。寇至入山同草屋，食悭与我共藜羹。语言所露唯肝胆，患难真堪托死生。归告妻孥应感激，乱离犹得酒频倾。"诗题所列诸昆季应为钟文典的父辈。钟晚年回忆："当年晨读情况，至今仍历历在目。"大塘岑家兄弟让出一幢大楼，让师生住宿，冯振作《赠岑拔萃佩奇昆季》云："岑家兄弟气和柔，耕读传家进退优。生计稻田兼柚圃，分居东屋更西头。感君子美万间意，卧我元龙百尺楼。更许朋侪安稳住，满天风雨不续愁。"从中可看到广西乡绅在国难中的无私资助，更看到国专师生迁徙中坚持进学之风气。

冯振也时时关注战局安危及政事得失，发于诗章。《桂林柳州相继失守悲愤填膺感而赋此》："世间怪事真难说，大邑通都一炬休。只道西南撑半壁，忽惊桂柳失金瓯。奇谋谩自夸焦土，死守何人据上游。十万灾黎抛掷尽，宜山西望泪难收。"对焦土抗战决策者之悲愤失望，溢于言表。国专同仁也不免对前途感到悲观，决意西行贵州。《蒙山送石渠暨诸同仁同学西征》："频年忧患饱同更，病弱难堪共死生。临别凄凉无一语，只将双泪送君行。"这些诗，是身历战乱者之真实情感，今日读来，仍感惊心动魄，催人泪下。

抗战胜利，冯振率国专重返沪、锡，向唐校长交还校印，在国专任教到1949年。后执教桂林上庠，直至去世。

冯与朱东润师皆出唐门。朱师21岁任教广西二中，两人同事，有诗唱和。1948年复应冯邀，到国专开设文学批评史课，友谊保持终生。1972年，冯到江南看望旧友，有《上海晤朱东润》诗："论学谈心五十年，师承卫道意拳拳。羡君身健神明旺，整理遗书志益坚。"自注："君对整理唐蔚芝师《茹经堂遗书》抱有宏愿。"

两老间有一段趣事。1929年，冯有《戏作》："我诗或说似诚斋，我实无从读一回。渠又先生七百载,不应能似我诗来。"1934年,朱从武汉给冯去信,许他"颇似诚斋",冯戏寄一绝:"千里迢迢一纸来,我诗仍说似诚斋。头衔如许宁嫌小,只恐人讥是冒牌。"四十年后,朱复致信:"曩尝谓兄诗颇似诚斋,今则当谓诚斋似兄矣。"冯作《杂感答朱东润》以应:"我诗何感望诚斋,活泼新鲜畅所怀。一事胜公差自幸,桑干远北是天涯。"后两句改诚斋诗,说国家一统,胜于南宋,看法也有转圜。其实,学出同光的诗人,佳评是说似少陵、山谷,诚斋诗圆熟流易,故冯不喜。在朱老,或似有意指出冯诗之硬峭生新不够。年轻时戏谑之语,本不能完全当真,两老居然较真了一生,足成佳话。

日前广西师大开会纪念冯先生诞生120周年,邀我而未克成行,莫道才教授仍寄来会议论文与新版冯著《自然室诗集》,读来感动不已。亟草此文,藉存景行之忱。

刊《文汇读书周报》2018年1月8日

逯钦立先生《先秦汉魏晋南北朝诗》的成书过程和学术成就

逯钦立先生编《先秦汉魏晋南北朝诗》，是唐代以前诗歌的集大成著作，也是近代以来断代分体文学总集编纂的经典著作。最近两年，我受中华书局和逯先生家人委托校订该书，对该书的成就有一些新的认识。近期因得到逯弘捷、陈鸿森先生的帮助，有机会读到台北史语所藏档案、东北师范大学藏档案、北京中华书局藏档案，对此书成书过程有了更深入的了解。值此逯钦立先生百年华诞之际，将我的有关认识写成文字，以纪念为祖国的学术文化事业做出巨大贡献的杰出学者。

逯钦立先生编撰《先秦汉魏晋南北朝诗》的历程

逯钦立先生（1910—1973），字卓亭，山东巨野人。1935年入北京大学哲学系学习，后转入中文系。1939年从北京大学毕业后，考上北京大学和中央研究院历史语言研究所合办的北大文科研究所，师从罗庸（膺中）、杨振声（今甫）先生，研究先秦两汉魏晋南北朝诗歌。1942年毕业，进入史语所任助理研究员。1948年离开史语所，到广西大学任教。1951年起到东北师范大学任教，直到1973年去世。逯钦立在四十年代曾发表有关汉魏南北朝文学的一系列重要论文，为学界前辈所推重。但他一生最重要的学术建树，还是在他去世十年后由中华书局出版的

《先秦汉魏晋南北朝诗》。他以一人之力，完成了唐以前全部诗歌的辑录校订，中华书局出版本书时的《出版说明》中列举了取材广博、资料翔实、异文齐备、考订精审、编排得宜五大优点，是合适的评价。二十多年来，此书得到中外学术界广泛的好评，受到学者普遍的尊重和信任，曾获得中国图书出版和古籍整理方面的一系列最高奖项。可以说，此书是中国近几十年来古籍编纂整理方面最重要的收获。

逯钦立先生编撰《先秦汉魏晋南北朝诗》，经历过三个阶段。

第一个阶段，从1939年到1942年，成《古诗纪补正》。1939年6月，逯钦立以论文《相和歌词考》毕业于西南联合大学，导师罗庸。旋录取为北京大学研究院文科研究所研究生，导师罗庸、杨振声。11月，研究方向确定为"校辑全汉魏晋南北朝诗"。今史语所傅斯年档案保存11月23日罗庸撰写申报给时任文科研究所所长傅斯年的《逯钦立君研究工作提要》，可以知道罗庸为其设计的基本工作思路，即"此工作虽以校辑为主，然实不仅限于比勘文字及搜辑佚文，其间需要甚多之考证工作。诸如作者之互歧，题目之沿误，篇目之分合，异文之考辨，体裁之异解，句读之异读，需遍研旧说始能写定"。关于校辑所依据之材料，则建议"以冯惟讷《古诗纪》为主，丁福保《全汉三国晋南北朝诗》为辅，诸别集类书为校辑之资粮，杨守敬《古诗存目》为索引之参考"。关于工作程序及其预备，则认为，"《古诗纪》之断代，上自上古，下迄陈隋。就性质言，上古迄秦为一类，中如逸诗、古谣谚，牵涉古籍真伪，经学家数，后人伪托，种种经学诸子学上问题，拟别为专题，暂从缓治。其两汉迄陈隋之类，更可别为有名作品与无名作品两类。就校勘言，有名作品主要材料在专集，无名作品主要材料在史书及专门总集（如《乐府诗集》），而唐宋类书则为二者共同之材料。就辑补言，有名作品之散在群书者，《古诗纪》未及尽收（如日本僧空海《文镜秘府论》所引六朝人诗句，多《诗纪》所未见），无名作品之散在金石刻者，《古诗纪》亦未全备（如镜七言铭文之见于著录者，多在《诗纪》之后），虽甚丰富，而问题较少，较易为功。今即由两汉着手工作，本年度（廿八年秋至廿九年夏）拟先以两汉三国为限，倘有余力，再及其余"。又建议先做预备工作，提出属于校勘者五端，即应先编《古诗存目》引用书目、专集版本源流考、《文选》、《玉台新咏》、《乐府诗集》各本叙录、古写本与古书引用异文、明人合刻诸本叙录，另作金石著录叙录、西陲木简韵语拾零、敦煌写本及写本掇拾，并检释道二藏中材料，参观前人文集笔记中讨论文字和近人期刊论文。再次则谈到承担此一工作应具备之基本常识，包括本时代历史及地理、专集作者传记及年谱、乐府之组织及内容、本时代风俗及名物、汉魏别体字、汉魏韵部六项。最后则是着手方法及读书次第、工作报告及考绩。罗庸此份《提要》，视野开阔，考虑绵密，切于实施，要求严格，可以说基本奠定了逯钦立一生的学术格局和研究方向，是一篇很难得的研究计划。高才得良师，于此可见。

次年史语所从昆明迁往四川宜宾李庄，逯钦立随所西迁，他的研究计划没有因为时势动荡而停止。1940年9月，逯钦立申请延长修业一年，并提出到在李庄的史语所校阅图书的要求，所提五项，一是"《文苑英华》须付比勘"，二是"各家之别集须付比勘"，三是"版本之考订"，四是"《佛藏》及其他先唐各子集有待翻检"，五是"方志亦有待检查"。可以知道其工作开展的程度和图书利用之困难。

其后书名定为《古诗纪补正》，明确在明代冯惟讷《古诗纪》基础上进行辑补、校订与整理。到1942年6月19日写成《〈古诗纪〉补正叙例》（《史语所集刊》第十二本）称："钦立从事斯业，前后凡三年，其间以缺乏书籍辍业者几一载，盖能专力校辑为时仅两易寒暑耳。"得以形成初编。

冯惟讷（1513—1572），青州临朐人，嘉靖十七年（1538）进士，官至光禄寺卿。《古诗纪》一百五十六卷，完成于嘉靖三十七年（1558）。前十卷为《古逸》，录先秦时期除《诗经》《楚辞》以外的各种诗歌和韵文。正集分为汉十卷、魏九卷、吴一卷、晋二十四卷、宋十一卷、齐八卷、梁三十四卷、陈十卷、魏二卷、北齐二卷、北周八卷、隋十卷，另隋附录一卷，为乐府失载名氏者。外集四卷，则为仙道鬼怪诗。别集十二卷,则收各种唐前诗研究文献。

完成于民国初期的丁福保《全汉三国晋南北朝诗》,在二十世纪二三十年代非常流行,但丁书只是在《古诗纪》基础上,参照冯舒《诗纪匡谬》等书的意见,适当调整了全书的编次,并没有做全面的网罗和考订。丁氏在书首绪言中,列出"人名之宜改者""滥选之宜删者""伪诗之宜删者""误字之宜改者""杜撰诗题之宜改者""章节次第之宜改者"各项,展示其学术目标,但由于没有追溯文献,也没有逐篇记录诗歌来源和各本的文字差异,不可能根本解决《古诗纪》存在的问题。近年黄永年先生曾经以曹植《七步诗》的校录,说明丁氏校勘也有比逯书高明的例子,证据很充分,但只是个别的情况。丁书全书很不平衡,某些部分花气力校订过,但多数文本的处理很有限,甚至没有什么加工,只是他带有商业驱动下的系列著述中的一环而已。逯氏弃丁书而直接取资冯书的做法,很有眼光,也确保了全书的有序展开。

列为主要参考书的杨守敬《古诗存目录》[1],应该是杨守敬准备在《古诗纪》基础上新辑《古诗存》的一项前期工作,原书到1995年才收入《杨守敬集》出版。《古诗存目录》大致以《古诗纪》为基础,作者、篇目和次第都有适当的调整,每一首诗下都具体说明见诸于历代典籍的引录情况,少者一二处,多达七八处。这些内容,为逯钦立的工作提供了基本的前期准备。

到1942年6月逯钦立完成《〈古诗纪〉补正叙例》,可以看作此一阶段工作的小结。《〈古诗纪〉补正叙例》正文分为《略论校勘材料》《校勘举例》《辑逸举隅》三节,是对校订中所据文献、校勘方法和辑佚成绩的举例说明。篇末附《凡例》三十六则,则是全书的工作准则,且多

---

[1] 杨守敬《古诗存目录》大约存三个文本,一存湖北省图书馆,二存中国科学院图书馆,为1928年黄侃在南京从徐恕家借钞过录,1954年由武汉藏书家徐行可转售;三为当时中央研究院历史语言研究所藏,而由傅斯年提供给逯钦立。湖北人民出版社、湖北教育出版社出版《杨守敬集》收母庚才、刘瑞玲整理本依据前两本校订。

数为后来的《先秦汉魏晋南北朝诗·凡例》所沿用。

据其子逯弘捷近日告,《〈古诗纪〉补正》手稿尚存其长春家中。

第二阶段,从1942年到1947年,在《〈古诗纪〉补正》基础上,拓展为《先秦汉魏晋南北朝诗》的初稿。当时他任职的历史语言研究所避地四川宜宾李庄,直到抗战结束后的1946年方迁回南京。傅斯年1943年2月17日为逯钦立求婚罗筱蕖而致伯希先生信,称"彼于八代文词之学,造诣甚深,曾重辑《全汉晋六朝隋诗》百卷,用力之勤,考订之密,近日不易得之巨篇也。惜此时无法在后方付印耳"(史语所傅斯年档案存逯钦立录副本)。可知当时曾考虑用《全汉晋六朝隋诗》作为书名。1945年8月,逯钦立完成长文《汉诗别录》(刊《史语所集刊》第十三本),分《辨伪第一》《考源第二》《明体第三》三节,对汉代诗歌校录中涉及的重大问题表达看法,可以见到他在校订的同时,实以专题研究的深入,以求校订处理的精当。

以《〈古诗纪〉补正叙例》附《凡例》三十六则与《先秦汉魏晋南北朝诗·凡例》相比较,可以看出此时的校勘计划已经有很大调整。一是将收诗的上限,扩展到上古先秦部分,以求将全部唐前诗歌汇为一编。二是《诗纪·外编》录鬼仙杂诗,原仍附于书末,后改归各代,仅将少数时代不明者附于隋末。三是最初准备"凡诗逸而题序或存者,亦为编入"(二十九则),"凡各家旧集之有序、跋等文者,概分别系录,其卷帙版本,今所第述,并亦附焉"(三十四则),"汉至陈、隋各史、子、杂书,凡所载佚诗本事,及评诗论文之语,略为编纂,分别附之传略之下"(三十五则)。后来大都没有实行。佚诗本事大都保存《诗纪》节录之文,附于各诗下,评诗论文语则很少采录,各传也仅略存生平梗概,不涉诗文评价。四是编次做了一些调整。《〈古诗纪〉补正叙例·凡例》第五则称"每代次序,先帝王,次后妃诸王,次诸家,次列女,次释道,而以郊庙乐章及谣谚殿之"。大致仍循《古诗纪》次第。到《先秦汉魏晋南北朝诗·凡例》改为"先诸家,次谣谚乐府,再次郊庙歌辞,最后释道鬼神";"今编次诸家,略以卒年为准";"而以无卒年无社会关系之妇女作家专卷殿之";"是编于各代国君,不集体编之各代之首,而分别次之于同时诸家之前"。这些改变,相信主要为了适应六十年代初的风习。还有一个有趣的例子,《〈古诗纪〉补正叙例·凡例》第六则云:"魏武、晋宣,始造魏、晋,然终其身仍为前代之相臣,今正名定分,以魏武诗列汉什之最末,晋宣诗为魏诗之卒章,亦班氏传王莽例也。"但到《先秦汉魏晋南北朝诗·凡例》则作:"又曹操、司马懿始造魏晋,故今编之魏晋之首。"也相信与五六十年代肯定曹操的评价有关。

  第三阶段,从1959年重提编修,到1966年初交稿。逯氏自1951年起到吉林长春的东北师范大学任教后,课程任务繁重,且陷于政治运动的旋涡中,当时形势也不鼓励基本文献的整理工作,在其后的十年间,他几乎完全放弃了先前的研究计划。从他在东北师大1954年干部履历中所写长篇自传中完全没有提到这部书稿来说,似乎有意回避这件他倾注最多心力的工作。直到1958年,国家古籍规划领导小组成立,并将二十四史点校和历代总集整理作为中心工作,情况才发生变化。从中华书局存档可以知道,在先后整理丁福保《全汉三国晋南北朝诗》和清编《全唐诗》后,中华书局编辑部发现二书错误很多,有必要重新编纂,他们注意到逯钦立四十年代曾在《历史语言研究所集刊》第十二本发表《〈古诗纪〉补正举例》,因此于1959年9月22日去函询问《〈古诗纪〉补正》稿是否可以出版,并商请可否承担《全汉三国晋南北朝诗》的修订工作。10月6日逯钦立回函,告:"《〈古诗纪〉补正》稿尚在我手头保存。此稿整理清缮之后,拟编成《先秦两汉魏晋南北朝诗》,以配严铁桥《全上古三代秦汉三国六朝文》,为学术界提供一部较完备与可靠的诗歌资料。"但全稿"清缮者仅两汉部分及魏晋的一部分,全部完成尚属有待"。此后几经协商,到1962年11月,与中华书局签订《先秦两汉魏晋南北朝诗》约稿合同。在此前后,逯钦立先生在出版有望,学校也给予支持的情况下,乃重拾旧稿,进行全书的校订定稿工作。据其子逯弘捷回忆,当时全家动员,整理和抄录资料,编次修订。他当时虽然还只是中学生,对于父亲工作的意义还缺乏了解,每天的空闲时间全部被父亲安排到整理书稿中。到1964年3月12日，逯钦立致函中华书局文学组：
"《先秦两汉魏晋南北朝诗》现已整理完毕。全稿共一百三十五卷，暂时订为二十三分册。从今日起，分批分包陆续寄去，预计两周内可以全部奉齐，请查收并及时复示。"4月18日，告书稿已全部寄出，共分四次付邮。又谓："此书'凡例'，前已寄呈。余下的工作，一是编出'引用书目'，一是撰写本书'后记'。上述这两份东西，俟搞出以后，即陆续寄给你们。"同年8月15日，致函中华书局总编辑金灿然和文学组同志，审读过程中，称"此书的整理编纂殊不容易，在贵局审查期间，至盼您叮嘱文学组同志格外留心，妥为保存，敝帚之惜，想能见谅"。拳拳之意，溢于言表。

中华书局编辑部对此部书稿极其重视，现存审稿档案中有1964年8月25日程毅中代文学组所拟复函、逯钦立9月15日回函、沈玉成10月4日代文学组拟函（12月2日寄出）、逯钦立1965年2月16日回函、沈玉成3月14日审读意见、王仲闻2月25日、3月15日审读意见、沈玉成4月10日代文学组复函、逯钦立6月11日回函、文学组7月6日答函、逯钦立7月11日回函、程毅中8月20日审读意见、文学组10月12日函、逯钦立10月19日答函。在这些函件中，既可以见到中华书局编辑部处理稿件的严肃认真，也可以了解逯钦立虚心采纳学术意见，又坚持个人学术原则的执着态度。另外，讨论还涉及在六十年代前期特定政治氛围中，对总集编纂中一些学术问题的认识。所讨论主要涉及以下一些问题。

1.是否应该收《诗经》、《楚辞》。编审意见认为先秦诗不收《诗经》、《楚辞》，值得再酌。认为《诗经》应与《文选》《玉台新咏》同等看待。严可均录《楚辞》入文，但不收屈原作品，亦颇可怪。逯钦立对此坚持看法，认为二书年代太古，异文颇多，历代都与各家训释并行，没有注解读者无法索解，收入注解则与全书体例不合。二书久亦单独刊行，读者都能理解，故沿明清总集的惯例不收。

2.诗体辨认。骚体如息夫躬《绝命辞》，又《诗纪》曾从赋中录出歌曲歌辞，冯舒、丁福保颇有异议。逯钦立坚持原来的处理，认为冯舒所云不足为训。

3.编次。此点又涉及许多细节。(1)审稿意见认为按照朝代编次，可以赞同，但对每朝以皇帝列前，妇女列后，郊庙歌辞列各家作品以前，"未免受到封建正统观念的束缚"。逯钦立对此部分赞同，皇帝除开国者仍存卷首，其他则按世次为序。郊庙歌辞次于编末。但妇女、僧道诗仍自成单元。(2)曹操、司马懿分列魏晋，建安七子之徐陈应刘卒于建安而收入魏诗，嵇喜入晋仍仕而诗入魏，是否恰当。逯钦立认为应按一般文学史以徐陈应刘列入魏晋的说法，认为建安时期"后汉名存实亡"，坚持编入魏诗。(3)作者先后以何为序。编审意见建议参照《全宋词》体例，以作者生年为序。逯钦立则赞同杨守敬以作者卒年为序的处理。由于全书作者小传部分相对较弱，这部分问题较多。(4)各人诗歌之编次，应该按照原集的次第，还是按照《诗纪》的次第。编审意见倾向保留原集的次第。逯钦立说明在《〈古诗纪〉补正叙例》中也是这样提的，"后来编纂本书时即遇困难，因此一仍《诗纪》之例"，是从实际操作的便利考虑，但赞同有原集的几家可以专门校理。

4.与《诗纪》之关系。原《凡例》称"是编以冯惟讷《诗纪》为底本"，审读意见认为全书已经作了很多补充和校订，面貌已经大为改观，"全书既出新编，《诗纪》不妨也作为出处之一，注于各诗之后"。此则为逯接受，出版时凡《诗纪》收录之诗，皆予注出，颇便读者。但以《诗纪》为底本的提法，定本《凡例》改提以《诗纪》为基础，但大多正文文本，仍存《诗纪》原文。

5.歌谣谚语的流传异词，编审意见建议尽可能追溯最早文本，逯钦立表示赞同。

6.乐府歌辞的原作和乐工改作，逯钦立原以奏曲列前，原作附后，审稿建议改过来，逯钦立表示同意。

7.伪托诗如《胡笳十八拍》之类，逯钦立原稿删除，审稿建议从保存文献考虑，可以作为附录，并建议"凡伪诗而不能确定作者时代的，可仍附于托名者之后，加以说明"。逯钦立原则接受，但有所保留。如

《胡笳十八拍》仅据《古诗纪》补入，没有引用宋代的书证《乐府诗集》和《楚辞补注》，也没有加说明交代疑伪的根据。

8.编审意见赞同"引用资料重于宋以前典籍"的原则，认为"《诗隽类函》《广文选》以至更晚出的书，如非除此别无出处的诗篇，亦可不必用以校勘"。"晚于《诗纪》的书当可摒弃不取。"逯钦立对此原则赞同，但对《广文选》等一些书仍予保留。

还有一些具体细节出入的讨论，不再列举。

1965年，逯钦立按照中华书局文学编辑室的意见，对书稿做了修订，并于1966年初寄回中华书局。

第四阶段，从"文革"到1983年出版。由于"文革"初期中华书局档案不完整，目前无法知道中华书局收到书稿的具体日期。1977年9月17日程毅中《关于逯钦立〈先秦汉魏晋南北朝诗〉的情况》说："此稿于'文化大革命'前曾退改过一次，大约在1965年又把修订稿寄来，没有处理。"至少可以认为修订稿改动不大，没有达到中华书局审稿建议修订的目标。

现存"文革"后档案始于1973年3月。可知逯钦立在看到中华书局"三至五年出版规划"中将其著作列入后，于2月27日发函询问，并表示准备下半年到京休养，并对书稿进行修订（原信不存）。中华书局3月5日回信，告书稿"妥存我局"，但出版计划还未确定。7月30日，程毅中为文学组起草退改意见，提出八条意见：一、应注意引书版本问题；二、"稿中偶有疏漏或笔误"；三、辑佚偶有遗漏；四、"稿中断句，还有一些遗漏"；五、校勘"虽极详尽，但未免有烦琐之感"；六、"作者小传多依据《诗纪》及严氏全文，主要是列叙官制履历，对读者参考价值不大"，建议改写；七、"《诗纪》于诗题下有标出诗字，有不出诗字者，今一律缀以诗字，未免累赘"，"似可一律删去"；八、此稿既经重辑，似可不提"以冯惟讷《古诗纪》为底本"。此信与书稿同时寄出。8月5日逯钦立收到信后，曾对家人说，要按照出版社的意见进行修改（据吉林师大中文系中国文学教研组8月20日信）。但第二天在参加学校批修整风会议的路上,突发心肌梗塞去世,没有来得及完成最后的定稿。

由于吉林师大教师中没有做魏晋南北朝诗的合适学者可以承担书稿的修订,学校和家属都建议由中华书局编辑承担修订的责任。中华书局编辑部则感到修订工作量太大,难以承担。此年底,逯钦立老友张政烺、任继愈、阴法鲁推荐由曾担任吉林大学中文系主任多年、当时已经退休居住九江的刘禹昌承担修订的责任。经多次接洽,中华书局部分同意刘的条件,刘也应允担任修订,但因1974年春"批林批孔"展开,出版计划有变,书稿修订、出版事宜再次搁浅。1975年末,中华书局曾派人到吉林,探访逯钦立家人,并承诺有条件时出版。

1977年初,因为政治形势的变化,逯书出版事宜重新由逯的家人、好友提出。最初准备在该年10月初由苏兴将书稿带到北京,并洽谈家属的有关条件。后稍有变化,苏兴与中华书局谈定家属要求,而书稿到次年3月方由冯克正带到北京。其后中华书局曾对书稿中的部分引书做过复核,无法查到的图书曾向逯家人询问。到1983年付排时,没有做大的改动,改动部分如《出版说明》所称"像体例上前后有时矛盾,标注出处往往误书卷数""断句有欠精当,不少篇章未加标点,已有的断句偶见破读"之类在读稿时做了改正。凡是学术观点上的问题,一律不加改动,基本保持了逯1966年定稿时的面貌。

《先秦汉魏晋南北朝诗》出版后,得到学界普遍的好评,被称许为最近几十年来古籍整理的经典之作。日本学者松浦崇已经开始唐前各代诗的逐字索引,最初选用丁福保的《全汉三国晋南北朝诗》,在逯书出版后,改取逯书。逯氏虽然生前没有见到本书的出版,但这本凝结了他一生心血的伟大著作终得出版,完全改变了中外学者唐前诗歌研究的格局,作为一个纯粹的学者,他的一生也可以说是了无遗憾的了。

《先秦汉魏晋南北朝诗》的学术成就

《先秦汉魏晋南北朝诗》一书达到的学术成就,中华书局《出版说明》列举了取材广博、资料翔实、异文齐备、考订精审、编排得宜五大优点，刘跃进《中古文学文献学》（江苏古籍出版社，1997年）则从辑录完备、考订精密、体例得宜三方面加以论述，都很恰当。我想特别指出以下几点。

备录文献出处，为唐前所有诗歌逐篇交代文本来源。冯惟讷和丁福保虽然为辑录唐前诗做了巨大努力，但其共同遗憾是绝大多数诗歌都没有说明文本来源，这就给后人据以研究造成了很大的遗憾。乾嘉朴学兴起后，特别注意古籍辑佚的文献交代和所据文本的版本依据，以求辑本可以为学者所征信。但在清人编录的总集中，如《全唐诗》《全唐文》等官修大书都不注所出，只有私家所编如严可均《全上古三代两汉三国六朝文》、陆心源《唐文拾遗》《唐文续拾》等标明所出。杨守敬《古诗存目》虽然为《古诗纪》的绝大多数作品标识了文献来源，但还很不完整。逯钦立在全面检查唐宋以前古籍的基础上，提供了唐前诗歌的文献来源，也因此而录得大量前代诸书没有采录的佚诗，保证了全书的学术质量。

寻本溯源，有明确的文献渊源意识。逯钦立在编纂本书时，指出先唐人文集原编流存于世者为数极少，多数先唐诗歌是由总集、类书、史志、子书、碑石、佛道等类图书的引用而得以保存下来，在流传的过程中不免有各种传误、删节、改写情况的发生，为给读者提供尽可能可靠的作品面貌，采取了会校的方式，为所收全部诗篇逐首注明宋以前典籍中引录的出处。为避烦冗，持从严标明的原则，"凡征引全篇者，以时代为次全部列出。凡节引而有异文可勘者，则附之出处之末，并列举韵数，明其节引范围"。其中节引而标举韵数的做法，前此未见，属逯氏的创例。这样做，学术难度非常大，但对读者来说，则提供了极大的方便。每一首诗下的出处，可以作为判断此诗真伪完残的最直接依据，从中可以了解一首诗的不同流传文本，也可以知道该诗的流布影响情况。在断代文学总集编纂史上，此点虽非本书首创，但贯穿全书，求深求精，是做得最好的一部。

辑佚丰备，所得远超前代各书。相比较丁福保和杨守敬的工作，逯钦立对于唐前诗歌做了"竭泽而渔"式的穷尽搜集网罗，所得之丰富，远远超过他以前的各家。由于他逐篇记录每一篇诗歌在《古诗纪》中的收录情况，凡诗末没有提到《古诗纪》的，都是他辑佚而得。无论新见作家的人数，还是一些著名作家散在群籍的断篇残简，逯氏逐一辑录，细大不捐，达到了储材备用的目标。

校勘认真，详尽记录各本差异。文本校勘是大型文学总集编纂中非常重要的工作，要做到精密稳妥极其困难，不仅要遍校群书，入校书的版本选择也很重要，更必须了解诗歌传误的各种原因和变例，以求得到正确的文本。在《〈古诗纪〉补正叙例》第二节《校勘举例》中，逯钦立列举了"作者姓名似异实同例""题目窜乱例""章法可以互校例""依韵校勘例""句法校勘例""拟作原作可以互校例""以用事可以校勘例""就用辞习义校勘例"等校勘原则，都是很好的校例。从宋代开始，传统校勘学就主张多备异文而不轻改原文，并为乾嘉以来主流学者所坚持。逯书坚持备录异文的体例，避免做主观武断的判断，在总集编纂史上堪称典范。

研究深入，对历代争议问题有深入的研究，以求处理恰当。举例来说，《琴操》传为蔡邕作，所涉各诗作者或历史上实有其人，或纯出传说，其诗既不能认为蔡邕所作，也不宜认为叙事中之人物所作。逯氏对于各篇分别有所考按，处理时则另成一卷，不列入先秦，也不以作者立目，较为稳妥。再如苏、李诗和《古诗十九首》的时代与作者，历来讨论极其丰富，逯氏在《汉诗别录》中以两万多字的篇幅加以分析，最后采取不归具体作者，统作无名氏古诗收入，最为允洽，为今日一般学者所接受。再如乐府诗的制作和入乐，以及乐工裁剪古诗以就乐，造成诗篇的完残和作者的归属都极其纷乱的局面。逯氏于此采取稳妥的处置方式，一是以郊庙歌辞另列，以其存当时演奏的序列，若分属不同作者，则无法了解各篇之间的联系；二是乐府诗作者分歧者，常因乐工剪裁所致，或"因经乐人改用，遂署乐人之名"，或"一篇之辞，乃杂取各作而非一人之辞",因采取"互见各集""姑属某人"的处置,颇得储材备用之要旨。

几年前,我在《断代文学全集编纂的回顾与展望》(《四川大学学报》2005年第4期)一文中谈到,断代文学全集的编纂,应该在搜罗全备、注明出处、讲求用书及版本、录文准确并备录异文、甄别真伪互见之作、限定收录范围、编写作者小传及作品考按、编次有序等八个方面,尽可能地追求达到较高的学术质量。可以认为,逯书在这几个方面都达到了极其出色的成绩,在二十世纪编纂的一系列大型总集中,居于非常特殊的地位。

从1983年《先秦汉魏晋南北朝诗》出版至今已经二十七年,该书已经四度重印,其学术质量经历了时间的检验,获得学者的尊重。考虑到该书编次于战乱时期,写定于特殊时期,最后并没有按照编者和编审的意见完成修改,付印前编者也没有最后校订,加上最近几十年的新见文献和学术研究都已有长足的进步,逯先生家人和中华书局编辑部秉持学术为天下公器的气度,委托本人对该书做全面修订。有关修订的体例我已有另文说明(《〈先秦汉魏晋南北朝诗〉校订释例》,刊《古籍整理研究学刊》2007年第1期)。有关工作已近尾声。修订本将保持逯书的基本框架,尊重逯先生的学术见解,在全面校核还原原始文本基础上,满足当代学术需求。谨以此一瓣心香,表达作为后学的我对于逯先生的崇仰敬畏之情。

(本文为2010年10月在逯钦立先生诞辰100周年纪念会而写。原载《中文学术前沿》第一辑,浙江大学出版社,2010年。)

逆境中成就大事业

——读《全宋词审稿笔记》以纪念王仲闻先生逝世四十周年

我在1978年读研究生后不久，就有意做宋代文学研究，在系资料室借出1965年版的《全宋词》，认真揣摩领会，非常钦佩编者唐圭璋先生在文献搜辑和校订方面的成就。待1981年初此书再版时，立即自购了一套。那年6月，还携带导师朱东润先生的信函，专程到南京拜谒唐先生。唐先生身形清癯而谈兴甚好，我们虽然是贸然造访，他却如遇旧友般娓娓道来，很是亲切，临别还冒雨送至大门外，当时情景，至今不忘。我在《全宋词》中看到小传之简明准确，看到作品载录之追溯最早文本，看到互见甄辨之体例完备，看到网罗一代文献之巨细无遗，看到全书作者先后和词作编录之谨严有序，看到传说或小说作品之附存处置，这些都给当时刚学术起步并有志做唐诗文辑佚的我以很大启发。拙辑《全唐诗补编》《全唐文补编》体例主要是依仿此书和逯钦立《先秦汉魏晋南北朝诗》而确定的。

《全宋词》初版于1940年，1965年版《重印说明》称"经编者唐圭璋先生重新增补改编"，徐调孚前言则称"依照唐先生的建议，书局古典文学组又指定专人对全稿进行订补复核，作了必要的增修"。"专人"是谁，没有说明，一般读者如我也都没有做进一步的深究。1987年在《回忆中华书局》中读到沈玉成先生《自称"宋朝人"的王仲闻先生》，才了解王仲闻增订的事实。以后与书局编辑接触渐多，更了解到当时审读笔记尚存的情况。1999年中华书局出版简体横排本时，编者署名增加了"王仲闻审订"，当时任书局文学室主任的徐俊先生特地在《书品》1999年第2期撰文《王仲闻——一位不应被忘却的学者》，说明增加署名的原委。2006年，我知王亮获得古典文献学博士学位后在复旦大学图书馆工作，遂建议他可以整理其先祖的遗稿，并获得中华书局积极赞同。在今年11月王仲闻先生逝世四十周年之际，这部《全宋词审稿笔记》影印出版，是对这位身世曲折但矢志学术的学者最好的纪念，也为学界解开了1965年版《全宋词》审校定稿的真相，无疑是当代词学研究的极其珍贵的文献。

1940年版《全宋词》的成书

初版《全宋词》，线装20册，版权页署"中华民国二十九年五月初版"，编纂者唐圭璋，出版者国立编译馆，发行人王云五（旁注：长沙南正街），印刷所及发行所皆为商务印书馆。全书三百卷。卷首有唐圭璋《缘起》、夏敬观及吴梅《序》。次为国立编译馆陈可忠1937年6月《全宋词跋》，称"江宁唐圭璋先生积十年力，搜求遗逸，片楮只辞，零缣残石，靡不录载，于是纂《全宋词》成。一代文献，举而不废"。大约从1927年唐27岁开始辑录，到抗战开始前一月方得成书，书稿未及即时出书，因避乱西迁，由国立编译馆出版而委托商务印书馆印刷发行。

词学盛于清，从编录历代词作的《词综》《词选》，到清末开始系统辑录出版宋元以来的善本词集，先后有王鹏运《四印斋所刊词》、朱祖谋《彊村丛书》、吴昌绶《景刊宋金元本词》、陶湘《续刊景宋金元本词》等书的刊布。这些都为《全宋词》的编纂奠定基础。唐圭璋自述，最初是拟与任半塘合作，分"四步合编《全宋词》，一综合诸家所刻，二搜求宋集附词，三汇列选集，四增补遗佚"。后因任牵他事，唐乃独立完成。除上述四步，"并旁采笔记、小说、金石、方志、书画题跋、花木谱录、应酬翰墨及《永乐大典》统汇为一编"。他在这一时期，为编纂《全宋词》撰写了一系列论文。其中有关辑佚者有:《从〈永乐大典〉内辑出〈直斋书录解题〉所载之词》(《词学季刊》第1卷第1期,1933年4月),辑得陈振孙著录而后世失传的九家词集遗词44首;《石刻宋词》(《词学季刊》第1卷第2期,1933年8月)依据《金石萃编》《金石补正》《粤西金石略》《江宁金石记》等书录宋词15首又存目2首;《〈四库全书〉中宋人集部补词》(《词学季刊》第1卷第4期,1934年4月)为51家四库宋别集补录词作百余首。有关考证者则有:《宋词版本考》(《金陵学报》第10卷第1、第2期,1940年5月),记录196家词集的版本,另附录106家,无论存佚,未尽目验,但求全备,以待搜求;《宋词互见考》(《词学季刊》第2卷第4期、第3卷第1至第3期,1935年至1936年),对一词而分见两或三位词人名下的作品加以甄辨,所涉近500首;《两宋词人时代先后考》(《词学季刊》第2卷第1、第2期,1934年10月、1935年1月),继陈伯弢《两宋词人时代先后小录》而作,"初以词人生卒为主。生卒不可考,则以科第为主。科第不可考,则考其仕宦踪迹及所与往还之人。并此而不可考,则阙如焉"。这是为《全宋词》小传及编次所作准备。以上三文与《两宋词人占籍考》,唐在晚年曾结集为《宋词四考》出版。有关校勘者,则有《〈全宋词〉跋尾》(《江苏省立国学图书馆年刊》第8期,1935年10月)、《〈全宋词〉跋尾续录》(《制言》第8期,1936年1月),对99种宋人词集及其校勘问题,做了适当的叙录。此外,唐圭璋还向日本学者征集彼邦所存珍贵古籍中的宋词,见芳村弘道《从唐圭璋先生的两封信谈〈全宋词〉的编纂过程》(《南京师范大学文学院学报》2002年第2期)。以上工作,当然还远非唐圭璋当年工作的全部,但可以确认正是在这一系列工作的累积中,他方得以完成宋一代词作全编的编纂。唐圭璋并在《缘起》中说明,"草目写定后,复承赵斐云(万里)、周泳先、朱居易(衣)诸先生补遗,夏瞿禅(承焘)、刘子[庚](毓盘)、王仲闻诸先生辨伪,郦衡叔(承铨)先生等参校"(括号内人名为笔者所加),不没诸家襄助之功。

1940年版《全宋词》仿《全唐诗》体例,以人为主,一律注明出处,"次序亦依时代编定,惟帝王、宗室、释道、妇女以便于省览,各归其类"。故卷一为六帝,卷二至卷二十为宗室,卷二十一至卷二八三为臣工,卷二八四为僧人,卷二八五至卷二八九为道士,卷二九〇至卷二九二为妇女,卷二九三至卷二九九阙名词则以所出书名立目,卷三〇〇为无名氏断句。另以伪托词为附录一,以《宋词附见表》为附录二。全书共收作者1151人(《缘起》称"词人已逾千家",此从笔者统计),词作逾两万首。

唐圭璋以个人之力,在抗战全面爆发之际完成《全宋词》的编纂,并在国立编译馆西迁长沙之间出版,无论是编纂者和出版者,都为中国学术的积累做了极其可贵的努力,值得浓墨书写,充分肯定。当然,初版的局限也不可避免地留下时代的遗憾。

从《审稿笔记》看《全宋词》旧、新两版的差别

从现有记载来看,《全宋词》列入中华书局的出版规划是在1959年,大约因为前一年国家古籍规划领导小组成立,且以二十四史点校和历代总集整理列为重点图书,同时启动增订的逯钦立《先秦汉魏晋南北朝诗》和隋树森《全元散曲》。王仲闻在1958年与傅璇琮完成《全唐诗》的点校本后,就转入《全宋词》的审订工作。现在出版的《全宋词审稿笔记》,就是当时他与唐圭璋关于全书细节处理的53份各成起讫的笔记,大致由王仲闻提出审读或查阅资料中发现的线索或问题,提出处理办法,由唐来定夺。每件少者仅述一事,多者则逾百则,涉及之问题大多细如牛毛,很琐碎而具体。全书中仅页467保存了一件1959年12月14日的一封公函:"圭璋先生:十二月九日来信收到。现在还有一些问题,须请解决,现抄录另纸一并寄上,请予签注意见后即行寄回。"并注:"附件:问题及答复抄纸十五张。"加盖"中华书局编辑部"印章。后有唐批语:"全部签覆寄奉。12月21日。唐圭璋。"从中可以了解全部审稿笔记都是以公函方式来往,不以王个人名义。以当时的京、宁间邮递时间至少要

四五天，也可知唐一般都在信到一二天内就批覆。

新版《编订说明》交代了编校工作的内容："以某些较好的底本代替了从前的底本；增补词人二百四十馀家，词作一千四百馀首（不计残篇）；删去可以考得的唐五代、金元明词人和作品；重新考订词人行实和改写小传；调整原来的编排方式；增加了若干附录。"现在根据《审稿笔记》对比旧、新两版《全宋词》，对此可以有更加明晰的认识。以下就一些大端问题略作分析。

版本。古籍校录最重版本，王仲闻对此非常认真，在《笔记》开篇，就向唐圭璋询问一些旧版所用书所据为何，今存何处。全书中涉及版本讨论的地方很多，有时王根据唐提示的版本复核原书，发现文字有出入，再追问此一文字来源。大致唐所据书以南京图书馆所藏本为主，王则多据北京图书馆所藏本复校，彼此有些出入，但因北京藏本更为丰富，故新版所取版本较旧版有很大的改善。

辑佚。王仲闻在旧版以外增辑宋词的数量，新版《编订说明》作"一千四百馀首（不计残篇）"，夏承焘1961年6月3日收到王仲闻信则称"补词一千六百首"（《天风阁学词日记》），其间出入除非将新旧版做逐首统计，不然很难确证。但就《审稿笔记》提供的大量辑佚线索来看，王仲闻将辑佚所得词作向唐报告，唐对收或不收有所处置。如王从《永乐大典》辑出张敬斋、曾楚山、滕甫、周瓢泉、刘克逊、贾应、僧大伟等词作，询问是否该补及诸人事迹，唐大多回答"人名书名皆不知"，并建议："凡不能证为宋人，是否可不收？"但就新版定稿的处置来看，滕甫确定即北宋人，曾楚山为曾原郕，刘克逊为刘克庄弟，皆予补入，贾应存而未知事迹，张敬斋、周瓢泉、僧大伟诸人词则均未收。

断限。新版《凡例》称："凡唐五代入宋者，俱以为唐五代人。凡宋亡时年满二十者，俱以为宋人；仅入元仕为高官如赵孟𫖯等者除外。"大致妥帖。五代十国入宋者之词作，涉及陶谷、李煜、钱俶、徐昌图、卢绛等人，陶以宋臣南使而作《风光好》词，李煜归宋而每多思故国之作，钱俶二残词皆归宋后作，卢绛梦中得词而与入宋临刑事契合，徐昌图词托《尊前集》传而今知事迹皆在入宋后。新版沿旧例都不收，在王仲闻则因另有《唐五代词新编》故，在此不作讨论。自宋入元者人数众多，词作亦夥。旧版对此没有严格规定，去取较随意。《笔记》中对此颇有讨论。王仲闻提出："仇远生于淳祐七年（夏承焘《周草窗年谱》云生于景定二年，相差十四岁），宋亡时年已三十有馀，与张炎差不多，较袁易年长，与王沂孙亦不相上下（上次所云，误据夏谱，不正确）。如以王沂孙、袁易为宋人，同时必须考虑到仇远，其名字亦见《绝妙好词》《乐府补题》中，与张炎、王沂孙无甚区别。"唐圭璋回答："鄙意不争（增）袁易与仇远，只争（增）王沂孙一人。草窗录仇，个别情况。从来亦无有将仇远作为宋人的。不将仇远作为宋人，想任何人亦不会有意见的。"这里牵涉到一般习惯和严格断限的矛盾。虽然唐圭璋的意见很坚决，新版最后仍然收录了仇远，将旧版袁易剔除，是王仲闻坚持了自己的认识。

小传。考订作者生平，改写作者小传，是王仲闻倾注极大精力所做的工作，《笔记》中有关内容极其丰富。从《全宋词》出版时情况来看，唐圭璋在此一方面的准备尚不充分，他在批注中也说明曾在很大程度上依靠厉鹗《宋诗纪事》的小传。王仲闻的工作，包括补充作者事迹，纠订原传缺误，勾查作者时代，考订相互关系等，涉及面极广。由于当时还缺乏宋代主要典籍比较便捷的工具书，比如现在研究宋代文史的学者手头必备的《宋史人名索引》《宋人传记资料索引》《宋会要辑稿人名索引》等，王仲闻的工作所达到的程度，尤为可贵。现在有一些可以订补，都很正常。由于原书一律不说明小传文献来源，《笔记》中提到的大量线索，尤其值得珍惜。

互见考证。这是唐圭璋在初版编纂时花气力做的一项工作，在付刊时分别做了处理，在各词下部分予以说明，并在全书之末列出互见表，对读者加以鉴别是有便利的。王仲闻最初提出，旧本正文与附表互有出入，"体例不纯。拟一律注明，以便读者"，并提出凡互见词"一律兼收，勿有遗漏"。唐答复赞同"应该前后均有注，初因烦杀而未及兼顾"。"烦杀"指全稿杀青时事烦。在新版最后定稿时，关于互见词和误收词的处理已经完全划一了体例,《凡例》云:"今于确知其误者删归存目,凡其词非宋人作品,不见于是编其他作者名下者,另附录备考。其疑不能决者互见之。"所述尚不够完整清晰。就我阅读归纳,大约于互见可以鉴别者,在是者以下存词,并加注说明该词的传误情况;凡非词而误认作词者,作者传误者,皆列入《存目词》;凡误收词已见于本书他人名下者,仅存目而不重复引录,凡非词体或非宋人作品本书不见者,则在《存目词》后予以附录。我想特别指出的是,《全宋词》新版的互见处置体例,是古籍整理体例上的一大创新,前此未见,后此则有《全宋诗》等多书沿其例,应该大书一笔。

分卷。《全宋词》旧本分三百卷。审稿笔记最初讨论时拟调整卷次,在尊重各词集原卷次的情况下,"拟即全面研究,重行分卷,弗使相差过于悬殊"。可知最初还是准备维持分卷而仅作适当调整。新版最终完全不分卷次,在《笔记》中没有谈到。但从我所见王仲闻1965年3月15日对逯钦立《先秦汉魏晋南北朝诗》体例所提意见中提到"不分卷,仅分朝代。可分南北朝",大约不分卷是他坚持的主张。

删除。前引《〈全宋词〉跋尾》《〈全宋词〉跋尾续录》所载各集题跋,旧版《全宋词》均附在各家词作之最后,新版全部刊除不存。唐圭璋晚年自编《词学论丛》时,将二文仍予收录。

增加附录。目前可以知道的附录有以下几项:一、《引用书目》。旧版没有,新版列于第一册卷首。《审稿笔记》虽然没有编制书目的内容,但谈及大量引书版本和新检典籍的情况,如果将旧版散在各卷下的引书情况汇集起来,与新版比读,可以了解新版调整版本和增补典籍的完整记录。二、小说中词和依托词。旧版《例言》称:"宋人小说往往载词,其中自不免为作书者之伪托,然伪托者犹为宋人,故亦辑录。至元明以来小说所载之词,皆为元明人伪托,则列入附录。"所指应即附录一所载杜衍至琴精名下词。但逐一分析,则既包含杜衍至洪遵等二十多位著名人物之传误词,也包含《夷坚志》《绿窗新话》等宋人小说中词,也包含《警世通言》《水浒传》《拍案惊奇》等后世小说中词,体例较乱。

王仲闻最初提出:"附录词一卷,混乱异常,拟分为四部分:(一)确为宋词而出自小说或伪托鬼神者。(二)确为宋词而误题作者姓名者(此大部分为互见词)。(三)出自话本、传奇,号称宋人作品者。(四)出自道书之伪词。(一)(二)各依时代编次,(三)(四)依所出之书之时代。"其后再次提出:"宋人小说中所载之词,或入附录,或不入附录,体例有些混乱。似应一律自末后附录卷内移出,以此等词确为宋人作品,毫无疑问也。(其有问题者为所署作者姓名,此点可在凡例内解决之。)"唐批:"认为须移出请照移。"新版在最后定稿时稍微有些变化,将传误、互见词一律归入正编,而将小说或依托作品,分为"宋人话本小说中人物词""宋人依托神仙鬼怪词""元明小说话本中依托宋人词"三部分编录。新版的这一处置,严格区分一般轶事类小说和话本、志怪类小说的不同,前者虽有传误,但未必全出伪托,后者则多出虚构,未必实有其人其事。虽然从细节来说,将《京本通俗小说》《彤管遗编》作为宋人作品未必妥当,将道教人物与志怪鬼神合在一编也可斟酌,但这样编录的好处是将宋词中可靠和不尽可靠的作品加以分别,将宋人依托和后代依托作品加以分别,对读者是很有必要的。我们只要对照《全唐诗》卷八六〇以下的仙、女仙、神、鬼、怪、梦各卷,就能体会此例之善妥。拙辑《全唐诗补编》曾仿此例编录类似诗歌,曾昭岷等《全唐五代词》副编专列《宋元人依托唐五代人物鬼仙词》,亦仿此例。遗憾的是,新版《凡例》称这部分是附录,而付型时仅列于正编之末,没有作为附录。三、《作者索引》。旧版也有,各人名下且加注文献来源。新版删去文献,仍以笔画编次。

《全宋词》旧、新两版,经过唐、王两位大家的先后经营,达到了很高的学术水平。就1965年版出版至今学者已经提出的纠订补遗来看,虽然细节上仍有一些出入,大端的补遗只有当时北京图书馆尚未编目公开的《诗渊》一书中有数百首可以补充,其他均为零星补遗,积累至今大约尚不足百首,堪称非常难得了。

王仲闻对断代全集编纂的见解

关于大型断代文学总集编纂体例的叙述，在《审稿笔记》中没有系统的表述，从现在可以见到的王仲闻遗稿来说，有两份材料可以参考讨论：一是《古籍整理出版情况简报》第171期（1987年2月20日）所刊历劫幸存的《〈唐五代词新编〉前言》，二是中华书局所存逯钦立《先秦汉魏晋南北朝诗》档案中所存他1965年初对该书体例所提意见的两篇手稿。这两份文稿大约都写在《全宋词》定稿以后的几年间，《唐五代词新编》全书已佚，但可以相信是他在为《全宋词》广搜材料的同时，完成的一部专著。

关于此类书的编次，王仲闻比较坚持首先区分作者是否可考，作者则不必区分其身份，一律以时代先后为序。有鉴于此，他反对如《全唐诗》那样以乐府另列，也反对将郊庙歌辞另外成编，凡作者可以确定者一律收入作者名下。凡是欲研究乐府歌辞者，自可参考《乐府诗集》一类书，新编总集没有必要承担全部的责任。作者区分身份，确实是明清时代慑于皇权的体例，王仲闻再三反对，新版《全宋词》也完全体现了这一精神。至于作者先后排列的依据，《全唐诗》大致按照先后世次，很不严格，前人有以生年为序或卒年为序的意见，逯钦立采纳杨守敬的意见取卒年为序。王仲闻认为应该考虑到子死父前或弟死兄前的特殊情况，坚持"先以生年为据，无生年者以卒年为据"的变通办法，《全宋词》也坚持了这一原则。

作品注明出处，是现代大型总集的一般要求。王仲闻认为，同一词来源不一，有时多至二三十处，他在分析一系列实例后，认为"倘全部注明，未免过于烦琐，则只注明最早之出处，其余从略"。这是《唐五代词新编》的体例，《全宋词》也循此例编纂，虽然与《先秦汉魏晋南北朝诗》《全元散曲》之备注出处有所不同，但因为曾做过逐首作品全部文献的斟酌，标识出来的是最早的来源，浅学者可能会为没有备注出处而感到遗憾，但只要深入细心地体会，就可以理解这种反复斟酌后的由博返约，体现了编纂者极其讲究的眼光和抉择。凡读《全宋词》者，应该明白全书在这些方面的追求。类似的著作，比如《全宋诗》虽然也取仅注一个来源的体例，但因所涉太广，未能充分斟酌每一篇作品的来源，不免显得稍弱了一些。

与来源注明体例适应的，是异文校勘的表达。王仲闻认为："各种不同来源、不同版本，虽经编者详校，终以校记太多，有伤烦琐，对一般读者无甚用处，或所用不大，故在定稿时悉予删去。"这和《全宋词》的体例是一致的。虽然没有列出详尽的校勘记录，给现代学者留下一些遗憾，但凡取舍之间，皆曾仔细斟酌，应该是可以信任的。

尊重并尽量复原作品的原貌，是王仲闻的另一重要见解。他认为唐五代词多无题，敦煌词偶有题，后人编录唐词多代立题目，对此他主张可以逐一录入，但要注明所出，是很严谨的态度。唐前诗题本来不是每题后都加"诗"字，有此字者源出类书，以求与其他文体有所区别。逯钦立为求划一体例，在几乎所有诗题后都再加一"诗"字，王仲闻认为"不必率从《诗纪》，每首加一'诗'字"，明确表示不赞同。近年我以明刊《古诗纪》对校逯书，其实《古诗纪》也未都加。

重视词体的辨识并因此确定收录范围。王仲闻讨论前人收录唐五代词时，有三种主张：一是仅以长短句为限，二是主要配合音乐者都视作词，三则不以形式为据，但亦不收佛曲、俚曲。王仲闻则主张在"于泛滥之中，稍寓限制"，凡昔人认为词者，一概收入，但不收佛曲、俚曲。宋代对此认识较趋一致，新版《全宋词》对词把握大致妥当，但也偶有可议处，见王小盾《任半塘先生的〈全宋词〉批注》（刊《扬州大学学报》1997年第1期）。

重视总集编纂中的辨伪存真。《笔记》有关的考辨极其丰富，《全宋词》的考订互见和甄别伪作，在唐圭璋早年工作就极其重视，王仲闻更为此付出巨大心力。我在此要特别举出王仲闻在《〈唐五代词新编〉前言》中列举产生伪作的原因有十条：一、以制曲者为制词之人；二、以进曲之人为作词之人；三、以唱词之人为作词之人；四、后人据手迹而误入;五、因同姓或同名而误;六、小说附会;七、好事者杜撰;八、由于疏忽;九、不题撰人作品误为前人所作;十、牵强附会。这些论述,是他在大量文献考辨后归纳而得,对于各体作品的编录鉴别都有借鉴意义。

此外,如他强调有旧集者可按本集编次、引书一律注到卷第、互见宜逐首注明等,也都是很好的见解。其他如作品是否要附录本事,他的叙述稍有不同,《全宋词》大多不录,他建议逯钦立在谣谚以下都不录本事,对此我略有不同看法。作品附录本事,对读者了解文意还是有帮助的,当然应选择最早记录,涉及误传者应加以说明。

王仲闻的人生遭际和学术性格

近年公布的王国维遗信手迹是写给其三子王贞明的,全文如下:

> 五十之年,只欠一死,经此世变,义无再辱。我死后,当草草棺敛,即行槁葬于清华茔地。汝等不能南归,亦可暂于城内居住。汝兄亦不必奔丧,因道路不通,渠又曾出门故也。书籍可托陈、吴二先生处理。家人自有人料理,必不至不能南归。我虽无财产分文遗汝等,然苟谨慎勤俭,亦必不至饿死也。五月初二日父字。(李小文《王国维遗书珍藏在国家图书馆》,刊《光明日报》2004年12月10日)

在王国维自杀之际,对家人子女颇多牵挂。因其长子早亡,信中所述"汝兄"即指次子王仲闻。据说他在诸子中天赋最高,又酷爱古籍、诗词,但王国维坚持送他在十九岁就入邮局为邮务生,就是希望他在实务中有独立生活能力,"苟谨慎勤俭,亦必不至饿死"。在父亲故世后,王仲闻在邮局工作了近三十年,1941年任邮政总局副邮务长,1949年后随局北迁,任邮电部秘书处副处长。应该说,在一个具体的职位上,他是称职而努力的。但其后的一切,就完全超出了王国维的预想了。王仲闻先是在审干中被认为有"特务嫌疑",虽然后来结论说"不是反革命分子",但不久又牵扯进反右中,口头通知"是右派但不宣布","强制退职"。所幸被中华书局几位有眼光的前辈赏识,得以担任临时编辑,先是校点《全唐诗》,再审订《全宋词》。虽然这两部书当时都没有署他的名,但相信他的心情肯定是充实而愉快的。除校点了几种分量较小的文学古籍,他还接近完成了研究宋词的专著《宋词识小》和汇录唐五代词作的《唐五代词新编》,替中华书局审订了《夷坚志》、《元诗选》、《陆游集》、李杜资料等篇幅较大的古籍。但"文革"的发生,彻底终结了他的学术生命和自然生命。1969年11月12日,他服毒身亡,悄无声息。父子两代都自杀身殉,确实是时代的悲剧。

王仲闻重新为学术界认识已经是八十年代了。先是人民文学出版社出版署名"王幼安"的《李清照集》,让学者了解到他考订词集的详尽周密。稍后沈玉成在1986年撰文回忆,详尽说明了《全宋词》审订的过程,并提到唐圭璋先生坚持修订本应署王仲闻的愿望,并提出:"以后如果重版《全宋词》,应该恢复这一历史的真实。"1999年中华书局出版简体横排本《全宋词》时,即增加"王仲闻审订"。现在《〈全宋词〉审稿笔记》影印出版了现存的全部相关档案,揭开了王仲闻为新版《全宋词》所做的大量烦碎如一地鸡毛、细密如无边秋荼般的工作记录,足以让我们重新审视他的成就和贡献。

据王亮《王仲闻学术生平著述年表》所载,王仲闻早年也喜欢写诗填词,只是至今我还没有见到他的作品。他似乎更多地受到父亲的影响,精通目录、版本、校勘、声韵、文字等多方面的专学,具备宏观地掌握一代完整文献的气魄和精确地鉴别文献的超强考订能力,加上严峻冷静的审视文献,划定体例,具备了编纂一代文学全集必需的能力。

最后,我想谈谈从王仲闻文稿中可以感觉到的他的学术性格。作为从旧政府邮务官员出身的学者,他虽然受到一系列不公平的待遇,但在思想上,他显然很乐于接受五十年代的主导思想,即使出于自身安全考虑,他在论述问题的时候也很注意适应那时的政治气候。如再三认为按照作者身份编排总集的做法"观点太陈旧，不适合现今时代"，以曹操、司马懿列魏晋之首"似有重视封建帝王之嫌"。他在做《唐五代词新编》时，虽然已经调查清楚了易静《兵要望江南》的存世版本，并确认其"真正为词"，但却认为"除极少数特殊需要参考者外，对一般读者实无甚用处，不宜普及也"，其实真正原因还在于此批作品"尚有甚多占星望气迷信之语"，不适合当年的社会氛围。

虽然政治上被压抑，但涉及学术问题的表达，他很坚持而果决。在这些笔记中，我经常可以体会到王国维论文的特点，揭出问题，尖椎直入，决不做左顾右盼的犹豫。在这一方面，他们父子是很相似的。只不过地位身份各异，表达方式有所差别罢了。

他给唐圭璋所写审稿笔记，虽然因为是编辑和作者之间的关系，行文中多持设问请教，让唐裁决的表述，但他每每提出问题，则揭示要害，罗列文献，比附凡例，提出办法，行文明确清晰，常常并不容太多的讨论。当然，在讨论的另一边，唐圭璋也显示了一个学术大家的气度和宽容，在《笔记》中可以见到彼此的较真与坦率，一些问题再三反复地讨论，各自坚持己见，但绝无学术以外的意气用事，一切以学术为重。就此而言，新版的修订，固然是王仲闻出力甚多，唐圭璋也居功不少。就此而言，1965年版《全宋词》固然是现代学术史上的绝代精品，而《笔记》更为学术史留下两人合作的难得佳话。

生在变动的年代，王仲闻生前默默无闻，他的工作被尘封了许多年，确实很不幸。但一个人为民族文化的积累倾注全部的生命，他的贡献无疑应该为世人所牢记。

原载《书品》2010年第1期

杜甫研究的里程碑著作

——萧涤非先生主编《杜甫全集校注》初读记

等待了三十六年,煌煌十二厚册、多达680万字的《杜甫全集校注》(简称《校注》)终于由人民文学出版社出版。此书的问世,是中国当代古籍整理和古典文学研究的重大收获,谨向纂注者和出版社表示祝贺!在此将初读以后的一些认识和所知写出,与读者分享。

在中国诗歌史上,杜甫的地位至高无上,唐末被赞为诗史,苏轼称为"集大成者"(《后山诗话》),宋以后尊为诗圣,影响其后千年诗歌发展走势。杜甫以前诗歌以古诗、乐府为主,杜甫以后近体诗方成为诗歌主脉,杜甫穷极所有变化的巨大创造力,为后世提供了无数探讨不尽的法门和范式。无论江西派,还是同光体,无不受其沾溉而各成气象。杜诗研究也成为宋以后最多学者关注的课题。从汇集作品、校勘编年开始,进而注释,继而集注,到宋末已经发展到千家注杜的规模,赵次公、蔡梦弼、黄鹤等人的解读注释代表了宋代的水平。经过元明的低谷,明末王嗣奭、胡震亨续有所得,清代则以钱谦益、朱鹤龄、仇兆鳌、浦起龙、杨伦为代表。进入二十世纪,杜甫研究日新月异,但可以代表当代水平的集大成著作则始终未见。日本前辈学者吉川幸次郎(1904—1980)曾发愿全注杜诗,计划作《杜甫诗注》二十册,特别关注杜诗在继承前贤开拓诗境方面的努力,每首诗都有日译和详解,可惜仅完成五册(筑摩书房,1977年至1982年)即去世。山东大学著名杜甫专家萧涤非先生从1978年起领衔汇校汇注《杜甫全集》，学界曾抱持殷切期待，相信此项工作必然给杜甫研究乃至整个中国文学史研究带来巨大的影响。我那时还刚学术起步，做过两篇研究杜甫生平和著作的文章，曾穷尽所有地阅读杜集，深感杜甫作品之瑰玮和历代研究之鸿博，对此项工作期冀尤切。无奈世事多舛，萧先生在全书进展过半即不幸去世，因人事纠纷，这一项目耽搁下来，很感遗憾。三年前方得到消息，经过山东大学校方和人民文学出版社的多方协调支持，由萧先生学生张忠纲教授领衔，重新启动并已接近完成全稿。出版社嘱我推荐申请国家出版基金，我恰已接任曾由萧先生担任的中国唐代文学学会会长，深感大作家研究是带动一代文学研究的根本，更期望前述工作得以完成出版，因此大喜过望，愿尽绵薄。再经过两年多的反复修订校改，纂修者和出版社都付出巨大努力，终得问世。

萧涤非先生（1906—1991）早年研究汉魏乐府，中年后专治杜甫，1956年出版《杜甫研究》二册，上册通论，研究杜甫生平和诗歌的思想艺术成就，下册诗选，对杜甫代表诗歌二百多首做详尽的注释解读，是古典诗歌选本之典范，也因此奠定了萧氏在杜诗研究领域的地位。《校注》的设想从1976年提出，1978年立项，随即展开工作。在萧先生指导下，校注组在研读杜诗的同时，一是检阅唐、宋、元、明以还诸家别集、诗话、笔记、丛谈、杂著等书，摘录有关杜诗资料，力求其全，分门别类加以整理，以备检索；二是广事搜求海内外杜诗版本、注本，历时六年，得以大备。同时，校注组还沿着杜甫当年的行迹，赴山东、河南、陕西、甘肃、四川、重庆、湖北、湖南等地，对照杜诗，做实地考察。将全书设想、体例印发全国有关专家征询意见，并于1984年试印样稿，到杜甫故里召开样稿审订讨论会，形成共识。经历八十年代的努力，就在全书进程过半之际，因主编去世，合作诸人因分工、进退等分歧，致使编纂工作停顿了近二十年之久。我虽然对具体内情不甚了解，但知道的是2009年山东大学徐显明校长推动重启编修，学校成立此书工作协调领导小组，提供经费和人力支持，方得完成。全书出版时署名：

"主编萧涤非,全书终审统稿张忠纲,副主编廖仲安、张忠纲、郑庆笃、焦裕银、李华。"显得很特别,体现尊重历史,也尊重实际责任人所付出的艰辛劳动。张忠纲教授今年七十五岁,在老师去世二十多年后,终于能完成老师未竟的事业。他在《统稿后记》中用"余生也有幸"表达自己的心情,他的努力值得尊敬。全书参与者各自承担的部分,也都有清晰表达。我也经历过学术合作的风雨,知道领导与出版方的支持、主事者的大度、合作者之互敬,对完成大项目缺一不可。

由于做过大量文献的前期准备工作,《校注》在体例设计、学术追求和文献处理方面,都体现了尊重前贤研究,博采约取,集古今大成,体现当代学术需求的自觉意识。全书对杜甫全部存世诗文作了校勘、编年、注释、汇评、备考等几项工作,并附录《杜甫年谱简编》《传记序跋选录》《诸家咏杜》《诸家论杜》《重要杜集评注本简介》等。以上诸端,都达到很高学术水平,试分别述之。

杜诗校勘,是宋人研杜的起步工作。王洙结集杜集祖本汇聚古本九种,吴若会校则援据樊晃《杜工部小集》、晋开运二年(1945)官本等多种旧本,已具备良好的学术积累。《校注》在利用人民文学出版社六十年代约请王利器、舒芜等据十一种宋、元刊本和明钞本所作校勘基础上,又增校《草堂先生杜工部诗集》残本、《新刊校定集注杜诗》、《王状元集百家注编年杜陵诗史》三种宋本,得以充分利用存世全部宋元古本参校。如《草堂诗笺》校及三种不同的宋本,而成都杜甫纪念馆藏宋刻残本、宋曾噩刊九家注本、山东博物馆藏宋刊黄鹤父子千家注本等,均罕传难得之本。是书文本写定的准确和异文之备存,远超前人的所有工作。特别可贵的是,《校注》于底本与参校本入选尺度严格,绝无好多宽滥之病,与时下动辄喜欢说参校了几十种文本,其实多数并无参校价值,完全不同。且尽量尊重底本,不轻易改字。如《登白马潭》,明清传本多作《发白马潭》,校记指出古本皆不作"发"字,为后人所改。《诸将五首》之一"曾闪朱旗北斗闲"一句,因触家讳,宋人多有考订。本书有详细考订,据宋人著《侯鲭录》卷七引薛向家藏五代本、《明道杂志》引北宋王仲至家古写本,并参南宋周必大《二老堂诗话》谓宋初避讳改"殷"为"闲"的考证,恢复古本的原文。全书类似的校订极其丰富,保证了学术质量。

前代杜集编次,有分体、分类、编年、分韵四体,《校注》鉴于杜诗的特质,以编年最能显示其诗史的成就和知人论世,因此虽全书以存世最早杜集《续古逸丛书》本收宋本为底本,但编次则参照宋、清以来诸家之考订,并参新见文献和实地考察,有部分的调整。其中引录较多的是宋末黄鹤及其所引梁权道的考证,对蔡梦弼、王嗣奭、钱谦益、仇兆鳌诸家所考,也有较多的吸取。利用新见文献者,如根据新出土《韦济墓志》,重新考订《奉寄河南韦尹丈人》《赠韦左丞济》《奉赠韦左丞丈二十二韵》的编年,对杜甫困守长安时期的情况,有更准确的反映。而杜甫入湘后的行程,前人一直相沿宋人的编次。校注组在踏勘湘江沿途景观后,将《入乔口》诸诗改编到《宿凿石浦》诸诗前。

宋人认为杜甫诗"无一字无来处",特别用心于杜诗中的语典和事典的来源与解释,后世注杜者则更关注杜诗语意的释读,有关讨论汗牛充栋,巨细无遗。《校注》的注释继承萧涤非《杜甫诗选注》的善例,尊重旧注以揭示诗中典实、语词来源的引征前代文献的传统,又注意吸取历代学者诠释杜诗时的创说发明,更注意现代学者需要通过原句语译以便准确理解诗意的要求,基本采取每韵加注、逐句解说的体例。这部分是全书分量最重的工作,也是历代注杜学者倾注心力最多的工作。《校注》融诸说之长,别择认真,解释客观,注意参综今古,为今人研读杜诗提供了可靠的依凭。

集评尤盛于明清两代,有多种五色套印会评本,可见重视。近年则有《唐诗汇评》和《中华大典》尤肆力于此。《校注》设"集评"一栏,汇聚历代对杜诗逐篇的评点意见,采据之广,超过以往各书。

《校注》于杜诗历代有争议或不同立说者,立"备考"一栏,引录文献并略作考订。以杜甫晚年诸诗为例,《聂耒阳以仆阻水》附关于"狄相孙""方田驿"以及"饫死耒阳说"的讨论;《回棹》附"关于编年之异说",《江阁卧病走笔寄呈崔卢两侍御》附"江阁""崔卢二侍御"及"锦带"的解释,《长沙送李十一衔》录洪迈、胡应麟有关李杜齐名的释读,《风疾舟中伏枕书怀三十六韵奉呈湖南亲友》附录"关于诗之编年""关于宗文之死""关于'公孙仍恃险,侯景未生擒'二句所指"三项备考。全书附录备考有近千例之多,将有关杜诗历来争议的主要观点和证据都列举出来,足为学者之参考。

我特别注意到,《校注》备举诸家之说,以清末以前诸家为主,近人之说仅偶及之,有很仔细的遴选。文献备录务求广取备参,尽量不加案断,仅在显著错误时方略申己说。全书引录主编萧涤非的考说,全书似仅十余则,其余参编诸人各人研究有得者,一律不加引录。这是古籍文献研究值得肯定的态度,前人称"不着一字,尽得风流",今人说精彩全在不言中,正可见到编纂者的高远立意。全书为行文简要,引录前说仅称某某曰,书前附简称所指,书末附《重要杜集评注本简介》对援据较多的一百三十四种杜集做了很精当客观的介绍。

韩愈《调张籍》说自己读李杜诗惊其开拓创造之不易:"徒观斧凿痕,不睹治水航。想当施手时,巨刃摩天扬。垠崖划崩豁,乾坤摆雷硠。"今读《校注》,也有同样的感受。从开始谋划到终于完成问世,历时三十六年,集中了三四代学者的接续努力,文献之丰备,校勘之精审,注释之周详,考断之稳妥,确能代表当代别集整理新注之最高水平,是一部总结一千多年来杜甫研究的集大成著作,在杜甫研究史上具有里程碑意义。

由于杜甫诗歌之博大精妙,历代研究之汗牛充栋,杜集不可能如其他著作那样地采取会校会注会评的体例,将各家见解全部包罗无遗,只能选取最重要的创见,当然不免会因读者之阅读需求和学术立场不同而会有不同认识。我也无意强作解人,仅想在此期待,因为本书的出版,将千年以来杜甫研究的主要见解陈列出来,今后的研究应以本书为起点,将杜甫研究提升到新的高度。

就我所知,就在本书定稿期间,清华大学谢思炜教授完成《杜甫集校注》，即将由上海古籍出版社出版。日本京都大学兴膳宏教授近年组织读杜会，有志将吉川先生中辍的《杜甫诗注》全书完成。由山下雅弘、松原朗、芳村弘道等教授共同承担的杜诗全译工程，预计将于明年截稿。这些工作与本书一起，会引起一段时间内杜甫研究的热点。

《杜甫全集校注》应该会带动有关杜甫的一些新的学术编纂。为体例所限，此书以清末以前笺杜著作之总结为主，近代以来的学术见解仅采纳很少一部分，海外的研究基本没有采及。这些都有待做新的总结。

近代以来因为敦煌遗书、域外善本和出土墓志的大量发现，为唐代文史研究带来全新的气象。本书有部分的采据，如前云《韦济墓志》的利用即为一例。有些已知还没有在《校注》中予以表达。如洛阳近年出土《郑虔墓志》载其卒于乾元二年（759）九月，比前人根据杜甫《哭台州郑司户苏少监》所定广德二年（764）要早五年，当然会引起一系列诗作编年的重新确定。张忠纲《统稿后记》已注意及此，认为《所思》原注"得台州郑司户消息"，当然应该写于郑虔生前，不会如旧说系于上元二年（761）。然而问题在于当时诸人天各一方，杜甫得到郑虔消息的时间很难确定，可能在当年，也可能在几年后。因郑虔还牵扯到苏源明，杜甫最好的两位朋友应为同一年去世，但苏又似乎在郑去世后两年还因代宗即位而改名。存疑而保留旧说，不失为慎重的处理。

即便如杜甫这样研究得相当彻底的作家，无论其生平和作品都还有许多问题有待澄清，比如他的早年经历，他的母系亲属，其妻杨氏的家族情况，晚年离蜀后曲折行踪的原因，都还有待深究。近代以来出土唐代墓志近万品，不少与杜甫的交游有涉，也有待梳理。我在三十年前曾撰文《杜甫为郎离蜀考》（《复旦学报》1984年第1期），将杜甫入严武幕府任节度参谋和授检校工部员外郎分开来解说，认为欲入朝而离蜀，因为生病滞留峡中而改变行程。当年张忠纲先生曾撰文商榷，我们因此而相识结交，但学术见解都没有妥协。我认为《去蜀》"五载客蜀郡，一年居梓州。如何关塞阻，转作潇湘游。世事已黄发，残生随白鸥。安危大臣在，不必泪长流"若作于离蜀初，似乎杜甫当时就有入湘的准备，无法解释一路之犹豫彷徨，似应在入湘后作。这当然仅属一家之言，举此说明杜诗的编年其实还有许多再斟酌的空间。其他大者如李杜齐名的形成过程，杜甫在中晚唐诗坛的影响，杜甫诗歌的典范意义，杜甫与中古诗歌的转型，杜甫与宋诗风格之形成；小者如杜甫诗中所涉名物制度，语词解读，句型变化，诗律通变，与杜甫相关之人物命运，杜甫所见之山川地理，杜甫所涉之大小杂事，都还有很大开拓空间。

2014年4月6日于复旦大学光华楼

刊《文汇报》2014年4月14日

钱锺书先生批评拙辑《全唐诗续拾》的启示

知道钱锺书先生曾阅读并批点过拙纂《全唐诗补编》，是十多年前的事，具体应在钱先生去世后一二年。中华书局徐俊先生（《全唐诗补编》责编，现在是中华书局总编辑，当时是文学编辑室主任）为《管锥编》续约事到钱家与杨绛先生商谈，见到书橱间有这部书。他先前已经听闻钱批此书着墨很多，很想取出来翻一下，但总觉不太礼貌，没有提出。虽属传闻，但我相信应是真事，也希望此后能有机会领教钱先生的批评指点。

不久前商务印书馆出版二十册《钱锺书手稿集》，其中第十册居然收有读拙纂前书的札记，陆灏兄知道后立即告诉我，并将有关几页复印给我，希望我谈些感受。

《全唐诗补编》是我在1982年到1987年间的著作，1992年10月由中华书局出版。从《手稿集》来看，钱先生阅读批校的著作以古籍为主，今人著作仅有很少的几部，最晚是1993年中华书局出版的《翁同龢日记》，此后大约即因病住院了。拙著能经钱先生阅读且留下记录，确是很大的荣幸，也感莫大的惶恐。此书始纂于研究生毕业第二年，因为偶然发现几位前辈学者所辑《全唐诗外编》仍有未尽，遂不知天高地厚地欲以个人之力披检群籍，广事搜罗，虽自感能够依循目录以求广征存世图书，在唐人佚篇发掘方面也较前人更为丰富，出版后也得到一些中外学人的好评，但毕竟当时读书不多，又没有科学的检索手段来避免重收误收，加上以辑佚为学术目标，虽然当时也小心地规避误收重收，但仍不可避免地存在侥幸多得的心理。出版二十年来，古籍检索手段发生革命性飞跃，自检发现和他人揭发误取者在二三百篇左右，占全书百分之四五。正因为此，该书二十年来没有再版。而我现在对唐诗文献的认知程度，较先前有更清楚的理解，希望不久可以给学者以合适的交代。

钱先生关于拙辑的手稿，在笔记本中共五页，以抄录诗篇内容和出处为主，间附有若干按断。首题"陈尚君 全唐诗续拾"。拙书1992年10月由中华书局出版，第一册为原《全唐诗外编》的修订本，后二册为我新辑的部分，题作《全唐诗续拾》，取续诸前辈所补而有得之意。估计因《全唐诗外编》钱先生前已读过，修订本有减无增，故仅涉拙辑部分。可惜在《手稿集》中没有见到有关《外编》的部分。他对摘录的诗篇有考按者，一般在诗下加星号，在当页的书眉或页末写下按语，于此可以了解钱先生平日读书之认真规范，一丝不苟。所摘录作者及诗篇凡三十多则。有的仅录作者名，如宋之问、白居易，均加按语，是因按语而存名。有些录全诗，如孙思邈、卜天寿诸诗均录全诗，估计有录而备参的用意。如录孙思邈有关养生诗四则，其中有"美食须熟嚼，生食不粗吞""锦绣为五藏，身着粪扫袍""怒甚偏伤气，思多太损神。神虚心易役，气弱病相侵""夜寝鸣雷鼓，晨兴漱玉津""侵晨一碗粥，夜食莫教足。撞动景阳钟，扣齿三十六"。当然不是着眼于诗学，而是看重其养生道理。几年前编本系刘季高先生文集，附收1972年12月《复钱锺书》信，是对钱告"婴喘疾"的回复，告以"除药物治疗、饮食节制外，尚宜有以培其本"，并自述练八段锦、以盐刷牙等办法。从上述摘录，可以看到钱先生晚年对身体状况的关心。至于其他录诗的去取原因，难以一一揣度，容以后再研究。在此仅就有关的按语，略述读后的体会。

先将钱先生的全部按语，按手稿顺序全录如下（编号、按语前括号

中文字为我所加。原按仅有少数标点,也均由我增加。手稿识读较为困难,承王水照老师代为辨识,也表感谢):

一、(唐太宗《梵经台》)按此诗早见《全唐诗》无名氏卷,引此诗而断为后人妄托。日本刻小字全藏《四十二章经》宋真宗注,附唐太祖《梵经台》七律,有注甚详,荒诞可笑。《法苑珠林》卷二十六《敬德篇》引《汉法本内篇传》记梵经台事,却道及此诗。

二、(静泰、李荣互嘲诗)何以漏却《太平广记》所收李荣与僧互嘲语?

三、(卜天寿)侧字不解为音同之何字。

四、(宋之问)自《诗渊》辑补多首,无一篇佳者。

五、(惠能偈)观此乃流传本《坛经》改字之妙。

六、(沈佺期)此乃《木兰词》中摘句,编类书者草率误属主名,何以不注明?

七、(孟浩然)此乃府下俗书,窜易孟之《归终南山》起二句耳。浩然布衣,安得赴"北阙"而径辞天子哉!

八、(怀素)误甚,此乃戴叔伦诗,见怀素《自叙》所引,观《自叙帖》影印本即知。(戴御史叔伦……云:"心手相师势转奇,诡形怪状翻合宜。人人欲问此中妙,怀素自言初不知。")

九、(贾岛)贾岛《忆江上吴处士》诗:"秋风生渭水,落叶满长安。"千古传诵(《全唐诗话》摘句"生"字作"吹"更佳)。俗类书窜改成此,不知秋风引起落叶、渭水,切近流走而对称,真目无珠而心无窍者。

十、(白居易)未辑《通典》卷41赞摩尼教五律、《三国演义》104回吊孔明七律,皆伪作也。

十一、(杜牧)《老学庵笔记》载吕夷简《天花寺》诗,明本书袭之,牧翁不知,选入《列朝诗丙集》。此首亦吕诗作贼,徐氏为所欺耳。

以下就各则内容，分别略作申说。

第一则，唐太宗《焚经台》："门径萧萧长绿苔，一回登此一徘徊。青牛谩说函关去，白马亲从印土来。确实是非凭烈焰，要分真伪筑高台。春风也解嫌狼籍，吹尽当年道教灰。"我据宋释法云《翻译名义集》卷七录出，并指出又见宋释子升、如佑辑《禅门诸祖师偈颂》卷下之下，题作太宗《题白马寺》。又加按："《全唐诗》卷七八六以此诗归无名氏，云'其声调不类，要是后人妄托'。然此诗征引甚早。《翻译名义集》亦非伪妄之书。同卷录义净三藏诗，亦初唐时人。恐馆臣之意不在声类，而在此诗有玷太宗之盛德耳。义净诗亦误录。岑仲勉先生《读全唐诗札记》已斥其妄。初唐七律传世甚少，故重录之。"现在看来，当时的按语有失偏颇，没有考虑到初唐不可能出现这样粘对讲究的七律，已经有多位学者指出。但如果要重新编定唐一代的诗歌，我仍建议作为附录备存于太宗名下，因为此诗与我同时据《金石续编》载陕西鄠县金正大石刻《赞姚秦三藏罗什法师诗》，以及据元祥迈撰《辨伪录》卷五所辑缺名赞（《佛祖统纪》卷四五作宋太宗《佛牙赞》），都是七律体的颂佛之作，虽断然不可作为初唐七律之资料，却是宋元佛教史的重要文献。钱先生提供了有关此诗的两则重要线索，一是关于焚经台的本事，见于《法苑珠林》卷二十六《敬法篇》引《汉法本内篇》，叙汉明帝尊佛后，"诸道士等以柴荻火，遶坛临经，涕泣曰：'人主信邪，玄风失绪，敢延经义在坛，以火取验，用辩真伪。'便放火烧经，并成煨烬。道士等相顾失色"。未载诗，手稿中"却"字是"未"字之误，可知道世在高宗朝编《法苑珠林》时还没有所谓太宗之诗。另宋真宗注《四十二章经》，今习见者为日本《续藏经》第37册所收本，附有署"唐太宗文皇帝制"的《题焚经台诗》，后附汉明帝夜梦金人，迎取此经的故事，当然为后世附会，"荒诞可笑"。此一出处为我所未知，只是还不能就此认为北宋前期已有此诗。

第二则，我据僧道宣《集古今佛道论衡》卷丁录高宗初期内庭僧道互嘲的一些韵语，其中包括僧人静泰、义褒、灵辩和道士李荣的作品。

· 313 ·

道宣此书是弘佛之著，与《广弘明集》性质类似，但偏于叙事，其中道士颇被丑化。钱先生录了静泰、李荣、灵辩韵语，估计是看重其中一些攻击性的比喻很特别，他所指出《太平广记》所收李荣与僧互嘲语，见该书卷二四八引《启颜录》，《全唐诗》卷八七二已经收在僧法轨名下。我只收《全唐诗》不收的作品，不是疏漏。

第三则，吐鲁番所出《论语》郑玄注后的卜天寿杂写，经郭沫若的评述而广为世知，我也据郭说录二诗于卜天寿名下。现在更赞同李正宇《敦煌学郎题记辑注》（刊《敦煌学辑刊》1987年第1期）、徐俊《敦煌学郎诗作者问题考略》（刊《文献》1994年第4期）的说法，卜天寿如同许多敦煌、吐鲁番的学童一样，只是据当时民间流传的诗歌，抄写于文本之末，绝不是诗的作者。钱先生所录的这首是："他道侧书易，我道侧书〔难〕。侧书还侧读，还须侧眼〔看〕。"所缺二字据郭沫若、龙晦说补。郭沫若认为侧书就是侧身书写，钱先生似乎不太赞同，但究为何字，看来他一时也无合适解释，因而有所存疑。

第四则，是对新辑宋之问诗歌评赏的看法。宋之问去世后，友人武平一辑其诗文为《宋之问集》十卷。这个本子可能到明代前期还存世，因此在《永乐大典》和《诗渊》中存佚诗约二十首。今存嘉靖后所刻宋之问集则为明人重辑，已非原集。从存录作品的立场，当然应该求备，以适应各方研究之需求，但就唐诗欣赏的立场来看，则补录之诗艺术性是要差一些，毕竟前此已有许多选家和学者作过抉择。附带说到，《诗渊》是明前期一部规模宏大的分类历代诗集，仅有一抄本流传，归北京图书馆后，又长期未编目，到二十世纪八十年代方为世人所知。我曾试图证明编录者为浙江临海一位水平不高但抄书勤奋的士人，可惜未及成文，根据也不记得了。

第五则，六祖惠能受法偈，传世的契嵩本以下《坛经》作"菩提本无树，明镜亦非台。本来无一物，何处惹尘埃"。从吴越僧延寿《宗镜录》卷三一所引作"菩提亦非树，明镜亦非台。本来无一物，何用拂尘埃"来看，此一文本至少在唐末已经出现。而敦煌所出法海本《坛经》，则作二首："菩提本无树,明镜亦非台。佛性常清净,何处有尘埃。""心是菩提树,身为明镜台。明镜本清净,何处染尘埃。"当然敦煌本更接近惠能思想的原貌,且只要稍通禅理,即可以看到两种受法偈思想的巨大差异。但从文学立场来看,则改本显然更具感染力和号召力。钱先生肯定流传本"改字之妙",正是从这一立场所作之评判。

第六则,我据宋佚名编《锦绣万花谷后集》卷一四载著名的《木兰诗》中四句:"万里赴戎机,关山度若飞。朔气传金柝,寒光照铁衣。"收在沈佺期名下,特为录出,并加按云:"此四句即《木兰诗》中后人以为极似唐人所作之句。《万花谷》收佺期《塞北二首》摘句后,又收此四句,署'前人'。未详编者另有所据抑疏忽致误。今人或主《木兰诗》为唐初人所作。今姑录出附存佺期名下,以供研究者采择。"此四句,今人认为最似唐人诗,有宋人书标述作者,虽然我也不认为据此就可以认为是沈诗,但觉得将其举出还不是毫无意义。钱先生断定此为"编类书者草率误属主名",批评我"何以不注明",即认为我所加按语态度还不够明确,我尊重他的意见。

第七则,我据《吟窗杂录》卷一四收正字王玄《诗中旨格》引孟浩然《归旧隐》二句:"北阙辞天子,南山隐薜萝。"加按语云:"此二句疑为浩然《归故园作》'北阙休上书,南山归弊庐'之异文。"《吟窗杂录》所署南宋状元陈应行撰乃出依托,其初本应为北宋末蔡传所编,今人已有共识(参张伯伟《全唐五代诗格校考》所附《吟窗杂录考》)。正字王玄《诗中旨格》大致为五代末至宋初的诗格。唐人诗格内容都较浅俗,录诗也多错误,钱先生讥为"俗书",不算酷评。《归终南山》即《归故园作》,为本集与《河岳英灵集》诗题不同。至于责问"安得赴'北阙'而径辞天子哉",我则有所保留,盖诗人作诗,本非实录,且唐人诗歌常经数度改写,流传中更多变化,故录此以备文献。

第八则,我据明汪珂玉《汪氏珊瑚网法书题跋》卷二录"人人欲问此中妙,怀素自言初不知"二句为怀素诗,确属误录戴叔伦诗。

第九则,与前第七则类似。我据《吟窗杂录》卷一三僧虚中《流类手鉴》录阆仙诗"离人隔楚水,落叶满长安"。因为前句不见贾集而补出,后句见于一般文学史称引,当然知道,但交稿时忘加按语说明。当时因为看宋人轶事述晏殊名句"无可奈何花落去,似曾相识燕归来",写入词也写入诗,认为贾岛也有这种可能,即予录出。钱先生对诗意解读甚好,所言甚是。稍可补充的是,《全唐诗话》有署名尤袤或廖莹中等数说,其内容肯定全部抄自计有功的《唐诗纪事》,只是计书的一个节录本,虽老辈颇重此书,今人则认为一般可以不用。作"秋风吹渭水"的摘句,见《唐诗纪事》卷四〇注明"张为取作《主客图》",即唐末通行文本就是如此。

第十则,因白居易而提及未辑的两则伪诗,是提示线索,指为后世依托。所云"《通典》卷41赞摩尼教五律",可能记忆有出入。杜佑《通典》成书略早于白居易之成名,今所见无论《十通》本,还是中华书局所出王文锦点校本,以及影印日本宫内厅存北宋本,卷四一仅有一则关于摩尼教的敕令,未有录诗,未知钱先生所据为何本。《三国演义》第一百〇四回《陨大星汉丞相归天　见木像魏都督丧胆》,述诸葛亮死后,"杜工部有诗叹曰:'长星昨夜坠前营,讣报先生此日倾。虎帐不闻施号令,麟台惟显著勋名。空余门下三千客,辜负胸中十万兵。好看绿阴清昼里,于今无复雅歌声!'白乐天亦有诗曰:'先生晦迹卧山林,三顾那逢圣主寻。鱼到南阳方得水,龙飞天汉便为霖。托孤既尽殷勤礼,报国还倾忠义心。前后出师遗表在,令人一览泪沾襟。'"杜、白二集皆有宋本流传,均无此二诗,可知为明清间人依托。诗还不错,个别诗句可以找到来源,如"辜负胸中十万兵"为南宋华岳《翠微南征录》载《冬日述怀》末句。但绝非唐诗,盖好事者所作,托名家以求其流传。

第十一则,我据民国十三年(1924)刊徐乃昌纂《南陵县志》卷四二录杜牧《安贤寺》:"谢家池上安贤寺,面面松窗对水开。莫道闭门防俗客,爱闲能有几人来。"钱先生数言,指出此诗托伪的曲折事实。我据他的指示检索文献,得到以下线索和结论。

吕夷简是宋仁宗时宰执,诗名常为其官名所掩。《天花寺》诗:"贺家湖上天花寺,一一轩窗向水开。不用闭门防俗客,爱闲能有几人来。"现知北宋时至少被四次称引,分别见孔延之《会稽掇英总集》卷九、吕希哲《吕氏杂记》卷下、江休复《江邻几杂志》(《诗话总龟》卷一五引)和蔡宽夫《诗史》(前书卷二九引),其中吕希哲为吕夷简之孙,吕公著子,最可凭信。南宋较有影响的引录则有陆游《老学庵笔记》卷六和吕祖谦《宋文鉴》卷二七。吕祖谦也是吕夷简后人,颇存家族文献。

钱谦益《列朝诗集》丙集卷一六收明初人木青(号松鹤)《太素轩》诗:"盘陀石畔看云屋,一一轩窗面水开。不是避门妨俗客,爱闲能有几人来。"除首句不同,后三句显然抄袭吕诗,就是不知道是木青本人抄袭,还是后来传误,只是钱谦益没有察觉,仍予收入。清初王士禛《香祖笔记》卷五指出此"即宋人'贺家湖上天花寺'诗,近某亦载之明朝诗,何也?"虽未指名,即指牧斋。

此外,《六朝事迹编类》卷下收杨修《横塘》诗:"早潮才过晚潮来,一一轩窗照水开。鉴面无尘风不动,分明倒影见楼台。"此杨修为杨备之误,所引诗为其作《姑苏百咏》之一。杨备与吕夷简同时而年辈稍晚,此诗从吕诗中搬用了一句。

传为杜牧诗,也不始于徐乃昌。今知《嘉靖宁国府志》卷四引前二句作古诗,《万历宁国府志》卷五录全诗而不题作者,《嘉庆宁国府志》卷一四、《嘉庆南陵县志》卷四已作杜牧诗。徐乃昌修志时,沿袭了前志的错误,有所失察,但非有心作贼。

钱先生关于拙辑的读书札记虽然篇幅不多,所涉内容则极其丰富,或指示辑佚线索,或指出作品误收,或说明歧本各有可取,或提示依托在所多有,都足启发思路,指点迷津。当然我因为一直做唐诗文本的研究,在个别问题上的看法容有不同。二十年前古籍无法检索,现在可以随意地检索数千典籍中的每一个人名和词语,当然在文本处理方面也可以更精密。但我始终相信,仅靠检索猎取文献的做法无法代替第一手地广泛阅读典籍，只有在融会贯通地阅读群籍基础上才能对学术有透彻的认知。钱先生的读书笔记为我们树立了一代学人勤勉读书、独立研究的典范，值得我们长久地学习和体悟。

2012年3月18日于复旦大学光华楼

刊《东方早报》2012年4月8日

方志彤先生《诗品作者考》阅后的一些感受

我与汪涌豪博士在1994年春夏间完成《司空图〈二十四诗品〉辨伪》一文,由于答允刊发的《中国古籍研究》创刊号的耽搁,先后提交1994年11月在浙江新昌召开的中国唐代文学学会第七次年会和1995年9月在江西南昌召开的中国古代文论学会会议上发表,引起较大关注。到1997年3月,在美国哈佛大学访问的张宏生教授来信,告斯蒂芬·欧文(宇文所安)教授《中国文学批评读本》(*Readings in Chinese Literary Thought*, Harvard University Press, 1992)"在《二十四诗品》那一章,他提到一位姓方的学者,写了一本书,认定《诗品》为伪作"。"我问欧文此人情况,欧文说,此人毕业于哈佛,长期在美国高校任讲师,现已过世。他或许是韩国人,或许是大陆朝鲜族人,长期致力于考证《诗品》的真伪,已写出一本书,认定为伪作,但这本书并未出版。欧文并不认识此人,也不知他的中文名字叫什么。""这人的英文名字叫Achilles Fang。"(1997年3月15日来信)并附寄该书中的当页。我收到后询问本系对美国汉学家很熟悉的陈引驰博士,引驰立即告我此人是方志彤,随后列举梅维恒、周辅成的回忆和钱锺书的书信,知道他本名金淳谟,早年就读清华,后来获得哈佛博士并在哈佛任教。引驰将宇文所安的注文翻译成中文,写成《方志彤、宇文所安和〈诗品〉辨伪》一文,在《文汇读书周报》1997年5月24日做了介绍。宇文表述是:《诗品》"出现之晚近自然引起了对它的可信度的怀疑。相对于它后来在传统诗学中的核心地位，有关《诗品》的评论之匮乏是令人惊讶的"。"它们在十一至十七世纪之间完全未曾广泛地流传，而在明末清初几乎同时出现，因而它们的文本历史是值得疑问的（晚明是赝品著作尤其盛行的时代）。"宇文并说明自己虽然没有与方讨论这一问题，但他在撰写该书过程中，"最终相信，《二十四诗品》可能就是一部伪作。或许破坏它的真实可信性的最有说服力的证据，就是它运用了许多只在宋代才开始流行的美学概念"。并引发议论："如果此书确实是伪书，那它肯定是中国文学史上最不朽、最有影响和最成功的伪作之一。"此后我曾多次介绍宇文著作中的见解，很希望方著仍有发表的希望。

很高兴暨南大学文学院阎月珍老师在哈佛图书馆找到方志彤《二十四诗品》的五本英文手稿，用了半个月时间将其中《诗品作者考》一篇翻译出来，并认为手稿大约撰写于1970年左右。《文学遗产》编辑部将译稿转发给我，希望我对方稿谈一些看法。我在上节大致说明有关方著的知悉原委，当然更对方文抱有很大期待。

目前看到的阎译稿，包括前言和正文三节。他的探讨和我们的研究，有同有不同。前言所说"司空图的传记从未提及此事；没有生平记载或目录列出过它；没有后唐史书的生平记载提及此事；也没有国家图书馆或个人收藏的目录提及此著"，对此我们做过较完整的论证。方文假设的反诘，是否"仅是司空图全部文学作品之一，因而无须提起"，在1995年后国内反驳拙说的论文中也被多次提出。方认为此说"貌似有理"，但无法解释其在明末以前"从未在任何文学批评著作中被引用或参考"。我则从司空图三十卷本《一鸣集》的散佚和曾见过该集的洪迈的态度，说明其不会是其文集中的一篇。方文第二节对毛晋《津逮秘书》本跋语将苏轼《书黄子思诗集后》关于司空图"自列其诗有得于文字之表者二十四韵"一句与《二十四诗品》相牵合的一段分析，也是我研究此书的主要突破口。我在1982年春间买到郭绍虞《诗品集解》，很惊讶为何历代著录题跋仅始于明末郑鄤、毛晋，因为看到引及苏轼的话,没有深究下去。直到1993年夏理清苏轼所说"二十四韵"云云,仅指司空图在《与李生论诗书》中自举二十四例诗句,才取得突破。在此点上,方文发现了问题,可惜没有进一步加以探究。方文第三节提到杨慎推崇司空图,但没有提及或引用《诗品》,也是很敏锐的感觉。拙文也注意到此一特例,并注意到同时或稍晚的胡应麟、许学夷、胡震亨都如此,并最终在许学夷《诗源辨体》中取得突破。

方文第一节对司空图其他诗作进行形式和韵律的探讨,认为其四字韵文的"韵律系统与《二十四诗品》大相径庭"。他罗列了十五篇韵文(其中七篇为长篇碑文的铭辞)的韵脚,注意到各篇的诗句数目都不与《诗品》相似。他认为《诗品》每篇是韵脚相同的六个对句,无论原来是独立的铭或赞,或是附在传记或碑铭上的韵文,似乎都不太可能。这一分析在拙文中没有采用。可能最初也曾考虑有无从押韵、文风以至诗学范畴方面探索之可能,总感到见仁见智,差别很大,并非铁证,因此放弃。记得张柏青曾先后发表《从〈二十四诗品〉用韵看它的作者》(《安徽师大学报》1996年第4期)、《从〈二十四诗品〉用韵看它的作者》(《文学遗产》2001年第1期)两篇内容大体相同的论文,从用韵证明《诗品》非司空图莫属,与方志彤看法正好相反。方是精通中国和西方文史和语言的大家,许多名家都称赞他"学识和语言能力旁人难以企及"(下引徐文堪文引梅维恒语),他的判断应该得到尊重。

不过就本文已经表达的内容来说,距离前引张宏生说已经"写出一本书",前引宇文所安所著认为他"经长期研究,证明《二十四诗品》是一部伪作",都还距离很远。是不是本文仅是方系列研究中的一篇,还是未最后完成的部分章节,我稍有一些困惑。阎月珍来信告知:"手稿虽分为五个文件夹,但内容其实是两部分:考证作者和英译作品。其中,考证部分是在两个文件夹基础上的打印稿;英译部分共三个文件夹,完成了二十四则的约三分之二。""作者考证这篇文章的打印稿有两个版本,旧的版本认为伪作是郑鄙所作;新的版本(就是我译作的底稿)则和前稿不同。方先生所说的《二十四诗品浅解》1875年这个版本我也借到了,并据它核对了方作的原引文。我对方先生的结论感到有些意外。如果能看到《二十四诗品浅解》更早的版本,或许才可以判断这个结论。"我推测,方的最初计划可能是将《诗品》翻成英文,但在进行过程中对其作者和时代有所疑问,形成一些看法,留下了目前看到的手迹。但后来无论英译或辨伪都没有完成定稿,仅有的手迹保存了他当时一些见解——极其精彩而深邃的体悟,基本看法与我和汪涌豪,以及宇文所安的推证,很是接近,我们的工作完成则晚了二十多年。

当然,我还是很期待方志彤的更完整系统的研究有机会面世。

最后还想说到,我们在1994年的研究,判定《诗品》归属司空图在明末天启、崇祯间,对从908年司空图去世到1620年即万历末年的判断是基于文献的推证。由于九十年代末古籍文献数码检索的实现,这一推证已经得到科学的结论。另外,由于张健对元明诗格的系统清理,《诗品》在元明诗格中的保存状况也已清楚,足以订正我们最初出于怀悦推测的不当。目前可以确定保存在诗格而与司空图还没有交集的二十四则《诗品》,上限还没有突破1300年。

关于方志彤生平,上海《东方早报》今年1月9日《上海书评》刊徐文堪《不应被遗忘的方志彤先生》和环球华网刊木令耆《记方志彤先生》有较详细介绍,可参看。在此概括做最简单的介绍:方志彤(1910年8月20日—1995年11月22日),生于日治下的朝鲜。在上海读高中。1932年毕业于清华大学哲学系。1935年参与编辑《华裔学志》。1947年到哈佛燕京学社工作,1958年获哈佛大学博士,博士论文研究庞德,因篇幅巨大,迄今未出版。在哈佛数十年,始终未获教授,或与为人孤傲、著作稍少有关。已刊论著有陆机《文赋》英译、《资治通鉴》卷六九至卷七八英译和注释等。

2011年3月12日

原载《文学遗产》2011年第5期

严耕望先生唐史文献研究方法发微

2016年是严耕望先生百年诞辰，也是他去世二十周年之忌辰，纪念研讨会下月在香港中文大学举办。爰撰本文，以敬瓣香。

一

桐城严耕望先生，近代学人之典范，平生建树最著者，一为汉魏行政制度史研究；二为唐代人文地理研究，尤以《唐代交通图考》享誉学林；三为唐史文献研究，最著者为《唐仆尚丞郎表》。近百年唐史研究前以陈寅恪先生、岑仲勉先生得造其极，继起而获学界认可者，严先生为不二人选。他一生勤于著述，不计名利，如到台北参加"中研院"会议期间仍携带卡片及时处理，在香港任教多年，一直担任高级讲师，为专力于研究工作而不申请担任教授或讲座教授，皆非一般人所能做到。更难能可贵者，是他在1955年的学术选择。这一年，严先生年近四十，考虑一生之学术目标，于唐代人文地理与唐史基本文献研究二者之间，犹豫彷徨，难作抉择。他自己在《钱穆宾四先生与我》一文中的叙述是：

我在撰述《唐仆尚丞郎表》过程中，深感新旧两部《唐书》各有优劣。《新书》体制完备，但文伤简略，往往因文害意，酿成很多错误。《旧书》叙事详尽，但因后期史料零落，比次每误，仅就我撰此《表》时，已发现谬误或夺讹不下六百条，此外问题可想而知。清人沈炳震东甫合钞两书为一编，甚有卓识，但是详者钞之未尽，误者摘发殊少，所以我很想"本沈氏《合钞》，抄之益审，纠之益精，又广征他籍，为之注补"，俾"学者研寻，取给为便"，意欲如王先谦之于两《汉书》，对学林亦是一项贡献。只是唐籍浩繁，必须投入毕生精力与时间，始克有成。但我自一九四六、四七年已开始搜录"唐代人文地理"材料，意欲从地理观点研究唐五代人文各方面的发展情况。这项工作也工程浩大，亦非投入毕生精力与时间不可。故此两项大工作势难兼顾，致迟疑不决。

所引一段文字见其撰《唐仆尚丞郎表》序言，此序定稿于1955年9月。此时陆续搜辑的"唐代人文地理"材料，还不同于后来撰《唐代交通图考》之计划，大约更接近于1953年所撰《唐代人文地理》一文所述，涉及"疆域与边防""行政区划""户口分布""产业一——农林（附水利工程）""产业二——渔牧""产业三——工矿""交通""都市与商业""民风区域与人才分布""佛教分布""边疆民族""地理图志"等方面。这当然是很大的规划，确非投入一生而难以告竣。

先生当年之犹豫困惑，殆在二者皆为非一生投入不可，又必能传之久远之著作，其学力大进之时，知学识、眼光及定力投入其间，足能完成，且并世别无合适人选。是年方值人生之半，有此自断尤其珍贵。严先生云当时《唐仆尚丞郎表》已撰述完成，将来去向必须及时决定。他说：

> 一次（钱穆）先生来到台北，我即以此项犹豫的问题向先生请教，先生稍加思索，告诉我说："你已花去数年的时间完成这部精审的大著作。以你的精勤，再追下去，将两部《唐书》彻底整理一番，必将是一部不朽的著作，其功将过于王先谦之两《汉书》。但

把一生精力专注于史籍的补罅考订,工作实太枯燥,心灵也将僵滞,失去活泼生机。不如讲人文地理,可从多方面看问题,发挥自己心得,这样较为灵活有意义。"

据林磊《严耕望先生编年事辑》(中华书局,2015年)所考,此事发生在1955年9月,钱穆兼任新亚研究所所长,受邀担任"教育部"访日代表团团长。钱穆之指点,自属学术史上难得之佳话,但非全据学理及价值考虑,亦自分明。所谓在局者迷,局外者清,或可作一例。因为此次选择,严先生决意放弃他念,全力做唐代人文地理。他在《唐代交通图考》序言中说,此后"决定从事唐代人文地理之研究","除一般之政区沿革外,泛及经济、社会、文化、民族各方面,凡涉区域分布发展者,皆在搜讨之列,而特置重在交通路线一课题,诸凡正史、《通鉴》、政书、地书、别史、杂史、碑刻、佛藏、科技、杂著、类纂诸书,及考古资料,凡涉中古交通,不论片纸巨篇,搜录详密,陈援庵先生谓'竭泽而渔',余此项工作庶几近之"。可以见到从侧重人文地理到决意做《交通图考》,在资料积累到学术意义方面的不断探索。事实是,从1955年完成《唐仆尚丞郎表》,到1966年发表治唐代交通第一篇论文《唐蓝田武关道考》,其间悬隔十一年。积累之富,准备之丰,确令人骇叹。

严先生对《唐代交通图考》的自我评价:"此为我平生功力最深之著作,亦为司马氏《资治通鉴》以后900年来史学界功力最深之论著。《日知录》《明儒学案》《文史通义》诸书,其境界也高,影响也大,但功力不如我之深,我书精审远过前人。"这是他1986年3月11日给大侄严伯高信中的话,因是亲属,又是学术圈外的人,因而得以将内心之自负,坦率地表达出来。对此,我是十分赞同的。司马光修《通鉴》,目的虽是提供治乱之道,但方式则是欲将一千三百六十二年间的重大史事梳理清楚,重点之关注在人、时、事,方法则是先全面占有文献,逐年逐月逐日编排,先成长编,再删繁就精,写成定本。严先生之关注重点则在地理,廓而为道路、城乡、河湖、山水,虽以唐为中心,具体则要追溯唐前以明原委，考察唐后以见变化，而他的此项工作则因关注文化地理，民俗迁变，古今改移，人事来往，而为前古所未有之著作。他的编纂办法，也与司马光接近，即先穷尽文献以作长编，他积累的超过二十万张卡片，即相当司马光的长编。他的研究工作事实上绵历了近四十年，如此厚积薄发，故能精品迭出，惊骇学界。虽然《唐代交通图考》最后完成仅为计划之五分之三，我相信他留下的学术卡片，应该已经完成了全书的长编，希望这部分资料能够得到保存、整理，甚至出版。我想特别强调，今人谈到司马光，经常称赞他身后留下的资料与初稿即达两屋之多，从现代史学立场看，这些原始文献如果得到保存，其价值应该不在《通鉴》之下。

他在1955年的学术选择，更感他之明智与定力。这是他人难以认清，更无法做到。从1955年转向，1966年初有发表，1985年出版《唐代交通图考》第一册《京都关内区》，到生前陆续出版《河陇碛西区》《秦岭仇池区》《山剑滇黔区》《河东河北区》五册，身后由门人据遗稿整理《河南淮南区》，仍有《江南岭南区》《河运与海运》《交通制度》及《综结》四册未完成。回看他在1955年的学术选择，唯此方能有成，即此终未底成，足令今人赞佩与唏嘘。

二

严先生治唐史，自承始于1947年春，此后八年，历经世变，始终专心著述，以1955年《唐仆尚丞郎表》之完成告一段落。该表之著述动机，则一因前此他有编著《两汉太守刺史考》之经验，知道以完备之文献、细密之考证及按科学方法重新排比职官年表，可以突显存世文献之缺漏与未尽精密；二则为治唐代行政制度史之必需，唐代日常政事由尚书省承其大端，而六省尚书、侍郎各主部务，所任至重，梳理清楚此一时代中枢核心人物之任职始末，为此项研究之基础；三则因唐职官年表完整者，仅《新唐书·宰相表》一种，翰学年表大约存三之二，其他仅吴氏《方镇年表》略备。除此以外，左右仆射、左右丞、六部尚书侍郎，自是唐代政治舞台上最重要之人物。此外，我还想指出此项工作虽肇端于史语所在大陆的最后阶段，但主体部分则完成于史语所寄居桃源杨梅火车站附近仓库的艰难时期。全部运台之两千多箱书籍、文物，开箱上架者仅一二百箱。严氏之工作以唐代基本史籍为依据，补充诗文集、杂史说部及石刻、内典、敦煌等新文献，主体文献是比较常见的典籍，正适合此艰难时期之图书条件。尽管如此，严氏之工作并没有因此而降低标准。

《唐仆尚丞郎表》文献准备极其充分。就当时言，必然曾作大量的卡片和辅助工具书。即就唐人存世各类典籍中曾任尚书左右仆射、尚书左右丞、六部尚书及侍郎，包括中唐以后与户部并称三司之度支使、盐铁使一并考及。将所有基本载籍中所涉曾任该数职官之人物，逐项编制相关卡片，然后剔除其中之赠官、中叶后之检校官，比较同一任官之记载同异，校订姓名正误，所任职官之准确官名，其实际预职之起讫时间，并通过这些排比，借以了解同一时间六部主官哪些人在位，各尚书、侍郎之前任后继又各是哪些人。这些事实，不通过精密的排比和校读，一般读史是无法知晓的。

该书体例周详，卷一《述例》说明官守与制度，卷二至卷四《通表》则为各任官人物之年表，卷五至卷二二《辑考》则说明文献依凭，最后附引用书目与人名索引。其考证之精密，方法之科学，成就远在吴《表》以上。六十年来新见文献数量巨大，就笔者所知可作订补者未逾百人，足见此书之成就。

还可以进一步举例来说。《唐六典》和两《唐书·职官志》，对唐代中央到地方之官员设置皆有具体之规定，而正员之外，则有兼、判、权知、检校，前期虽非真除，但属实职，至后期则有所不同。肃、代间属于过渡时期，需要区别对待。同一人授官，其品阶、官借、赏赐等均有区别，但迁转书法，则又各有所不同。严书于凡例中定书法十二例，即品同职均曰换，品高职均曰迁，品低职均曰换，品同职重曰迁，品同职轻曰转，品高职重曰迁，品高职轻曰徙，品低职重曰换，品低职轻曰左迁，重谪曰贬，特迁曰擢，曰擢迁，仆尚丞郎外任曰出为，节镇刺史入为仆尚丞郎曰入迁，又以图表之方法将仆尚丞郎共十六项官守按照上下左右来揭示其品秩位序。这些严格的规定，确保了全书的质量。全书凡数度删削方得定稿，将烦琐的官称尽量用简称来代替，将复杂的考证尽量从繁趋简，大多仅列举书证，无庸烦言，一般考证均在一二百字内得到结论。即便如此，全书仍达百万字规模。此书为史语所迁台后第一部新撰大书，在极其艰难中仍得出版，对作者与主持者皆应致敬。

在《唐仆尚丞郎表》撰述中，严先生所得任职官员凡1116人，2680余任，而仅此部分之考订，即发现两《唐书》谬误讹夺逾600则。严先生据以推想，二书所涉时间、人名、地理、辞章、名物、事件之讹误，"更不知凡几"，没有专人对此做系统、完整、精密之考订，则二书何可使人信任。我认为，正是从此一立场，严先生看清楚校理唐史基本文献学术意义之重大，以及具体之实施办法。

三

两《唐书》编修时，唐国史实录尚多有保存。《旧唐书》成于乱世，可贵者为多存国史旧文，遗憾者为未究诘文献以成就一代良史。《新唐书》之成，文献尚丰，唯二位主编热衷于文章义例，及文省事增，于事实真相多未尽究，故留下遗憾亦多。司马光诚一代良史，其于唐五代史实之保存，功不在两《唐书》之下，惜以一代兴亡为中心，见其大而弃其微。其他若《唐六典》存官制，《开元礼》存礼制，《唐会要》存典章，《元和志》《寰宇记》述地理，各臻其极。严先生在撰《唐仆尚丞郎表》期间，穷尽文献，对唐史文献之基本构成及价值，有极其深刻之体会，加以分解史料，按官位逐年编次，更看到许多史实之记载欠缺，彼此之矛盾违忤，究诘真相之可能及解决问题之方法。看到这些问题，他在五十年代前期已经有一些具体的论著，较著名者有《旧唐书夺文拾补》《旧唐书本纪拾误》《新旧两唐书史料价值比论》等论著，追溯人物早年活动者如《杜黄裳拜相前之官历》，考订史文者有发表在《大陆杂志》等刊物上的学术短札等。这些所得，大多于《唐仆尚丞郎表》之编写有关。

《杜黄裳拜相前之官历》(《史语所集刊》第二十六本，1955年）有憾于两《唐书》黄裳本传于其早年事迹记载简略，乃据《郎官石柱题名》知其在杜佑前曾任金部郎中，当在大历十四年（779）以后；又据《旧唐书·德宗纪》，知其建中四年（783）为司封郎中；据《册府元龟》卷一六二，知其兴元元年（784）以给事中兼御史中丞、江淮宣慰使；复据《旧唐书·德宗纪》，知其贞元五年（789）为河南尹，据多书记载知其六年迁刑部侍郎，七年仍见任，寻以礼部侍郎知贡举，此年冬，改吏部侍郎，十一年，以中贵谮潜贬官。这些基本事实之廓清，当然可以补史书之阙文，更重要的则在于梳理清楚他的宦迹交游后，对研究他因家族、科举、从幕、同官、交游形成的人事网络，对研究传主的人生轨迹和政治事件中的冲突进退，都有重要的关系。今人傅璇琮撰《唐代翰林学士传论》，即是凭借此一思路，穷尽文献，对中晚唐在政治、文学上均据有极其重要地位的200多位翰林学士的仕历做了彻底的清理。倘若有人将两《唐书》所有具名人物之生平脉络梳理清楚，其意义极其重大。

《旧唐书本纪拾误》（收入《唐史研究丛稿》，新亚研究所，1969年），自称为撰《唐仆尚丞郎表》时"留意所及之诸问题，择其有足补正《旧书·本纪》者"，编次而成，其中"有属传刻夺误者"，"有属传刻字误者"，再则为"原书撰述之误"，所举则年月误者，"有恰误前一年者"，"有误前两年者"，"有恰误后一年者"，"有恰误后两年者"，"书事谬误者"，则"有一事前后重书者"，"有误一人前后两事为一事者"，"有误罢官为始任者"。至于官衔谬误，则更不胜枚举了。

《旧唐书玄宗纪开元十七年条夺文》（《大陆杂志》第13卷第5期，1956年），认为《旧唐书·玄宗纪》此年八月"乙酉，尚书右丞相、开府仪同三司兼吏部尚书宋璟为尚书右丞相"，粗看似可通，下之"右丞相"为"左丞相"之误，但颜真卿《宋璟碑》则载宋至十六年（728）以西京留守兼吏部尚书，则前一衔必非其所有，复据《唐会要》及两《唐书》诸人传之所载，知张说、源乾曜、宋璟三人同时转官，本纪所载前一"尚书右丞相"下当夺"张说为尚书左丞相"八字，璟之原官仅为"开府仪同三司兼吏部尚书"。

《旧唐书宣宗纪大中八年条书事多误》（《大陆杂志》第13卷第7期，1956年）则指出本纪该年书九事，就中五事有误，一是将魏謩监修国史，应在九年（855）三月或十年三月，不应提前记在八年三月；二是据吴廷燮《唐方镇年表》，知李景让自山南节度使入为吏部尚书为大中十年（856）春事，不应载在八年三月；三是记载韦澳自翰林学士为京兆尹，丁居晦《翰林承旨学士壁记》载在大中十年五月，《通鉴》同，纪作八年五月事显误；纪又载苏涤五月自户部侍郎、翰林学士承旨出为荆南节度使，应为六年或七年出院为尚书左丞，其本官也应为兵部侍郎而非户部侍郎；七月载魏謩兼户部尚书，严先生引《新唐书·宰相表》认为大中间宰相皆循六部尚书之高低步步迁升，次序不紊。謩兼户部为十年十月事，作八年误。

以上两篇加起来仅不足二千言，为其作《唐仆尚丞郎表》期间之片断所得，说起来波澜不惊，但写起来谈何容易。后来中华书局点校本尤倾力于此类史文误失之清理，但要达到净尽真很难实现。

《通鉴作者误句旧唐书之一例》（《大陆杂志》第6卷第2期，1953年），认为《通鉴》卷一九九载"以太子左庶子于志宁为侍中，少詹事张行成兼侍中。以检校刑部尚书、右庶子兼吏部侍郎高季辅兼中书令"，所载为贞观二十三年（649）五月太宗弥留之际太子李治以东宫寮属控制中枢之人事安排，传本并无讹误。但与《旧唐书·高宗纪》对读，可知"检校刑部尚书"当上读为张行成之新官，不是高季辅的旧职，高的新职为"检校吏部尚书"，再从前后记载找到确证，从而证明司马光当年误读史文，以致误叙。

《旧唐书食货志盐铁节夺文与讹误》(《大陆杂志》第12卷第3期，1955年）则指出《食货志》载开元元年（713）十一月河中尹姜师度开水道置盐屯，"公私大收其利"，引致左拾遗刘彤言事，上令宰相议其事，引起盐铁专卖政策之变化。严先生则指出此节出宋本，另《册府元龟》卷四九三亦全同，知误文宋时已经如此。其中"州自余处"之"州"字为衍文，"比令使人"以下，据《唐会要》卷八八知夺"至十年八月十日，敕：诸州所造盐铁，每年合有官课"二十字。再为姜师度守河中之时间，《旧唐书》卷一八五下姜本传载其开元六年（718）方为河中尹，严认为仍误，因《册府元龟》卷六七八载姜开元八年仍在同州刺史任，则其徙河中、治盐池事必在此以后。清理文献，严先生考定改蒲州为河中府及姜为尹，皆九年之事。此则考证，知唐史文献歧互多有，且类型千变万化，不作穷究，则难得真相。

以上各文均属片段，但非有全面比读文献则难以发现问题，没有细致追究则难以解决问题。严先生深知读书中得片段发现并不难，要彻底或相对彻底地清理文献，则非有巨大的投入而难有大成。

四

对于具体治唐史文献之方法，《钱穆宾四先生与我》一文中也有具体之论述，其言云："我在撰述《唐仆尚丞郎表》过程中，深感新旧两部《唐书》各有优劣。《新书》体制完备，但文伤简略，往往因文害意，酿成很多错误。《旧书》叙事详尽，但因后期史料零落，比次每误，仅就我撰此《表》时，已发现谬误或夺讹不下六百条，此外问题可想而知。"他的基本设想是继续清沈炳震《新旧唐书合钞》的办法，在其基础上参照王先谦治前后《汉书》的办法，穷究史料。这确实是一项大工程，最后可以形成超过千万字的著作，并为今后治唐史者以永久的参考。但此一设想尚属初步构想，若继续工作，我以为必然还会有许多的调整。特别是当代学术观念已经发生根本之变化，今人治学更重视第一手文献，更看重有层次地揭示文献先后的变化轨迹，以及通过全部文本的反复比读索引以追求事实真相。就此而言，沈氏《合钞》多数以《新唐书》为基础，附钞《旧唐书》，就未必妥当，我相信严先生如果继续这一工作，逐步会有很大的调整，体例也会更趋细密。

在此要特别讨论严先生晚年所写的两篇文章，一篇是《资治通鉴的史料价值》，写于1992年4月，刊于该年创刊的《香港中文大学中国文化研究所学报》第1期；另一篇是《新旧两唐书史料价值比论》，初稿与前篇为同时所写，定稿于1995年11月，即其辞世前不足一年，刊出则在他谢世次年之《新亚学报》第18卷。后一篇开首即云："前人论两《唐书》，多抑《旧》而扬《新》。若从史学观点言，此论固不可易，若从文章观点言，此论更不可易；但若从史料观点言，则两书各有优劣，不可偏废。"此为大略。具体讨论则甚为深入。他认为，"《旧书》本纪，自唐初至中晚期敬、文时代，月日分明，记事详赡，尚不失常规。自武宗以下，乃繁简失均，且极零乱，晚唐列传，亦甚零落"。

具体分析，则有涉《旧唐书》价值有以下数点："第一，《旧书》本纪固然远较《新》纪为详；列传方面，一人在两书皆有传者，大抵亦《旧》详于《新》。就史料言，同一史事，记载较详，价值多半较高，何况《旧书》记录较为原始。""就史料言，抄录原料，不加改作，使原料较原始之形态得到保存，正足宝贵，故就此点言，《旧书》史料价值实在《新书》之上"；"第二，《旧书》晚唐诸帝纪，常见七零八落，详略失衡，甚至杂乱无章"，"就传统正史本纪体例言，可谓极其繁芜，极不得体"，"却因此保存了原史料本来面目，价值反而极高"；第三，《旧书》无表，诸志也远不如《新志》之详赡，但也有极大长处，如《地理志》详记各州府沿革及领户情况。而《旧唐书·职官志》因《六典》见存，故无大作用，但如《六典》不存，则必为鸿宝。

对《新唐书》，严氏充分肯定其增补之功，其中最主要的为表与志，《宰相表》《方镇表》均具卓识，两《世系表》为中古士族世系留下珍贵记录。诸志则除新增《仪卫》《选举》《兵》三志，其余诸志均有较多增补，有些篇幅增倍。列传则大量增加中唐后重要人物之事迹。列传书诸人之籍贯，《旧书》多书郡望，《新书》则尽量改记实际籍居出生地。

至于《新书》之缺憾，也多有揭示。《新书》删略史文，有极其重大史实而漏略者。严举《旧唐书·德宗纪》载代宗末年藩镇基本定型之各镇领州、兵之数，让读者对国家大局有基本之理解，《新唐书》认为置于本纪过于臃累，自可成说，但于《方镇表序》及《藩镇列传序》仍无所及，只能目为识短。而《旧唐书·宪宗纪》有李吉甫《元和国计簿》载天下方镇、州县数及领户数，以及财政依办数和兵戎数额，自是极重要之记载，而《新唐书》若删而移至《食货志》犹自可恕，但却大多无存。

再述《新唐书》为节省文字，往往导致重大失误。严举四例，一为太宗伐辽时，莱州与陕州各承不同责任，却将其归并为一；二是述李谨行事迹，《旧书》作"其部落家僮数千人"，《新书》仅为文章计，视"部落"为冗文而删去，全不虑家僮何以至数千人；三则《吐蕃传》叙唐蕃定界，《旧书》云"云（当作灵）州之西，请以贺兰山为界"，是指双方此段以贺兰山为界，而《新书》则改作"请云州西尽贺兰山为界"，是吐蕃所求远远超过原来事实；四则《旧书》叙西突厥王庭所在，"自焉耆国西北七日行至其南庭，又正北八日行至其北庭"，是北庭在南庭正北八日行，而《新唐书》删一"又"字，则似焉耆正北八日行至北庭。宋人重文章，重史例，重书法，删冗辞，全不虑及史文删改后造成的讹失。此则《旧》优于《新》者。

以上分析，皆客观中肯，非研读旧史数十年者难以臻此。

《资治通鉴的史料价值》则主在纠正前人认为该书"只是融铸正史材料"之偏失，认为从史料观点看，战国秦汉时代史料价值可能不高，魏晋南北朝时代正史外材料已经不少，至隋唐五代则正史外材料极其丰富，此则于《通鉴考异》所引，南宋洪迈、高似孙皆有抉发者。严先生以《通鉴》与唐五代正史本纪对读，枚举彼此详略同异之若干事例。又揭示其考正严谨之多例，强调《考异》与胡注皆存有重要史料。并引温公《与宋次道书》，知修《通鉴》时仅《唐纪》所作长编即不减六七百卷，而定稿不过八十一卷。"足见长编辑录史料之富，惜皆删落。若长编仍存，保存史料更多，其史料价值应必更高。"我是十分赞同的。我还可补充说明的是，如果将《通鉴》五代诸纪分切为中朝与十国两部分，十国又按国别史分别编次，不难看出十国部分因为充分利用了刘恕已经失传的名著《十国纪年》，其叙十国史事部分远较他书为详。

从上举二文，可以看到严先生从1955年后虽然转治人文地理为主，但对唐史基本文献之关注始终没有轻弃，基本看法比早年更为圆融透彻。

五

最近六十年，唐史文献的最重要工作，一是大陆两《唐书》点校本的出版（当年没有参考严先生的工作），二是大量新出稀见史料的发表，三是各类专题论著的出版。其中《旧唐书》点校本比较充分地参考了该书的存世善本，并充分参考前人的考订成果，重视他校在文本写定中的作用。尽管由于完成于特殊时期，最后定稿因过于强调校勘记从简，而使已经发现的问题没有得到充分校改，从中华书局所存当年由我任教的复旦大学点校组所作长编来看，确达到很高水平。当然，当年由于闭国所限，包括严先生在内许多海外学者的见解并没有得到参考。现在回过来看，严先生当年设想如果完成，将总体提升唐史研究的水平。一些学者已经部分完成了类似的工作。比如今年刚去世的傅璇琮先生《李德裕年谱》和《唐翰林学士传论》两种，就是从个人研究到群体研究值得重视的著作，且对唐史基本文献重建具有学术示范的意义（详拙文《唐代文史研究的典范之著——评傅璇琮先生〈唐代翰林学士传论〉两种》，收入卢燕新等编：《傅璇琮学术研究文集》，商务印书馆，2012年）。

尚君自1993年始，肆力作五代文献之辑复，历12年，至2005年出版《旧五代史新辑会证》，其中最重要之收获在于彻底利用《册府元龟》所存五代实录原文以校订《旧五代史》史文，从而得以看清虽然五

· 334 ·

代实录从南宋起即陆续沦亡,而其十之五六尚赖《册府元龟》之摘录而得保存,若加上《五代会要》《旧五代史》《资治通鉴》诸书不同形式之节录改写,则十之七八当可恢复。同时也得理解,唐代实录之原书,虽仅《顺宗实录》一种五卷,赖宋刊《韩昌黎集》得以保存,其他各朝实录之遗存,远比一般学者所知为更加丰富,若得有心人加以辑录校考,得为一般学人所信任与利用,实在是功莫大焉。深憾岑仲勉先生开拓众多而最终未能总集其成,感慨严耕望先生明了唐史文献研究之方法与意义,最终未获展开,不自量力,因有意继起而承此。我的设想稍有不同之处是,从人、事、时、地、书诸端考虑。旧史以人为中心,因欲做两《唐书》列传笺证,纠订讹误,补充事实,以《旧书》为主,《新书》为补,鸠聚新旧文献以明真相。无传人物,则拟作《唐碑传集》《唐史翼》及《元和姓纂》新本以扩充之。唐基本史书的初源为国史、实录,后者皆编年,《通鉴》即删其繁而成。实录原书虽多遗逸,然原文及间接所存者为数极多,拟作唐实录辑存及《唐史长编》以尽其事。六经皆史,唐人之著述亦皆可作史来读,存佚不一,则拟作《唐人著述考》以加究明,详记作者、成书、内容、存逸及子遗。至于地理、事件、制度,今人建树多矣,可不必重复。以上所见,我在2010年为詹宗佑遗著《点校本两唐书校勘汇释》(中华书局,2012年)所作序,以及前引2012年为傅璇琮《唐翰林学士传论》两种所作书评中皆有讨论,在此不赘。初成框架,无奈多年合作之重新写定存世唐诗之《全唐五代诗》一书,被不肖者无故劫掠,自念积累多年,文献已丰,学力稍进,不能轻弃,故自2008年起蹈厉感奋,欲以个人之力独立成书,底成大约历时十年,倏忽已老矣,更感严先生当年决断之有识,故述所感如此。非敢自诩也,愿告后学此一端学问之意义与方法,期有继起而能得有成就者。

2016年9月18日于复旦大学光华楼
刊《中国文化》2016年秋季号

柴德赓先生《新五代史》点校本是前期工作的记录

很高兴参加柴先生点校《新五代史》新书发布和《全集》的编辑启动仪式。我是后辈，有一些交接的原因。我自己治学，除了复旦本师以外，最崇拜两位先生，一位是岑仲勉先生，治唐史的；另一位是陈援庵先生。我做《旧五代史新辑会证》受到援庵先生很多的启示。援庵先生很讲方法，重视工具书。在讲到《吴渔山年谱》的时候，说到看那么多书，可以同时做好几部。我也曾揣摩这种方法。援庵先生说做论文为什么要加注，一气写完就行了，绝不加注，我现在还在坚持这样做，当然会被各种学术会议和学术刊物所谴责。但我觉得这是一个好方法。柴德赓先生《史籍举要》曾认真看了，对于基本典籍的精深体会和理解，是后学读史做论文最重要的途径。其他方面，比如2014年6月初上海《东方早报》评柴著清代学术史书评，仔细看后，解开很多困惑。如张旭东讲傅斯年把北大沦陷时期的教师全部开除，这种做法引起的反响，柴书提到傅斯年远祖是清人入关后第一榜的状元，这是蛮有趣的一个话题。也解决了我的一个谜团，1948年上海学界最高辈分的前辈唐文治先生提出废止执行惩治汉奸条例，我在柴书和张旭东书评中得到了解答。

今天讲柴先生点校的《新五代史》，我因中华书局将两部五代史交给我整理，经费不多，关注很广，学术要求很高，所以压力也很大。柴书昨晚才看到，我们的书稿前年春天已经交到中华书局，中华为了造成

《史记》发行宣传的轰动效应，把我们的稿子一直压着。希望明年能够出来。我也希望在最后定稿前，能参照一些柴先生的意见。要大动，已经不太可能。

陈祖武先生刚才讲到的情况，后面两点我没有完全听清楚，因为您讲"谢瞳"的时候我不断翻书，想找到您说的地方。这一点我想稍微解释一下，"谢瞳"的校订，是一个重要的证据，但是要做结论，可能还需要其他旁证。一个旁证是贵池本，那么贵池本所依据的宋元本的底本，现在再造善本已经影印了，那个本子究竟做什么，可以解答这个问题。另外，《册府元龟》里面"谢瞳"，我印象也是目字旁，而字子明在"瞳"和"曈"都有可通的理由，日字旁的更接近一点。在以前辑订《旧五代史》时，改动的人名大概有二三十处，但谢瞳没有动，您特别提醒了我，下次会特别注意。

我想稍微说明一下中华本，包括我所知道的一些原委，和柴校本有关的一些事实，因为1970年以后，这个任务转到上海，过程中有一些处理不妥善的地方。上海承担的五史，《旧唐书》《旧五代史》由复旦负责，由我的导师朱东润先生领衔整理，《新唐书》《新五代史》是华东师大做的，上师大也参加一部分，《宋史》也在上海做。从目前知道的情况来讲，《旧唐书》刘节点校很简单，后来基本上没有用。中华书局2006年启动修订的时候，有一个原则，一是梳理以前的档案，一是希望以前的整理本与现在的修订本有所衔接，不希望现在整理是对前辈的修正，特别不希望抖落前辈们这里对了那里错了。中华书局将以前整理的档案，能够找到的，复制给我，可以很负责任地对各位说，《旧唐书》档案校勘整理长编缺五到十卷，其他全部复印给了我，加起来大概有两尺高。《旧五代史》和《新五代史》的档案一张纸都没有给过我。我们现在只能在原来点校本与重新整理的材料基础上做。华东师大原来做的状态我不太了解，目前中华本《新五代史》校勘标点质量是有一些欠缺，全部七十四卷的校勘记不到一百条，有二三十卷没有校勘记。我们现在使用的古籍版本和古籍检索的手段，是比前辈们好。参加这次会之前，我请助手整理了一下我们现在的情况，我读一下："柴先生所用文本基本未超过前次点校所用诸本，除百衲本据以影印的庆元本外，皆为明清以来较常见的版本。《中国古籍善本书目》载宋本（包括残本和宋刻元明递修本）五种，三种为庆元本系统。另两种，其一为国图所藏残宋本十四卷，此本刻写极工，似乎为北宋监本，最迟不晚于南宋初年，颇存珍贵异文，校勘价值极高。其一为北京大学图书馆藏南宋残本六卷，虽多讹误，但仍存不少有价值的异文。另台北图书馆藏南宋刻本一部，系贵池本的底本。《善本书目》载元本三种（包括元刻明修本），皆出元代宗文书院本系统。此本讹误虽多，但与《通鉴考异》所引《新五代史》颇多相同之处，疑出欧阳修的稿本，这一版本很可能是此后多数明清版本的祖本。我们校勘工作的宗旨是尽可能选择最有代表性、最有价值的古本加以利用，所以本次修订以百衲本影印庆元本为底本，通校了国图、北大、台北所藏宋本、宗文本，及《通鉴考异》、吕祖谦《十七史详节》中所录的《新五代史》，参校了明清以后的一些重要版本。"

华东师大所用的校点与柴先生的校点基本框架一致，是不是有所衔接，柴邦衡先生讲到的其中标点的一致性，有的时候很难说的，需要找到一些内证。古籍整理有时候只能这样标点。

在这里说一下对柴先生整理《新五代史》的基本看法：学界关于新旧《五代史》的看法早有定评。欧阳修《新五代史》是私人编撰，编撰时期主要是两次，一次是景祐年间贬官夷陵时，第二次是皇祐年间为母亲守丧中，我仔细核对过两部《五代史》，相信《新五代史》补充的材料十分有限，主要是十国的材料。欧阳修有一些自己的表达习惯，比如节度使他喜欢用一些军名，因此造成很多错误。柴先生的校勘记，我稍微看了一部分，觉得他继承了乾嘉以来的古籍校勘学的基本规范和方法，以一个本子为工作本，把见到的各种本子和前辈的各种著作之中能够吸取的文献和资料充分地连接起来。我感觉目前影印的本子是柴德赓先生的工作长编，是前期工作的记录。因为上面有很多读书时的感受，估计不是一个时期完成的。而且其中很多的表述是清代校勘学家习惯用的记录异文、详尽备录的方式。考虑到《新五代史》对《旧五代史》的充分参考，他对《新五代史》校勘采取了对校、他校与本校、理校，各种的方法，继承了陈援庵先生的学术传统。和中华书局所需要的《新五代史》完成的工作本之间，显然还是有很大的距离。因为中华书局采取定本式整理，与底本式记录是完全不同的，目前在这个本子上还看不到最后完成的痕迹。书信中的表述和其他的记述，我不太清楚，不好发表意见。这个本子可以为我们提供一个很好的治学方法和风范。如果后面有充分的时间，我会参考这个稿子提出的一些结论。刚看到，还没有办法提供很多看法。谢谢各位前辈。

（本文为2014年6月29日在商务印书馆柴德赓《新五代史》校点本首发式和《柴德赓全集》编纂启动座谈会上的发言，根据青峰学堂网站整理稿改写。）

范祥雍先生：校勘学的目标是追求还原古籍的可靠文本

谈到范祥雍先生，我的心情很沉重。这样一位为了国家文化事业做出很多贡献的老先生，其一生却默默无闻。去年春天看到《文汇报》上刊登了刘新园先生的文章，讲范先生在江西的境遇。我很认真地看了，受了很大的触动。刘新园先生的文章讲范先生从复旦来到江西后的一段生活，其中当然讲到他的教学和他的为人。我们可以从文中读出一些当时荒谬的文化和尴尬的行为，但老先生是泰然处之的，始终保持着自己人格的纯洁。刘新园先生的文章中讲到一个很小的细节：他帮助一个"右派"老师挑猪草，却被那个"右派"检举揭发，他把这件事讲给范先生听，范先生告诉他，受了委屈的也不一定都是好人，在那时的环境之中，那个受委屈的人的内心已经被扭曲了。从这些细节中，我们能感觉到范先生为人的正直坦诚。

一个很偶然的机会，我到复旦大学的档案馆，想看看有没有范先生的材料，基本上也查不到什么，能够查到的就是在1957年他作为一名复旦教师的简单的叙述：1957年入职，年龄44，工资九级（当时教师是从一级到十二级），出身是小商，无党派，最后学历为全部自修汉语，职衔及职务为教员，课程情况为每周若干课时，辅导古代汉语函授班，科研情况是《音韵汇考》（不知是否有误，在其著作中未发现此著作）。范先生在复旦大学的短暂过程中留下的就是这些。而他留存下来的著作，好多我们都是认真地学习过的。记得我作为后辈刚刚开始做学问的时候，从他的《洛阳伽蓝记校注》就已经体会到他的治学方法和成就。如果说，今天我仰望前辈所做的成绩，那么范先生的治学非常规范，在很多方面都遥不可及。

今天看到上海古籍出版社出的关于《山海经》校核和《南华真经》补校的两本书，在这样的影印本中，我看到的是一个勤奋治学者，一个文献校勘学家，他进行的这样的工作是广泛而普遍的。他遵循传统治学的规范，凡是经典的书都自己亲手校过，在经过大量校勘工作后，形成自己的著述。这种治学态度值得我们敬佩。

不曾想范先生（退回来的）一万多册书都能保存着，我相信这样校辑的书还会大量存在着。传统读书人，按照传统程序治学，必然是先校订文本，在读书中勤作批校与札记，逐渐形成自己的见解。在范先生的一系列著作中，从许多方面可以看到，他既严格遵循传统的规范，同时也具有强烈自觉的现代学术意识，并且努力地追寻从二十世纪初以来的国际汉学显学，即东西交通史的研究。他从《洛阳伽蓝记校注》到《大唐西域记校注》，着眼的都是东西交通史，所以在《洛阳伽蓝记》里，他做了最好的关于宋云行记方面的笺证，这部分是最为翔实的，对于西方学者已有的认识也有最详细的表达。

另外，范先生进行古籍整理工作的眼界很高，很多方面值得我们今天很好地总结。因为要参加范祥雍先生诞辰百年座谈会，我专门在网上订购了他的《战国策笺证》。这本书有非常详细的前言，可以看出他对《战国策》文本的研究，充分探寻《战国策》形成的过程，追寻其流传的轨迹，清理定本《战国策》以前的古本的面貌。这部书成书时，长沙马王堆《战国纵横家书》还没有发表。"文革"后，他写此书前言，对《战国纵横家书》有一个基本说明，澄清了一些前辈所讲司马迁没有看到此书的误识，同时将《战国策》文本研究在另一个层面上展开。书中还有对与《战国策》有关的其他史实及人物的详尽的研究和发挥。这些都体现出范先生对学术规范的遵守、学术眼光之前瞻性和对历史文献的分层次分析的到位程度。他在古籍校勘上取得非常高的成就，为后学树立良好的典范。

范先生有一些书影响很大，比如《大唐西域记校注》。但有一些书，如《宋高僧传》，我经常用到，但常忽略了这其实也是范先生整理的。就这方面说，古籍整理的学者在成果被学界接受和承认方面，经常比较吃亏。然而真正优秀的整理，是为学界提供了更为准确可靠的文本，也会带来一系列研究的突破。今天恰好谢方先生也在座，他整理的《大慈恩寺三藏法师传》有很好的质量。比如此书谈到唐太宗赐玄奘袈裟后，有一段回叙，以往通行文本都说是"二十一年"，谢先生校订应是"往十一年"，我根据这个改订纠正了《全唐诗》中的多处错误。讲此细节是为了说明，校勘学的目标是追求还原古籍的可靠文本，是所有学问的根本，像范祥雍先生这样长期默默无闻进行校勘工作的学者，他给学界所带来的影响将是长远的。这是我们应该纪念范先生的原因。

（本文为2014年1月29日在纪念范祥雍先生座谈会上发言的记录稿，刊《文汇报》2014年6月16日。）

回忆孙望先生

1978年秋,我以在校二年级本科生破格考取硕士研究生。当时研究生尚无发论文要求,但既进入专业学习,总希望有些研究成绩。最初一整年,由王运熙先生负责基础课,每周一下午来宿舍讲课。学年结束,交作业的同时,交给王先生一篇短文《关于〈全唐诗补逸〉中几首诗的误收》,大约3000字,文末所署时间为1979年6月12日,是我写的第一篇有些学术意味的文章。

《全唐诗补逸》是孙望先生的著作。孙望(1912—1990),原名自强,字止畺,江苏常熟人。1932年金陵大学学习时,就从事唐诗辑佚,到1936年,成《全唐诗补逸初稿》七卷,得诗"二百七十有奇"。此稿曾有排印本刊布,学术圈有一定影响,日本学者铃木虎雄称赞该书"于唐诗裨益匪浅,谨为学界庆贺"(据百度百科"孙望"条引录)。闻一多编《全唐诗汇补》《全唐诗续补》,也据以摘录。经40多年增补,到1978年编成《全唐诗补逸》20卷,补诗830首又86句。其文献采据,以石刻文献、《永乐大典》和四部群书为大宗,较重要的收获有敦煌存一卷本王梵志诗、宋刊十卷本《张承吉文集》存张祜诗、清刊《麟角集》存王棨诗、清刊《丰溪存稿》存吕从庆诗、《永乐大典》存宋之问、王贞白佚诗等,以及《渤海国志长编》存中日交往诗。《南京师范大学学报》1979年第1期刊发其中64首,引起我的兴趣。最初感觉有似曾得见者,决定加以追究。

当时还没有电脑，更没有网络与古籍检索，我的办法是借助语辞工具书。这次得力于上海书店出版社附有详尽索引的韵编类书《佩文韵府》。《佩文韵府》编成于康熙间，从历代古籍中摘录语辞，提供旧体诗文作者参考。此书篇幅宏大，在《四库全书》中列第二，查检更不方便。上海书店缩印本字很小，不方便阅读，但附有极好的四角号码索引。我将孙先生已刊逸诗中所见语辞，一一检索，居然发现八首在《全唐诗》里已收，但在别人名下。我发现这些线索，据以分析各诗的流传过程，写成上述短文。

到下学期开学之初，王先生将我的原稿与孙望先生回信交给我，并说："你的这篇文章，已经达到可以发表的学术水平。孙望先生我是认识的，因此先寄给他看看，他已经回了信，愿意接受你的意见，你的文章就不用另外发表了。"我当然同意，此文至今收存而未发。

孙先生回信写于同年6月29日，行楷写了三页，很庄重。录第一节：

> 收到运熙先生转来大作《关于〈全唐诗补逸〉中几首诗的误收》原稿一份，拜读甚佩。由于《永乐大典》成书匆匆，核对不精，致错出讹夺，随处可见，此固昔贤之过，然要由本人学疏识浅，治事草率，致纷然杂取，徒贪富巨，咎在于己，尊文屈护我短，具见厚爱，至深感纫。前者中华书局编辑部同志亦曾函示，《补逸》全稿中类似情况者已发现近六十首，目前大部已作补救。惟杂务缠身，坐立不宁，可用于整理校核之时间，周不能六之一，每以不得专心致志以从事斯业为憾耳。

我所指出诸诗多承《永乐大典》之记载，故孙信先说明有"昔贤之过"，更自承自己也有疏失。信中提到中华书局编辑部的发现，则因当时编辑部有河南大学编《全唐诗》首句索引，我发现者他们也发现了。

孙信主体是说明《补逸》中发现互见问题如何匡补。他告与书局商量的办法,有"存题、标作者、删其诗"等,并已初步改讫。又告:"今阅尊文,具见所论深入而细密,私心欲摘采尊见,以丰富论证。仍拟注明论据之提供者,示不敢掠美也,未识能邀同意否?"这对我当然是很大的荣宠。

1982年6月,《补逸》作为《全唐诗外编》中的一种出版,其中多处引到拙说,如卷六李端《赠秋浦张明府》下有考云:"友人陈尚君同志谓此诗不类李端之作,以为杜荀鹤者,唐末石埭人,秋浦与石埭相去不远,同属池州,杜荀鹤释褐前投诗邻县明府,亦切情理。其时战乱遍及中原江南,诗中'吏才难展用兵时'云云,自是实录,诗当以杜作为是。"

我比孙先生年轻40岁,当时还是在学学生,孙先生以友人视之,对我之浅见尊重如此,足见前辈之风范。近日又检得次年7月孙先生给我的一信,其中说道:"今又以新获资料见寄,感何如之。其中贵阳陈矩刊日本旧藏唐卷子本《翰林学士集》,望所未及见;刘克庄《后村诗话续集》抄录李康成《玉台后集》,过去亦未注意;凡此所示,殊可贵,尝以为若能多补一两首,亦是快事,况今所示,多出数十篇,诚喜出望外矣。"

现在能记得的,当时在忙学位论文,初拟作南宋刘克庄研究,将刘集通读过,因发现其中引及《玉台后集》。《翰林学士集》中唐人逸诗,国内最早发表是张步云《唐代逸诗辑存》(刊《文学遗产》1983年第2期)。当时复旦古籍书库对研究生开放,因得披览群书,有此发现。当时并没有自己要辑录唐诗的计划,故将发现及时告诉孙先生。

1981年6月,得机缘到南京、北京访书,得以专赴天竺路二号孙先生寓所拜谒请教。首次见面,他是清癯而略显拘谨的老者,不算健谈,人很谦敬。我告诉他,行前曾请本师朱东润先生写信介绍,朱先生说30年代孙在金陵大学毕业,论文还是他受教育部委托审订的。孙先生听后很感动,说他毕业40多年了,始终不知论文是谁审订的,至此方得知道。

1982年,《全唐诗外编》出版,发现前面告诉孙先生的唐代逸诗,都没有补入。此前因论文做欧阳修,在北宋典籍中也发现一些唐人逸诗,引起我继续做唐诗辑考的兴趣。到1985年,我搜得唐人佚诗过2000首,编为《全唐诗续拾》。中华书局审读后,委托我同时修订《全唐诗外编》。前此已征求孙先生意见,书局转来孙先生回信,说我是做此工作最合适的人选,对我的工作完全信任。

后来见过孙先生两次。一次是1985年6月到扬州参加任半塘先生博士生王小盾论文答辩,我作为王运熙先生助手列席,其间曾与孙先生等同游瘦西湖;另一次是1989年末,因与河南大学商量《全唐五代诗》合作事宜破局,路过南京,专门抽空去看孙先生,向他通报有关动态。记得他当时在看徐州师院孙映逵主持的《全唐文》点校稿,身体已经很弱,握手感觉很凉。但他说自己学生委托审订,还是应认真看过。

孙望先生是严谨庄重的学者,我在他著作中看到朴学者的治学态度:学术商榷中对不同意见之尊重,辑佚工作中对给予自己提供线索者之提名致谢,甚至校录文献中原题与拟题的区别,他的做法,我都有所学习与继承。而唐诗辑佚应该给读者提供尽可能完整的文本来源说明,对有争议的作品应多方斟酌,客观表达,也是我从他的著作中体会到的。

刊《文汇读书周报》2019年9月9日

想到程千帆先生

读研期间，读过程千帆先生的《宋诗选》和《古典诗歌论丛》。论文完成，等待答辩期间，方知有一笔经费，可用于访学和查资料，于是决定去南京和北京，拜访几位前辈，并请导师朱东润先生写信介绍。朱先生说，程先生的信，他要自己写，其他人辈分比他低，"你们拟好文字，我签名就可"。其实程先生要比他年轻十六七岁，因他们曾在武汉大学同事，故视为同辈。

初见程先生，是1981年6月，他住在南京鼓楼附近北京西路普通的教员宿舍，室内一切都很简陋，书也不多。记得坐下不久，程先生就说，像我这样的年纪，不应该只有这么一些书，动乱过后，也就只能这样了。我与同学周建国同行，各就关心的问题向先生请教，很有收获。夏间去看朱先生，说到外访诸前辈的感受，先生刚参加国务院第一届学科评议组会议回来，说程先生会后又到青岛讲学，感慨："千帆是个才子啊！"

再次见到程先生，是1986年4月在洛阳参加第三届唐代文学年会，此前程先生已接续萧涤非先生担任学会会长。有两件事印象特别深刻。一是那时年轻学者都热衷探索新方法，利用会议中午休息时间开座谈会，谈如何用新方法研究唐代文学。程先生也受邀参加，坐在边上，我离他隔一个座位。到最后，年轻人希望程先生谈些看法，程先生说，我早年对西方的方法也有兴趣，做过些尝试，不能说都成功。你们谈的内容，有些我能听懂，有些不完全能理解。但既要研究唐代文学，一定要做个案，即作家作品的研究。不要仅谈方法，一定要拿出东西来。另一件事则是对我的关照。会间与杨明住一室，早晨还没起床，程先生敲门来看我，慌乱可想。坐下，程先生说读了我写的《杜诗早期流传考》，一直想来看我，他说自己早年写过《杜诗伪书考》，对杜集形成过程，一直觉得还有一些问题没有弄清楚，我的文章解答了他的一部分疑惑。更鼓励我，年轻人应该多写这样踏实有创见的文字。

2008年，当我接任学会会长时，莫砺锋教授大会发言说，那年往洛阳的火车上，程先生就说，会间我一定要去看看陈尚君。程先生的清晨来访，居然早有规划。程先生来后，我与杨明一起回访他。他室内恰有客人，见我们来，起身告辞。程先生送客回来，告诉我们，来人是陶敏，在湘潭任教，研究很扎实而细致，必能有大成就，可惜连会议正式代表资格都没得到，只能来旁听。这是我与陶敏初次见面，陶因"右派"嫌疑，刚回归学术。以后我们各有进益，与程先生这样许多前辈的激励表彰是分不开的。

第三次见到程先生，是1987年11月，朱先生的博士李祥年论文答辩，请程先生来担任主席。我去老北站接人，程先生一行两人，坐了五个小时硬座，对老人来说，一路辛苦可知。程先生下车就说，朱先生要我来，我是一定要来的。接到住处，上海古籍出版社两位老总钱伯城、魏同贤已在住处恭候。程先生没有休息，立即与两位谈起来，我在旁立听。程先生谈到古籍社对南大同人出书的支持，马上就转说自己近期的工作情况，并介绍他学生的成就，进而说今年可交几部，明年可交几部，一些已是很年轻学人的著作。那时学术著作出版很困难，我那时很惊讶于程先生说话之口气，现在体会，更见学术领袖的胸襟和气度。

二十世纪九十年代，我来往南京大学极其频繁，拜谒或偶遇程先生的次数也难以计数。1990年南京大学办第五届唐代文学年会，邀请到台湾学者团，有当时年辈最高学者十多人参加，程先生号召力确实很大。

第二年春，南大因办会成功，在丁山宾馆酬劳办会师生，我也受邀参加。席间，莫砺锋带程门诸生到另一室给程先生敬酒，我也附骥尾。程先生稍喝了些酒，有些兴奋，他说，我想喊一句口号："接班人万岁！"在场的人都很感动。

1992年，参加程先生八十诞辰的庆贺会。让我大开眼界的是，他的学生带了许多寿联贺幛来祝贺，有重回二十世纪三十年代的感觉。从许多细节也可体会南大对师生礼法的讲求。一次偶要与友人去看莫砺锋，友人也随意惯了，突严肃说，要换下鞋，去莫老师家是不能穿拖鞋的。初识莫砺锋，听说他要评副教授了，问之，他说，这些都由老师安排，我绝不过问。程先生的原则，当学生成长以后，不应该让他们为各自利益而交恶，老师应担更多责任。记得张伯伟1995年晋升教授，张宏生晚了一轮。我后来从各方证实，程先生其间曾与两人分别谈话，说明两人条件都已成熟，总要有先后，谁先谁后是他的决定，问他们有什么想法。"老师都决定了，我还能有什么想法！"这是张宏生亲口告我的。

程先生对典籍熟悉，对旧诗文常能即兴吟诵，如数家珍。有一次与章培恒先生聊天，直夸程先生学问好。他与程先生说到自己字写得不好，程先生说字写得好不好，不影响做学问，清代章学诚字也不太好。章先生与章学诚同姓，又都是绍兴人，章学诚在清学史上地位崇高，用这来宽慰，让章先生自然很受用。即兴之间能知此，更属不易。一次我与程先生聊天，历数他的学生的成就后，我说你的学生各从你这里得到了一节，即某一方面的学问。程先生当即回答："这正是他们的不足啊！"不愧严师。

程先生晚年，很喜欢听昆曲，且经常邀请苏昆剧团到南大做专场演出，我即遇到三次。一次是唐代文学年会期间招待参会学者，地点在朝天宫。另一次在他八十诞辰时，在南大校内礼堂，我唯一一次见到匡亚明校长，就在观剧时。还有一次是1991年春，虽得邀，但受委托起草《全唐五代诗》凡例，当晚要交稿，因而没去。

我的研究得到程先生首肯者，应该还有《花间词人事辑》与《司空图〈二十四诗品〉辨伪》。近年出版程先生年谱长编,有对后文的赞许。我唯一一次收到程先生来信,也谈对后文的看法。他认为若最终能够证明此书后出,那么可以肯定此书深受东坡诗论的启发。

前年,我在给千帆先生外孙女张春晓(早早)书写序时,说她"录取复旦读博的过程有些曲折,所幸所有涉及者都做得很合适",在此也可将过程写出。春晓才分好,能写诗词与小说,也可能她自幼生活在南京,本科到硕士接触的老师多是外公的学生,想换个环境,要报我名下,我自感意外。程先生始终没与我联系,仅在给本系傅杰写信时,提到她要来考,希望做朱老的小门生,不知是否有机会。傅杰转告,我当然表欢迎,但也表示要看考试成绩来决定。成绩出来,招生名额一名,春晓考到第二名,有些尴尬。所幸那年骆玉明老师没有招到合格的学生,我就与他商量,在他名下录取。入学后如何指导,我也从前辈那里学到了办法。开学初,我请骆老师与春晓一起吃饭,饭间由春晓择定,一切顺利。

那年冬我到南京,程先生与师母请我吃饭,并告已经给我与骆老师各写了一副对联,已送装裱。这是我最后一次见到程先生。他送我的诗联是:"大江千里水东注,明月一天人独来。"这是著名的古联,也传达程先生对我的认识与期待。

刊《文汇读书周报》2019年7月15日

施蛰存先生给我的一封信

施蛰存先生兼治新文学与旧文学，是我所尊敬的前辈学人，很可惜始终没有见过。1981年曾有一次通信，原委如下。

1978年秋，我进入研究生学习。不久，从《中华文史论丛》第八辑（上海古籍出版社，1978年10月）读到施先生大作《读温飞卿词札记》，第二节讲温氏生平，认为夏承焘先生《唐宋词人年谱·温飞卿系年》"钩稽群书所载，排比推论，约略可见踪迹"。对温卒年，夏著止于咸通十一年（870），举证为《赠蜀将》一诗注"蛮入成都，频著功劳"，是此年事。施文则举《宝刻丛编》卷八载："《唐国子助教温庭筠墓志》，弟庭皓撰，咸通七年。"知其卒年在咸通七年（866）。进而认为《赠蜀将》所述或为咸通三年（862）事。施先生晚治金石，发现温氏墓志记载，所定温氏卒年，可为定论。

我仔细阅读《温飞卿系年》，对温生年的推定，主要采据顾学颉先生意见，认为《感旧陈情五十韵献淮南李仆射》首二句"嵇绍垂髫日，山涛筮仕年"，以嵇绍自比，以山涛比李仆射，据李之初仕年，可推知温氏生年。顾说认为李仆射为李德裕，根据李之生平，推温生于元和七年（812）。我排比史料，认为温诗与李德裕生平仍多扞格，李仆射应为较李德裕晚几年任淮南节度使的李绅。李绅早年能诗，《悯农二首》最著名，元白新乐府也肇源于他。他比李德裕年长十五岁，初仕年在元和初，这样一来，温庭筠生年被大大提前了，我推定在贞元十七年（801）。连带地，温庭筠在文宗时期与时政相关的不少事迹也被揭示出来。我撰为《温庭筠早年事迹考辨》一文，王运熙先生替我投到《中华文史论丛》，修改后发表在该刊1981年第2期。这是我发表的第一篇过万字的学术论文，虽有新见，但细节颇多出入。朱东润师读后，先肯定写得不错，也指出还有夹生处。夹生即夹生饭，上海话指饭没烧熟。夹生何在，则未细问。

拙文引用施文得以确认温氏卒年同时，认为《赠蜀将》不是写咸通年间的南诏入侵，而是指大和三年（829）事，南诏占据成都外郭十日，两川震动，朝廷急发神策军和七道节度使增援。拙说将温氏生年大大推前，使此说成为可能。此部分内容与施先生有交集，因寄给他请教。施先生回信如下：

尚君同学：

手书及大作收到多日，无暇研索，故迟奉复，歉甚。

今日始阅大作。关于飞卿生年，我未尝研求，《赠蜀将》诗则似乎你有所误解，今另纸写奉鄙见，请思考。

我那篇札记，是60年代所作，当时只想就唐五代词人之作品，做一些学习笔记，对于传记方面，并未深入。近来则事冗，书亡，也无法仔细研究了。

匆此即问好！

施蛰存

（1）温李并称，并非温年长于李，这是平仄关系，亦词组组合的习惯，"温李"则显然为二人，"李温"则像一个人的姓名了。司马迁与班固，史家常称"班马"，而不云"马班"，此其例也。

（2）"婚乏阮修钱"，必是指婚事，决不能"借喻无钱为进身之资"，"婚"字无此喻法也。

（3）《赠蜀将》诗。

题曰《赠蜀将》，可知是在长安作，否则必不用"蜀将"。

"十年分散剑关秋"，是说作此诗时，与此蜀将已十年不见了。

"志气""雕边"一联都是讲蜀将的经历，不是飞卿自己的事。

如果注文"蛮入成都"指的是咸通三年之事，则飞卿此诗必作于咸通四年至七年之间，如果指大和三年之事，则飞卿之诗便在前了。

"蛮入成都，颇著功劳。"此时飞卿不一定在蜀中，也可能是认识此蜀将在前，分别以后，听说此人"颇著功劳"的。

"雕"即"埧"或"碉"，是南诏的石室。

（4）鱼玄机有赠飞卿诗，可以考知飞卿在成都的年代。

蛰存

施先生《读温飞卿词札记》写于1964年7月，他所说对温生平传记未深入，事隔17年，无法仔细研究，自是实际情况。

附录所说各点，我当时阅读印象最深的是第一条。拙文在说到温生年提前，做了反复推证后，认为与其亲友年龄尚无阻隔，举了温李之齐名，说两人并称，"庭筠仕宦与诗誉皆逊于商隐，疑以年长居前"，实属蛇足。施先生所举班马为显证，类似例子还有很多。

第二则，拙文说此句，"或为《系年》推测的'尝丧妻再娶'，或系借喻无钱为进身之资"，后一句也属多余。类似意见也见于刘学锴先生著《温庭筠全集校注》（中华书局，2007年），他说："用阮修四十余贫无家室事，显系自喻。"又引温另一首诗，"可证开成五年隆冬，其妻尚健在，至作此诗时，相隔不过三四个月，岂其妻已卒而庭筠欲续娶继室乎？""然如此用典，诗意只能作此解。"与施说不谋而合。刘注仅此一诗中，引拙文十一则，比较诸家之说后，认为对"淮南李仆射"的解释，"考辨详密可信者当属陈尚君所主张之李绅说"，接受我对温生年的结论。但也认为拙文细节有出入。如温诗"邻里才三徙"，拙释"其家居与李绅为比邻",刘认为"以三徙择邻之孟母为比";"冰清临百粤",我认为"冰清喻洁身无过",刘以为指"临民之长官廉洁清正"。虽皆属细节,恰巧可以给朱师"夹生"的说法作一注脚。

第三则《赠蜀将》,施说更为圆到,拙说也无显误。雕,今人一般认为指隼形鸟类,施先生认为指南诏石室,属特见,待酌。

第四则,鱼玄机存《冬夜寄温飞卿》《寄飞卿》二诗,内容不涉成都,鱼氏曾到江陵,未见入蜀。

我读研那会,老师不主张学生发表论文,认为学术积累不成熟,早年发表,至老必然后悔。以前述拙文来说,正是一例。不成熟而能得到如朱、施、刘诸先生之耳提面喝,或也能渐次成熟。谨述此与现在在学的研究生共勉。

刊《文汇读书周报》2019年8月19日

回忆我与杨承祖先生的交往点滴

今天上午刚到办公室,就接到陈鸿森教授从台北打来的电话,告杨承祖先生今天凌晨走了。真感到很意外,震悼不已。虽然已经年近九十,但杨先生身体一直很好,八十以后还常作长泳,且常说唱戏为祛老延年之方。最近一次见到他,是2012年5月在逢甲大学开会,他做专场主持,单身一人从新北搭高铁南下,全无八五老人之衰容。本来台大同人已经确定今年11月4日为他举办寿开百龄的庆生会,我也收到邀请,何料遽尔如此!

杨先生是湖北武昌人,生于1929年。抗战间随父入川黔,后就读于湖北师范学院。渡台后,复就读于台湾师范学院,本科论文为《元结年谱》。复入台湾大学,师从郑骞教授,以《张九龄研究》获硕士学位。1960年起任台湾大学讲师,1966年任新加坡南洋大学副教授,1974年任台湾大学教授,直到1990年退休。此后又曾任教于东海大学和世新大学。主要著作有《张九龄年谱·附论五种》(台湾大学出版)、《元结研究》("国立"编译馆出版)及论文数十篇。他之治学从秦汉经子到近代剧曲皆有涉及,要以唐代文学为中心。因尊崇张九龄、元结一派人物之为人、为文、为政,于诸家用力尤勤,大抵先穷尽文献为诸人编订年谱,复梳理作品以求其思想旨归与文学造诣,用力既深,发明亦多。

杨先生是台湾唐代学会的发起人之一,为台湾研究唐文学之典范人物。自1990年首度率团参加此间之唐代文学年会后,尤看重两岸之学术交流,我与许多同辈学者,都曾得到他的指点。虽年事渐高,不能渡海,仍盼咐门生后学多作交流。更为难能可贵的是,他首次论文结集,慨允首在华东师范大学出版社出版,希望有更多学人理解他的学术理念与追求。尚君不敏,受嘱为序,数月前黾勉草就,敬呈先生清览,幸获俯允。本望两月后到台北面贺嵩寿,不期先生遽归道山,聆教竟成绝响,隔海遥祭,伤恸何如。谨遥奉挽联,以寄悲悼:心存乡国从武昌到台北雾岭云山家万里,志兴正学治次山与曲江文章道德足千秋。

谨以草成之序,不作改动,交付《文汇学人》首度发表,表达我与此间唐代文学学会同人对先生之景仰与哀悼,也希望两岸有更多学者了解先生之志业与成就。

陈尚君谨识于2017年9月5日

附录:《杨承祖文录》序

岁庚午秋,初识承祖先生于金陵。时两岸初通,往来尚疏,适南京大学承办第五届唐文学年会,邀请台湾宿学耆儒近廿人与会。是年先生方自台湾大学引退,受聘东海大学,任中国文学研究所所长。因擅治事之能,群推先生为领队,事无巨细,一皆亲为;与大陆学人无分长幼,咸殷接以礼,绝无倨傲,谭艺论文,出言雅训。尚君方出道未久,位仅讲师,先生主动接谈,论学无倦,且示自作数文以为切磋之资。今犹记者,一为评本师朱东润先生《杜甫叙论》,以不同立场讲读,每有作者欲言而不能尽言者,先生淋漓道出,力透纸背,诚感有识。另一为《杜诗用事后人误为史实例》,所论凡四事,一为王季友"卖履"事,因杜甫《可叹》诗有"贫穷老瘦家卖履"句,后人遂以为王曾卖履市井,先生认为此乃用后汉刘勤卖履典,赞美王守道食贫而不改其志,初未必实有其事;二论裴迪未任蜀州刺史,裴氏在蜀事迹,仅杜甫三诗可考,杜称裴为

"游子"，以何逊比况，先生因考裴实佐幕于蜀，纠正《唐诗纪事》误读之失；三订杜甫"卖药都市"之讹传，卖药之辞既见于早岁《进三大礼赋表》，复见于晚年之《苏大侍御访江浦赋八韵记异》，冯至著《杜甫传》，屡以此为言，先生则认为此用东汉韩康伯"卖药洛阳市中"故事，初非写实；四则讨论"李邕求识面，王翰愿为邻"两句，先生排比二人与杜甫行迹，认定此非纪实事，而系用古今事相映而故作狂语，不可呆读。前此我也曾撰文讨论杜甫晚年行迹与生计，不免多犯此病，读此真如醍醐灌顶，醒人神智。此我识先生之始也。

其后来往渐多，晋谒亦频，因会议曾晤谈于北京、上海，造访则数度餐聚于台湾大学内外。先生开朗健谈，凡学人造述之得失，同人荣悴之往事，皆有述及；至感念时政，每忧形于色，任气慷慨，呜咽叱咤，时露英雄本色（先生业余习国剧，工老生，言谈间亦可体会）。尚君曾客座台中逢甲大学，先生时来电话讨论赐教，受惠实多，或刊新著，辄签名赐示。尚君执教香港时，得周览台港及南洋书刊，有见先生论著皆复制保留，因多悉先生之往事与性情学识，虽年隔二纪，地居两岸，绝无隔膜生分之感。

先生为湖北武昌人，生民国十八年己巳，少年即遇国难，侘傺西行读书；既冠，复侍父迁台，虽历经艰困险阻，向学之忱，始终未变。晋学于台湾师范大学及台湾大学，历参名师，受教于许世瑛、闵守恒、台静农、郑骞诸名家，开阔胸襟，积累学识，掌握方法，提升境界。始任教于二省中，后讲学上庠，先后任教于台湾大学、南洋大学及东海大学，治学则上起秦汉经史，晚至近代剧曲，尤以李唐一代为专诣，授课著述，多有可称。就我所知，尤应揭示者厥有二端。

一曰接续传统而具世界眼光。先生幼读诗书，长治国故，接续正学，温厚醇富。中年曾得缘参访美、加诸名校，历时三月，考察华文教学，周访西方汉学家及旅美华裔名宿，复经欧洲诸国，参观

· 357 ·

各博物馆、美术馆，感叹"访古观风，触目兴怀，于人类历史文化之兴衰演递，徼省之余，感慨系之"，即认识欧美文明之先进，由比较中加深对中华文明之体悟。本书收《课前示诸生》，仅数百字短文，就传记文学立说，肯定西学"配合文字与社会之变迁，适应文化之潮流"，更强调本国传记所见"作者之志趣精诣、笔法匠心"，认为"文章者无论新旧，美者斯传，学术何分中外，惟善是归，现代西方新传之法，固当择从，吾国传统史传文学，亦应重视"。此种精神先生坚持始终，故能持论平允，见解通达，精气贯畅，文识具美。

二曰心存家国，志兴正学，尤关注两岸学术之互动激励。先生受学始自大陆，成于祖国台湾，心萦两岸，未曾或忘。方1955年撰《元结年谱》初成，即闻南京孙望教授刊布《元次山年谱》，每以海阔天远无从阅读为憾。至1964年台北世界书局翻印，立即通读，彼此得失，渐次讨论，1966年撰成《元结年谱辨正》，刊《淡江学报》五期，是两岸对峙年代罕见之学术讨论。至1990年秋，先生到南京，孙先生恰于是年归道山，此曲终成绝响。当时先生曾交我人民币百五十元，嘱代东海大学图书馆购买全套《复旦学报》，知其关切大陆学术之殷。既办妥，偶缺数期则以箧中私存以益之。无如其时两岸邮路初开，尚多阻陋，所寄杳如黄鹤，常觉愧对先生。先生为中国唐代学会创始人之一，更热切于与此间研治唐代文学者交流切磋，若我之晚出茫昧，曾得先生指点，受益为多。

本书收先生重要论著，凡分三编，曰《唐代文学与作家研究论著》，曰《其他经学文学研究论文》，曰《附录》，录专著、论文、杂文凡五十篇，遴选严格，精义纷呈。尚君略作披览，启发良多，不能自专，愿述所知。

先生专攻有唐，用力既勤，收获亦丰。于作家研究，则从系年、年谱入手，继而展知人论世之评。凡为杨炯、孟浩然、苏源明、李华、武元衡等系年，张九龄、元结两家年谱尤称誉学林。所考诸人，多服勤王事，体恤民瘼，倡复古道，秉志耿介，文学成就亦各造时极，有先生之人格寄意存焉，读者当不难体会。诸谱皆循古例，以文献为依凭，立言慎重，结论妥恰，纮纲大备，细节粗陈，皆足可传世者。继而分析人物，评骘得失，无不抉发幽隐，各中肯綮。如论杜甫东川行走之真相，前人仅见其辛苦周折，于诸诗则难得确解。先生从大处着眼，由安史乱后朝廷人事变化及关涉杜甫至深者房琯、严武二人切入，房琯既贬，严武谋进而求宰辅，退而据剑南，杜甫两入其幕，参佐实多。当严归朝时，杜则"替他留意旧属，随时掌握东川的情况"，"是房、严集团规图剑南的一种布置"，此似尚存猜测。然文中分析杜与章彝诸诗，《桃竹杖引赠章留后》徵其跋扈，《将适吴楚留别章使君留后兼幕府诸公》复言心境萧瑟，去住无聊，从"常恐性坦率，失身为杯酒；近辞痛饮徒，折节万夫后"诸句，更读出杜之遭猜忌忧疑，杜代王阆州论巴蜀安危表，对两川形势洞如观火，使严武再镇蜀即杖杀章彝，邀杜甫入幕，皆可得合理解读。其《由天宝之乱论文人的运遇操持》亦有寄托存焉，对陷伪诸人之人生蹉跌及心理反省，分析尤入木三分。论张九龄，既知其出身卑寒，且来自岭南，身体羸弱，而刻意自强，更揭示其建立进取之不易，所倡尚文守礼、推贤慎爵，坚守儒家为政之道最为可贵。其论元结政治思想之迁变，逐次分层论列，既见其早年之无政府主义，复见其对小人窃弄国柄之殷忧寓讽与清君侧之激烈主张，既乱则对王政得失有别端反思，预见藩镇拥兵终成国之大患，且流露君主若"荒昏淫虐，不纳谏诤"，自应谴责，"稍露一夫如纣可诛的隐意"。此种揭示，确属深刻而敏锐，将元结提到唐思想史上之特殊地位，不仅一般所认知倡复古道、关心民瘼也。风檐展书，古道可鉴，表彰风烈，心追力仿，于此亦足知先生之理想人格与道德寄意焉。

其次则为经学、文学诸作，尚君不敏，不能尽得领悟，然有特殊欣会者。如论"风诗经学化对中国文学的影响"，则就风诗本有之民间意味，经汉儒解读，造成附会史事、颠倒美刺、破坏情诗、抹杀风趣等不良影响，举证皆极丰沛，又从裨益政教、端正倾侧、塞抑谐趣、造辟新境诸端加以讨论，明示其造成中国后世文学特殊面貌之别具作用。《柳永艳词突出北宋词坛的意义》一篇，则参据历代对耆卿艳词之贬斥，及近世因西学观念改变而表彰情色书写之偏颇，考察柳氏艳词实渊源有自，更揭柳词大量书写男女裸裎，欢情交会，侧艳冶荡，燕婉淫轶，不赞同道学家之谴责，也不附同今人之拔高，认为时风所趋，为北宋词坛之特殊风景，臻极而致雅人不满，世乱更引举世反省，立说通达如此，更见其学其识。其他不多举。就尚君所知，五十年代台湾有识者倡守护文化，故国学传统、经学立场得完整保存，后留学欧美者多归，更以西学之通达与科学沾溉学林，新旧交集，学派纷呈，旧学既得变化，新知更得孳乳，学有主见，人各不同，然根柢未移，故气象常新。读先生所论所述，更增感慨。

《附录》所收凡序三、学人传悼六，另《课前示诸生》及自传。此虽皆短文，然回忆业师旧友，追述往事鸿迹，无不弘明师道，记录交谊，文辞简峻，意味隽永，出语冷静，情感内热，知先生重情义而知礼序，善文辞而守大节，再三讽读，回味无尽。

五年前台中逢甲大学唐学会年会，尚君幸得躬预其盛，先生年届期颐，孤身南行，主持讨论，谈说风生，妙见迭呈，信邦国有光，仁者长寿。今承《文录》编者传先生雅意，嘱尚君为序以弁端。尚君虽曾受知于先生，然为学荒疏，未窥先生志业之十一，海天辽夐，更罕遇机缘叩门问候请教。幸承见委，乃勉力操管，穷搜所知，略述所感，谨此向先生求益，亦顺此遥贺先生嵩寿无涯！

丁酉仲夏，慈溪后学陈尚君谨识于沪寓

刊《文汇学人》2019年9月22日

吴熊和先生：亲切温和的词学大家

本月初，听到吴熊和教授去世的消息，心情非常悲痛。当时我就和骆玉明教授商量，开追思会的时候我们一定要来。这个星期二，正好系里开会，王水照先生也在，我们三个人一起商量，都稍微调整了一下自己的日程安排，一起订了票。而且也受了我们中文系领导的委托，一定要代表系里、代表我们个人来表达对吴先生的追悼之情。当时王水照先生说，几十年的朋友了，他一定要来送一送，票已经订好了。我昨天晚上到了以后才知道，王先生临时有些微恙没能成行。我没有受到王先生的委托，我想王先生的心情我是可以从和他的谈话中做一个传达的。

我深切地感觉到吴熊和教授是他这一辈学者之中非常杰出的代表。刚才的许多发言都讲到，吴先生是词学大师，另外还可以提到的是我在他身上感受到的醇儒气象。我和吴先生的接触不能算太多，也不曾得到吴先生的直接施教。但在几次接触之中，我总是感觉吴先生对我们后辈非常亲切、非常温和，由衷地为我们取得的一点点的成绩表达他的高兴，也对我们有很好的关照与提携。所以回想起来，还是很亲切、很温暖的。

在来的时候，我也特别带上了吴先生的著作《唐宋词通论》。因为我已经很多年没有做词学方面的研究了，但是在将近二十年前，很认真地读过吴先生的这本书，是非常深切地感受到什么叫大家气象。我觉得在吴先生的这本书中,能够感觉到,他是以做词学为主的,而且他的学问当然是上承夏承焘先生的,对于词的写作,对于词所涉及的与音乐的关系、词的起源、词的总集别集、词家的研究,是一个全面的论述。但是在具体材料的挖掘和问题的解释方面,他所追求的是一种最平和、最妥帖或者说最深入的阐释,深入浅出,对复杂的问题做一种最明白的表达。我昨天晚上还在重新温习这部著作,处处感受到这样一种气象。比方说关于唐词的一些问题,他从《玉海》所引到的徐景安《新纂乐书》之中讲到唐人对词乐的具体的表达;对于《花间集》的编纂者赵崇祚的生平,我记得我二十多年前也曾经写过花间词人的事迹,我当时的印象,关于赵崇祚的生平材料是吴先生这本书中最早提出来的,就是《九国志》中讲到的他是赵廷隐的儿子,我印象中以前没有人提到过。但是这样重要的材料,在吴先生这本书中这个问题是解决了,但是他是很轻地带过去的。这里面处处可以看到这种情况。我昨天晚上看到很晚,他附录的文章之中关于柳永的生平,从宋代职官制度的磨勘之中,把柳永生平中可以确定的细节做一个历史的定位。关于陆游《钗头凤》大家都读了很多,吴先生从唐宋习俗中夫对妻的表达不应该有"红酥手"这样直接的描述,以及其他的一些例证,包括蜀中词一些具体的写法,来论证这首词不可能是像南宋的传说那样,是写与唐婉的这一段夫妻之情的。这一点,我在别的地方也看到过一个北京的学者这方面的论述,与吴先生的基本立场是相近的。我总感觉到,吴先生是做词为主的,但是对于唐宋时期的历史、文化、风俗、制度等各个方面,而且特别在于基本文献的挖掘和利用方面,对于前代学者很好的著作的吸取方面,都显示出一个非常深厚的功底。我仔细读这本书,我就觉得涉及唐五代词律问题、明清时期的词集之中由于后来人的牵强而出现的各种误区,在吴先生的著作中洗涤殆尽。我觉得在这些方面真的是感觉到他的著作所达到的学术高度,我也相信吴先生的一系列著作都是中国当代学术最宝贵的财富。我刚刚看到浙大人文学院的介绍中谈到,准备编纂吴先生的纪念集,我也特别希望今后有可能把吴先生的所有著作结集出版,提供我们后学一个学习和借鉴的机会。我想我在这里稍微谈一些我个人的感受，表达对吴先生的悼念，谢谢！

（本文为2013年12月在浙江大学文学院吴熊和先生追思会上的发言记录稿，原载《吴熊和教授纪念集》，浙江大学出版社，2014年10月。）

花开花落皆安命　但开风气不为师

——悼念傅璇琮先生

2016年1月23日，入冬后最冷的一天，过午传来更寒凛的消息："傅先生病危，上了呼吸机，没有意识。"惴惴不安地为他祈祷，希望能够渡过难关，然而三个小时后还是传来噩耗："傅先生走了。"悲痛何如！为我失去一位尊敬的长辈和学术引路人，更为中国文史学界失去一位真正可以称为大师的学者和出版家，感到无限的悲哀！

傅璇琮先生出生于1933年11月，今年84虚岁。他的一生经历了几度沧桑巨变，从新锐的文艺青年，遭遇蹉跌，托庇中华书局做资料工作，45岁前几乎未以本名发表学术文字，却曾与王国维次子王仲闻一起点校过《全唐诗》（署名王全，全与璇南方音近），编过古典文学资料《黄庭坚与江西诗派卷》（署名湛之）、《杨万里与范成大卷》（署名徐甫），得以在轰轰烈烈的年代饱览唐宋文献。春阳初照，学术复苏，他的厚积开始勃发，1980年前后井喷式地发表大量一流学术论著，引起中外学界广泛关注。他本人也逐渐走向中华书局领导岗位，担任总编辑多年，为最近三十多年中国的古籍整理出版工作做出极其突出的贡献。数其大者，《续修四库全书》，由他与顾廷龙先生主编，收录清《四库全书》未收及其成书后的重要古籍，规模与《四库全书》相当；《中国古籍总目》，由他与杨牧之先生主编，对存世中国古籍做了完整的簿录；《全宋诗》，他是第一主编，将有宋一代诗歌汇于一编，收诗数为清编《全唐诗》的五倍。此外，他主编的书还可以举到《唐才子传笺证》《唐五代文学编年史》《全宋笔记》《宋登科记考》《宁波通史》《续修四库全书总目提要》《宋才子传笺证》等，每一部书都是重量级的，每一部书他都不是浪挂虚名。据我所知，他从选题策划、出版落实、编写约稿乃至后期编辑都有参与，实力实为。比方《全宋诗》编纂的数年间，他经常每周末用业余时间去北大工作。他是宁波人，地方政府请他领衔主编《宁波通史》，他也多次返乡主持编务，在地方史著中堪称翘楚。他承担这些工作，是觉得中国学术需要这些基本文献建设，热心于此，并不计较名利，只要事情能做成，排名前后无妨。

以上所说，是傅先生作为一位在古籍出版界有崇高声望的领导者的成绩，我更愿意较详尽叙述的是他本人在唐代文学研究领域取得的成就，他独到的研究方法以及影响力，以及我所知道他的为人与为学。

我于1978年秋开始研究生学习，专业是唐宋文学，广览前辈著作，特别关心诗人生平和诗作本事研究。当时很认真揣摩分析夏承焘先生《唐宋词人年谱》的治学方法，了解年谱编纂最重要的是生卒年确定，然后将所有的传记、轶事、交友、作品记录逐年加以编次，从而完整地还原作者生平，并以此为基础分析其作品的本事、寓意及成就。其间偶有所感，写成《温庭筠早年事迹考辨》《姜夔卒年考》等文。这时从复刊不久的《中华文史论丛》第七辑读到傅先生《刘长卿事迹考辨》，可能是他用本名发表的第一篇长篇学术论文，也是我第一次读到他的名字。刘在文学史上不算重要作家，一般仅数句带过，傅文则指出刘存诗数量多，生前身后都获广泛好评。其生平基本情况，见于《新唐书·艺文志》："《刘长卿集》十卷，字文房。至德监察御史。以检校祠部员外郎为转运使判官、知淮西鄂岳转运留后。鄂岳观察使吴仲孺诬奏，贬潘州南巴尉。会有为辨之者，除睦州司马。终随州刺史。"后来如《唐诗纪事》《唐才子传》都据此敷衍，构成刘生平的基本叙述。傅考根据刘同时人高仲武叙述，知刘曾"两遭迁谪"，再据独孤及《送长洲刘少府贬南巴使牒留洪州序》、刘本人诗《狱中闻收东京有赦》《将赴南巴至余干别李十二》《初贬南巴至鄱阳题李嘉祐江亭》等诗,还原刘第一次贬谪是在至德三年(758)初,从苏州长洲尉获罪下狱,远贬南巴,其间与李白、独孤及、李嘉祐都有来往。而在鄂岳任上的获罪,则根据史乘钩稽吴镇鄂岳在大历八年(773)至十三年(778),在前次贬谪后十五年至二十年,也有许多诗文佐证。理清刘两次贬谪始末,对刘在此前后的交友、心境和创作可以作出全新的梳理和解读。此外,他还纠正刘官至随州刺史的旧说,认为刘因建中三年(782)淮西节度使李希烈叛乱去官,闲居扬州江阳县茱萸村,至少还存活了六七年。刘的进士及第,旧说在开元二十一年(733),闻一多据以推测其生于709年。傅文据《唐摭言》知刘天宝间还在科场为朋头(朋是进士之朋党性组织),佐证刘诗,知他及第肯定在天宝中后期,这样推他的生年,大约在725年。从生卒、科第、仕宦、交游,诗人的基本情况完全被颠覆了,而分析如此细致,举证又如此精当不移。阅读这样的考证文章,当年给我的震撼非常巨大。在此以前我总觉得唐诗及诗人研究,前人着力已多,未必有太多剩义,阅读傅文后看到只要方法科学,完全可以重新解读。

此后一二年,傅先生接连发表王昌龄、韦应物、戴叔伦等生平研究的多篇考证,创说也如前篇之精彩。到1980年将相关论文二十七篇结集为《唐代诗人丛考》出版,主体是初盛唐诗人生平和诗篇的研究。在前言中,傅先生自述学术渊源,是受丹纳《艺术哲学》的影响,认为伟大艺术家的出现与那个时代密切相关,经常成批出现,各怀才具:"个人的特色是由于社会生活决定的,艺术家创造的才能是以民族的活跃的精力为比例的。"对于这样的文学现象,文学史著作体例有很大局限,仅仅就诗论诗,以文论文,显然不够。他主张广征史籍和一切存世文献,真实地还原文学家的生命经历和情感变化,以及在不同遭际时的文学表达,从而深入准确地解读作品,再现真相。他自述为此不能不接触历史记载,在唐史大家陈寅恪和岑仲勉著作中得到"很多启发和帮助",而岑著史料之丰富更使他"获益不浅"。可以说,他的唐诗研究在学术思路上受到法国社会学派的影响,在文献处理和考证方法上则更多得益于岑氏的著作。岑氏自学名家,继承乾嘉朴学精神,认为存世所有文献都可为唐史研究所参据,但每种文献都因著作避忌、党派立场或文献传误等原因,存在种种缺失,需在精密校订后方能信任使用。岑氏代表著《元和姓纂四校记》即体现此一立场,广征文献校订文本的同时,努力复原中古世族谱系,展现了远比两《唐书》丰富的士人群体。傅先生不仅承续岑氏占有文献、精密考证的立场,而且将岑氏赅博的文献拥有,做成可以让所有学者充分利用的《唐五代传记资料综合索引》(与张忱石、许逸民合编,1982年),收录正史纪传、全唐诗文、僧传画谱、职官编年、缙绅谱牒、方志文献在内的传记资料。他的考据绵密,正得益于此。

那时我还在研究生学习阶段,学位论文做完,正摸索今后发展方向,从傅先生著作中得到许多启发,试写过几篇唐诗人考证论文,还很"夹生"(朱东润师评语)。后来据目录以求全面占有文献,从唐宋所有存世文献中爬梳《全唐诗》《全唐文》以外的唐人诗文,特别是钩稽宋代大型类书、地志、总集、史乘、笔记、杂著时,指导方法上受傅著横跨文史的鼓舞,手边翻阅最多的就是上举《唐五代传记资料综合索引》。

因为有前此的阅读感受,我于1981年6月研究生毕业前夕,因查阅古籍、请益前贤的名义首度入京,与同学周建国(他后来与傅先生合作完成《李德裕文集校笺》)专程到中华书局看望傅先生。只记得他的办公室不大,光线有些暗,我向他呈送考证温庭筠的习作,他说已经读过,并在北京师范大学研究生论文答辩会上提到我的文章。当时我们都很青涩,他似乎也不太习惯应酬,没有展开谈话,见他也忙,很快就告辞了。此后几年,我全力做唐诗辑佚与考证,文章写得少,可举者只有《杜甫为郎离蜀考》和《欧阳修著述考》,不了解外界反映,也不与学界联系。1983年初完成《〈全唐诗〉误收诗考》,以四万字篇幅引书数百种，考出《全唐诗》所收非唐五代诗诗作六百多首，自感较前有所提高。1985年末，此文在《文史》第二十四辑刊出，傅先生读到拙文，立即给南开大学罗宗强先生写信，说到这几年唐代文学研究出了不少优秀的年轻人，陈尚君是突出的一位，特别托人邀请我参加次年春在洛阳召开的中国唐代文学学会第三届年会。这是我参加学术会议之始。记得当时傅先生告诉我，本希望我参加《唐才子传校笺》的工作，但因前此已全部约出，因推荐我与厦门大学周祖譔先生认识，当时傅先生代表中华书局约请周先生主编《中国文学家大辞典·唐五代卷》，全部条目已列出二千多条，主体已约出，仅剩下少数荒冷偏僻的小家，认为我最能胜任。我答允了，但提一条件，即请允许我就所知未列条目而确具文学家身份者补充条目，两位主编欣然允诺。最后成书，收四千人，我写二千，完成唐一代文人的全面记录。因为傅先生的识荆和周先生的宽容，我得有机会展现自己。

《唐代诗人丛考》出版，在中外学界引起广泛好评，对一时研究风气的转变也有很大影响。傅先生在日常编辑工作之余，并没有停止探索的步伐。1982年，他完成《李德裕年谱》，用史料系年系月考证的办法，还原对唐后期政治与文学关系极其重大的牛李党争过程，揭示党争中各种人物面对藩镇割据、宦官弄权、科举荣黜、人事升沉等事件中的不同态度，贬斥势利，倡导品节，也多有发明。比如元白，以往尊白而短元，傅先生则认为元虽热衷仕途，但在党争中则亲李而斥奸，白则亲牛而就闲，给以不同评价。再如小李杜，他认为李商隐不以时事变化而改变操守，杜牧则在李德裕执政时迎合求欢，失势后立即落井下石，无中生有，二人人品高下立判。

傅先生第三本著作是《唐代科举与文学》，出版于1986年，不久前刚获得思勉原创奖。我在傅先生书面发言后的点评，上周《中华读书报》以《一本书与一种学术范型之成立》为题发表，读者可参看。

八十年代中期后的十年，傅先生与国内知名学者周祖譔、吴企明、吴汝煜、梁超然、孙映逵、吴在庆等合作，完成《唐才子传校笺》。《唐才子传》十卷，为元辛文房所著唐诗人近四百人之传记总汇，中国失传，清开四库馆时从《永乐大典》辑出八卷，不全。近世在日本发现足本，为治唐诗者普遍重视。辛氏此书据当时所见文献匆忙拼凑而成，有珍贵的记载，如登第年月多据失传的《登科记》，但多数采据笔记、诗话、史乘，处理粗糙，失误甚多。傅先生认为此前日人的注释过于简单，他希望延续《唐代诗人丛考》的方法，以辛书为躯壳，对唐代主要诗人生平做一次彻底清理。他制定体例、样稿，自撰全书前三卷，多方合作，凸显每个人的贡献，出版后影响很大。他晚年另约学者主编《宋才子传笺证》，传是新写，体例沿前，完成宋代几百位一流文人的生平传记。

有前此的史实积累，他再约请陶敏、李一飞、吴在庆、贾晋华等合作，完成《唐五代文学编年史》，采取逐年逐月叙事的方法，记录唐五代三个半世纪间文学事件发生演变的过程。他认为这是文学史的一种特殊写法，可以立体反映一代文学的面貌，如某年某月某人在何处，和谁在一起，发生了什么事件，写了什么作品，这些作品又具体表达什么内容，达到如何成就，也就是把《唐代诗人丛考》中以若干点的尝试，汇成了一条浩瀚绵邈的文学长河。这部著作因此曾获得国家图书奖。此外，他还和台湾著名学者罗联添先生合作，完成十二卷本的《唐代文学研究论著集成》，希望将海峡两岸的杰出研究能够方便分享。

70岁以后，傅先生完成近百万字的专著《唐翰林学士传论》。他认为翰林学士代皇帝起草文书，是唐代文人人生理想的极致，凡得臻此职者当时肯定都有很高的文学禀赋和时誉。因为文献缺失，许多人事迹不彰，有关文学活动和成就的痕迹不甚明显，但既领此职，必有可称。为此，他在丁居晦《重修承旨学士壁记》和岑仲勉考补的基础上，对有唐两百多位学士的家世履历和文学活动做了全面考察，从另一个侧面全景式地展示唐代文人的各种生存状态和人生悲喜剧。我曾为此书写长篇书评，除揭示以上收获，还特别指出此书另一特殊意义，即两百多位学士中，三分之二正史有传，但缺误极其严重，傅先生广搜第一手文献考察他们的真实人生，也揭示两《唐书》所有传记都应做此项考证的必要性和可行性。正史无传的七八十人，成就高下不一，傅著尽量勾勒他们的人生轨迹，也提示正史立传与否的不确定性。

傅先生主张学术民主，疑义共析，真诚欢迎不同意见的商榷。《唐代诗人丛考》出版后，当时还与他不熟悉的赵昌平同他讨论顾况生平，蒋寅与他商榷戴叔伦抚州推问的真伪，他都不以为忤，甚至主动推荐到刊物发表，成为最好的学术朋友。《李德裕年谱》初稿，他认为《穷愁志》四卷为伪。此后周建国仔细研读，举出多条非李德裕本人不能言的内证，在该书新版中，他接受周说，改为有少数伪文搀入，大多非伪。他主编《唐才子传校笺》出版后，陶敏告其中还有未精密处，立即鼓励陶尽量写出来。陶费时两月，居然写出十五万字，他觉得附书后太多，出一册稍薄，乃约请我也将所见写出，这才有了该书第五册《补正》。他的《唐翰林学士传论》写成于70岁后，为精力所困，许多后出石刻没有见到。为他庆贺八十诞辰约编论文集时，我交了四万多字的长文，补充相关文献。我觉得，对傅先生这样一生求道的学者，这是最好的礼物。

傅先生为人低调，待人平和，既礼敬前辈，也尊重后学，与他交往，能够感受到他的真诚和坦率，更能感受到他对每一位合作共事者的体谅和尊重。我与他最初交往的几年，还只是讲师，但他认识到我对一代文献的熟悉，代书局约我修订《全唐诗外编》，又约撰《全唐文补编》。在《全唐五代诗》启动后，更认为我可以承担最繁剧琐碎的责任，坚持由我担任主编之一，负责体例、样稿的撰写，承担两百家别集以外所有散见作者诗作的整理。他从不觉得这是对我的提携，反而歉意地认为这样合作我是吃亏的。我还特别记得1993年拙编《全唐文补编》退改，怕邮寄丢失，他到南京开会时，随身带了五六箱书稿，亲自交给我。在我人生最艰困的时候，从未放弃学术，他的理解支持很重要。

与傅先生有交往的所有中青年学者都有上述同样的感受，特别是在唐代文学学会的同人间。学会成立于1982年，他是发起人之一，从1992年起担任学会会长十六年，始终以倡导学术、扶携后进为己职，维护良好的学术氛围。每度年会，他都繁剧自任，操持辛苦，联络中外，鼓励多元。所作大会发言，都有充分准备，表彰诸方的成就，指示今后的方向。所涉人事安排，也能充分协调，取得共识。他的精神也鼓舞了所有学会同人，绝不争名逐利。他从2000年就想将会长交出，无奈各位副会长都觉得他的地位无法取代而作罢。到2008年他坚持年迈而交卸，比我年长且成就更高的各位也始终礼让，最后只能让最年轻而不称职的我接任。我知道，他们都着眼于学术的长远发展与后继有人，我感到了责任重大。

傅先生热心提携年轻学者，三十多年来为同辈和后辈学人作序，估计超过百篇。我在1997年出版《唐代文学丛考》，也曾烦他写序。他要我提供全稿副本，并写一节求学经历和心得的文字，以便参考。不到一个月就寄来六千字的长序，对我的学术道路、主要创获以及治学特色做了认真的总结，真让我非常感动。其中是否有过誉呢，当然是有的。傅先生私下谈话时说到，在经济大潮中，年轻人能不为金钱所诱惑，安心学术，潜心坐冷板凳，就值得肯定。即便还有一些欠缺，适当地给以指点，总有逐渐提高的希望。他有一本随笔集，取名《濡沫集》，正表达此一态度。书序的本格文章当然是为本书鼓吹，傅先生的立场当然恰当。我偶然为他人著作写序，有一段文字与作者商榷，招致傅先生一段友好的奚落。

傅先生供职于出版社，且因长期主政中华书局，因此可以利用书局选题的取向引领学术风气，以推介海外优秀著作的方式改变国内学术取径（如《万历十五年》的出版），也因此得有机缘广泛地结识海内外的优秀学者。与我同辈的许多八十年代出道的学者，都曾得到他的关照，尊他为师长。然而出版社毕竟不同于高校，无法直接培养能够接续自己学术的门弟子，这是很遗憾的。他从出版社退休后，先是中国人民大学聘他去执教，稍后最初的母校清华大学特聘他为全职教授，指导博士生，最后十年有一段全新的经历。具体情况我不了解，这两天读微信见清华他系学生回忆老人家经常到学生宿舍小坐谈学，且每次都有电话预约，称学生为同志，老派作风令人起敬。他指导的学生我认识的不多，熟悉的是卢燕新，论文曾获百篇优博，任教于南开大学，傅先生入院后每周末都到北京侍奉汤药。思勉颁奖时认识替他领奖的杨朗，知道傅先生的书面发言在病榻上口授，由杨整理成文。这篇发言水平之高，是我与许多朋友之同感，可以说是傅先生的学术遗言。整理者对傅先生学术思想的认识，也于此可知。无论亲炙门生，还是私淑弟子，我相信傅先生的学术肯定后继有人。

昨天有记者采访我，要我谈傅先生还有什么学术遗愿没有完成，一时语塞，难以回答。仔细想来，可以举出两件。一是他在二十多年前曾倡导组织全国学者编纂《中国古籍书目提要》，即为存世的每一种古籍编写提要，篇幅估计将会是《四库提要》的五至十倍，若能完成，当然是中国传统学术的集大成总结。这一计划后来因为人事变化而中辍，虽然可惜，但后来几乎没有再提起。二是《全唐五代诗》编纂的波澜变化。傅先生对唐诗和诗人研究越深入，越感到清编《全唐诗》不能胜任现代学术的要求，应该普查文献、广征善本、详校异文、精密考订、合理编次，以期形成可供专家学者和一般读者信任，最接近唐人创作原貌的唐诗总集。此事由他倡议，各方参与，我也承担了较大份额的工作，但最后终因人事纠纷而几度苍黄。傅先生病重入院后，我两度看望，他都希望我能将有关过程写出，也希望此书最终能够完成，殷嘱于我。我今年初已经写成一节文字，也开始全书长编的编次，本想春间再有机会入京汇报请益，不期遽尔如此。

傅先生去世后，友人贴出他2006年的两段题词，一段录《庄子》语："知不可奈何而安之若命，唯有德者能之。"另一段是："得意之时淡然，失意之时坦然，看庭前花开花落，望时空云卷云舒。"这可以说是他一生心境的记录。从文学青年，退到编纂资料，以古籍编辑而引领学术风潮，在并不太理想的学术环境中，写下当代学术的一抹亮色。而他一直保持书生本色，不讲究享受，从不以权威自居，至水尽处，看云起时，安之若素地坚持始终。他的精神与学术，是将长存。

2016年1月24日

刊《文汇学人》2016年1月29日

唐代文史研究的典范著作

——评傅璇琮先生《唐翰林学士传论》两种

一

傅璇琮先生是最近三十年唐代文史研究领域最有成就的学者，先生的一系列著作对学术风气的转变起了导夫先路的作用，而先生本人则始终没有停止探索的步伐，不断摸索新路，不仅有大量足以传世的著作示后学以轨辙，且担任古籍整理出版的领导职务，组织了一系列大型学术著作的编纂和出版。先生的成就阔大而无边涘，非浅学如我辈所能完全理解。所能够表述者，是在我开始学术研究之际，因先生的著作而得到许多启发，三十年间也不断得到先生的提携和照拂，因而也时有心会的感契。值先生八十华诞之际，略述所见，为先生寿，也与学界朋友共同分享我的感受。

傅先生经历"反右""文革"的挫折，幸得庇荫于中华书局的书海之中，在编纂文献汇编的过程中遍阅唐宋典籍，加上早年对西方艺术理论和近现代文学思潮的热烈爱好，开始个人的学术道路。当阴霾散去，天地晴明之际，很快就发表了一批在海内外引起震动的论著。我记得最早是1978年从刚复刊的《中华文史论丛》第七辑上读到他的《刘长卿事迹考辨》，感觉与我当时正在阅读的夏承焘先生《唐宋词人年谱》，虽皆研究唐宋文人生平事迹，但在方法体例上都有很大不同。稍后读到先生关于唐中期诗人的系列文章，不久见到结集成书的《唐代诗人丛考》，以及他与张忱石、许逸民两位先生合编的《唐五代人物传记综合索引》，得以对先生的治学路数有基本的理解。在文学思想和治学理路上，先生受法国社会学派影响很大，特别是丹纳《艺术哲学》对伟大艺术家及其时代关系的论述，让他拓宽视野，转而研究初盛唐二三流作家的文学道路。他从现代研治唐史最有成就的陈寅恪、岑仲勉两位大师著作中得到启发，将文学传记资料拓展到全部的存世唐代文史文献。在史料的处理上，他特别注意史料的主次源流，认为作者本人的诗文具有最直接的价值，认为唐人的姓氏谱、缙绅录的记载尤其珍贵，认为石刻所载士人的家世仕履和宋元方志所载地方官任职年月更为可靠。利用这些材料，他重新审视唐宋以来依靠笔记诗话资料所积累起来的唐诗人传记，发现传闻逸事许多并不可靠。他运用史源学的方法廓清传闻的误说，重新建立可靠的唐诗人生平轨迹，借此来重新解读唐人诗作，有许多出人意表的发明。我想特别指出以下两点。一是他没有采取前人常用的年谱或系年一类著作方式，因为那一类著作的基础是首先要确定生年，然后逐年编排资料，但从许多唐代诗人的生平资料来看，还无法完全做到这一点。与其如一些学者那样在确定相对生年而没有确证的情况下，随意堆积文献，不如采取更灵活的研究方式。收入《唐代诗人丛考》的各自相对独立的论文，大多用"某某考"为题，分别就可靠的文献展开考辨，无法确定的部分暂且存疑，避免了前人著作常见的堆砌推测现象，将学术研究建立在科学可靠的基石之上。二是《唐五代人物传记综合索引》的编纂。考订唐代文史最深细博杂的岑仲勉先生的著作，引证之广博细密，让人惊讶感佩，觉得无从师仿，好像所有文献都靠博闻强记，后人无以企及。这本索引则揭示了构成岑著的唐代文史基本典籍的规模和具体细目，让唐代文史研究回到可以科学检索的轨辙。我在八十年代先后做全唐诗文补遗，基本方法就是利用这本索引提供的人事线索，遍检群籍以勾辑唐人遗作。

从八十年代以来，傅先生的著作有许多新的变化。我认为可以特别提到的，一是《唐代科举与文学》，以《唐摭言》和《登科记考》为基本凭借，采用全景描述式的叙述方式，还原唐代文人在科举生活中的种种生存状态，如同打开了唐代社会生活的万花筒，展示科举与文学的纷繁复杂的交替作用，原生态地展开唐代文学产生发展繁荣的壮丽长卷；二是《李德裕年谱》，以第一手文献恢复谱主的生命历程，对晚唐时期最错综复杂的牛李党争，用逐年逐月逐日编录史料的方法，理清所有事件的来龙去脉，于晚唐党争夹缝中艰难生存、努力建树的李商隐、杜牧等人作品和为人的解读，也有很多新意；三是主编《唐才子传校笺》，以元辛文房《唐才子传》为依托，将唐代近四百位诗人的生平基本理清了。我虽因出道稍迟，没有机会参加该书最初的编写，但后来有机会与陶敏教授因感到前四册稍有可补者，将所见写出，承傅先生接纳，列为该书第五册《补正》，与有荣焉。

二

从九十年代末开始，傅先生将研究的中心转向唐代翰林学士。经过近十年的努力，先后完成《唐翰林学士传论》（辽海出版社，2005年）、《唐翰林学士传论·晚唐卷》（辽海出版社，2007年），总约八十万字，是先生晚近的力作。关于二书成就，李德辉教授已经在《文学评论》2007年第3期撰文《评傅璇琮〈唐翰林学士传论〉》、《中国史研究》2008年第4期撰文《评傅璇琮〈唐翰林学士传论·晚唐卷〉》予以介绍和评述，认为傅著写法新、视角新，具有科学性，考辨细致，于前人旧说颇多纠订，都是很客观的评价。吴在庆教授在《宁夏师范学院学报》2009年第4期撰文《广搜慎考精撰新史——〈唐翰林学士传论·晚唐卷〉读后》，认为二书的特色与贡献有四，一是纠订史籍的错误，提供了唐代翰林学士研究的可信史料，二是辨清史载文士事迹的误记，三是开辟了翰林学士与科场举子、文学家关系的新课题，四是具有强烈的问题意识。另该书责任编辑徐桂秋也撰文《与名家的交流使我受益匪浅——〈唐代翰林学士传论〉编辑手记》(刊《中国编辑》2009年第4期)介绍本书的编辑出版过程。诸家之说我都赞同。我想通过本文，补充说明此书的编纂原则和方法，指出其在唐代基本史料和文献研究方面的贡献，特别强调此书的示例，对于重建唐代文史研究基本史料所具有的典范意义。

三

唐代翰林学士始设于玄宗时期，最初仅具有临时供奉的性质，肃宗以后越来越重要，以致有内相的称谓。宪宗即位设翰林承旨学士，在翰苑为首席学士，且因其特殊地位而得听闻参与机密。中晚唐从承旨学士而入相者比例很大，成为唐代文人进入权力核心的重要途径。经历五代、北宋，这一局面得以延续。宋人所艳称的从馆阁到翰院到两府的官宦捷径，正是很好的证明。南宋学者洪遵编录当时可以得到的十多种唐宋翰苑掌故类著作，编为《翰苑丛书》十二卷，其中唐人所著即有李肇《翰林志》、元稹《承旨学士院记》、韦处厚《翰林学士记》、韦执谊《翰林院故事》、杨钜《翰林学士院旧规》及丁居晦《重修承旨学士壁记》等六种。其中《重修承旨学士壁记》所记翰林学士入院始末，始于玄宗时，讫止懿宗咸通末，凡此间入院者，均备载进出翰苑的具体日期，以及在院期间的官职变化。此书虽署文宗时丁居晦撰，但叙事到丁逝世后约三十六年，丁只是一段时间的编纂者。唐代许多官署均有壁记，一记主要官员的任职始末，二记本司有关的格敕令式，以为办事的准绳。可惜留存下来的很少，像翰林院壁记能够如此完整地保存者，仅此一家。

岑仲勉先生于1942年随中央研究院历史语言研究所避地四川宜宾李庄期间，先后撰写《翰林学士壁记注补》和《补唐代翰林两记》。后者于1943年发表于《历史语言研究所集刊》第十一本，卷上为《补僖昭哀三朝翰林学士记》，补录丁记未载之三朝学士凡五十八人；卷下为《翰林承旨学士厅壁记校补》，分别对元稹、韦处厚、杜元颖、韦表微等人的翰林院文字予以校订,对翰林承旨学士加以排列梳理,又附翰林纪事诗及翰林盛事。前者则迟至1948年始刊于前刊第十五本,内容是笺释丁记,在比读史籍后罗列所载诸学士之入院始末事迹。二文至1984年收入上海古籍出版社出版之《郎官石柱题名新考订》,为目前通行之文本。岑氏二文长达二十多万字,可以说已经将唐代翰林学士总体情况和每人的入院始末,都基本弄清楚了,是二十世纪上半期关于唐代翰林学士研究最重要的著作。比如僖、昭、哀三朝翰林学士,岑氏考出五十三人。六十年后傅先生所考知者,在岑氏以外有所增加,结论之不同仅是在对孔温裕于僖宗初任侍讲学士表示疑问而不取,于郑毂及杜荀鹤之五日学士亦未采信,凡此皆可见岑氏所考所达之水平。

  在基本事实清楚,且岑仲勉已经用力基本廓清事实之基础上,傅先生费十年之力,逐个探讨唐代翰林学士之人生轨迹和文学成就,是从更为广阔的学术层面上展开研究。

  在《唐翰林学士传论》上编,傅先生写了九篇文章分别探讨唐翰林学士研究中的重大问题。其中《李白任翰林学士辨》《从白居易研究中的一个误点谈起》《〈蒙求〉流传与作者新考》是个案研究,但所涉重要,必须厘清。《唐翰林学士史料研究札记》《唐翰林学士记事辨误》《岑仲勉〈补僖昭哀三朝翰林学士记〉正补》属于史料研究和辨析,《唐翰林侍讲侍读学士考论》是职官制度变化的研究,《唐代翰林与文学》则从文学研究层面阐述本书研究的学术追求,可以看作全书的总论。

  虽然因为有丁居晦《重修承旨学士壁记》和岑仲勉研究在先,翰林学士的基本文献不像其他职官史料那样的残碎而没有系统,但探究到深处,则问题依然很多。傅先生对岑氏的研究一直很推崇,也肯定他对翰林学士考订的成就,但对其粗涉文献所造成的种种误失,也有很仔细的甄辨。在《岑仲勉〈补僖昭哀三朝翰林学士记〉正补》一文中,他就指出郑延昌入院应在中和初,可能在三年(883)二月已经出院,岑考将其出院制文误读为入院制文,又据制文作者刘崇望的历官时间来推定郑入院在光启元年(885),显属误系,所据《益州名画录》的旁证很有力;岑氏据钱珝《授右司郎中张玄晏翰林学士制》,参钱珝任中书舍人的时间，定张玄晏为乾宁、光化间任翰林学士，但又据张所作《谢奉常仆射启》定其自员外郎充学士。傅先生反复研读张氏的存世文章，考定他自乾宁三年（896）由右司郎中入为翰林学士，同年冬改为驾部郎中，新加知制诰，不仅纠订了岑氏误失，也使事实更为昭朗。晚唐史料极其芜乱错讹，傅先生的这些纠订有利于今后晚唐史实的重建。

丁居晦《重修承旨学士壁记》因为详记玄宗朝到懿宗朝翰林学士在院始末，而为学人所重视，也是傅先生研读翰林学士史料的基础。此记因为南宋洪遵《翰苑群书》的收录而得存世，但通行本错讹较多，特别是记载任官年月的具体数字，更易传讹。傅先生在《传论》写作之初，就与台湾学者施纯德教授合作，整理《翰学三书》，其中《翰苑群书》据影印文渊阁《四库全书》为底本，以《知不足斋丛书》本参校，由辽宁教育出版社出版。

《唐翰林学士史料研究札记》则从更广阔范围揭示翰林学士史料的丰富多样及其错综偏失。重点当然是收入《翰苑群书》的唐翰林诸记，傅先生将李肇《翰林志》等五篇作为记述"翰林学士院之建置、职能"的著作，认为韦执谊、元稹、丁居晦三记"重点是以壁记的形式记叙唐玄宗至懿宗朝翰林学士名次"，多可补两《唐书》的不足，也多有疏误。以史书、金石、制文与丁记对核，傅先生充分肯定丁多数记载的准确可靠，但也指出其因对甘露事变的忌讳而漏载王涯、李训、郑注、顾师邕的入院过程，也有因各种原因造成的转官漏记、文本残缺、事实未详等缺憾。此外，他还列举制文、金石、笔记小说、类书等著作所存翰林学士文献的价值和利用办法。

正是由于对文献的全面把握和精密考证，在翰林学士在院事实的研究方面，《传论》大大超越了前人研究，成为此一领域研究的最权威著作。

四

《传论》二书所考翰林学士凡212人，这些学士的身份，一是文人，二是多数曾官至显职，其中官至宰辅者人数尤多，且多半在正史中存有传记。翰林学士是他们人生经历中的一段特殊经历，或短或长，意义各不相同，有的以此为转折而达到权力顶峰，也有在任病逝，以身殉职，如赵宗儒出院后又活了四十八年，更属罕见。二书研究翰林学士，并不局限仅研究他们在院期间的活动，而是将这200多人作为唐代政治文化发展过程中的若干个案，全面揭示他们的生命历程，评述他们的人生经历、政治事功及文学造诣，从而多方位地展示唐代文人的生活状态和文学写作的过程，可以说是以翰林学士研究为叙事主干，展开的一幅唐代文人人生长卷。

大约有三分之一的翰林学士，正史中没有传记，或仅提到而所载甚简。《传论》对这些人物，重点在尽可能地网罗各方面的史料，尽量还原其人生轮廓。比如蒋防，因为写作《霍小玉传》而在唐代文学史上留下重要一笔，但两《唐书》都无其传，所幸方志、史书和中唐文人诗文中保存许多他文学活动的记录。本书先据《咸淳毗陵志》的记载，考察他的早年经历，再据《唐会要》和丁记的记载，揭示其入院前历官和在院期间的文学活动，再据他本人和同时人诗文，考明他出院后贬任汀州、连州刺史，以及卒于大和间的结局。由于蒋防事迹载籍可见者比较丰富，得以较完整的得到恢复。还有一些学士就没有这么幸运了。比如僖宗时学士沈仁伟，其身世其实仅存三则记录，一是他是沈询之子（文献又有沈询字仁伟和名作仁卫的讹误），二是从右补阙充翰林学士，有刘崇望撰制文为证，三是随僖宗入蜀，有《益州名画录》存随驾臣僚之题记。仅此三点，弄清楚已很不容易，要据以做出更多的评述，显然就很难办到了。而如卢深、崔佩、崔湜、崔汪等留下的记载更少，可以知道晚唐文献丧失之严重以及试图考鉴事实的困难。

至于正史有传的人物，虽然保存的事实一般都比较丰富，但其真实可靠程度仍有待斟酌。较主要的缺陷，一是漏略，一般对传主早年的经历多不叙或一笔带过，当然从国史的角度无可厚非，但要研究传主生平经历，总是缺失。《传论》广征各类史料，尽力弥补此一缺憾。二是过于表达好恶。晚唐因党争的缘故，议论常意气用事，而《新唐书》则主张褒贬史学，经常在没有弄清史实的时候就妄加笔削。三是事实错误。如下举《丁公著传》，一篇传有七八处错误。四是缺失。由于宣宗后实录缺修，史实旁落，不仅本纪叙事颠倒错互，列传更是挂漏尤多。晚唐重要人物在《旧唐书》中有传者，缺落较多，许多附在其祖父辈传记后面，一笔带过，其任翰林学士前后的许多事实都没有述及，实在是很大的遗憾。

至于其他文献，当然各有价值，但也各有局限。如墓志、神道碑当然是记录人物第一手的记录，但因丧家之求，为亡者而作，不可避免的有掩恶溢美的倾向，不可全信。小说不免虚构，笔记每凭传说，也都有其偏失。学者的能力在于鉴别史料，驾驭史料，在此《传论》有许多精彩的案例，值得读者细心地品味。

《传论》二书，在文献搜罗之广备，取舍之细心，甄辨之严密，以及弄清事实再作分析评判的严肃治学态度，都足为学人研读唐史之典范。

五

翰林学士的职务是为皇帝起草文书，这是许多文士认为最荣耀的职位，也是许多诗人梦寐以求的光荣。从现代学术评价来看，这些为皇帝起草的制诰，无论弘篇巨制的即位诏书或南郊赦文，还是重要官员的除官诏敕，乃至率尔几句的君王答词，都很难给以崇高的文学评价。一般文学史仅提到陆贽在奉天代德宗所作罪己诏的动情之处，以及此类文章的辞理晓畅对骈文体制改造的意义。《传论》则在厘清翰林学士生平出处的同时，重点揭示各人的文学造诣和成就，以及他们的文学和政治活动对文风转变的影响。《唐代翰林与文学》一篇，对此有系统的阐述。

唐代诗人如何看待翰林学士？傅先生引杜甫《赠翰林张四学士》"天上张公子，宫中汉客星"、刘禹锡《逢王十二学士入翰林》"星槎上汉杳难逢"、王建《和蒋学士新授章服》"翰林同贺文章出,惊动茫茫下界人",说明在这几位诗文名家的眼中,是将学士视为"天上人",有极其崇高的地位。又引韩愈、柳宗元、张籍的诗文,说明他们对学士都有一种敬畏乃至有意疏远的认识,说明学士身为近臣,接触机密,即便曾为朋友,来往时也会特别慎畏。虽然有这些变化,许多诗文名家仍愿意与学士增多来往,学士也会主动作诗赠与友人。傅先生认为这是由于儒辈既以学士为荣,学士也得到更多扩展自己影响力的机会,一般文人也更多地希望学士为自己扩大声誉,提高地位。因此,翰林学士之间的文学应酬,翰林学士与其他诗人的来往几率,都会大大提高,而他们的文学影响,也会通过各种渠道影响到文人的写作兴趣。《传论》列举学士任职期间,无论值班还是平日闲居,都有大量相互唱和,而他们的诗文流布开来,常会引起更广大的应和群体,在某种意义上繁荣了文学活动。许多此类唱和,曾结集流传,如《盛山唱和集》就属于此类情况。

《传论》认为,学士身处宫中,地位特殊,许多诗人愿与其交往,在很大程度上有求荐的用意,而许多学士也自觉地将提拔和交结人才作为自己的日常行为。经他们推荐,使许多有才能的人物得到晋身的机会,甚或成为一代名臣。学士的推荐人才,有各种不同的方式。一是在君主顾问时推荐人选。如肃宗向苏源明询问天下士,苏荐元结可用,元结被召见后授官,由普通文士进入仕途。类似情况很多,并可以按照这一思路解读韩愈自阳山贬所归途上三学士诗的干请企图,杜牧上诗郑涓等学士的求官目的。二是在科举方面的作用。傅先生指出许多学士出院即知贡举,在院期间也常协助知举者举荐人才,同时也常参与复试,并为制举草拟策问,这些都使学士有更多机会影响科场的进退,也让久困科场的举子将与学士交往,寻求学士的推荐,作为自己谋求出身的重要途径,并因此而形成数量可观的行卷作品,改变了唐文学写作的格局。

翰林学士职务行为与文学发展的关系,也是《传论》重点讨论的内容。虽然就其主要工作即起草王言,大多属于骈文写作,又纯为官方文告,距离文学较远。但从文史结合的视野拓展开来看,则这些诏敕因其影响的权威性和流布的广阔性，也足以产生其他文学作品不可能达到的影响力。而学士的文风趣尚，文体风格，以及他们的文化活动，他们撰写的各体文章，编选的文学作品、学术著作，都很强烈地具有风气启示意义。

《传论》在研究每一位翰林学士的文学活动时，有许多更为精彩的论述。如令狐楚，不仅说明其在院"专掌内制"，"冠于一时"，而且曾为宪宗编纂《御览诗》，借此表达对同时或稍前的几十位诗人的表彰；影响到张仲素受诏编录卢纶诗集；将与张仲素、王涯三人合作的乐府歌诗编为《翰林歌辞》，即现在所知的《元和三舍人集》，今尚有残本流传。白居易著作和生平前人研究已多，《传论》主要考述其在院期间的活动，包括参议政事、上奏直言，当然最重要的还是《新乐府》五十篇的写作，利用翰林学士可以与皇帝对话的机会，写出反映国事民生的诗篇，以求得闻至尊，下情上达。再如郑薰，今人很少提到，但在晚唐诗人群中则有很好的声誉。《传论》列举大量事证，说明郑薰无论在朝或出守，始终关切寒苦诗人群体的文学创作，尽己所能地给予帮助，让许多诗人一直抱有深厚的敬意。再如杨收，是很有争议的人物，《传论》既肯定他的早年才华，薛逢、卢肇等诗人也可能得到他的关照，但也揭露其结交宦官、夸侈求利的一面，是很全面的评述。至于学士政治上之晋身，如何依附特定的政治集团，利用权谋取得高位，也随着附着集团的垮台而流贬身亡，事例很多，不一一列举。人生百态，忠奸并存，二百多位学士的人生道路，示范了唐代文人的各种生存状态和人生悲喜剧。就此点来说，《传论》尽量尊重历史的本来面目，就事论事地给以分析评判，也可以作为唐代文人群体的肖像画来观赏体悟。

六

我在前年为台湾已故学者詹宗佑教授纂《点校本两唐书校勘汇释》（中华书局，2012年）作序时，特别提到今后唐代文史基本文献建设的若干值得展开的大型课题,其中包括"两《唐书》笺证",我的意见是:"到现在为止,对两《唐书》部分传记,包括人物传和四边民族传的笺证较有成就,志仅有个别涉及,就总体来说,还没有系统的成就可言。就唐史目前已经达到的成就来说,几乎对唐代所有的事件、人物、制度、著作等都有了详尽的研究,在此基础上学者应该考虑如何重建唐代的基本史料。在一定意义上,以两《唐书》为载体总结唐史研究的成就,是较好的表达手段。这一工作的重点是史实的订正和补充。就人物传记的部分来说,前几年傅璇琮先生著《唐代翰林学士传论》两册是很好的范例(就史实订正补充言,其著作形式非史传笺证)。"当然这一工作的基础是两《唐书》对校,虽然清代沈炳震做过《唐书合钞》,我在同序中认为"采取两《唐书》不取一本的体例是对的,但传记以《新唐书》为主则未必妥当。我认为两《唐书》互校的主要目的,是要揭示《新唐书》在《旧唐书》的基础上,增加了哪些史实,其具体根据为何,哪些可靠,哪些不可靠。章群先生著《通鉴及新唐书引用笔记小说研究》是很具意义的著作,可惜还仅具示例的意义,远没有完成彻底的清算"。以下我希望借傅先生的研究,进一步说明上述看法。

傅先生在《唐翰林学士传论·晚唐卷》前言中,指出"文宗朝前十位学士,新旧《唐书》皆有传,但两《唐书》于此十位学士,均有误记","文宗朝共有29位学士,两《唐书》有传的为26人,而所记有误者则有23人","其他如宣宗、懿宗、僖宗、昭宗朝,误处有时更多"。全书利用各种手段,对这些错误做了极其仔细认真的考辨,努力追寻这些学士的生命轨迹,还原历史真相,以为知人论事的基础。这些考辨,展示了作者良好的治学态度和卓越的研究方法,足以给唐代文史学者以许多启迪。

以下试以傅先生在《唐翰林学士传论·晚唐卷》前言特别介绍的丁公著史实的订正为例。根据丁居晦《重修承旨学士壁记》和《旧唐书》卷一七上《文宗纪》所载,丁公著在大和三年四月二十六日自礼部尚书充翰林侍讲学士,至同年七月乙巳出院为浙西节度使,在院算足了也就三个月,也没有什么特别的建树。但若要弄清楚他何以能够成为翰林学士,在此前后有哪些经历和建树,则需要对史实做彻底的调查和分析。

丁公著,《旧唐书》卷一八八《孝友传》有传,凡421字,似乎事实都很清楚。《新唐书》卷一六四亦有传,凡315字。以两传做比较,则《新唐书》基本延续《旧唐书》的内容,所作主要是文章的改写和语句的压缩,似乎并没有增添什么新的史料。仔细比读,不同者有三四处,即:一、推荐丁的观察使,《旧唐书》作薛华,《新唐书》作薛苹,前者属字有传误。二、《旧唐书》述其母死后"绝粒奉道",《新唐书》改作"愿绝粒学老子道",似据原文敷衍而成,盖绝粒本为道家修行之手段,据以理解其所奉即老子所创之道教,本也不错,增字而并未增加史实。三、将《旧唐书》"改尚书右丞,转兵部、吏部侍郎,迁礼部尚书"一段,浓缩为"四迁礼部尚书"。四、"翰林侍讲学士"作"翰林侍读学士",属误记。五、在任浙东观察使前加上"长庆中"的时间限制,由是而将任学士推到长庆以前。六、将"入为太常卿"放在大和以前。如果没有其他史料,这些记载似乎也足可凭信。然而,唐代文献存于世者数量巨大,只要确定原则,方法得当,就有机会廓清真相。与其他史料参证,可以认为《新唐书》除一处可疑校订《旧唐书》的传本错误,其他基本没有任何保存文献的价值,其内容在学术研究中可以忽略不计。

傅先生指出两《唐书·丁公著传》"有七八处讹误"。其实《旧唐书》本传也错误迭出。传云:"公著知将欲大用,以疾辞退,因求外官,遂授浙江西道都团练观察使。"傅先生根据《旧唐书·穆宗纪》的记载:"(长庆元年十月壬申)以工部尚书丁公著检校左散骑常侍、兼越州刺史、御史中丞,充浙东观察使。"认为他在长庆间出镇的是浙江东道,治所在越州。又根据白居易《白氏长庆集》卷五《尚书工部侍郎集贤殿学士丁公著可检校左散骑常侍越州刺史浙东观察使制》,知道他出镇前的职务是工部侍郎,而非本纪所述的工部尚书。又根据朱金城先生《白居易集笺校》的考证,知道白居易在长庆元年(821)十月前任主客郎中、知制诰,其草制的时间契合,可以信据。此外,《旧传》云:"上以浙西灾寇，询求良帅，命检校户部尚书领之。诏赐米七万石以赈给，浙民赖之。"傅先生根据他撰《李德裕年谱》的考证，丁出镇浙西的前任是李德裕，受召回朝为相，丁是去接李之任。浙西是当时重镇，丁由翰林侍讲学士出守，可以见到文宗对他的信任。又引《旧唐书·文宗纪》的记载，丁奏杭州八县灾疫，获赈米七万石，在大和六年（832）五月，即丁出镇三年后。《旧唐书》说成他因此而出镇，是又一误。

在以上的考证中，傅先生严格区分史料的史源和信值，在比较中确定其可信程度，尽可能地援据最早最直接的文献以确定事实真相。在他的分析考证中，不主一本，而以如何最接近历史真相为主要原则和目标。这一方法和原则，对于全面清理唐代文献，具有指导意义。我仅根据他的启示，按照前文表达的两《唐书》列传校订的意见，稍增史料，作《旧唐书·丁公著传》笺证一篇，附于本文之末，以见本书所具备的学术典范意义，也为今后的相关工作，提供一篇样稿。

七

就《传论》两册之考证来说，其精密及发明均已如前说。个别疏忽偶然还有。就我浏览所及，较明显的是苏涤生年的推定。《传论》引沈亚之《沈下贤文集》卷四《异梦录》所载，知苏涤元和十年（815）在泾原节度使李汇幕，并由此推证当时苏之年龄若以二十岁记，当生于大历十年（775），估计是将元和年号错记为贞元，因此而有二十年的错讹。后文因此而推苏在大中四年（850）入为翰林学士时，已经七十六岁，并感叹"以如此高龄入院，甚罕"，均沿前误。

此外，估计因作者写作二书时在七十以后，最新史料的利用和基本文献的检索都还有些遗漏。北京大学历史系陈文龙君已撰《晚唐翰林学士丛考——傅璇琮〈唐翰林学士传论·晚唐卷〉匡补》加以补订，可参看（我所见为友人见示之电子文本，未能检到刊于何处）。其中最重要的是据《全唐文补遗》第二辑有崔庾撰《嗣陈王李行莘墓志》，结衔为

"翰林学士、朝议郎、守左谏议大夫、柱国、赐绯鱼袋",时间在乾符四年（877）七月二十一日,增加了一位岑、傅二位都失考的僖宗乾符间翰林学士崔庾。此外,最近二十多年的新出文献也有很大的数量,有些傅先生已经利用并写入本书,有些在定稿后才见到,在《唐翰林学士传论·晚唐卷》前言附记中有所说明。当然缺漏还有。比如学士本人墓志最近二十年发表者,即有赵宗儒、崔郸、崔凝、杨收、白敏中五位（其中三志发表在《传论》出版以后）,各位学士撰写的诗歌文章以及相关其家族的材料,也陆续有所刊布。我多年来为全唐诗文的订补与整编,以及唐史基本文献的建构,积累了一些资料,本次因为分析《传论》二书的成就,也顺便将有关文献清理了一遍,另作《唐翰林学士文献拾零》一文,提供傅先生增订二书时参考。

文献日新,学术日新。《唐翰林学士传论》为唐代文史学者提供了进一步清理文献、重建基本史料的原则和方法,如果能够沿着这一道路,完整清理唐一代基本史料,总结前贤,奠基来者,功莫大焉。

附录:《旧唐书》卷一八八《孝友·丁公著传》笺证

丁公著,字平子,苏州吴郡人。祖衷,父绪,皆不仕。公著生三岁,丧所亲。七岁,见邻母抱其子,哀感不食,因请于父,绝粒奉道［一］,冀其幽赞,父悯而从之。年十七,父勉令就学。年二十一,五经及第。［二］明年,又通《开元礼》,授集贤校书郎。秩未终,归侍乡里,不应请辟。居父丧,躬负土成坟,哀毁之容,人为忧之。［三］里闾闻风,皆敦孝悌。观察使薛华表其行,诏赐粟帛,旌其门闾。［四］

［一］《新唐书》本传作"愿绝粒学老子道"。

［二］ 公著大和六年（832）卒,年六十四,是当生于大历四年（769）。年二十一应为贞元五年（789）。

[三]《吴都文粹续集》卷二明袁裵《观音岩访楚石和尚》附记："(楞伽山)东南麓有丁家山,唐人丁公著父丧,负土作冢,故名。"

[四]《册府元龟》卷一四:(元和)六年二月,浙江西道观察使以前集贤殿校书郎丁公著孝行闻。诏曰:"丁公著辞官侍亲,不顾荣利,高行至性,人伦所称。今执丧致毁,又闻过礼,其所请旌表门闾,宜依。仍委本州刺史亲自慰问,并量给粟帛。" 按:此诏《全唐文》卷六题作《旌前集贤殿校书郎丁公著诏》。苏州时属浙江东道。《旧唐书》卷一五《宪宗纪》载,元和五年八月,薛苹自浙东观察使改润州刺史、浙西观察使。本传误作薛华,《新唐书》本传已改正。

淮南节度使李吉甫慕其才行,荐授太子文学,兼集贤殿校理。吉甫自淮南入相,廷荐其行,即日授右补阙。[一]迁集贤直学士。寻授水部员外郎,充皇太子及诸王侍读。[二]著《皇太子及诸王训》十卷。[三]转驾部员外,仍兼旧职。

[一]《册府元龟》卷三二四:(李吉甫)后罢相为淮南节度使,荐丁公著,授太子正字兼集贤殿校理。吉甫自淮南入相,复荐其行,即日授右补阙。 按:此为本传所本。今知吉甫仕历,为元和三年(808)罢相,出为淮南节度使。五年十二月罢淮南职,六年正月再入相。前引六年二月浙西薛苹方奏其孝行,是吉甫荐其官在二月后。而前次荐官则颇可疑,或太子文学即太子侍读之误,集贤殿校理即集贤殿校书郎之误。

[二]《册府元龟》卷七八:丁公著为右补阙、集贤殿直学士。元和十一年(816)九月,改为水部员外郎,充皇太子侍读。

[三]《新唐书》卷五九《艺文志》三:丁公著《皇太子诸王训》十卷。 按:《事文类聚续集》卷四、《合璧事类后集》卷四六作《宫训》十卷。

穆宗即位,未及听政,召居禁中,询访朝典,以宰相许之。〔一〕公著陈情,词意极切,超授给事中,赐紫金鱼袋。〔二〕未几,迁工部侍郎,仍兼集贤殿学士,宠青宫之旧也。〔三〕知吏部选事。公著知将欲大用,以疾辞退,因求外官,遂授浙江西道都团练观察使。〔四〕二年,授河南尹。皆以清静为理。〔五〕

〔一〕《旧唐书》卷一六《穆宗纪》:(元和十五年)正月庚子,宪宗崩。丙午,即皇帝位于太极殿东序。是日,召翰林学士段文昌、杜元颖、沈传师、李肇,侍读薛放、丁公著,对于思政殿,并赐金紫。　按:《资治通鉴》卷二四一:"上未听政,放公著常侍,禁中参预机密。上欲以为相,二人固辞。"时同召者六人,公著忝末位,恐无即许为相事。

〔二〕《册府元龟》卷一七二:闰月,以驾部员外郎丁公著为给事中,兵部郎中薛放为工部侍郎,咸以东宫旧恩起奖。　按:《资治通鉴》卷二四一作十五年(820)正月癸丑事。

《唐大诏令集》卷一元稹《长庆元年册尊号赦》:尊师重傅,有国常经。李逢吉、韦绶、薛仿、丁公著等,普恩之外,各加一阶。　按:南郊为正月事,《册府元龟》卷八一、卷九所载同。

《旧唐书》卷一六《穆宗纪》:(长庆元年二月)丙子,上观杂伎乐于麟德殿,欢甚,顾谓给事中丁公著曰:"比闻外间公卿士庶时为欢宴,盖时和民安,甚慰予心。"公著对曰:"诚有此事。然臣之愚,见风俗如此,亦不足嘉。百司庶务,渐恐劳烦圣虑。"上曰:"何至于是?"对曰:"夫宾宴之礼,务达诚敬,不继以淫。故诗人美乐且有仪,怜异屡舞。前代名士良辰宴聚,或清谈赋诗,投壶雅歌,以杯酌献酬,不至于乱。国家自天宝已后,风俗奢靡,宴席以喧哗沉湎为乐,而居重位秉大权者,优杂倡肆于公吏之间,曾无愧耻,公私相效,渐以成俗。由是物务多废,独圣心求理,安得不劳宸虑乎?陛下宜颁训令,禁其过差,则天下幸甚。"时上荒于酒乐,公著因对讽之,颇深嘉纳。　按:《太平御览》卷一一四引《唐书》作三月庚子事。《资治通鉴》卷二四一列此于元和

· 389 ·

十五年十月。《考异》曰："《实录》，明年二月景子，观神策杂伎，因云。上尝召公著，问云云。《旧纪》遂云其日上欢甚，顾公著云云，此误也。今因覃等谏荒事言之。"　　按：此又见《唐会要》卷五四，与《旧唐书》皆存《实录》原文，《通鉴》似疑之过甚。

[三]《白氏长庆集》卷五《韦绶从右丞授礼部尚书薛放从工部侍郎授刑部侍郎丁公著从给事中授工部侍郎三人同制》。　　按：《文苑英华》卷三八七所载题稍简。

[四]《旧唐书》卷一六《穆宗纪》："（长庆元年十月壬申）以工部尚书丁公著检校左散骑常侍、兼越州刺史、御史中丞，充浙东观察使。"《会稽掇英总集》卷一八："丁公著，权知吏部铨选事、检校右散骑常侍授，长庆三年九月追赴阙。"《白氏长庆集》卷五《尚书工部侍郎集贤殿学士丁公著可检校左散骑常侍越州刺史浙东观察使制》："敕：古者通守守土，刺史按部，从宜务简，今则合之。故任日崇而选日重，非廉平简直，兼恺悌之德者，曾不足中吾选焉。某官丁公著，尝以学行礼法，诲予一人，报德图劳，连加宠擢。起曹书殿，兼而委之，二职增修，三命益敬。朕以浙河之左，抵于海隅，全越奥区，延袤千里，宜得良帅，俾之澄清，往分吾忧，无出尔右。假左貂而帖中宪，操郡印而握兵符。勉哉是行，伫闻报政。可依前件。"　　按：又见《文苑英华》卷四八。浙江东道治越州，西道治润州。本传误以东道为西道，与其大和间镇浙西相混。据制文，公著以工部侍郎出镇，《旧纪》误作尚书。

[五]《新唐书》卷一七九《罗立言传》：迁河阴。立言始筑城郭地，所当者皆富豪大贾所占，下令使自筑其处，吏籍其阔狭，号于众曰："有不如约，为我更完。"民惮其严，数旬毕。民无田者，不知有役设，锁绝汴流，奸盗屏息。河南尹丁公著上状，加朝散大夫。

改尚书右丞，转兵部[一]、吏部侍郎[二]，迁礼部尚书[三]、翰林侍讲学士。[四]上以浙西灾寇，询求良帅，命检校户部尚书领之。[五]诏赐米七万石以赈给，浙民赖之。[六]改授太常卿。[七]以疾请归乡里，未至而终，年六十四。[八]赠右仆射，废朝一日。

[一]《旧唐书》卷一七上《敬宗纪》：（宝历二年五月）甲申，以右丞丁公著为兵部侍郎。

《册府元龟》卷二：“（宝历）二年六月降诞日，御三殿命，兵部侍郎丁公著、太常少卿陆亘、前随州刺史李繁，与浮图道士讲论。内官、翰林学士及诸军使、公主、驸马皆从。既罢，赏赐有差。”　按：又见《旧唐书》卷一三《李泌传》附《李繁传》。

[二]《册府元龟》卷六三八：郑，文宗时为吏部尚书，丁公著为工部侍郎，知选事。大和二年闰三月己亥，都省奏落下吏部三铨甲内今春注超资官凡六十七人。敕：“都省所执是格，铨司所引是例，互相陈列，颇以纷纭。所贵清而能通，亦犹议事以制。今选期已过，方此争论，选人可哀，难更停滞。其三铨已授官都省落下，并依旧注与重团奏，仍限五日内毕。其中如官超一资半资，比格令已令据稍优者，至后选日，量事降折。尚书、侍郎注拟不一，致令都省以此兴词。郑、丁公著各罚一季俸。东铨所落人数较少，杨嗣复罚两月俸。其今年选格，仍分明标出近例，有可行者收入格，不可者于格内书破，则所司有文可守，选人无路侥求。”时尚书左丞韦弘景以吏部注拟不公，选多超资授官，按其事落下。敕申吏部，引例以为据，选人辈又惜官已成，道路沸腾，日接宰相喧诉，遂降此敕。　按：《册府元龟》卷六三一、《新唐书》卷一一六《韦弘景传》载此稍简。公著当于闰三月前再以工部侍郎知选事，旋改吏部侍郎。

[三]《旧唐书》卷一七上《文宗纪》：（大和二年四月）乙未，以吏部侍郎丁公著为礼部尚书。

[四]丁居晦《重修承旨学士壁记》：丁公著，大和三年四月二十六日，自礼部尚书充侍讲学士，改正户部尚书、浙西观察使。　按：“改正”二字疑有脱误。《新唐书》本传误作“侍读学士”。

[五]《旧唐书》卷一七上《文宗纪》:(大和三年七月)乙巳,以礼部尚书、翰林侍讲学士丁公著检校户部尚书、兼润州刺史,充浙江西道观察使。

[六]《册府元龟》卷一六:(大和六年)五月壬子,浙西观察使丁公著奏,杭州八县灾疫,诏赐米七万石以赈之。　按:亦见《旧唐书》卷一七下《文宗纪》。此赈灾为公着出镇三年后事。本传云引寇灾而命其出镇,恐未周延。《新唐书》本传云:"长庆中,浙东灾疠,拜观察使,诏赐米七万斛,使赈饥损。"时间与原因皆误。

[七]《旧唐书》卷一七下《文宗纪》:(大和六年八月)壬申,以前浙西观察使丁公著为太常卿。　按:《新唐书》本传述其任太常卿在大和前,误。

[八]《旧唐书》卷一七下《文宗纪》:(大和六年九月)丁未,太常卿丁公著卒。

　　著《礼志》十卷。[一]

[一]《新唐书》卷五七《艺文志》一:丁公著《礼志》十卷、《礼记字例异同》一卷,元和十二年诏定。

《玉海》卷三九引《中兴馆阁书目》:(《礼略》)十卷。丁公著序:采古经义,下逮当世礼文沿革,莫不附见。词约理备,故题《礼略》。

《宋史》卷二五《艺文志》五:丁公著《孟子手音》一卷。《直斋书录解题》卷三孙奭《孟子音义》二卷解题:"旧有张镒,丁公著为之音,俱未精当。"孙奭《孟子音义》序:"为之音者,则有张镒、丁公著。""臣今详二家撰録,俱未精当。张氏则徒分章句,漏略颇多。丁氏则稍识指归,诎谬时有。若非刊正,讵可通行。"此书今存,引录甚多,可以辑录。

　　公著清俭守道,每得一官,未尝不忧色满容。年四十四丧室

［一］，以至终身无妓妾声乐之好。凶问至日，中外痛惜之。

［一］《新唐书》本传作"四十丧妻"，举其大数耳。

2012年3月11日于复旦大学光华楼

收入卢燕新等编《傅璇琮学术研究文集》，商务印书馆，2012年8月

傅璇琮先生著作获思勉奖点评

祝贺傅璇琮先生获得本届思勉原创奖。傅先生是最近三十年唐代文史研究领域最有成就的学者，也是中国古籍研究领域的领军人物，他的一系列著作对学术风气的转变起了导夫先路的作用，他的获奖是实至名归，众望所归。刚才他的获奖书面演讲已经充分讲清了《唐代科举与文学》一书成书过程、学术追求和方法渊源，对此我十分赞同，也深感自己的学力难以对此作出点评。作为唐代文史研究的后学者，我从出道至今三十六年，一直从傅先生著作中得到启发和鼓舞，也得到他许多的指点和提携，我想将我所知傅先生的学术道路和学术业绩在此略作介绍，使各位有更多的了解。

我读到傅先生最早的文字是1978年刚复刊的《中华文史论丛》所刊《刘长卿事迹考辨》，与我当时正在阅读的前辈著词人年谱，在方法体例上都有很大不同，即不循年谱的旧例，不信传说的浮泛，从诗人的作品和姓氏书、地志、职官谱等一类书中寻觅可靠记录，还原诗人的人生轨迹。不久类似的系列论文连续发表，不久结集成《唐代诗人丛考》，对当时学术风气转变起了重要作用，日本学界推崇备至。他自述治学路数，受法国社会学派影响很大，特别是丹纳《艺术哲学》对伟大艺术家及其时代关系的论述，让他拓宽视野，转而研究初盛唐二三流作家的文学道路。他尊敬近代治唐史最有成就的陈寅恪、岑仲勉两位大师，将文学传记资料拓展到全部的存世唐代文史文献。在史料的处理上，他特别注意史料的主次源流，认为作者本人的诗文具有最直接的价值，认为唐人的姓氏谱、缙绅录的记载尤其珍贵，认为石刻所载士人的家世仕履和宋元方志所载地方官任职年月更为可靠。他与人合编的《唐五代人物传记综合索引》，更为学者全面占有文献提供方便。我与他初次见面在1981年，个人交往则从1986年始，理解他从早年燕京、北大的文学才俊，经历人生挫折，幸得庇荫于中华书局的书海中，在编纂资料过程中遍阅唐宋典籍，加上早年对西方艺术理论和近现代文学思潮的热烈爱好，开始个人的学术道路。其后他担任了书局和学界的一系列重要职务，曾主编《续修四库全书》《全宋诗》《唐才子传笺证》等重要著作，而他个人的研究也始终没有停止。如果我没有记错的话，他的第二本著作是《李德裕年谱》，对唐代最纠缠难解的牛李党争做了详尽周密的梳理。本次获奖的《唐代科举与文学》是第三部专著。唐代实行科举制，就如同今日之高考或公务员考试搅动全社会神经一样，牵动唐文学的发展和变化。此前似乎只有两本书可以参考，一本是记载科举传闻为主的南汉王定保《唐摭言》，另一本是清代徐松拼凑零星材料恢复科举编年史的《登科记考》。傅先生的这部著作，从梳理科举制度史着手，在理清所有相关细节的基础上，采用全景描述式的叙述方式，还原唐代文人在科举生活中的种种生存状态，如同打开了唐代社会生活的万花筒，展示科举与文学的纷繁复杂的交替作用，原生态地展开唐代文学产生发展繁荣的壮丽长卷。傅先生的书面演讲说到他受巴尔扎克文化风俗史、丹纳以环境描述呈现文人心态、朗松文学生活史等论述的影响，用集腋成裘、抟沙成器的巨大力量，还原历史真相，并力避烦琐考证，以生动流利的叙述写出唐文人的众生相，揭示一个时代的文人生活氛围，以及他们的生活道路和心理变化，并涉及数量可观的唐诗的重新解读。本书也是学术原创著作追求雅俗共赏的典范，即在完成极其繁重的文献考订后，用生动活泼的叙述面对读者。我还记得复旦陈允吉老师在读到本书时的感慨："老傅的文章写得就像陶渊明的诗一样，清浅明白而回味无穷。"

《唐代科举与文学》所提倡的文学与史学相结合的跨学科研究，与以往简单把社会历史作为文学背景之研究有根本改变，即认为文学的发展和繁荣是与一时代社会、政治、文化、习俗等因素密不可分，互为影响，外部因素改变了诗歌的审美趣味和体式变化，不理解社会的变动也就无法理解文学的演进。傅先生倡导的这一研究范式，在唐代文学研究领域首先得到响应，陆续完成一批研究文学与幕府、文馆、交通、铨选关系的专著，其后并波及唐前唐后各时代文学的研究。本书的学术示范意义于此可见。傅先生本人的研究也没有就此停止，其后他主编了《唐代文学编年史》，七十岁后更完成《唐翰林学士传论》两部。

更难能可贵的是，傅先生始终倡导学术平等，鼓励学术竞争，对与他争论商榷的文章，不以为忤，常主动推荐发表。他积极提携后进，见善乐举，先后为学界同人撰序近百篇，一时有广大教化主之誉。可以说，中国古代文学最近三四十年的发展繁荣，是傅先生这样许多老辈努力的结果。

本周一我在京到电力医院看望病中的傅先生，他很关注本次颁奖典礼举行，我也在此祝福傅先生早日康复，健康长寿！

2015年12月17日

刊《中华读书报》2016年1月13日

陶敏先生：将一生献给唐代文学研究

晚起打开手机，看到陶敏教授来电的未接显示，马上拨回去，接听的是他的女儿陶红雨："爸爸在今天早晨7点55分去世了。"真的很意外，很悲痛。虽然知道他患胃癌已经多次化疗，好像已经趋于稳定，他也始终坚持体育锻炼。前年8月在北京宽沟开海峡两岸唐代文学会议，晚上去打保龄球，他每局都能达到150分左右。去年9月我与他一起资助的凤凰女孩来上海，在外滩与他通话，他在营口亲戚家度暑，中气充沛，显得很健康，怎么说走就走了。我马上与他的助手李德辉教授联系，才知道他在1月5日因病情恶化，住进湘潭市中心医院，仅隔十多天就离开了人世。此前两天还让女儿录音遗嘱，交代未刊未完成著作的整理出版事宜。

我认识陶敏颇富戏剧性。1986年4月参加学术会议，是在洛阳召开的中国唐代文学学会第三届年会，会长程千帆教授特别奖掖年轻人，天刚亮就敲我房间的门，夸奖我刚发表的《杜诗早期流传考》将他早年作《杜诗伪书考》没解决的问题说清了。我大感惶恐，当晚就到他房间请教，恰好他送客出门。坐定，程先生说刚走的客人是湖南的陶敏，这次仅能列席会议，但以他对唐代文献全面而细致的理解，今后一定可以有大成就。就这样，我与陶敏擦身而过却没有认识，回来看到上海古籍《中华文史论丛》刚发表他的《陈陶考》，从晚唐到宋人典籍记载中揭出唐诗人有两个陈陶,一位生活在唐宣宗前后,与晚唐诸多诗人有交往,另一位是南唐时期洪州的修道者,也能诗,但作品不多。举证的丰备、考订的坚确,相信程先生识人的眼光。

与陶敏认识且有过往,应该是在两年后了。我那时做全唐诗文的辑补,他则做《全唐诗》所见人名的辨析和诗人生平的考释,对一代诗文有共同的兴趣和不同立场的诠解,因而有较密切的交往。九十年代前中期,有两件事使我们的学术合作很密切。一是《全唐五代诗》的编纂,与一群学者合作希望完成闻一多、李嘉言等前辈重订唐诗文本的遗愿,几年间开了许多次会,但后来有变化,就不在此展开说了。二是《唐才子传校笺》的补正。元代辛文房著《唐才子传》十卷,记录了约400位唐诗人的生平,原书在日本发现后,日本学者有较简明的校注。傅璇琮先生时任中华书局总编辑,觉得这本书影响很大,但许多记载都是二三手材料,应该做全面详尽的校笺,以期全面揭示唐代重要诗人的生命历程。傅先生从1983年开始约集全国著名唐诗学者分担此一责任,持续十年,到1993年出齐四厚册约150万字,是那时唐诗人生平研究最重要的结撰。陶敏与我认识傅先生稍晚,当时没有参与,书出后傅先生希望给以具体的批评,陶敏很认真,逐条批核,历时两月,居然写出了15万字。傅先生是坦荡的学者,对陶的意见极其珍视,但稍显尴尬的是15万字附在原书后太多,单出一册又太少,于是与我商量,嘱我也将所见写出。我为做全唐诗文校补,那时几乎翻遍了四部群书和新出文献,因此补充了许多原校笺未及的史料,居然也写到15万字。两部分书稿由我拼贴定稿,因此而体会到陶敏在精读唐代诗文所涉人、事、时、地等细节中,努力追求还原唐诗人生平的可贵努力。这本补正作为《校笺》第五册出版后,获得不少肯定,北京学者曹汛曾有陶主内证而陈重外证的评价。

最近二十年,陶敏著作如井喷般连续出版,论文超过百篇,学术著作则有《全唐诗人名考证》(陕西人民教育出版社,1996年,1998年获第二届普通高等学校人文社会科学研究成果奖二等奖),前书增订为《全唐诗人名汇考》(辽海出版社,2006年,2007年获第一届中国出版政府奖图书奖提名奖)、《唐五代文学编年史》初盛唐卷、中唐卷（分别与傅璇琮、李一飞合作，辽海出版社，1998年，1999年获国家图书奖）、《唐代文史考论》（与郁贤皓合作，台湾"中华发展基金管理委员会"、洪叶文化事业有限公司，1999年）、《隋唐五代文学史料学》（与李一飞合作，中华书局，2001年）、《唐代文学与文献论集》（中华书局，2010年）、《全唐诗作者小传补正》（辽海出版社，2010年）。古籍整理著作则有《元和姓纂附四校记》（与孙望、郁贤皓合作，中华书局，1994年）、《韦应物集校注》（与王友胜合作，上海古籍出版社，1998年）、《沈佺期宋之问集校注》（与易淑琼合作，中华书局，2001年）、《刘禹锡全集编年校注》（与陶红雨合作，岳麓书社，2003年）。已经完成等待出版的著作有他主编并主要执笔的《全唐五代笔记》，已撰写过半的著作有《元和姓纂新校新证》等。总字数超过一千万字，内容则几乎覆盖了唐代文学各领域的所有作家作品，无论数量或质量，都达到国内一流。

陶敏1938年12月出生于湖南省长沙县东乡沙坪茶子山，1955年在长沙市第三中学（原明德中学）高中毕业后，考入武汉大学中文系，1957年在《作品》上发表第一篇论文《抒情诗中的我》（笔名既白）。1958年初被口头宣布为"右派分子"，开除团籍，安排到学校修缮组劳动。1959年分配到在大连的辽宁师范学院农场劳动。他老实说明自己是"右派"，但到次年要摘帽时，才发现档案里并没有结论，于是组织外调，戴帽及摘帽仪式一并完成。1961年，调到四平市的省农业机械厂（后改名四平收割机厂），历时十八年，先后做过工人、农民和小学教员。直到1978年，方调到湘潭师专外文科，任外国文学及现代汉语教师。1983年，到中文系古典文学教研室，开始专业教学与研究。他大学毕业后荒废了二十多年，四十五岁始进入专业队伍，虽然年长我十四岁，似乎学术出道时间差不多，他为人又随和，不摆大前辈的架子，我对他一直随意称呼。

近代以来，唐代文史研究最有成就的学者首推陈寅恪和岑仲勉，两人都曾任教于中山大学历史系，都很推崇司马光《资治通鉴》，但在学术取向方面则有很大不同。陈寅恪秉承家学，又曾长期游学欧洲，他更关注从宏观上揭示中古文化的特点以及民族、宗教、制度、家族等因素的交互影响。岑仲勉则试图在校订全部唐代文献的基础上，去伪存真，还原历史、文学的全部细节和真相，包括纷繁复杂的人事纠葛中的历史演进。两人在学术细节上虽然有许多分歧，但都以阔大的气象和探索的勇气，为后学开启了无数学术法门。在最近三十多年国内唐代文学的诸多研究学派中，从傅璇琮、陶敏到我，都属于立足唐代本身研究，试图在诗人的生活道路、诗人的写作过程、诗歌的写作本事和具体寓意等方面，尽可能完整地揭示真相，还原事实。就此点来说，更多承袭岑仲勉的工作。因为这样，我对陶敏的上述著作及其达到的成就，有很切身的体会。他在回归学术之初，主要做刘禹锡诗歌的笺释解读，与一般唐诗研究者路数差别不大。但达到一定深度，他就发现，在刘禹锡一生交游的诸多人物中，有的正史有传，生平线索大体清楚，更多的则史籍中仅留下片爪只鳞，要理清很不容易。从宋代以来无数唐诗的研究者和爱好者，大多根据传说事迹和常见诗歌，诵读并理解唐诗，体会其从遣词命意到兴象谋篇的成就，加以模仿写作，很少做客观科学的探究。现代学术的起点，首先必须是文献准确，事实清楚，然后再予以研究。唐诗虽然已经有逾千年的研究史，不仅缺漏错讹极其严重，而且所涉史事极其纷繁，诠读更为不易。陶敏的工作大体以岑仲勉为起点，以清理岑氏的遗著《元和姓纂四校记》为基础。唐代也如现代社会一样，由无数家族和各层官员，以及不同地位的士庶人等组成，史书仅能记载很少高层士人。《元和姓纂》是林宝为朝廷加封授爵而编成的士族谱，如同无数枝条的大树般记录了唐人的世系家牒。前举岑著则是其一生最伟大的著作，几乎将该书所载数以千计的人物履历弄清楚了。陶敏以此掌握全部唐代人事关系的谱图，加上他对唐代存世文献的深细理解和对新见文献的及时掌握，他的学术研究在多个层面展开。以下摘要酌作介绍。

《全唐诗人名考证》及其增订本《全唐诗人名汇考》，是陶敏最重要的学术著作,后者多达120万字,为五万多首唐诗诗题、诗序、诗篇中所见唐代人名逐一做了解释。比如最常见唐诗中《夏日南亭怀辛大》《戏作花卿歌》《八月十五夜赠张功曹》等诗中,与诗人有关者为谁,书中逐一给以说明。这些看似简单的工作,不涉猎极其广泛的文献,没有超强的记忆和敏锐的感悟,很难完成。这里摘录陶敏文章中提到一段与我有关的往事:"记得1990年在西安参加编纂《全唐五代诗》的筹备会,和陈尚君住在一间房里,他从书店买回了几本《文博》,随手一翻,发现其中提到西安出土的天宝十四年《唐故殿中省进马宋应墓志铭》,猛然想起王维集中有一首《宋进马哀辞》,两相对照,宋进马果然就是宋应,真是'得来全不费功夫',我和尚君不禁相对抚掌大笑。如果平时脑袋里不是装满了各种各样问题的话,这条资料就会失之交臂了。"全书无数人名的澄清,就是这样逐一积累起来的。而这些问题的解决,也为他考辨作品归属,考索诗人事迹,提供了无数线索。

《唐代文学与文献论集》收录陶敏三十年间重要论文七十多篇,内容涉及辑佚、年谱、书评、专书研究等多种类型,但最具学术价值的是一组唐诗甄别辨伪的论文。如《晚唐诗人周繇及其作品考辨》认为《全唐诗》周繇下所收大中间在襄阳与段成式、温庭筠等唱和诗,是另一位作者元繇的诗歌,从《唐诗纪事》开始就弄错了,只有洪迈《万首唐人绝句》下保存了一处元繇的署名。在理清周、元二人的生平轨迹后,确认这组诗与周繇无关。再如《全唐诗·牟融集证伪》一篇,指出牟融其人明中叶以前无闻,从朱警《唐百家诗》开始出现,其中记载的唐代著名人物居然横跨了几个时代,而另一批人物则属明代著名人物,再从地理、典故等加以佐证,确认此集为明人伪造。另如考证同时与白居易、刘禹锡来往酬唱的有两位卢贞,考证李白送贺知章诗为伪作,考证《大唐新语》之不伪和《龙城录》的决伪,也都堪为定论。

《唐五代文学编年史》的构想由傅璇琮先生提出,分初盛唐、中唐、晚唐和五代四卷,陶敏负责前两卷,所承逾全书之半。此书采取编年的方式,立体式地展示唐代文学的发展轨迹。这一年有哪些政治事件,每

401

一位文学家有何作为，哪些人之间有交往，哪些作品在此年出现，全部逐一记录。书出版后，学者赞许为是一种全新的文学史叙述体式。要将数以千计作者总数超过八万的各体作品，准确定位到每一年，纂者的努力可想而知。

《全唐诗作者小传补正》肇端于八十年代陶敏与南京师范大学郁贤皓教授的合作计划，后来停顿了，而唐文学的研究格局已经完全改变。傅璇琮主编《唐才子传笺证》对重要诗人的梳理，周祖譔主编《中国文学家大辞典·唐五代卷》对所有唐代作家生平的叙述，我也参与其事，觉得再做小传笺证已经剩义无多。但陶敏坚持独立做完全书。近期我因做全部唐诗的重新写定，参考本书逐一重写《全唐诗》小传，已经比读了全书三分之二，确认其发明之多，远远超出我的预期。

《全唐五代笔记》是陶敏晚年主编的用力极深的著作，为此陶敏与他的团队经历了近十年的艰辛工作。虽然笔记不能如诗文那样文体清晰地加以甄别，但能在此一总题下将此类著作做完整的清理，足可方便学人。唐人笔记原本保存至今的不多，多半靠《太平广记》等书引录而得有部分保存。明清两代对唐诗的癫狂虽然也连带引起对唐小说笔记的热情，但书坊不负责任的编造带来唐稗的无序混乱。唐笔记之清理要做到区分真伪，区别正讹，写定可靠文本，要学者去发掘善本，剔除伪杂，陶敏做到了这一点。从他已经发表的论文看，《刘宾客嘉话录》在唐兰、罗联添两种新辑本以外又有许多新发明，考定《尚书故实》叙述者张宾护就是书画名家张彦远，发现海日楼旧藏《贾氏谈录》比通行本多出许多内容，对中华书局已经有新整理本中问题也有许多纠订。此书三年前已经定稿，交到出版社，可是因为说不清楚的原因至今仍没有面世。

文献考订是非常复杂的学术工作，要求学者利用可信文本，通过文献的相互比较参证，揭示出前人未知的看法。无论文献获得的难度，文献解读的准确，文献论证的逻辑联系，以及论证结论的不循旧说，都非浅尝者可以达到。陶敏长期在湘潭任教，既不在中心城市，又非主流院校，图书资料和学术信息的匮乏，给他的研究带来很多的困难。他曾说到八十年代想看《舆地纪胜》《全唐文》要到长沙的省图书馆，要看徐松《登科记考》、劳格《郎官石柱题名考》要到上海、南京，可见研究之艰苦。好在三十年来学术图书的出版和科技手段的进步，大大缩小了这些差距。而陶敏更以出色的记忆理解和学术感悟，加上常人难以想象的努力勤奋，做出了大量超迈前修、启发后学的工作。可以认为，他对唐代基本文献的解读甄辨，是岑仲勉以后成就最高的学者。

  陶敏在六七年前发现身患癌症，在积极治疗同时，始终没有停止手边工作，病中完成了《全唐诗作者小传补正》和《全唐五代笔记》的定稿，并希望完成其他已做的课题。李德辉告诉我，去年12月31日凌晨，陶敏让他过去，将电脑中未完成书稿逐一交代，希望学生能够继续完成。春蚕到死丝方尽。陶敏教授为唐代文学研究竭尽一生心力，他的成就和精神值得后学永远铭记。

2013年1月17日至18日凌晨

刊《东方早报》2013年1月21日、《中华读书报》2013年1月22日

陶敏先生《中国古典文献学教程》附记

去年今日，陶敏先生去世，我当晚写下以上文字，以纪念亡友。次日即赶赴湘潭，作最后的告别。陶先生交代给我读博士的几位学生，除李德辉返校任教，在上海和温州工作的杨万里、罗筱玉、李春桃得到消息，分别赶回学校送别老师。在几位学生身上，我能够体会陶先生以身作则、教书教人的师德传承，我也更多思考，陶先生在回归学术三十多年间，在唐代文学领域所取得的成就已经为中外学界广泛地理解和尊重，他能够培养这许多为人为学都非常优秀学生的原因是什么？到年末了，德辉来信说这本教材拟新版，嘱我写几句话，我方在这本陶先生生前一直没有与我谈起，也没有寄示的教材中，得到了答案。

就篇幅来说，这本教材够不上标志性著作，就内容说，主要还是对于已经出版的几十种古典文献学研究专著和教材的基本内容的集中概括，不同于原创的学术著作。我在这本教材中看到的有以下几点：一是虽然许多学者都知道文献学为中国传统文史之学的初阶，但受限于现有的教学体制，全国高校中文、历史学科本科招收文献学专业的学校屈指可数。在研究生培养阶段虽然多数会说到文献学之重要，但能够深入系统开设课程的导师不多，因此经常流于形式。虽然从中文一级学科下设二级学科来说，文献学是八个主干学科之一，但除一些古籍所以外，一般中文院系对其往往重视不够。但湖南科技大学则在陶敏教授的倡导下,坚持在本科和硕士研究生阶段开设文献学课程。能够在学术起步阶段经历良好的文献学训练,这样的学生今后的发展值得期待。二是这本教材篇幅仅20多万字,但有关古典文献学的丰博内容,从文献载体到典籍分类,有关版本、目录、校勘、辨伪、标点、注释等,都提纲挈领,包括无遗,并通过注释和附录研修书目,说明立说的依据,提示学生进一步深入研读的线索。文献学的本位是古籍的典藏簿录之学,外延则为阅读古籍、研究文史所应具备的基础。毕竟从事专业古籍工作的人数很少,更多的学生则会走向更广阔的中文教学和研究工作,因此本书的分量和内容,作为高校中文学科教材,是颇为适宜的。三是这本教材偏于指导学术研究和古籍阅读的实际应用,在分章结构上没有仅局限在目录、版本、校勘三方面,包括了文献检索、文献考据、文献编纂等实际操作层面的内容。更可贵的是,教材中融合了陶敏先生及其研究团队在唐代文学文献研究方面的许多具体实例,如关于唐代笔记校订、唐代诗歌订误、古籍文本解读、唐人生平梳理等方面的心得。此外,有关避讳学、总集编纂、四角号码检索、常见学术网站的介绍,也简明清晰,便于掌握运用。

文献学是阅读古籍的基础,掌握文献学方能步入文史之学的正途,陶敏先生在学术教学实践中看到了这一点,做了很有积极意义的工作。入门须正,立意须高,无论作诗还是为学,道理其实是相通的;读古人书想见古人之所学所为,身践而力行之。陶敏先生沉潜学术,朴实无华,奉献一生,著作丰赡。他的学术遗产值得后学继承发扬,延传光大!

2014年1月17日

收入陶敏主编《中国古典文献学教程》,岳麓书社,2014年8月

陶敏先生的遗著

陶敏教授于2013年1月17日因肺癌去世。他的助手李德辉教授曾是我的学生，当天下午将他的生平履历、著作目录及后事交代邮发给我，特别提到还有许多已完未完稿有待整理出版。我当天晚上撰写悼念长文，同时交《东方早报》与《中华读书报》发表，次日赶到湖南湘潭送行。告别会上，我发言中特别提到，陶敏教授的著作是当代中国学术的重要部分，希望他所任教的湖南科技大学校院领导和学生同事，对他遗著的出版给以重视。很感欣慰的是，各方出力，尤其是李德辉教授倾注几年的心力，完成老师遗著的整理，已经基本完成出版。

陶敏教授遗著的价值和出版情况，简略介绍如下。

陶敏辑校《景龙文馆记·集贤注记》，中华书局2015年6月出版。《景龙文馆记》原书十卷，唐武平一撰。平一是武后族曾孙，武氏权倾天下之际，他采取躲避态度，得以远祸。此书详尽记录景龙二年（708）四月至四年（710）六月，唐中宗与文馆群臣几十次游历唱和的过程和作品，参与者包括几十位著名文人，如此大规模唱和最终导致近体诗格律形式的完成。《集贤注记》三卷，唐韦述撰。述为盛唐时期著名历史学家，至今能完整读到初盛唐史事的记录，靠他在安史乱中拼死保存下来。玄宗即位后重视文化建设，初命群臣整理图书，继设集贤院于两京，由宰相知院事，凡图籍宝藏、著作编纂、文化建设诸事，皆由集贤院主持。韦述供职集贤院长达40年，对院事始末、制度建设、图籍管理、文人出入均极其熟悉，此书成为了解盛唐文化繁荣的重要记录。二书宋以后久佚，但宋人引录极多，仅《景龙文馆记》有过贾晋华辑本。陶辑二书各有12万字，校订认真，征引丰沛，足可信任。

陶敏主编、李德辉副主编《全唐五代笔记》，三秦出版社2012年12月出版。此书完成较早，陶敏前言写于2005年，出版一再延滞，版权页时间在陶敏去世前一个月，实际见书则在2014年。全书篇幅多达363万字，首次完成全部唐人笔记校订，收书数达143种，都能征存较早记录，调查善本与存世文本，在反复比读后写定文本。无论存本之校订，佚著之辑录，以及条目交叉之认定与文字讹误之改正，也都尽了努力。

陶敏主编、吴广平副主编《中国古典文献学》，岳麓书社2014年6月出版。此书本为校内教材，2005年由湖南教育出版社初版。经过十多年应用及反复增订，完成新版。此书以我悼念长文代前言，我又新写了一节附记，认为该书"融合了陶敏先生及其研究团队在唐代文学文献研究方面的许多具体实例，如关于唐代笔记校订、唐代诗歌订误、古籍文本解读、唐人生平梳理等方面的心得。此外，有关避讳学、总集编纂、四角号码检索、常见学术网站的介绍，也简明清晰，便于掌握运用"。

陶敏遗著、李德辉整理《元和姓纂新校证》，辽海出版社2015年12月出版。《元和姓纂》，唐人林宝撰于元和七年（812），根据唐代重要官员的家族实际情况，并广征当时得见的汉唐姓氏书与公私谱牒，编纂而成，是研究汉唐士族谱系的最重要文献。原书久佚，清四库馆臣从《永乐大典》等书中辑出，所载多达近两万人名，文本错讹极其严重。四库本为一校，光绪间洪莹刻本为二校，民初罗振玉为三校，稍后岑仲勉作四校，1994年中华书局约陶敏与郁贤皓，将岑著与洪本整理刊布，此《新校证》近乎是五校或六校了。陶敏工作的重点是充分利用新出石刻文献，作全书的考证校勘辨伪，具有重要价值。

陶敏原著、李德辉编校《唐代文学与文献论考》，辽海出版社2017年12月出版。这是陶敏的第二部学术论文集，是中华书局2010年出版

《唐代文学与文献论集》的续编，收录已发表未发表、已完成未完成的文章140多篇。编次包括十个部分：1.唐代诗文综合研究；2.唐代作家生平事迹研究；3.唐人墓志及《姓纂》研究；4.唐五代笔记小说研究；5.唐五代文集提要及正史校勘；6.书评；7.自著前言后记；8.治学经验谈；9.书序；10.陶敏论著目录、年谱及纪念哀挽文字。其中有很多未成稿，保存了一位学者从酝酿选题到积累文献的原始记录。

陶敏遗著，除《刘禹锡全集编年校注》增订本即将由中华书局出版外，其他都已经问世。李德辉在前书后记中说："本书编校的完成，标志着陶敏先生学术遗产清理工作的全部完成。""尽管编校累一点，但我在所不辞，心甘情愿。""可以对得起陶先生亲友了，陶先生泉下有知，亦当含笑。"20年前，陶敏推荐德辉到复旦跟我读博士，现在他以这一方式回报老师的关爱，我为有德辉这样的学生感到骄傲。

陶敏经历坎坷，45岁方进入专业领域，初任教于湘潭师院，学校合并后称湖南科技大学，既非中心城市，学校藏书也有欠乏，他硬是以惊人的毅力与超人的感悟，以存世唐代基本文献为主要依凭，完成一系列重要的学术著作，跻身国内一流学者而无愧色。这里无法做全面评述与介绍，仅举他在《全唐诗人名综考》中，对宋本白居易诗的校订，与他没有见到的日本存古本相印证的几个例子，来加以说明。《喜与杨六侍御同宿》，陶谓杨六为杨汝士，侍御作侍郎为是，今知《千载佳句》及藤原基俊古笔正作"侍郎"；《旱热》注："时杨、李二相各贬潮、韶。"陶谓杨、李二相指杨嗣复、李珏，会昌初贬潮、昭二州，"韶"字误，金泽本《白氏文集》"韶"正作"昭"；《春来频与李二宾客郊外同游因赠长句》，陶谓李二宾客为李二十宾客之误，为李绅，藤原基俊笔"二"正作"廿"，恰可据改，今人或谓"李"上疑夺"刘"字，则属误校。类似的例子很多，我还记得他曾考某诗内容与诗题人名不合，认为诗是赠给该人之下一代者，我近见宋元《镇江志》引《润州类稿》此诗题下有"之子"二字，圆满解决了他的怀疑。当然，古籍校改中的考证推定并非皆可以作结论，如白居易《蔷薇正开春酒初熟因招刘十九张大夫崔二

408

十四同饮》一诗，陶谓刘十九、崔二十四皆称行第，张大夫之"夫"字疑为衍文，推测当作"张大"，日本大江维时《千载佳句》卷上《人事部·招客》引此诗，"大夫"作"十八"，知此处确有疑问，但推测与书证稍有差距。前人说古籍宜慎改，原因在此。举例虽皆细节，但集腋成裘，于一代文献建设关系巨大。

  对于学者来说，学术著作是生命另一种方式的延续。我与陶敏教授自1986年起通信交往，前后历28个年头，因治学兴趣相近，常有相知难得之感，他读书之慎密精微，更让我常有瞠乎其后之感。他生前已出版专著16种，身后还有上述诸书留给学林，足为当代楷模。

刊《文汇读书周报》2019年1月14日

赵昌平先生的唐诗研究

——《赵昌平文存》序

2018年5月20日晚,依例在研究室校唐诗。那晚将影宋蜀刻本柳宗元诗与大抵写定的新定唐诗中的柳诗对校,宋本与电脑文本对读,口中读出声来。校到过半,柳诗中的寂寞悲凉,强烈地冲击着我,悲从心起,呜咽成泣,情难自已,泪下如注。第二天早晨,得悉昌平兄遽然辞世,且就在我悲动五内之际。我不相信灵异,当时的一切感觉都仅因柳宗元,但昌平说柳诗"有时他的抒情,则以奔迸出之,长歌当哭,发为凄厉激越的变徵之音"(见《唐诗三百首新编》柳宗元小传),以前读时有印象,这一晚深切体会到了。

昌平长我七岁,读研晚我一年,因以平辈视我,我对他也皆直呼其名。虽读书皆在上海,那时并无来往。先闻其名,再识其人。第一次听到他,是1984年11月在龙柏饭店举办中日《文心雕龙》会间,我管会务,偶有机缘听到华东师大徐中玉先生与上海古籍出版社总编辑钱伯城先生的谈话。钱先生感谢师大将赵昌平这么优秀的学生交给古籍出版社,且说社里会重点培养,希望今后可以担起责任;徐先生则说师大也很希望赵留校工作,人才难得,分配时遇到具体困难,赵是上海人,为让有家庭负担的外地女生留校,主动放弃,愿意到出版社工作。徐先生是我论文答辩的座师,钱先生与本师来往密切,他们的谈话并不避我,我因此而知道了昌平学问之优异,为人之大度。

具体认识并有来往，应该是第二年在出版社经李梦生兄介绍，以后就越来越密切。经常共同参加会议，阅读彼此的论文，交流对各种问题的看法，私人间的来往也很多。记得到他在老城区的家中多次，迁居卢湾后也去过，复旦这边有会议或论文答辩，也经常请他来。他是重友情、讲原则的人，坚守朋友间友谊归友谊，学问归学问，区隔得很清楚。他在出版社很忙，且随着职位提升，在社里得到普遍尊重。我们这边的事，凡有所求，绝不推辞，会议准备充分，答辩一丝不苟。学位论文请到他，都看得很认真，在提交结论意见外，还会附上大量发现问题的具体记录，提供学生修改。对好的学位论文，从不掩饰喜悦之意。他是入世而重生活情调的人，每次有朋友来或他建议聚餐，对到哪里吃和吃什么，都特别的讲究。曾有好几次陪他在香港逛街购物，更惊叹于他的时尚讲求。我与他都参与中国唐代文学学会，逐渐成为学会的核心成员，他的识见大器在圈内有口皆碑。去年读到薛天纬兄的一篇短文，说2008年学会换届，许多人建议他来接会长，他丢下狠话，硬要我接，我就退出学会。这样责任落到我身上，他的理由是陈尚君年轻，日常辛苦的事情可以多做一些。学术共同体的责任是提供平台，倡导学术，引领变化，协调人事。唐代文学学会以前也曾有过风波，我从傅璇琮先生手上接任会长，是跳过了一代人的，所幸彼此信任，一切正常，风气得以延续，我想是与昌平及其同一代人的恢廓胸襟有关的。

与昌平交往频繁，可以写的内容很多，翻阅《文存》，更感到他的成就与人生是立体而多元的，我之所知，仅是他经常展示的一个方面，即便有了解知会者，我也无力传神地写出。我想仅选取一个方面来写，即昌平的唐诗研究成就及其唐诗史写作构想，因为这是他留给当代学术的最宝贵财富。

就昌平本人的求学经历来说，有三段特别应该说起。一是他在北京大学的本科经历，至少有两年完整的修读经历，那时恰是北大中文历史上最强的时期，这段学习奠定他一生的学业基础。二是在华东师大随施蛰存先生攻读文学硕士学位。施先生是新文学名家，中年后治学涉猎金石、诗词诸多领域，视野闳通，见解精辟，在文学阐述中每能以特殊的文献和精密之考订而独张新帜。昌平从学期间，完成学位论文《"吴中诗派"与中唐诗歌》，不久在《中国社会科学》发表，引起学界广泛的广注。他从纵、横两个不同视角，揭示盛唐到中唐两个顶峰时期之间，以皎然、顾况为首的一批吴中诗人，在汲取民间谣曲滋养和承变南朝诗体基础上，开始新变的努力。他认为，这些新变既带有大历时代的痕迹，又显示元和诗风的种种先兆，是两大高峰间诗风转变的枢纽。吴中诗派是一个全新的提法，他从地域时代、性格地位及团体活动加以论证，揭出核心成员七人，从对皎然《诗式》的考察，揭示此一诗派复古通变的理论立场，以及不主故常、惊世骇俗、以谐谑为奇崛的诗格追求，进而从题材、音节、风格及俗体联句四方面，论述此派之诗歌成就，确认其具有上承鲍谢、下启元和诗变的历史地位。我在此论文发表初就曾阅读，理解在当时学术环境中，文学史研究要摆脱作家作品论与思想艺术分析已成为共识，但方向在哪里，大多很迷茫，回归传统不免拘泥细节，追求新方法又不免空疏肤浅，此文当时真给人耳目一新的感觉。

1980年前后，国内唐代文学研究风气丕变，其中一路重视文学与社会、政治关系之研究，尤以傅璇琮先生《唐代诗人丛考》之兼取法国社会学派之研究立场，而融会陈寅恪、岑仲勉之唐史研究方法，对诗人生平与诗歌真伪本事展开探索，成就突出。昌平也参与了与此相关的大量工作，本书所收"诗人考论"部分多数论文，都是在此期间所作。除与同学合作之郑谷研究，他的重心仍在吴中诸诗人生平真相之追究。

然而昌平的主体研究，并不局限于此。他在八十年代最重要而有影响的论文，是《从初盛唐七古的演进看唐诗发展的内在规律》《初唐七律的成熟及其风格溯源》《从王维到皎然——贞元前后诗风演变与禅风转化的关系》等一批力作。因为这些论文，到1990年前后，他虽然还没有专著，已被国内前辈学者推许为唐诗研究最具前途的青年学者。

1990年11月，在参加南京大学主办的唐代文学研讨会期间，江苏古籍出版社两位主事者为约他撰写分体断代文学史系列著作中的《唐诗史》一书，特在夫子庙奎星阁设宴与他确定选题，邀我与董乃斌兄作陪。席间，得机缘听昌平对《唐诗史》写作的设想做了比较详尽的叙述。虽然当时没有记录，原话也大多不易想起，有些印象是非常明确。他不赞成以时序叙述唐诗发展过程的框架，更不赞成写成作家作品论，也不赞同写成文学社会史，坚定地认为唐诗发展有它的内在逻辑，个人命运、社会变动及作者取径虽有各自的不同，决定因素是诗歌本身的生命力。他特别强调体式、气韵、意象、意脉等诗歌内在因素所能展示的唐诗发展史。他的说法当时就给我以截断众流、独辟康庄的印象，非常希望他能尽快完成全书，每见面时多有询问，在他公开发表的文章，如1990年悼念马茂元先生文，2016年悼念傅璇琮先生文，都说到要完成此书，以不负二位前辈的嘱托，偶也说到已经成文若干万字，但在公私困扰下，最终没有完成这部学界期盼甚殷的著作，实在是非常地遗憾。

虽然构想中的《唐诗史》没有完成，但就我之认识，收入本书中的系列论文，已经具备了唐诗史的基本框架，而他自著及协助马茂元先生完成的多种唐诗选本，也具备此一方面的意义。在此要特别说到他的第三段晋学经历，即他与马先生遇合、从师到担任助手，合作新著、整理遗著的过程。

昌平早年读过马先生的几种选本，心存感佩。1982年论文答辩始有机缘拜识，此后到1989年末马先生辞世的七年多时间内，他几乎每周都去马家问学请教，师生之谊超越了学籍与同事的名分。详尽过程，本书所收长文《我心目中的马茂元先生》有记录。马先生是清季桐城文章大师马通伯之孙，早承家学，尤重诗文记诵，在记诵中理解诗文的技巧、音节与理脉，在广泛记诵中增加诗歌艺术的体味。马著《唐诗选》初版甫出，即传赞学林，其后历经世变，马先生一直希望写出一部唐诗史，且希望在会通与识见方面都达到很高水平。所谓会通，不仅是对唐诗的全面阅读与理解，还应包括唐前唐后各代诗歌之体认，为唐诗成就有清晰定位；综括历代对唐诗之评论，从而认识唐诗精妙卓越之所在。他将唐诗史的写作,视为包含作家考订、文本研究和理论阐发三者结合的系统工程。如果岁月平好,马先生的工作可以有序展开。他的起始工作是两《唐书·文苑传》和《唐才子传》笺订,已经完成数十万字,但风波邃起,文稿、札记均告焚劫,从少数遗稿看,他的思路与八十年代以后傅璇琮先生倡导的工作,精神是相通的。昌平向马先生请教期间,马先生身体已经大不如前,以往的目标已经很难实现。就昌平的记录看,师生间谈得最多的是马著《唐诗选》的增订,以及《唐诗三百首新编》之选目,其间大量涉及唐代具体诗人的评价与诗作之分析。昌平概述马先生治唐诗的理论体系,用了"通变与不囿"一语,将文学史看成"文律"辩证发展的生动过程,将重情志、主气势、明章法作为个人治学的特色。

昌平为马先生身后遗著的整理出版做了大量常人难以设想的艰苦工作。最主要的著作是《唐诗选》。此书初版于1960年,到1985年后修订时,涉及入选诗人与具体篇目的调整、诗人小传的修订与增写、注释补订、增加总评部分,昌平协助完成全部工作。其中每诗后之总评,皆由昌平执笔,得到马先生认可。诗人小传,则吸取了八十年代以来的新成果。篇目调整,则马先生初定四百多篇,昌平再提出百多篇,得到马先生认可。2018年春,我在为此书作介绍时说道:"本书最后定稿于马先生缠绵病榻之时,赵昌平亲承遗意,投入很大精力完成遗著的写定,最后出版时退逊而不署名。据我所知,此书可以视为两代唐诗学者的学术结晶,也可以见到老辈学统和道德的继承发扬。"昌平回应:"评价得体,马本主要还是先生之力。"这是我收到他的最后一则短讯。

《唐诗三百首新编》初版于1992年,署马、赵选注。昌平曾回忆,他始协助工作时,马先生已经选定二百五六十首,其余七八十首,则历时两月,经十数次讨论方定。清孙洙《唐诗三百首》是影响巨大的选本,但取径较窄,以课蒙为主,从现代学术视野看,显然有许多不足。马、赵《新编》的目标是"既要易诵易记,又要拓宽门径为初学者提供窥测唐诗发展概况之窗口"。马的选目,是从几万首唐诗中反复删汰遴选的结晶。昌平的工作，则对孙洙生平、《三百篇》成书与取资，做过充分考察。《新编》在时代、体裁、作者及诗艺诸方面，皆称当代选本之典范。更可贵的是，除注释简明准确，有关作者小传及诗风总评，及具体篇章的点评来说，都有很独到专诣的见解。如称刘长卿"意境往往流于枯寂，风格也少变化"，说柳宗元诗"从幽峭掩抑的意境中，表现沉着深挚的感情，像巉岩峻谷中凛冽的潭水，冲沙激石，百折千回，流入绝涧，渟潴到彻底的澄清"，这些见解，披卷纷呈，非沉潜多年、反复吟诵者不办。虽然我推测，《新编》的注评几乎全部为昌平所执笔，马先生增订本《唐诗选》中的总评为昌平写出，但更合适的理解是马先生的晚年见解，由昌平整理写定，这部分可以看为唐诗研究马赵学派的共同成果，主要见解来自马先生，若非昌平之长期协助写定，这些见解很可能最终绝传。前述两书中有关诗人及名篇的解说，恰可作为师生二人接力而终未完成的唐诗史来阅读体会。

当然，昌平设想中的唐诗史与他记述马先生构想的唐诗史肯定会有很大不同。八十年代国内唐诗研究风气的转变，他曾经历参与；那一时期兴起的西学新潮，及因此而引起的新方法、新思潮讨论，也是他所极度关心的。他努力试图在传统与新潮之间开拓一条新的道路。就我所知，新方法讨论最热闹的时期，他并没有发表多少见解，而是踏踏实实地做唐诗研究个案的论述。前引《从初盛唐七古的演进看唐诗发展的内在规律》一文，考察重点是从四杰到李杜的近百年间七言古体歌行内在的变化史，从与赋之关系、诗骚传续、骈散变化、任气排奡，进而从句式声调、诗歌意象、布局取势诸方面揭示盛唐七古的巨大成就。《初唐七律的成熟及其风格溯源》则从《全唐诗》所存全部唐前期七律的统计与考证着手，对所有诗皆作系年与分析声律的基础上，说明从太宗至中宗间九次群体参与的七律唱和，逐渐合辙是随着时间推移的群体选择，而认为七律蜕化于骈俪化的歌行，也足成一家之言。而《从王维到皎然——贞元前后诗风演变与禅风转化的关系》一篇，则可说是他论述"吴中诗派"的前传，其中有关南禅洪州宗兴起的分析，是此一课题较早的论述。

1990年以后,昌平仍有一系列重要论文刊布,在这里可以提到的有《开元十五年前后——论盛唐诗的形成与分期》《盛唐北地士风与崔颢李颀王昌龄三家诗》《韦柳异同与元和诗变》,以及有关王维、李白及郑谷的系列论文。在新方法讨论热潮过后,昌平则发表多篇论文,试图从理论上阐述传统学术在当代应努力追求的变化。其中最重要的,有关唐诗者有《唐诗演进规律性刍议——"线点面综合效应开放性演进"构想》《意兴、意象、意脉——兼论唐诗研究中现代语言学批评的得失》,有关文章学者则有《文章学的思辨形态与理论架构——从〈文心雕龙〉到〈诗式〉》。上述诸文,在学术研讨会上,在私下交谈中,都曾听昌平做过详尽论列,熟悉的朋友间无论赞同与否,都曾有过热烈讨论与激烈交锋。他所展开的见解是如此丰富而深邃,在此一下子也不知道如何概括,还是让细心的读者自己体会吧。

认识昌平逾三十三年,许多方面都承他如大哥般照顾、提携,当我有疏失时,他也会在私下悄悄地给以提醒,恕我在此无法一一细说。十年前,我因新编全唐诗遭遇不快,心存块垒,昌平嘱我不要过多计较人事的是非,鼓励我在精力尚可时,可以独立做出来。我记得很清楚,2012年春与他同在京参加古籍规划会议,我让他看笔记本电脑中的工作进展情况,他当即表示可以接受出版。其后复就样稿讨论数次,他也两度来复旦参加课题论证,使这一重大选题在校内与出版社两方面得到落实。在他去世两年半后,我终于完成全书初稿,交到古籍社,很可惜他已经看不到了。我知道他很看重拙编,因为这是他写出高水平《唐诗史》的基础工作。知音再无,是我特别伤感的。

本书最初为昌平先生生前中华书局约稿,惜因撰写《开天辟地》书稿,未及展开。书局主事徐俊先生参加告别会后,重申维持约稿,希望葛晓音教授与我能予以张罗。无奈晓音年事渐增,我则近年事繁,频有微恙,征得各方友人与家属同意后,将编纂《文存》的责任委托给海南大学海滨教授。海滨教授晋学于西北,转职于海南,曾来复旦访学于我，于昌平先生之治学尤心追力想，曾多次在沪及与会期间造访问学，虽近私淑，志存赓续，发愿弘传，于已刊文本搜罗颇备。为本书校订，做了大量细致而认真的工作，《文存》能有目前规模，为功甚巨。不过也应说明，昌平先生在海内外发表论著数量巨大，目前还没有完整的目录，他逝世后的存书与遗稿，至今仍未清理完成。他的诗作生前曾多在友朋间流传，也不知今后有无机会结集。凡此皆希望熟悉的朋友提供线索，补充遗逸，期待今后有增补的机会。

谨述所知如上。

后学陈尚君，辛丑元月于沪寓。

收入《赵昌平文存》，中华书局，2021年5月

我知杨镰

2016年3月下旬某日，早醒，习惯从床边摸出本书来翻，是杨镰的《元代文学与文献研究》。深深被其吸引，睡意全无，且有写点文字的冲动。没过几天，传来杨镰新疆车祸去世的消息。震悼之余，方想到从没见过他，仅有一次文字交集也不算太愉快，我连悼念他都不够格。倏忽七个月过去，一直感到歉疚，仍想写出那个凌晨的感动。

我听说杨镰，是1991年夏，我校辑的《全唐诗补编》处理最后一校，包含1981年出版《全唐诗外编》修订本，仍保存郭沫若在《出土文物二三事》中特别推荐的米兰古城发现唐元和间青年坎曼尔的三首诗。此前也见《光明日报》刊文谓写诗古纸后映衬的西域文字，元以后方出现，或认为诗中"镶"字出现也属晚近事，但都不足轻易否定这张有"元和十年"绝对纪元题诗的可靠性。这年《文学评论》第3期刊杨镰长文《〈坎曼尔诗笺〉辨伪》，分上、中、下三篇，上篇为研究史，提到我前所读到疑伪文章为萧之兴撰，背后文字为察合台文，坎曼尔为十世纪后方传入的伊斯兰教特有名字，并言萧氏前，苏联已有反驳，张政烺在多种场合也有怀疑，但未成文。多数仍信其真，《唐诗鉴赏辞典》且以诗笺为附图，影响很大。中篇为质疑，追溯五六十年代新疆博物馆的南疆考古，考察原件照片所示原纸粘连及揭开之疑团，再就三诗内容逐一分析，包括自称汉人的可能性，以及诗中"诗坛""欣赏""东家"三词的计算机检索结果,均不合唐人表达习惯。下篇证伪,一是对诗笺发现经过的调查,二是诗笺制造过程的分析,三是直接证据的发现,找到了诗笺在六十年代初的直接书写人。这首所谓唐诗,真相如此不可思议,作者追索真相、穷求不已的治学态度,更令我感动。我立即去信书局,请将此三诗撤下,附说明云:"坎曼尔《诉豺狼》。按《文学评论》一九九一年三期刊杨镰文,考定所谓《坎曼尔诗笺》为本世纪六十年代初伪造,举证确凿,毋容置疑,今据删。"否则真笑话闹大了。

我与杨镰唯一的一次交集是因当代中国出版社许多人挂名的《中国历代僧诗全集》,其中唐五代部分就是清编《全唐诗》和拙辑《全唐诗补编》的简单拼合,连僧传灯录都没有覆检,虽逐条说明来源于拙书,如此大面积的沿用,根本没与我打招呼。我托人询问,杨寄来三册书,并表示歉意。他在其中具体负责哪些方面,则书中无说明,我也不知其详。此后读到他的《元诗文献辨伪》,真心佩服,他也注意到我专治唐代,在我到文学所做讲座时,特意留话因在外地无法参加。我与他的研究领域虽然交集处很少,但有一点是相同的,他做元,我做唐,是所谓一代学者,我看他如此,想来他看我也会如此。

杨镰学术上最重要的建树,是主编《全元诗》,2014年由中华书局出版,凡存诗13万首,作者近5000人,数量相当于《全宋诗》之五分之三,是《全唐诗》的两倍半。立国时间不算太长,且在蒙古治下,有如此丰富的诗作,出乎意料。八十年代说"七全一海",《全元诗》由两位老辈学者蔡美彪、陆峻岭领衔,后来如何变化,完全不知道。2011年在中华书局聊天,方知杨镰书已交稿。后来书出了,有朋友愿送我,也以无处安放谢绝了。我专心治唐,元代似乎有些遥远。回到文章开始的那个清晨,我突然看到他的学术建树是如此杰出,甚至说伟大也不嫌过分。没有编过一代文献总集,无法理解此一工作之不易,我理解了,他却走了。

杨镰《元诗文献辨伪》说:"为编辑《全元诗》,我们在近20年间坚持不懈地进行了元诗文献普查，文献普查涉及元人别集数百部，总集近百种，其他有关文献超过一千部。元诗文献研究，实质是元诗文本与元代诗人生平的综合研究。"朴实的叙述中，付出之巨大，说来云淡风轻，但经过必极其艰辛。盖编纂此类总集，一要求全，必须翻检此一时代的所有典籍，以及后代可能载及此代作品的典籍；二要求真，即录在某人名下的作品，应该确认是其所作，做过斟酌互见、辨析伪托的工作；三要求是，即要广征善本、仔细校订方可。这些工作，要网罗一代，没有孑遗，诗人众多，作品交叉，要臻善美，谈何容易。《全唐诗》编成至今逾300年，无数学者就作者事迹、作品佚存、诗歌互见、传误辨伪等问题做了无数考订，我治此已逾35年，仍几乎每天都会有新的发现。

元诗文献辨伪，四库馆臣仅鉴别了署王偕的《荻溪集》一部，此后未有继续。杨镰鉴伪者多达几十部。如他发现张观光《屏岩小稿》与黄庚《月屋漫稿》居然是同一本书，张有名而黄生平较晦。杨镰找到吴师道为张集所作序，再以存诗比照二人生平行事，发现皆不合，因断该二集为明人依据宋林景熙、元释英等诗，拼凑的伪集。王士熙《王鲁公诗钞》、王祯《农务集》是据《元诗选》录出的伪集，严士贞《桃溪杂咏》是据《石仓历代诗选》伪造，后者录朱晞颜《鲸背集》诗则伪题宋无撰，俞琰《林屋山人漫稿》、吕彦贞《沧浪轩诗集》、宋体仁《成性斋集》、夏天佑《正思斋文集》亦皆属伪书。杨镰揭发明人批量伪造别集，并归纳作伪的多种手法，保证了《全元诗》的质量，也值得所有学者引以为戒。

元诗佚书寻觅也多可称。杨镰说到两种总集，一是《郭公敏行录》，常见有《宛委别藏》本，善本则有国图存元至顺刻本，所载为名臣郭郁宦游酬赠之作，存诗271首，是很特殊的个人文献总集，二是不见载录的《述善集》，1986年由河南濮阳村民公布，为其家秘藏六百年的秘本，保存此一色目家族从择居濮阳以后百年间的家族文献，结集于明初。

杨镰特别用力于对元代蒙古、色目（即西域）双语诗人以及也里可温的研究,描述这些作者及其家族融入汉文化的过程和民族痕迹,对萨都剌、薛昂夫、金元素等皆颇用力。《荝林诗人金哈剌元素》,记录家族有基督教背景的诗人金元素,《元诗选》和《永乐大典》存诗皆无多,前者且将一人误作二人,杨镰据周清澍、萧启庆的论文,知日本内阁文库存江户写本《南游寓兴》,使其诗增加到368首,并将其生平基本理清。对乃蛮人答禄与权尤多发明。他从文献考知与权祖父抄思是蒙金三峰山之战功臣,曾至禹县考察古战场。与权出生扶沟,仕元至正五品,归明后从宦近十五年。杨镰据文献勾勒其生平,从《永乐大典》辑得其诗51首,并到其故里今河南洛宁寻访遗迹,试图找到答禄家族定居地双溪未果,却意外地发现宋濂赠与权诗所记乃蛮服饰"红鞋金带荔枝花"的特点,在洛宁山区一直保留男孩穿红鞋的风俗,确认消失多个世纪的西域乃蛮族,就这样走入历史,保存遗俗。中国历史上有几次大的民族融合,魏晋南北朝到唐代研究最多,宋辽金元和满清至晚近的融合,今人研究尚少。了解宋元间民族融合之实况,以及各自传衍和存世之诗文,无疑具有重大意义。

杨镰是兴趣广泛的学者,对文学创作、新疆考古和元代文献都有浓厚兴趣,著作也多。最后回到大漠的怀抱,也算是人生的宿命。《全元诗》足让他在中国当代学术史占一席之位。我尚无暇通检,但从他的论文知他追求卓越。我也希望读者理解,这类著作绝不可能一蹴而就即尽善尽美。《全唐诗》编成300多年了,尚且如此,初成的《全元诗》必仍有误收与漏辑,逐渐校补吧。

最后想说,唐诗与元诗有没有交集呢?今知《全唐诗》误收元人诗,有80到100首,大多是明清人援据文献鉴别不精或有意造伪而造成。《全元诗》中是否有误收的唐诗呢,我还未及通检。但已知元诗文献中至少保留了一首唐人佚诗,这就是唐时曾任河南少尹的裴处权《题故卢谏议书堂》:"倚杖溪亭曙,回环胜画图。峰峦摩碧落,云水误清都。潭冷知龙卧,巢低惜鹤孤。石苔摛瑞锦,松露缀真珠。小隐前朝盛,幽栖近日无。他年婚嫁毕,绝顶老樵苏。"北宋朱长文《墨池编》卷六载:

"唐《题鸿胪书堂》诗,裴处权。""鸿胪"二字为卢鸿之倒。宋时有石刻留存的这首诗,在唐诗文献中从未见载,但在《嵩书》卷一四和《雍正河南通志》卷七四中,则作为元诗一直存在。谁能说元诗与唐没有关联呢?

2016年11月6日

刊《文汇报·笔会》2016年11月13日

摸清明代文学的家底

上海师范大学李时人教授（1949—2018）年初去世，得年仅69岁，很感意外，伤悼弥深。李先生从徐州师院调到上海工作，因为都做唐代文学研究，有接触，说不上密切。记忆中，较具体的接触有两次。一次在二十世纪九十年代中后期，曾到他工作室深谈，听他说《全唐五代小说》的编纂构想和遴选原则，记得其间谈到南开大学李剑国先生《唐五代志怪传奇叙录》之成就，及他的新著如何有新的突破。《全唐五代小说》后来由三秦出版社出版，他曾寄赠一套给我。此书参考何满子先生对唐人小说之界定，以具完整故事与人生寓意者为正编100卷，以不合此格仅具本末者为外编25卷。我对此原则稍有保留，但确认是一部校订认真、编次允洽的高水平著作。他曾考证《大唐三藏取经诗话》出于唐末，与王国维元代说不同，我也不尽赞同。第二次大约是在2001年秋，他约我去给他的研究生讲一次课，说到近期工作，他告我已经接受中华书局约稿，编纂《中国文学家大辞典》的《明代卷》。此书之《唐五代卷》，我执笔约2000则，近全书之半，理解编纂体例与学术追求，明代存世典籍与唐五代文献之存世数，至少有几十倍的增加，个人完全不可能读完，工作量之大，即便一个专门研究明代文学的研究所全力以赴，也得许多年方能有成。我将困惑说出，李先生平淡地说他将个人承担，实施办法是所带每位研究生的学位论文选题，皆做明代分地域文学家研究，借此为全书积累文献。并告坚持多年，应该可以完成。此后10多年，因参加会议或项目评审，有过几次接触，但多未深谈。各忙各的，他转治明代，走到了另一个领域，我也无从过问。直到噩耗传来。他的得病始末，我至今仍不了解。近日看到出版不久的《中国文学家大辞典·明代卷》（中华书局，2018年1月），极感震骇，此书所达到的学术成就，足以代表当代中国文史之学的高水平。我愿将自己稍作翻检的感受传达给读者。

《中国文学家大辞典》的选题，1984年由中华书局编辑部提出，以科学性和实用性为原则，既求收录完备，突破前此类似书以正史《艺文志》《文苑传》立目的局限，博采总集、别集、笔记、方志、金石等书，又要求对作家生平和著述作扎实可信的考辨和判断，力戒主观片面。约稿很快落实。1986年，我初识《唐五代卷》（中华书局，1992年10月）主编、厦门大学周祖譔先生，他约我参加，但初拟条目多已约出，仅余少数事迹不明者。周先生信任我，允许我任意增补，我在1989年前后撰稿2000条，条数占全书之半，篇幅约为三之一，大多为首次揭出。前后各卷陆续出版，以我之肤浅好胜，常庆幸自己参与这部分的水平似乎一时还难超过。没想到25年后，在压卷之著中看到了真正的优胜。

明王朝立国277年，并不比唐王朝长，但存世文献数量之多，远远超过。《全宋诗》初编出来，存诗大约是《全唐诗》的五倍。越晚近，越成几何级数般增长。中华书局此套书之规定，宋以前求全备，若唐代作者有一句诗残存，有一部与文学相关书，无论存佚，皆为列条。宋以后各朝仅有选择地收录3000人左右的重要作者，无法全备。《明代卷》总收条目为3046人，并不比《唐五代卷》多，但如何确定这份名单，则可见李时人的求实精神。在《前言》中，他说到至今没有明代全部作品的完整结集，最重要的几部通代选集，《列朝诗集》收诗人1743家，《明诗综》收3155家，两书当然影响很大，但《皇明诗统》收万历前作者1871人，有526家不见于前二书。此外，收录明诗的明清两代地方总集有400多种，新见作者人数更多。他估计明代有诗文存世作者至少有两万人（我推测远过此数）。他的另一选择立场是对明人著录与存世别集之调查。他分析明清各种书目，认为记录最丰富的《千顷堂书目》著录别集即达5207家。至于存世明人别集，他充分利用中外著录，初步估计有3300家，其中见于《千顷堂书目》著录者为1734家。此一统计显示，明人别集存亡总数当在万种左右。近代以来文学观念转变，以戏曲、小说为主的通俗文学进入主流视野，加上别集以外之各类文学写作，这又是何等巨大的数量。在两万多作者中，根据对"作家的文学成就，包括创作和影响等各方面考量"后遴选出3000多人。《凡例》更说明文学史上出现过并称或结社，无作品存世或影响不显著者不收，界定很严格。

《明代卷》所记内容，包括生平仕履、文学活动、著述及成就评价各项，最后交代文献取资。前人虽然有明人传记资料索引之类工具书，李时人显然不满足于此。他坚守的原则，一是务求穷尽地搜集传记文献，二是存世诗文务须目验，三是前人之研究，包括当代之大量学位论文，皆予披检。完成之文本，每位作者生平仕履之叙述，皆如年谱般地务求将字号、乡里、科第、履历及各方面成就与评价，做客观冷静之叙述，从而将明代文学所有的家底和细节全部给以传达。

我以前曾说过，唐代居百代之中，文献多少适宜，学人穷毕生之力可以读完，《唐五代卷》编写的难度多如大海捞针，需集腋成裘。《明代卷》就完全不同了，存世典籍之浩瀚繁博，远超想象，一些大作家如王世贞个人著作即达近千万字，何况还有大量散在天涯海涘，未经刊布整理者。李时人悬出上述高格，每一处细节都需要海量文献之甄比归纳，再加他一人独任全书之纂写，真惊叹他的执着坚毅。《前言》所述他的执行方法，一是对所有刊布典籍和相关研究不留孑遗地充分阅读参考，二是在10多年间，指导的研究生分地域地做明代作家研究，或以省为单位，文化大省甚至以州府为单位，包括作家、家族、结社等专题，有博士论文20多篇和硕士论文40多篇，辅助做前期的文献工作，这些论文对作家生平和存世别集，都充分利用地方文献做了稽考。如浙江存明别集，因此而得知宁波有88部，嘉兴49部，金华63部，等等。他在此基础上撰写，得以浓缩菁华，谨慎而准确地记录，有分寸地评价，虽为辞书，足以优入当代学术之林。此书之创见，我在最初见书局微信推"罗贯中"条目，将元明之际杂剧作者与嘉靖后《三国》小说之署名作者，分开叙述，后者且有各本小说之署名记录，顿感新意纷呈。再检我所关心过的一些作者，也多前所未知之事实。

偶遇本校治明代文学的郑利华教授，说到对李先生的印象，觉得北方人敦实诚朴，待人率真，勇于进取，不畏艰难，对他的所为充满敬意。我不知道李先生生前有未看到全书的出版，但我能够体会，以学术为生命的学者，能有一部或几部足以长留天地间的书，他的一生是精彩、充实而幸福的。

谨述此文表达我对李时人先生的敬意。

刊《文汇读书周报》2018年7月16日

亲身经历唐诗研究的黄金时期

四十年前的1978年10月，我以复旦大学中文系文学评论专业二年级工农兵学员，考入本系中国文学史专业研究生，开始专业学习与研究。四十年间经历的学风变化，认识卓有成就的前辈、同辈与晚辈，阅读中外无数独到的研究，自己也蹒跚前行，希望有所成就。回头来看，同人与自己取得的成就，当时完全不能想象。就唐诗研究来说，可以负责任地说，总体成就远远超越了前此千年，有许多新的变化与建树。所谓"学术独立，思想自由"（据刘大白作词之复旦校歌），就唐代文学研究来说，就是每一位学者按照自己的师承、禀赋与兴趣，经营自己的研究，灵心独运，见解杰出，遵循规范，即足名家。无论宏观微观，欣赏评论，商榷字词，雌黄人物，都有各自成就，我难以作全面概括。以下仅就我所熟悉的文献建设、生平研究、文本校订、真相追究诸方面，写出我的经历和感受。

我的学术起步与初变

遭逢"文革"，学校停课，务农八年，艰难备尝。也胡乱看些书，不成统系，更谈不上学术。恰遇机缘，幸运考取研究生，真的毫无根底。学习途径一是老师传授，二是充分利用图书馆，三是全方位关心新出的书籍期刊。

  导师朱东润先生,成就主要在传记文学与文学批评史,给我确定的方向是唐宋文学,主要是读作品,以《唐诗别裁集》为主,重点是杜甫。朱先生学问博综古今,尤谙英国文学,讲文学更重知人论世,读作品务须理解时代寄意,对一切传统有定说之问题,都有独到而新鲜的见解。坦率说,以我当时的基础,根本无法理解他的议论与治学方法。最近十多年写了许多介绍老师的文章,主要是后来参悟所得。王运熙先生负责基础课。他的治学从容温厚,自我定位是释古派,尤推重《四库提要》之中肯平允。对初学如我,体会到进学初阶之正途,即应通文献学以把握群书,读四史、《通鉴》以知古今兴亡与诗人生活环境,知儒、释、道以知文学家之思想渊源。如唐诗研究,则要熟读作品,参考史传笔记,了解前人之评价分析。研究之入门书籍,除各家别集与选本外,则应据《唐诗纪事》《唐才子传》知作者生平与写作本事,据《唐音癸签》知唐诗体制与技法,据历代评点知作品评价。另一位接触较多的陈允吉先生,关注佛教与唐文学之关系,思理绵远而深邃,为学绝不愿随俗肤浅,告我以学界之万千变化,示我以学术之庄严森密。

  那时谈文学作品,最喜欢谈思想艺术成就,我也难免俗。读研第一年老师出题"大历元年后之杜甫",我交文三篇:其一谈离蜀原因,将严幕参谋与检校工部员外郎分为二事,揭发老杜入京中途因病滞留之真相,发宋以来未揭之隐;其二谈思想变化;其三谈诗歌成就,皆未有特见。此我之首次学术文字,让老师看到还有培养希望,但也不尽满意,仅其一增订后以《杜甫为郎离蜀考》发表。

  1980年前后,国内学术复苏,从清末出生到"文革"后就学的五六代学者都很活跃。我那时广参博取,看得多而写得少,最关注的是钱仲联、任半塘、夏承焘、程千帆、唐圭璋、孙望、萧涤非等学者的论著,从中体会治学路数。孙望发表一些唐人佚诗,我据《佩文韵府》查得的线索加以纠订,所写文字,1982年孙著《全唐诗补逸》有引用。1980年首度发表论文《李白崔令钦交游发隐》,是对任半塘《教坊记笺订》的补充。次年发表《温庭筠早年事迹考辨》，是在发现夏承焘著《唐宋词人年谱·温飞卿系年》之重大罅隙后写成。就文献视阈或考订方法来说，并无新意。夏著是词人生平研究的典范著作，从后来发表的《天风阁学词日记》来看，他的早年生活一边是词人雅集，风流洒脱；一边是笺札群书，搜聚词人史料。集聚渐多，铺排成文。阅书远超一般词家，但取资尚难穷尽史料，排比也未尽精密。

那时注意到傅璇琮先生从《刘长卿事迹考辨》开始的系列论文。研究对象未必是一流作者，许多诗人连生年都难以确定，他以可靠的记录梳理传说之讹误，用若干可信的事迹点，重新勾勒诗人生平，进而全新地解读诗作。1980年他的这些论文结集为《唐代诗人丛考》出版，前言说明研究视野受法国社会学派影响，关注伟大作者身后的艺术群体，文献考订取资与方法，受唐史学家陈寅恪、岑仲勉的影响，在解读文献、精密考订方面都新意迭出。那时候《陈寅恪文集》已经出版，不难得到，岑书出版尚少，我记得读他在《史语所集刊》诸文是在徐家汇藏书楼，看到他对所有唐代存世文本不弃涓滴的精细求证，多有启发。1982年，更见到傅先生与友人合编的《唐五代人物传记资料综合索引》，为86种唐代基本文献做了精密的人名索引，用书涉及正史、全唐诗文、唐人选唐诗、缙绅职官谱、宋元书志、书画、杂史、方志、僧传僧录等方面，大大拓宽了可取资的领域，也让前人群书谙熟于胸的绝学，有了人人可以掌握的工具。许多书粗看与文学一点关系也没有，比如《元和姓纂》，是本错误百出的人名世系谱，岑氏《四校记》广搜每个人的点滴记录，汇聚事迹，但不录原文，利用不便。我曾将此书抄过一遍，方理解正史只提供大人物传记，次一等人物仅零星提及，《元和姓纂》则提供了唐代士族社会各家族之谱系，揭示了所有人物的社会联系，对主要生活在社会中下层的诗人群体研究，至为重要。再如宋元方志中保存有许多地方官任职的题名碑，仅有何年月日到任卸任的记录，毫无文学性，但如与唐诗题目中的官名对读，则可确认所赠为谁，写于何时，对确定诗人行踪与该诗本事，极其重要。

1986年以前，我与学术圈接触很少，只是宅在学校读书体会，看到上述变化，也尝试进入自己与前人都不熟悉的领域。可以提到的工作有二。一是1985年末在《文史》发表四万多字长文《〈全唐诗〉误收诗考》，引书逾三百种，考出伪诗逾六百首。二是完成《全唐诗续拾》第一稿，相当于前人辑佚之总和。前者先刊，其实是后者的副产品。后者则将从王运熙先生那里听来的据目录以治学一途，充分发挥为全面调查唐人著述之存佚总目，在此基础上遍检群籍，利用各种工具书发现线索。上举那本《综合索引》，在遍检宋人总集、方志、类书时，始终放在手边披览。《〈全唐诗〉误收诗考》中大量问题之发现，是将这本索引与当时大陆学界还很少知晓的台湾昌彼得、王德毅等编《宋人传记资料索引》逐人对检的结果。

八九十年代唐诗文献研究的总体成就

我参与唐代文学圈的起点是1986年4月，参加洛阳主办的唐代文学学会第三届年会，以往仅读文字的作者得以认识，自己的工作也被圈内所认可。当时学会会长程千帆先生在某日早晨专门来看我，认为我的一篇《杜诗早期流传考》将他早年写《杜诗伪书考》时的一些困惑做了解答，让我大感荣幸。

那前后的几年，真可以说是唐诗研究空前繁荣的阶段，各路学者，各种流派，纷纷按自己的理路与心得，表达各自的见解。新方法，旧习惯，都有重大的收获。可以提到的，有程千帆与学生合作的杜甫研究，罗宗强结合批评与创作的唐代文学思想研究，陈伯海立足明清唐诗阅读史的唐诗学研究，傅璇琮对唐代科举与文学关系所作长卷般的描述，陈允吉对唐音佛理的深究。更年轻一些学者，则可以提到葛晓音、赵昌平、董乃斌、莫砺锋的工作。就文献层面说，一是大宗别集之整理与笺注，仅关于李白就新出了三种全注本；二是基本史料之整理，前述唐人缙绅录一类著作，大多有了新整理本，配有索引，方便引用；三是新文献之发掘，大端是石刻文献与敦煌文献，相对之普遍重视较晚一些。我那时做唐诗辑佚，上海看不到敦煌胶卷与影本，做唐文补遗时，仅能利用影印不够清晰的《敦煌宝藏》。敦煌诗卷的整理，到2000年徐俊《敦煌诗集残卷辑考》出版，才告一段落。而石刻文献，最初只能利用少数图书馆的拓本。记得当时郁贤皓据石刻考订李白诗中之崔侍御，周勋初《高适年谱》据墓志考知高适是高宗时名将高偘之孙，给人耳目一新的感觉。

最重要的工作还是诗人与作品研究。我在前人基础上做唐诗辑佚，新见作者七八百人，加上《全唐诗》所收者，大约3500人。又可分为大中小作者之不同。大作家史料丰富，可以排出详密之年谱，如卞孝萱《元稹年谱》、朱金城《白居易年谱》、傅璇琮《李德裕年谱》，皆足为典范。其他二三流作家之生平考订，傅璇琮主编《唐才子传校笺》，在笺解元代辛文房这部重要但很粗疏著作的框架下完成。傅先生自著约四分之一，其他部分约请苏州吴企明，徐州吴汝煜、胡可先，南宁梁超然，厦门周祖譔、吴在庆、贾晋华承担。各家对文献之把握稍有差异，考订精密也有不同，总体完成400位唐诗人生平之梳理，结论大体可从。陶敏与我，与傅先生熟悉稍晚，在全书出版后作了一册补正，陶立足唐人存诗之解读，我补充正编未引之僻冷文献，有不少发明。其他存诗不多的小作者生平之钩稽，则由周祖譔主编《中国文学家大辞典·唐五代卷》来承担，参与者除前述三吴一贾，还有宁波金涛声与复旦陈允吉、卢苇菁。我认识周先生时，主体部分已约出，但允诺由我做补遗，居然写出约2000则，许多均为首次揭出。1990年，学会年会在南京召开，周勋初主编《唐诗大辞典》，商请由《唐五代卷》诸作者执笔一般诗人，书先出，未清晰说明，引起一些议论。

唐诗辨伪是这一时期的另一重大创获。清编《全唐诗》虽沿用三百年，其基础是明人累积形成的唐诗文本，鉴别未精，凡前此有一种书引录说是唐人诗，就视为唐诗编录。唐诗本身流传千年，家喻户晓，从作者自己改写，到唐宋民间传播，宋以来编次唐诗者之任意改动，特别是明代在宗唐风气下，编刻唐诗成为商业射利行为，错讹更加严重。历代学者均有零星考辨，但从未有如最近四十年，作为系统工程来加以辨析。从已经揭示者来说，传误类型可以分为传讹互见、依托造伪、传闻歧变、传诵异辞等多种类型。所谓传讹互见，指流传编录中由于抄写、版刻、脱页、疏误等造成一诗分收在两人名下者。据佟培基统计，《全唐诗》此类情况有6800首。所谓依托造伪，或未必有其人而编造其神异故事，或假托名人而为其附会假诗，甚至故意商业造假，声称得古本唐诗，其实杂采宋元明诗以成编。前引拙文《〈全唐诗〉误收诗考》仅揭开冰山一角，其后陆续发现戴叔伦、殷尧藩、张继、唐彦谦、牟融等诗集或全伪，或半伪，作伪手法也千差万别。唐诗女性作者仅占全部作者百分之四，约150人，其中近三分之一是伪造的。传闻歧变或指编造诗人的有趣故事，或涉唐诗之风情本事，作品也不免割裂变异。传诵异辞则指作品流传中的脱落、割截、改写、补缀、编选等原因造成的文本变化。对此，宋人多数态度较庄重，如《文苑英华》之宋校及同时成书的彭叔夏《文苑英华辨证》，坚持维护古本，指出问题，不做随意改动。明人学风浅薄，唐集刊刻最见轻率，取资既窄，鉴别更疏，造成大量人为的错误。要做这些鉴别，真是一项大工程。比方值得称道的佟培基著《全唐诗重出误收考》，涉及问题的最初记录，依靠河南大学及其前身开封师院时期积累的从《全唐诗》首句索引，到每句索引的大量基础工作，再反复比读每一首互见诗，理清在不同作者名下的编录轨迹，分析两造证据中做出判断。这样的结论，多数可以信任。《二十四诗品》辨伪，也是在这样的大环境下提出的。

　　唐诗文本的写定，不是一蹴可就的工作，需要不断积累修订。重要作家别集或全集之校订笺释，是繁重而复杂的工作。许多没有前人全集校注的别集，如卢纶、郑谷、张祜、王建、姚合都有了新注本，孟浩然有四家注，韦应物和卢照邻有三家注，皆可称道。大家别集在前人基础上有了代表当代水平的新本，可以特别提到的是白居易、韩愈、李商隐诸家高水平的新注。《全唐诗》不收王梵志诗，是慑于康熙偈颂非诗的误说,将《唐音统签》已经辑录的作品剔除。敦煌发现大量王梵志诗写本,证明其诗在民间有巨大影响力,项楚《王梵志诗校注》达到很高水平。

《全唐五代诗》编纂的曲折过程

上举唐诗考订研究的各项成就,大多以个人学术论著的方式,在小范围内流通,一般读者不易理解。且因不是一家之成绩,在任何一个细节问题上,都会有各家不同的意见。参与研究的学者,掌握文献与研究能力高下悬殊,在当时学术环境下,海外文本与研究接触尚少,文献检索更缺少科学手段,学者都难免犯这样那样的错误,我也未曾幸免。必须有权威的工作总结已有成绩,让一般读者也能便捷地掌握全部可靠准确的唐诗,是当时一代人的共识。

河南李嘉言于1957年建议新编《全唐诗》,他的方案,1989年春再次被提出。当时,我的《全唐诗补编》完成定稿,总补诗超过6000首,已在中华书局付排,虽然当时仅是不满40岁的讲师,有关的各次会议几乎全部参加。在正式立项前,1989年在河南开会两次,1990年在常熟与西安各开一次,此后在苏州、南京开过几次。依托单位,初拟河南大学,后改苏州大学,再改为二校合作。前期中心人物是傅璇琮,但他因领衔《全宋诗》未完成,改为周勋初领衔。1992年秋在高校古委会立项,确认由周勋初、傅璇琮、郁贤皓、吴企明、佟培基、陈尚君六人为主编。具体分工始终不变的,是我负责除两百家有别集传世作者以外所有小作家诗歌的编录,所承大约为3300人。那两百家约请全国各地有深入研究之专家承担,两校负责普查、复制版本与定稿。全书之凡例,1991年春我在南京大学起草,记得很清楚,那晚所有人去看苏昆剧团演出,我没去,写成初稿。工作细则,我写两万多字,原稿还在手上。样稿印了三家,我做了唐太宗和李峤,吴企明做了王建一卷。清编《全唐诗》样稿也是太宗,我是有意为之。

因为前此已经有清编《全唐诗》,《全唐五代诗》学术目标定位较高，我曾概括为几句话："备征善本，精心校勘。""备注出处，以求征信。""全面普查，广辑遗佚。""删刘伪讹，甄辨重出。""重写小传，务求翔实。""合理编次，以便检用。"要达到此项目标，必须付出艰苦工作。前期来说，一是普查以唐宋典籍为主的四部群书中引用唐诗的情况，组织人员一部书一部书地披检，引一句诗就做一张卡片，整理后分发各家别集的整理者。此项工作，苏州主要承担，河南做了十之二三。二是调查并复制善本，虽有《唐集叙录》《唐诗书录》一类书可以参考，但具体调查，还是不同。那时复制古籍收费不廉，奔波也很辛苦。与各集承担者商量底本与参校本，以及整理方案，我发表过一些意见。最大麻烦还是体例如何划一。各人有各人的表达习惯，规定越具体，差异越明显，为审稿定稿增添麻烦。我承担的是小家，数量极其巨大，那时还不用电脑，总数二万多页的底本，一页一页、一行一行粘贴出来，再按人以四角号码编序，持以遍校群书。那时刚过四十，精力充沛，做自己喜欢的事，更乐趣无穷。

多方合作的大书，统一步伐本来就不容易，在责任、利益与名分等事情上协调更为困难。从最初涉及技术层级的争议，如校记是随文夹注还是诗后另注，据别集整理要不要逐诗说明各书引录情况，乃至整理责任人如何署名，皆很难达成共识。全书一起完成，还是分批完稿，也引起讨论。

近日检点旧稿，渐悟二十多年前所定学术目标是稍高了一些，超过了一般学者的能力，也超过了当年的研究条件。近年受到意外的刺激，更感觉许多前辈或同人先后辞世，有必要总结此一代学人之成就，完成全部唐诗之重新写定，乃发愤从业，拟独立完成全书。杀青可期，更有无限感慨。

新世纪的新气象与新收获

从20世纪到21世纪，只是跨越地球公转的某个时间节点而已，就本文要谈的中心话题来说，也确实看到了许多根本性的变化。文献的发现和流布，新变尤其惊人。以往很难为一般读者利用的石刻文献，成批量地公布，石刻研究成为最近二十年唐代文史研究的热点。有诗存世的唐人墓志，先后刊布逾百种，仅女诗人即有上官婉儿、宋若昭、李澄霞等人，一线诗人则有韦应物、李益、姚合、耿湋墓志的发现。敦煌遗书则以俄藏文本的完整刊布，英法所藏的高清影印和系统整理，带动包括唐诗文本研究在内的各领域研究。敦煌所存唐诗，不仅包含大量名家的佚篇，更重要的是将唐代边塞一隅社会中下层诗歌写作与流布状态做了全面展示，诗歌在佛教劝化诱俗中所展现的多面相状态，更是以往很少关注的另一热点。海外善本古抄之流传也应该提出讨论。《十抄诗》那样保存逾百首唐人佚诗的重大发现并不多见，如日本存白居易诗古本为中国学者普遍了解，韩国所存崔致远诗歌的系统整理，都有意义。两岸交流更为频繁深入，台湾所存唐集善本也为唐诗校订提供了重要参考。此外，中外互联网对馆藏善本古籍之整理，网上佛道典籍数位本之普及，以及从四库存目、续修四库开始到再造善本对古籍善本之大批刊布，也将很多稀见善本推到学者眼前，方便采择。

更重要的是互联网之建立，电脑写作的普及，以及古籍数码化对于文献考据带来的巨大方便，使累积写作成为可能。我非个中高手，议论难以到位，就自己研究来说，则体会尤深。比方前人发现的疑伪诗，《全唐诗外编》据《古今图书集成》收许敬宗《辽左雪中登楼》，收岑羲《黄金台》，收卢象《马跑神泉》，晚出且味道不对，以往无从知道是谁作。现在通过四库全文检索或基本古籍库，任何人都可以查到第一首是明许宗鲁诗，第二首是元岑安卿诗，第三首诗是宋金间人卢象的诗。宋以后诗歌存世数量极其巨大，上述结果几乎很难靠传统阅读得出。类似情况，以往作《二十四诗品》辨伪，主要依据是不见宋人引及，仅属推测，现在可以做结论了。电脑写作最大的好处是文本可以反复修改，对以汇聚文献为特征的一代文献建设，尤其重要。比如白居易诗，应入校的中外古本数量极其巨大，唐宋典籍征引尤繁，传统写作很难全面展示各诗的文本变化，现在很容易做到。《千载佳句》引白诗五百多例，皆存宋前古本面貌，与三千首白诗逐句对校，以前真是难于上青天，现在尝试，可在一二日内完成。

最近二十年，如二十世纪八十年代那样依据传统考据对唐诗人生平或作品的细节研究，已经渐渐淡出，值得称道的，一是高水平唐集新注本之不断推出，二是文化或文学层面对诗人诗作之全新解剖，三是文史结合对唐诗的重新解读。在此仅谈第一点。《杜甫全集》之研究似乎沉寂了三十年，近几年出版了萧涤非主编的《杜甫全集校注》和谢思炜的《杜甫集校注》，日、英全译全注本也陆续完成，可以带动杜诗研究出现新高潮。刘真伦《韩愈文集汇校笺注》、尹占华《柳宗元集校注》、陶敏等《刘禹锡全集编年校注》、刘学锴《温庭筠全集校注》以及谢思炜的白居易诗文校注，都达到很高水平。此外如祝尚书注卢照邻，熊飞注张说、张九龄，吴在庆注杜牧、韩偓，王锡九注常建、李颀及《松陵集》，也都值得尊重。我特别愿意说到近年中华、上古之唐集注本之增订本，已经出版十多种。别集笺注涉及文本校勘、语辞诠解、作品系年、寓意揭发、历代评价等多方面内容，任何人都无法确保一次完成，正确无误。其间得失，作者本人最为清楚。初版问世后一二十年，听取各方意见，补充史实，纠订偏失，增补作品，使新注本具有长久流通之价值，应该提倡。

进入新世纪后，我本人工作只有量的增加，没有质的飞跃，可能与年岁渐增有关。静下心来，充分享受现代文明赐予的各种便捷，阅读稀见文献，从十年前发愿以个人之力完成全部唐诗的校订，每天皆如行山阴道上，新发现目不暇接，前此完全没有想到。漫漫长途，好处是渐次可见到终点，所获在此无法做全面汇报。可以披露的是，在求全求真的大原则下，无论会聚善本，记录传歧，补充新作，剔除讹伪，汇校异文，揭示变异，新写传记，考订本事，均有许多新的所得。我的感受是，唐诗流传千年，文本传播变动之复杂程度，远远超过个人之想象。希望最后能写定学术版和普及版，供不同需求的人们阅读。也做一本《唐诗校勘述例》，把问题都摊出来。

最近四十年，是国内唐诗研究的黄金时期。许多学者已经远行或老去，他们的学术建树值得做全面之总结和继承。我愿为此努力，也希望更多人给以关注。

刊《中华读书报》2018年11月28日

学术承传的意义

——祝贺王水照先生八十大寿

今天复旦大学中文系为王水照先生庆贺八十寿辰，我因为接到通知稍晚，先前已经答应到浙江大学参加学位论文答辩，虽然错过了白天的盛会，所幸可以在晚餐前赶回，向王先生当面祝贺，祝王先生和师母健康长寿，永葆学术青春！前几天与几位学前小朋友一起聚会，他们的祝词是祝长生不老，孩子的话其实正是我们所有在座的王先生的学生的心愿！

很偶然的原因，我到复旦还比王先生早一年，1977年读到王先生执笔为《唐诗选》所写前言，当时我是中文系一年级工农兵学员，很惊讶于作者熟练运用经典理论阐述唐诗繁荣的原因，而将唐诗发展分为八个阶段，并逐次阐述每个阶段的特点和成就，没有良好的理论功底和对全部唐诗的精详把握，如何能达到这样水平！未见面就心仪神往。不久就听说王先生要调到复旦，更没想到在我第二年参加首届研究生面试时，王先生是面试老师之一，考场首次见面虽然让我很紧张，但当时的印象很深。入研究生学习后有时也参加教研室活动，记得首次听王先生的学术讲座是评述皮日休与韦庄《秦妇吟》的比较。以后留校工作，追随王先生工作、学习、研究居然已经三十多年，王先生的学术追求、道德自律以及为人处世的态度，无论学术的境界、求索的真诚，还是始终坚持宏观关照与微观考察并行、理论研究与文献考订齐重的治学精神，一直示我以典范，让我不敢懈怠！虽不能及，心向往之，至少不敢差得太远。

王先生早期的论著我都很认真地读过，最近十多年的新著，王先生也都曾给我，可惜我因专力治唐，只读了一部分。在我的印象中，王先生的学术起步是在北京大学读书期间参加文学史的写作，后来到社科院文学所工作，受何其芳先生和钱锺书先生的影响很深，既关注作家作品的仔细阅读研味，又很努力追求从理论上阐发文学发展的内外规律。后者有系列的论文对唐宋文学的重大问题加以阐述，前者从早期的《宋代散文选》到八十年代的《苏轼选集》，可以说两方面都有很重大的创获。到复旦工作后，也明显感到王先生的学风有着明显的变化，更多地增加了对文学与人的关注，在研究中也更具备通达明快的体悟。最近三十多年国内新旧方法的讨论和尝试变化无穷，我在多次学术讨论会上听王先生的学术发言，都感到他坚守学术，同时又不断接受理解新方法、新理论，从自己的学术积累中加以分析选择，融会运用，不断在努力更新自己。以他的年龄，真是非常难得。

王先生这些年的学术成就，我没有能力总结，但就旁观的立场感觉，大约他在六十岁以前最重要的成就是苏轼研究，将这位宋代伟大作家的研究推向了新境界。七十岁以前则以宋代文学研究，特别是宋代散文研究为最重要，以《宋代文学通论》详细阐述宋代文学的研究视野和方法，《历代文话》构筑文章学的基本文献，组织宋代文学学会引领当代宋代文学的走向，编辑《新宋学》构筑宋代文学研究的阵地。最近十多年，宋代文学研究气象日新，王先生居功至伟。七十岁以后，王先生发愿整理并研究钱锺书先生手稿和遗说，以他曾长期亲炙于钱先生的特殊经历和对古代文学的深邃把握，为钱学研究开全新气象。先生对文章学的提倡，也获得海内外学者的广泛认同，先后多次召开会议，为古代文学回归传统指示了一条新路。

许多年来，追随王先生学习工作，心情愉快，处事顺利，很大程度上是承蒙王先生包容原谅，也多承王先生提携照顾。我可以说到许多例子。八十年代末,《复旦学报》曾约我撰文介绍王先生的学术成就和治学方法,我答应了,但当时一直在做全唐诗文的辑佚,思路很碎乱,加上我从学生时代读到王先生论文,无论作品分析之细腻,还是理论阐释之宏通,都让我有敬畏感,耽搁了几年,一直交不了卷,古人所谓曳白,那些年见到王先生极感惶恐,但王先生对我绝无任何批评,一如既往地给我以许多关照。我与骆玉明先后担任博士生导师,都与王先生提携分不开,至今十五六年,我们指导的研究生论文培养,从开题、预答辩到答辩,基本上都放在一起,具体事务我们出力多一些,有偶然疏忽或处理未周处,王先生一体包容,因此我们不免有些放肆,王先生仍一切原谅。这么多年下来合作愉快,我与骆玉明曾私下说到,全靠王先生包涵。在这种氛围中,我们每次讨论学生论文,都能开诚布公,完全从学术立场上展开分析,根本不要顾忌说话如何轻重,是否要有所避忌。在正式的论文答辩场合,对论文中的存在问题,凡看到的都说出来,导师觉得这是对学生好,绝不介意。好几位从外地来复旦答辩的老师,都很惊异于可以这样直言无隐。我觉得,正是王先生的博大和包容,成就了健康良好的学术风气!

今天,王先生的学生从全国各地赶来为王先生庆生,海外的学生也来了许多,济济一堂,正可以见到王先生的人格沾备广大,学术后继有人,会不断发扬光大,薪火延传。我最近在整理朱东润先生的遗著,他的师承可以追溯到清末民初的唐文治和吴稚晖。他在幼年即将失学之际,唐先生说学费在我这里,你放心读书,朱先生晚年特别叮嘱我《辞海》怎么可以不收唐先生呢?吴在政治上当然是有争议的人物,但他对学术和政事的认识也很大程度上改变了朱先生的学术和人生选择,我近日刚见到朱先生历经风雨保存吴题签的《张居正大传》,油然体悟到学术传承的意义。王先生五十年代以后走向学术,前期是北京大学和社科院文学所的氛围引导了学术成熟;在复旦三十多年,更参悟领会复旦诸前辈的学术,兼容南北,通摄京海,独出机杼,自成气象。就宋代文学研究来说,代表了当代的最高成就;就中国古代文学研究来说,是学界公认的重镇,也是复旦学术的当然代表。我们一起庆贺王先生寿开九秩,笔体同健,期待看到王先生有更多的学术新著问世,同时,我与所有在场的王先生的学生一样,更感到有责任学习王先生的为人风范和学术精神,以各自的方式,弘传学术,追求卓越,为复旦的学术,也为中国和世界的学术各尽责任!

原载《半肖居问学录》,上海人民出版社,2015年2月

气象恢宏的文话总汇

——读王水照先生编《历代文话》有感

王水照先生所编《历代文话》,是一部学界期盼甚殷的著作。就我所知,这部书的编纂开始于二十多年前,初稿在十年前已经交付出版社。当时由于程千帆先生等前辈大力提倡展开文章学的研究,不少学者都表赞同,认为这是开拓古代文学研究领域的一个重要方向。但文章学研究资料虽然极其丰富,似乎始终没有人做过系统汇编和整理的工作,能够有一部集文话大成的著作,给学者以研究的基本文献,是包括笔者在内许多学人的共愿。虽然承担出版的复旦大学出版社多次表示,只要完成定稿,随时可以出版,但王水照先生一直觉得还不够完善,不断增补和改订文本,最近两三年更放下手边的所有工作,与他的学生们反复校订文本,终于得以在近日正式出版。这是王先生为中国学术所做的又一重要贡献,是近年古代文学和古代文论资料建设的一项重大成果,可望带动古代文章学研究的深入拓展,确实可喜可贺。

文话肇始于宋代,出现的时间比最早的《六一诗话》仅晚几十年,历代著作也极其丰富,但却一直没有人像编《历代诗话》那样加以编录。近代以来文体剧变,一句"桐城谬种,选学妖孽"几乎把汉魏到清末的所有文章都做了否定,讲究传统文章作法的文话很少人问津,文学史上虽然也介绍古代骈散文的成就,大致是以现代文学标准来加以衡定,较少考虑古代评价文章的绳尺。王水照先生从二十世纪六十年代初作《宋代散文选注》，八十年代做北宋欧曾苏王各家散文的研究，就特别注意站在传统文章学的立场上来研究宋人文章，为此而搜集资料，并进而有汇编文话的设想。在他以前，文话的研究很少人涉及，有关文本的调查和记录，前人也没有显著的积累。王先生几乎完全以一己的力量，穷搜旁求，日积月累，付出了常人难以想象的巨大努力，才得以编成这部多达六百二十万言的具有恢宏气象的大书。

本书在入选书目的选择上，虽然以努力保存从宋到民国初期全部文话为学术目标，但有鉴于文话外缘的不确定性，加上相关著作之精芜纷杂，没有必要也很难做到求全求备。在编例上，确定以论古文者为主，亦选取论评骈文、时文的代表性著作，赋话一概不收，制艺话仅略收以示例，都是合适的取舍。宋以后杂家类笔记中，经常论评诗文和叙事杂论并陈，虽也有精到之见，但要加以摘选，只能一般不收。而下限放到二十世纪二十年代，收录了在新旧文化交替时期遵循传统而已具变化的研究评讲古文的二三十种著作，王先生在序中称为"我国文评发展史上的最重要成果"，是恰当的评价。这批著作的整理刊布，可以看到传统文章学的最后总结，相信也会为二十世纪前期文学史学的研究者所重视。

在文本搜集和版本校勘方面，本书做了许多可贵的努力。王先生在序中说到在日本所得的稀见传本，即有元陈绎曾《古文欧冶》（元禄刊本）、明曾鼎《文式》（内阁文库旧钞本）、高崎《文章一贯》（宽永刊本）、王世贞《文章九命》（元文刊本）、王守谦《古今文评》（享保刊本）、左培《书文式·文式》（享保刊本）等，都是国人以往较少知道的著作。如陈绎曾，以往各种文学批评史著作很少提到他，本书收录他的两种文话，特别是《古文欧冶》，王宜瑗解题述其要旨云："此书涉及古文、骈文、赋、诗等多种门类，对文学本体、修养、创作、鉴赏、文体、风格悉有论列，视野开阔，框架完整，论述详备细密，多有体悟有得之见。如《古文谱》论为文之道，大抵由辨体以定范型，养心以涵内情，积学以明道理，研阅以广识见，秉术以习智巧。"是一部体大思精的文论专著。王水照先生认为他的一系列专著,"确定了他在中国文学批评史上的地位,即元代文学批评领域中重要的、甚至是第一位大家"。我很赞同。以往学者盛誉的《二十四诗品》,现在大致可以确定是元代的作品,因此而对元一代文学批评的成就,真有重新审视的必要。

其他入收的各种著作,在底本确定和参校本的选择方面,也颇为讲究。如《四六话》和《四六谈麈》均用《百川学海》本,《仕学规范》用中国国家图书馆藏宋刊本,《荆溪林下偶谈》用万历刊本,《怀古录》用明钞本,都可以确信是各书现存最好的文本。对于一书有多种传本,特别是内容方面有较大不同者,都曾做过认真的调查和校勘,且在各书书前提要中做了明确交代。在底本以外,他本有多出文字者,也一一做了补录。

在书首《编例》中,王先生特别说明:"因受目前条件所限制,少许善本未能复印利用,有待继续完善。"这是做大型文献集的学者,努力追求完美,但又难以在所有细节上都达到极致的遗憾。比如本书各卷都没有逐一保留校勘记,即可能引起一些学者的疑问。就我了解,本书在文本复制和校勘方面做过大量仔细认真的工作,但因为所涉太多,无法逐一保存校勘记录,但所录文本读者是可以信任的。这样处置,是根据本书规模和性质决定的。几年前我的《全唐文补编》出版,也有朋友提出为什么不保留校勘记,我即径告,已经是四百万字的篇幅,校勘记还要数倍于此,超过千万字,谁家肯出?我对所有异文做了认真取舍,所据文本也都有说明,读者有必要,可以逐一覆案,没有必要逐一列出。对本书,我也作如是观。

与近年刊布的一些所谓诗话全编比较,本书尽可能地保存古籍原书的面貌,尽可能地避免今人人为另拟书名、拼凑文本的做法,提供的文本忠实可靠,读者可以放心地加以引用。我这里用"尽可能地"一词,是因为文话有单独成书者,也有仅为专著中之一部分,编录文话,显然不能全书登录,只能截取有关论文的部分。如日本人编录论诗语为《莹雪轩丛书》,出自《老学庵笔记》者称为《老学庵诗话》,出自《容斋随笔》者称为《容斋诗话》，杜撰书名，不足为训。郭绍虞先生辑《宋诗话辑佚》，录自《仕学规范》者题作《诗学规范》，亦沿此失。本书仅取专著中有专门论文专卷的著作，保持原次第，书名也以《朱子语类·论文》一卷、《仕学规范·作文》一卷、《履斋示儿编·文说》三卷之类标目，明确交代为某书中的论文部分，学者利用时可以有所了解，也方便去覆案原书。至如《唐宋八大家文钞评文》一卷，收录茅坤对八家文章的评语，原文则一概不取，也是值得肯定的工作。虽然原著属总集而非笔记体的文话，但其在文章学史上影响巨大，原书篇幅又太大，八家文集也很常见，这样处理考虑很恰当。当然，如果能把见于原书之卷次注出，对读者可以更方便一些。

还应该提到的是，王先生在序中特别感谢的王宜瑗君是他的女儿，《历代文话》的完成，记录了他们父女鼎力合作的佳话。王宜瑗在复旦读书时就很有才气，硕士毕业后远嫁日本，生活、工作的繁剧之余，没有放弃专业，一直协助父亲做研究工作。在这套书中，经她校点整理的著作多达六十种，接近全书的一半，日本所存中国文话资料的搜集，有关日本文话的介绍，都可以看到她的才学和努力。我觉得，这是应该特别予以表彰的。

2008年1月25日

刊《文汇报》2008年3月23日

重读《古小说简目》

偶检书架，翻出一本小书，是研究生毕业前夕买的《古小说简目》（程毅中著，中华书局，1981年4月）。定价仅0.70元，所标印刷字数是130千字，留空很多，估计实际字数仅七八万字。首次印数达33600册，这么专门的书能印那么多，见当时读书风气之盛。

《古小说简目》前言很简单，仅说古代小说概念因历史发展而变化，长期介于子、史二部间，与近世小说概念有很大差异。继而从《汉书·艺文志》谈起，排列两张表，一是《新唐书·艺文志》所载小说，在《隋书·经籍志》和《旧唐书·经籍志》中，主要见于子部小说类与史部杂传、子部杂家各类，二是《四库全书总目》所载小说，在前述三志中还包括史部地理、起居注、旧事、故事、杂史、实录及子部道家，甚至还有见于经部乐类者，证明古人对小说认知观念之变化与尺度之放宽，很有说服力。

当然这部书的主体，是用历代书志之著录，与秦汉至五代为止之文言小说，无分存佚之逐书记录。每一书名下，一般包含存佚，有无传本与辑本，时代与作者，叙录之主体是书志著录情况，间及内容与作者说明。现在数一下，正编所列，汉魏六朝小说为116种，附录2种，隋唐五代228种。每篇短仅数十字，长也不过五六百字，提纲挈领，要言不烦。书后有二附录，一为《存目辨证》，列出有传本之伪书119种，二为

《〈异闻集〉考》，揭示鲁迅与汪辟疆都特别推重的唐传奇名篇，主要因唐末陈翰编《异闻集》而得保存。

程毅中先生的这本小书，当时在我的阅读中曾引起巨大的震撼。在这以前，我读过鲁迅的《中国小说史略》和《破〈唐人说荟〉》，对明清书坊大量据《太平广记》印行古本小说，伪题书名与作者，已经稍知大略，就所有遗存文献来说，何真何假，如何鉴别，则尚无办法。《古小说简目》提供了基本原则和大体完整的书目，且逐人逐书，一一说明，更便于初学。他在《存目辨证》中所举伪书，主要来源有《五朝小说》《古今说海》《唐人说荟》《龙威秘书》《唐开元小说六种》《合刻三志》《虞初志》，以及《说郛》重编本等，且逐书说明真本源出，何以为伪，一些真伪相杂之书，也有具体揭示。这是斥伪。至于存真，则以传本与书志之记载参证，以《太平广记》为主要坐标，辅以晋唐古注与唐宋类书，特别是宋元期间尚得见古小说而曾加引证者，如《云笈七签》《类说》《绀珠集》及《说郛》等书，将上述346种古小说之子存文本，有大略的记录。

读到《古小说简目》时，我刚做完学位论文，因全国学位条例制定而晚了半年答辩。其间百无聊赖，翻看群书以寻觅今后可以长期研究的题目。从此书，也从其他各家前辈著作中体会治学路径，加上得自老师的一些文献学知识和原则，逐渐加以体会。因《古小说简目》，至少可以知道并非所有有传本之著作都可以作为研究的依凭，文献学的治学方法，既可以作为古籍登录管理、校勘整理之原则，更可以成为阅读群籍、董理一代基本文献的准绳。稍后确认做唐人佚诗辑纂，将《古小说简目》所列全部古本小说，以及引用文献所涉基本典籍，都翻了个遍。估计当时所得源出唐人小说之唐人佚诗，在百首以上。比如《周秦行纪》，其间有牛僧孺入薄太后庙与古后妃所作诗七首，无论此书为牛作抑或牛之政敌如韦瓘诸人伪造，其文既有《顾氏文房小说》本，《太平广记》卷四八九和《李文饶外集》卷四也收了，还有敦煌遗书P.3741本，出自唐人应无问题。不知为何，清编《全唐诗》就是不收，难道还真认为是遇到汉文帝他妈了吗?

其实何止古小说,每一类古籍都有其流传史,比方诗话,比方地志,比方笔记,比方传记,都有各自的共性特点与各自区别。读书贵在能举一反三,我也因此得到许多启发。

前些年,得有机缘与程毅中先生一起在北京开会,说到对《古小说简目》的喜欢,很遗憾三十多年未印了,特别建议重印此书。程先生则觉得许多内容都已经过时,要补充的内容太多,很犹豫。对此,我能理解,更觉得从这一点也可以看出国内唐代基本文献研究格局的巨大变化。

具体些说最近三十多年古小说研究之进步,可举以下数端。一是海外学者的杰出研究为我们所了解,如台湾学者王梦鸥之唐人小说研究,王国良的汉魏六朝古小说校订,日本学者内山知也的隋唐小说研究,皆多有发明。二是小说古本、善本之发现。最重要的是《太平广记》善本的发现。明代以来通行的是谈恺本,六十多年前汪绍楹校本给人耳目一新的印象,近几十年则有台湾存孙潜本与韩国存《太平广记详节》的通行,张国风据以作《太平广记会校》,再推进一步,但遗憾仍多。其他如《玄怪录》陈应翔刻本的发现,《冥报记》在日本有新的补充,《鉴诫录》翁氏藏宋本从海外之回归,《贾氏谈录》海日楼抄本颇存佚文,张文成《游仙窟》古本古注在日本多有传本,等等,大大充实了研究者的收藏。三是系统研究与整理的展开,其中李剑国作《唐前志怪小说史》后,再作《唐代传奇志怪叙录》,对宋前小说做了逐条的清理。稍后李时人作《全唐五代小说》,陶敏主编《全唐五代笔记》,都追求更准确的文本。程毅中、李剑国对古本小说的分别校录,也各有成绩。程先生曾撰《〈丽情集〉考》(《文史》第十二辑),揭示唐小说入宋之流衍,尤为重要。各单本著作之整理,成就也很丰富。小说笔记作者之墓志,所见则有郭湜、韦瓘、张读、王仁裕等。可说的太多,程先生觉得增订为难,可以理解。

因为翻到一本旧书,引起学术起步阶段往事的联想,更可见到最近若干年内古小说研究的进益,不敢说向程先生请教,更愿意向初进学域的年轻学生传达治学的基本原则和学会举一反三的能力。

刊《文汇读书周报》2018年12月10日

刘学锴先生的温庭筠研究

祝贺《刘学锴文集》出版，煌煌二十二册，是当代中国学术的重要里程碑。因为还没有看到全书，仅承见示目录，手边书又较乱，无法全面评述。在此仅谈历年对刘先生著作的一般印象，重点谈刘先生的温庭筠研究成就。

最早知道刘学锴先生，是1977年刚进复旦大学时读到人民文学出版社所出《李商隐诗选》，很复杂难解的诗，讲得晓畅明白，揭示晦旨，曲传隐意，很是方便初学。进入研究生，同学周建国专治李商隐，时时谈及，更所关心。后来陆续读到刘先生与余恕诚先生合作的《李商隐诗歌集解》《李商隐文编年校注》，更感是今人注解唐集之上乘之著，前书曾得国家图书奖，当之无愧。刘先生75岁后所著《唐诗选注评鉴》，历时四年多方完成，我在两年前撰文《两种唐诗选》（刊《文汇读书周报》2018年4月23日），认为该书是刘先生"长期坚持细读文本、寻绎诗意，晚年集中解说唐诗的总结性著作"，是近年最好的唐诗大型选本。此书选诗，"以有诗情诗味为第一要旨，以是否有成功的艺术创新为参考，也考虑到诗意的艺术完整"；校注，"穷搜深究"，努力纠正明人之传误；笺评，将"历代疏解评论"，作为"诗的接受史料来选取"；鉴赏，则致力于"疏解诗意、再现诗境的同时，对全诗的艺术风貌及特色进行一些品评"，最为精彩。

刘先生研究温庭筠，代表著是《温庭筠全集校注》（中华书局，2007年，简称《校注》）与《温庭筠传论》（安徽大学出版社，2008年），后者是在重新解读温庭筠全部存世诗、文、词以后，对温氏生平经历与文学成就的重新认识。刘注以前，通行的温诗注本为明末曾益原注，清初顾予咸补注、顾嗣立删补订正的《温飞卿诗集笺注》（简称《笺注》），词则多见于《花间集》之注本，单注者有曾昭岷《温韦冯词新校》（上海古籍出版社，1988年）等，温文则向无注释。《校注》之工作，诗集底本选择中国国家图书馆藏明末冯彦渊家钞宋本，因温集无宋本，此集多存宋本面目。所校各本，可为文集善本之代表，皆曾参校。对《笺注》，在区别曾益与二顾之解读时，分别标注，全部保留，以存旧注文字。刘先生新增注，则称"补注"，内容详于前人之注。他对各选本与诗话中对温诗之笺解评鉴，则尽量网罗，备择存录，对今人论著中见解，也尽量予以吸取。我早年写过两篇考证温庭筠生平之论文，是我写学术论文之始，所述得入刘先生法眼者，也曾被刘先生吸取，如《感旧陈情五十韵献淮南李仆射》引及十二则，皆标"陈尚君曰"，甚感惶恐和庆幸。

温庭筠生平之研究，近代以夏承焘先生《温飞卿系年》为代表，考其生卒年为约812年至约870年。其后施蛰存据《宝刻类编》所记温庭皓咸通七年（866）撰《唐国子助教温庭筠墓志》，确认温卒于该年；拙文《温庭筠早年事迹考辨》（《中华文史论丛》1981年第2期）通过对《感旧陈情五十韵献淮南李仆射》一诗之重新解读，考为生于贞元十七年（801），都为刘先生所接受。《校注》后附《温庭筠系年》，较前此各家所考，有很多新的发明。温之籍贯，先确定为吴中的大范围，进而推测在松江附近，太湖之滨，举证颇详。生平大节有发明者，如解读《觱篥歌》注"李相伎人吹"之李相为李德裕，引元稹、白居易、刘禹锡皆和李《霜夜对月听小童薛阳陶吹觱篥歌》为证，确认温从李游的时间；温从庄恪太子游及太子暴亡，是他早年经历的重大挫折，前此牟怀川、詹安泰考证尤详，刘先生更补充《题望苑驿》《四皓》等诗证；对温在会昌元年（841）南归，及三年（843）返长安大量细节的揭示，也补充了温这段经历的空白；因对《上盐铁侍郎启》的详尽解读，考订侍郎为裴休，进而证明温之南游湖湘在大中元年（847）；据对《上封尚书启》《上吏部韩郎中启》之解读，考定温在大中七年（853）、九年（855）两次应进士试不第；考温贬隋县尉在大中十年（856），考证详密，举证有力，纠正《东观奏记》以后历代记载之错误；对温之入荆南幕，以往也较忽略，刘考在咸通二年至三年间（861—862）。前人对温庭筠生平考证用力甚勤，刘先生的上述发明看似细节，对温全部作品之解读则关系甚大，他的成就建立在对温存世作品的深切解读，特别是对温存世表启一类前人忽略作品之详尽笺证之上。

　　对温庭筠存世作品政治寄意的解说，前人多有解之过甚者，容易引起误解。刘注充分参考各家之说，平心分析，每于平常中得出可靠结论。如《菩萨蛮》"小山重叠金明灭"一首，刘注引汤显祖至周汝昌十六家说，认为诸说"发掘之深，体会之细，分析之精，可谓字无剩义，甚至远超出作者进行创作时主观上所欲表现之意蕴"，他的看法则认为全篇内容实极平常，"不过写一女子早晨""懒起梳妆"而已，对词末"新帖绣罗襦，双双金鹧鸪"二句之寄意，他则得出"女子所著者系舞衣，女子之身份为歌舞伎人"的结论。温诗中也多有阐释过度之作，刘注一一澄清。

　　我在这里特别提到1981年的拙文，并非自我标榜，而是要说到一件往事。《温庭筠早年事迹考辨》一文初稿写于1979年末，先给王运熙老师看，他认为还有价值，答应替我推荐给《中华文史论丛》编辑部。导师朱东润先生那时是该刊主编，但认为稿件水平到了，自然可以刊用，自己绝不替学生推荐发表。文章发出来，朱先生认真读了，有表扬，也告："还有不少夹生的地方。""夹生"是上海话，是说饭没有烧熟。那是我刊出的第一篇学术长文，对"夹生"之所指并不十分理解，又不敢往深处问老师。刘先生《温庭筠全集校注》接纳了我对温庭筠生年考订及早年经历的多数论述，对细节之出入也有明确的指正。我读到以下几点。温诗"邻里才三徙"，我联系前后诗，认为李绅家居无锡，温之"家居与李绅为比邻"，温亦得为无锡人。刘先生认为此句乃"赞颂李绅从小得到其母的良好教育"，虽然我的结论较顾氏更为具体，但比邻之说不能成立。此其一。温庭筠《感旧陈情五十韵献淮南李仆射》中李仆射是谁，前人有李德裕、李蔚、李珏诸说，刘先生肯定以拙考李绅为可信，"诗、史互证，完全符合，最具说服力"，但也指出拙文中有几点"显属误解，需作修正"，除前涉占籍之一例外，还有"冰清临百粤"与"优游是养贤"之解释。前句我认为是李绅无罪而贬端州司马，刘先生认为指李绅"任浙东观察使，官声清廉"；后句，刘先生的解读比我的理解更宽泛些，当包括贬端州至分司东都的一系列经历。此其二。温诗"云霄已九迁"，拙文谓引用车千秋一月九迁为宰相典，称李仕进之速，刘先生指出作此诗时李绅尚未入相，仅接前句言"绅母教养有方，故绅历居显位"。此其三。温诗"婚乏阮修钱"，又云"妻试踏青蚨"，拙文注意到二者矛盾，因疑前句"或系借喻无钱为进身之阶"，刘先生也没有提供可靠的结论，但认为"如此用典，诗意只能作此解，或句意只言已贫困无钱，丧妻后亦无力再娶也"。不否定拙说，又表明立场。此其四。其他细节还有一些，不一一列举。我想，刘先生看出的问题，未必为朱先生所见之问题，但就指出的各点来说，则为初学者常犯的通病，即把握不细，不能准确理解在全诗语境下某句典故的特定寓意，甚或自以为是地发挥过界。虽然不算大误，也还不影响结论，但确应让我引起警惕。现在我将这些写出，并不觉得特别羞惭，大约初学起步阶段都会有这样或那样的问题。广参众说，听取批评，青涩可以逐渐成熟，以此与年轻学人共勉。当然，也谢谢刘先生的充分肯定与善意指正。

最后，祝刘先生健康长寿，期颐多福！

2020年12月12日在安徽师范大学举办《刘学锴文集》首发式发言，刊《名作欣赏》2021年第3期

读陈允吉师新著《追怀故老》

前几天，厦门大学吴在庆教授来访，我陪同他去看望不久前刚寿开九秩的陈允吉师，获赠新著《追怀故老——复旦中文系名师诗传》（商务印书馆，2019年），自是喜出望外。知他有此写作计划已多年，且最早一篇写于十五年前，耆年终于完成，为他高兴。

此书体例很特别，主体写对复旦中文系十位名教授的追念，每人写一篇五言古体长诗，逐句详尽自注，还原十人的生平往迹、学术成就、嘉言懿行、受教与交往点滴。书前《小引》，说明以长诗写诗传，是依傍杜甫《八哀诗》："昔杜工部衰龄漂泊西南，滞留夔府，感时伤乱，讴旧吊贤。乃至尽驱五言，启赋咏之胜途；奇撰《八哀》，洵歌诗之别致者焉。授业恩师朱东润先生赅览中西，贯通文史，缘倾情于传叙，久肆志乎锥探。职此参稽欧习，熟察表征；汲讨遗书，潜推踪迹。尝谓子美之《八哀诗》联缀翰章，着力摹容人物，创意纷呈，蚕丛独辟，充之记实则功能卓跞，付之立传则构架森严。诚哉斯议，向获认同；如是我闻，适堪依傍。"

允吉师喜作骈文，此段文字对一般读者来说有些艰深，他要表达的是，杜甫晚年在夔州作《八哀诗》，哀悼平生敬畏的八位名臣或知友王思礼、李光弼、严武、李琎、李邕、郑虔、苏源明、张九龄，各诗篇幅宏大，长短不齐，务写出各人的平生志业、事功成就、独特遭际及自己的怀想之情。对此组诗，历代评价差异很大。朱东润师撰《杜甫的〈八哀诗〉》（刊《光明日报》1962年4月29日），用西方传记文学立场，表彰此组诗"继承古代的传统，开创一条大道"，"必然会引起行人的虔敬"。此文发表不久，允吉师留校任教，他既曾在课堂听闻讲授，对朱先生的学识更表赞同。十诗中最早完成的一篇，写的就是朱老。

所述十位名师，是郭绍虞先生、朱东润先生、陈子展先生、吴文祺先生、赵景深先生、蒋天枢先生、刘大杰先生、刘季高先生、王运熙先生，大致按年齿为序。敏感的读者不免会问，复旦中文系不是有"十老"之说吗？这里为什么有所不同？我没有请教允吉师，揣摩应与他本人之交往和熟悉有关。"十老"之说议定于1994年，陈望道先生1977年前是校长，王欣夫先生殁于二十世纪六十年代中后期。

十首长诗是允吉师倾注心力之作。依傍杜诗，本就不易，要做到诗格神似，贴切写出十位前辈的精神风采，更谈何容易。这里摘几段。

写陈子展先生的早年：

展师号楚狂，才格出寻常，笔健富清制，气酣凌浩茫。贵书参岳麓，对竹忆潇湘。渠阁通经史，芸台读《雅》《苍》。博观期蔚茂，约取致精详。

写出子展先生的湘人个性与博学进取。

写蒋天枢先生整理老师陈寅恪的遗稿：

懔懔陈夫子，拳拳向所系。延伫受嘱托，畅叙移阴砌。寒柳垂千叶，金明照四裔。功成却报偿，追琢愈精细。师事久陵迟，非公谁为继？

这段事情学界知者甚多，而从重振师道来讲，是诗人的特见。

·457·

写刘大杰先生在复旦论学之才气：

> 角巾临复旦，袗侣揖尊长。开示演渊微，气神何倜傥。剧谈驰敏识，刊改缀精想。三卷足堪传，四瀛尤所仰。鹤鸣吝苟同，徽誉日增广。

三卷指刘先生1962年版之《中国文学发展史》。

写刘季高先生的遭际：

> 移驾江淮间，高咏理巾帻。彻究桐城派，披寻资远击。克期奉调归，显作东吴客。排荡劫波起，恒遭事势迫。良由性委和，迄致殚灾厄。辛苦泥沙路，往往倚杖策。

前说他1962年奉调安徽大学，没有怨尤，赋诗一首，慷慨成行，因此而专治桐城派文学。后又到江苏师院授课一学期。因为他脾气好，动乱中没有大麻烦，但学工务农，则艰辛备尝。

写王运熙先生晚年与离世：

> 即席醇儒姿，忻朋淡水缘。简书恒整肃，桃李已芊绵。旷朗从心契，清赢任体屏。白头逢晚灿，缃墨染华笺。一仆终成憾，三冬竟未瘥。向晨寒气集，叹息满平川。哀韵宏寥廓，为公歌此篇。

王先生成就举世瞩目，但2011年5月17日的一次车祸，改变了他的命运，卧床两年九个月后去世。

更精彩的是十首诗的自注，除一般说明十位名师的生平著作外，更包含大量精彩的逸事。如写赵景深先生藏书三万册，以宋元后之通俗文学为主，他奉行藏书公开，不管来者远近少长，认识与否，登记一下就可借走，以前我也听同学马美信说过。又写赵先生二十世纪五十年代中

458

期曾在复旦礼堂演出《长生殿·小宴》，几年前《赵景深文存》发布会上，曾听允吉师有说有唱地叙述过，注里更说"他本人饰唐明皇，夫人李希同饰杨贵妃，女儿赵超林饰宫女，赵家班子一齐亮相"。写蒋天枢先生整理《陈寅恪文集》出版后，觉得有一处引《颜氏家训》标点可能有误，专门到允吉师所住单身宿舍问讯，确认后在自携书中标出。写到1976年后，学界对刘大杰先生有看法，朱东润先生说："刘先生身上沾了一些油污，但放到清水里去洗一洗，他依旧是一块石头。"可见诸老之间的尊重与理解。

书中每位名师诗前，都收标准照一张，生活照两三张不等，后者为允吉师多年保存，或从诸师家人处觅得，多为首度发表。其中有郭绍虞先生中年的全家照，陈子展先生1931年与夫人的合影，1958年吴文祺先生与陈望道校长、王欣夫先生在图书馆参加劳动搬书的留影，张世禄先生1938年的结婚照，蒋天枢先生1934年的结婚照，刘大杰先生与夫人的新婚照，刘季高先生中年与夫人合影，王运熙先生2010年的全家照，皆可称珍贵。

允吉先生1957年到复旦，多识前辈，多知往事，加上记忆惊人，尤关心细节，凡事由他说来，皆生动具体，如在眼前，真可说是本系前辈逸事的渊薮。我到学校也晚，前述十位前辈，参加过郭绍虞先生和刘大杰先生的追悼会，未见生前风神，其他八位都见过，接触深浅不同。读此新著，更添许多联想和兴味，值得推荐。

我更愿说到，我到复旦读书，得允吉师许多照拂，至今感铭。到校第一年，担任他任课的课代表，每周承他辅导学生，更得机缘天南海北地向他请益。第二年，承他与运熙先生推荐破格报考研究生，改变了人生轨辙。以后无论写文章或与人交往，都承他能直接批评指引。记得我工作之初，写了几篇与前辈商榷的文章，他径告，此类文章少写些，不要老看到别人的疏失，而要首先建立自己的学术。

记得二十世纪八十年代初某日，在校医院附近见到他，神色有些黯然，包里取出一张X光片，指给我看其中有阴影。其后病休了半年，他的学术与人生态度也发生很大改变。研究佛教与文学关系，更多从生死、病痛、心态等立场加以解说，一篇文章常写七八稿，追求学术之义理、辞章、考据兼美，不贪数量，多成精品。更讲究身体调摄，常年坚持每天长距离走路，年过八十，仍精力旺盛，身体健朗。

谨在此送上我的敬意和祝福。

刊《文汇读书周报》2019年6月10日

讲清杜甫离开草堂的缘由

接到宁波大学金涛教授的电话，很感意外，至少有15年没有联系了。马上问年，今年八十二，身体很好，电话里的声音就能感觉出来。金先生告事由，刚在巴蜀书社出了《杜甫诗传》，参取我早年论文《杜甫为郎离蜀考》的考述，分析杜甫晚年全部诗作，对杜甫永泰元年（765）离开成都草堂后的经历、心情和诗意，有全新解读。这当然引起我极大的兴趣。拙文初稿写于1979年夏，是我第一篇学术文字；发表于《复旦学报》1984年第1期，至今也35年了。海外据说颇能接受，前几年日本出版杜甫诗注，即从拙说。国内则张忠纲教授曾撰文商榷，陈贻焮教授、莫砺锋教授分别著《杜甫评传》，均注意到拙文，未采信。

先说拙文的主要见解。1979年6月，从朱东润师读研第一学年结束，朱师完成《杜甫叙论》还未刊，出题《大历元年后之杜甫》。大历元年（766）杜甫在夔州，他最后几年诗宋人很推重，师之期待是可理解。我就一年所学，希望有一历练，因将图书馆相关书全借出，用两个多月成文三篇，其一即追索杜甫此前一年离蜀之真相，有清人浦起龙一点点的启发，广征杜甫本人诗，尽翻宋以来之旧案。其二、其三谈杜晚年思想、艺术成就，自觉难突破当时局限，至今仍存于行箧。

宋以来杜甫传记，都说杜甫以检校工部员外郎入参严武剑南节度幕府。永泰元年（765）四月严武死，杜甫失去依靠，蜀中将乱，于是仓促出走。然而杜诗所见行踪与心情，六月已到戎州（今四川宜宾），心情愉快，并不赶路。他在忠州（今重庆忠县）准备赶往江陵，在云安、夔州停留两年是临时决定。吊唁严武诗也作于峡中，很可能出走于严武死前。前述拙文就此展开分析，廓清了前人疏忽的一些事实。他任幕府参谋在前，身上穿的是戎装。检校工部员外郎是那年春初所颁，有服饰，有银鱼，有朱绂。春天他就开始做出行准备，严武则卒于初夏最后几天，似乎只是巧合。从成都买舟东下，到荆州北上经洛阳入京，恰巧是《闻官军收河南河北》"即从巴峡穿巫峡，便下襄阳向洛阳"勾勒的路线。

有人质疑，唐代安史乱后，检校官只是虚衔，无实际意义，杜诗中所有自述，只是主观幻觉。其实，制度的变化有一渐变过程。玄宗时，检校官指未实授官，或暂署理，或到任即真。安史乱后，为鼓励军功，高层检校官多有虚衔，中层则未变，从肃、代二朝贾至、常衮所草制词可以明白。理解此，知道那年春天由于严武奏请，杜甫被召入京任职，他随即买舟东下，于路心情大好。到三峡口的云安，多年旧疾消渴（今称糖尿病）、风痹发作，在《客堂》诗中说："栖泊云安县，消中内相毒。旧疾廿载来，衰年得无足。死为殊方鬼，头白免短促。"危及生命而被迫暂留养病。半年后，迁居夔州两年，耽搁了入朝的期限，被迫漂泊荆湘而终。

十多年前曾与美国斯坦福大学艾朗诺教授谈到拙说，他告洪业先生早年在美国授杜甫，也有类似的怀疑，并寄来洪著英文书影。此书经曾祥波教授汉译，2014年上海古籍出版社出版，写到"诗人究竟是在严武去世之前还是之后离开的成都，这仍然是一个未曾解决的问题"。"因为杜甫没有任何悼念严武之死的作品，这可能表明我们的诗人是在节度使去世、甚至患病之前离开成都的。"立说很谨慎，但也明确地发现，前一年秋冬间杜甫已很少到军府，接替严武的郭英乂也是杜甫的旧友，严武死对杜甫并不构成危机。

金著《杜甫诗传》后记，有一大段说到拙文的见解，提到傅璇琮先生、袁行霈先生对拙说的肯定，认为此一问题"牵涉到对杜甫后期思想行为的理解"，"需要重新解读，以恢复历史的本来面目"。他看到杜甫"离蜀后病滞途中，有两大心事牵挂于心：一件是关心时局变化，不时忧国忧民；另一件就是想归朝履职，实现人生理想。他在诗中有数十处写到自己离蜀是为了归朝履职，并为因病滞留途中不能回朝而感到焦急，感到遗憾"。他又说："我写这本杜甫传记，就是依据陈尚君教授的研究成果，用作品演绎杜甫后期的思想和行止，凸显杜甫始终坚守扶君济世理想的本来面目。这可以说是这本杜甫诗传的新意所在。"

金著《杜甫诗传》不足20万字，追求"雅俗共赏"，分23节，务求深入浅出，文字清简省净，对杜甫一生的叙述能从大处着眼，于细处分析。全引或节引杜诗超过300首，都有很好的解读。全书不加注释，但能把握学术分寸，看得出做过大量的前期文案，符合当代西方传记虽无烦琐考证，前期文本的详尽推敲一点也不从省的做法。

即如前述参取拙文对杜甫离蜀后经历的四节叙述，在在都有对拙说新的补充。金先生认为，杜甫在永泰元年（765）初已辞别严武幕府，所授郎官"检校意为察看、办理，检校官并非虚衔"。他对《客堂》诗的解读，与去年末我在《古典文学知识》新刊《〈客堂〉：杜甫生命至暗时刻的心声》一文所见基本相同，他成文肯定在拙文刊出前。他推测杜甫发病始于忠州，云安期间不堪杜鹃啼叫是"思归心切"。云安冬春间，始终想抱病入朝，但病体孱弱，力不从心。他读出《别蔡十四著作》是送友人入京，顺便表白自己虽不能入朝，可提出蜀事安危的见解。在《夔府情系故国》一节，他用新说对杜甫一系列重要作品有全新解读。如读《暮春题瀼西新赁草屋五首》，看到杜甫有济时之策可陈，只因病留峡中，"悲叹朝宗无期，只有中宵泪洒床席"。对《夜雨》《更题》《复愁》等诗，也有很好阐述。对杜甫在江陵之委屈，在公安之穷途，在岳阳之徘徊，入湘后之狼狈，更能作全景式的展开。稍感遗憾的，估计因此传定位的缘故，对杜甫后期最宏阔壮丽的诗篇，没能展开论列。

金涛先生是浙江义乌人，原名金竹槐，工作后改名金涛，字涛声，以字为笔名。他是北大文献专业早期研究生，曾任职于中华书局。因故到广西。宁波大学成立不久，他东行任教。我与他熟悉，始于1986年共同参与周祖譔先生主编《中国文学家大辞典·唐五代卷》，他负责初唐部分，达到很高水准。他曾整理《陆机集》，难度很高。20多年前我与他都参与《全唐五代诗》编纂，他承担王勃、杨炯二集。我得缘见过他的工作稿本，在大开本中将底本粘贴于中页，各本异文分次标出，工作极其规范。20多年前，傅璇琮先生在宁波东钱湖开古籍提要会议，我与他接谈稍多。不意多年过去，他也遭遇一些变故，仍能以耆龄笔耕不辍，在他的新著中，确能读出"文章老更成"的意味。真为金先生高兴，更颂福寿康怡，学术常新。

刊《文汇读书周报》2019年4月1日

初读《林继中文集》

　　林继中教授认识逾三十年，许多专著都读过，佩服他是一位兼做文献与鉴赏、讲究理论与实践的优秀学者。这次《林继中文集》结集出版，煌煌八册，内容丰富，多半为首次见到，对林先生的学术成就又有许多新的认识。

　　记得认识林先生后不久，他约我为他的新著《杜诗赵次公先后解辑校》写书评，且读到与此书相关的一些文献，知道该书是他在萧涤非先生指导下完成的博士学位论文。初觉这样的学位论文很特别，不是个人的专著，而是宋人一部残佚杜诗注本的复原，论述部分仅书首部分数万字。沉下心来读，可以体会此一工作意义重大。宋人注杜，由九家而百家、千家，虽存宋本多种，然个人注本几无所见。赵次公年辈甚早，是最初做杜诗全解的几家之一，后集注本行而单注本废，学人看不到宋人注杜起点的面貌。不幸之幸是，赵注原本之丁、戊、己三帙，即后半部，居然有二残本保存，一为明前期钞本，存北京图书馆；二为前本之传钞本，存成都杜甫草堂。最早介绍赵书有存的是四川师院雷履平先生，林先生继起而校辑复原，既据二钞本残帙精心校订，又据宋以后注杜群书辑录不存之前三帙。这一工作极其繁复，学术要求很高，其学术史意义绝不亚于任何专著。因赵书之刊布，我们可以看清宋人注杜的起点水平就很高，赵次公居功至伟。赵书没有受书商的影响，故引征丰富，解说详尽。以残帙存赵注与九家注以后各家引赵注比较，虽精华有存，但解诗精彩及独见处，也删刈过甚。林辑校订精审，贡献巨大，学界多有好评，我当时也认为此书工作具有学术示范意义，许多失传的古籍如果条件具备，可以因此而起死还生。

林先生是杜诗学大师萧涤非先生的学术传人，所著《杜诗学论薮》收录了他研读杜诗的一批力作。宏观研究杜诗者，如《论杜甫"集大成"的情感本体》，指出杜诗能保持人性的本真，古人叫真性情，今人强调心理本体，情感本体，"真性情就是能体现人性本真的性情"，抓住了杜诗成就的关键。《杜甫——由雅入俗的拓荒者》也极其有识，揭示杜诗从高华雅逸的贵族气派中走出，表达平易近人的世俗风度，这一转变直接影响了中唐诗人的审美趣味，成为唐宋转型的分水岭。《杜诗〈洗兵马〉钱注发微》是杜诗单篇研究的难得力作。钱谦益注此篇，借他人之语自誉"凿开鸿蒙，手洗日月，当大书特书，昭揭万世"，林文则以两万多字的篇幅，先讨论此诗之作年在乾元元年（758）春，再结合此时朝廷内外的政治角力与军事进退，从新的语境中探讨杜诗的意旨，并对仇兆鳌、浦起龙的发挥一并加以讨论，其中涉及玄、肃父子间的矛盾，由此而引出玄宗旧臣与灵武新贵的冲突，说明钱注之识见与发明，也指出他的偏见与误失，更从全部杜诗考察的立场，说明写此诗时是杜甫对肃宗期望值最高的节点，其后一路下跌。以详尽的文献解读为起点，从历史人事的大背景，结合诗人的经历，运用西方各种现代手段，对钱说既不盲从，也不轻弃，客观冷静地理清谜团，为学术论文之优胜之作。我对《诗心驱史笔——杜甫〈八哀诗〉讨论》一篇也很有兴趣，因为本师朱东润先生早年从传记文学立场，表彰过此组诗之价值。林文从创格、伤时、繁简、诗史、诗心等角度，全面讨论此组诗的价值，对前人之误失多有讨论，颇有新见。

《文集》中所收《文化建构文学史纲》一书，陈伯海先生与赵昌平先生作序推荐，出版时影响很大。承林先生赐书，当时就有机会读到。此书以中唐至北宋文学研究为中心，用西方文化建构学理论重新考察文学之种种变化，提出许多独到的见解，如以中唐划分魏晋至北宋文学发展为两大块，中唐后雅俗文学的交流态势，魏晋至盛唐文人心路历程的文化因素，以诗意化追求与诗性思维两个层次来考察情志与语言的转换机制。与八十年代受西潮影响空泛的探讨新方法之诸论著有很大不同，此著既以文学为本位，又充分吸取文史各界的研究成果，涉及士族文化的基本特征、两税法与市井文化、党争与士人的生存空间、以诗取士与世俗地主的知识化等复杂问题，也关注雅俗之争的社会背景、雅俗回旋的文学表现、儒学转向与伦理入主文学等前沿课题。由于饱读文本，兼涉文史，视野独特，体会深切，这部著作确实给人耳目一新的感受，无论赞同与否，都无法回避此书提出的问题。我特别赞同赵昌平先生序中所说，本书显示作者不随波逐流的学术品格，表达独立特行的学术追求。赵序居然写到对哪些论述他不赞成，恰好印证了彼此的纯粹与真诚。

　　《文集》所收几种选本，我是第一次见到。其中《中晚唐小品文选》，似乎前此并没有同类选本。其中特别以韩柳为界，可以作韩柳同时或以后的古文发展史来读。许多作者前人未有论列，更遑论选注，非通检通读《全唐文》，仔细审读体会，难以臻此。有关杜诗的两种选本，篇目有些重合，是因不同需求而分别编选不可避免的事。仔细阅读，则解说与批注之轻重繁略各有异同，简明中能得其要旨，解说能传达精神。我最赞赏的是《杜诗菁华》中所选的每一首诗，在解题说明写作的时间、地点与诗旨，注释释读疑难，研析点评技巧与诗心，更为每首诗做了语译。语译不是改写为白话文，而是每首诗都写成语体的现代诗。这样做很不讨巧，很容易出错，要传达杜诗的精气神更难。抽读了一些，居然都做得很妥帖，真不容易。举一首为例。杜甫《题壁画马歌》："韦侯别我有所适，知我怜君画无敌。戏拈秃笔扫骅骝，欻见骐驎出东壁。一匹龁草一匹嘶，坐看千里当霜蹄。时危安得真致此，与人同生亦同死。"林译："韦侯远行来别我，知我最爱其画世无敌。戏拈秃笔一挥就，刹时骏马出东壁。一匹吃草一匹嘶，立看千里蹄下失。当此乱世哪得此，能与我辈共生死。"喜欢杜诗且有较好阅读能力的人可能觉得译诗不如原作，这自难免，就如同翻译西方名著很难传达西方语言中机趣与精神。但对中等文化程度的读者来说，林译很有助于理解杜诗。今译仅增加两个字，且非逐字对译，而是传达真意，如译"有所适"为"将远行"，理解"骅骝""骐驎"皆指骏马，省出字来将"扫"字译成"一挥就"，末两句的翻译尤见恰当。难译的是"坐看千里当霜蹄"，以"坐看"译为"立看"，当然很好，但"千里当霜蹄"，原意是说有此好马，千里之遥不难到达，批注说清楚与"所向无空阔"意同，但限定字数之文白对译，虽还有些文言余味，但似乎又只能如此译。书中有多首长篇排律之今译，精彩纷呈，这里无法展开讨论。

初读《林继中文集》，最大的感慨是时间推移，光阴如流，中国社会转型后走上学术道路的一批学者，现在也到了总结成就的时候。林先生较我年长许多，但因特殊原因，我与林先生还能算同一代人。我们的师长大多诞生在清末民初，经历了内外战争的颠沛流离，经历了鼎革与变动，始终坚持学术与教育，取得杰出的成就，让传统学术之火在经历千年未遇之大变后还能够延传下来。与前一代相比，如林先生在大学毕业后有很长时间远离学术，如我，还未完成启蒙就曾务农八年。当我们有机会重新回到学校，特别珍惜人生的机遇，特别勤奋地追赶前辈，希冀追回失去的岁月。我从林先生的著作中，能够体会到他的学术思考的宏大深刻，也能体会从事学术研究的急迫感和责任感。煌煌八册摆在面前，还应该加上前面说到的《杜诗赵次公先后解辑校》，那就是十多册，在长期担任行政职务之余，能有如此成就，实在不容易。一代有一代的学术，我很不赞成大师远去、再无来者的说法，但也承认我们这一代具有过渡传承的特点。就此种意义来说，我们尊重前辈，也不妄自菲薄，我们很好地接续了前辈的托付，并使之发扬光大，取得各自的成就。林先生是这一代学者中的杰出代表，值得我们学习。

（2020年12月19日，在闽南师范大学与上海古籍出版社举办《林继中文集》首发式发言，《中华读书报》2021年1月5日发表时题作《一代有一代的学术——初读〈林继中文集〉》。）

他山攻玉　各拥玲珑

——《日本唐代文学研究十家》的学术示范意义

去年夏秋间，见到中华书局出版蒋寅教授主编《日本唐代文学研究十家》，喜不自胜，见出一种就买一种。十多年前曾到日本访学半年，翻了许多书，对许多题目都感新鲜有趣，因我不懂日文，只能浑沦地去猜其大意，虽然也得到许多启发，但毕竟相隔一层。现在能够就目前最活跃的中坚学者十人，选其代表作，译成中文，当然值得欢迎。稍作翻检，觉得最重要的是日本同行的研究，对今日中国学者之研究具有很大的启示意义。不是一直在困惑于古代文学研究达到一定程度，究竟如何寻求新的突破和学术生长点，讨论来讨论去，大家似乎很难取得共识。其实看别人如何做，我们应可受到许多启发。就在这时，蒋寅来电话，嘱我写书评，并让责编给我寄来一套书。能看到整套书当然很高兴，但要落笔又很犹豫。最近二三十年，国内的书评声名狼藉，受嘱的书评堆砌好评，最多有几句微疵附于篇末；有意挑衅的书评就一点大肆鞭笞不及其他，立说也很难客观。我一直的态度是希望书评作者对原著有理解之同情，成就与问题都能充分展开，最好书评作者对此课题能与被评者达到同样的研究深度，方能对作者与读者都能有所帮助。我现在正遇到这样的难题。如果评价这些论著的中文翻译，我对日文全无所感，当然无从说起。就各书之研究成就来评述，我对其中多数研究只能瞠乎其后，何能妄议。斟酌再三，觉得还是就这些论著的学术示范意义，谈些自己的感受吧。

所收十家，按总目顺序为赤井益久《中唐文人之文艺及其世界》、市川桃子《莲与藕的文化史——古典诗歌中的植物名研究》、斋藤茂《文字觑天巧——中晚唐诗新论》、下定雅弘《中唐文学研究论集》、户崎哲彦《唐代岭南文学与石刻考》、深泽一幸《诗海捞月——唐代宗教文学论集》、松原朗《中国离别诗形成论考》、松本肇《韩柳文学论》、丸山茂《唐代文化与诗人之心》、芳村弘道《唐代的诗人研究》。十位中至少有五位与我过从较多，有一二位见过但已久无联系，有三四位没有见过。为表示客观，我一律不用尊称，后文引及其中论文时，也仅称作者，不引原书了。

十位学者的学术趣尚

如前所列书名，十位学者的学术兴趣和治学方法有很大差距。但如仔细分析，在差异中又有一些共同的趋向。其中多数为专题论文结集，仅市川、松本、松原三著接近专论，所谓接近，其实与中国学者所云有完整体系或集中主题者还是不同，松本、松原二著其实也只是相对集中的论文汇编。我所任教的复旦大学治古代文学的许多前辈，也更主张写论文，而不太提倡写专著，原因在于论文可以集中表达有独到体会的新见，而专著必然要做许多常识叙述和未必有意义的铺排。日本学者是否如此考虑，我不能揣测，但就近年国内从课题申请、社科评奖等方面来说，似乎更认可专著，而排斥论文集，实在有些令人担忧。

再从十本书的选题倾向分析，也可看出一些共同性。以下试表予以分析。

作者	宏观	语词	作家	作品	文献	生平	比较	社会	宗教	专书	综述
赤井益久	○		○	○							
市川桃子		○		○			○				
斋藤茂			○	○				○			

（续表）

作者	宏观	语词	作家	作品	文献	生平	比较	社会	宗教	专书	综述
下定雅弘			○	○			○			○	○
户崎哲彦	○	○	○	○	○			○			
深泽一幸		○	○	○				○	○		
松原朗				○							
松本肇				○	○						
丸山茂	○		○	○		○		○		○	
芳村弘道			○	○	○	○					

所列各项，大多按照中国学者之一般认识，为便于叙述而加以区分，可能日本学者并无此分割。"宏观"指议论较为宏大的话题，如赤井益久《论"中唐"在文学史上的位置》、户崎哲彦《唐人所发现的山水之美与岭南地区》、丸山茂《唐代诗人的日常生活》，其实都还是与具体文学现象相关的讨论，但在日人已属大题目了。"语词"则指对诗歌中具体语词之释义或阐发，市川桃子因着意研究莲花与藕的诗歌演变，有专章讨论与莲花有关的"莲花""芙蓉""荷花""藕花""菡萏"五种诗语的产生、衍变和寓意，包括其所表达的气氛和色调。深泽一幸有二文讨论"海月"和诗中蜂、蝶的寓意，户崎哲彦有文讨论"桂林山水甲天下"一语的来源，因列入此项。其实他们的工作都与文学研究密切相关，与此间多见的语词辨识、释读仍有很大不同。"作家""作品"几乎每家都涉及，下文分别加以分析。"文献"专指新见文献介绍，及与作品真伪、文本流传有关的工作，户崎哲彦、芳村弘道两位是成就突出的大家，其他各家也都有类似研究，唯此套丛书多未收。"生平"专指作家生平基本脉络之勾勒，与作家之专题研究有别。"比较"则专指中日文学或中西文学之比较研究。"社会"指与文学家生活环境或生存状态有关之研究。"宗教"专指文学与佛道关系之研究，十家中仅深泽一幸专收"宗教文学"，其他各家涉及较少。但据我所知，日本学者在中国中古佛、道研究方面的水平和成就，远在中国学者以上，未能充分展开，很可惜。"专书""综述"都可以理解，十家集所涉重点其实都是

《白氏文集》。

就以上分析可以理解，日本学者更着重关注具体作家、作品的研究，关注文学专题的深入探讨，多数所涉课题与中国学者相近。以下就各点展开分析，就会发现同中有不同，所述大多有强烈的问题意识和阅读感受，对文学现象的认识不受固定框架之束缚，而能独立随性地表达所见。

做最坚实的文献工作

十家中，户崎哲彦、芳村弘道研究侧重于文献考辨，其他各家偶有涉及。

户崎哲彦早年作柳宗元研究，认真踏勘了永州、柳州柳宗元当年曾履历的山水，进而将论著汇聚为《柳宗元永州山水游记考》（京都中文出版社，1996年），对柳文解读有重大意义。晚近二十年作桂林历代石刻研究，先后出版《桂林唐代石刻の研究》（白帝社，2005年）、《中国乳洞岩石刻の研究》（白帝社，2007年），由于南宋以后特别是清代传拓广泛，地方研究校录也卓有成就，似乎很难突破，但他坚持多年在当地做田野踏勘，将石刻现状、传世碑拓和历代文献做全面的占有和考镜，找到许多当地学者都不知道的刻石，在文本校录、流传叙述和事实探究诸方面都达到空前成就。我已另撰文介绍二书（刊北京大学国际汉学研修基地编《海外汉学研究通讯》创刊号，中华书局，2009年）。收在《唐代岭南文学与石刻考》中的十三篇论文，两篇为前二书之前言，以及《唐人所发现的山水之美与岭南地区》，较系统表述他用历史地理学和石刻文献学方面研究山水文学和石刻文学的心得。其他各文，多数写于最近几年，部分是对前二书的补充。如《韦瓘佚诗〈游三游洞〉及其事迹考辨》，又利用《中国西南少数民族地区历代石刻汇编·广西省博物馆卷》所收民国初年拓本，重新校韦瓘佚诗录文，较前著录诗增加十字，改动二字。对韦瓘在桂林的经历，则通过对其家世仕历的详尽考索，揭示他在桂林二处石刻的真义。顺便说到，韦瓘墓志已经在《书法丛刊》2014年第4期刊出，由徐商撰文。考察韩愈名文《柳州罗池庙碑》之二文，利用罗振玉1913年在影印此碑宋拓本，复原原碑文字，就柳宗元逝世后三四年间地方崇祀及韩愈撰文之原委，并考定原碑佚失于北宋中期。无论对韩、柳研究还是对柳州地方文化研究，都很重要。该书最重磅的文字当属压轴之《广西上林县唐代石刻〈韦敬辨智城碑〉考》，近十万字，两度增订而成。其中碑文校录据44种古今文本写定，并进而研究宾州韦氏之族源及世系，宾州、澄州、廖州等羁縻州设立始末及管理机制，考定碑文作者韦敬一为当地文人，碑文受到《文选》影响，特别是陶渊明《桃花源记》和孙绰《游天台山赋》之影响，达到很高文学水平，对自然具独特审美观，表达与他族和平共存的思想。这样的研究，不仅在文学史重要，在地方史和民族史方面都有特别重大的意义。我自己也一直在做唐文献，自问有没有一篇文章达到这一高度呢？实在还没有。

芳村弘道早年对李白文集和宋类书《锦绣万花谷》版本的研究，曾引起中国学界较多关注。收入此套丛书的《唐代的诗人研究》，是他在日本2008年出版《唐代诗人和文献研究》的前半部分，主要论述孟浩然、储光羲、王昌龄、韦应物和白居易的诗歌。虽然为篇幅所限，后半部分文献研究没有收入，但收入各篇仍能见到很好的文献考证能力。举例来说，岑仲勉考白居易《醉吟先生墓志铭》为伪作，举十项极重要的内外证，几乎已可作结论，我所知国内多数学者皆从岑说，川合康三《中国的自传文学》也举那波本不收、绍兴本置于卷末，倾向为伪。芳村则举日本内阁文库藏《白氏文集管见抄》有此篇墓志，录自北宋景祐本，题下有注："开成四年，中风疾后作。"证明文本渊源有自。进而对岑氏十点质疑逐一加以解释，证明传本虽然有后人妄改和补笔的内容，但既已为《旧唐书》本传所采据，则主体部分仍出白氏手笔。

其他各家虽不以文献研究为主，但凡论述所及，首先也都在基本文献的搜辑和鉴别工作中花过大气力。市川桃子研究莲与荷的文化史，在后记中讲到八十年代前中期曾花大力气翻检基本典籍，1989年得知深圳大学做出《全唐诗》全文检索系统后，立即采购试用。她回忆当年工作虽然辛苦，但随时能感受"沐浴在绚烂诗雨中的乐趣"，确是心得之言。她在附录中将涉及芙蓉的非植物用法、含宗教意味用法、文章中的莲花等项逐一列出，也可知她的工作并非浮泛之论。

从细微处切入

我曾在日本读到许多文史方面的论文，最深刻的印象是日本学者喜欢做即小见大的文章，从细微处插入，向深处开掘，颇有意想不到的收获。十家集中可举二例。

户崎哲彦《桂林华景洞〈李珏题名〉石刻与许浑〈寄李相公〉两首诗考》是因小见大的很有新意的研究。许浑诗集中有《闻昭州李相公移拜郴州因寄》和《寄郴州李相公》二诗，至今中国学者专治许浑者数家，都认为两位郴州李相公为同一人，即李珏，诗皆作于会昌六年（846）。户崎根据华景洞李珏会昌五年五月署衔郴州刺史的题名，认为前诗作于会昌五年，这是微调，订正了《通鉴》以来的失误，也知道此年白敏中入相后立即着手量移牛党五相，与党争史实有关。《寄郴州李相公》与前诗比读，发现二诗基调有很大不同，前诗因量移而乐观，后诗反而景色黯淡，显得情况很严重。进一步探究，户崎发现柳宗元《奉和杨尚书郴州追和故李中书夏日登北楼十韵之作依本诗韵次用》与此诗用韵多同，认为柳诗为元和十一年（816）户部侍郎、判度支杨於陵贬郴州，追和故相李吉甫诗而作。根据《云溪友议》，许浑曾在元和三、四年（808、809）入杨之岭南幕府，有可能在杨贬郴州后复和杨诗。但也可能此诗根本与许浑无关。这样的探究，确定旧传许集诗题有误，原题当与柳诗接近。又据柳诗，知道许名下诗仅八韵，较柳诗在深韵后缺岑、阴二韵。就唐人次韵诗来说，此诗也是较早的一首。诗中的"李中书"为李党魁首李德裕的父亲，元和名相李吉甫。据柳诗，可以知道旧史所载杨於陵受李吉甫排挤而出守郴州,并以此事为牛李党争起因,则显属误传。许、柳二诗均可见李、杨关系密切,迫害杨的人应为裴均。因一小段题名和两首诗的解读,解决了如许多细小或重大的问题,确令人感佩。

深泽一幸《引导李商隐到茅山的人物——从叔李褒》,与此篇值得对读的是《李商隐与〈真诰〉》。李褒,两《唐书》无传,晚唐算不上第一等人物,李商隐诗有《郑州献从叔舍人褒》,相互关系很清楚,以往对李商隐诗文中与其有交涉的部分,也得到部分的确认。岑仲勉《翰林学士壁记注补》、傅璇琮《唐代翰林学士传论·晚唐卷》对其生平有所钩稽,拙纂《全唐诗补编》因辑出李褒存世唯一诗作,也曾为其立传。深泽的工作是从道教文学名著《真诰》中大量女仙故事及其所咏诗歌,大量出现在韦应物、白居易、李贺等人诗篇中,在李商隐诗中出现更为频繁,因此引起深究的兴趣。他的工作一是对李褒生平的全面钩稽,认为他出于宗室绛郡房,生于贞元十二年(796),在浙东任内有大量崇道记录,没有任过黔南观察使,这几点可以补充中国学者之未及。二是李商隐与他的交往,涉及一首诗、四篇代作上四相启,以及十篇致李褒的书状,这些作品虽然都写于会昌后期,但其中透露李商隐从小就得到李褒的"抽擢""庇庥",即提携关照,信中反复表达对茅山道教的尊崇信仰。今知李褒长于李商隐约十八岁,李商隐年轻时曾在济源附近王屋山玉阳观出家求道,并因与某女冠之私情而引发终生难以忘怀的思念(参苏雪林《李商隐恋爱事迹考》),而此观恰是茅山道在中原的圣地。由此推证李褒早年对李商隐的影响,因此而将他引入茅山道,是合理的认识。从道教层面解读李商隐,无疑是很有兴味的工作。

文本解读是文学研究的基础

日本古代文学研究深受西方学术的影响,但又一直保持着与中国文化相关的学术传承。深泽一幸后记写到他曾得到前辈学人小川环树、福永光司、吉川幸次郎的提携照拂,记录下多个温馨而难得的画面,即是这一学术传承的缩影。另外，在日本教授中国文学，需要向日本学生讲解作品，在日本出版学术著作，引到中国作品经常要附日文语译，这些都需要学者对古代作品有更深入准确的理解。在十家集中，对具体作品的解读占了较大篇幅，十家无一例外全部涉及这部分内容。

比如松原朗解读李白《灞陵行送别》，先是分析历来的解释，如安旗认为是送王昌龄的，但得不到确切的证明。与一般送别诗比较，此诗题中没有送别对象，诗句间也没有被送者的形象叙述，对被送者之前程也不大关心。松原提出李白赐金还山之际自送作诗的可能，实在是很大胆的预设，但所作论证则从客观条件（地点西京，时间春日）和内在条件（出京之路线、其后之诗作、对长安的回顾、对紫阙的眷恋、浮云之寓意）来求证，又让人不能不认可他举证之充分。分析送别诗的大量叙述手法，揭示自送诗的不同，也很细腻。如此解读，李白这首诗得到重新解释，也有助于理解李白出京的心况。

赤井益久对唐人《送衣曲》的解读，从六朝《捣衣曲》溯其源，从府兵制实行后的戍边防人制度明其事，也是很精彩的解读。丸山茂《张籍的〈伤歌行〉及其背景——京兆尹杨凭左迁事件》，根据席刻《唐诗百名家全集》本《张司业诗集》和《全唐诗》所注"元和中，杨凭贬临贺县尉"，详尽分析杨凭左迁事件的原委、杨的交友圈和弹劾者，努力还原真相，从而解读原诗，张籍对杨既不同情，也非讽刺，而只是由此事件感慨"官界无常"。这样的结论令人信服。可以补充的是，前引那段注不是作者自注，因而多数较早张集都没有。来源可能是北宋魏泰《东轩笔录》卷一三："杨凭自京兆尹贬临贺尉，张籍咏之云：'身着青衫骑恶马，东门之东无送者。'"

下定雅弘对《枕中记》主题的认定，不赞成历来所说"人生如梦"的解释，从卢生做梦之前的想法，谈到梦中世界的经历，再说他梦醒后的感悟，认为其主题是适生，虽然功名富贵可以满足无穷的欲望，但也会不可避免地伴随生命的危险，只有抑制这些欲望，才能无苦无恙地生活，从而认识平凡生活的可贵。他认为作者想要表述卢生的生活态度始终是积极的，根本不是消极的出世思想。

斋藤茂对于孟郊系列组诗的解读，特别关注诗中所表达的作者心境和感情变化。他从《石淙十首》中体会作者情调稳定而心情宁静，《立德新居十首》可能是献呈郑余庆而作，描写居宅之结构景致，流露迁入新居之安乐心情。而以《杏殇九首》为转折，因为爱子之早逝，心情转为悲苦哀伤，以自然景物为伤害人的恶者，并深刻延续到他晚年的创作。至《寒溪九首》因元和六年（811）大寒而命题。写大寒肃杀，万物凋零，无辜动物遭害，诉于天而企盼春天。《峡哀十首》《感怀八首》《秋怀十五首》，都纠订前人系年，认为作于元和六年（811）韩愈、郑余庆离开河南以后，友朋离去加上老病孤独，使其诗充满孤寂、饥饿、衰暮之感，时时感到对加害己身的自然的恐惧感，并发展为对社会的恐惧，将其寒苦诗风发挥到极端。通过对孟郊组诗的评析，斋藤的结论是：以十首左右篇幅，以五言古诗为主的组诗，写一个专题，是孟郊新创的表达方式，也与前此阮籍《咏怀》、陈子昂《感遇》、李白《古风》等非一时一地所作的组诗，有很大的不同，更接近杜甫联章律诗的结构。组诗在整体上有结构性，力避平板，也不涣散凑合，经常能表达自觉的创新功夫，是孟郊诗歌中用力最深也是成就最高的作品。组诗除《石淙十首》或以为作于贞元中（斋藤倾向作于元和初），都是孟郊人生最后七八年的创作。由于孟郊没有百句以上长诗的创作，与同时的元白韩卢诸人有很大不同，组诗是他表达复杂情感和经历的主要载体。而对他晚年影响最大的爱子之死和韩愈、郑余庆离开河南，都极大地改变了他的晚年心境，更多地感到人生的悲哀和生命的无常。在组诗语言上，也更多地增加表达的个性化，将以前联句中曾经尝试过的复杂技巧，作更进一步的发挥。斋藤认为组诗最能代表孟郊的诗歌成就。

作家研究的展开

十家论集中涉及唐代几十位作者，以中唐诗文作者为多，尤其以白居易研究最为集中。

丸山茂《〈白氏文集〉在日本》是一篇概括日本学者基本看法，也强烈表达他的见解的综述。白集在白生前已几度传到日本，所据为太田晶二郎的研究；白集在日本流行的原因，用冈田正之所见，认为白诗在唐代很盛行，白诗平易流畅，白诗带有佛教味道，再引青木正儿"我邦人也很容易理解其中的妙处"，再引金子彦二郎所说白居易的社会环境、地位身份、性格趣味都与日本平安时代投合，其集的规模、质量都可当文学事典来运用。还有晚近猪口笃志、太田次男的见解。加上白集在日本有数量巨大的古抄、笔切、善本，更引起日本学者投入巨大的热情。大致可以认为，白居易在日本的地位，比杜甫宋以后确立的诗圣地位还要崇高，日本学者在白居易研究方面达到的深度和广度，在中国作家研究方面还很少有可以企及者。此套丛书中，至少有六家论到白居易，虽不足见全貌，仍颇有可观处。

下定雅弘为目前日本一线学者中在白居易研究方面成就最突出的学者之一，在《中唐文学研究论集》中仅有不大的篇幅谈白氏文学，且多为随笔，但其中仍颇多精彩见地。他不太赞同日本前辈学者平冈武夫、花房英树认为白是体现天下世界观的端正官员，具有崇高人道思想的说法，认为白"什么时候都很忠实于自己的欲念"，早年因兼济之志太强而压抑独善爱好，退居洛阳后将诗酒做朋友，欣赏雪月风花，听音乐，爱妓女，充分享受长长的晚年。他从诗中分析白居易心中的理想人物是裴度，即便他自居中隐，追求闲适时，仍然没有放弃做宰相的愿望。

还可以说到芳村弘道的白居易研究，包括八章，前四章是生平研究，但没有做全面叙述，仅撷取了四段时期，即因居母丧而退归下邽时期、江州忠州时期、掌制诰到外放杭州、刺杭州时期，我相信并不是他没有能力完整地叙述白居易的一生，而是因为他在读白集以后，认为这几个阶段是白居易一生最重要的转折时期，也是作为研究者最有独特体悟的阶段。在这几章叙述中，我想特别提到以下几点的独见。一是认为白居易自定诗集之分讽喻、闲适、感伤、杂律四类，是最初在江州对早期诗自编十五卷本文集的区分,以后创作变化,长庆间编五十卷集和晚年编后续集没有再按此分类。白居易母亲的心疾和不幸死亡,日本学者讨论较多,芳村对白居易从读书科第到仕宦孝养过程中的家庭隐情及其思想变化,分析极其细致。退居下邽四年,则分析白的家事处理,以及连续遭遇丧弟、失女的打击,内心极其悲伤,在出仕和退隐的人生选择上极其恫惶。从再度出仕到贬官江州,叙述甚简,大约因前人论述已多,不易有更新发明故。此后对白历仕诸州闲适诗的具体心境和心理差别的分析,任中书舍人后再度参与政治的坚守和作为,以及外放杭州前后的心情起伏,也都有很深入的分析。几乎所有的分析都有很详密的文献依据和他人研究的参考,也可以看到治学之严肃不苟。

文学与性:绕不开的话题

性是人类基本需求之一,也是人类生生不息的根本。唐代作家生活在物欲横流、多姿多彩的社会中,享受人生,歌唱爱情,性是大量涉及的内容。也许是中日文化的差异吧,日本作家可以尽情表达对"好色一代男"的向往,中国的雅文学在宋以后越来越远离性欲的叙写,而俗文学则不可避免地走向扭曲变态,纵欲暴露。近代以来的性解放昙花一现,虽然底层极度恣肆,场面上还得扫黄。至于学术研究更很少涉及,实在回避不了,那就用时代局限一笔带过。许多年前有学者很严肃地研究明清色情小说对传统房中术之歪曲,怎么也找不到可以发表的刊物,只能寄往海外。可以说,严肃地研究古代文学中的性描写和性寓意,国内目前可以举出来的典范著作仍稀若晨星。

十家论集因挑选出来在中国出版,何者合适,主编与作者应有所斟酌,但仍有几篇可说。

丸山茂《"妾换马"考》是一篇有趣的文字。七十四岁的前相裴度给六十七岁的诗人白居易写诗:"君若有心求逸足,我还留意在名姝。"戏告:你若羡慕我的好马,就用你家美女来换吧!白居易答:"安石风流无奈何,欲将赤骥换青娥。不辞便送东山去,临老何人与唱歌?"(《酬裴令公赠马相戏》)你老官大,意有所属,我不能不送,但临老没人替我唱歌,很寂寞啊!丸山茂就此展开论述,马和妾妓在这里都是属于主人的财产,可以随便处置,偶或也认可她们是人而有所同情,但更多地视为满足自己生活必不可少的一部分。拥有多少马和宠妓,对了解诗人的经济状况、生活状态以及心境变化,当然有很重要的意义。丸山没有停留于此,继而搜集从魏晋到明清爱妾换马的各类故事和诗歌,看到萧梁、杨隋间作品多据此渲染名马和爱妾离开主人的悲哀,二者地位是对等的,李白则据此写出英雄豪士的豪奢磊落,倜傥奔放,宋代则作为贵物交换的对句使用,元以后则在模仿六朝乐府以外,分别写美女之香艳与边塞骏马之勇壮气氛。

斋藤茂早年曾做过《北里志》的笺证,他写《士人与妓女》一章三节,大约也在此前后。他试图从六朝后期至唐一代咏妓诗、赠妓诗、悼妓诗的变化轨迹中,揭示唐中期以后的诗风变化。从汉魏时期诗中偶然写到歌妓的服饰仪容,到齐梁间大批文人热衷写听妓、观妓、咏妓一类作品,但此类诗更多的是音乐、舞蹈的欣赏,或者是对拥有妓人的主人的赞美,没有对妓女个人的赞美,更没有对其命运的关心。唐诗就不同了,诗题中大量出现妓女的名字,且更多地赞美其身段、仪容和歌舞技能,更多地出现妓女演奏乐器及其技能。在安史之乱以后,则更多地出现关切妓女命运,甚至写出一批写妓女传奇经历而与小说并行的长篇歌行。至于赠妓诗,则认为六朝时期的赠诗对象主要为宫妓与家妓,而唐代则扩大到官妓、营妓和民妓,所赠作品也大胆直率地写出彼此的亲密关系,以及思念的情感和对其命运的关切。在这些作品中,斋藤看到士人与妓女之间的精神距离明显缩短了,从六朝的主奴贵贱关系,发展为客人与妓女的平等关系,并进而发展为爱情关系。斋藤特别举到欧阳詹与太原妓的传奇,因为眷恋而相约迎取,为官职或亲意难以践约,太原妓久思成疾,临终寄诗抒怨,欧阳读诗感恸,卒然逝世。这样的诗人与诗作,在唐以前是没有的。悼妓诗的研究则更多地深入了士大夫个人家庭生活的私密空间。悼亡诗在《诗经》和汉魏诗歌中都有，对亡妻的悼念虽然也涉及个人情感，但还在礼教的规范以内，但悼妓诗的情况则有所不同。斋藤注意到刘禹锡存悼妓诗众多，如《伤秦姝篇》《泰娘歌》都是对命运不偶的风尘女子坎坷经历的同情之作，且包括受朋友委托写其与妓人之情感变化和丧妓后的悲痛。在围绕杨虞卿丧妓英英的一组唱和中，则不仅自述与此妓人之相见印象，并将一人之丧妓作为互通的情感来连锁唱和，显示中唐士人与妓女的亲密关系。

深泽一幸《蜂与蝶——李商隐诗的性意象》，从李商隐看似平淡无奇的《二月二日》诗中"花须柳眼各无赖，紫蝶黄蜂俱有情"，似乎只是初春景色的客观描写。但再举《春日》："欲入卢家白玉堂，新春催破舞衣裳。蝶衔花蕊蜂衔粉，共助青楼一日忙。"用蜂蝶写出青楼男女的狂态毕露，共助男女秘戏。又《闺情》："红露花房白蜜脾，黄蜂紫蝶两参差。春窗一觉风流梦，却是同袍不得知。"认为"蜂配以饱含红露的花房，蜂配以贮满乳白色蜜的脾脏形的蜂巢，更提高了性的意象"。这当然是大胆的解读，可能中国学者不容易完全接受，但深泽更进而列举六朝以来见于大量诗歌中蜂、蝶并用的诗句，并举《游仙窟》《医心方》的旁证，以及印第安原始部落的用例和法国象征派诗人的诗句，证明以蜂蝶比喻男女性事的普遍性，让人不能不信。

爱情当然与性有关，唐诗中有许多情色内容也众所周知。在唐代这样士庶地位有着巨大落差的时代，全社会又始终充沛着享乐热情，士人私生活之丰富多彩，乃至扭曲变态，都是客观存在。无论就作家研究和作品研究来说，文学与性都是不可回避的事实。

坚持文学本位的研究

松本肇《韩柳文学论》篇幅不大，仅谈了韩愈、柳宗元、孟郊、贾岛四位作者，但视角独特，立说新警。他对韩愈的诗勾勒出轮廓，用"攻击性的变容"来概括。在早期作品中，看到韩自比为非凡的怪物，曾有光荣追求和青春的理想之梦，但在担任监察御史，即负有官纪的督察权后，他自比为利剑，以一系列的设喻表达他对邪恶者的攻击，心如冰，剑如雪，刺谗夫，也斩恶龙。在遭遇挫折后，将压抑的攻击性像开闸洪流般地宣泄出来。他认为韩愈诗中大量丑恶的、变态的、怪异的形象叙述，正是他情感宣泄的对象，或者人身攻击的目标，其中既有政敌、朋党的阴影，也更多地纠缠他对现实的反抗。他在攻击中越挫越勇，但心中的阴影始终无法完全地排遣，因此常变成对恶的拯救和失败者的心火。无论这样解说是否能为多数读者接受，他的解读是在仔细玩味韩愈诗作后的独特感受，至少足成一家之言吧！他在孟郊诗中读出自虐的快感，把悲愁当快乐，在天地万物间看到了恶意，并把这些恶意和自己从精神到肉体的受害相联系，因此而自喻诗囚，充满自我惩罚。他将柳宗元寓言概括为"败北之逆说"，从柳文读出"自我惩罚的文法"。凡此种种，都看到作者的独特体悟。

市川桃子所著专门研究中国文学中荷花的文化史，与荷有关的则有莲叶、莲子以及其水中的部分即藕。她分析荷之审美变迁，可以见到《诗经》中是作为爱情的信物，《楚辞》里常作为美好的事物来吟咏，但在六朝以后则出现许多新的意象。一是衰荷，与作者对于时光流逝的感觉和生命忧虑相关；二是芙蓉死，则常寄寓美好生命无法恒久的悲哀。大约因为荷花的鲜艳开放，让人们有青春绚丽的美好联想，经常与男女情爱相关联，虽然也有借以表达欢愉，但也不免与死亡、衰败和生命的无常相联系。她对乐府《采莲曲》的研究用力甚勤，从汉乐府追溯其源头，看到乐府《江南》在充满生命力的纯朴歌唱中的寄意，也看到六朝民歌和文人作品对其改写的多种姿态，特别是借双关语用莲花以述思怜，借折莲花以寄远，并逐渐因讲究形式而丧失个性。到唐代《采莲曲》被赋予新的生命，融入离别的悲哀和绝美以后的感伤。李白的《采莲曲》，则将强烈爱慕而无法实现的理想，演变为刻骨断肠的无尽思念。最后分析李白此诗传到西方，经多次改写后成为新古典音乐的离奇面目，虽已经与李白关系不大，确是文化传播的经典个案。

松原朗《中国离别诗形成论考》以十多篇各自独力又分别有关联的论文，系统研究汉魏以来直到唐中期离别诗的发展变化，着意表彰各代不断出现的递承和新变。人生聚少离多，无论亲属还是朋友的分别都是令人伤感的，也是最能触动真情的，因此也成为诗人最经常叙写的主题。松原从送别时景物的渲染来表彰鲍照的贡献，是以鲍诗与魏晋古诗比较得出的结论。而对唐前期各名家送别诗的创新，则从各自的生活地位、人生境遇及写作技巧上来加以揭示。其中有大量的例句分析，并由此归纳出从永明到大历时期，送别诗由于有多人参与，主题集中，前作众多，因而更刺激诗人以竞争性的创作，寻求更富表现力的诗歌意境和独到手法的努力。

结语：学术与修行

多年来形成的购物习惯，无论机械产品或是电子产品，在规格、质地都相同的情况下，日本原装的产品常常更受消费者欢迎。而但凡在日本生活过的人也都能感受到，日本无论从事任何职业，无论社会地位尊卑相差悬殊，常都能安于职位，刻意追求完美。如果接触深谈，更能发现他们常把职业当作人生的修行，以极其庄重的态度来对待自己的工作。在十家论集中，我也常能感受到他们将学术当作求道的过程，有从容的心态、求深的追求，以及独具个性的姿态。

日本学术研究的特别方式，可以提到读书班，经常由一位或几位年长者发起，以共同的兴趣定期在一起读书，经常选一部书或一位作者诗文为中心，一次读一篇文章，或两三首诗，先期各自准备，到时集中讨论，反复推敲求证，质疑商榷，务求确解。一些读书班也能得到项目经费的支持，多数则是参加者自掏腰包。有些班有各地学者参加，每次都花费不菲，因此也特别认真。其中当然有中坚人物定夺是非，但年轻学生也能参加，参与意见，得到提高。

还应该说到图书馆的条件。日本近代教育之普及比中国早很多，图书馆的国际化程度也很高，加上数量可观的公私图书馆和文库，能够充分满足学术研究的文献资料需求。尤其是最近二十年，由于现代网络的普及，日本在二十世纪末已经实现全日本藏馆之文献共享和信息交换，近几年更加快重要特藏和珍贵文本的全部上网。当图书资料的获得不再有任何人为障碍的时候，对学术研究的完善、精密、独特势必提出更高的要求。就此而言，中日学术的差距也就可以理解了。

再次是学术著作之审慎。日本学位教育曾经有很长时间实行课程修了与论文答辩分开，学位授予在论文通过以后许多年，而论文之出版则是极其庄重的事情，不妨修改十几年甚至几十年，真正觉得成熟了再问世，作为个人学术水平的代表留给后世。由于如此庄重审慎，日本学术著作之出版也是最为严肃而讲究的，装帧大气，价格高昂，印数不多，且不求急售。这些，都与此间靠数量和时效造成的学术快餐式繁荣大相径庭。如果理解学术不是娱乐，不是群众运动，不是大众游戏，那么日本学术的讲究当然应该得到更多的尊重。

因十家论集之阅读，引出这些感慨，总觉得可以思考者很多，但又无法尽言。已经写得很长了，就此打住吧。

2015年4月23日

刊《北京大学学报》2015年第5期

图书在版编目（CIP）数据

出入高下穷烟霏：复旦内外的师长 / 陈尚君著. —北京：商务印书馆, 2022
ISBN 978-7-100-20255-8

Ⅰ.①出⋯　Ⅱ.①陈⋯　Ⅲ.①随笔—作品集—中国—当代　Ⅳ.①I267.1

中国版本图书馆 CIP 数据核字（2021）第164503号

权利保留，侵权必究。

出 入 高 下 穷 烟 霏
复旦内外的师长
陈尚君　著

商 务 印 书 馆 出 版
（北京王府井大街36号 邮政编码100710）
商 务 印 书 馆 发 行
上海盛通时代印刷有限公司印刷
ISBN 978-7-100-20255-8

2022年3月第1版	开本 670×970　1/16
2022年3月第1次印刷	印张 31¼

定价：138.00元